布鲁克林有棵树

A TREE
GROWS IN BROOKLYN

［美］贝蒂·史密斯 (Betty Smith) 著

夏高娃 译

江苏凤凰文艺出版社
JIANGSU PHOENIX LITERATURE AND
ART PUBLISHING

新流出品

目录

第一卷

1

用"宁静"这个词来形容纽约的布鲁克林最为恰当,特别是在1912 年的夏天。或许"沉郁"更好一些,但是它并不适合布鲁克林的威廉斯堡。大草原风景可爱,谢南多厄河谷水声动听,但这些都不适合布鲁克林。"宁静"是唯一适合的词语,尤其是夏日里一个星期六下午。

下午的阳光斜照进弗兰西·诺兰家遍布苔藓的院子,晒暖了饱经风霜的木质篱笆。弗兰西看着篱笆间漏出的一缕缕阳光,心头涌起美好,就像回忆起自己在学校背诵过的一首诗:

> 这森林原始古老,
>
> 松树与铁杉低语阵阵,
>
> 苔藓如长须,绿叶做衣袍,
>
> 暮色中伫立,身影朦胧,
>
> 一如古之德鲁伊。[1]

弗兰西家的院子里只有一棵树,它既不是松树,也不是铁杉。翠

---

[1] 这段诗歌选自美国诗人亨利·沃兹沃斯·朗费罗(Henry Wadsworth Longfellow,1807 —1882)的叙事长诗《伊凡吉琳(Evangeline)》。——译者注(书中注释除特殊标注之外都为译者注)

绿的细枝从粗壮的枝干上朝四方散开，枝条上长着尖尖的叶子，整棵树看起来就像是撑开了许多绿色的小伞。有人管这种树叫"天堂树"。它的种子不论落到哪里都能生根发芽，长成奋力向着天空生长的树木。它会在用栅栏封死的空场里生长，在无人留意的垃圾堆里生长，它也是唯一能从水泥中生长出来的树木。它能长得很茂盛，然而它只出现在经济公寓区。

星期日下午出去散散步，路过一片看起来挺高档的居民区，当你透过一户人家院子的铁门看到了这么一棵小树，那就代表布鲁克林的这一片区域很快就要变成经济公寓区了。这种树明白这一点，它们总是先来一步。在这之后会逐渐有贫穷的外国人搬到这儿，褐砂石旧屋被修修补补地改成公寓，羽毛褥垫被摊到窗台上晾晒，而"天堂树"也会长得枝繁叶茂。这种树就是这么个习性，它喜欢穷人。

弗兰西家的院子里长的就是这种树。它的一顶顶"绿伞"弯弯曲曲地围绕着她家三楼窗外的防火梯。坐在这防火梯上，一个十一岁的女孩大可想象自己住在树上的生活[1]。而夏日里的每一个星期六午后，弗兰西都是这样幻想的。

啊，布鲁克林的星期六多美好啊！啊，一切都是那么美好！星期六既是假日，还能照样领到薪水，也没有星期天那么多清规戒律。人们有钱出门买东西，他们可以在这一天里吃顿好的，醉上一场，去约会、做爱、尽情熬夜；他们唱歌、奏乐、跳舞、打架，因为第二天还是可以自由安排的一天。他们可以睡个懒觉——至少能睡到晚场弥撒之前。

星期天，绝大部分人会挤着去参加十一点钟的弥撒。不过，也总有那么几个人会去早上六点钟的弥撒。人们夸这些人起得早，但他们

---

1 本书中主角家的防火梯应该并非如今常见的金属楼梯，而是在每一户窗外安装的有矮护栏的金属护网平台，比较狭窄。配有可以爬到楼顶或者楼下的逃生梯，只能通过窗户出入，所以才会被树冠包围。后文中也会描写主角由窗户爬进防火梯平台上坐下。

根本不值得被夸奖，因为他们是在外面鬼混得太晚，直到凌晨才回来，所以才会去参加早场弥撒，走个过场应付了事，再良心"清白"地回家睡上一整天。

对弗兰西来说，她的星期六是从去垃圾站开始的。同其他布鲁克林小孩一样，她和弟弟尼利会捡些布头、废纸、金属、橡胶和其他破烂儿，把它们锁在地下室的箱子里，或者装进盒子藏在床下。从星期一到星期五，弗兰西每天放学回家，在路上都会走得很慢，眼睛紧盯着路边的排水沟，寻找着香烟盒里的锡纸，或是口香糖的包装纸。这些东西到时候可以放到罐头瓶子盖里熔化，垃圾站不收没熔化的锡球，因为不少孩子会在里面包个铁垫圈压分量。有时候尼利还能找到苏打水瓶[1]，弗兰西就会帮他把上面的瓶嘴拆下来，熔化了当铅块卖。垃圾站的人不想招惹卖苏打水的，所以不收完整的瓶嘴。苏打水瓶嘴可是上等货，熔化以后一个能卖五分钱。

每天晚上，弗兰西和尼利都会到地下室去，把升降机架子上这一天积累下来的垃圾全倒出来。他们的妈妈是清洁工，所以两个孩子拥有这项小小的特权。他们会从架子上翻找废纸、布头和带押金的瓶子。废纸不怎么值钱，十磅才能卖一分钱。布头一磅卖两分钱，废铁一磅卖四分钱。铜的行市不错，一磅值一毛钱。弗兰西有时候也会挖到宝，捡到个废弃的煮衣锅锅底，然后她就用开罐器把铜片撬下来，反反复复地折叠捶打。

星期六早晨九点一过，孩子们就纷纷从小巷中涌上主路曼哈顿大道，慢慢地沿着这条大道走向斯科尔斯街。有些孩子直接用手拿着自己收集的破烂儿，有的拖着用木头肥皂箱加上几个实心木头轮子做成的小车，还有些干脆推着装得满满当当的婴儿车。

弗兰西和尼利把他们的破烂儿拿麻袋装起来，一人拽着麻袋的一

---

1 这里说的是压杆式苏打水瓶，瓶嘴是比较大的金属泵式结构。

个角在路上拖着走，沿着曼哈顿大道一直走，路过莫吉尔街、腾·艾克街和斯塔格街，最终拐进斯科尔斯街。这些丑陋的街道名字倒是都挺好听。每条街巷都有衣衫褴褛的小孩成群结队地钻出来，汇入前往卡尼家垃圾站的大部队。一路上他们不时遇到空着手回来的孩子们，他们的破烂儿卖光了，赚来的钱也花完了。眼下他们一面神气活现地往回走，一面嘲笑着其他小孩。

"捡破烂儿的！捡破烂儿的！"

听到这种称呼弗兰西立刻涨红了脸。虽然她知道这么喊的孩子自己也捡破烂儿，而且她的弟弟过一会儿也会这样和伙伴们一起空着手大摇大摆地回去，一路上用同样的话笑话来得更晚的人，但这都无济于事，她就是觉得害臊。

卡尼在一个摇摇欲坠的马棚里做着回收垃圾的生意。一转过街角，弗兰西就看到马棚的两扇大门都周到地敞开着，在她眼里，磅秤又大又粗糙的刻度盘似乎晃了晃指针欢迎她。她看见了卡尼，铁锈色的头发，铁锈色的胡子，铁锈色的眼睛紧盯着磅秤。比起男孩，卡尼更喜欢女孩，要是他伸手捏女孩脸蛋的时候对方不往后躲，他就多给一分钱。

因为有可能拿到额外的好处，尼利总是会站到旁边，让弗兰西把麻袋拖进马棚。卡尼跳上前来，把麻袋里的东西一股脑儿倒在地上。他先在弗兰西脸上捏了一把，然后开始把破烂儿往磅秤上堆，弗兰西眨眨眼睛，适应着马棚里的黑暗，她能闻见空气里的霉味儿和潮湿的破布头散发的臭气。卡尼瞟了一眼秤的指针，说出两个字，那就是他的开价。弗兰西知道他不让讨价还价，就点头同意了。卡尼叫她在一边等着，便把破烂儿从秤盘上掀下去，把废纸堆在马棚的一个角落，布头扔到另一个角落，再把金属分门别类放好，然后他才肯把手伸进裤兜，摸出用蜡绳拴着的旧皮口袋，从里面一枚一枚地数出些长满了绿锈的旧分币，这些分币本身看着也跟破烂儿一样。"谢谢。"弗兰西低声说着，卡尼用铁锈色的眼睛猥琐地看了她一眼，又在她脸蛋上重重地捏了一把。弗兰西坚持住了没躲，卡尼笑了，多给了她一分钱。然后他突然改变了态度，开始咋咋呼呼，手脚麻利地干起活儿来。

"快过来，"他冲着排队的下一个孩子喊道，那是个男孩，"赶紧的，都把'铅块'拿出来！"[1]他顿了顿，等着孩子们发笑，"我说的可不是破烂儿里的铅块啊！"孩子们非常捧场地笑了起来，笑声听着就像一群迷路的小羊咩咩乱叫，不过卡尼似乎很满意。

弗兰西走出马棚，向弟弟汇报成果："他给了我一毛六，这之外还有让他捏脸的一分钱。"

"那一分钱你留着。"弟弟说，这是他们早就约好的。

弗兰西把这一分钱揣进裙子口袋，剩下的交给弟弟。尼利十岁，比弗兰西要小一岁，不过他是男孩，所以钱的事都归他管。他小心翼翼地把这些分币分成三份。

"这八分钱存起来，"这是他们俩的规矩，不论是在哪里挣的钱，都要拿出一半存"银行"——一个钉在大衣柜最深处角落里的锡罐子，"然后这四分钱归你，剩下四分钱是我的。"

弗兰西把要存"银行"的分币用手帕包起来系好，又看了看自己拿到的五分钱，开心地想着这就能换成一个五分硬币了。

尼利把麻袋卷起来夹在胳膊底下，开始朝查理便宜店走去，弗兰西也紧紧跟在他后面。查理便宜店是卡尼隔壁的一家廉价糖果店，专做垃圾站这一带的生意。每到星期六晚上，这家店的收款箱里就塞满了长着绿锈的分币。它有个不成文的规矩，就是只有男孩才能进到店里面。所以弗兰西没进去，只是在门外头等着。

1　原文为 get the lead out，这是一个表示"加快速度""赶紧行动"或者"勤快起来"之类含义的习语，而字面上又是"把铅掏出来"的意思（这个习语的来源是用"裤子里灌了铅"来表示动作慢，那么取出裤子里的铅自然就是加快速度的意思）。孩子们所卖的废旧金属也包括回收的铅块，此处实际上是卡尼讲了一个不怎么好笑的双关语，所以他才会等孩子们配合着发笑。

聚在店里的男孩年纪从八岁到十四岁不等，一个个看起来都差不多，他们都穿着松松垮垮的灯笼裤，戴着鸭舌帽，帽檐也都是破破烂烂的。他们手插在裤兜里到处站着，瘦削的肩背向前弓着。这些孩子长大了也会是同一副模样，他们还是会以同样的姿势扎着堆儿在不同的聚会场所站着，唯一的区别就是那时候他们总会叼着根香烟，那烟像是粘在嘴角上一样，随着说话时语调的起伏上上下下。

眼下这些男孩们紧张地聚在一起，瘦瘦的脸一会儿转向查理，一会儿转向彼此，一会儿又转回查理那边。弗兰西留意到，有几个孩子因为夏天的到来，已经剪了头发：他们的头发剪得特别短，头皮都让推子刮破了几处。这些幸运儿要么把帽子扣在后脑勺上，要么索性把帽子塞在口袋里。而那些还没剪过头发的孩子头发微微打着卷儿，像幼儿的胎发一样贴在后颈上。他们觉得这样很丢人，便把帽子戴得低低的，连耳朵都盖了进去，所以他们虽然满嘴粗话，可模样却多少有些女孩子气。

查理便宜店的东西一点儿都不便宜，老板的名字也不叫查理。不过他任凭别人这么喊他，店外的遮雨棚上也是这么写的，所以弗兰西也就这么信了。只要花上一分钱，查理就让你抽次奖。他柜台后面有块木板，上面钉着五十个标了数字的钩子，每个钩子上都挂着一件奖品。有几个奖品挺不错，比如旱冰鞋、棒球手套、装了真头发的洋娃娃什么的。别的钩子挂的则是吸墨纸、铅笔和其他一分钱就能买到的便宜货。弗兰西看着尼利花钱抽了一次奖，他从破信封里取出一张脏兮兮的卡片——二十六！弗兰西满怀希望地看向那块板子，尼利抽到的是一块一分钱的抹笔布。

"要奖品还是要糖？"查理问他。

"当然要糖，不然呢？"

每次都是一样的结果。弗兰西从来没听说过有谁抽到一分钱以上的奖品。当然，那双旱冰鞋的轮子都生锈了，洋娃娃的头发上也蒙了一层厚厚的灰尘，这些东西似乎已经在那里等待了很久，就像"蓝衣小男孩"[1]的锡皮兵和玩具狗一样。弗兰西暗暗下定决心，等有朝一日她手里有了五毛钱，她一定要把所有抽奖券都买下来，这样就能拿到板子上的全部奖品了。她觉得这实在是笔划算的买卖：只要五毛钱，就能买到旱冰鞋、洋娃娃、棒球手套，和其他所有东西。光是那双旱冰鞋就值四倍的价钱了！等到了那个了不起的日子，尼利也得和她一起来，因为女孩基本不会光顾查理家。确实，那个星期六店里是有几个女孩……那种大胆、鲁莽、早熟过头的女孩。那种嗓门很大，和男孩们动手动脚地打打闹闹的女孩——邻居们言之凿凿地说以后一准儿要学坏的女孩。

弗兰西穿过马路去吉姆佩糖果店。吉姆佩是个瘸子，他脾气温和，对小孩子特别好……至少大家都是这么以为的，直到有一天，他把一个小女孩骗进了自己的小黑屋。

弗兰西纠结着要不要豁出一分钱买一个吉姆佩特供的"抽奖袋"。眼下莫迪·多诺万——那个偶尔和她算是好朋友的姑娘——正要买一个。弗兰西挤过去站在莫迪身后，装出一副准备在这里花掉一分钱的样子。她紧张地屏住呼吸，看着莫迪再三犹豫之后，最终指向了橱窗里一个鼓鼓囊囊的袋子。如果是弗兰西来选的话，她应该会挑一个小一点的。她的视线越过朋友的肩膀，看见莫迪掏出了几块不新鲜的糖果，仔细打量着抽到的奖品——那是一块粗糙的麻纱手绢。弗兰西自己有一次抽到了一瓶呛鼻子的香水。弗兰西又开始纠结要不要花一分钱买个"抽奖袋"了，虽然袋子里的糖果根本没法吃，但是能得到个惊喜还是不错的。不过，她又盘算着，刚才莫迪抽奖的时候她一直看着，就相当于她也跟着惊喜过了，这感觉也挺好。

---

1 原文为 Little Boy Blue，此处引用的是美国诗人尤金·菲尔德（Eugene Field，1850—1895）所创作的同名儿童诗歌中的人物，《鹅妈妈童谣》中也有一首名叫 Little Boy Blue 的儿歌，但是二者之间应该没有关联。

弗兰西沿着曼哈顿大道走着，一路念着那些很气派的街名——朔尔斯大道，梅塞罗勒大道，蒙特罗斯大道，然后是约翰逊大道。最后那两条街是意大利人聚居区，而被称为犹太城的地区则从西格尔街开始，包括摩尔街和麦克吉本街，最后紧邻着百老汇。弗兰西要去的正是百老汇大道。

布鲁克林威廉斯堡的百老汇大道上有什么呢？什么都没有——除了全世界最棒的廉价商品店！这店又大又亮堂，全世界的东西无所不有——至少在十一岁的小姑娘眼里它就是这样。弗兰西有五分钱，因此充满了力量，她进到店里真的可以想买什么就买什么！世上也只有这么一个地方能让她这么做了。

弗兰西走进店里，沿着货架之间的过道闲逛，看见喜欢的东西就拿起来把玩一番。能随便把东西拿起来在手里摆弄一阵，来回抚摸它的表面，感受它的轮廓，然后再小心翼翼地放回去，这感觉多美呀！她的五分钱给了她这种特权。如果有售货员问她到底要不要买东西，那她就可以说要买，然后立刻把东西买下来，给他点儿颜色瞧瞧。钱可真是个好东西，弗兰西由此断定。尽情过够了摸东西的瘾之后，她买下了早就想买的东西——五分钱粉白相间的薄荷压片糖。

弗兰西沿着"犹太区"的格拉汉姆大道往家走。她看到琳琅满目的小推车，每辆小推车都是一家小小的店铺，周围还有一些正情绪激动地讲着价钱的犹太人，而这一带的气味更是独特：有填馅烤鱼的香味，有新鲜出炉的黑麦酸面包的香味，还有一种有点儿像煮蜂蜜一样的气味，这一切都让她兴奋又开心。她盯着那些留长胡子的男人看了一会儿——他们身穿丝光棉外套，头戴羊驼呢的小圆帽——她很好奇这些人为什么眼睛那么小，而目光又那么锐利。她朝那些仿佛直接在墙壁上掏出来的狭小店铺看去，闻着桌子上散乱堆着的衣料散发的气味。她留意到羽毛床垫底朝上从窗户里摊出来，色彩鲜艳、颇具东方

风情 [1] 的衣裳挂在防火梯上晾晒，半裸着身子的小孩在排水沟里玩耍。一个挺着大肚子的孕妇耐心地坐在路边一张硬邦邦的木头椅子上。她安稳地坐在热辣的阳光下，看着大街上的芸芸众生，守护着腹中那只属于她自己的神秘的生命。

弗兰西想起有一回妈妈告诉她耶稣是个犹太人，那时候她惊讶极了，因为她一直以为耶稣是个天主教徒，不过妈妈什么都知道。妈妈说，在犹太人看来耶稣只是个老惹麻烦的犹太男孩，他不肯老老实实地做自己的木匠营生，安顿下来结婚生子。妈妈还说过，犹太人相信他们的"弥赛亚"还没有到来。想到这些事，弗兰西不由得盯着那个怀孕的犹太女人看了起来。

"我猜这就是为什么犹太人会生那么多孩子吧。"弗兰西想，"这也是她们老是就那么静静坐在那里……等待的原因吧，也是她们从来不对自己臃肿的身材感到羞愧的原因吧。每个犹太女人都相信自己可能会生下个真正的小耶稣。所以，她们怀了孩子之后走起路来神情才会那么骄傲。而爱尔兰女人总是一副羞愧的模样，因为她们知道自己永远生不出耶稣来，生出的大概又是叫米克的孩子。等我长大了，怀上了孩子，我一定得记着要慢悠悠地、神气活现地走，哪怕我不是犹太人。"

弗兰西十二点才回到家。很快妈妈也回来了，她把提着的扫帚和水桶砰一声扔进角落，这说明直到下星期一之前，她都不会再碰这两样东西了。

妈妈二十九岁，她有着黑色的头发和褐色的眼睛，手脚麻利，体

1　自 19 世纪 80 年代起，美国的犹太移民数量一度激增，这些移民大多来自中东欧，比如来自沙俄在如今波兰、立陶宛、摩尔多瓦等地划定的"栅栏区"的德系犹太人，来自奥匈帝国加利西亚地区（如今分属乌克兰和波兰）的德系犹太人，以及来自罗马尼亚的犹太人。因此这些移民在衣着等方面或许更具有中东欧特色。本书主角弗兰西观察到的似乎是一些相对保守的犹太人群体，而她对犹太移民聚居地的印象也似乎洋溢着某种"东方风情"，这一点可能是因为尚在童年的主角并不能辨认这些移民的衣着和习惯体现了什么地区的特色，只是感觉相当"异域"和新奇导致的。

形也很好看。她是个清洁工，负责三栋廉价公寓楼的卫生。谁能相信妈妈居然靠擦地板养活着一家四口呢？她那么漂亮，那么纤细，那么开朗，总是充满着活力。虽然她的手因为总是泡在加了碱的水里而发红开裂，但是手形还是很美的，饱满的椭圆形指甲也非常可爱。人人都说，像凯蒂·诺兰这样的苗条美人儿还得去擦地板实在是太可惜了。不过人们还说，嫁了那么一个丈夫，她不去擦地板还能做什么呢？可是他们也不得不承认，约翰尼·诺兰不管怎么看都是个英俊又讨喜的家伙，比这个街区所有男人都强得多。但是他终究是个酒鬼。人人都这么说，而这一点也的确没错。

弗兰西叫妈妈看着她把那八分钱放进锡罐子"银行"里，母女俩合计着"银行里"到底存了多少钱，就这样快乐地算了五分钟。弗兰西觉得里面得有将近一百美元了，而妈妈说大概八美元更靠谱一些。

接下来妈妈打发弗兰西去买点午饭吃的东西。"从那个豁了口的杯子里拿八分钱，去买四分之一块犹太黑麦面包，一定要新鲜的。再拿个五分钱，去索尔温店里买块'口条根'来。"

"那个得和他攀上点关系才能买到呀。"

"就跟他说是你妈妈要买。"凯蒂坚决地说。她又盘算起了什么："我们是再拿五分钱买点甜面包卷，还是把这钱存起来。"

"哎哟，妈妈，今天可是星期六。这一整个礼拜你都跟我们说星期六能吃上甜点的。"

"好吧，那就买甜面包卷。"

小小的犹太熟食店里挤满了来买黑麦面包的基督徒。弗兰西注视着店员把她买的那块面包装进纸袋里。这种面包的外皮酥脆，底下还沾满了面粉，弗兰西觉得，这绝对算得上是全世界最棒的面包——当然，得是在它还新鲜的时候。接下来她不情不愿地走进了索尔温的肉铺。买"口条根"，索尔温有时候很好说话，有时候完全不讲情面。切片的熟口条七毛五一磅，有钱人才吃得起。但是如果你和索尔温先生能攀上点关系，那么等熟口条快卖完的时候，你就能花五分钱买一块切到最后剩下的地方。这一块里自然是剩不下多少口条肉了，主要都是小骨头和软骨，但好歹能让人觉得有点肉的意思。

这天的索尔温碰巧就挺好说话。"口条昨天就卖完了。"他说，"不过我把根儿给你们留着呢，因为我知道你妈妈爱吃口条，而且我挺喜欢你妈妈的。这话你可得告诉她，听见没有？"

"听见了，先生。"弗兰西用极小的声音答道。她盯着地板，感觉脸上直发烧。她讨厌索尔温先生，她绝对不会把他说的话讲给妈妈听的。

她在面包店仔仔细细地挑了四个糖最多的甜面包卷。在店外头遇上了尼利。他朝袋子里偷偷看了一眼，瞧见了甜面包卷，兴奋得连蹦带跳。虽然他这一上午已经吃了四分钱的糖，可这会儿还是饿得不行，直催着弗兰西一路跑回了家。

爸爸没回来吃午饭。他是个在餐厅打散工的歌唱侍者，这也就说明他不是每天都有活儿干。他周六上午基本都会在工会总部等着活儿上门找他。

弗兰西、尼利和妈妈一起吃了顿美餐。每个人都分到了一块厚厚的"口条"、两片气味香甜的黑麦面包（涂着不加盐的黄油）、一个甜面包卷，还有一杯热热的浓咖啡，边上配了一小勺甜味炼乳。

咖啡里是有些诺兰家特别的创意在的。咖啡也是他们家最奢侈的享受之一了。妈妈每天早上都会煮一大壶咖啡，午饭和晚饭的时候再接着加热，所以一天下来这咖啡就越煮越浓。壶里其实水多咖啡粉少，但是妈妈会放一块菊苣根[1]进去，这样就能煮得又浓又苦了。每个人一天能喝三杯加奶的咖啡，黑咖啡则是什么时候想喝都能倒上一杯。有

---

1 此处指的应该是菊苣根，而不是沙拉中常见的那种通称比利时苣荬菜的宽叶生食蔬菜，二者同为菊苣属，但培植的用途不同。菊苣的根部近似于防风根，风干烘焙并研磨成粉末后既是西方国家常用的咖啡代用品，也可以添加在咖啡粉中增添风味，在大萧条时期的美国和第二次世界大战期间的欧陆，它都曾被广泛作为咖啡的替代品使用。

些时候你一个人待在家里，外头下着雨，而你什么都没的吃，那么好歹能有点东西下肚的感觉还是非常美妙的，哪怕那只是一杯苦涩的黑咖啡。

尼利和弗兰西喜欢咖啡，但是喝不下多少。今天尼利也和往常一样，把他的那勺炼乳涂在面包上吃了，根本没加到咖啡里，那杯黑咖啡他只是抿着稍微喝了点意思意思。妈妈给弗兰西倒上咖啡，把炼乳也放了进去，哪怕她很清楚这孩子不会喝它。

弗兰西很爱咖啡的香味，也喜欢它热乎乎的触感。她一边吃着面包和肉，一边始终用一只手握着咖啡杯，感受着杯中的温度，还不时探过去闻闻那又甜又苦的香气，这感觉可比把咖啡喝下去要美好多了。午餐吃完之后，这杯咖啡也就被倒进洗碗池里了。

妈妈有两个姐妹，茜茜和伊薇，她们也经常到公寓里来。姐妹俩每次看到妈妈把咖啡倒掉，都会数落她浪费东西。

而妈妈会解释说："弗兰西和其他人一样，每顿饭能分到一杯这种咖啡。如果她感觉把咖啡倒掉比喝了舒服，那就随她这么做吧。我自己觉着吧，像我们这样的人家，偶尔能浪费一点东西也挺好的，这样至少能体会一下手里有钱，不用抠抠搜搜地过日子是个什么感觉。"

妈妈对这种古怪的观点很满意，弗兰西也满意。这也算是能把苦苦挣扎的穷人和大手大脚的富人联系起来的东西之一了。这个小姑娘觉得，即便她是全威廉斯堡最穷的人，但在某种意义上，她也比所有人都富有，因为她还有东西可以浪费。弗兰西很慢地吃着甜面包卷，巴不得能多享受一会儿那甜美的味道，而杯中的咖啡早已凉透了。她像个小公主似的把咖啡倒进洗碗池，感觉自己奢侈又潇洒。这之后她就要动身去罗舍尔面包厂买全家接下来半个星期要吃的陈面包了。妈妈告诉她可以多拿五分钱，如果看见有挤得不太碎的陈馅饼就买一块。

罗舍尔面包厂主要给附近社区的商店供货，他们生产的面包不用蜡纸包裹，所以很快就会变陈变硬。面包厂会从店家那里回收放陈了的面包，再半价卖给穷人。卖陈面包的铺面就在面包厂隔壁，它一面是个狭长的柜台，另外两面各放了一条长凳，柜台后面是一扇双开的大门。面包厂的货车会从这扇门里倒着车进来，直接把面包卸在柜台上。这样的面包五分钱两块，一卸车人群就会挤上来抢着买，一整车的面包永远不够抢，有些人甚至得等三四车面包卖光之后才能买到。既然价钱卖得这么低，包装纸肯定就得买主自备了。来买面包的绝大多数都是小孩，有的孩子把面包直接往胳膊底下一夹就走，明目张胆地向世界展现着自己的贫穷。自尊心强点的孩子会把面包裹起来，有的用旧报纸，有的用或脏或干净的面粉口袋。而弗兰西带去的是个大纸袋子。

她没有立刻挤过去买面包，而是在一条长凳上坐下看着：十来个小孩推推搡搡地冲着柜台嚷嚷，四个老头儿坐在对面的长凳上打盹儿。这样的老头儿现在只能让家里人养着，所以经常被打发出来跑腿或者带孩子，这是威廉斯堡被工作榨干的男人们年老以后唯一还能做的事情了。他们会等上很长时间才去买面包，因为厂子里烤面包的香味非常好闻，窗户里洒下来的阳光也把他们衰老的脊背晒得很舒服。他们就这么坐着打盹儿，一坐就是好几个小时，感觉自己仿佛花了不少时间去做正事。这样的等待会让他们在短时间内觉得人生有了意义，甚至觉得自己还有些用处了。

弗兰西看着那群老头子里最老的一个，玩起了自己最喜欢的游戏，也就是揣摩别人。这老头儿的头发又乱又少，和凹陷的脸颊上那层胡子一样，都是脏脏的铁灰色，他嘴角还黏结着凝固的口水。老头子打了个哈欠，他一颗牙都没有了，双唇一闭上就抿成了一条线，鼻尖恨不得能直接碰上下巴，就好像他根本没有嘴巴一样。弗兰西就这么盯着他看，感觉既恶心又着迷，她仔细端详着老头子的旧外套，袖子缝线磨破的地方还露着外套的内衬。他又开两条使不上劲儿的腿，裤子扣扣子的地方油渍斑斑，还丢了颗扣子。弗兰西发现他的一双鞋破烂得不像样，鞋头也裂开了，一只鞋仅存的鞋带打着许多疙瘩，另一只干脆用一截脏脏的麻绳充数。她看见了他的两根又粗又脏的脚指头，凹凸不平的灰色指甲盖上满是裂口。弗兰西放飞了自己的思绪……

"他这么老，绝对超过七十岁了。他出生的时候没准儿亚伯拉罕·林肯还活着，正准备竞选总统呢。当年的威廉斯堡一定还是个乡下小地方，弗拉特布什[1]大概也还住着印第安人。那可真的是很久很久以前的事情了。"她一直盯着老人的脚看，"他当年也是个小宝宝，肯定又干净又可爱，他的妈妈也会亲吻他粉嘟嘟的小脚趾。如果赶上夜里打雷的时候，她就会到摇篮边给他掖好毯子，低声跟他说不用怕，妈妈在呢。然后她会把他抱起来，脸颊贴着他的小脑袋，管他叫妈妈的心肝宝贝。然后他应该要长成个像我弟弟一样的男孩，在房子里跑出跑进的，进出都把门摔得砰砰响。而他妈妈嘴上虽然骂他，心里想的却是没准儿这小子有朝一日能当上总统。然后他成了个小伙子，健壮又快活。他在大街上走着，姑娘们会纷纷笑着转过来看他，而他也对姑娘们报以微笑，也许还要对她们之中最漂亮的一个眨眨眼。我猜他一定结过婚，还有孩子。他努力工作，圣诞节给孩子们买玩具，他们都觉得他是全世界最伟大的爸爸。而现在孩子像他一样，也都长大了，他们现在也都有了孩子，谁都不想要这个老头子了。他们都等着他死，可是他不想死。他想活下去，哪怕他已经老成了这个样子，也享不着什么福了。"

四下里静悄悄的，夏日的阳光透过窗户照进来，在地上画出一段段倾斜的小路。灰尘在阳光下舞动，一只硕大的绿头苍蝇嗡嗡叫着飞来飞去。店里空荡荡的，只剩下了弗兰西和那个打着盹儿的老人。等面包的孩子们早就跑到外面玩去了，远处隐隐传来他们高声地叫嚷。

弗兰西突然跳了起来，她的心跳得很快。她害怕了，脑海中毫无

1　弗拉特布什（Flatbush）是布鲁克林的一个街区。

缘由地浮现出一把手风琴，它一点点拉到最满，奏出一个饱满的音调，然后她又想到这把手风琴被不断地压紧……压紧……再压紧。她突然生出一种莫名的惊恐，因为她突然意识到，这世上许多可爱的宝宝生下来最终总会变成那样的老人。她得赶紧离开这儿，不然这样的遭遇马上就要发生在她自己身上了，就好像她也要立刻变成个老太太，嘴里一颗牙都没有，一双脚让人看了直恶心。

柜台后面的大门刚好"砰"的一声敞开了，运面包的卡车倒着开进来，一个男人走到柜台后面，卡车司机开始把面包一块块扔过来，这人再把它摆在柜台上。弗兰西冲到柜台边，而街上玩闹的孩子们一听见开门的响动就立刻涌了进来，乱糟糟地在弗兰西身边挤成一团。

"我买面包！"弗兰西喊着。一个大块头女孩狠狠推了她一把，说是要让她知道知道自己算老几。"别管我！别管我啦！"弗兰西一面应付着，一面又高声嚷了起来："我要六块面包，还要一个馅饼，别太碎了！"

管柜台那人看她这么着急，赞许似的推给她六块面包，还从回收来的馅饼里给她拿了个没怎么挤坏的，收了她两毛钱。她从人群里往外挤，不小心面包挤掉了一块，可是人太多了，她没办法弯腰，很难捡起来。

出来后，她坐在马路边把面包和馅饼装进纸袋里。一个女人推着婴儿车路过，车里躺着的孩子抬起小脚，在空中摇摇摆摆的。弗兰西瞥了一眼，看到的却不是婴儿的脚丫，而是扭曲又丑陋的脚，套着破破烂烂的大鞋。惊恐再度袭来，她一路跑着回了家。

家里没人。妈妈早已打扮一番和茜茜姨妈一起出了门，买了一毛钱的大众票去看日场戏。弗兰西把面包和馅饼拿出来放好，装面包的纸袋也叠得整整齐齐，下回好接着用。然后她回到和尼利共用的没窗户的小卧室里，坐在自己的折叠床上，在黑暗中等待恐惧的浪潮退去。

过了一会儿，尼利也进来了，从他的床底下摸出一只棒球手套。

"你上哪儿去？"弗兰西问。

"上空场上打会儿球。"

"我跟你一起去行吗？"

"不行。"

她还是跟着他上了街。尼利的三个伙伴已经在外面等他了，一个手里拿着根球棍，一个拿着个棒球，第三个什么也没拿，但是穿了条棒球裤。他们向格林庞特那边的一块空地走去，尼利看见弗兰西跟着自己，但是什么也没说。

一个男孩推了推他：

"嘿！你姐在后头跟着呢。"

"是啊。"尼利说。

那男孩扭过头来冲着弗兰西嚷道：

"滚一边儿去！"

"这可是个自由的国家。"弗兰西一本正经地说。

"这可是个自由的国家。"尼利也对那男孩重复了一遍。然后他们就不再管弗兰西了。不过，她继续跟着他们，因为下午两点社区图书馆才开门，在这之前她也没别的事可干。

几个男孩一路上连玩带闹，走得很慢。他们不时停下脚步找水沟里有没有锡箔纸，或者捡几个烟头。他们攒着这些烟头，留到雨天的下午躲在地下室里抽。他们还拦下了一个正要去教堂的犹太小男孩，千方百计地捉弄他。他们不让这孩子走，七嘴八舌地讨论到底要怎么对付他。而犹太小男孩就耐心地等着，脸上挂着谦卑的微笑。小基督徒们最终还是把他放了，但是对他下个礼拜的"行为规范"好生指点了一番。

"别觍着脸到迪沃街来。"他们命令道。

"绝对不来。"那孩子满口答应。男孩们反而有点失望，他们原本希望他能稍微反抗几下的。其中一个男孩从兜里掏出一截粉笔，在人行道上歪歪扭扭地画了条线，他命令道：

"不准迈过这条线。"

这个小男孩意识到，自己直接放弃抵抗反而惹他们生气，于是决定还是照着他们的路子来

"哥们儿，我一只脚踩水沟里都不行吗？"

"往水沟里啐口吐沫都不行。"对方回答。

"行吧。"他故作无奈地叹了口气。

一个年纪大点的男孩突然想到个点子："还不许你碰基督徒的姑娘，听懂没有？"他们说完就扬长而去，那个犹太孩子直盯着他们的背影瞧。

"好家伙！"犹太孩子低声念叨着，棕色的大眼睛翻了翻白眼。这几个外邦人[1]居然觉得他成熟到能够想着追姑娘了（不管是犹太姑娘还是外邦人姑娘），这让他大受震撼，他一面继续往前走，一面来回嘟囔着"好家伙"。

男孩们也继续慢慢往前走，他们坏坏地看向刚才提到姑娘的那个大男孩，想看他会不会接着说荤话。然而他还没开口，弗兰西就听见自己的弟弟说：

"我认识那小子，他算是个犹太白人。"尼利听爸爸这么说过一个他挺喜欢的犹太酒保。

"哪里有什么犹太白人。"大男孩说。

"这个嘛，假如有犹太白人的话，"尼利的口气听起来既像是要赞同大多数人的观点，又有还要坚持自己看法的意思，这让他显得非常随和讨喜，"那这家伙肯定能算一个。"

"绝对不可能有什么犹太白人，"大男孩又说，"连'假如'都没有。"

1　原文为 goyim，犹太人用语，对非犹太人含冒犯性的称呼。

"救主耶稣就是犹太人呀。"尼利想起了妈妈说过的话。

"然后别的犹太人背叛他，把他给杀了。"大男孩一锤定音。

进一步深入讨论神学之前，他们又看见个挎着篮子的小男孩从洪堡街拐进安斯利街。篮子上盖着块破旧却干净的布，一根木棍竖着戳在篮子一角，上面串着六个碱水面包圈，像一面软趴趴的小旗。尼利这伙孩子里的大男孩下了命令，男孩们挨挨挤挤地向卖面包圈的小孩跑去。而那孩子岿然不动，只是张嘴高声嚷道："妈妈——"

二楼的一扇窗子轰然打开，一个女人探出身子，她拢着皱纹纸似的睡衣领口，遮住自己硕大且下垂的胸部，冲楼下骂道：

"别碰他，你们这帮小兔崽子，赶紧给我滚蛋！"

弗兰西飞快地用手捂住耳朵，这样一来，她做忏悔的时候就不用告诉牧师自己听人骂脏话了。

"太太，我们可啥都没做。"尼利露出讨好的笑容，这副模样总是能把他自己的妈妈唬住。

"你就扯谎吧，这一套对我可没用。"她又用同样的口气对自己的儿子喊起来，"你！赶紧滚上来！看你还敢不敢在我打盹儿的时候给老娘惹事！"卖面包圈的孩子上楼了，尼利他们也接着往前晃悠。

"那女人可真凶。"大男孩朝着那扇窗户扬扬脑袋。

"可不是嘛。"其他孩子附和着。

"我家老头儿也凶得很。"另一个小点的孩子说。

"谁问你了？"大男孩漫不经心地答道。

"我就这么一说。"小点的那个男孩用道歉的语气说着。

"我老爹可不凶。"尼利说。男孩们都笑了。

他们一路溜达着，偶尔停步深深吸几口新镇河上飘来的空气，这条小河沿着狭窄的河道，弯弯扭扭地贯穿了格兰街一带的好几个街区。"老天，这水可真臭！"大男孩评论道。

"是啊！"尼利听起来似乎相当满足。

"我敢说这是全世界最臭的气味了！"另一个男孩吹嘘说。

"是呀。"

弗兰西也轻轻地说了声"是呀"表示赞同。这股臭味让她有些自豪，因为它意味着这附近有条河，不管多脏多臭，它最终都会汇入更大的河流，和它一起入海。所以对她来说，这恶臭让她想到远航的船只与冒险，所以她还挺喜欢这股子味道的。

男孩们到了空场，那里有个胡乱拿脚踩出边线的菱形球场。一只小小的黄色蝴蝶飞过杂草丛，男孩们立刻追了上去——男性似乎天生就要追逐一切会动的东西，不管这东西是在天上飞、地上跑、水里游，还是土里爬，这是他们的本能——人还没跑到，破帽子就先扔了过去。尼利逮住了蝴蝶，男孩们简单地看了看，很快就失去了兴趣，开始玩他们自己编出来的四人棒球游戏了。

他们玩得很疯，嘴里骂骂咧咧，手上连推带打。每次有什么闲人混子晃晃悠悠地路过，要是再逗留一会儿，他们的动作就格外夸张，刻意卖弄自己的技巧。因为传言说至少有一百个球探星期六下午会在布鲁克林的大街小巷里溜达，看孩子们在空场上打棒球，寻找有潜力的好苗子。而且布鲁克林所有男孩一致认为，要是能进布鲁克林道奇队打球，就算拿美国总统的位子来都不换。

过了一会儿弗兰西就看腻了，她知道在晚饭之前，他们会一直这样打打闹闹地玩下去，顺便再卖弄卖弄。这会儿刚好两点，图书管理员应该吃完午饭回来了。弗兰西满怀喜悦与期盼，往回向图书馆走去。

2

图书馆又小又破，但弗兰西觉得它很美，她对图书馆的感觉就像对教堂的感觉一样好。她推开门走了进去。她喜欢里面那股气味——

那是旧书的皮革封面、图书馆用的厚糨糊、刚加过油墨的印泥盒一同散发出来的味道，她觉得这比大弥撒上焚香的气味还要好闻。

弗兰西相信全世界的书都在这个图书馆里，而且她还打算要把全世界的书都读完。她按照字母的顺序一天读一本，就算遇到枯燥乏味的书也不会跳过。她还记得自己读的第一本书的作者姓"艾伯特（Abbott）"。弗兰西这么一天一本地读了很久了，可是眼下她还是停留在"B"开头的部分。她已经读完了和蜜蜂（Bees）、水牛（Buffaloes）、百慕大（Bermuda）旅游和拜占庭（Byzantine）建筑有关的书。虽然她热情很高，却也不得不承认"B"开头的有些书真的很难读。好在弗兰西天生就爱看书，找到什么就读什么，不管是垃圾小说、经典作品、列车时刻表还是杂货店的价目单。也有些书她读起来觉得特别好，比如说路易莎·梅·奥尔科特[1]的作品。她计划着等把"Z"开头的书都看完之后，就把奥尔科特的书全部重读一遍。

而星期六和平时不一样，她会在这一天奖励自己一下，不按照字母的顺序读书，而是请图书管理员推荐一本。

弗兰西走进图书馆，安静地把门带上——在图书馆里就该守规矩——先瞥了一眼图书管理员办公桌上那只金褐色的大口陶罐。这只罐子永远体现着当下的时节。秋天罐里会插几枝南蛇藤，到了圣诞节就换成冬青，而即便外面地上还有积雪，只要看见罐子里插着毛茸茸的银柳枝，弗兰西就知道春天要来了。那么在 1912 年夏日的这个星期六，罐子里装的又是些什么呢？她的视线缓缓移向罐口，越过纤细的绿茎和圆圆的小叶子，看到了……金莲花！红色、黄色、金色和象牙白的金莲花。看到如此美丽的景象，她感觉自己的脑门都疼了起来。她一辈子都不会忘记。

---

1 路易莎·梅·奥尔科特 (Louisa May Alcott, 1832—1888)，美国女作家，代表作为《小妇人》《小绅士》。

"等我长大了，"弗兰西想着，"我要买一个这样的棕色陶罐，一到炎热的八月份，就在里面插满金莲花。"

她用手抚过光滑锃亮的办公桌桌沿，很喜欢那种滑溜溜的触感，又看了看桌面上的东西：新削尖的铅笔整齐地排成一行，正方形的绿色吸墨纸垫板干干净净，一只大肚子的白罐子里装满奶油似的糨糊，书目卡片摆得一丝不苟，别人归还的书还没放回架上。唯独有一根铅笔让人格外留意，它孤零零地躺在垫板旁边，笔头上装着盖日期章用的戳子。

"对，等我长大了，有了自己的家。我不要长毛绒的气派椅子，不要蕾丝窗帘，更不要什么橡胶树盆栽。我要把客厅的墙刷得雪白，里头放一张这样的桌子，桌上也要有干干净净的绿色垫板，一到星期六就放上一排亮闪闪的黄杆铅笔，每一根都削得尖尖的，拿起来就能写字。还得有一个那种金褐色的罐子，里面要么插一朵花，要么放些叶子或者浆果。还得有书……书……很多的书。"

弗兰西选好了星期天要看的书，那本书的作者姓布朗（Brown），她想了想，自己这几个月好像都在看各种姓"布朗"的人写的书，刚觉得终于快要看完了，又发现下一个书架上第一本就是个"布朗恩"的作品，这之后还有"布朗宁（Browning）"[1]。她郁闷地嘟囔了一声，因为她巴不得快点看到"C"开头的那些，那里面有一本玛丽·柯雷丽[2]的书，这书她之前稍微翻了翻，感觉剧情很吸引人。她到底还能不能看到那里？或许她应该改成一天看两本，又或者……

她站在桌边等了很长时间，图书管理员才肯屈尊过来接待。

"要什么？"这位女士没好气地问道。

1　布朗（Brown）、布朗宁（Browning）、布朗恩（Browne）都是比较常见的姓氏，图书馆按照字母顺序排架的话，这几个姓氏的作者的作品不仅量非常大，还应该会被排在一起。
2　玛丽·柯雷丽（Marie Corelli，1855—1924），英国女作家，撰写了超过 20 本风行一时的通俗浪漫小说。

"我要借这本书。"弗兰西把书从背后翻开递过去，还把封底上小纸袋里的卡片抽了出来。图书管理员们都会训练孩子这样借书，这样他们就不用自己动手翻开几百本书，再从几百个小纸袋里抽出几百张卡片了。

图书馆管理员接过卡片，盖了章，把卡片插进办公桌的一个槽子里，又在弗兰西的借书证上盖了章，顺着桌面推给她。弗兰西拿了借书证，却没有立刻走开。

"还有什么事？"图书管理员连头都懒得抬。

"您能推荐一本适合女孩看的书吗？"

"多大的女孩？"

"十一岁。"

弗兰西每周都会提同一个请求，而图书管理员每周也会问同一个问题。她既不看借书证上的名字，也从来不看孩子的脸，所以即便这个小姑娘每天都来借一本书，星期六还要借两本，她也一样认不出来。如果她能对弗兰西笑一笑，那对弗兰西而言就已经相当重要了，如果还能有几句友善的话，更是能让她开心得不行。弗兰西很爱图书馆，也很想对掌管这里的女士产生些敬仰之情，然而图书管理员的心思根本就不在这里，何况她还讨厌小孩。

弗兰西期待得都有些发抖了，那女人从办公桌下摸出一本书，弗兰西看清了它的标题——麦卡锡的《如果我是国王》[1]——太棒啦！上周推荐的是《格劳斯塔克的贝芙莉》[2]，两周之前其实也是这本。而麦卡锡这本书她目前只看过两遍。图书管理员只会来回地推荐这两本书，

可能是她自己也只读过这两本，或者它们上过什么推荐榜单；也可能只是她发现这两本书足以打发十一岁的小女孩。

弗兰西紧紧抱着书匆匆向家跑去。她简直想在路上随便找个台阶坐下就读，不过最终她还是把这念头压了下去。

终于到家了，现在她终于可以坐在防火梯上读书了，这可是她期待了整整一个星期的美事。她在防火梯上铺了块小地毯，又从自己床上拿了个枕头靠在栏杆旁边。弗兰西运气不错，冰箱里还有冰块，她就凿了一小块放进一杯水里。早上买的薄荷糖也用一个小碗装好，这个碗稍微有点裂口，但是蓝蓝的颜色很好看。她把水杯、小碗和书放在窗台上，自己爬上防火梯，坐在这里就相当于住在树上。楼上、楼下，还有楼对面都没人能看见她，而她自己可以透过树叶向外看，将一切尽收眼底。

那是一个阳光灿烂的下午，一阵慵懒的暖风吹过，带来同样温暖的海洋气息，树叶的影子在白色枕套上映出变幻无穷的图案。院子里一个人都没有，这可是再好不过了。院子平时总是被一个男孩占着，他父亲是一楼一个店面的主人。这孩子不厌其烦地玩着办丧事的游戏：先挖一个小坟坑，把活毛毛虫装进火柴盒里，埋起来，最后还在小坟头上拿石子竖个墓碑。他一边这么玩，一边抽抽搭搭地假哭。不过，今天这个阴沉的男孩不在，他到本森霍斯特看姨妈去了，他不在，这简直让弗兰西感觉像收到生日礼物一样棒。

弗兰西呼吸着温热的空气，看着舞动的树影，读着手里的书，吃着碗里的糖果，时不时喝几口加了冰的水。

　　如果我是国王，爱人，

　　啊，如果我是国王……

弗朗索瓦·维永的故事每看一遍都觉得更有意思了一点。有时弗兰西甚至害怕图书馆把书弄丢，这样她就再也看不成了。有一次她甚至花两分钱买了个笔记本，开始动手抄写这本书。她实在太想要一本属于自己的书了，所以觉得抄一本也可以。可是她用铅笔抄出来的"书页"不管是样子还是气味都和图书馆的书没法比，于是只好放弃了。弗兰西暗暗发誓，长大以后一定要努力工作存钱，把自己喜欢的每一本书都买下来，这个念头对她来说一直是个安慰。

她读着书，与世界和谐共处，心里自在又快乐，那是一个小女孩捧着一本好书、守着一碗糖果，并且独自在家才能享受的快乐。树影摇曳，下午的时光悄悄流逝。到了差不多四点钟，弗兰西家院子对面的公寓楼渐渐活跃起来了。弗兰西透过树叶，望向那些没有窗帘的窗子，看见人们匆匆忙忙地拿着打酒壶[1]出门，再装着泡沫满溢的凉啤酒回来。孩子们跑进跑出，往返于肉店、杂货店和面包房。归家的女人都抱着鼓鼓囊囊的当铺口袋，这是把男人礼拜天穿的西装赎回来了。到了星期一，这套衣服就会重新送进当铺，在那里再放上一个礼拜。光靠每周的利息，当铺就能赚到不少，而这对西装也有好处，因为当铺会把它们刷干净挂起来，还装上樟脑丸防虫蛀。星期一当掉，星期六赎出来，蒂米大叔收一毛钱的利息，如此周而复始。

弗兰西还看见年轻姑娘们正为了和恋人约会做着准备。这些公寓没有浴室，所以姑娘们就站在厨房水池前擦洗身子，她们只穿无袖衬衣和衬裙，抬起胳膊擦着腋下，自然弯过头顶的手臂形成优美的线条。数不清的姑娘在数不清的窗口中这样擦洗着自己，就像是静默无声而充满期待的仪式。

佛莱博尔家的马车进了隔壁的院子，弗兰西放下了手里的书，因为看那匹美丽的马儿和看书一样有意思。隔壁的院子铺了鹅卵石，另

1　此处原文为 Growler，这是一种起源于 19 世纪的玻璃或陶制啤酒壶，多用于外带，瓶口用橡皮塞子密封，保鲜时间较长。

一头是个漂亮的马厩，两扇铁栅栏门把院子和大街隔开，鹅卵石道路的一侧是一小片肥料很足的土地，种着一丛可爱的玫瑰，还栽了一行明艳的红色天竺葵。光是马厩就比附近所有的民房都体面，这院子也是全威廉斯堡最美的。

弗兰西听见铁门"咔嗒"一声关上了，首先映入眼帘的是那匹棕色的骟马，它皮毛油亮，长着漆黑的鬃毛和尾巴。之后是它拉着的红褐色马车，车厢侧面用金色的字体写着"牙医佛莱博尔博士"和他的地址。这马车不拉货也不送货，只是成天慢慢地走街串巷当作广告。这算得上是梦幻般的活动广告牌了。

弗兰克每天早上驾马车出门，到了下午再回来，那是个讨人喜欢的小伙子，红扑扑的小脸如玫瑰一般，就像儿歌里唱的美少年一样。他的日子过得很舒坦，所有姑娘都愿意和他调调情。他每天的工作就是驾着马车在附近慢慢转悠，好让路人看清车身上写的名字和地址。这样如果有谁想要拔牙或者装假牙，就能想起马车上看过的地址，来找佛莱博尔医生了。

弗兰克悠闲地脱掉外套，穿上一条皮围裙，那匹名叫鲍勃的马耐心地等在一边，四只脚来回在地上踏着。弗兰克卸下挽具，擦干净皮面，在马厩里挂好，又拿起一块巨大的黄色湿海绵刷洗马。马看起来很享受，它在阳光下沐浴，蹄铁偶尔在铺地的石头上磕出个火星。弗兰克把海绵里的水拧到褐色的马背上，一面向下擦洗，一面和高大的马儿说着话。

"乖乖稳住了，鲍勃，真是个好小子！来，再往后退一点——好啦！"

鲍勃不是弗兰西认识的唯一一匹马。伊薇姨妈的丈夫威利·佛利特曼姨夫也管着一匹马。他那匹马名叫鼓手，是拉牛奶车的。威利和鼓手之间完全没有弗兰克和鲍勃的那种友谊。人和马似乎都暗自盘算着怎么让对方受伤。威利姨夫动不动就把鼓手臭骂一顿，要是真按照他说的，那鼓手夜里连觉都不用睡，就站在马厩里琢磨着怎么折腾他这个马夫。

弗兰西常常喜欢幻想人们长得都很像自己的宠物，而宠物反过来也像它们的主人。白色的小贵宾犬在布鲁克林是很常见的宠物，而养贵宾犬的女人往往也是小个子，胖乎乎的，满头白发，身上脏兮兮的，一双眼睛又湿又冷，就像贵宾犬一样。妈妈的音乐老师丁摩尔小姐是个矮小的老处女，她的声音高亢明亮，和叽叽喳喳的鸟叫一样，也很像她养在厨房里的那只金丝雀。如果弗兰克是一匹马，那他看起来应该和鲍勃差不多。弗兰西从来没见过威利姨夫的马，但是她知道它该长什么样。鼓手应该也和威利姨夫一样又黑又瘦小，神情紧张的双眼黑少白多。它肯定和伊薇姨妈的丈夫一样，是一张臭脸，满腹牢骚。她不让自己再去想威利姨夫的事了。

街上有十来个小男孩趴在铁门上看这一带唯一的马洗澡。弗兰西看不见他们，但是能听见他们说话。他们给这匹好脾气的马编了各种可怕的故事。

"别看它这会儿可老实了，"一个男孩说，"这都是演的。它就等着弗兰克啥时候不留神呢，这马一抓住机会就会咬他，再把他活活踢死。"

"可不是嘛，"另一个孩子说，"昨天我还看见它在街上踩死了个小宝宝呢。"

第三个孩子突然来了灵感："有一回我看见它冲着一个坐在水沟边卖苹果的老太太头顶拉大便。"他想了想，又加了一句，"拉得苹果上都是。"

"人家给马戴上眼罩，是不让马看见人类有多小。万一它能看见，就肯定得把所有人都弄死了。"

"它戴上眼罩就不觉得人小啦？"

"小得跟弹球似的。"

"好家伙！"

每个孩子都知道自己在扯谎，却又都相信其他孩子说的一定是真的。老实的鲍勃一直就那么站着，男孩们最终也看烦了，其中一个人捡起块石头向马扔了过去。鲍勃背上被打中的那块皮毛抖了一下，而孩子们也吓得浑身发抖，怕马突然发起狂来。弗兰克抬头看了看，用柔和的布鲁克林口音开口说道：

"走吧，别这么干，这马又没招惹你们。"

"怎么，不行吗？"

"不行。"弗兰克答道。

"得了，去你妈的吧。"最小的孩子自以为撂了句一击制胜的狠话。

弗兰克又用海绵在马背上挤了点水，水流顺着马屁股流了下来，他的语气依旧柔和："你们是自己滚开，还是让我把你们几个的屁股揍开花？"

"就凭你一个？"

"让你们见识见识，就凭我一个又怎么样！"弗兰克猛然弯下腰，从地上抠起一块松动的鹅卵石，摆出要扔的架势。孩子们向后散去，嘴上却还大呼小叫，骂骂咧咧的。

"这可是个自由的国家！"

"没错，大马路又不是你家的！"

"我叔是警察，我叫他来抓你！"

"赶紧滚吧。"弗兰克冷冷地说着，小心地把手上的鹅卵石安了回去。

大点的孩子觉得没什么意思，就都讪讪地走了，而小点的那些又一点点蹭了回来，他们还想看弗兰克给鲍勃喂燕麦。

弗兰克洗完马，让它站到树荫下，又把装满的饲料袋挂在马脖子上。然后他开始擦洗马车，边擦边用口哨吹着《让我叫你甜心》的调子。这哨声就像是信号一样，住在诺兰家楼上的弗洛西·加迪斯从窗户里探出头来了。

"嘿，你好啊。"她兴致勃勃地喊道。

弗兰克知道是谁在跟他讲话，所以他等了很长时间才回了声"你好"，连头都没抬。他绕到马车另一边，这样弗洛西就看不见他了，不过她的声音还是不依不饶地跟了过来。

"你今天完工啦?"她用开朗的语气问着。

"是啊，快完了。"

"我猜你晚上得出去玩玩吧，今天可是星期六。"对方没有回答。

"可别跟我说你这样的帅小伙没有相好的姑娘啊。"还是没有回答。

"今晚沙姆罗克俱乐部有场乐子。"

"是吗?"弗兰克听起来没什么兴趣。

"是啊。我手里有张情侣套票。"

"抱歉啦，我没空。"

"待在家里陪你老妈?"

"大概吧。"

"呸，见鬼去吧!"弗洛西狠狠关上窗户，弗兰克松了口气。可算是熬过去了。

弗兰西很为弗洛西难过，不管在弗兰克身上碰壁多少次，她从来都不会放弃希望。弗洛西总是追着男人跑，而男人们总是被她越追越远。弗兰西的姨妈茜茜也爱追男人，但是被追的男人会反过来追她。

二者的不同在于弗洛西·加迪斯对男人如饥似渴，而茜茜的渴求相对健康一些。偏偏就是这一点不同带来了巨大的差别。

3

爸爸五点钟到家。这时候马和马车都已经锁进了佛莱博尔家的马厕。弗兰西的书读完了，糖也吃光了，她看着傍晚的阳光照在破旧的篱笆上，显得那样苍白，那样稀薄。她的枕头被太阳晒得暖烘烘的，被风吹得香喷喷的，她抱着枕头在脸上贴了一会儿，才把它放回自己的小床。爸爸唱着他最喜欢的歌谣《莫莉·马隆》进了家门，他上楼梯的时候总是唱这首歌，这样大家就都知道他回来了。

> 在那美丽的都柏林，
>
> 姑娘们个个美丽动人，
>
> 我第一次遇见了——

他还没来得及唱下一句，弗兰西就喜笑颜开地把门打开了。

"你妈妈去哪儿了？"爸爸问，他进门的时候总是问这一句。

"她和茜茜一起看戏去了。"

"这样啊！"他听起来很失望。如果凯蒂没在家，他总是会很失望。"我今晚在克罗莫餐厅找了个活儿，是场挺大的婚宴。"他摘下帽子，用袖口擦了擦才挂起来。

"当服务员还是唱歌？"弗兰西问。

"两样都干，弗兰西，我的服务员围裙还有干净的吗？"

"有一条干净的，但是还没熨呢。我这就给你熨。"

她在两把椅子之间架起熨衣板，给熨斗加热，又把围裙拿出来洒上水，这围裙是块皱巴巴的正方形棉帆布，钉着亚麻布的宽带子。等着熨斗热起来的时候，弗兰西又把咖啡热了热，给爸爸倒了一杯。爸爸喝了咖啡，又吃了给他留的那个甜面包卷。他心情很好，因为晚上找到了活儿干，今天的天气又那么好。

"遇上这种日子，感觉就像收了礼物一样开心。"他说。

"是呀，爸爸。"

"热咖啡多棒啊，是不是？真不知道在咖啡发明出来之前人们的日子是怎么过的。"

"我喜欢咖啡的香味。"

"这甜面包卷哪里买的?"

"温克勒家,怎么了?"

"他们越做越好了。"

"那儿还有点犹太面包,不过只剩一片了。"

"太好啦!"他拿起那片面包翻过来,看见底下贴着工会的标签。"真是好面包,工会的面包师手艺不错。"他揭下那片纸签,突然想起了什么,"我的围裙上也有工会的标签!"

"在这儿呢,缝在绲边上了,我给它熨平就露出来了。"

"这种标签就像是装饰品一样,"他解释说,"就好比你戴的玫瑰花。来瞧瞧我的侍者工会徽章。"那枚绿底白字的徽章别在他外套的翻领上,颜色已经有些淡了,他又用袖口擦了擦。"加入工会之前,老板给我开工资都是爱开多少开多少,有时候甚至一个子儿都不给,他们说我拿小费就够了。有些地方甚至还得让我倒贴点钱才给我活儿干,他们那儿小费太多,想当服务员都得收费上岗才行。然后我就加入了工会。你妈妈不该老是舍不得那点会费的。加入了工会,我才能找到不管小费多少都给开固定工资的工作。我看所有行当都该有工会。"

"是呀,爸爸。"弗兰西开始熨围裙了,她喜欢听爸爸聊天。

弗兰西想起了工会总部。有一次她到那儿去给爸爸送工作要用的围裙和车票。她看见爸爸和几个男人坐在一起,身上一如既往地穿着他的无尾礼服——这也是他唯一一套正式点的衣服——他抽着雪茄,黑色圆顶帽神气活现地斜扣在脑袋上。一看见弗兰西进来,他就连忙摘下帽子,手上的雪茄烟也扔了。

"这是我闺女。"他骄傲地说。侍者们看了看眼前这个穿着破旧裙子的瘦削小孩,彼此交换了几个眼神。他们和约翰尼·诺兰不一样,工作日都有正式的侍者工作，星期六晚上出来就是挣些外快。而约翰尼没有固定的差事，只是到处打零工。

"哥儿几个，我跟你们讲，"他说，"我家有两个好孩子，还有个漂亮的老婆，可我真是配不上他们。"

"别想太多。"一个朋友拍了拍他的肩膀。

弗兰西凑巧听见这个小圈子之外的两个人正谈论她的爸爸，一个矮个子说：

"你可得听听那哥们儿怎么说他老婆孩子的。可太有意思了。这哥们儿本身也是个乐子。工资他拿回家给老婆，小费自己留着喝酒。他和麦克加里蒂的酒吧搞了个很逗的交易，他上交所有小费，麦克加里蒂管他酒喝。他是既不知道自己欠不欠人家的钱，也不知道人家欠不欠他的钱。不过这一套还挺适合他，反正他也老是醉醺醺的。"

这几个人随后走开了。

弗兰西心头隐隐作痛，可是她看见围绕着她父亲的那群人都亲近他，很愿意听他聊天，他一说话还都会随之发笑，她的心痛也渐渐缓和了。她知道人人都喜欢她的爸爸。

是啊，人人都喜欢约翰尼·诺兰。他是个讨人喜欢的歌手，最会唱甜蜜的情歌。自古以来，人人都喜爱自己身边的好歌手，爱尔兰人尤其是这样。他的侍者同行真心喜欢他，他服务的客人也喜欢他，他的老婆孩子更是爱他。他依然年轻、快活而且英俊。他老婆还不至于对他一肚子苦水，孩子们也还不明白有他这样的父亲其实算是件丢人的事。

弗兰西收回思绪，不再想去工会总部那天的事了。她继续认真听爸爸讲话，他开始回忆过去的事情了。

"就说我吧，我这人啥也不是，"他平静地点起一支五分钱的雪茄烟，"我爹妈是土豆歉收那年从爱尔兰跑过来的。有个开轮船公司的哥

31

们儿说可以带我老爹来美国，在这边给他安排个活儿干。他还说船票可以先欠着，以后从工资里扣。所以我爹妈就来了。"

"我老爹和我一个样儿，什么活儿都干不长。"他静静地抽了一会儿烟。

弗兰西也静静地熨着衣服，她知道爸爸只是在自言自语，他本来也不指望孩子能明白他想说什么，只是希望有人能听自己说说话。实际上他每个星期六说的话几乎都一模一样，一星期的其他时候他都在喝酒，出来进去也说不了几句话。但今天是星期六，是他尽情讲话的日子。

"我爹妈都不认字，我自己也只上到小学六年级 —— 我家老头子一死，我就上不成学了。你们这些孩子就走运多了，我保证供你们把书念完。"

"好的，爸爸。"

"那会儿我才是个十二岁的孩子，我到俱乐部给醉鬼唱歌，他们就往我身上扔硬币。然后我就开始在酒吧、饭馆里找活儿干……给人家端盘子。"他沉浸在自己的思绪里，有好一阵没有继续说下去。

"我一直想当个真正的歌手，就是打扮得光鲜亮丽，能正经上台演出的那种。可是我没什么文化，根本就不知道怎么才能当个上舞台唱歌的歌手。'先把你自己的活儿干好吧。'我妈总跟我这么说，她还说了，'你都不知道，你能找到活儿干有多走运。'所以我就做了这一行，又唱歌又当服务员，这算不上什么稳定的差事，如果我只做一般的服务员可能反而好些。所以我才喝酒的。"他下了这么个没头没脑的结论。

弗兰西抬头看了看他，似乎想问个问题，但最终什么也没有说。

"我喝酒是因为我彻底完蛋了，而且我知道自己没戏。我没法像其他男人一样去开卡车，这副小身板也当不了警察。我得一边给人家端啤酒一边唱歌，而我其实只想唱歌。我喝酒是因为我根本担不起自己肩上的担子。"他又停了好一会儿，才用极低的声音念叨着："我一点也不快乐，我本来就不是勤快人，却有了老婆孩子。我从来就不想成家。"

弗兰西心头又疼了起来，他不想要她或者尼利吗？

"我这样的人成家干吗？可是我偏偏爱上了凯蒂·罗姆利。啊，我这可不是在怪你妈妈，"他飞快地补充了一句，"如果没遇上她的话，我可能也会和希尔娣·奥戴尔结婚的。你也知道，我觉得你妈妈现在还有点吃她的醋呢。可是遇见凯蒂以后，我就和希尔娣说了，'咱俩还是各走各的路吧。'于是我就娶了你妈妈，我们又生了孩子。你妈妈是个好女人，弗兰西，你可千万别忘了这一点。"

弗兰西很清楚妈妈是个好女人，她一直知道。何况爸爸也是这么说的。可是为什么和妈妈比起来她还是更喜欢爸爸呢？怎么会这样呢？爸爸一无是处，连他自己都这么说。可是弗兰西还是更喜欢爸爸。

"是啊，你妈妈工作非常努力。我爱我的老婆，也爱我的孩子们。"听到这里，弗兰西又高兴起来了。"可是人难道就不该过上好点的日子吗？没准儿有朝一日，工会也能既给人安排工作，又让他们还能有点自己的时间。不过我可赶不上那一天了。如今你要么成天拼命工作，要么就只能睡大街……完全没别的出路。我死了以后一定没人记得我，没人会说'这人生前热爱家庭，信赖工会'。他们只会说'真惨，不过这家伙一无是处，只是个酒鬼而已'。没错，他们绝对会这么说的。"

房间里一片寂静。约翰尼·诺兰愤愤地把抽了一半的雪茄烟顺着没有纱窗的窗户扔了出去。他有种不祥的预感，觉得自己的生命消耗得太早、太快了。他看了看眼前低头默默熨衣服的小女孩，孩子瘦削的小脸上蒙着一层柔和的忧伤，这深深地刺痛了他的心。

"听好啦！"他走到女儿身边，伸手搂住了她瘦瘦的肩膀，"如果我今晚能拿到很多小费，星期一我就拿去押赛马，我知道有匹马跑得特别好。我在它身上押上几块钱，先赢个十块，再拿这十块钱押我知道的另外一匹好马，赢个一百块。如果我动动脑子，运气也不错的话，我能挣到五百块！"

真是白日做梦，他一边对孩子讲着赢钱的美梦，一边暗自想着。可是假如人瞎说出来的东西都能成真——他想——那该多美呀。于是他继续说了下去。

"然后你知道我准备干点什么吗，首席歌后？"听见他这么喊自己，弗兰西开心地笑了。这个绰号是在弗兰西还是个小婴儿的时候爸爸给起的，因为他信誓旦旦地说，这孩子哭起来就像歌剧女伶一样，不仅音域辽阔，调子还变化多端，富有音乐性。

"不知道，你准备干点啥呢？"

"我要带你去旅行，小歌后，就咱们两人去。咱们一路往南走，到棉桃盛开的地方去。"这最后一句他自己也挺满意，就又说了一遍，"到棉桃盛开的地方去。"然后他想起有首歌里也有这么一句歌词，于是把手塞进口袋，吹着口哨，学着帕特·鲁尼的样子跳了个踢踏舞步，放声唱了起来：

> ……在那雪白的原野上，
>
> 听那黑人柔声低唱，
>
> 我多想回到那里，那里有人将我盼望，
>
> 在那棉桃盛开的地方……

弗兰西轻轻地亲了亲他的脸颊。"哎，爸爸，我真的好爱你。"她小声说着。

约翰尼把女儿紧紧搂进怀里，那种心痛的感觉再次袭来。"老天呐，哎，天呐！"他痛苦难耐，在心中一遍又一遍地如此重复着，"我算是什么父亲！"

可是再次开口对弗兰西说话的时候，他的声音却相当平静：

"不过咱们这么聊下去的话，围裙就该没时间熨啦。"

"已经熨好了，爸爸。"弗兰西把围裙仔细地叠成一个方块。

"宝贝，家里还有钱吗？"

她往架子上那个豁了口的杯子里看了看："有一个整的五分，还有几分零钱。"

"那你能不能拿出七分钱来，去给我买个假前襟和纸领子？"

于是弗兰西就去布料店给她的父亲置办周六晚上穿的衬衣了。所谓的"假前襟"就是一片上过浆的平纹布无领衬衫前襟，硬邦邦的，套上之后颈部可以用领扣固定，下摆则塞进马甲里。这东西主要用来充当衬衫，不过穿过一次就得扔掉。"纸领子"其实并不是纸做的，这个说法主要是为了体现它和赛璐珞领子的区别。赛璐珞领子是穷人用的，因为穿脏了只要用湿抹布擦干净就可以，而纸领子是细亚麻布做的，和假前襟一样浆得很硬挺，也是只能用一次。

弗兰西回来的时候，爸爸已经刮好了胡子，用水抹平了头发，擦亮了脚上的皮鞋，还换上了一件干净的汗衫。汗衫虽然没有熨过，背后还破了个大洞，但是洗得很干净，气味也好闻。他站在椅子上，从橱柜最顶层掏出一个小盒，里面装着一套珍珠纽扣，这是凯蒂送他的结婚礼物，花了她整整一个月的工资。约翰尼非常珍视这套纽扣，不论诺兰家手头多拮据，这套纽扣永远都不会进当铺。

弗兰西帮他把珍珠纽扣装到假前襟上，约翰尼又用一枚金色领扣固定住上过浆的硬领，这领扣是他和凯蒂订婚之前从希尔娣·奥戴尔那里收到的礼物，也是个他舍不得出手的物件。他用黑丝绸领带熟练地打了个端正的领结。其他侍者戴的都是现成的松紧带领结，但是约翰尼·诺兰和他们不一样。其他侍者的白衬衫要么脏兮兮的，要么虽然干净，但是熨得马马虎虎，衬衫上装的还都是赛璐珞领子。但是约翰尼和他们不一样，他身上的衬衫永远干净整齐，无懈可击——哪怕其实都是一次性的。

他终于打扮妥当了,一头波浪般的金发闪闪发光,之前的一番梳洗和刮脸让他闻起来清爽宜人。他穿上外套,扬扬自得地系好扣子。晚礼服翻领处的缎面已经破旧了,可是这套衣服穿在他身上那么合体,连裤子的缝线都是笔直的,谁又能发现领子上那一点点瑕疵呢?弗兰西看着他擦得锃亮的黑皮鞋,留意到他的直筒裤裤脚后面恰好盖住脚跟,前面又以优雅的弧度盖在脚背上。还有谁的爸爸能把裤子穿得这么得体?弗兰西很为自己的父亲感到骄傲,她小心翼翼地用一张干净的纸包好熨过的围裙,这张纸就是专门留着干这个用的。

她送爸爸去坐有轨电车。路上的女人们纷纷对他露出微笑,直到她们发现他还领着个小女孩。从外表上看,约翰尼似乎只是个英俊潇洒、无忧无虑的爱尔兰小伙,根本看不出他有个做清洁工的老婆,还有两个总也吃不饱的孩子。

他们走过加布里埃尔五金店,停下来看了看橱窗里的溜冰鞋。妈妈从来不花时间看这些东西,而爸爸则不然,听他的口气就像是早晚要给弗兰西买一双似的。他们走到街角。一辆格拉罕姆大街的有轨电车开了过来,他趁着电车减速一个箭步跳了上去,节奏把握得刚刚好。电车重新开动的时候,他还站在车厢后的踏脚台上,紧握着扶手探出半个身子,向弗兰西挥手告别。"没有人能像我爸爸这么帅气。"弗兰西想。

4

送走爸爸之后,弗兰西就上楼去看弗洛西·加迪斯为晚上的舞会准备的衣服了。

弗洛西在一家儿童手套厂当"翻面工"养活母亲和兄弟,厂子里的手套都是里子朝外缝制的,而她的工作就是把缝好的手套翻过来。

她经常把活儿带回家来，晚上加班接着做，能多挣一点就必须多挣一点，因为她弟弟得了肺痨，没法出去工作。

弗兰西总听别人说亨尼·加迪斯活不长了，可是她不太相信，他看起来不像是要死的样子。实际上亨尼看上去好极了——他皮肤光洁，脸颊微红，明亮的深色大眼睛里燃烧着炽热的火光，像一盏不被风惊扰的油灯。但是生死他自己心里有数。他十九岁，对生命充满渴求，完全不能理解为什么这样的厄运要落在自己头上。加迪斯太太很高兴看到弗兰西，有个人给亨尼做伴的话，应该能让他暂时不再思虑了。

"亨尼，弗兰西来啦！"她快活地喊道。

"你好，弗兰西。"

"你好啊，亨尼。"

"你不觉得亨尼看着气色很好吗，弗兰西？跟他说说，他是不是看起来好得很？"

"你的气色好极了，亨尼。"

亨尼似乎在和一个看不见的人讲话，"她跟一个土埋半截的人说他'气色好极了'。"

"我真是这么想的。"

"不，你不可能这么想，你就是嘴上说说。"

"怎么能这么说呢，亨尼？你看看我——别看我这么瘦，我也从来没想过我要死啊。"

"你且死不了呢，弗兰西，你生下来就是要遭罪的，且你有苦头吃呢。"

"随便你怎么说吧，我还是觉得，我要是能有你那么红润的脸色就好啦。"

"别，可别这么想，你又不知道这脸色怎么来的。"

"亨尼，你应该多到屋顶上坐坐。"他的妈妈说。

"她让一个要死的人多上屋顶坐坐。"亨尼又对着他那看不见的伙伴说话了。

"你需要新鲜空气，还有阳光。"

"别烦我了，妈妈。"

"这是为了你好。"

"别烦我了，妈妈！你别管我了！"

他猛然把头埋进臂弯，胸膛中迸发出一阵混杂着咳嗽的痛苦抽泣声。弗洛西和她妈妈对视了一眼，默默地决定不再去管他。她们把不断哭泣和咳嗽的亨尼留在厨房，带弗兰西到外屋去看弗洛西的衣服了。

弗洛西每周主要就做三件事：给手套翻面，给自己做去舞会穿的衣服，还有追弗兰克。她每个星期六晚上都去化装舞会，每次穿的都是不同的衣服。她的衣服在设计上都有些巧思，可以掩饰她变形的右臂。她小的时候，家里人有一次不小心把一只装满热水的煮衣锅留在厨房地上了，她掉了进去，右胳膊严重烫伤。她那里的皮肤一直是发皱发紫的，所以她总是穿长袖衣服。

不过舞会上穿的裙装必须袒胸露肩[1]，所以她发明了一种露背礼服，前胸的剪裁可以展露她相当丰满的胸部，又只在一边做了条长袖子，刚好能盖住右臂的疤痕。评委们往往以为那条飘逸的长袖有什么象征意义，所以她每次都能赢得头奖。

弗洛西换上了她这一晚打算穿的衣裳，那套打扮模仿的是当时人们幻想中克朗代克[2]舞厅姑娘的装束。紫色缎子的紧身舞裙，下面衬着层层叠叠的桃红色塔勒丹薄纱衬裙，舞裙上左侧胸脯隆起的地方用黑色亮片绣着一只蝴蝶，那只额外的长袖则是用豆绿色的雪纺绸做的。弗兰西认真欣赏着这套衣服，弗洛西的妈妈又打开衣橱，让弗兰西看里面那一排色彩鲜亮的衣裙。

1　原文为法语 décolleté。
2　加拿大西北育空地区的一个城市，著名的淘金地。

弗洛西有六条不同颜色的紧身舞裙，六套薄纱衬裙，还有至少二十只色彩各异的雪纺绸袖子，几乎所有能想到的颜色她都有。她每到周末都会改变舞裙、衬裙和袖子的搭配，组合出全新的装扮来。比如到了下个星期，与那套桃红色的衬裙相配的或许就会变成一条天蓝色的紧身舞裙，再加上一条黑色的长袖，就这样不断排列组合下去。衣柜里还有至少一打丝绸阳伞，全都卷得紧紧的，从未打开用过——那是她在舞会上赢得的奖品。弗洛西乐于展示这些藏品，就像运动员展示自己的奖杯一样。而弗兰西看着这么多阳伞也觉得很高兴，穷人总是会热衷于数量很多的东西。

弗兰西欣赏着柜子里的衣服，却渐渐开始感到不安起来，虽然满眼都是明媚夺目的色彩——桃红、橙红、浅蓝、黄色和大红——她却觉得有什么东西隐藏在那些衣裙后面。那是一个狞笑的骷髅，披着阴沉的长斗篷，双手则是森森白骨，它就躲藏在那些鲜亮的颜色背后等着亨尼。

5

傍晚六点钟，妈妈和茜茜姨妈一起回来了。弗兰西看到茜茜姨妈来了非常开心，茜茜是她最喜欢的姨妈。弗兰西很爱她，甚至对她有点着迷。茜茜迄今为止的人生相当精彩，她三十五岁，结过三次婚，生过十个孩子，但每一个都是出生不久就夭折了。茜茜总是说，她就像疼自己十个孩子加起来一样疼弗兰西。

茜茜在橡胶厂工作，在男人这方面非常狂野。她皮肤清透，气色红润鲜艳，生着一双灵动的黑眼睛和一头乌黑的鬈发。她喜欢在头发上扎一个樱桃红的蝴蝶结。今天妈妈则戴着她那顶翡翠绿的帽子，衬得她的肤色格外白皙，像是浮在瓶口的新鲜奶油，一双白色的棉布手套刚好遮住了她粗糙的双手。她和茜茜进门时还兴奋地有说有笑,聊着看演出时听到的那些笑话。

茜茜给弗兰西带了件礼物,那是个玉米芯子烟斗,一吹就会有一只胀鼓鼓的胶皮母鸡从斗里蹦出来。这是茜茜工作的那家厂子的产品,不过这些橡胶玩具其实只是用来掩人耳目的,真正盈利的大头儿还是那种只能私底下偷偷买卖的橡胶制品。

弗兰西希望茜茜能留下一起吃晚饭,只要有茜茜在,家里就会变得热闹又快活。弗兰西觉得茜茜能真正能理解孩子,别人都把孩子当成可爱却也必然有点讨厌的小东西,而茜茜却会用对待重要的人的方式对待他们。不过,尽管妈妈一再挽留,茜茜却不打算留下。她说自己必须赶紧回家去看看丈夫还爱不爱她。这话逗得妈妈哈哈大笑,弗兰西也就跟着笑了,虽然她根本不明白茜茜的话是什么意思。茜茜临走前保证说下个月月初带杂志过来,她现在的丈夫在一家廉价杂志社工作,所以他每个月都能拿到不少他们自己出版的杂志,有爱情小说、狂野西部小说、推理小说、超自然小说和其他乱七八糟的东西。这些杂志的封面都是色彩斑斓的,丈夫把用崭新的黄绳子捆好的杂志从库房拿出来,茜茜就原封不动地带给弗兰西。弗兰西如饥似渴地把这些杂志全部读完,再半价卖给附近的文具店,卖来的钱就存进妈妈的锡罐子"银行"。

茜茜走后,弗兰西把自己在罗舍尔面包房看见那个老人恶心的脚这件事告诉了妈妈。

"这叫什么话,"妈妈说,"人变老又不算是什么悲剧。除非他是全世界唯一的老人,那倒是不折不扣的悲剧了。可是像他一样的老头子还多的是呢。老人不一定就是不幸的,我们想要的很多东西他们都已经不想要了。他们只想穿得暖和点,有口软和的东西吃,再和人一起回忆回忆过去的事。别傻了,我们早晚都会老,谁也逃不过。所以你最好也尽快接受这个现实。"

弗兰西明白妈妈说得很对，可是……好在妈妈说起了别的事情。母女俩转而开始筹划下星期要用陈面包做些什么了。

诺兰家基本上就是靠吃陈面包过活的，凯蒂把陈面包做成好菜的本事可叫人赞不绝口！她会往一整块陈面包上浇上开水，把它弄成糊糊，加上盐、胡椒、百里香、剁碎的洋葱和一个鸡蛋（如果鸡蛋便宜的话），然后放进炉子里烤得表面焦黄。她还会做一种酱汁，要用上半杯番茄酱，两杯开水，调味之后再加一点点浓咖啡，最后用面粉增稠，浇到之前烤出来的东西上吃。这道菜不仅吃着热乎，味道可口，而且还非常抗饿。如果还有剩下的，隔天就切成薄片用培根的油脂煎着吃。

妈妈还会做好吃的面包布丁，用的是陈面包片、糖、肉桂，外加一颗切成薄片的便宜苹果，等布丁烤成金黄色再浇上熔化的糖汁。她偶尔还做一种她起名叫"炸边角"（Weg Geschnissen）[1]的东西，这个名字很不好翻译，大概的意思是用本该扔掉的面包边角做的东西。先把这些面包边角裹上面粉、水、盐和鸡蛋做的糊，再放进宽油里炸。趁这东西在锅里炸着，弗兰西得赶紧跑到糖果店去买一分钱的黄冰糖，回来用擀面杖擀碎，吃之前趁热撒在炸好的"边角"上，冰糖渣要化不化的，那味道真是妙不可言。

星期六的晚饭是诺兰家的大餐，他们能吃上油煎的肉！先把一块陈面包用热水捣成糨糊，拌上一毛钱的碎肉（肉和剁碎的洋葱、盐已经提前拌好），还有一分钱提味的碎欧芹，最后做成小丸子下锅煎炸，配着热番茄酱吃。这道菜叫"弗兰尼利丸"（Fricadellen）[2]，这名字算是跟

1　这里是把德语中"扔掉了"——weg geschmissen 这个表述拼写错误的版本当成名字来用。下文中会提到，两个孩子的母亲凯蒂娘家是母语为德语的奥地利移民，但是三姐妹的母亲没让女儿们学太多德语，所以凯蒂生活中会用到的一些德语词都是似是而非的。
2　这个名字来源于德语中煎肉丸这道菜的名字"Frikadellen"，但是拼写成了"Fricadellen"，和上文中那个"Weg Geschnissen"基本上是同一个原理。

弗兰西和尼利开的一个玩笑。

他们一家赖以维生的主要就是各种用陈面包做的东西、炼乳、咖啡、洋葱、土豆，还有临时花上一分钱买来稍微提提味的佐料。偶尔能吃上一次香蕉，不过弗兰西一直特别想吃的是橙子和菠萝，还有橘子——尤其是橘子——她只有过圣诞节的时候才能吃到。

如果弗兰西手里有一分钱闲钱，她有时就拿去买饼干渣。食品店的人会拿一张皱巴巴的纸给她卷个锥形的纸筒，装满没法整着卖的甜饼干渣。妈妈的原则是：假如你手头有一分钱，别买糖果或者点心，不如买个苹果。可是苹果有什么好的？弗兰西觉得生土豆吃起来味道也差不多，而且还用不着花钱。

不过也总有那么些时候——尤其是漫长又寒冷的冬季临近尾声的时候——不管弗兰西肚子多饿，她还是会觉得吃什么东西都不是味儿。这就到该吃酸黄瓜的时候了。她会拿上一分钱，到摩尔街上的一家商店，这家店没有别的东西卖，只有又粗又大的犹太腌黄瓜，泡在下了很多香料的盐水里。掌管这几口腌菜缸的"长老"手持一根一头分叉的长木棍，留着长长的白胡子，头戴黑色圆顶小帽，满口的牙齿都掉光了。

弗兰西和其他来买东西的孩子说了一样的话：

"给我一分钱的老犹子酸黄瓜。"

犹太老人瞪了这个爱尔兰孩子一眼，他眼圈通红，眼睛小小的，但眼神凶狠、愤怒又痛苦。

"外邦狗！外邦狗！"他冲她啐了一口，因为他痛恨"老犹子"这个词。

弗兰西本没有恶意，其实她并不知道这个词是什么意思，只拿它当个用来形容异类又讨喜的东西的字眼。而那位犹太老人当然不可能知道她是怎么想的。弗兰西听人说过，这家店有一口缸，里面的泡菜只卖给"外邦人",他们说这老头儿每天都往那口缸里吐吐沫,或者放些更恶心的玩意儿。那就是他的复仇。不过这个说法也从来没有什么依据,至少弗兰西不相信这个可怜的犹太老头儿真会这么干。

老人用手里的长棍在腌菜缸里搅着,脏脏的白胡子遮住的嘴嘟嘟囔囔地骂着。弗兰西让他捞一根缸底下的,这更是把他气得要发疯,连翻白眼带扯胡子,但他最终还是捞了根上好的腌黄瓜上来——粗粗壮壮、黄绿相间、两头都还有点硬的那种——放在一块褐色的纸上。犹太老人一面继续骂着,一面用被醋泡得粗糙的手收下弗兰西的一分钱,然后他缩回店堂深处,怒气慢慢消散,坐下打起盹儿来,白胡子随着脑袋一点一点地,做着故国与旧日时光的梦。

这根酸黄瓜能吃上一天,弗兰西会小口小口地慢慢啃,吸吮它的汁水。她其实算不上是在吃,只是想要拥有。如果家里一连太多天都只有土豆和面包可以吃,弗兰西自然会牵挂起酸汤的腌黄瓜。虽然她自己也不知道为什么,但是吃了一天酸黄瓜之后,面包和土豆似乎也变得好吃起来。没错,吃酸黄瓜的日子也是值得期待的。

6

尼利也回家了,妈妈打发他和弗兰西去买周末晚餐要吃的肉。这可是件重要的事,所以妈妈必须安排得很仔细才行:

"去哈斯勒店里买五分钱煮汤的骨头,不过别在他家买绞肉,上魏尔纳店里买。要一毛钱绞碎的牛腿肉,别要盘子里现成的,让他现给你弄,去的时候再拿上个洋葱。"

弗兰西姐弟在柜台后面站了好一会儿,卖肉的才留意到他们。

"要点什么?"他终于开口问道。

弗兰西拿出了谈判的架势:"一毛钱的牛腿肉。"

"绞碎的？"

"不是。"

"一个女士刚来买了两毛五绞碎的牛腿肉，结果我多弄了些，剩下的就放盘子里了，刚好是差不多一毛钱的。不骗你，这些都是刚绞出来的。"

这正是妈妈嘱咐过她要小心的陷阱——不管卖肉的怎么说，都别买盘子里现成的绞肉。

"不用了，我妈妈就说要一毛钱的牛腿肉。"

卖肉的气哼哼地剁下一小块肉，称好分量，没好气地扔在包装纸上，他正准备打包，弗兰西又用颤抖的声音开了口：

"哎呀，我忘啦，我妈妈要的是绞碎的。"

"见他的鬼！"他一把抄起那块肉，把它塞进绞肉机。"又上当了。"卖肉的愤愤地想着，颜色新鲜的绞肉打着卷儿从机器里掉了出来，他把肉拢在手里，打算一把拍到纸上，就在这时候——

"我妈妈还说了，要把这个洋葱也一起剁进去。"她拿出从家里带来的那个剥好的洋葱，怯生生地放在柜台上推了过去。尼利在她身边站着，什么都没说，他的作用主要就是给弗兰西壮壮声势。

"老天爷！"卖肉的脱口而出，不过他还是操起两把剁肉刀，把洋葱细细地剁进绞肉里。弗兰西在一旁看着，她很喜欢剁肉刀像鼓点一样规则的节奏。卖肉的再次把剁好的肉拢成一堆，拍到包装纸上，直瞪着弗兰西。弗兰西不禁咽下口水，最后一个要求也是最难开口的。卖肉的已经猜到接下来可能还得再要点什么了，他就那么站着，心里气得直打哆嗦。弗兰西一口气把要说的话全都吐了出来：

"再要一块拿来煎肉的板油。"

"狗娘养的臭杂种。"卖肉的恶狠狠地嘟囔着，他割下一块雪白的肥油，故意先让它掉在地上，再捡起来扔到那堆绞肉上。他怒气冲天地打好包，抓过那一分钱交给老板算账，咒骂着自己命运不济，居然活该当了个卖肉的。

终于买好了绞肉，姐弟俩又去哈斯勒那里买煮汤的骨头。哈斯勒肉铺的骨头很不错，但是绞肉就不怎么地道了，因为他都是背着人做绞肉，所以天知道那里面搁的都是什么。尼利拿着绞肉包在店外头等着，因为假如哈斯勒看见你在别的店买了绞肉，他就会傲气地把你请出去，让你回之前买肉的地方买骨头。

弗兰西要花五分钱买一根稍微带点肉的骨头来煮星期天喝的汤。哈斯勒没有立刻去拿，而是给她讲起了那个老掉牙的笑话：一次有个人买了两分钱所谓"喂狗吃的肉"，而哈斯勒问那个人说，"是包起来还是在这里吃？"弗兰西怯生生地笑了笑，哈斯勒很满意，从冷柜里拿出一根雪白发亮的骨头，里头满满都是奶油似的骨髓，骨头根儿上还留着不少鲜红的肉。他炫耀似的让弗兰西好好看着。

"跟你妈妈说，拿这个煮完汤之后，得把骨髓掏出来，"他说，"让她把骨髓抹在面包上，加点盐和胡椒，给你做个美味的三明治吃。"

"我会跟妈妈说的。"

"吃了这样的好东西，你总该长点肉了，哈哈。"

他把骨头包好，收了钱，又切下厚厚的一片肝泥香肠给了弗兰西。弗兰西感觉有点抱歉，哈斯勒心眼这么好，她却不能在他店里买肉，可惜妈妈就是信不过他店里卖的那些绞肉。

快到傍晚了，但是天色还早，路灯也还没亮起来。不过卖辣根的老太太已经在哈斯勒肉店门口摆上了摊子，开始把那些气味辛辣的块根磨成泥了。弗兰西拿出从家里带来的杯子，老太太给她装了半杯辣根泥，收了两分钱。买肉的任务终于完成了，弗兰西很高兴。她最后去蔬菜店买了两分钱煮汤用的蔬菜，有一根蔫头耷脑的胡萝卜、一棵无精打采的芹菜、一个发软的西红柿，还有一小把挺新鲜的欧芹。这些东西和骨头一起煮，煮出来的汤不仅味道浓郁，里面还带着点肉渣。这汤里加上自家做的粗面条，再配上涂了骨髓的面包，就是星期天的大餐了。

吃过"弗兰尼利丸"、土豆、挤碎的馅饼，喝过咖啡之后，尼利下楼去街上找朋友玩了。虽然没有提前约定过，也没人招呼，但是男孩们吃完晚饭之后总是不约而同地聚在街角，在那里打发掉整个傍晚的时间。他们插着兜、耸着肩，说说笑笑，打打闹闹，还伴着口哨吹的小调跳跳舞。

莫迪·多诺万来找弗兰西一起去做告解了。莫迪是个孤儿，她和两个没有结婚的姨妈一起生活。这两个姨妈靠缝制女士寿衣谋生，有家棺材公司会以打为单位从她们手里收货。她们做的都是带流苏的缎子寿衣：处女用纯白色，年轻的已婚妇女用淡紫色，中年妇女用深紫色，老妇人则用黑色。莫迪带了些姨妈们剩下的碎布头来，想着弗兰西也许能用它做点什么，弗兰西装出高兴的样子收下，可是把这些亮闪闪的布头放起来的时候又觉得毛骨悚然。

熏香和忽明忽暗的蜡烛让教堂里烟雾缭绕的。修女们已经在各个祭坛前放好了鲜花，其中圣母祭坛前面的鲜花最好——在修女之间，圣母远比耶稣或者约瑟受欢迎。人们在告解室外排起长队，年轻的姑娘小伙们都打算赶紧把这回事应付过去，好继续去约会。奥佛林神父的告解室门前的队伍格外长，因为他年轻、和蔼、宽厚，找他做忏悔也比较轻松。

轮到弗兰西了，她推开沉重的门帘，走进告解室跪下。神父打开那扇将他与"罪人"隔开的小拉门，在窗口的网格背后对她画了个十字，无比古老的神秘气息在此刻笼罩着整个告解室。神父闭着眼，飞快地用毫无起伏的拉丁文低声说着什么，弗兰西嗅到了他身上熏香、蜡油、鲜花、剃须膏以及神父黑袍那讲究的布料混合在一起的味道。

"祝福我吧，神父，因为我有罪……"

她很快坦白了自己的"罪"，也很快地得到了赦免。她双手合十，垂着头走出告解室，先在祭坛前屈膝跪拜，又跪在栏杆边做了忏悔祷告，手上数着珍珠贝的玫瑰经念珠。莫迪的生活更简单，要忏悔的"罪行"也更少，所以她早就出去了，坐在外面的台阶上等着弗兰西。

她们互相揽着对方的腰，在街上到处溜达，彼此要好的布鲁克林女孩们都爱这么干。莫迪身上有一分钱，她买了个冰激凌三明治，还给弗兰西咬了一口。但很快莫迪就得回家去了，姨妈们不让她晚上八点以后还在外面待着。分手之前，两个小姑娘约好了下个星期六还要一起去做告解。

"可别忘了啊，"莫迪一边倒退着往家走，一边冲弗兰西喊着，"这回是我来找你，下次就轮到你来叫我了。"

"我不会忘的。"弗兰西答道。

弗兰西到家后发现外屋有客人。来的是伊薇姨妈和她的丈夫威利·佛利特曼。弗兰西挺喜欢伊薇姨妈，她和妈妈长得很像，性格风趣，说起话来总能把人逗得哈哈大笑，就像讲笑话的演员似的，而且她还擅长模仿，什么人都学得来。

佛利特曼姨夫带了吉他来，他这会儿正弹着，大家都跟着一起唱歌。佛利特曼又黑又瘦，长着一头柔软的黑发，蓄着溜光水滑的小胡子。作为一个右手缺了中指的人，他的吉他弹得还算不错。每次遇到需要用上中指才能按出来的音符，他就敲一下琴箱作为替代，所以他弹出来的歌曲节奏都怪怪的。弗兰西进门的时候，他差不多要把会的歌全都弹完了，弗兰西刚好赶上听他精选的最后几首。

唱完歌之后，姨夫出门买了一大罐啤酒，伊薇姨妈也拿出一块粗裸麦面包，还有一毛钱的林堡奶酪，做成三明治来下酒。几杯啤酒下肚，他就开始说起掏心掏肺的话来。

"你瞧我，凯蒂，"他对妈妈说，"你瞧我有多失败。"伊薇姨妈翻了翻白眼，叹了口气，咬紧了自己的下嘴唇。"孩子们不尊重我，老婆也觉得我没用，"他说，"就连我那匹拉牛奶车的马鼓手都来欺负我，你们知道它前两天干了什么吗？"

他向前倾过身子，弗兰西看到他眼里泛起了亮闪闪的泪光。

"那天我正在马房里给它刷洗，正刷到肚子的时候，它突然尿了我一身。"

凯蒂和伊薇相互看了看，眼神里跳跃着努力憋回去的笑意。凯蒂突然看了弗兰西一眼，她的眼睛带着笑意，但是嘴唇绷得紧紧的。弗兰西也皱起眉头，低头看向地板，可是心里却早就笑开了。

"这就是它干的好事，马房里所有人都笑话我。所有人都笑话我！"他又喝了杯啤酒。

"别这么说嘛，威利。"他老婆说道。

"伊薇也不爱我了。"姨夫对妈妈说。

"我爱你，威利。"伊薇笃定地说着，声音像爱抚一般柔软温和。

"刚结婚的时候你还爱我，但是现在已经不爱了，是不是？"他等着伊薇开口，但是伊薇一言不发，"你瞧，她已经不爱我了。"

"我们该回家了。"伊薇说。

上床睡觉之前，弗兰西和尼利得读一页《圣经》和一页莎士比亚的作品。这是妈妈定的规矩，小时候都是妈妈读给他们听，大一点以后他们就可以互相读给对方听了。两个孩子这样读了六年，《圣经》已经读完了一半，《莎士比亚全集》则是读到了《麦克白》。他们飞快地读完了书，到了晚上十一点，除了还在外面工作的约翰尼，诺兰家所有人都上了床。

星期六晚上弗兰西可以在外屋睡觉，她拿两张椅子在窗户前面拼了张床，这样她就可以看街上的行人了。她躺在那里，整座楼夜间的动静都听得一清二楚。人们走进楼门，回到自己的公寓，有些人拖着疲惫的步伐，也有些人一路轻快地跑上楼梯。有个人绊了一下，嘴里抱怨着楼道里的油布地毯太破旧。有个婴儿假模假式地哭着，楼下某间公寓里还有个醉汉，长篇大论地控诉着他老婆的放荡生活。

凌晨两点钟，弗兰西听到了爸爸上楼时唱着的轻柔歌声。

> ……可爱的莫莉·马隆，
>
> 她推着独轮车，
>
> 在大街小巷上走过，
>
> 嘴里吆喝着……

他刚唱到"吆喝着"，妈妈就打开了房门，这是爸爸和他们打的一个赌。如果家里人趁他唱完这一句之前就开了门，就算他们赢。而如果爸爸能在楼道里唱完这一句，那就算爸爸赢。

弗兰西和尼利都下了床，围坐在餐桌边。爸爸拿出三美元放在桌上，又给了两个孩子一人一个五分的硬币，妈妈让他们把这钱存进锡罐"银行"去，因为他们早上已经拿过卖破烂儿的钱了。爸爸带回满满一纸袋没动过的食物，因为婚宴上有些客人没来，新娘就把没上桌的剩菜分给侍者们了。有半只凉了的煮龙虾、五个冷冰冰的炸牡蛎、一小罐鱼子酱和一角羊奶干酪。孩子们没觉得龙虾好吃，凉的炸牡蛎完全没味道，而鱼子酱似乎又太咸了。可是他们太饿了，所以这一桌东西很快就被一扫而空，而且一晚上就消化掉了。假如钉子嚼得动的话，恐怕他们也能吃下肚去，消化个干净。

吃过东西以后，弗兰西就不得不面对现实了：她打破了从午夜到明早的弥撒之前必须禁食的规矩，所以她不能领圣餐了。这件事倒确实是个真正的"罪过"，下星期得对神父好好忏悔了。

尼利回到他的床上，很快就睡着了。弗兰西走到漆黑的外屋，在窗边坐下，她还不太想睡。妈妈和爸爸还在厨房里坐着说话，他们能这样一直聊到天亮。爸爸说着今晚工作上的事，聊着他都看见了什么人，这些人长什么样，说着什么话。诺兰家的人们享受并且热爱生活，他们不仅把自己的日子过到极致，还对接触到的其他人的生活也充满了兴趣。

于是约翰尼和凯蒂就这么聊了下去，他们抑扬顿挫的说话声在黑夜里听来令人安心。已经凌晨三点了，街上静悄悄的，弗兰西看见住在马路对面公寓里的一个姑娘和她的男朋友从舞会回来了，他们在门廊里紧紧相拥，一言不发地拥抱着彼此，直到姑娘向后仰过去的身子不小心碰响了门铃。姑娘的父亲只穿着衬裤下了楼，压低了声音把小伙子臭骂了一顿，让他赶紧滚蛋。姑娘咯咯笑着跑回楼上，她男朋友沿着大街走了，一路用口哨吹着《今夜你我独处时》。

当铺老板托穆尼先生在纽约城里花天酒地了一晚上，这会儿坐着辆双轮马车回来了。他从来没进过自己的当铺，这是他继承来的遗产，还附带一位非常能干的经理。没人知道，为什么托穆尼先生明明这么有钱，却还要住在自家铺子的二楼。他在脏乱的威廉斯堡过着上流纽约客的日子。一个进过他家的粉刷匠说，他的屋子里到处装饰着雕像和油画，铺着雪白的皮草地毯。托穆尼先生是个单身汉，经常一整个星期不见人影，星期六晚上也没人看见他从家离开，只有弗兰西和巡逻的警察能看到他回家。弗兰西看着他，感觉就像在戏院包厢里看演出一样。

他的真丝高顶礼帽斜扣在一只耳朵上，银杖头的拐杖夹在腋下，在路灯的映照下闪闪发光。他掀开白缎子的斗篷外套掏车钱，马车夫接过钞票，用马鞭末端点点自己的帽檐致意，一抖手上的缰绳催马走了。托穆尼先生目送着马车离开，仿佛这构成了他那美好人生的最后一环。然后他就上了楼，回自己的豪华公寓里去了。

他应该是那些大名鼎鼎的豪华地方的常客，比如雷森韦伯咖啡馆或者华尔道夫酒店之类的。弗兰西下定决心，有朝一日自己一定得去亲眼看看这些地方。有朝一日她一定要穿过几个街区之外的威廉斯堡桥，桥的那一边就是纽约的市中心，她要从外面好好看那些地方。这样她就能对托穆尼先生有些更准确的了解了。

一阵海风吹过布鲁克林。从遥远的北边传来一声雄鸡的啼鸣——布鲁克林最北端是意大利人的聚居区，他们习惯在自家院子里养鸡——远处有只狗跟着吠叫起来，在马房里睡得正舒服的骟马鲍勃也随之发出了一阵询问般的嘶鸣。

弗兰西很喜欢星期六，很不舍得用睡觉为这一天画上句号。只是想到下个星期即将到来就已经让她很不舒服了。她重温着这个星期六，把它牢牢记在心中，除了那个等面包的老头儿之外，这一天完美无缺。

在除了星期六之外的其他夜晚，她都只能睡在自己的小床上，从通风井依稀听得见楼里另一间公寓里说话的声音。那家的新婚妻子几乎还是个孩子，而她的丈夫是个活像头大猩猩的卡车司机。妻子的声音轻柔而带着乞求的意味，丈夫的声音粗暴而充满苛责。说过话之后是一阵短暂的沉默，然后丈夫开始打鼾，他新婚的妻子开始哀哀切切地哭泣，一直哭到将近天明。

弗兰西一想起她的哭声，就不由得颤抖起来，双手本能地捂住耳朵，然而她很快就意识到今天是星期六，她睡在外屋，听不见通风井里传来的动静。没错，现在还算是星期六，还是那个美妙的星期六。星期一还在很久之后，中间还隔着个平静的星期天呢，明天她还可以花上很长的时间去回想那棕色陶罐里的金莲花，还有弗兰克刷洗马儿的时候它沐浴在阳光和树影下的模样。弗兰西开始觉得困了，她又听了一会儿凯蒂和约翰尼在厨房里说的话。他们开始聊起往事。

"我第一次遇见你的时候才十七岁，"凯蒂说，"那会儿我在城堡穗带厂上班。"

"那我就是十九岁了，"约翰尼也回忆道，"当时我和你最好的朋友希尔娣·奥戴尔是一对儿。"

"哦，她呀。"凯蒂鼻子里哼了一声。

甜美的暖风轻柔地吹着弗兰西的头发，她弯起胳膊搭在窗沿上，把脸枕了上去，这样她一抬头就能看见高悬在廉价公寓屋顶上的星星。她过了一会儿就睡着了。

第二卷

7

也是在这样一个布鲁克林的夏日，约翰尼·诺兰第一次见到了凯蒂·罗姆利，那已经是十二年前的事了。那年是 1900 年，约翰尼十九岁，凯蒂十七岁。凯蒂和她最好的朋友希尔娣·奥戴尔都在城堡穗带厂上班。虽然希尔娣是爱尔兰人，而凯蒂的父母都来自奥地利，但她们还是非常要好。凯蒂长得漂亮些，希尔娣则更加热烈大胆。她生着一头黄铜一般的金发，脖子上总是扎着条石榴红的雪纺领巾，爱嚼"森森"牌口香糖，擅长跳舞，对所有最新的流行歌曲了如指掌。

希尔娣有个男朋友，一个花花公子，每星期六都带她去跳舞，名叫约翰尼·诺兰。他有时会在工厂外面等希尔娣下班，还总是会带着一大群其他小伙子一起等，他们一边说说笑笑，一边在街角懒洋洋地晃悠。

有一次，希尔娣让约翰尼下回去跳舞的时候也给她的朋友凯蒂找个舞伴。约翰尼欣然照办了，一行四人坐有轨电车去了卡纳西。小伙子们戴着平顶草帽，帽子上的飘带一头钉在帽檐上，另一头别在外套的翻领上。强劲的海风把草帽吹飞了，他们就扯着带子拽回来，引得大家哈哈大笑。

约翰尼和他的女朋友希尔娣一起跳舞。可凯蒂不愿意和约翰尼找来的舞伴一起跳，那是个头脑空空、言语粗俗的小伙子，凯蒂去了趟厕所，他居然能说出"我还以为你掉下去了"这种话。不过她还是让

53

对方请自己喝了杯啤酒，她坐在桌边，看着约翰尼和希尔娣跳舞，想着全天下没有第二个小伙比得上约翰尼。

约翰尼的双脚修长纤细，穿的皮鞋也擦得锃亮。他跳起舞来脚尖向内，舞步节奏流畅、韵律优美。天气挺热，他们又跳着舞，约翰尼脱下外套搭在椅子靠背上。他的裤子臀部平整服帖，雪白的衬衫扎进裤腰，悬在腰带上方的部分蓬松得恰到好处。他戴着很高的硬领，打了条带波点的领带（这和他草帽飘带的花色一样），胳膊上还系着一对婴儿蓝的袖箍，是用缎子在松紧带上做出抽褶的那种，凯蒂满怀嫉妒地想，那一定是希尔娣给他做的。这股醋劲儿此后再也没能过去，她余生一直有点讨厌婴儿蓝。

凯蒂实在没法把视线从约翰尼身上移开。他年轻、苗条，一头闪亮的金色鬈发，一双深蓝色的眼睛，他鼻梁挺直，肩膀宽阔方正。她听见邻桌的姑娘们夸他穿得俏皮帅气，男伴们则说他舞跳得灵巧潇洒。虽然约翰尼并不属于她，可凯蒂却还是为他感到自豪。

乐队奏起了《可爱的萝茜·奥格瑞迪》，约翰尼出于礼貌邀请凯蒂跳了一支舞。他的手揽住了她的腰，凯蒂本能地跟上了他的节奏，她突然意识到，他就是自己想要的男人。只要能一直看着他，听他说话，她可以什么都不要。就在那个瞬间，凯蒂下定了决心，就算只是图他这点好处，后半辈子哪怕吃苦受罪也值了。

也许她的决定是个天大的错误，也许她更应该等一个对她抱有这般感情的男人出现。这样她生下的孩子大概就不会饿肚子，她自己也用不着靠擦地板养活全家，而约翰尼也能作为一段耀眼而温柔的回忆长留在她心中。但是她要定了约翰尼·诺兰，除了他之外谁也看不上，她一定要把他追到手。

她在下一个星期一对约翰尼展开了攻势。工厂下班的哨声才响，凯蒂就从厂子里飞跑出去，赶在希尔娣之前跑到那个街角，用唱歌般的调子喊道：

"你好啊，约翰尼·诺兰。"

"你好啊，亲爱的凯蒂。"他如此答道。

从这次以后，她每天都能和他稍微说上几句话。久而久之，约翰尼也盼着每天能和她说几句话了。

有一天，凯蒂对女工头祭出了女人那个永远无可指摘的借口——她来例假了，不太舒服。她提前十五分钟下了班，约翰尼和朋友们已经在街角等着了。他们吹着《安妮·鲁尼》曲调打发时间，约翰尼把平顶草帽斜扣在头上遮住一只眼睛，双手插在裤兜里，在人行道上跳起了华尔兹。路过的行人纷纷驻足欣赏，一个巡逻的警察对他喊道："哥们儿，在这儿浪费什么时间呢。你都能上台演出了。"约翰尼看见凯蒂过来了，就停止了自己的表演，冲她咧嘴一笑。她穿着紧身的灰色套装，上面装饰着厂子里生产的黑色穗带，看起来迷人极了。那些穗带盘绕出蜷曲烦复的花边，旨在把视线吸引到她的胸前，衬衣上的两排荷叶边恰好衬托出她匀称的胸脯。她又用一顶樱桃红色的软帽与灰色套装搭配，帽檐斜斜地遮住一只眼睛，脚踩着一双维琪牌高筒系扣细高跟小羊皮靴。凯蒂褐色的双眼闪闪发亮，她想着自己看起来一定鲜亮极了，不由得激动又害臊，面颊也因此而焕发光彩——而这都是为了追一个小伙子。

约翰尼冲她打了个招呼，他的伙伴们三三两两地走开了。凯蒂和约翰尼早已记不得他们在那个特殊的日子都说了些什么，然而在那些漫无目的却多少有些大惊小怪的对话里，在那些甜蜜的停顿中，涌动着激烈的情感暗流——他们分别意识到，自己早已深深地爱上了对方。

工厂下班的哨声响起，姑娘们像潮水一样涌出城堡穗带厂。希尔娣也出来了，她穿着一身泥土色的套装，黄铜般的金发高高拢成蓬巴杜式发卷，头上戴着一顶黑色水手帽，上面别着一枚看着怪吓人的长帽针。她看见了约翰尼，露出充满占有欲的笑容，然而一看见他身边的凯蒂，她的笑容立刻僵住，变成了一副混杂着伤痛、恐惧与恨意的神情。她直冲到两人面前，拔下了那枚长长的帽针。

"凯蒂·罗姆利，这是我的男人！"她尖叫着，"你不能说抢就抢！"

"希尔娣，希尔娣。"约翰尼用柔和的声音不慌不忙地叫着。

"这是个自由的国家吧。"凯蒂向后一扬脑袋。

"自由也不是给你抢男人的！"希尔娣挥动着帽针冲向凯蒂。

约翰尼上前一步，把两个姑娘隔开，脸上被帽针划了一道。厂子里的姑娘们这时候也早就叽叽喳喳地围过来了一大群，兴高采烈地看着他们的热闹。约翰尼一手抓住一个姑娘的胳膊，拉着她们转过街角，用自己的身子把她们堵在一处门廊里，张开胳膊拦在她们面前，对着两人开了口：

"希尔娣，我不是什么好人，我不应该耽误你那么久的。因为我现在发现我不能娶你了。"

"这都是她的错。"希尔娣哭着说。

"是我的错，"约翰尼洒脱地答道，"遇到凯蒂之前，我根本不知道什么是真爱。"

"可她是我最好的朋友啊。"希尔娣凄凄切切地说着，就好像约翰尼犯了什么乱伦罪一样。

"她现在是我最爱的姑娘了，别的我也没什么好说的。"

希尔娣哭泣着和他争吵了一阵，最终约翰尼还是让她平静了下来，对她解释自己和凯蒂究竟是怎么回事。他最后说，他和希尔娣应该各走各的路了。这句话他自己觉着很满意，于是就又重复了一遍，他挺享受这一瞬间的戏剧性。

"咱俩还是各走各的路吧。"

"你其实是想说，让我走我自己的，而你要和她走一条路吧。"希尔娣愤愤地答道。

希尔娣终于低垂着双肩走了，约翰尼追了上去，在路上抱住了她，温柔地与她吻别。

"我也不希望是这样的结局。"他悲伤地说。

"得了吧，你才不这么想呢，"希尔娣立刻反唇相讥，"你要是真有这份心——"她又哭起来了，"你就该踹了她，接着跟我好。"

凯蒂也哭了，不管怎么说，希尔娣·奥戴尔都是她最好的朋友。她也亲了亲希尔娣。凑过去的时候，她看到希尔娣那泪水涟涟的眼睛眯得小小的，充满了恨意，她把自己的视线移开了。

于是希尔娣走着她自己的路，而约翰尼和凯蒂走上了一条路。

他们又谈了一阵恋爱，很快就订了婚。1901年元旦当天，他们在凯蒂去的教堂结婚了。他们从认识到结婚只用了四个月。

托马斯·罗姆利永远不会原谅女儿的这门婚事。实际上，不管是哪个女儿结了婚，他都绝对不肯原谅。他关于孩子的哲学既简单粗暴又唯利是图，男人应该享受创造孩子的过程，稍微花点钱出点力把他们养大，养到十来岁就送出去给他这个父亲赚钱。凯蒂结婚的时候十七岁，才工作了四年，所以他觉得她欠了自己不少钱。

罗姆利痛恨一切人和事，而且没人知道到底是为什么。他是个英俊的大块头，狮子般的脑袋上生着铁灰色的鬈发。他不愿应召入伍，就带着新婚的妻子从奥地利逃到了美国。他固然痛恨自己的国家，却也固执地不肯接受新国家。他能听懂英语，如果他想的话也能说，但是他禁止家里人说英语，有人拿英语跟他说话他也拒绝回答。可他的女儿们却不怎么会德语，她们的母亲坚持让孩子们在家里只说英语。她的理由是女儿们德语懂得越少，就越不容易发现她们的父亲到底有多残暴。所以罗姆利家的四个女儿从小到大和父亲的交流都很少，他也几乎不和女儿们说话，除非是开口骂人。他张嘴闭嘴不离"天杀的"[1]，简直像把这个字眼当成"你好"和"再见"了，愤怒到极点的时

1　原文为德语。

候，他就会骂惹他生气的人"你个俄国佬!"[1]，这在他看来是最恶毒下流的骂人话。他痛恨奥地利，他痛恨美国，但是他最痛恨的还要数俄国。他从来没去过俄国，也从来没有亲眼见过俄国人，他对那个国家和它的人民知之甚少，只有一点点模糊的印象，没人知道他这股子恨意从何而来。弗兰西的外祖父就是这样一个人，他的女儿们恨他，弗兰西也一样恨他。

他的妻子——也就是弗兰西的外祖母——玛丽·罗姆利则简直是个圣人。她没受过教育，大字不识，连自己的名字都不会写。可是她却记得一千多个故事和传说，有些是她编出来讲给孩子们听的，有些是她从自己的母亲和祖母那里听来的民间故事。她会唱许多古老的民谣，还知道很多充满智慧的民间谚语。

玛丽极其虔诚，对天主教的每一个圣徒的生平如数家珍，可她也相信幽灵和仙子，相信一切超自然的生灵。她非常了解各种草药的功效，不仅会调配药剂，如果你能证明自己不会拿魔药害人的话，她其实也会熬制魔药。还在故乡的时候，周围的人们都非常尊敬她，经常向她寻求建议。她是个清白无罪、无可指摘的女人，但她也能够理解人们为什么会犯下罪行。她在品行上对自己要求十分严格，却能包容他人的弱点。她敬畏上帝、热爱耶稣，却也理解那些背弃这二者的人们的想法。

她结婚时还是个处女，所以不得不恭顺地屈服于她丈夫那残暴的"爱"，他的凶暴野蛮早已扼杀了玛丽心中潜藏的所有情欲。然而她却能理解那种让姑娘们"失足"——至少别人都管这个叫失足——对爱情的渴求。她会相信因为强奸而被街坊们驱逐的小伙子也许本质上还是个好人。她能理解人们为什么会撒谎、偷窃、伤害他人。她了解人

---

1 原文为德语。

性中所有可悲的弱点和残忍的长处。

可她连大字都不识一个。

她柔和的褐色双眼清澈而纯净。一头光泽闪亮的褐色头发从头顶正中分开，拖下来遮住耳朵。她皮肤苍白透明，嘴唇线条柔美。说起话来声音低沉，语气轻柔温暖，韵律悠扬，让人听着十分安心。女儿和外孙女们也都继承了她这样的声音。

玛丽认定，自己这辈子一定是无意间犯下了什么罪过，所以才会嫁给魔鬼做老婆。她真的相信这一点，因为她丈夫也是这么跟她说的。"我就是魔鬼本人。"他总是跟她这么说。而她也经常打量丈夫，看着他总是在脑袋两侧支棱着的两缕头发，看着他那双眼角上挑的、冷冰冰的灰色眼睛，然后叹一口气，自言自语地说："没错，他就是魔鬼。"

他有时会直直地盯着玛丽圣徒一般的面孔，故意拿出一种爱抚般的温和语调，对她说起许多亵渎耶稣基督的话。玛丽实在害怕极了，就从门后的钉子上摘下自己的头巾，裹在头上冲出门去，在街上来回来去地走着，直到她因为太担心孩子们而不得不回家为止。

她跑到三个女儿念书的公立学校去，用自己磕磕巴巴的英语请求老师，让这三个孩子在学校只说英语，一个德语词都不许说。这就是她保护女儿们不受父亲伤害的方式。她为女儿们上完六年级就得辍学打工而伤心；为她们嫁给没出息的男人而伤心；更为她们也生了女儿而悲伤哭泣，因为她知道，身为女人就注定要吃苦受罪，熬过艰辛又卑微的一生。

每当弗兰西念诵起"万福玛利亚，你充满恩宠，主与你同在"这句祷文，外祖母的面容总是会浮现在她眼前。

茜茜是托马斯·罗姆利和玛丽·罗姆利的长女。两口子到达美国三个月之后生下了她。茜茜一天学都没上过，她到上学年龄的时候，玛丽还不知道有免费的公立学校，像他们这样人家的孩子也能去上。

虽然法律规定所有孩子都必须去上学，但是也没人告诉这些对此一无所知的家长，更没人督促他们履行法律的要求。等另外几个女儿到了上学的年纪，玛丽才知道免费教育这回事，但是茜茜年龄太大，和六岁小孩一起从零开始学已经不太合适了。于是她就一直留在家里给母亲帮忙。

茜茜十岁就发育得像个成熟的女人了，好多男孩都追她，她也反过来追男孩。十二岁那年，她就已经和一个二十岁的小伙子谈上了恋爱，不过她父亲把那小子痛打了一顿，恋情也就此告吹。到了十四岁，茜茜又找了个二十五岁的消防员。这次消防员不仅没挨揍，反而把她父亲给揍了，这段罗曼史最终以消防员娶了茜茜而画上句号。

两人是去市政厅结的婚，茜茜发誓说自己满十八岁了，办事员就给他们登了记。邻居们大为震惊，可是玛丽知道，对她这个热衷于情爱的女儿来说，结婚就算是最好的结局了。

消防员吉姆是个好人，他念过文法学校，可以说是个受过教育的人。他赚钱挺多，在家的时间又不多，算是最理想的丈夫。小两口过得很幸福，除了多做爱之外，茜茜对丈夫几乎没有什么别的要求，这也让吉姆相当满意。有时候，想到老婆不识字，吉姆也觉得有点丢人，但是茜茜风趣、聪明、热心肠，让生活充满乐趣，久而久之，他也渐渐不在乎她是个文盲这一点了。茜茜对母亲和妹妹们极好，吉姆给她用来操持家务的钱不少，她也花得非常仔细，总是能省下些钱给母亲。

她婚后一个月就怀了孕。茜茜虽然在婚姻上算是已婚妇人，却也还只是个十四岁的野丫头。她照样在街上和其他孩子一起跳绳，全然不顾日渐笨重的身体里还有个没出生的孩子，让邻居们看得心惊肉跳。

除了做饭、打扫、做爱、跳绳，以及试图挤进男孩堆里一起打棒球之外，茜茜剩下的时间都用来为即将到来的宝宝做准备了。如果生的是个女孩，就给她起名叫玛丽，和茜茜自己的母亲一样。如果生的是个男孩，那就起名叫约翰，说不上为什么，她就是对"约翰"这个名字情有独钟。她开始管吉姆也叫"约翰"了，说是想用孩子的名字反过来给他爸爸命名。最开始这只是夫妻间亲昵的爱称，然而很快大家就都开始管吉姆叫"约翰"了，有些人甚至以为他的名字其实就叫"约翰"。

孩子出生了，是个女孩，生产过程非常轻松。他们叫来了住在同一个街区的接生婆，茜茜只用了二十五分钟就生了，一切都很顺利，一切都很完美，唯一的问题是孩子生下来就是死的。孩子出生及夭折的这一天凑巧也是茜茜自己的十五岁生日。

她为此悲痛了一段时间，这悲痛也让她发生了改变。她干活儿更勤快了，把家里收拾得一尘不染，对母亲也更加周到体贴。她再也不像个假小子似的玩闹了，因为她认为孩子没了都是跳绳跳的。可是她一静下来却显得更年幼，更像个孩子了。

到了她二十岁那年，茜茜已经生过四次，但是每一胎都夭折了。她最终断定是丈夫有问题。肯定不是她自己的错——第一个孩子没了以后，她就不再跳绳了。她告诉吉姆，自己对他没感情了，因为他们俩只能生出死亡的孩子来。她让吉姆离开她。吉姆也争辩过，但最后还是离开了。分手以后，起初他还不时给茜茜寄点钱。而有时茜茜想要男人了，她也会故意从消防站门前走过——吉姆总是在消防站门外坐着，椅子倾斜着抵在墙上。她走得很慢，腰肢摆动，面露微笑，吉姆就会擅离岗位，和她一起回公寓去找上半个小时的乐子。

茜茜后来又遇见一个愿意娶她的男人，她家里没人知道这人的名字到底叫什么，因为她一上来就直接喊他"约翰"。这第二桩婚事安排得非常简单。因为离婚的手续既复杂又昂贵，她又是个天主教徒，教义上不认可离婚。她和吉姆是在市政厅结的婚，办手续的也就是个小职员，她想着反正没去教堂，算不得真正结婚，那干吗让它碍着自己的事呢？她用了第一段婚姻改的姓氏，对自己的第一段婚姻只字不提，在市政厅换个办事员办成了手续。

茜茜没在教堂结婚，这让她的母亲玛丽很难过。她这第二段婚姻也给托马斯找到了折磨妻子的新手段：他总是说自己要去报警，让警察以重婚罪把茜茜抓起来。但是他终究没这么干，茜茜和第二个"约翰"结婚四年，其间，又生了四个孩子，但是每一个都是死胎，她已经确定"约翰"二号也不适合她了。

她告诉丈夫（他是个新教徒），天主教会不认可他们的结合，所以她也不认可。她就这样干净利索地终结了第二段婚姻，让自己恢复了自由身。

"约翰"二号坦然接受了这个结果。他喜欢茜茜，和她一起也挺幸福。但她就像水银一样善变。哪怕茜茜直率得可怕，天真得惊人，可他却对她一无所知，而他也早就厌倦了和一个谜团一起生活。所以分手了他也不算特别难过。

时年二十四岁的茜茜已经生过八个孩子了，但是一个都没能活下来。她认定了是上帝不允许她结婚，就搬回家和母亲一起住，在橡胶厂找了份工作，对厂子里的人说自己是个老处女（不过也没人相信）。在第二段和第三段婚姻之间，她又交了许多男朋友，并且管每一个都叫"约翰"。

她每失去一个孩子，对孩子的爱就会变得更热烈一些。有时她也会陷入阴郁的情绪，觉得如果再没有个孩子来给她爱，她一定会发疯的。于是她满腔失落的母爱就全部倾泻到和她睡觉的男人、妹妹伊薇和凯蒂，还有妹妹们的孩子身上了。弗兰西特别喜欢茜茜，她也听人家说过茜茜是个坏女人，可她还是特别爱这个姨妈。伊薇和凯蒂也想对这个离经叛道的姐姐表达些愤慨，可是茜茜对她们太好了，她们实在是不忍心再针对她。

弗兰西十一岁生日之后不久，茜茜在市政厅步入了自己的第三段婚姻。第三个"约翰"在杂志公司上班，正是因为他，弗兰西才每个月都有新出的杂志看。就算是为了杂志，弗兰西也希望她的这段婚姻能维持得久一点。

托马斯和玛丽的次女伊丽莎没有其他三个姐妹漂亮，也没有她们那种热情如火的性格。她平凡、沉闷，对生活缺乏热情。玛丽一直想把一个女儿送进教会，于是就选了伊丽莎。伊丽莎十六岁那年进了修道院，她去了一个戒律极其严格的修会，除非父母离世，否则修女们终身不得离开修道院。她领了"乌尔苏拉"这个教名，对弗兰西而言，"乌尔苏拉修女"几乎像是个虚构的传奇人物。

弗兰西只在托马斯·罗姆利的葬礼上见过她一次。那年弗兰西九岁，刚刚领过第一次圣餐，一心只想着把自己全身心奉献给教会，想要长大以后也去当修女。

她激动地等待着乌尔苏拉修女的到来。想想看，她居然有个做修女的姨妈！这多光荣啊！可是乌尔苏拉修女停下脚步亲吻她的时候，弗兰西发现她的上唇和面颊都长着一层柔软的细毛。弗兰西吓得够呛，以为所有小小年纪进修道院出家的修女脸上都得长胡子。她就此打消了做修女的念头。

伊薇是罗姆利家的老三。她也早早就结婚了，嫁的丈夫名叫威利·佛利特曼，那是个英俊的黑发男人，蓄着真丝似的小胡子，一双清澈明亮却游移不定的眼睛，看着有些像意大利人。弗兰西一直觉得他的名字有点滑稽，每次想到都忍不住偷着乐。

佛利特曼这人没什么长处，他算不上游手好闲，只不过是性格软弱，还总是抱怨连天。可是他会弹吉他。罗姆利家的女人最大的弱点就是抵挡不了有创作或者表演才能的男人。在她们看来，一切音乐、绘画或者讲故事的才能都非常可贵，都值得培养和守护。

伊薇是姐妹中过得最"上档次"的一个，她在一个非常高档的居住区边缘租了间便宜的地下室公寓，并且时常琢磨她那些有钱的邻居。

她想要出人头地，想让儿女享受她自己从未拥有过的生活。她有三个孩子：一个和他父亲同名的男孩，一个叫布洛瑟姆的女孩，还有一个叫保罗 - 琼斯的男孩。她打算把孩子教养得更有文化，而第一步就是把他们从天主教会的主日学转到圣公会的主日学，因为她听人家说新教教徒比罗马天主教教徒更"上档次"一些。

　　伊薇自己没什么音乐天赋，又特别仰慕有音乐才能的人，所以就很热心地培养孩子们。她希望布洛瑟姆能爱上唱歌，保罗 - 琼斯能喜欢上小提琴，而小威利能学会弹钢琴。可三个孩子也完全没有天赋。伊薇偏要迎难而上，不管孩子们愿意不愿意，都非得爱上音乐不可。既然他们生来没有天赋，那也许可以通过一个小时接一个小时的训练给他们灌输一些。她给保罗 - 琼斯买了把二手小提琴，又找了个自称"阿里格雷托[1]教授"的家伙，讨价还价一番之后，让他以五毛钱一小时的费用给儿子上小提琴课。小佛利特曼和他学了一年，却只能拉出锯木头似的可怕噪音，到了年底好歹教了首曲子，号称是叫"幽默曲"。伊薇觉得儿子能学首曲子实在是件大好事，总好过成天只会拉音阶——哪怕只是稍微好了一点也算数。这让伊薇更有信心了。

　　"孩子他爸，"她对丈夫说，"既然咱们给保罗 - 琼斯买了把小提琴，那小布洛瑟姆也该去上小提琴课，他俩都拿同一把琴练就行。"

　　"我猜他俩上课的时间还得错开吧。"她丈夫阴阳怪气地回答。

　　"那不然呢？"伊薇愤怒地反问道。

　　于是他们每周又得额外攒下五毛钱，郑重地塞进不情不愿的布洛瑟姆手里，打发她也去上小提琴课。

　　不巧"阿里格雷托教授"面对女学生有那么一点怪癖：他会让女孩们脱光鞋袜，赤着脚站在他家的绿色地毯上，让她们随意"锯木头"，自己根本不去给她们打节拍或者纠正指法，只是痴迷地盯着她们

1　这个名字的意思是"小快板"。

的脚看上整整一个小时。

有一天，伊薇看着布洛瑟姆给小提琴课做准备，留意到孩子脱下鞋袜，开始认真地洗起脚来。洗脚当然是好事，但是这时候洗却让伊薇觉得有点奇怪。

"你现在洗脚干吗？"

"为了上小提琴课。"

"小提琴又不拿脚拉。"

"我不好意思让教授看见我的脚有多脏。"

"难不成他还能隔着鞋子看见你的脚？"

"那倒不是，他会让我把鞋和袜子都脱掉的。"

伊薇吓了一大跳。她对弗洛伊德的理论一无所知，她那点很有限的性知识也不包括其中各种稀奇古怪的分支。但是常识告诉她，"阿里格雷托教授"不能这样一小时拿人家五毛钱却不干正事。她当机立断地叫停了布洛瑟姆的音乐教育。

她也问了保罗-琼斯，但是他说上课的时候"教授"只让他摘帽子，没说脱别的，于是伊薇就让他继续上课了。保罗-琼斯学了五年，小提琴水平和他爸弹吉他的水准差不多，可是他爸一天课都没上过。

佛利特曼姨夫是个沉闷无趣的人，音乐是他唯一的长处。他在家只有一个话题，那就是他那匹拉牛奶车的马"鼓手"又怎么折腾他了。佛利特曼和这匹马斗了整整五年，伊薇希望他们俩能早些分出个高下来。

伊薇真心爱她的丈夫，不过她偶尔也会忍不住想学一学他闹的那些笑话。她会站在诺兰家的厨房里，先假装自己就是那匹叫"鼓手"的马，然后又开始惟妙惟肖地模仿起佛利特曼姨夫，学他试图给马套料袋的样子。

"那马站在马路牙子上，就是这么个德行，"伊薇边说边弯下腰，脑袋低垂，几乎要碰到膝盖，"然后威利就拿着料袋过来了，他刚要给马套上，马就突然一扬脑袋——"说到这里，伊薇的脑袋也猛然高高扬起，还学着马儿嘶鸣的声音，"所以威利只能等着，马的脑袋又低下去了，就跟它根本没有骨头，这辈子都不会抬头似的……"伊薇也再次低下头，低得让人有点害怕，"可是威利一凑近，马脑袋就又抬高啦。"

"那然后怎么样了呢?"弗兰西问。

"然后嘛，我就下楼去把料袋给马挂上了。"

"它让你挂吗?"

"你问它让不让我挂?"伊薇先看了看问话的凯蒂，又转向弗兰西，"这马直接上了人行道，迎着我就跑过来了，我还没来得及把料袋提起来，它就一脑袋扎进去开吃了。你说它让不让我挂?"她愤慨地小声嘟囔着，又看向了凯蒂，"你猜怎么着，凯特? 有时候我觉得，我家男人看'鼓手'这么喜欢我，居然还有点嫉妒我呢。"

凯蒂目瞪口呆地看了她一小会儿，然后她突然大笑起来。伊薇和弗兰西也笑了。这两个罗姆利家的女儿（外加上也算半个罗姆利家的弗兰西）就站在那里，为了男人的弱点而哈哈大笑，而这也是她们共同保守的秘密。

这就是罗姆利家的女人：母亲玛丽，伊薇、茜茜和凯蒂三个女儿，还有弗兰西——她虽然姓诺兰，却早晚也会成长为罗姆利家的女人。她们纤细孱弱，双眼充满探求的神色，说话的声音轻柔又急迫。

然而总有一条不可见的坚硬钢弦支撑着她们的内在。

8

罗姆利家出来的净是性格坚韧要强的女人，而诺兰家则盛产才华横溢的软弱男人。约翰尼的家族快要绝种了，诺兰家的男人一代比一代英俊，一代比一代迷人，却也一代比一代软弱。他们很容易陷入爱情，却又千方百计地逃避婚姻，这也是他们家将要绝后的主要原因。

鲁茜·诺兰刚结婚不久就和年轻英俊的新婚丈夫米基一同来到了美国。他们一年生一个，一口气生了四个儿子，然后米基·诺兰在三十岁上死了，留下鲁茜苦苦支撑。她勉强让安迪、乔吉、弗兰基和约翰尼读完了小学六年级。儿子们一到十二岁就必须辍学，出去好歹赚几个小钱。

四个儿子长大了，个个相貌英俊、能歌善舞，还会演奏乐器，把姑娘们迷得神魂颠倒。虽然诺兰家住着整个爱尔兰移民区最破烂的房子，但这家的儿子们穿得也是这一带最光鲜亮丽的。他们家的熨衣板永远在厨房里支着，没机会收起来，因为总是有人在熨裤子、领带和衬衫。诺兰家高大俊美的金发小伙子是贫民窟的骄傲，他们脚步轻快，皮鞋擦得锃亮，裤子得体合身，帽子戴得精神俏皮。但他们没有一个能活过三十五岁，每一个都短命早死，兄弟四人里只有约翰尼留下了孩子。

安迪是四兄弟中的老大，也是最英俊的一个。他生着泛红的金色鬈发，精致的五官棱角分明。可他得了肺结核。安迪原本和一个叫弗兰西·梅拉尼的姑娘订了婚，他们的婚期一拖再拖，说是要等安迪身体好些再说，然而他却再也没有好起来。

诺兰四兄弟全是歌唱侍者，他们本来组成了个"诺兰四重唱"乐队，安迪一病不起之后又改成了三重唱。他们挣的钱本来就不多，还几乎都花在喝酒和赌马上了。

安迪病到下不了床的时候，三个弟弟花了七美元，给他买了一只货真价实的天鹅羽绒枕头，想让他在死之前奢侈一把。安迪觉得这枕头很舒服，枕了它两天就死了，临死时大口呕出的鲜血染红了簇新的枕套，留下了铁锈般的印迹。母亲守着他的尸体哭号了三天，弗兰西·梅拉尼发誓终身不嫁，三个还活着的儿子发誓永远不离开母亲身边。

六个月之后，约翰尼和凯蒂结婚了。鲁茜恨上了凯蒂。她原本希望把这三个帅气的儿子留在家里守着自己，直到她或者他们死去为止。到目前为止他们也的确都在极力回避婚姻。可是那个死丫头——那个凯蒂·罗姆利！瞧她干的好事！鲁茜确信约翰尼是上了她的当才结婚的。

乔吉和弗兰基挺喜欢凯蒂，却也觉得约翰尼结了婚一走了之，把老娘留给他俩照顾实在是太不地道。不过他们也抓住机会出了口恶气。为新婚夫妻选礼物的时候，他们决定把给安迪买的那只上好的枕头送给凯蒂，反正安迪用它的时间也不长。母亲在枕头上缝了个新枕套，掩盖住了安迪生命最后时刻留下的血污。这只枕头就这样传给了约翰尼和凯蒂，而他俩也觉得它太好了，平时舍不得用，只有家里有人生病的时候才拿出来。弗兰西管它叫"病人枕"，她和凯蒂都不知道这枕头其实是死人用过的。

约翰尼结婚大约一年之后，弗兰基——在很多人看来比安迪还要英俊的弗兰基——有天夜里喝得醉醺醺地回家，摇摇晃晃地路过布鲁克林一户颇具"乡土风味"的院子，这院子只不过是门前一块一尺见方的草地，四周拿铁丝网围着，铁丝网又拿尖锐的桩子支着。弗兰基被铁丝网绊倒了，一根桩子刺进了他的腹部，他挣扎着站起来回了家，当天夜里就死了。他死时身边一个人都没有，更没有神父在临终的时刻赦免他的罪过。此后他母亲每个月都会去给他办一场弥撒，祈祷儿子那在炼狱徘徊的灵魂能够得到安息。

在短短一年出头的时间里，鲁茜·诺兰就连续失去了三个儿子：两个死了，一个结了婚，而她一视同仁地哀悼着他们三个。乔吉从未离开母亲身边，可他三年后也死了，死时只有二十八岁。当时二十三岁的约翰尼成了诺兰家唯一在世的儿子。

诺兰家的男人就是这样，每一个都英年早逝，每一个都因为自己的鲁莽或者放浪而死得要么突然，要么惨烈。约翰尼是唯一一个活过三十岁的。

而弗兰西·诺兰这个孩子身上集合了罗姆利与诺兰的所有特质。她拥有贫民窟里走出的诺兰家那种对美的激情，同时爱美也是她最致命的软肋。罗姆利家外婆的神秘也星星点点地体现在弗兰西身上：她讲故事的天赋，她对万事万物的信念，她对弱者的同情。她还有不少罗姆利家外祖父那残酷的意志，有一点伊薇姨妈模仿别人的天赋，还有一点鲁茜·诺兰的占有欲。她像茜茜姨妈一样热爱生活，也热爱孩子。她虽然没有约翰尼那样的好相貌，却继承了他的多愁善感。她拥有凯蒂所有温和柔软的品性，而那钢铁般的坚强却只继承了一半。她是所有优点和缺点的总和。

然而造就她的东西远比这些更多。她是她在图书馆里读过的书本。她是那只褐色陶罐中时时更换的花朵。她生命的一部分是院子里那棵繁茂生长的大树。她是与挚爱的弟弟之间那些愤怒的争吵。她是母亲暗地里绝望的悲泣。她是父亲酒醉后踉跄着归家的羞耻。

造就她的是所有这一切，也是并非从诺兰家或者罗姆利家继承来的那些东西，比如阅读，比如观察，比如对待每一个日子的认真。是那些她与生俱来的并只能属于她一人的东西——那些和这两个家族中每一个人都不一样的东西。那是上帝——或者什么和他相似的存在——赋予每一个生灵的特质，正是它让人与人之间彼此不同，就像在地球上找不出两个一模一样的指纹。

9

约翰尼和凯蒂婚后住在威廉斯堡一条名叫博加特的偏僻街道上。约翰尼挑中了这条街，主要是因为它的名字听起来既阴暗又让人觉得刺激。他俩就在这里快乐地度过了新婚的第一年。

凯蒂会嫁给约翰尼，主要是因为她喜欢他唱歌跳舞的样子，喜欢他的穿着打扮。不过就像所有女人一样，她结婚之后也立刻着手开始试着改变这些东西。她劝约翰尼放弃歌唱侍者这一行，而约翰尼也照做了，因为他依然处在热恋之中，巴不得能让她开心。他们在一所公立学校找了份夜班管理员的工作，而且对这份差事很是喜欢。晚上其他人都上床睡觉了，他们俩的一天才刚刚开始。吃过晚饭之后，凯蒂就穿上一件羊腿袖的黑色外套，上面豪气地装饰了很多穗带，那都是她离开工厂之前顺出来的，最后再往头上戴一顶樱桃红的羊毛小帽（她管这顶帽子叫"新人帽"），就和约翰尼一起出发去上班了。

陈旧的校舍小而温暖，他们总是对在这里度过的夜晚充满期待。小两口手挽手走在路上，约翰尼穿着漆皮舞鞋，凯蒂穿着高筒的系带小羊皮靴。有时遇到夜空挂满星辰的严寒夜晚，他们就蹦蹦跳跳地一路小跑，一路尽情欢笑。他们郑重其事地用手里的专用钥匙打开校门，学校里整晚都是他们的天地。

他们边玩边干活，约翰尼在一张课桌边坐下，凯蒂就跑到讲台上装老师。他们在黑板上写着给彼此的话，把像百叶窗一样卷着的地图拉下来，用胶皮头的教鞭指点着上面的国家，好奇地想着这些陌生的地方和它们的语言都会是什么样子（这一年约翰尼十九岁，凯蒂十七岁）。

他们最喜欢打扫的地方是礼堂。约翰尼一边掸去钢琴上的灰尘，一边让手指在琴键上从头到尾划过。他会随手弹上几个和弦，凯蒂会在第一排坐下，让他唱歌。约翰尼就为她唱起当时最流行的伤感情歌，比如《也许她也有过好时光》，或者《我的心为你而破碎》。住在附近的人会被这歌声吵醒，他们躺在温暖的床上，迷迷糊糊地听着，对枕边人低声嘟囔：

"不知道这小子是哪儿来的，真是可惜了，他应该上台表演才对。"

有时约翰尼还会把礼堂的小讲台当成舞台，在上面跳一段舞。他是那么优雅，那么英俊，那么可亲可爱，洋溢着生命的光彩。凯蒂看着他，觉得自己幸福得快要死了。

凌晨两点，他们回到教师午餐室，用那里的煤气灶煮上一壶咖啡。他们还在午餐室的橱柜里存了一罐炼乳。他们享用着滚热的咖啡，满屋都是咖啡那怡人的香气，他们用粗麦面包夹博洛尼亚香肠做的三明治也好吃极了。吃过饭之后，他们偶尔也会到教师休息室去，那里有张用印花棉布罩着的长沙发，他们可以彼此拥抱着躺上一会儿。

他们最后还要把废纸篓都清干净，凯蒂会把长一点的粉笔头和铅笔头拣出来，拿回家存在一个盒子里。日后弗兰西从小到大家里一直不缺铅笔和粉笔用，这让她感觉很满足。

天快亮的时候，他们把学校收拾得干净、亮堂又暖和，可以直接由白班的管理员接手了。他们一路走着回家，看着天幕中的星光渐渐淡去。他们从面包房门前走过，地下室的烤房里飘出新烤好的面包的香气。约翰尼就会跑过去买上五分钱新出炉的甜面包，到家以后吃热乎的面包配热咖啡当早饭。然后约翰尼又跑出门去，买来一份当天的《美国人》报，凯蒂打扫房间，他就把报纸上的新闻读给凯蒂听，边读边连连发表评论。到了中午，他们会吃上一顿热乎乎的午饭，比如炖肉配面条或者其他好菜。吃过午饭两人就去睡觉，一直睡到上夜班的时候。

小两口一个月能赚五十美元，在那个年代，这样的收入对他们这个阶层来说算是非常不错了。他们的小日子过得舒服又幸福，还不时穿插些小小的奇遇。

那时的他们还那么年轻，那么深爱着彼此。

又过了几个月，凯蒂突然发现自己怀孕了，这让懵懵懂懂的小两口既惊喜又惶恐。她告诉约翰尼自己"有了"，而约翰尼一开始一头雾水，甚至没明白她是什么意思。他不想让她继续去学校上班了。凯蒂说自己也"有了"一段时间了，只是之前一直不太确定，所以一直干着活，也没吃什么苦头。她最终说服了约翰尼，说继续上班肯定对她有好处，他也就不再坚持。于是凯蒂继续在学校工作，直到身子太重，没法再弯腰擦洗课桌下的灰尘为止。没过多久她就干不了什么别的活儿了，只能陪着约翰尼一起去上班，躺在那张他们过去做爱的长沙发上给他做伴。约翰尼包揽了所有的工作，到了凌晨两点，他也会笨手笨脚地给凯蒂做三明治、煮咖啡——虽然总是把咖啡煮过头。他们依然非常幸福，但是随着时间不断推移，约翰尼的忧虑也越来越深了。

十二月的一个寒冷深夜，凯蒂开始阵痛了。她躺在那张长沙发上，尽力忍耐着疼痛，打算等约翰尼把活儿干完以后再跟他说。回家路上一阵撕心裂肺的阵痛再次袭来，她实在忍不住了，痛苦地呻吟起来。约翰尼意识到她马上就要生了，连忙把她搀扶回家，让她穿着衣服在床上躺下，给她盖好被子保暖，就又冲出去找接生婆金德勒太太了。他苦求着对方能快点过去，而这位好心肠的老太太偏偏不慌不忙，让约翰尼急得快要发疯。

她先把头上的几十个卷发夹摘下来，然后又找不到自己的假牙了，而她不戴上假牙的话绝不肯开工。约翰尼只好帮她一起找，原来在外面窗台上的一个水杯里泡着呢，杯里的水早已冻成了冰，把假牙冻在里面了，还得等化了她才能装上。搞定了假牙之后，她还得再做个护身符，用的是圣枝主日[1]祭坛上祝福过的棕榈叶，加上一个带圣母像的

1　复活节前的星期日。

小饰牌，一支蓝知更鸟的羽毛，一截折叠刀的断刀刃，还有一束不知是什么的药草。金德勒太太用一段脏兮兮的绳子把这些东西捆扎到一起——那是从一个女人的束腰上拿下来的带子，这女人只花了十分钟就生下了一对双胞胎——然后又在整个护身符上洒满号称是从耶路撒冷的井里打来的圣水，据说耶稣基督本人都喝这口井的水解过渴。接生婆对惊慌失措的小伙子解释说，这护身符能减轻产妇的痛苦，保佑他的孩子健康平安地出生。最后她又抓起了自己的鳄鱼皮包——附近的居民人人都认得这只皮包，孩子们也都相信自己就是装在这只皮包里，一路踢腾着送到妈妈身边的——这样一来，她终于收拾停当，可以出门了。

他们赶到的时候，凯蒂正在痛苦地惨叫，公寓里挤满了街坊四邻的女人，她们一边围在凯蒂身边祈祷，一边回忆着自己生孩子的经历。

"我生我们家文森特那时候呀，"一个女人说，"我……"

"我生孩子的时候比她还小呢，"另一个回忆道，"当时吧……"

"人家都说我肯定活不了，"第三个骄傲地表示，"可是呢……"

妇女们热情地把接生婆迎进屋，又把约翰尼嘘出门去。他坐在门口的台阶上，凯蒂每尖叫一声，他就哆嗦一阵。这一切来得太突然了，他甚至来不及搞明白发生了什么。已经是早上七点了，虽然窗户关着，但凯蒂的惨叫还是一声声传到他耳朵里。不断有上班的男人从他们门前路过，他们看了看传来惨叫声的窗户，又看了看蜷缩在门廊上的约翰尼，脸上纷纷浮现出一层阴郁的神色。

凯蒂生了整整一天，而约翰尼什么都做不了——他什么都做不了。又快到晚上了，他再也忍受不了了，就跑回母亲家寻求安慰。他告诉母亲凯蒂正在生孩子，母亲闻言失声痛哭起来，哭声几乎能掀翻房顶。

"现在她可把你拴住了，"她哀号着，"你再也不会回到我身边了。"约翰尼怎么劝她都不听。

约翰尼又去找了哥哥乔吉。乔吉正忙着跳舞，于是约翰尼只得边喝酒边等着他跳完，把要去学校上夜班的事忘得干干净净。乔吉闲下来以后，他们又去了几家整晚营业的酒吧，在每一家都喝上两杯，跟人诉说约翰尼正在经历什么。男人们满怀同情地听着，请约翰尼喝酒，纷纷表示自己也都"闯过这么一关"。

黎明时分，兄弟俩回到母亲家，约翰尼惴惴不安地睡着了。他一直睡到九点钟，又突然被有麻烦了的预感惊醒。他想起了凯蒂，还想起自己没去学校上班，可是已经太晚了。他连忙洗漱了往家里赶，路上经过一个水果摊，看见摊子上有鳄梨，就给凯蒂买了两个。

他完全不知道过去的一夜都发生了什么，不知道他的妻子在剧痛中苦苦挣扎了将近二十四个小时，才艰难地生下一个瘦弱的女婴。孩子是带着胎膜生下来的，这也是这次生产唯一值得一提的地方，因为人家都说带着胎膜出生的孩子长大了有出息。接生婆把胎膜偷偷藏了起来，日后以两美元的价钱卖给了布鲁克林海军船坞的一个水手。水手把它装在法兰绒小袋子里挂在脖子上，据说只要身上带着胎膜当护身符，就永远不会落水淹死。

约翰尼更是不知道，就在他喝酒、睡觉的时候，学校的火炉没人管，炉火全都熄灭了。夜里的低温冻裂了管道，学校的整个地下室和一楼都让水给淹了。

他终于到家了，凯蒂躺在阴暗的卧室里，孩子在她身边靠着安迪的那只枕头。公寓干净得出奇，邻居家那些女人帮他们收拾过了。屋里残留着些石炭酸和门农牌滑石粉混在一起的气味，接生婆早就走了，走之前撂下一句话："一共收你五块钱，你丈夫知道我在哪儿住。"

凯蒂翻了个身，面冲着墙壁，努力不让自己哭出来。整个晚上她都在开导自己，想着约翰尼一定是在学校干活呢。虽然她也确实希望他能趁着吃两点钟夜宵那段时间跑出来看看自己，何况天早就大亮了，他也该回家了。或许他忙了一晚上，现在去他妈妈家补觉了吧。凯蒂自己劝着自己，想着不管约翰尼到底干什么去了，应该都不会出岔子，而且只要他回来以后好好解释一下，她也就能安心了。

接生婆走后不久伊薇就来了，有人打发了个邻居家的孩子去找她。伊薇带了淡黄油和一盒苏打饼干，又弄了些热茶。凯蒂吃得很香。伊薇仔细看了看孩子，感觉不怎么样，但是什么都没说。

约翰尼一进家门，伊薇就开始数落他。可是看着他那副吓得脸色煞白的模样，又想想他只有二十岁，她也不由得有点哽咽，就亲了亲他的面颊，告诉他不用害怕，给他重新煮了点咖啡。

约翰尼几乎没顾上看孩子，他跪在凯蒂床边，把自己一肚子的恐惧和忧虑都哭了出来，手上还攥着那两个鳄梨。凯蒂也跟着哭了。她整夜都盼着约翰尼能留在她身边，可现在她却巴不得这个孩子来得不声不响，巴不得自己能躲到什么别的地方去，把孩子生下来，再回来告诉他一切都顺顺当当地过去了。她已经受了那么多罪了，那感觉简直像是活生生地让滚油煎过一遭，求生不得求死不能的。她已经受了那么多罪了，老天啊，难道这还不够吗？干吗让约翰尼也跟着受罪呢？他天生就不是能吃苦受罪的料，但是她是。虽然她两个钟头以前才刚刚生下孩子，虽然她虚弱得连头都抬不起来，可她还是得安慰约翰尼，告诉他不用担心，她会好好照顾她的。

约翰尼感觉好些了，他告诉凯蒂，这说到底也不算什么，因为他听说很多做丈夫的都"闯过这一关"。

"我现在也闯过这一关了，"他说，"我现在也是个男人了。"

然后他才大惊小怪地看起孩子来。他提议给孩子起名叫弗兰西，和那个最终没能嫁给他哥哥安迪的姑娘弗兰西·梅拉尼一样，凯蒂同意了。他们觉得让梅拉尼当孩子的教母或许能抚慰她那颗受伤的心。如果安迪还活着，那么这孩子的名字就是她冠上夫姓之后本该拥有的名字：弗兰西·诺兰。

他削好鳄梨，拿橄榄油和腌菜的醋汁拌成沙拉端给凯蒂吃。鳄梨吃起来平淡无味，让凯蒂有些失望，约翰尼说吃着吃着就习惯这种味道了，就和吃橄榄一样。他这份惦记让凯蒂很感动，她就看在他的面子上把沙拉吃光了。她还怂恿着伊薇也尝一尝，伊薇尝了一口，说自己宁可吃西红柿。

约翰尼正坐在厨房里喝咖啡，学校的校长打发个男孩送来张纸条，告诉约翰尼他因为旷工被解雇了，叫他到办公室来拿还没结的工资，最终还表示他就别指望开推荐信了。约翰尼脸色煞白地读完纸条，他给了男孩五分钱，感谢他送信，让孩子转告校长自己很快就过去。然后他就把纸条撕了，没把这件事告诉凯蒂。

他去见了校长拼命解释情况。校长告诉约翰尼，既然他知道自己快有孩子了，就该对工作更上心点。出于善意，校长告诉小伙子，水管爆裂的钱就不用他赔了，让教育委员会负责就是。约翰尼道了谢，校长自掏腰包提前给他开了工资，又让他签了个字据，下个月工资下来就直接还给校长。总而言之，校长用自己的方法把这件事尽量安排妥当了。

约翰尼付了接生婆的钱，又付了下个月的房租。想到现在有了个孩子，凯蒂身子还弱，做不了什么事情，而他们俩的工作又都没了，他感觉有点害怕。但是再想想反正付过房租了，所以至少他们还能踏实住三十天，他又好歹稍微安心了一点。这段时间里总能找到办法的。

下午他又走着去找玛丽·罗姆利报告孩子出生的消息。路上他又在橡胶厂门口停了一下，把茜茜的工头叫了出来。他请工头转告茜茜生孩子的事，再问问她下班之后能不能过来一趟。工头一口答应，他眨了眨眼睛，捅了捅约翰尼的肋骨："不错嘛，哥们儿。"约翰尼咧嘴一笑，给了他一毛钱：

"拿着买根好雪茄抽，算我的。"

"那我肯定照办，哥们儿。"工头拍了拍约翰尼的手背，保证自己一定会把话给茜茜带到。

听到孩子出生的喜讯，玛丽·罗姆利却悲伤地哭泣起来。"可怜的孩子，可怜的小家伙！"她悲叹道，"生到这么个到处都是伤心事的世界上，生下来就得吃苦受罪。唉，虽然高兴的事也会有一点，可还是干苦活累活的时候多呀，唉！"

约翰尼很想把这个消息也告诉托马斯·罗姆利，但是玛丽恳求他暂时先别说。托马斯讨厌约翰尼·诺兰，因为他是个爱尔兰人。托马斯讨厌德国人，讨厌美国人，更讨厌俄国人，不过他最忍不了的还是爱尔兰人。他一方面极其厌恶自己的种族，一方面又是个不折不扣的种族主义者，而且他还号称但凡是两个异族通婚，就必定只能生出杂种来。

"拿乌鸦去配金丝雀，你说能配出什么好鸟儿来？"这就是他的论点。

约翰尼陪岳母回到自己家，就出门找工作去了。

凯蒂看见母亲来了很高兴。她自己分娩时的痛苦还记忆犹新，现在她可算知道母亲生她的时候遭过什么罪了。她想起母亲生过七个孩子，辛苦养育他们，却只能眼睁睁看着其中三个死去，还很清楚活下来那几个也注定要跟饥饿与贫困打上一辈子的交道。而凯蒂则隐约预见到，自己这个还不满一天大的孩子注定也要陷入这个死循环。这让她担忧得有些惊慌失措了。

"可我又懂什么呢？"凯蒂问自己的母亲，"我只能教这孩子我自己知道的东西，可我又懂些什么呢？母亲，你穷了半辈子了，我和约翰尼也很穷，这孩子长大了也一准儿是个穷人。我们这辈子也就这样了，不会有什么发展了。有时候我老觉得，眼下要过去的一年就已经是最好的年景了，我和约翰尼一年一年地变老，往后的日子只可能越来越差。我俩现在好歹都还年轻，还干得动活儿，可是时间一长，这些也都该没有了。"

然后她突然想到了真正残酷的现实。"其实我想说的是，"她暗自想着，"我还年轻，干得动活儿。约翰尼根本指不上，总得是我来照顾他。上帝呀，可别再让我生孩子了，不然我就没法照顾约翰尼了，我不照顾他不行的，他根本顾不好他自己。"

母亲的话打断了凯蒂的思绪，玛丽说：

"我们还在原来的国家的时候又有什么呢？什么也没有。我们就是些农民，经常饿肚子，然后我俩就到这儿来了。日子也没强多少，就是你爸爸用不着当兵入伍了。实际上，除此之外我们甚至过得更难了，我很想念故乡，想那里的树木，想宽阔的田野，我舍不得之前过惯了的生活，还有老朋友们。"

"既然来这边也过不上更好的日子，你们为什么还要到美国来？"

"为了孩子，我想让孩子出生在自由的国家。"

"你的孩子们过得也不怎么样啊，母亲。"凯蒂苦涩地笑了。

"虽然这边的生活既艰难又陌生，但是这里有我们原来的国家没有的东西，那就是希望。在原来的国家，不管干活多卖力气，人总是只能走上父辈的老路。如果父亲是木匠，那儿子也只能当木匠，当不了老师或者神父。他也有可能混得不错，但是再好也只能到他父亲的水平而已。在我们原来的国家，人是被过去拴死了的，但是到了这里就有了未来。到了这个国家，但凡有颗好心，肯老老实实做事，不走邪路，还是能实现自己的目标的。"

"也不是这样吧，你这几个孩子也都没超过你啊。"

玛丽·罗姆利叹了口气："这应该是我的错。我不知道怎么教女儿，我家祖祖辈辈几百年都是给什么贵族老爷种地的。我没送我大女儿上学，因为我不知道在这个国家我们这种小老百姓的孩子也能免费念书啊。所以茜茜没机会活得比我好了，可是剩下的三个孩子……你们都上过学呀。"

"我就念到六年级，如果这也算受过教育的话。"

"你们家扬尼"——"j"这个字母她总是按德语的念法念出"y"的

音——"也念过书。你还不明白吗？"玛丽的声音激动起来，"这就已经开了个好头，会越来越好的。"她抱起孩子，把她举得高高的，"这孩子的父母都能读能写，这在我看来已经是相当了不得的奇迹了。"玛丽如是说。

"母亲，我还年轻，我才十八岁，我还有的是力气。我肯定会努力工作的，母亲，可是我不想让这孩子长大以后一辈子也只能拼命工作，干苦活儿累活儿。我该怎么做呢，母亲？我该怎么做才能让这孩子过上不一样的生活？该从哪里开始呢？"

"秘诀就是读书写字。既然你认识字，就找本好书，每天给孩子读上一页，坚持每天都读，直到孩子自己认字了为止。然后这孩子自己每天也必须读书。我知道，这就是真正的秘诀。"

"我一定会给她读的，"凯蒂保证说，"那什么书才算是好书呢？"

"我知道两本特别伟大的书。'莎士比亚'是其中的一本，我听人家说，这本书写尽了人间百态。人们对美、智慧和生活的所有知识都在上头写着呢。人家说书里的那些故事都是可以拿到舞台上演的。我认识的人里没有亲眼看过这本好书的，不过还在奥地利的时候，我听说我们那地方的老爷说过，这书里有些话写得像唱歌一样好听。"

"那这个'莎士比亚'是德语书吗？"

"是拿英语写的。这都是我很久很久以前听人家说的，是我们老爷嘱咐他家小儿子的话，当时他正要送这儿子去著名的海德堡大学读书呢。"

"那另一本书是什么呢？"

"是新教徒念的《圣经》。"

"咱们有自己的《圣经》呀，天主教的。"

玛丽神色有些诡秘地在房间里环视了一圈，"一个好天主教徒不该这么说，可是我觉着新教徒的《圣经》把里面那个全天下最伟大的故事讲得更好听、更动人。我有个很好很好的朋友就是新教徒，她给我念过她们的圣经，所以我才这么跟你说的。

"就这么定了，我说的这本书，还有'莎士比亚'的书，你每天要从这两本书里各念一页给孩子听——哪怕你自己也不明白书上写的是什么意思，或者有些字眼念不准，也得读给她听。这样孩子长大了就会有见识，就会知道威廉斯堡的廉租公寓不是全世界。"

"新教徒的《圣经》和'莎士比亚'，我记下了。"

"然后你还得把我给你讲过的故事也讲给孩子听，这些故事都是我母亲讲给我的，而她也是从她母亲那里听来的。你得给孩子讲那些来自我们故乡的童话，讲那些虽然不生活在凡间却永远活在人们心里的东西——比如仙子、精灵，还有小矮人。你还要和她讲讲世代纠缠你父亲家族的强大鬼魂，讲讲巫婆怎么给你的姑姑下了咒，让她有了只看谁谁就遭殃的眼睛。你得告诉孩子，我们家每逢着要死人或者要出事，总会有些征兆出现在家里的女人眼前，你得教孩子辨认。这孩子还必须信仰上帝，还有他唯一的圣子耶稣。"玛丽边说边在身上画了个十字。

"啊，不能忘了圣诞老人，孩子六岁之前都得相信圣诞老人。"

"母亲，我知道世界上既没有仙子也没有鬼魂，我不会把这些愚蠢的谎话教给孩子的。"

玛丽尖锐地反驳道："谁也不能真正断言地狱到底有没有鬼魂，天堂到底有没有天使。"

"可我的确知道没有圣诞老人呀。"

"但是你还是要把这些东西这么教给孩子。"

"为什么明明我自己都不信，却还得这么教给她？"

"因为孩子要有想象力，"玛丽·罗姆利解释道，"想象力是无价之宝。孩子必须拥有自己的秘密世界，里面住着从未在世上存在过的东西。她首先得学会相信，这很重要。她首先得学会相信现实世界里没有的东西，那么如果赶上世道艰难、生活不易的时候，她还能回到想象的世界里面去。就算到了我这把年纪，还总是需要去回想那些圣徒神圣的生活，还有他们在世上展现的种种神迹呢，脑袋里装着这些，我才能把那不得不面对的苦日子撑下去。"

"孩子早晚会长大，会明白各种道理。那时候她就该发现我撒谎了，她会很失望的。"

"这就叫学着认识现实啊，能自己学会认识现实也是好事。先是全心全意地相信，然后又不信了，这也是好事。它能让我们的情感更丰满，更有韧性。等她也成了女人，即便生活和遭遇的人们都让她失望，如果她之前见识过失望是什么，也就不会太难熬了。千万别忘了教给你的孩子，吃苦有时也是好事，经历苦难能让人的心灵和性格富有。"

"你要是这么说的话，"凯蒂悻悻地说，"那咱们罗姆利家可太'富有'了。"

"没错，咱们很穷，咱们的日子艰难，总是吃苦受罪，可是正因为懂得我刚才跟你说的那些，咱们才能越变越好。我自己大字不识，只能跟你说说我从生活中学到的东西。而随着你的年龄越来越大，你也会学到很多东西，到时候你得把你学到的也都教给孩子。"

"还有什么是我必须教的吗？"

"孩子必须相信天堂，不过不是有天使到处飞、有上帝坐在宝座上的那个天堂——"玛丽吃力地用混了一半德语的英语解释着自己的想法，"——这个天堂是一个美妙的地方，一个人们可以把它当成自己的梦想的地方……一个所有欲望都能得到实现的地方。这大概是什么别的宗教的说法吧，反正我也说不好。"

"然后还有什么吗？"

"你咽气之前必须得有一块自己的土地——或许上面还有所你的子孙后代可以继承下去的房子。"

凯蒂哈哈大笑："我自己的土地？房子？我们付得起房租就算不错了。"

"就算是这样，"玛丽严肃地说，"你也一定要有自己的土地。在我们原来的国家，咱们这样的人千百年来祖祖辈辈都是农民，世世代代都给别人家种地。但是到了这里，我们靠自己的双手在工厂上班，情况就已经好上一点了。每天总能有点时间不归老板管，完全属于工人自己。这就很好。要是能有块土地就更好了，有块土地，就能传给子孙后代……这样咱们才能从最底层爬起来，在这世上站稳脚跟。"

"我们拿什么买地？约翰尼和我都在工作，可我们挣得太少了，交完房租和保险，有时候连吃饭的钱都不够。我哪里存得下钱买地？"

"你得找个空的炼乳罐子，把它刷洗干净。"

"炼乳罐子？"

"把盖子整齐地剪下来，再把罐子从开盖的那头剪开，剪成一条一条的，每条手指头那么长，大概这么宽，"她用手比画了差不多两英寸的宽度，"把剪开的条子全都朝外掰过来，这样整个罐子看着就和一个不怎么规则的多角星似的。然后你再给罐子底上开个小口，拿钉子把罐子钉在你家衣柜最深的角落里，每个掰过来的条子上都打一颗钉子。你每天都存进去五分钱，存个三年就能攒个五十块，这可算是挺不错的一笔小财富了。拿这笔钱上郊区买块地，拿好写明了这块地归你的字据，那你就成了个小地主。但凡手里有了地，就再也不可能做回农奴了。"

"每天攒五分钱，说着是不多，可是这钱从哪儿来呢？我们本来赚的就不太够花的，现在又多添了一张嘴。"

"所以你得这么办：比方说你去蔬菜店，问老板胡萝卜多少钱一把。老板说三分，那你就多看看，挑一把没那么新鲜、个头也没那么大的出来，然后跟老板说：这把不太好，两分钱卖给我怎么样？说得理直气壮点儿，他肯定就两分钱卖你了。这不就省下一分钱，可以存进你的'银行'里去了？或者比方说冬天了，你花上两毛五买了一蒲式耳[1]的煤。如果外头冷了，你觉得该把炉子点起来了，那时候你就多等等，多忍上一个小时再生火。你就围上条披肩，再多挨这一个小时的冻，想着'我这是为了省钱买地'，那这一个小时就能给你省下三分钱的煤。这三分钱不也就存进'银行'了？假如你夜里一个人在家，那就用不着开灯，可以摸着黑做一会儿梦。想想你能省下多少灯油，这灯油能换算成多少钱，再把这几分钱放进'银行'里。钱一定会这么一点点多起来的。早晚有一天能攒够五十块，而在布鲁克林这么大一个岛上，肯定会有块能用这钱买下来的地皮。"

"这么攒钱真的行得通吗？"

"我对着圣母起誓，肯定行得通的。"

"那你自己为什么没攒够钱去买地呢？"

"我攒过。我们在这边刚一落脚，我就弄了这么个银行。花了十年才攒够五十块。我手上拿着钱，去找了一个街坊，都说拿很实惠的价格就能从那人手里买到地。那人给我看了一片很不错的地，又用我的语言跟我说，'这片地归您了。'他收了我的钱，给了我张纸，我也不认字，后来我看见有人在我的地上盖房子，我就给他们看我手里那张纸，他们看了全笑了，还拿同情的眼神看着我。这块地根本不是那人能卖的，这事是……那个词拿英语怎么说来着？这事是一场Schwindle。"

"骗局（Swindle）。"

"唉，像我们这样的，人家一看就知道是刚从老家来的愣头青，我们老被那种家伙坑钱，因为我们不识字。可是你念过书，所以你拿到字据以后，先看看上面是不是写了土地归你。看准了再给钱。"

"那之后你是不是再也没存过钱呢，母亲？"

"我又存了。从头开始存的。第二次存钱就更难了，因为有很多

1　一种用于固体物质测量的计量单位，1美制蒲式耳相当于约35.238升。

孩子要养。可是虽然我存了钱，但是搬家的时候你爸爸发现了存钱罐，把钱拿走了。他不拿这钱买地，因为他向来喜欢养鸡，就买了一只公鸡和好多只母鸡，都养在后院里。"

"我还记得那些鸡呢，"凯蒂说，"那是很久很久以前的事了。"

"他说鸡下了蛋可以拿到附近卖，很快就能赚来很多钱。哎，男人总是瞎做美梦！第一天夜里就来了二十只饿急了的野猫，翻过栅栏吃了好几只鸡。第二天又有意大利人偷偷溜进来偷走了很多。第三天来了个警察，说布鲁克林禁止在院子里养鸡。我们给他交了五块钱，他才没把你爸爸抓进警局。你爸爸把最后剩下的几只鸡卖了，买了点金丝雀，他这个好歹能踏踏实实地养。我的第二笔存款就是这么丢掉的。可是我已经又开始存钱了，也许有那么一天……"她沉默地坐了一会儿，然后站起身来，披上了自己的头巾。

"天快黑了，你爸爸该下班回家了。愿圣母保佑你和孩子。"

茜茜一下班就直接赶过来了，甚至没顾得上把头发上扎的蝴蝶结沾的橡胶粉掸掉。她看见孩子激动得不得了，哽咽着宣称这是全世界最漂亮的宝宝。约翰尼也将信将疑地看了看，只觉得孩子看着皱巴巴的，身上还发青发紫，八成是有什么问题。茜茜给孩子洗了个澡（她出生第一天已经被洗了十来回了）。然后又直奔熟食店，连哄带骗地让店里的人先给她记上账，等周六发了工资再还。她一口气买了足足两美元的各种美食：切片口条、烟熏鲑鱼、奶白色的烟熏鲟鱼，还有脆面包片。她还买了一口袋煤，把屋子里的火烧得旺旺的。她先装好一盘食物端给凯蒂，才坐在厨房里和约翰尼一起吃晚餐。温暖的房间里充满了各种气味，有美味饭菜的香气，有香粉的味道，茜茜身上还传来一股糖果似的甜香味，那味道的来源是她脖子上挂的心形仿银花丝项链坠，里面装着个粉笔似的小圆片。

吃过晚餐，约翰尼一边抽着雪茄，一边仔细端详着茜茜。他暗自想着，人们给自己的同类贴上"好"或者"坏"的标签凭的是什么标准呢？就说茜茜吧，她既很"坏"，同时也很"好"。她在男人这方面很"坏"，可是不管她走到哪里，哪里都会立刻充满生机——充满善良、温柔、活泼、香气浓烈、势不可挡的生命力——这一点又很"好"。他甚至希望刚出生的女儿以后也能有一点像茜茜。

茜茜宣布自己要留下来过夜。凯蒂有点不安，她说家里只有自己和约翰尼睡的一张床。而茜茜表示，要是也能生出像弗兰西一样的好孩子，那她倒也愿意和约翰尼睡。凯蒂皱起眉头，她知道姐姐当然是在开玩笑，但是茜茜又一直是个既率真又直白的人。她不禁开始数落起茜茜来，约翰尼插进来打了圆场，说自己得去学校上夜班。

约翰尼实在是无法开口告诉凯蒂，自己把他俩的工作都搞丢了。他去找了哥哥乔吉，乔吉那天晚上刚好有工作，更幸运的是，他工作的地方凑巧还缺一个既能做侍应又能唱歌的人。约翰尼接了这份工作，老板又保证下星期还有活儿给他干，他就这么干回了歌唱侍者这一行，并且从此之后再也没干过别的工作。

茜茜和凯蒂一起躺在床上，两人差不多聊了一夜。凯蒂对姐姐倾诉了自己对约翰尼的担忧，还有她对未来的恐惧。姐妹俩谈到了玛丽·罗姆利，她是个多好的母亲啊！她们也说起了父亲托马斯·罗姆利，茜茜说他就是个老浑蛋，凯蒂说她好歹应该尊重父亲一点。茜茜说："说什么傻话呢！"凯蒂听了也大笑起来。

凯蒂把母亲今天和她谈的那些话也告诉了茜茜。做"银行"存钱的点子让茜茜很是着迷，哪怕已经是三更半夜了，她还是立刻爬下床，开了罐炼乳，一股脑儿倒进碗里，当场做起储蓄罐来。她打算爬进衣柜把罐子钉上，可是衣柜又窄又满，她宽大的睡袍又缠缠裹裹的碍事。于是她就索性脱掉睡袍，光着身子爬进衣柜，跪在地上钉了起来，衣柜太小，她丰满的臀部就那么明晃晃地露在外面。这逗得凯蒂笑个不停，她都有点担心会不会引发大出血了。凌晨三点敲钉子的巨响吵醒了周围的住户，楼上的邻居开始敲地板，楼下的邻居开始敲天花板。

衣柜里的茜茜抱怨说，明知这里还有个刚生产完的病人，楼上楼下的邻居还这么敲敲打打，真是够不要脸的。这话更是惹得凯蒂狂笑了好一阵儿。"他们这样还叫人怎么睡觉？"茜茜一边愤慨地问着，一边狠狠地砸下最后一颗钉子。

储蓄罐装好了，茜茜穿上睡衣，往罐子里投了个五分硬币作为买地账户的第一笔资金，就爬回床上了。她兴奋地听凯蒂说着那两本书的事，保证自己一定会把书找来，就当是给宝宝的受洗礼物了。

弗兰西在母亲和茜茜中间安稳地睡着，就这样度过了人生中的第一个夜晚。

茜茜第二天就去找书了。她先去了一家公共图书馆，问图书管理员怎样才能搞到一本"莎士比亚"和一本《圣经》。图书管理员说《圣经》他帮不上忙，但他们图书馆刚好有一本旧的莎士比亚作品要淘汰掉，茜茜想要的话可以拿走，于是茜茜就把它买了下来。那是一本破破烂烂的莎士比亚作品全集，其中收录了莎士比亚全部的戏剧作品和十四行诗，附有密密麻麻的脚注和详细的讲解释义，以及带肖像的作者传记，每部戏还配有一幅铜版画插图。书上的字体很小，每页都是分成两栏印刷的，用的纸张也很薄。这本书要了茜茜两毛五。

《圣经》稍微难弄一点，但是到手却更便宜，实际上茜茜一分钱没花就搞到了一本，封面上印着个"基甸"的标记[1]。

买过莎士比亚作品集几天之后的一个清晨，茜茜在一家安静的家庭旅馆醒来，推了推与她一起过夜的现任情人。

"约翰（虽然他的名字其实是查理），床头柜上那是本什么书？"

1　即国际基甸会（The Gideons International），这个组织会分发《圣经》放在旅馆房间等公共场所。

"是《圣经》。"

"是新教的《圣经》吗?"

"没错。"

"那我要把它顺走。"

"你尽管拿。他们就是为了给人拿才放在这里的。"

"不可能吧!"

"真的!"

"可别蒙我!"

"就算把这里放的书顺走,拿回去看完之后一定幡然悔悟,当场改过,然后要么送回来,要么买一本新的。方便别人再顺走,再看得幡然悔悟,当场改过。总之把书搁在这里的公司肯定没损失。"

"行吧,反正这一本就肯定一去不回喽。"茜茜拿了一块酒店的毛巾,把书裹了起来,这毛巾她也就一起顺走了。

"哎我说,"她这个"约翰"突然感到一阵冰凉的恐惧爬遍全身,"万一你拿回去看得当场改过,我就得回到我老婆身边啦。"他打了个冷战,伸手搂住茜茜,"答应我你永远不改过。"

"我可不会。"

"这你怎么说得准?"

"我什么时候听过人家劝?何况我还不认字。我判断对不对就全凭感觉。如果我感觉不好,那就肯定不对。如果我感觉好呢,那就肯定是对的。跟你在一块儿我感觉就很好。"她揽过"约翰"的肩膀,在他脸上响亮地亲了一口。

"茜茜,我真希望咱俩能结婚。"

"我也是啊,约翰。我就知道咱俩能处得来——不管怎么说吧,至少能好上一阵儿。"她又老老实实地加上了后半句。

"可惜我结婚了,信天主教就这点最麻烦,不让人离婚。"

"反正我也不认可离婚。"既没享受到离婚的好处又来回结了好几次婚的茜茜如是说。

"你猜怎么着，茜茜?"

"怎么?"

"你可真是有颗金子一样的心呐。"

"别逗我啦。"

"没逗你，"他看着茜茜把薄薄的莱尔线长筒袜套在匀称优美的腿上，又扣上鲜红的丝绸吊袜带，"给咱亲一个吧。"他突然开口恳求道。

"咱还有那个时间吗?"她本着务实的态度问着，却把刚穿上的长袜又褪下来了。

弗兰西·诺兰最初的藏书就是这么来的。

10
—

弗兰西是个孱弱的婴儿，她瘦得皮包骨头，肤色发青，长得也很慢。虽然邻居家的妇女们都跟凯蒂说，应该是她的奶对孩子不好，可凯蒂还是固执地亲自给她喂奶。

可是弗兰西很快就用上了奶瓶，因为孩子才满三个月，凯蒂的奶就突然停了。凯蒂急坏了，她先去请教了自己的母亲，玛丽·罗姆利看着她叹了口气，但是什么都没有说。于是凯蒂又去找了接生婆，那老太太问了她一个蠢问题:"你平时去哪儿买礼拜五吃的鱼?"

"帕迪市场，怎么了?"

"要是你看见那个老买鳕鱼头喂猫的老太太，是不是就不再去了?"

"去呀，我每星期都能看见她。"

"那就是她干的! 是她把你的奶搞没了。"

"啊，不会吧!"

"她盯上你了。"

"可是为什么呢?"

"因为她嫉妒,嫉妒你和你那个帅气的爱尔兰小子过得那么好。"

"嫉妒我?她都是个老婆子了!"

"她可是个巫婆。我还在老家的时候就认识她,这可是真的,因为她跟我是坐着同一条船到这边来的。她年轻的时候爱上了一个凯里郡的野小子,那小子把她肚子搞大了,她老爹去找那小子算账,叫他跟自己的女儿结婚,结果那小子不肯,趁着三更半夜溜上条船跑到美国来了。孩子生下来就死了,然后那女人就把自己的灵魂卖给了魔鬼,魔鬼教她法术,她能让奶牛和母羊不产奶,还能让和年轻小伙结婚的姑娘没了奶水。"

"我想起来了,她看我的眼神是有点奇怪。"

"她那是给你下咒呢。"

"那我的奶怎么才能回来呢?"

"你就照我说的办。你等到月圆的时候,拿一绺你自己的头发、一截你减下来的指甲,再加上一点破布头一块做个小人儿,往上洒点圣水。给这个小人儿起名叫奈莉·格罗根——那个巫婆就叫这名字——然后往上面扎三根生锈的大头针。这样她的法力就破了,你的奶一准儿能回来,保证多得跟香农河里的水似的。这法子就收你两毛五好了。"

凯蒂付了钱,一等到月圆就做了个小人,拿针扎了又扎,可还是一滴奶都没有。弗兰西还是只能吃奶瓶,越发病恹恹的。凯蒂在绝望之下找来茜茜求助,茜茜听她讲了那个巫婆的故事。

"哪有什么狗屁巫婆?"茜茜轻蔑地说,"哪有什么用眼睛下咒?就是约翰尼干的。"

于是凯蒂意识到她又怀孕了。她把消息告诉约翰尼,约翰尼听了不由得忧虑起来。本来能重新做回歌唱侍者他还挺开心的,他不缺活干，工作挺稳定，酒没喝得太凶，赚的钱也大多带回家里。第二个孩子即将出生这件事让他感觉自己被困住了。约翰尼自己才二十岁，凯蒂才十八岁，他只觉得他们两个分明还这么年轻，怎么就已经这么失败了。听到消息当天，他跑出去喝了个烂醉。

接生婆晚些时候也来了一趟，想看看她的护身符效果如何。凯蒂告诉她，护身符完全没用，因为不是巫婆搞的鬼，是她自己又怀上了。接生婆听了掀起裙子，伸手到衬裙上缝的一个大口袋里摸出个瓶子，里头装着些看起来挺凶险的深棕色玩意儿。

"这没啥可担心的，"接生婆说，"这东西早晚各吃一次，连吃三天，你就和没事人一样了。"

凯蒂听了摇摇头。

"怎么？担心万一神父知道你这么干了会说你什么？"

"不是。就是杀生这事我做不来。"

"这不算杀生，只要你没感觉到它活着就不算。你还没感觉到它动吧，是不是？"

"没有。"

"那不就得了！"接生婆大获全胜地捶了一下桌子，"这一整瓶只收你一美元。"

"谢谢你，可是我不打算要。"

"别傻了。你自己都还是个小姑娘呢，养现在这一个孩子就够你受的了。你家男人长得是英俊，可是也算不上稳当啊。"

"我家男人怎么样是我自己的事，我家宝宝也不算麻烦。"

"我只是打算帮你的忙。"

"谢谢你，再见吧。"

接生婆把瓶子收回衬裙口袋，起身准备告辞。"等你要生了再找我吧，你知道我住哪儿。"刚走到门口，她本着乐观的态度又给了点建议，"如果你跑着上下楼的话，也是有可能会小产的。"

布鲁克林的那个秋天沉浸在小阳春的暖意中，凯蒂坐在门口的台阶上，怀里抱着个病歪歪的孩子，臃肿的肚子里还怀着另一个。邻居们充满同情，时常过来对弗兰西表达他们满心的悲悯。

"这孩子养不活的，"他们对凯蒂说，"她脸色太差了。如果老天开恩把她收回去，那对她反而是最好的结果了。穷人家养个病孩子能得什么好结果。这世上的孩子已经够多的了，容不下这些又病又弱的。"

"别这么说，"凯蒂紧紧地搂着她的孩子，"活着总比死了强。谁愿意死呢？是个生命就想努力活着。你看那边篦子板里长出来的那棵树，那里既晒不着太阳，又没人浇水，只能靠着下雨的时候才能获得些水分，连土壤都是酸性的，但那树还是长得很壮，就因为它在那种困境中依然努力活下去，所以它才能变得那么强壮。我的孩子们也会像它一样的。"

"哎，那棵树怪碍眼的，早晚得有人把它砍了。"

"如果全天下只有那一棵树，你们就该觉得它好看了，"凯蒂说，"可是正因为世界上的树那么多，所以人们才看不出它好看在哪里。瞧瞧这些孩子——"她又指了指一群在排水沟里玩闹的脏孩子，"——从这里随便抓出一个，给好好洗干净了，穿上身好衣裳，再往个气派的房子里一放，你们也准觉得那是个漂亮孩子。"

"你这个想法很好，凯蒂，可你这孩子实在是太弱了。"邻居们说。

"这孩子一定能活，"凯蒂狠狠地答道，"我一定能养活了她。"

弗兰西的确活了下来，她抽抽噎噎、哼哼唧唧地熬过了人生的第一年。

弗兰西过了周岁生日一星期之后，她的弟弟出生了。

这一次阵痛来袭的时候凯蒂没有上班。这一次她死死咬住了嘴唇，没有让自己在剧痛中惨叫出声。虽然对疼痛无能为力，但她早已为接下来的痛苦和忍耐做好了心理准备。

一个健壮的男孩降生了，他的哭声响亮，似乎是在控诉诞生过程的惨烈。接生婆把孩子放到凯蒂胸前，凯蒂心中蓦然涌出了对这个孩子的无限柔情。此时她的另一个孩子弗兰西——她就躺在床边的婴儿床里——也低声呜咽起来。凯蒂不由得把这个一年前出生的瘦弱孩子和新生的漂亮儿子做对比，心头瞬间闪过一丝轻蔑，但她很快就为自己的这个念头感觉羞愧不已。她也知道这不是女儿的错。"我得小心管好自己，"她想着，"我肯定会更疼儿子，但是也绝对不能让女儿发现。在两个孩子里偏疼其中一个是不对的，可我也控制不了自己的感情。"

茜茜求她给这个男孩起名叫约翰尼，但是凯蒂坚持认为儿子应该拥有个属于他自己的名字。茜茜很生气，对凯蒂说了些难听的话。而凯蒂最终也气不过，质问茜茜是不是爱上约翰尼了——也不顾这到底是不是真的。可茜茜回答说"那可没准儿"，凯蒂立刻什么也不说了。她有点怕她俩再吵下去的话，她会发现茜茜的确爱着约翰尼。

凯蒂给儿子起名叫科尼利厄斯，这是她在一部戏里看到的一个很体面的人物，当时扮演他的演员也很英俊。不过随着孩子长大，他这个名字也逐渐"布鲁克林化"，最终变成"尼利"了。

这个儿子很快就被凯蒂看成了自己的全世界，约翰尼都得退居第二，而弗兰西在母亲心里只能排到最末一位了。这背后并没有什么偏心眼的理由，也没有复杂的情感变化。凯蒂偏爱儿子，只是因为和约翰尼或者弗兰西相比，她感觉唯独这个孩子是完全属于她自己的。尼利和约翰尼长得一模一样，凯蒂要把他培养成约翰尼永远成不了的那种男人。他要拥有约翰尼身上的所有优点——凯蒂会鼓励和培养这些。而一旦在尼利的身上看到一点约翰尼的缺点，她就会立刻把它按死。尼利，他会长大成人，会照顾凯蒂一辈子，而凯蒂会为他感到自豪。她必须保证儿子顺顺当当地长大。约翰尼和弗兰西总能凑合过去，但她对儿子一点都不能心存侥幸。她得让儿子比"凑合"更好。

随着孩子们一天天长大，凯蒂最终也失去了所有的柔情，却也逐渐有了"性格"：她变得能干、强硬，并且富有远见。她依然深爱着约翰尼，但昔日那种狂热的迷恋早已消逝无踪。她也爱自己的女儿，因为她总是为这孩子感到难过，那感情与其说是爱，不如说是怜惜和责任感。

约翰尼和弗兰西都感受到了凯蒂的变化。儿子越长越强壮，越来越英俊，约翰尼却越来越软弱，在下坡路上越走越远。弗兰西则察觉到了凯蒂的想法，作为回应，她的心也对母亲冷酷起来。然而偏偏是这冷酷拉近了母女二人的距离，让她们越发亲密，因为正是这冷酷让她们更为相似了。

尼利一岁的时候，凯蒂已经不靠着约翰尼养家了。约翰尼一直酗酒。能接到一夜的工作他就去做，工资拿回家，小费全用来喝酒。他只觉得生活前进得太快了，他还没到能投票的年纪[1]，就已经有了老婆和两个孩子，人生还没机会真正开始就已经结束了。约翰尼·诺兰已经注定完蛋了，没人比他自己更清楚这一点。

凯蒂和约翰尼面对着同样的困境，而她才十九岁，比约翰尼还要小两岁。或许可以说她也注定要完蛋，她的人生也是还没开始就结束了，但两人的相似之处也仅限于此。约翰尼清楚自己要完蛋并且接受了这一点，而凯蒂拒绝接受。过去的人生在哪里结束，她新的人生就在哪里开始。

于是她把满腹柔情换成能干的本领。她放弃美梦，直面残酷的生活。

凯蒂有着强烈的生存欲望，这让她成了一个战士。而约翰尼则渴求着永恒不变，所以他只能是个毫无用处的空想家。虽然两人深深地爱着对方，这却是他们之间最大的不同。

1　20世纪初美国男性公民的合法投票年龄是21岁。

11

为了庆祝自己达到投票年龄的那个生日，约翰尼一连三天都喝得烂醉。三天之后，凯蒂把他锁进卧室里，让他一滴酒都碰不着。可是约翰尼不但没有醒酒，反而陷入了谵妄和错乱之中。他连哭带求地想要杯酒喝，说自己太难过了，而凯蒂则告诉他难过是好事，难过能让他坚强一些，能让他长点记性，好好吸取点教训，从此把酒戒掉。然而约翰尼这个可怜虫不但坚强不起来，反而愈发软弱，像个报丧女妖一样不断尖叫、哭嚎。

邻居们来砸门了，叫她好歹做点什么让那个倒霉蛋闭嘴。凯蒂态度冷硬地紧紧抿着嘴，让邻居们少管闲事。但是即便还能在邻居们面前嘴硬，她自己心里也清楚，他们一到月底就必须得搬走，因为约翰尼让他们丢尽了脸，这一带再也住不下去了。

下午晚些时候，凯蒂也终于受不了他痛苦的哭喊了。她把两个孩子塞进婴儿车里，去工厂找到茜茜的那位工头，把茜茜喊了出来。凯蒂把情况告诉了茜茜，茜茜答应她一下班就赶过去帮着安顿约翰尼。

茜茜就约翰尼的问题向自己的一位男性友人请教了一番，听了对方的建议，她买了半品脱上好的威士忌，把酒瓶塞在丰满的胸脯之间藏好，在外面套上衬衣，穿好裙子。她去了凯蒂家，告诉妹妹，只要让她和约翰尼单独待一会儿，那她肯定能让他安分下来。凯蒂就把茜茜和约翰尼一起锁进卧室，自己回到厨房伏在桌边，用胳膊撑着脑袋等待。

约翰尼一眼看到了茜茜，他一团混沌的脑子一瞬间清醒了，伸手抓住了她的胳膊："你是我朋友，茜茜，你是我姐姐，看在老天的分上，给我口酒喝。"

"别着急，约翰尼，慢慢来，"她用令人安心的柔和声音说着，"我给你带酒来了，就在这儿呢。"

茜茜解开腰上的扣子，泡沫般蓬松的绣花荷叶边和深粉色的缎带倾泻而出，室内顿时充满了她项链里香囊浓烈又温暖的甜香。她又解开一个复杂的结，松开了胸前的衬衣，约翰尼直愣愣地盯着她看，这个可怜虫突然想起茜茜的名声来，立刻就误解了眼前的情形。

"别这样，茜茜，求你别这样！"他呻吟着。

"别犯傻了，约翰尼，凡事都讲个时间和场合，现在当然不是时候。"她边说边把酒瓶拿了出来。

约翰尼一把抓过还带着茜茜体温的酒瓶。茜茜让他长长地喝了一大口，就从他紧紧攥着的手里把瓶子又夺了回来。喝了口酒以后，约翰尼静了下来，他开始犯困，乞求茜茜不要走。茜茜答应了，她也不系衬衣的带子或者外衣的纽扣，直接上床在约翰尼身边躺下，胳膊垫在他身子底下搂过他的肩头，约翰尼的头枕在她散发温暖香气的胸膛上。他睡着了，紧闭的眼帘下淌出一串串眼泪，滴落在茜茜胸口，那泪珠比茜茜的肌肤还要炙热。

茜茜醒着，把约翰尼搂在怀里，双眼直盯着室内的黑暗。她心中对约翰尼的感情就像是对她自己的孩子一样——如果这些孩子能活下来、能感受到她温暖的母爱的话。她轻抚着约翰尼的鬈发，温柔地爱抚着他的面颊，约翰尼在睡梦中发出呻吟，她就用对幼儿说话一般的语气安抚他，就像是安抚她自己从未拥有的孩子一样。茜茜的胳膊被压麻了，她打算把手抽出来。约翰尼被惊醒了片刻，他紧紧抓住茜茜，求她别抛下自己，嘴里管她叫着"妈妈"。

他每次惊醒，茜茜都给他喝一口威士忌。到了临近黎明的时候，约翰尼又醒了过来，这次他虽然嘴上说着头疼，但脑子里却清楚些了，他呻吟着从茜茜怀里躲了出去。

"回妈妈这里来。"茜茜柔和的声音微微颤抖。

她张开双臂，约翰尼再一次爬进茜茜的怀抱，把头靠在她丰满的胸脯上。他静静地哭泣着，呜咽着道出了自己的全部恐惧、忧虑，以及对世事的迷惘与困惑。茜茜听着他倾诉，任由他哭泣，像母亲拥抱孩子一样搂着他（而他自己的母亲从未这样做过），有时还会跟着他一起哭。等约翰尼的话差不多说完了，茜茜把剩下的威士忌全给他喝了，他也终于疲惫地沉沉睡去。

茜茜不想惊动约翰尼，就静静地在他身边又躺了很久。天色渐明，紧紧攥着她手的约翰尼终于放松了下来，他的面容也重归平静，再次恢复了有些孩子气的模样。茜茜把他的头挪到枕头上，利落地帮他脱掉外衣，盖好被子。她把空空的威士忌酒瓶顺着通风井扔了出去，想着酒这件事不告诉凯蒂也没什么关系。然后她又马马虎虎地扎好衬衣的粉色缎带，整了整衣服的腰身，她走出房间，用极轻的动作在背后关好房门。

茜茜有两个致命的弱点：她是个了不起的情人，也是个了不起的母亲。她心中有着太多的柔情，太想把自己奉献给任何有求于她的人——不论他们索取的是她的金钱还是时间，是让她把身上的衣物都脱下来送别人，还是她的怜惜、理解、友谊、陪伴或者爱情。她愿意做自己遇到的一切生命的母亲。没错，她爱男人，但是她也同样爱女人，爱老人，尤其是爱孩子——她多喜欢孩子啊！她爱着每一个被击垮的人，她想让每一个人都幸福快乐。她不怎么去做告解，却尝试过引诱听她忏悔的神父，因为她觉得他们发誓终身禁欲，岂不是要错过人世间最大的乐趣？那可实在太遗憾了。

街头每一条乱翻乱嗅的流浪狗她看了都爱；而看着骨瘦如柴的野猫大着肚子在布鲁克林的街道上畏畏缩缩地游荡，想要找个能安全下崽的窟窿，她又会难过得哭出来。她喜欢那些一身煤灰的小麻雀，觉得就算是野地上乱长的野草都是那么美。空场上的苜蓿开出白花，她就大把采来扎成花束，在她眼里那就是上帝创造的最美的花朵了。有一回她在自己的房间里看见一只老鼠，第二天夜里她就特意拿了个小盒子装了些碎奶酪喂它。没错，她愿意倾听每个人的烦恼，而她自己

96

的问题却无人聆听。而这也没什么不对，因为茜茜的天性就是只求付出，不图索取。

茜茜走进厨房，凯蒂抬起肿胀的双眼，用怀疑的眼神打量着茜茜身上凌乱的衣物。

"我不会忘记咱俩是亲姐妹，"凯蒂的话里带着可怜兮兮的自尊，"我希望你也记着这个。"

"少他妈说这种浑蛋话。"茜茜立刻明白了凯蒂的意思，她嘴上虽然骂着，双眼却带着笑意深深地看向凯蒂的眼睛。凯蒂的心瞬间安定了下来。

"约翰尼怎么样了？"

"他睡醒了就没事了，可是看在老天的分上，他起来以后你就别再数落他了，凯蒂，别再说他什么了。"

"可是总得跟他讲讲道理。"

"如果我再听见你数落他，我就把他从你手里抢走。我发誓我一定会这么干的，哪怕你是我亲妹妹。"

凯蒂清楚她肯定说到做到，所以也有点害怕了。"那我就不说他了，"她嘟哝着，"至少这次不说。"

"瞧，你现在也长大了，有点女人的样子了。"茜茜边夸边亲了亲凯蒂的脸颊，她可怜约翰尼，也一样可怜凯蒂。

凯蒂崩溃了，她大哭起来，哭声干涩又难听，因为她最讨厌自己哭泣，却又实在是忍不住。茜茜只能在一旁听着，把刚才从约翰尼那里听到的东西再听了一遍，只不过这一次是站在凯蒂的立场讲的。茜茜应对凯蒂的方法与安抚约翰尼的不同。她用温情和母性对待约翰尼，因为那正是他所需要的。而茜茜深知凯蒂心中有着钢铁般的坚毅和冷酷，她要做的就是等凯蒂讲完，然后帮她把那份冷酷变得更为刚硬。

"现在你都知道了，茜茜，约翰尼是个酒鬼。"

"这个嘛,人人都得'是'个什么,人人头上都得贴个标签。就说我吧,你瞧,我这辈子一滴酒都没沾过,可是你也知道——"她一上来就摆出一副既诚实又圆滑的无知态度,"居然有人说我是个坏女人!这你敢信?我得承认,我是偶尔抽一两根'甜卡博拉'牌的烟,可是要说坏……"

"茜茜,主要是你那么和男人打交道,就难免让人觉得……"

"凯蒂!咱们不数落别人!咱们每个人是什么样就是什么样,该过什么日子就得过什么日子。凯蒂,你男人不错。"

"可是他喝酒。"

"而且他会一直喝下去,直到他咽气为止。就是这么回事。他是酒鬼,而你既然接受了别的,这个你就也得接受。"

"还有什么别的?他不去上班?他整夜在外头待着?他交的那些不三不四的朋友?"

"你既然嫁给他了,就说明他身上肯定有什么让你动心的地方。你就抓住那一点,别的就都忘了吧。"

"有时候我都不知道自己为什么要嫁他。"

"扯谎!你当然知道为什么嫁他。你嫁给他就是因为你想睡他,可你又太虔诚,不在教堂办过婚礼不敢睡。"

"瞧你说的。当时主要是我想把他从别人手里抢过来。"

"说到底都是俩人睡觉这回事,从来都是。这码事能搞好了,婚姻生活就能好。这码事搞不痛快,婚姻生活也痛快不了。"

"不是吧,总还有其他东西的。"

"什么其他东西?行吧,可能确实有,"茜茜不情不愿地退了一步,"就算有别的好事,也不过是给这码事添点彩而已。"

"这你就错了,那码事对你来说可能很重要,可是……"

"那码事对大家都重要。或者说至少大家都该觉得它重要,这样大家的婚姻就都幸福了。"

"啊，我承认我是喜欢看他跳舞，听他唱歌……还喜欢他的长相……"

"你这就等于把我刚说的那些拿你自己的话又说了一遍。"

"谁能说得过茜茜这样的人呢?"凯蒂暗想，"她凡事都有自己的主意。没准儿她看问题的方法也是正确的，我也说不清。她是我的亲姐姐，可人家也都说她的闲话。她是个坏女孩，这点也实在是没法当看不见。她死了以后灵魂一定会永远在炼狱里游荡的。我跟她说过好几回，可她每次都说即便是这样，在那里游荡的肯定也不会就她自己。如果茜茜死在我前头，那我肯定得给她办上好多场弥撒，让她的灵魂得到安息。可是也没准儿她只要在炼狱里头待上一小会儿，很快就能出来，因为即便人人都说她坏，她却对所有有幸跟她打上交道的人都是那么好。上帝一定会考虑到这个的。"

凯蒂突然凑过去亲了亲茜茜的脸蛋，茜茜很惊讶，因为她不知道凯蒂在想什么。

"你说的可能没错，茜茜，也有可能全都错了。我现在是这么打算的，除了喝酒之外，约翰尼的其他地方我都喜欢，我会尽量对他好的。我也会尽量忽略那些……"她没有接着说下去。凯蒂知道，自己内心是绝对不能忽略那些缺点的。

弗兰西也醒着。她躺在炉灶边的一只洗衣篮里，吮着自己的大拇指听她们说话，可是什么也没听明白，毕竟那年她只有两岁。

12

约翰尼闹过那么一出之后，凯蒂没脸在这一带继续住下去了。诚然，不少邻居家的丈夫比约翰尼也都好不到哪儿去，但是凯蒂并不想拿这个标准来比烂。她希望诺兰家能多少比一般人好些，而不是和大家一样凑合。何况还有钱这个问题——虽然钱可能从来也不是什么问题，因为他们本来就没有多少钱，现在又添了两个孩子。于是凯蒂开始找可以拿工作抵房租的房子，这样他们至少还能有个遮风避雨的地方。

她找到了一处房子，只要负责打扫全楼的卫生就可以免去租金。约翰尼信誓旦旦地说自己决不肯让老婆当清洁工，而凯蒂拿出了新近练出的强硬态度，干脆地告诉他不做清洁工就没房子住，因为每个月的租金越来越难凑了。约翰尼最终妥协了，他保证所有清洁工的活儿都由他来干，等他一找到稳定的工作，他们就再搬一次家。

凯蒂把他们为数不多的东西都打了包：一张双人床、两个孩子的摇篮、一辆破破烂烂的童车、一套带绿色毛绒垫的家具、一块粉色玫瑰花图案的地毯、一组客厅用的蕾丝窗帘、一棵塑胶树盆景、一株香叶天竺葵、一只养在金色笼子里的金丝雀、一本绒布封面的相册、一张餐桌、几把餐椅、一箱子锅碗瓢盆和瓶瓶罐罐、一个底座装了八音盒的镀金耶稣受难像（上满弦以后会播放《圣母颂》的曲调）、一个简朴的木头受难像十字架——那是凯蒂的母亲送给她的、满满一洗衣篮的衣服、打成一个卷的铺盖、约翰尼的一叠歌谱，还有那两本书——《圣经》和《威廉·莎士比亚作品全集》。

他们找了个卖冰的来搬家，东西实在太少了，运冰的马车一趟就全能装走。卖冰人只有一匹毛发蓬乱的瘦马，它拉起这辆车来也不怎么费力。一家四口也坐上了这辆马车，一同前往他们的新家。

旧家彻底搬空了，看起来光秃秃的，活像个没戴眼镜的近视眼。凯蒂最后做的一件事就是把钉在衣柜里的储蓄罐拿下来。罐里总共有三块八毛钱。可还得从这里拿出一美元来给帮他们搬家的卖冰人。

一到新家，趁着约翰尼还在和卖冰的一起搬家具，凯蒂立刻重新把"银行"钉进了衣柜的角落，在里面放了两块八毛钱，又从自己只装了几个分币的旧钱包里摸出一毛钱放了进去。这一毛钱本来也是要给送冰人的。

威廉斯堡的习惯是搬完家之后请帮忙的人喝一品脱啤酒，可是凯蒂盘算着："反正我们再也不和这个人打交道了，何况给一块钱也够了，他得卖多少冰才能赚着一块钱呢？"

凯蒂正忙着挂窗帘，玛丽·罗姆利来了，她在房间里到处洒着圣水，祛除可能潜伏在各个角落的恶灵。谁知道这里之前出过什么事呢？没准儿有新教徒在这里住过，没准儿以前住在这里的天主教徒咽气之前没来得及去教堂悔罪。圣水能净化家里的环境，这样上帝也能降临此地了——如果他老人家愿意的话。

阳光透过外婆手里的圣水瓶，在对面的墙上投出一道宽宽的彩虹，还是个婴儿的弗兰西看了开心得咯咯直笑。玛丽也和外孙女一起笑着，她转动手里的瓶子，那段彩虹在墙上一跳一跳的。

"多漂亮啊！多漂亮啊！"她用德语说。

"羞羞！羞羞！"弗兰西伸着手，学着外婆的语调说着。

玛丽把手里空了一半的圣水瓶给了弗兰西，自己去给凯蒂帮忙了。墙上的彩虹没有了，弗兰西很失望，她觉着那一定是藏在瓶子里了，于是她打开圣水瓶，想把里面的彩虹放出来，结果却把圣水倒了自己一腿。稍后凯蒂看见她身上是湿的，就轻轻拍了她两巴掌，说她这么大的孩子不该再尿裤子了。玛丽对女儿说了圣水的事。

"哎，这孩子不过是给自己洒圣水赐福嘛，结果换来的福气却是吃巴掌。"

凯蒂被逗笑了，弗兰西看见妈妈消了气，就也跟着笑了起来。连尼利都跟着一起笑了，露出了嘴里刚长出的三颗乳牙。玛丽微笑着看向他们，说："在这个家的新生活能以笑声开始，可真是个好兆头。"

晚饭之前，他们就已经全都收拾好了。约翰尼看着孩子们，凯蒂到杂货店去开赊账的"账户"。她对店老板说自己刚搬到这条街上来，问老板能不能让她先赊些吃的，周六一发工资就来还钱。店老板同意了，给了她一口袋食物，还有一个用来记欠账的小本子。老板说，每次来"凭信用"赊东西都得把这个本子带上。走完这个小小的流程，凯蒂一家就有了足够的食物，可以撑到下次发钱的时候了。

吃过晚饭，凯蒂给孩子们读书，哄他们睡觉。她读了一页《莎士比亚作品集》的引言，一页《圣经》中的诺亚家系——她到目前为止只读到了这里——两个孩子和凯蒂都完全不懂她读的这些东西到底是什么意思。凯蒂读着读着，自己都有些犯困了，但她还是强撑着读完了这两页。然后她仔细地给孩子们盖好被子，和约翰尼一起上床休息了。虽然这时候才八点，可是他们搬了一天家，早就累坏了。

诺兰家的四个成员在他们洛里默街上的新家里睡着了。这里还算是威廉斯堡，不过已经很接近布鲁克林和格林波特的交界处了。

13

洛里默街比博加特街上档次一些。这里的居民主要是邮递员、消防员，还有开店的老板。这些店老板比较富裕，不用在自家铺面后头凑合着住。

这里的公寓带浴室，浴缸是个椭圆形的大木盆，里面包着一层锌皮。弗兰西总是对它装满水的样子深深着迷，因为那已经是她见过的最大的水面了。对小小的她来说，这盆水就像大海一样。

他们很喜欢这个新家。为了抵房租，凯蒂和约翰尼把公寓的地下室、大堂、屋顶和门口的人行道都打扫得一尘不染。公寓里没有通风井，每间卧室都有一扇窗户，厨房和客厅则各有三扇。在新家的第一个秋天过得相当舒服，屋子里整天都能晒到太阳。第一个冬天也过得很暖和，因为约翰尼的工作还算稳定，也没怎么喝酒，所以他们有足够的钱买煤烧。

夏天来了，姐弟俩白天大多数时候都在门口的台阶上待着。整栋楼里只有他们两个孩子，所以台阶上有的是地方。弗兰西还不到四岁，就已经得照应弟弟，而尼利这时候也快三岁了。她用瘦削的双臂抱着细细的腿，一坐就是好几个小时，不时看看在台阶上爬上爬下的尼利。舒缓的微风吹动她褐色的直发，风里带着海水的咸味，虽然大海离她是那么近，她却从未亲眼见过。她坐在台阶上，身子前后摇摆，脑子里想着各种各样的事情：为什么风会吹？为什么草会长？为什么尼利是个男孩，而不是像她一样的女孩？

有时弗兰西和尼利也会面对面坐着，直瞪着眼盯着对方看。他们的眼睛有着一模一样的形状，一模一样的深眼窝，只不过尼利的眼珠是清澈又明亮的浅蓝，而弗兰西的眼珠则是清澈却深邃的灰色。两个孩子之间总是有着剪不断的联系。弗兰西的话很多，尼利的话很少。有时弗兰西会不停地说啊说啊，而好脾气的尼利就在一边听着，一直听到他自己脑袋靠在铁栏杆上，就那么坐着睡着了。

那年夏天弗兰西开始学"针线"了。凯蒂花了一分钱，给她买了一块正方形的布头，大小和女用手帕差不多，上面有一个绣图案用的轮廓印子，画的是一条吐着舌头坐着的纽芬兰犬。除此之外，她还花一分钱买了一小卷红棉线，还有一套两分钱的小号绣花绷子。外祖母教弗兰西平针法，她很快就绣得很熟练了。路过的女人们看见这么个小姑娘紧皱着眉头，眉心都挤出了一条深深的竖纹，在绷紧的布料上认真地绣着，都不由得停下来咂嘴，赞许中带着怜悯。尼利凑在弗兰西背后，看着那银闪闪的钢针在布料里像魔术一样穿来穿去。茜茜给了弗兰西一个圆滚滚的布草莓让她插针用，有时尼利看得不耐烦了，弗兰西就让他拿针戳着草莓玩一会儿。这种正方形的布头绣满一百块，就能缝在一起做成床单了。弗兰西听说真的有些人做成了这样的床单，所以这也就成了她最大的目标。可惜虽然她整个夏天都断断续续地绣着自己手里的那块布料，到了秋天却只绣完了一半。做床单的事只能以后再说了。

寒来暑往，秋去春来。日子一天天过去，弗兰西和尼利一天天长大，凯蒂的活儿干得越来越多，约翰尼的活儿干得越来越少，可酒却越喝越多了。凯蒂依然每天都给孩子们读书，偶尔晚上她实在太累了，就会少读一页，但绝大多数时候她都坚持一天读两页。他们现在已经读到《裘力斯·恺撒》了，凯蒂不太明白演出说明里的"号角声"（Alarum）是什么意思，只觉得这应该和消防车有点关系，所以只要读到这个词，她就会"当当，当当"地喊两声。孩子们觉得这有意思极了。

锡罐子"银行"里的零钱也一点一点积攒着。中间打开过一次，因为弗兰西的膝盖不小心扎进了一根生锈的钉子，给她买药看病花了两美元。也还有那么十几次，他们得把钉在地上的金属条子撬松一根，从里面勾出个五分硬币，给约翰尼当上班路上的车钱。不过家里的规矩是约翰尼拿到小费就必须往"银行"里存进一毛钱，所以"银行"还是能盈利的。

天气暖和的时候，弗兰西就自己在街上或者门口的台阶上玩。她巴不得能有个玩伴，却不知道该怎么和其他小姑娘打交道。别的孩子也都躲着弗兰西，因为她说话很奇怪。拜凯蒂每天晚上读的东西所赐，弗兰西说话的时候的确会说出些奇怪的词来。有一回有个孩子笑话她，而她回嘴说："呸，你都不知道自己说的是啥。你这都似喧伐和烧动，搞不到一点意思。"[1]

还有一回，弗兰西想和一个小姑娘交朋友，就对她说：

1　原文为"You're jus' full of soun' n' furry siggaflying nothing."。是孩子对《麦克白》第五幕第五场中著名台词"充满着喧哗和骚动，却找不到一点意义"在一知半解之下的错误引用。

"你在这儿等着，我进去'得'（begat）[1] 根绳子，咱们跳绳玩吧。"

"应该说进去'糨'（git）绳子吧。"那个小姑娘纠正说。

"不对，就是我去'得'绳子，东西不能说'糨'，应该说'得'。"

"这个'得'到底是个什么玩意儿?"小姑娘问道，她也只有五岁。

"就是'得'嘛，就好比'夏娃得该隐（Cain）'。"

"你可真傻，女的才不用拐棍儿（Cane）呢，男的走不好路了才挂拐棍。"

"可夏娃就'得'了呀，她还'得'了亚伯呢。"

"管她到底有没有呢，你猜怎么着?"

"怎么?"

"你说话就跟黑皮意大利佬似的。"

"我说话才不像什么意大利佬，"弗兰西喊道，"我说话像……就像……上帝就是这么说话的。"

"你说这话就该天打雷劈。"

"才不会呢。"

"那你这里头大概也是空空的，啥都没有。"小姑娘边说边点了点自己的脑袋。

"我脑袋才不空呢。"

"那你怎么这么说话?"

"我妈妈给我读的东西里都是这样的。"

"那就是你妈妈脑袋里啥都没有，全是水。"小姑娘纠正了自己之前的说法。

"随你怎么说，反正我妈妈可不像你妈妈，可不是个邋遢的懒虫。"

1　此处也是主人公对 begat 一词的误用，这个词并不常用，主要见于《圣经》的某些英语版本，意为父亲得子，和合本《圣经》中对此词的译法为"生"。原文此处主人公误以为 begat 一词和表示"获得、取来"的 get 是一个意思。而另一个小女孩也因为比较俚俗的口语习惯或者幼儿口齿不清，所以也把 get 说成了 git。

弗兰西只能想出这样的话来回敬了。

这种话那个小姑娘听过很多遍了，她也很机灵，知道没必要抓住这点争辩。"我宁肯要个邋遢的懒虫当妈妈，也不要疯婆子妈妈。我没有爸爸，可这也比有个酒鬼当爸爸强多了。"

"懒虫！懒虫！懒虫！"弗兰西激动地连声喊着。

"疯婆子，疯婆子，疯婆子。"那个小女孩也跟着起哄。

"懒虫！懒虫邋遢鬼！"弗兰西尖叫道，她无奈地哭了起来。

那个小姑娘蹦蹦跳跳地走了，她蓬松的鬈发在阳光下跳跃着，嘴里还用高亢清亮的声音唱着顺口溜："石头棍子打人疼，骂骂咧咧要不了命。等我死了你后悔，等我死了你哭坟。"

弗兰西的确哭了。倒不是因为被人家骂了难听的话，而是因为没人愿意和她一起玩，她总是孤零零的。野一点的孩子嫌弗兰西太安静了，而教养好些的孩子又似乎总躲着她。弗兰西模模糊糊地觉得，那应该也不全是她自己的错，大概和经常来串门的茜茜姨妈也有点关系——和茜茜姨妈的打扮，还有住附近的男人们看她的眼光有点什么关系。应该还和爸爸有点关系——和他有时候连路都走不稳，歪歪斜斜地一路横着走回家有点什么关系。那甚至还和邻居家那些总是问东问西的女人有点关系——她们总是想找她打听关于爸爸、妈妈还有茜茜的事，可不管她们是连哄带骗，还是想问她个出其不意，弗兰西都不会上当。因为妈妈这么嘱咐过："别让邻居们找你的碴儿。"

于是在温暖的夏日，这个孤单的小姑娘就那么坐在自家门口的台阶上，装出对人行道上其他孩子的游戏不屑一顾的样子。弗兰西只能和自己幻想出来的伙伴们一起玩，努力相信他们比真正的孩子好得多。人行道上的孩子们手拉手围成一个圈，边走边唱着歌谣，歌里的哀伤却也牵动了弗兰西的心，让它随着歌谣的节奏跳动。孩子们唱着：

　　瓦尔特，瓦尔特，小野花，

又高又壮生枝芽。

姑娘年少模样好，

黄泉路上逃不了。

莉琪·威默可不一样，

百花丛中数她强。

好羞，好羞，快快藏，

转过身来悄悄讲，

——哪一个是你的情郎？

孩子们停了下来，对着被点到名的小姑娘连劝带起哄，她最终用很小的声音说了个男孩的名字。弗兰西想着，如果他们愿意带她一起玩，如果她自己被点到了，那么她会说出谁的名字呢？如果她低声说出的名字是约翰尼·诺兰，那些孩子会笑话她吗？

听了莉琪说出的名字，小姑娘们又大呼小叫地起哄了一阵。然后她们又拉起手来，一边继续转圈，一边快活地唱着歌谣夸那个男孩。

赫米·巴赫麦尔俊小伙，

光鲜礼帽手里托。

新郎门前来提亲，

新娘楼上穿丝裙，

明天，明天——

就结婚！

小姑娘们停下脚步，高兴地拍手庆祝起来。然后歌谣的情绪突然毫无预兆地变了，她们又拉起了圈子，但是这一次她们的头垂了下去，步子也转得更慢了。

妈妈，妈妈，我病了，

快快去把那大夫找！

大夫，大夫，看看我，

是不是要死不能活？

宝贝，宝贝，别心焦，

黄泉路上无老少。

那送葬马车有几架？

——足够装下你全家。

其他街上的孩子们做游戏的时候也唱这首歌谣，歌词多多少少有点不一样，但是游戏说到底还是同一个。没人知道这首歌谣到底是从哪里来的，可它在小姑娘之间口口相传，这也是布鲁克林的孩子们最常玩的游戏。

孩子们也玩别的游戏。比如小姑娘们就经常两个一对坐在门口的台阶上玩抓子儿游戏。弗兰西也自己和自己玩抓子儿，自己当自己的对手，还和想象中的玩伴说着话："我要一次抓仨，你得一次抓俩。"

"踢房子"这个游戏往往是男孩开头，女孩收尾。几个男孩先把一个空罐放在电车轨道上，然后坐在马路牙子上等着，用行家的眼光看着电车把空罐轧成平平的一片。然后他们会把这个金属片对折一下，再放回轨道上接着轧。就这么不断地轧平、对折、再轧平、再对折，很快就能得到一块沉甸甸的金属坨子。这就是做游戏用的"房子"了。接下来女孩们在人行道上画好几个标了数字的格子，单脚跳着把"房子"从一个格子踢到另一个格子。谁能用最少的步数把"房子"从所有格子里踢出去就算谁赢。

弗兰西也做了个"房子"，她也把空罐放在电车轨道上，也像个行家一样皱着眉头，看着电车把空罐轧平。车轮碾压金属的嘎吱声总让她既兴奋又害怕。她忍不住想着，要是电车司机知道自己开着车替她干了这种活儿，他们会不会生气呢？她也在人行道上画出了方格子，可是她只会写"1"和"7"这两个数字。弗兰西一边跳着格子，一边巴不得能有人和自己一起玩，因为她相信自己跳完格子用的步数一定是最少的，全天下的小姑娘都赢不过她。

偶尔有人在街头表演音乐，弗兰西不需要伙伴也能欣赏。有支三人乐队一个星期来一次，乐手们身上穿的衣服很普通，头上戴的帽子却怪滑稽的，看着有些像是电车司机的帽子，只不过帽顶是凹进去的。一听见孩子们喊"'小叫花子'乐队来啦！"，弗兰西就会马上跑到街上去，有时候还会拉上尼利一起。

乐队包括一个小提琴手、一个鼓手和一个小号手，演奏的都是些老维也纳舞曲，虽然技术不能说好，但是至少气势和音量都很足。小姑娘们结对跳起华尔兹，在夏日炎热的人行道上一圈又一圈地旋转着。还总有两个男孩怪模怪样地模仿姑娘们，粗俗地在她们中间撞来撞去。如果把姑娘们惹急了，这两个男孩就会一边用各种花哨的词道歉，一边故意夸张地鞠躬，弯腰的时候屁股还准保会再拱到一对跳舞的小姑娘。

弗兰西挺羡慕那些胆子更大点的孩子，他们不跳舞，而是就站在小号手边上，刻意吧唧吧唧地大声吮着根流汤的酸黄瓜。听得号手嘴里也不由得口水直流，都流进小号里了。这往往会让号手大发脾气，实在被惹急了，他就会拿德语骂上一大串，最后往往以一句听着有点像"天杀的外国犹太佬"的话作结。很多在布鲁克林生活的德国移民都习惯管惹自己生气的人叫"犹太人"。

弗兰西最着迷的是看他们怎么赚钱。演过两首曲子之后，小提琴手和小号手接着演奏，而鼓手则停了下来，把帽子拿在手里，厚着脸皮接三三两两扔过来的赏钱。在街上要了一圈钱之后，他又站在马路牙子上，抬头看向楼上的窗户，女人们就会拿块报纸包上一两个分币扔下去。这块报纸可以说至关重要。在街上的孩子们看来，直接散着扔下来的分币见者有份，他们会一拥而上，捡了就跑，任由愤怒的乐手在身后追赶。然而不知为什么，用报纸包好的钱他们就不要了，有时甚至还会捡起来交给乐手们。他们在哪些钱归谁这一点上似乎达成了某种共识。

如果钱收够了，乐手们就会再演奏一曲，如果收成不怎么样，他们就换个地方再碰碰运气。弗兰西往往会带着被她硬拉来的尼利，一站一站地跟着乐队走街串巷，一直跟到天色渐暗，乐手们散伙各自回家。这支乐队就像花衣吹笛手一样，走到哪里屁股后头都跟着一大群孩子，弗兰西也只不过是其中的一员。很多小姑娘都带着自己的小弟弟或者小妹妹，要么拿自家做的小拖车拉着，要么放在破烂的婴儿车里推着。音乐就像魔咒一样，让这些孩子忘了吃饭，忘了回家。车里的小婴儿会哭上一阵儿，尿了裤子，慢慢睡过去，醒来再哭一阵，再尿裤子，再重新睡过去。而乐队也把那《蓝色多瑙河》演奏了一遍又一遍。

弗兰西认为这些乐手的日子过得肯定很不错，她盘算着，等尼利再长大一点，就让他在街上拉"烫烫"（尼利管手风琴叫"烫烫"），她自己则在一边敲铃鼓，这样准有很多人给他们扔钱。他俩要是发了财，妈妈就不用再干活儿了。

虽然弗兰西总是跟着三人乐队跑，但她其实还是更喜欢看摇风琴的。偶尔会有个人推着一架小风琴到街上来，琴箱上还坐着只猴子。这猴子身穿带金边的红上衣，头戴红色小圆帽，帽带系在下巴底下，红裤子在屁股处挖了个洞，恰好能让猴把尾巴伸出来。弗兰西特别喜欢这只猴子，她甚至愿意把省下来买糖吃的一分钱拿出来给它，就为了看它用爪子点点帽子敬礼。如果妈妈在的话，她就会拿出本该存进罐头"银行"里的一分钱给摇风琴的，还严厉地告诉他不能虐待那猴子，假如被她发现了她就报警。摇风琴的是个意大利人，这番话他一个字都听不懂，所以他每次都用同样的方式作答：他会摘下帽子，双腿微屈，谦卑地鞠个躬，嘴上殷勤地叠声叫着"Si，Si"。

大号的风琴就完全不一样了，每次这架风琴过来，街上都像是过节一样。拖着风琴的男人皮肤黝黑，一头鬈发，牙齿白得出奇，他身穿绿色平绒的裤子，棕色的灯芯绒上衣，口袋里还塞着一条红色的大手帕，一只耳朵上戴着个耳环。给他帮忙的女人穿着件黄上衣，下面配了条裙摆打旋儿的红裙子，耳朵上也挂着一对大耳环。

风琴以尖锐的声音叮叮当当地奏出曲调，那是《卡门》或者《吟游诗人》里的一首曲子。女人无精打采地摇着一个带缎带的脏铃鼓，不时随着音乐的节奏拿胳膊肘敲一下。每一曲奏完，她都会猛然旋转一圈，露出穿着肮脏白棉布袜子的粗壮双腿，色彩斑斓的衬裙也在飞旋间一闪而过。

弗兰西从未留意到那女人的肮脏和疲惫，她只是听着那音乐，看着那飞舞的斑斓色彩，感受着这些衣着惹眼的人们独特的魅力。凯蒂警告过她绝对不能跟着大风琴走，凯蒂说，这样打扮的风琴手都是西西里人，而人人都知道西西里人是黑手党，人人都知道黑手党会绑架小孩要赎金。他们会把小孩抓走，留下一张写着把一百美元放在墓地赎人的字条，条子上还盖一个黑手印当作签名——妈妈就是这么说那群摇风琴的人的。

看过大风琴以后，在接下来的几天里，弗兰西都会扮风琴手玩。她轻轻哼着自己能想起来的威尔第的曲子，时不时用胳膊肘敲敲旧馅饼托盘，假装那是铃鼓。这么玩到最后，她总是把自己手掌的轮廓描在纸上，然后用蜡笔涂黑。

弗兰西有时候也会有点犹豫，不知道长大以后是加入乐队好，还是去和摇风琴的搭伴儿好。如果她和尼利也能有一架小风琴，有一只可爱的小猴子，那该多好呀！他们成天都能和小猴子玩，可以到处推着风琴演奏，看猴子敬礼，不但一分钱不用花，人们还会扔好多钱给他们。小猴子可以和他们一起吃饭，晚上就和她睡在一张床上。这一行想着可真是不错，所以弗兰西就把这个想法告诉了妈妈，而凯蒂迎头泼了一盆冷水，告诉她猴子身上都有跳蚤，她绝对不会让猴子睡在家里干干净净的床上。

弗兰西也会想象自己跟着风琴手去摇铃鼓，可是那样的话，她得先当西西里人，而且还得去绑架小孩，这事她可不干——虽然在纸上画黑手还挺好玩的。

布鲁克林总是有音乐，在很久以前的夏日时光里，布鲁克林的街道上总是有人唱歌跳舞，这样的日子本应是明朗又快活的，可是却总有什么东西为那些年的夏日平添几分忧伤。这忧伤来自做游戏的孩子们，他们的身子瘦瘦的，脸上却还带着婴儿肥，他们手拉着手，用单调的声音唱着忧伤的歌谣，转着圈扮演歌谣里的角色——他们虽然不过是些四五岁的小娃娃，却又早就学会了怎么照顾自己。这忧伤来自街头乐队以拙劣的技巧演奏的《蓝色多瑙河》。猴子鲜艳的红色小帽之下藏着一双忧伤的眼睛。手摇风琴的琴声尖锐而明快，奏出来的却只有忧伤的曲调。

连后院里乞讨的流浪歌手唱出的情歌都带着忧伤的意味，他们唱道：

> 若我能称心如意，
> 我必定不会让你老去。

这些人不过是些饿肚子的流浪汉，没有半点歌唱天赋。实际上他们一无所有，只有端着帽子站在人家的后院高声唱歌的勇气。这一切的忧伤之处，恰恰在于这勇气无法在这世上为他们换来任何东西，在于他们迷惘而失落，而在长日将尽的布鲁克林，每个人都是这般失落，这般迷惘。此时的阳光虽然依旧明亮，却稀薄得不能给人带来一丝温暖。

14

洛里默街上的生活相当愉快，如果不是茜茜姨妈粗心大意，好心办了坏事，诺兰家可能会一直在那里生活。茜茜在三轮车和"气球"上惹出来的乱子彻底搞砸了诺兰家的脸面，让他们住不下去了。

有一天，茜茜没排上班，就打算到凯蒂家去，在凯蒂上班的时候帮她照看弗兰西和尼利。离诺兰家还有一条街，茜茜看见了一辆体面的三轮车，阳光照在锃亮的黄铜车把手上，明晃晃的反光几乎要迷了她的眼。这种车子现在可不多见了，它有个宽宽的皮座椅，足够两个小孩并排坐下，后面是个靠背，前面装着连接小前轮的导向杆。座椅后面两边各有一个大轮子，导向杆的顶端是黄铜的车把手，脚踏板装在座椅前方。骑车的时候孩子就可以坐在座椅上，身子往椅背上一靠，脚就能轻松地踩上踏板，掌握方向的把手也刚好在大腿正上方。

茜茜看见这辆三轮车放在马路边上没人管，就毫不犹豫地把它拉到了诺兰家楼下，叫孩子们坐上来玩。弗兰西觉得这可真是太棒了！她和尼利坐在车座上，茜茜拉着车带他们在街上到处转悠。阳光把车座的皮面晒得热乎乎的，皮子散发出一种闻起来就很昂贵的浓烈气味。炙热的阳光在黄铜把手上跃动，活像是一团火焰，弗兰西甚至觉得伸手摸一下都会烫伤。而就在这时候出了乱子。

一小群人向他们围了过来，带头的是个歇斯底里的女人，手上拽着个号啕大哭的小男孩。那女人嘴里喊着"偷车贼！"冲向茜茜，伸手就去拽三轮车把手，茜茜紧紧攥住了不肯给她，争抢间差点儿把弗兰西甩出去。巡逻的警察闻声连忙跑了过来。

"怎么啦？出什么事了？"警察开始讯问这件事。

"这女的是个贼，"那女的说，"她偷了我家儿子的三轮车。"

"警官，我可没偷，"茜茜用她那温软的嗓音诚恳地说道，"车就那么在路边放着，所以我就借过来拉着孩子玩一会儿。他们从来没坐过这么好的三轮车。您也知道，这事对孩子来说有多重要，他们都要乐上天啦。"

警察直盯着一声不吭坐在车上的两个孩子看，弗兰西吓得发抖，却还是冲他挤出了一个笑容。

"我就是拉着孩子们在这几条街上转一圈，然后就给放回原来的地方去。我可没说瞎话，长官。"

警察的视线在茜茜形状优美的胸脯上停留了好一会儿——茜茜爱穿很紧的束腰，胸脯的丰满却完全不受影响——然后又转向了那位愤怒的母亲。

"太太，干吗这么小气呢？就让她拉着孩子们在街上转一圈呗，你身上又不会掉块肉——"（实际上"掉块肉"这句话他也没说完，因为聚在周围看热闹的孩子们早就哄笑起来了。）警察说，"就让他们坐一圈，我保证到时候把车子完好无损地还给你。"

警察说的话就是王法，那个当妈的又能怎么办呢？他给了大哭的小孩五分钱叫他闭嘴，又开始驱赶围观的人群，说如果他们不赶紧"撒丫子滚蛋"，他就叫辆警车来，把所有人都逮进局子里去。

看热闹的人散开了，警察手上随意地晃着警棍，颇具骑士风度地陪茜茜和她的小乘客在街上绕来绕去。茜茜仰头看着他，直视着他的双眼，露出微笑。于是他就把警棍往腰带上一别，坚持要替茜茜拉三轮车。茜茜穿着细高跟的鞋子，在警察身边踩着碎步一路小跑，用轻轻柔柔的声音说着话，把他搞得神魂颠倒。他们沿街走了三圈，人们看见一个穿着全套制服的警官被迷成这副模样，纷纷拿手捂着嘴偷笑，而警察却假装看不见。他亲切地和茜茜聊着天，说的主要是他老婆的事。他说他老婆是个好女人，但是"你懂的，那方面有点不太好使"。

茜茜说她当然懂。

三轮车的乱子之后，邻居们的闲话更多了。他们之前就经常议论约翰尼时不时醉醺醺地回家，还有男人们总是色眯眯地盯着茜茜看，现在又加上这件事。凯蒂开始考虑搬家，因为眼下的情况又变得有点像当时住博加特街的时候，邻居们对诺兰家的事知道得太多了。可她正考虑着找找新房子时，突然又发生了一件事，让他们不得不立刻搬家。最后这件让他们在洛里默街待不下去的事完全和性有关，只不过如果能用正确的视角来看的话，这事其实根本没有不对的地方。

那是一个周六的下午，凯蒂要去威廉斯堡的一家大商店格尔灵百货打零工。她煮了些咖啡，又准备了三明治当一家人周六的晚餐——这三明治是老板给女工们充当加班费的。约翰尼在工会等差事找上门。茜茜那天刚好不上班，她知道两个孩子肯定被锁在家里，就打算去陪他们。

她敲了敲门，说自己是茜茜姨妈。弗兰西打开门，却没有摘下门链，她隔着门缝看见确实是姨妈，才让茜茜进来。然后孩子们就一拥而上，扑进茜茜怀里。孩子们非常爱茜茜，在他们眼里，姨妈不仅长得漂亮，穿得漂亮，身上闻着甜甜的，还总是给他们带礼物。

今天她带来的是一只散发着甜香味的雪松木雪茄盒，几张有红有白的餐巾纸，还有一罐糨糊。他们围坐在厨房的餐桌边，一起装饰起雪茄盒子来。茜茜描着一个两毛五分钱的硬币，在餐巾纸上画出许多圆圈，弗兰西负责把这些圆形剪下来。然后茜茜又教他们把剪下来的圆形围在铅笔头上，做成一个个筒状的小纸花。做了很多这样的纸花以后，茜茜用铅笔在盒盖上画了一个心形，他们一起在红色小纸花底下涂上糨糊，逐一粘在这个心形里，直到填满为止。盒盖的其他地方则是粘满了白色的小纸花。做完之后，雪茄盒的盖子看起来就像是挨挨挤挤地开满了雪白的康乃馨，正中间衬着一个鲜红的康乃馨组成的心形。盒子其他几个面也都粘满了白色的纸花，盒内又用红色的纸巾做成衬里，做好的成品漂亮极了，根本看不出原来是个雪茄盒子。他们大半个下午的时间都花在做手工上了。

茜茜五点钟和人约了去吃中国菜，于是准备动身离开了。弗兰西紧紧抱住她，求着她不要走。茜茜其实也不想走，但是她同样不想错过约会。于是她在自己的包里翻了好一阵，想找个能留给孩子们玩的东西。孩子们也站在她身边帮着找，弗兰西看见了一个香烟盒，把它拿了出来。盒上画着一个躺在沙发上的男人，一只脚翘在空中，手上抽着烟，脑袋上飘着个大大的烟圈。烟圈里有个女人，她披散着头发遮住眼睛，裙子领口里露着胸脯。盒子上写的名字叫"美国梦"，这是茜茜厂子里生产的东西。

　　两个孩子吵着要这个盒子，茜茜对他们解释说，盒子里装的是香烟，所以他们只能拿着看看外头，无论如何都不能打开。然后就不情不愿地把盒子给了两个孩子。"可千万别碰上面的封口。"茜茜嘱咐说。

　　茜茜走后，姐弟俩看了一会儿盒子上的画，又拿起来摇了摇。里面传出一阵发闷的"沙沙"声，听着怪神秘的。

　　"里头不是烟呀，是蛇吧。"尼利肯定地说。

　　"不对，"弗兰西纠正说，"肯定是虫子，活虫子。"

　　两个孩子争论起来。弗兰西说盒子太小了，装不下蛇。尼利就说那蛇肯定是紧紧地卷起来的，就像鲱鱼罐头一样。他们的好奇心越来越旺，把茜茜的嘱咐早就忘在脑后了。反正盒子上的封条贴得也很不结实，轻轻一撕就开了。弗兰西打开盒子，里面的东西包着一层没什么光泽的软锡纸。弗兰西小心翼翼地揭开锡纸，尼利都准备好一看见蛇动起来就钻到桌子底下去了，然而那盒子里装的既不是蛇，也不是活虫子，甚至还不是香烟，而是些挺没意思的东西。弗兰西和尼利拿它试着玩了几个简单的游戏，很快就没什么兴趣了，于是他们拿了根线，笨手笨脚地把盒子里装的那些东西拴成一串，让它垂在窗户外头，最终又关上窗户把线的另外一头别住。然后姐弟俩就开始忙着轮流往开了封的纸盒子上跳，想要把它踩成碎片，很快就玩入了迷，根本想不起来窗外还挂着东西了。

那天晚上约翰尼等到了工作，于是回家来换新的假前襟和纸领子。窗户上挂着的东西把他吓了一大跳，他只抬头看了一眼，就羞得满脸发红发烫。等凯蒂一到家，他就立刻对她说了这件事。

凯蒂对弗兰西仔细盘问了一番，搞清了事情的来龙去脉，对茜茜大为恼火。夜里孩子们都睡下了，约翰尼也去上班了，凯蒂就一个人坐在黑漆漆的厨房里，脸上一阵一阵地发烧。约翰尼工作的时候也心神不宁，就好像世界末日到了似的。

那天晚上伊薇也来了，她和凯蒂聊起了茜茜的事。

"这事就到这儿了，凯蒂，"伊薇说，"必须到此为止了。茜茜平时爱怎么活着是她自己的事，可是搞出这样的乱子就另当别论了。我家闺女还小，你家的也是，咱们再也不能让茜茜进家门了。不管怎么说，她都是个坏女人，这一点实在是没法糊弄过去。"

"她也有很多好的地方。"凯蒂慢吞吞地说。

"今天这事之后，你还能说出这话？"

"这个嘛……我想你说的也没错。可是别跟妈妈说，她不知道茜茜过的什么日子，茜茜又是她的心头肉。"

约翰尼下班回家以后，凯蒂告诉他，日后再也不许让茜茜上门。约翰尼叹了口气，说他想应该也只能这样了。夫妻俩谈了一宿，第二天早上，他们已经盘算好了，一到月底就立刻搬家。

凯蒂在威廉斯堡的格兰德街找了一处可以做清洁工抵租金的房子。搬家的时候，她又从衣柜里把锡罐子银行取了下来，这次里面有八美元多一点。拿出两美元来给了搬家工人，剩下的凯蒂在新家把罐子钉好以后又装了回去。他们又一次重新摆好了家具，玛丽·罗姆利又一次在公寓的各个角落洒了圣水，凯蒂也又一次在附近的商店里开好了赊账的"账户"。

这公寓不如洛里默街的好，一家人有点后悔，却也无可奈何。这次他们住在三楼的顶层，而不再是一层了。公寓楼底层是个铺面，门口也就没有台阶了。房间里没有浴室，厕所在楼道里，是两户共用的。

唯一的好处就是屋顶归他们了。这里有个不成文的规矩，院子归住一楼的人用，屋顶就归住顶楼的人用。还有个好处是这次楼上没有住人，也就再也没人会像以前一样把楼板踩得震天响，甚至把他们的威尔斯巴赫防风灯罩都震下来摔碎了。

凯蒂在楼下和搬家的拌嘴，约翰尼带着弗兰西爬到屋顶上。一个全新的世界在弗兰西眼前展开。不远之外就是美丽的威廉斯堡桥，东河对岸那些高耸入云的摩天大楼清晰可见，简直像是用银色卡纸做成的精灵王国。更远的地方还能看到布鲁克林大桥，和近些的威廉斯堡桥遥相呼应。

"真漂亮呀，"弗兰西说，"就是乡村风景画的那种漂亮。"

"有时候我上班就从那桥上过。"约翰尼说。

弗兰西惊奇地看向他。原来他早就从那座奇妙的大桥上走过了，结果他看起来还是和平常一样，说起这事也平平淡淡的。她简直想不通，就又抬起手摸了摸他的胳膊。他从那座桥上走过，有了这么神奇的经历，那么他摸起来多少得有点变化吧？然而约翰尼摸着也和平常一样，弗兰西有点失望了。

感觉到孩子摸了摸自己，约翰尼伸手搂住弗兰西，低下头笑着问她："首席歌后，你几岁啦？"

"六岁，快七岁了。"

"好家伙，那你九月份就该上学了。"

"不是。妈妈说我得再等一年，等尼利年纪也到了，我们俩再一起上学。"

"为什么呢？"

"这样万一有大孩子欺负我们，我俩就能一起对付他们了。"

"你妈妈真是什么都想到啦。"

弗兰西转头去看其他房子的屋顶，附近有栋房子顶上修了个鸽子笼。鸽子都安全地锁在里头。养鸽子的是个十七岁的小伙子，他站在屋顶边缘，手里拿着根长长的竹竿，竿头拴着一块破布。这小伙子高举竹竿在空中挥舞，另一群鸽子正在附近绕着圈飞，其中的一只离开了鸽群，跟着破布飞了起来，小伙子小心翼翼地放低竹竿，那只傻鸽子也一路跟了下来，小伙子就一把抓住鸽子，塞进了自己家的鸽子笼。弗兰西看得很难过。

"那家伙偷了只鸽子。"

"明天还有人偷他的呢。"约翰尼说。

"可是那鸽子多可怜啊，它就这么和自己的亲人分开了。没准儿它家里还有孩子呢。"泪水开始在弗兰西眼眶里打转了。

"咱不用哭，"约翰尼说，"那只鸽子可能也想躲开这些亲戚呢。如果它不喜欢这个鸽子笼，那等人家放鸽子的时候，它就可以飞走，回它原来的家去。"弗兰西听他这么说，心也放了下来。

接下来很长的一段时间里，他们俩谁也没有再说话，只是手拉着手站在屋顶的边缘，看着隔河相望的纽约城。最后约翰尼自言自语似的开了口："七年了。"

"爸爸，你说什么？"

"我和你妈妈结婚已经七年了？"

"你们结婚的时候我在吗？"

"不在。"

"可是有尼利的时候我就在了。"

"没错，"约翰尼又开始自言自语了，"结婚七年，又换了三回地方。这应该是我最后一个家了。"

弗兰西并没有留意到，他说的是"我"最后一个家，而不是"我们"最后一个家。

第三卷

15

新家有四个房间，每个房间都是互相通着的，这就是所谓的"火车公寓[1]"。狭窄的厨房顶子很高，正对着楼下的院子。所谓的院子不过是一圈石板路围着块土地，这土质地发酸，硬得像水泥，什么都长不出来。

可是院子里还是长着棵树。

弗兰西第一次看到这棵树的时候，它只有二层楼那么高，她还能从自家窗口低下头去看它。从上面看过去，树冠看起来就像是一群高矮胖瘦不一的小人儿，手上举着雨伞，挨挨挤挤地聚在一起。

后院里有根歪歪斜斜的晾衣竿，上面装了六根晾衣绳，通过滑轮与楼里六户人家的厨房窗口相连。如果晾衣绳从滑轮上掉下来了，就找个街坊家的男孩爬到杆子上装好，这些孩子就靠着这个赚零花钱。据说有的孩子会趁着三更半夜偷偷跑去把晾衣绳子解下来，这样明天就肯定有一毛钱赚了。

如果阳光好，风也大，这些晾衣绳挂满衣物的样子就非常漂亮，方方正正的白床单在风中高高扬起，活像故事里船上的白帆。那些红色、绿色和黄色的衣裳被木头夹子夹在晾衣绳上，随风飘舞的样子简

1　这是美国在 19 世纪中期因为大城市人口暴增而出现的公寓布局，20 世纪初也很常见，多用于各种贫民区的廉租公寓。特色就是所有房间之间都是彼此连通的，就像火车的车厢一样，结构紧凑但私密性较差。

直像有了生命一样。

晾衣竿边上有一堵砖墙，上面没有窗户，这是附近一所学校的后墙。弗兰西发现，如果仔细看的话，墙上每一块砖都是不一样的。一层层砖块整齐地排列着，砖缝间填着薄而松脆的白水泥，看起来有一种令人舒心的节奏感。阳光照在墙上，砖块和砖缝闪闪发亮，闻起来也暖烘烘的，弗兰西会把脸贴在墙上，感受它那坑坑洼洼的表面。下雨的时候，最先淋湿的就是这面墙，它散发出潮乎乎的泥土气味，生命本身的气味或许也不过如此。冬日的初雪稀薄脆弱，一落在人行道上就化了，可它却能留在砖墙粗糙的表面上，像小仙子编织的蕾丝花边。

学校的院子很小和弗兰西家的院子相邻，中间有铁丝网隔着。弗兰西不怎么到院子里玩，因为住一楼的小孩总是占着院子，不让别的孩子进去，不过她还是赶在学校课间休息的时候下去过几次，看成群的孩子在学校院子里玩耍。所谓的课间休息，只不过是把几百个孩子赶进这片铺了石砖的小空场，待上一段时间再赶回去。院子实在太小，根本没有做游戏的地方，孩子们只是气冲冲地乱挤乱转，扯着脖子一个劲儿尖声叫唤，就这么嚷嚷上五分钟。上课铃一响，这些动静就又戛然而止，仿佛被一把快刀斩断一般。铃声落下之后的一瞬间，院子里一片死寂，孩子们的行动也骤然僵住了。然后原本的乱推乱撞就变成了推推搡搡，孩子们似乎迫不及待地要回到教室里去，就像他们刚才急不可耐地要出来一样。他们你推我搡地往回挤，高调门的尖声叫喊也变成了呜呜咽咽的嚎叫。

一天下午，弗兰西正在院子里玩，看见学校那边有个小姑娘走进院子，手里拿着两个黑板擦，小姑娘郑重其事地把黑板擦对在一起拍打，抖落上面的粉笔灰。弗兰西把脸贴在铁丝网上看着，感觉这似乎是全天下最了不得的差事。妈妈跟她说过，能干这活儿的孩子都是老师的宝贝疙瘩，最得老师的欢心。在弗兰西看来，最讨人喜欢的东西莫过于小猫、小狗和小鸟了。于是她暗暗发誓，等她上了学，一定要尽她所能地学小猫喵喵叫，学小狗汪汪叫，或者学小鸟叽叽喳喳地叫，好讨得老师的欢心，当上老师的"宝贝疙瘩"，这样她就能去拍黑板擦了。

在另一个午后，弗兰西依旧看着人家拍黑板擦，满心满眼都是羡慕。拍打黑板擦的小姑娘察觉到她的注视，就也炫耀起来了。她拿着黑板擦在砖墙上拍了拍，在石头地砖上拍了拍，最后还一手拿一个在背后拍了拍。小姑娘对弗兰西说：

"想凑近点看看吗？"

弗兰西羞涩地点了点头，小姑娘把一只黑板擦凑到铁丝网旁边。弗兰西从缝隙里伸过一根手指，想要摸一摸它的毛毡擦面——这毛毡本来是层层叠叠、五颜六色的，厚厚的粉笔灰让这些颜色糊成了一团。可是她还没摸到那软乎又漂亮的东西，小姑娘就猛然把手收了回去，还狠狠地啐了弗兰西一脸。弗兰西紧紧地闭起眼睛，不让伤痛的眼泪流出来。学校里的小姑娘好奇地站在对面，等着看弗兰西掉眼泪，可弗兰西就是不哭，于是她又开口奚落道：

"你怎么不哭呢？蠢蛋，要不我再啐你一口？"

弗兰西转过身，径直走进地下室。她在黑暗中坐了很久，等待那潮水般不断冲刷自己的伤痛褪去。随着她对事物的感知能力不断增长，弗兰西注定要遭遇很多幻灭，而这次经历只不过是那一切的开始。此后弗兰西一直讨厌黑板擦。

厨房不仅是做饭的地方，同时还兼任了家里的起居室和餐厅。一面墙上有两个又窄又长的窗户，另一面墙凹进去的地方嵌着一组烧煤的炉灶，上半段空着的地方涂着奶油白的灰泥，贴着珊瑚色的瓷砖，装了石头的壁炉架，还挂了一块炉底石的小石板，弗兰西可以用粉笔在上面画画。炉灶边上是个热水锅炉，炉灶里生起火来以后，热水炉也跟着热了。在寒冷的冬日，冻了个透心凉的弗兰西一从外面回来，就立刻伸手抱住热水炉，满怀感激地把自己冰凉的脸蛋贴在暖烘烘的、银色炉子上。

热水炉边上是两个滑石洗衣盆，上面有带合页的木头盖子。两个盆之间的隔板可以拿下来，并在一起当个洗澡盆用。不过这澡盆不怎么好使，有时候弗兰西坐在里面洗澡，木头盖子会突然砸在她脑袋上。盆底也很粗糙，疙疙瘩瘩的，泡完澡不仅不觉得一身轻松，反而在那盆底上坐得浑身酸疼。这之外还得对付那四个水龙头。不管弗兰西多拼命地让自己记住，水龙头可不会挪地方，人得躲着点它。可是每次她从肥皂水里跳出来，后背都肯定会让水龙头狠狠磕一下。所以弗兰西背上老有一条看着挺疼的划痕。

过了厨房是两个彼此相连的卧室，卧室墙外是个有点像棺材的通风井。通风井的窗户很小，还灰蒙蒙的，大概只有用上锤子和凿子才能打开。可是就算打开了，窗外涌进来的也只有一阵又潮又冷的强风。房顶的通风井口是个小小的、倾斜的屋顶式天窗，装的是不透明的厚皱纹玻璃，外面罩了一层沉重的铁丝网防砸，四面则是波浪形的铁栅栏。这个天井理论上说是给卧室通风采光用的，可上头的玻璃那么厚重，还围着铁网，又有经年累月积攒下的灰尘，光线和新鲜空气哪里进得来？井口栅栏上的开口早被尘土、油烟和蜘蛛网糊死了，虽然新鲜空气进不来，但是雨雪还是能固执地漏进来。遇上狂风暴雨的日子，通风井井底的木头底板被雨水浸湿，就散发出一种墓穴一般的气味。

通风井是个糟糕的发明。整个天井相当于一个巨大的共鸣箱，即便把窗户关得死死的，别人家在干什么也都能听得一清二楚。井底总有老鼠跑来跑去。通风井还是一个巨大的火灾隐患。假如有个卡车司机喝醉了酒，顺手把一根没灭的火柴往通风井里一扔，以为自己是往院子里或者街上扔呢，那不一会儿整栋房子都能被点着。井底堆着各种恶心的脏东西。井壁的窗口太小,人钻不过去,因为没人能爬下去,所以井底自然就成了个藏污纳垢的可怕地方,什么不想要的东西都往里面扔,生锈的剃须刀片和沾了血的衣服都算是好的了。弗兰西往井底看过一回,那光景让她把牧师对炼狱的形容都想起来了,她觉着炼狱肯定也和通风井井底差不多,也就是面积稍微大点而已。每次穿过卧室走向客厅,弗兰西都不禁瑟瑟发抖,把眼睛闭得紧紧的。

客厅,或者说外屋,算是家里的正房。两扇又高又窄的窗户正对着楼下熙熙攘攘的街道。三层楼很高,楼下的噪音传到楼上早已减弱了不少,听着反而令人安心。这个房间是个体面地方,它单独有扇通向楼道的门,客人可以直接走进外屋,不用穿过厨房和卧室。四面高墙上贴着带金色细条的深褐色墙纸,显得颇为庄重。窗户内侧装着百叶窗,是一根根中间宽、两头细的木条组成的那种。弗兰西会拽着链子把百叶窗拉下来,再猛地一撒手让它弹回去,她可以这样高高兴兴地玩上好几个小时。在弗兰西眼里,这百叶窗是一个久看不厌的小小奇迹,它拉下来就能盖住整扇窗户,彻底隔绝外面的光线和新鲜空气,可卷上去又会变得那么小,缩成窄窄的一条,一点都不觉得碍眼。

黑大理石的壁炉里嵌着一个矮矮的暖炉,只露出炉子圆滚滚的前半面,看着像半个巨大的西瓜。炉壁是一层很薄的雕花铁架子,里面嵌着一个个云母片做的小窗。凯蒂只有赶上圣诞节才舍得在客厅里生火,那时炉子上所有云母小窗里都闪烁着明亮的火光,弗兰西会高兴地坐在炉边,感受着炉火的温暖,看着那些小窗里的玫瑰红随着夜色渐深一点点变成琥珀色。最终凯蒂会进来点亮煤油灯,屋里的阴影瞬间散去,暖炉小窗里的火光也黯然失色,这感觉简直像是她犯下了什么大罪一样。

客厅最棒的地方就是有一架钢琴。钢琴这东西可以说是个奇迹,一个花上一辈子去祈求也未必求得来的奇迹。可诺兰家的客厅里偏偏就有一架钢琴，虽然没祈祷也没许愿，这个奇迹却发生了。这钢琴是上一家租户留下的，他们搬家的时候付不起搬钢琴的钱。

那年头搬钢琴可是个大工程。楼梯太窄、太陡了，不可能抬着钢琴走下去。只能把钢琴捆扎好了，绑上绳子，用装在屋顶上的大型滑轮从窗口吊下去，搬家的工头还要挥舞着双臂呼来喝去，扯着嗓子高喊着指挥。楼下的路面也拿绳子围了起来，还得有警察拦着人群，让他们别靠太近。只要有搬钢琴的，孩子们就必定会逃学过来看热闹。包裹好的钢琴刚吊出来那一瞬间也的确是个大场面，那个庞然大物转着圈儿从窗口里出来，在半空中还要再转上一阵儿，才会正过来，看得人直头晕。然后钢琴开始缓缓下降，叫人看得心惊肉跳，围观的孩子们也用刺耳的声音纷纷欢呼起来。

搬一趟钢琴要十五美元，这个价码是搬其他所有家具的三倍。所以钢琴的主人问凯蒂能不能就把钢琴留在房子里，同时让凯蒂帮她照看着点。凯蒂也就高兴地一口答应下来。那个女人还恋恋不舍地嘱咐凯蒂别让钢琴受潮或者受冻，冬天里把卧室门稍微开开一点，放些厨房里的热气进来，这样钢琴就不会变形了。

"你会弹钢琴吗？"凯蒂问。

"不会，"那女人痛苦地说，"我倒是希望我会呢。我全家没人会弹钢琴。"

"那为什么要买它？"

"这琴原本是一户有钱人家里的，他们当时卖得很便宜，我又实在太想要了。对，我确实不会弹，可是这钢琴多漂亮啊……有了它整个房间都气派起来了。"

凯蒂保证会好好打理钢琴，直到那女人有钱把它搬走为止。结果她始终没有来搬，于是这架漂亮的钢琴就一直留在诺兰家了。

那是架小钢琴，上过光的漆黑木质表面泛着幽暗的光泽。前面有一片薄薄的饰板，上面镂刻着精美的花纹，饰板背后衬着一块灰玫瑰粉的丝绸。它的琴盖和其他立式钢琴不一样，不是分段折叠起来的，而是要整个向上掀开，靠在那块雕花木板上，像一片黑亮亮的美丽贝壳。钢琴两侧各有一个烛台，弹钢琴的时候可以在两边插上白蜡烛，烛火会在奶油似的象牙白琴键上投出如梦似幻的影子，漆黑的琴盖内侧也会映出琴键的倒影。

租下公寓以后，诺兰一家在里面逛了一圈查看房子的情况，他们一走进客厅，弗兰西眼里就只能看见那架钢琴了。她想张开双臂把钢琴搂住，可是钢琴太宽了，所以她只好抱了抱灰玫瑰粉色缎面的琴凳。

凯蒂目光闪烁地打量着钢琴，刚才她就留意到一层店铺的橱窗里有张写着"钢琴课"的卡片，这会儿她已经有了主意。

约翰尼在琴凳上坐下，开始弹钢琴，这张琴凳很神奇，不仅能旋转，还能根据人的块头调节高矮。他当然不会弹钢琴，实际上他连五线谱都看不懂，可是他认识几个和弦，所以可以一边唱歌，一边在琴键上按照和弦弹几下，听起来就像是真的在自弹自唱一样。他弹了个小三连音，直视着女儿的眼睛露出狡黠的微笑。弗兰西也报以笑容，心中满怀期待。约翰尼又弹了个小三连音，并且把琴键多按了一会儿，用他清亮的真声唱道：

> 麦克斯维尔登山花芬芳，
> 清晨露珠闪亮。
>
> （按下一个和弦，又一个和弦）

> 那儿住过安妮·劳瑞，
> 对我情深意长。[1]
>
> （他又按下一个和弦，接一个和弦，再接一个和弦）

1　薛范译。

弗兰西别过脸去，不想让爸爸看见自己的眼泪。她担心爸爸问她为什么要哭，而她又完全说不出个理由来。她爱爸爸，也爱这架钢琴，所以她也不知道眼泪为什么不由自主地流下来了。

凯蒂也开了口，她的声音里带上了点昔日的柔情，约翰尼已经有差不多一年的时间没听过她这么柔和的语气了。"约翰尼，这是爱尔兰的歌吗？"

"是苏格兰的。"

"从来没听你唱过。"

"对，我应该是没唱过，不过这歌我会唱。我工作的地方吵吵闹闹的，没人愿意听这种歌，所以我从来不唱。那儿的人更愿意听《雨天下午来找我》之类的，除非是都喝醉了。那时候就非得唱《亲爱的艾德琳》不可了。"

一家人很快就在新家安顿了下来。原本熟悉的家具换了个地方摆放，感觉也有点陌生。弗兰西在一张椅子上坐下，惊讶地发现它坐起来和在洛里默街的时候没什么区别。可是她自己都感觉有点不一样了，为什么这椅子还和原来一样呢？

爸爸妈妈把外屋布置好了，看起来非常漂亮。地上铺着块鲜亮的绿色地毯，上面有大朵的粉色玫瑰花。窗前挂着上过浆的奶油色蕾丝窗帘，屋子正中是一张大理石面的桌子，配着一组绿毛绒垫的客厅沙发三件套。角落里的竹夹子上放着一册绒布封面的影集，里面插着罗姆利家姐妹几个婴儿时期的照片——她们趴在一张毛皮地毯上，身后站着弗兰西的几位姑婆和姨婆，她们安详地站在椅子旁，椅子上坐着她们蓄着大胡子的丈夫们。架子上还放着几只纪念品小杯子，有粉色和蓝色两种，上面有镶金边的蓝色勿忘我和红色的"美国丽人"玫瑰花图案，还用金字写着"勿忘我"和"真挚的友谊"等字样。这些小碟子、小杯子都是凯蒂少女时代的朋友们送她的纪念品，所以凯蒂从来不准弗兰西拿它们玩过家家。

架子最底层放着个骨白色的大海螺壳，它的内侧带着一层淡淡的玫瑰色。孩子们非常喜欢这个螺壳，他们亲热地给它起了个名字叫"嘟滴"。弗兰西把它凑到耳边，就能听见里面传来阵阵大海的"歌声"。有时候为了逗着孩子们玩，约翰尼也会把海螺拿到耳边听一听，然后戏剧性地把它高高举起，一边用深情的眼神注视着海螺，一边放声唱道：

> 在那大海岸边，
> 我寻得一枚海螺。
> 我将它凑近耳畔，
> 细听它对我诉说。
> 那声音清澈甜美，
> 唱着一支海洋的歌。

后来约翰尼带孩子们去了卡纳西[1]，弗兰西才第一次看到大海。可真正的大海唯一的惊人之处，就是它的声音居然真的和海螺壳"嘟滴"里面那细小又可爱的轰鸣声完全一样。

16

邻里商店是城市孩子生命中重要的一环。店里有他们赖以生存的必需品，有他们心灵渴求的美丽的东西，更有他们梦寐以求却也可望

---

1 布鲁克林东南部的一个区。

而不可即的一切。

弗兰西最喜欢当铺，倒不是因为有无数的宝贝被人大手大脚地扔进它带栅栏的橱窗里，也不是因为总有顶着披巾的女人鬼鬼祟祟地从侧门溜进去，而是因为店铺外面的招牌是三个高高挂起的金色大球，在阳光下熠熠生辉。如果有风吹过，这三个金球还会懒洋洋地摇晃几下，活像三只沉甸甸的金苹果。

当铺隔壁是家面包房，店里有漂亮的俄式奶油蛋糕卖，蛋糕上涂着打发奶油，点缀着糖腌的红樱桃，只有手头阔绰的人才买得起。

当铺另一边是格林德粉刷店。店门口的架子上挂着个盘子，这盘子夸张地从中间裂成了两半，又用水泥修补起来了，盘子下方打了个孔，用链子挂着一块看起来很重的石头。这是拿来证明"梅杰"牌水泥有多结实的。有人说那其实是个铁盘子，那个裂开又修好的瓷盘的模样是拿涂料画出来的。不过弗兰西更愿意相信那真的是个瓷盘子，它真的打碎过，又真的被神奇的水泥修好了。

最有意思的一家店开在个小棚屋里，早在布鲁克林还有印第安人出没的时候，就已经有这个小棚屋了。在一片廉价公寓楼之间，小棚屋看起来格外显眼，它的窗户窄窄的，里面嵌着许多小小的玻璃窗板，窗外装着同样狭窄的护窗板，屋顶又陡又斜。这家店还有一扇带嵌板的体面飘窗，里面总有个仪表堂堂的男人坐在桌边卷雪茄——是那种细细的深褐色雪茄，五分钱可以买四支。他抓起一把烟叶，从里面精心挑选出在最外层包裹的叶子，然后用专业的手法在里面填上深浅混合的棕色碎烟草，卷得又细又紧，两端四角方正，整齐漂亮。这是个老派的手艺人，对新技术不屑一顾，不肯在店里装煤气灯。如果天黑得早，手头的雪茄又剩了很多没卷完，他就点根蜡烛接着干。店门外放着一个印第安人木雕，它站在木头底座上，一脸凶恶的神情，一手拿着把战斧，一手抓着个烟斗，足蹬绑带一直延伸到膝盖的罗马凉鞋，身穿羽毛短裙，头戴羽毛战帽，裙子和帽子上的羽毛都涂成了鲜艳的红色、蓝色与黄色。雪茄店的老板每隔几年就重新给它上一遍颜色，下雨的时候还会搬回屋里去。附近的孩子都管这个印第安人叫"麦咪姨妈"。

弗兰西还有一家特别喜欢的商店，它除了茶叶、咖啡和香料之外什么都不卖。这家店很有趣，店堂里排列着一行行的漆罐子，还洋溢着各种奇妙、浪漫，又颇具异域风情的香气。几十个鲜红的罐子里装的都是咖啡，表面上用中国产的黑墨水奔放地写着大字："巴西！阿根廷！土耳其！爪哇！混合拼配！"装茶的罐子更小、更美观，开盖的地方是个斜面，上面也写着名字："乌龙茶！台湾茶！橙黄白毫！中国黑茶！杏花茶！茉莉花茶！爱尔兰茶！"香料都放在柜台后面的小罐子里，罐上贴的名字在货架上连成了一行：肉桂——丁香——生姜——综合香料——肉豆蔻——咖喱——胡椒——鼠尾草——百里香——墨角兰。只要有人买胡椒，店家就会用小小的胡椒磨代为研磨。

店里还有个大号的手摇式咖啡机，把咖啡豆倒进它亮闪闪的黄铜料斗，双手转动下面的大轮子，芳香的咖啡粉就会"唰唰"地落进机器后面那个鲜红的铲型盒子里去了。

（诺兰家都是自己磨咖啡。弗兰西最爱看着妈妈从容地坐在厨房里，把咖啡机夹在膝盖之间，左手卖力地转着摇把，一面磨着，一面兴致勃勃地和爸爸聊着天。整间厨房都充满了新鲜咖啡粉那香浓怡人的气味。）

卖茶的还有一架很棒的天平。两个黄铜秤盘光可鉴人，店主每天都会仔细擦拭，二十五年下来，秤盘早已变得轻薄纤细，活像是抛过光的金子。有时候弗兰西去买一磅咖啡豆或者一盎司胡椒，她会认真地看着老板把一个个擦得锃亮的银色小砝码（上面刻着重量）放在一边的秤盘里，再用个看起来也像是银质的勺子把香气四溢的咖啡或者胡椒舀到另一个秤盘里。看着老板动作轻柔地在秤盘里添上一点或者去掉一些，弗兰西都会不由自主地屏住呼吸。两边秤盘终于不再摇摆，以完美的平衡静了下来，那一瞬间的祥和之感无比美妙，似乎在这精准又宁静的平衡面前，整个世界都不会出什么乱子。

在弗兰西看来，那家中国人开的小门脸神秘无比。店里的中国人头上盘着辫子。听妈妈说，只要有这条辫子，他想回中国的话就能回得去，剪了辫子人家就不让他回去了。他总是一言不发，趿着黑毡鞋，拖着步子在店里来回溜达，耐心地听客人交代要怎么洗送来的衬衫。弗兰西跟他说话的时候，他双手笼在南京棉褂子宽大的袖口里，双眼直盯着地面。弗兰西认为这人一定很有智慧，他这是在一面认真聆听，一面沉思着什么呢。不过实际上他不太会英语，弗兰西的话他一句也没听懂，他搞得最明白的就是"条子"和"衫子"[1]。

弗兰西有时拿爸爸的脏衬衫送去洗，中国人就飞快地把衬衫收到柜台底下，拿出一张质地很奇妙的纸片，用一根细毛笔蘸上墨水，在上面画出些"图案"。一件普普通通的脏衬衫能换来这么一张神奇的小纸片，对弗兰西来说可实在是太划算了。

店里面有一股干净、温暖却又似有似无的味道，就像是把没什么香味的花放在炎热的房间里。弗兰西以为，这人一定是躲在什么保密的地方洗衣服的，而且还得是在深更半夜里洗，因为从早七点到晚十点，他都一直站在店堂里，拿着个巨大的黑色熨斗，在干净的熨衣板上熨来熨去。这熨斗里大概有个能烧汽油的小装置，所以不用加热也能保持温度。但是弗兰西不知道这一点，只觉得这恐怕也是他们那个民族的诸多奥秘的一部分——他从来不把熨斗放在炉子上加热，居然也能熨衣服。她不着边际地想着，恐怕这人给衬衫和领子上浆用的不是浆粉，而是什么能发热的东西。

弗兰西拿着凭条和一毛钱回到店里，把钱和条子顺着柜台推过去，

---

1 早期旅美中国移民常有开设洗衣店的。此处原文为 tickee 和 shirtee，为对移民口音的模仿。指代的就是取回洗好衣物的凭条和当时经常送到洗衣店清洗的衬衫。

中国人就会拿出包好的干净衬衫递给她，同时还附送两颗干荔枝。弗兰西很喜欢这种干荔枝，外壳干干脆脆的，一捏就破，里面是又软又甜的果肉，果肉里裹着个石子儿似的硬核，从来没有孩子能把这颗果核咬开。据说这果核里面包着一颗更小的果核，而更小的果核里面又是一颗再小一点的果核，以此类推。人家说到了最里头，果核都小得只有拿放大镜才能看得见了，但是这样微小的果核里面也还是会有更小更小的果核，哪怕小到人眼都看不见，果核也依然存在，依然会这样一个套一个地继续下去。弗兰西由此第一次接触到了"无穷"这个概念。

弗兰西最爱看这中国人找零钱。他会拿出一个小小的木头框架，里面装了许多细细的杆子，杆子上穿着蓝色、红色、黄色还有绿色的小珠子。他把珠子在黄铜杆上拨来拨去，思考片刻，然后一面把珠子拨回原位，一面报出个数字："山（三）毛九。"似乎这些小小的珠子能告诉他该收多少钱，又该找多少零钱。

唉，弗兰西多想做个中国人呀，那么她也能用漂亮的玩具来算数，干荔枝想吃多少就吃多少，还能知道不用往炉子上放也总是那么热的熨斗背后有什么秘密了。啊，假如她是个中国人的话，那么她也能用一支细细的毛笔描画奇妙的图案，也能轻轻一转腕子就勾个清清楚楚的花样出来了——那漆黑的花样纤细美丽，简直像蝴蝶翅膀一样！这都是布鲁克林的神秘东方风情。

17

"钢琴课！"这魔法一般神奇的字眼！诺兰家一安顿下来，凯蒂就去拜访了登钢琴课广告的女士。那是两位姓丁摩尔的小姐，莉琪小姐教钢琴，玛姬小姐教声乐。收费标准是一节课两毛五分钱。凯蒂提了交换条件，说不如让她每周去丁摩尔家打扫一个小时的卫生，以此来顶她上一节钢琴课的费用。莉琪小姐不太情愿，她说自己的时间可比凯蒂的值钱多了，而凯蒂则反驳说时间就是时间，谁的时间都一样。她最终说服了莉琪小姐，让她认可了这个拿时间换时间的办法，上课的事就这么定下来了。

那创造历史的一天到来了，一家人迎来了第一节钢琴课。妈妈叫弗兰西和尼利到客厅里坐着，她自己上钢琴课的时候，他们俩也得认真听，用心看。钢琴边早已给老师放好了座位，孩子们并肩坐在另一边，凯蒂紧张地不断调整椅子的位置，三个人就坐在客厅等着。

丁摩尔小姐五点整准时来了。虽然她其实就住在楼下，但她还是换上了全套上街才穿的正式服装，脸上甚至还罩着小圆点花样的面纱。她的帽子看起来就像半只有胸脯和一边翅膀的红雀，上面无情地插着两枚长帽针。弗兰西直盯着这顶"残酷"的帽子看，妈妈把她拉进卧室，低声告诉她那帽子不是真鸟，只不过是一堆粘在一起的羽毛而已，所以她不能这样老盯着人家瞧。弗兰西相信了妈妈的话，可她的视线还是会不由自主地往那个似乎受尽了折磨的鸟儿模型上头跑。

除了钢琴之外，丁摩尔小姐几乎什么都带了。她拿出一只镀镍壳子的闹钟和一个破旧的节拍器。钟面上显示的时间是五点，她上了个六点的闹铃，把闹钟搁在钢琴上，开始慢条斯理地消耗着这宝贵的一个小时。她先摘下紧绷绷的珍珠灰色小羊皮手套，冲每根手指上都吹了口气，来回弯曲着软化关节，还把双手搭在钢琴上压了压。然后她又解开面纱，把它掀到帽子后头。最终她的手指头活动得差不多了，又瞟了眼闹钟，觉得时间也算是耗够了，才终于打开节拍器，坐下来开始上课。

弗兰西被节拍器迷住了，她实在是顾不上听丁摩尔小姐都说了什么，或者看她怎么把妈妈的手指摆在正确的键位上。她只是伴着节拍器那单调又柔和的嗒嗒声做着白日梦。至于尼利呢，一开始他也用那双圆圆的蓝眼睛追着节拍器来回摆动的指针瞧，但是很快就把自己给"催眠"了，他一头金发的脑袋耷拉在肩膀上，嘴巴稍微张着点，呼吸间冒着口水泡泡。凯蒂也不敢叫他，怕丁摩尔小姐识破这其实是花一个人的价上三个人的课。

　　节拍器的嗒嗒声诱人入梦，闹钟的嘀嗒声似乎怒气冲冲，而丁摩尔小姐就像不太信任节拍器一样嘴上不停数着一、二、三，一、二、三。凯蒂卖力又执着地用她劳作和红肿的手指弹奏音阶，时间一点点过去，客厅的光线一点点转暗。闹钟突然铃声大作，弗兰西的心差点儿蹦出来，尼利则直接从椅子上掉了下去。第一节课就这么上完了，凯蒂忙不迭地连声道谢。

　　"就算以后我一节课都不上，您今天教的也完全够用了。您教得可真是太好啦。"

　　这番话虽然夸得丁摩尔小姐很受用，她却还是打算把话和凯蒂挑明白："孩子的钱我就不另收了，可是我得跟你说一声，你这样可糊弄不了我。"凯蒂脸红了，孩子们低下头，因被戳穿而很难为情。"不过我也允许孩子们在屋里待着。"

　　凯蒂道了谢，丁摩尔小姐站起来等着，凯蒂就和她确认了下次上门打扫的时间，可丁摩尔小姐还是没动身。凯蒂觉着，她似乎是在期待着什么，于是她开口问道：

　　"您还有什么事吗？"

　　丁摩尔小姐的脸上泛起一层绯红，但她还是骄傲地说道："我教的其他女士们，她们……怎么说呢……上过课之后，她们都会请我喝杯茶，"她按着前胸，含混其词地补充了一句，"那么多台阶可不好爬。"

　　"您喝点咖啡行吗？"凯蒂问，"我们家没有茶。"

　　"当然可以！"丁摩尔小姐如释重负地坐了下来。

　　凯蒂跑进厨房去热咖啡，这咖啡壶本来也老在炉子上搁着。趁咖啡还没热，她又拿出个甜面包，和勺子一起放在一只圆形锡托盘上。

尼利已经躺在沙发上睡着了，只剩下弗兰西和丁摩尔小姐坐在客厅里大眼瞪小眼。最终丁摩尔小姐打破了沉默：

"小姑娘，你想什么呢？"

"随便瞎想想。"弗兰西说。

"有时候我看你在水沟边上一坐就是好几个小时，那时候你又想什么呢？"

"没想什么，就是自己给自己编故事玩呢。"

丁摩尔小姐郑重地指了指弗兰西："小姑娘，你长大了一定得当作家写小说。"她这话听着有点儿像下命令。

"好的，女士。"弗兰西客气地答道。

凯蒂端着盘子进来了："这和您用惯了的点心比肯定寒酸多了，"她抱歉地说，"可是我们家只有这样的东西，您多担待。"

"这就很好了。"丁摩尔小姐文雅地说。然后她就一门心思地吃起东西，努力克制着不让自己狼吞虎咽。

实际上两位丁摩尔小姐就是靠着学生的"茶点"过活的。她们每天上几节课，每节课收费两毛五，这样实在赚不到什么钱。付了房租就剩不下多少钱吃饭。她们教的女士们拿来招待她们的大多是很淡的茶和苏打饼干，这些女士虽然知道上杯茶以示礼貌，却不想在上课的钱之外再搭上一顿饭。所以丁摩尔小姐也开始期待去诺兰家上课了，她家不仅有提神的浓咖啡，还总有个甜面包或者香肠三明治能填饱肚子。

凯蒂上完课就把自己学到的东西教给孩子们，还让他们每天都练上一个小时。久而久之，三个人都学会了弹钢琴。

约翰尼听说玛姬·丁摩尔小姐教声乐，又想着自己也不比凯蒂差，就提出帮小姐修理她家一扇拉窗绳坏了的窗户，报酬是让弗兰西上两节声乐课。可约翰尼这辈子都没见过拉窗绳长什么模样，他就是拿上了锤子和螺丝刀，把那扇窗框整个卸了下来，看了看坏掉的绳子，除此之外就什么都不会了。他尝试着折腾了一番，虽然有心修好，无奈技术一窍不通，最终也一无所获。这天又刚好下雨，冷冷的冬雨一个劲儿地往屋里灌，于是他一边纠结着怎么修拉窗绳，一边试图把窗户装回去，却不小心打破了一块玻璃。他们的交易自然告吹，丁摩尔小姐们还得找个专业修窗户的人来收拾烂摊子，而凯蒂也得免费替两位小姐打扫两回卫生做补偿。弗兰西上声乐课的事也就彻底搁置了。

18

弗兰西急切地盼望着上学的日子。她以为只要上了学，很多好东西就会随之而来，而她巴不得能早点儿得到那些。弗兰西一直是个孤独的孩子，所以她渴望其他孩子的陪伴。她还很期待能用学校院子里的饮水器喝水，这种饮水器的龙头是朝上的，弗兰西一直以为里头装的肯定不是一般的白水，而是苏打水。爸爸妈妈也和她说过学校里的教室什么样，她真想亲眼看看那种能像百叶窗一样卷上卷下的地图。而要说她最期待的，肯定就是那套"学校专用文具"了：有一个笔记本，一块小石板，一个装满新铅笔的滑盖铅笔盒，一块橡皮，一个大炮形的锡质转笔刀，一块擦笔布，还有一把六英寸长的黄色软木尺子。

要上学就得先打疫苗，法律是这么规定的。这事可引起了不小的恐慌！卫生部门费尽口舌，试图向目不识丁的穷人解释，疫苗就是把一种完全无害的天花病毒打进孩子体内，这样孩子对真正要人命的天花就有抵抗力了。可家长们完全不买账。他们只能听出这是要往健康的孩子身上打病毒。有些在外国出生的家长坚决不允许孩子打疫苗，所以孩子也就上不了学，于是法律就要追究他们不让孩子上学的责任。"这算哪门子自由的国家？"他们抱怨道，"人活多长都是命。法律逼着人送孩子上学，要上学还得让孩子冒生命危险，这算是哪门子的自由？"于是哭哭啼啼的母亲们只得拽着大声哭嚎的孩子去卫生中心，那样子活像是送无辜幼儿进屠宰场。孩子们一看见注射器就歇斯底里地尖叫起来，而坐在接待室里等着的母亲们也拿围巾蒙着脑袋哭天抢地，简直像给死人哭丧似的。

那年弗兰西七岁，尼利六岁。凯蒂没让弗兰西到了年纪就上学，她想着两个孩子同一年上学的话，万一被大孩子欺负了还能互相有个照应。于是在八月的一个可怕的星期六，凯蒂趁上班之前先走进卧室，叫醒了孩子们：

"听好了，你俩起床以后，好好把身上洗干净。等到了十一点，就到街拐角找那个管公共卫生的地方，跟他们说你俩今年九月份上学，所以要打疫苗。"

弗兰西开始哆嗦，尼利直接哭了出来。

"妈妈，你和我们一起去行吗"弗兰西央求道。

"我得上班，不然谁替我干活儿赚钱？"凯蒂用怒气冲冲的态度掩饰着自己的愧疚。

弗兰西没再说什么。凯蒂知道自己让孩子们失望了，可是她也没有别的办法。没错，她应该和孩子们一起去，去给他们些慰藉，有她在也能给他们壮壮胆。可是她很清楚自己受不了那种场面的折磨。何况不管她自己在不在，孩子们都必须要打防疫针，这一点她无法改变。那三个人里至少有一个能从这种痛苦中逃脱，又有何不可呢？再说了，这个世界本来就是艰险又苦涩的——凯蒂对着自己愧疚不安的内心说——既然他们要在这么一个世界里生活，那就不如让他们从小就坚强起来，学会照顾自己。

"那就是爸爸陪我们一起去喽？"弗兰西满怀希望地问道。

"爸爸在工会等活儿呢，他今天一天都不在家。你俩都这么大了，可以自己去了。再说打疫苗也不疼。"

尼利的哭声调门儿更高了。凯蒂简直有点承受不来，她实在是太爱这个小男孩了。她不愿意和孩子们一起去，一定程度上也是因为她看不得儿子受一点点伤害——哪怕只是针扎一下都不行。她几乎要决定和孩子们一起去了，可是不行，要是她陪孩子去打针，半天的工作就泡汤了，还得周日上午多做半天补回来。再说日后她也总会有病倒的一天，孩子们早晚得接受应付没有她的日子。于是凯蒂还是急匆匆地上班去了。

弗兰西努力安抚吓坏了的尼利。有些大点的男孩跟他说过，卫生中心的人抓住小孩以后会把他们的胳膊砍掉。为了转移他的注意力，让他别满脑子都想着这回事，弗兰西就带尼利到院子里玩。两人一起做起了泥饼子，完全忘了妈妈嘱咐过要把身上洗干净。

姐弟俩差点儿忘了十一点钟的事，他们做泥饼子做得太入迷了，玩泥玩得手上脸上都脏兮兮的。差十分钟十一点的时候，加迪斯夫人从窗户里探出头来冲他们喊了几句——凯蒂之前请她看快到十一点了就提醒孩子们一声。尼利泪涟涟地做完了最后一个泥饼子，弗兰西拉起他的手，两个孩子慢吞吞地拖着步子走过街角。

他们在长凳上找了个地方坐下。旁边坐着个犹太人妈妈，怀里紧紧抱着个六岁的男孩，她一边哭，一边狂热地一次又一次吻这孩子的脑门。其他母亲也一个个愁眉苦脸，眉头紧锁，脸上痛苦地挤出了深深的皱纹。干那件可怕的事的地方与弗兰西他们之间就隔着一扇毛玻璃门，门后持续不断地传来号啕大哭的声音，哭声不时被一声刺耳的尖叫打断，然后哭声继续，玻璃门里走出个脸色苍白的孩子，左臂上缠着一块干净的白纱布。妈妈会冲过去一把抓住自己的孩子，冲那扇玻璃门挥挥颤抖的拳头，用外国话骂上几句，就拽着孩子匆匆离开这间"拷问室"了。

弗兰西哆嗦着走进玻璃门。她在这短短的一生中还从来没见过医生和护士呢。他们的制服那么白；小碟子上隔着纸巾放着很多亮闪闪的器具，每一件看起来都那么凶险；屋里充满了抗菌剂的气味；最吓人的是那台雾蒙蒙的消毒器，上面还画着个血红血红的红十字。这一切把弗兰西吓得舌头都要打结了。

护士拉起她的袖子，在左胳膊上擦出一小块干净的地方。弗兰西看到医生冲自己过来了，手上稳稳地拿着吓人的针头。他的身影在弗兰西眼中越来越大，越来越大，到最后似乎整个人都成了个巨大的针管。她闭上眼等死，但什么都没有发生，她什么也没感觉到。于是她又慢慢睁开眼睛，将信将疑地想着事情是不是就这么过去了。结果她痛苦地发现医生还在，手里还拿着针头，他正一脸厌恶地盯着她的胳膊看呢。弗兰西自己也看了一眼，看见脏成深棕色的胳膊上只有一小片擦出来的白地方。她听到医生对护士说：

"脏，真脏，一天到晚都是这么脏。我知道他们穷，可是好歹也得洗洗吧。自来水不要钱，肥皂也不贵。护士，你看这胳膊脏的。"

护士凑过来看了一眼，她惊愕地咂了咂嘴。弗兰西站在那里，羞得满脸发红发烫。这医生毕业于哈佛大学，在附近一家医院实习。每周他都必须花上几个小时在这种免费诊所服务一次。实习期一结束，他就能回波士顿体体面面地开业行医了。他在波士顿的未婚妻是个很有地位的女人，在写给她的信里，医生学着这一带人常用的说法，说自己在布鲁克林实习的这段经历简直像是"在炼狱里走了一遭"。

护士是个威廉斯堡姑娘，这能从口音听出来。她出生于贫穷的波兰移民家庭，但是很有志气，她白天在血汗工厂工作，晚上上学，就这么总算完成了护士的培训，想着有朝一日能嫁个医生。她不希望人家知道自己是贫民窟里出来的。

医生发完脾气之后，弗兰西就一直低着头站着。她是个脏孩子，医生就是这么个意思。现在他声音倒是小点儿了，却还是不停地对护士念叨，说着真不知道这样的人是怎么活下来的，要是能把这些人都好好"消个毒"再彻底绝育，那这个世界就太平多了。他是想让自己去死吗？他会不会做点儿什么要了她的命？就因为她做泥饼子玩把自己身上玩脏了？

弗兰西抬头看了看护士，在她看来，所有女人都应该像她自己的妈妈，或者茜茜和伊薇两位姨妈一样。她以为护士可能会说："可能这孩子的妈妈得出去上班，所以早上没时间给她好好洗洗吧。"或者，"您也知道，大夫，小孩都爱玩泥巴嘛。"可那护士说的却是，"可不是嘛，这多糟糕啊！大夫，我真同情您，这帮人活得这么脏，真是太不应该了。"

通过艰苦奋斗从底层爬出来的人通常有两个选择。走出原本的环境之后，他可以选择彻底忘记这段过去，也可以选择永不遗忘，永远从理解与同情的角度去看待在那残酷的上升之路中被自己抛在背后的人们。而护士选择了遗忘。此时的她自己也知道，即便事过多年，眼前这个贫穷瘦弱的孩子脸上的痛苦也会在她心中萦绕不去。日后她必定会悔恨地想着，自己当年要是好歹说了句安慰的话，做了件能挽救自己灵魂的小事，那该有多好！她明白自己的做法不光彩，可她却也没有不这么做的勇气。

针扎下来的时候，弗兰西甚至没有感觉到。医生的话在她心中掀起的伤痛正像潮水一样席卷她的全身，让她无法再有别的感觉。护士娴熟地给她的胳膊包上一块白纱布，医生把针放进消毒器，拿出一根新的针来，弗兰西突然开口了："下一个是我弟弟，他的胳膊也像我的一样脏，所以你也别太见怪。而且你也没必要跟他说什么了，毕竟你都跟我说完了。"

医生和护士吃惊地盯着她，想不到这么个小家伙居然口齿清晰伶俐地说起这些话。弗兰西的声音有点哽咽了，"你就不用再跟他说什么了。而且你说了也不会有用的，他是个男孩，不在乎自己身上脏不脏。"然后她转过身去，脚步稍微有点跟跄地走出房间。玻璃门在身后关上，她听见医生带着些惊奇的声音说道：

"真没想到她能听懂我说什么。"

她还听见护士叹了口气："啊，算啦。"

孩子们到家的时候，凯蒂也刚好回家吃午饭，她用痛苦的眼神看着他们包着绷带的胳膊。弗兰西激动地问道：

"为什么，妈妈？为什么他们得先……说很多坏话，再往人胳膊上扎针？"

"打疫苗是很好的事，"妈妈坚定地说，毕竟这件事终于过去了，"打了针你就会区分左右手了。上学以后你得用右手写字，你只要想想扎针的时候是哪边胳膊疼，就知道'错啦，不能用这只手'，然后就改用另一只手了。"

这个解释让弗兰西很满意，因为她一直不太分得清左右手。她吃饭画画用的都是左手，凯蒂总是得纠正她，让她改用右手拿粉笔或者绣花针。妈妈解释过打疫苗的作用之后，弗兰西也开始觉得这可能真的是件大好事。如果它能让那么复杂的问题变得简单，让人分得清该用哪只手，不该用哪只手，那付出的代价相比之下也不算很大了。打过疫苗之后，弗兰西就放弃了左手，改用右手，此后再也没有遇到过问题。

当天夜里，弗兰西发烧了，打针的地方痒得难受。她把情况告诉了妈妈，妈妈听了如临大敌，连忙紧张地嘱咐她："千万不能挠，不管多痒都不能挠。"

"为什么呢？"

"如果你乱挠，那你整条胳膊都会肿起来，发黑发紫，最后直断掉。所以千万不能挠。"

凯蒂不是故意想吓唬孩子，实际上她自己也非常害怕，因为她认为打完针以后乱摸针眼会得败血症。所以她想着这么吓一吓，弗兰西就不挠针眼儿了。

胳膊上痒得要命，但弗兰西只能拼命忍着不去抓挠。第二天，打过针的地方一阵一阵地疼了起来。晚上睡觉之前，她掀开纱布偷偷看了一眼。结果她惊恐地发现，针眼儿周围完全肿了起来，颜色发青发乌，还冒着黄色的脓水。可是她没有挠呀！弗兰西很确定自己绝对没有挠。等等！没准儿前一天夜里她睡着以后不知不觉地挠过，没错，只可能是那时候挠的了。她不敢告诉妈妈，因为妈妈肯定会说："我跟你说过不能挠，你就是不听，现在你瞧怎么样？"

那是个星期天的晚上，爸爸出门干活去了。弗兰西睡不着，就从小床上爬起来，坐在客厅的窗户边上，脑袋埋在臂弯里，等待着死亡降临。

凌晨三点，她听见格拉汉姆大街上传来电车在转角处进站的刹车声。这说明有人下车了，她从窗户里探出身子看了看，没错，是爸爸。他悠闲地沿着街道往家走，步子像跳舞一样轻盈，还用口哨吹着《我的宝贝是月中人》。他头戴圆顶礼帽，身穿燕尾服，侍者围裙整整齐齐地叠成一卷夹在腋下，那身形在弗兰西眼中充满生机与活力。他走进楼门，弗兰西喊了他一声，爸爸抬头看了一眼，潇洒地对她点点帽子。弗兰西替爸爸打开了厨房的门。

"首席歌后，怎么这么晚还没睡？"爸爸问，"今天又不是礼拜六。"

"我就是在窗户边上坐一会儿，"她低声说，"等我的胳膊断掉。"

爸爸咳嗽了一声，努力把笑意憋了回去。弗兰西对他说了胳膊的事，他关上通向卧室的门，点亮了灯，小心地打开了弗兰西胳膊上的纱布，看着那肿胀化脓的针眼儿，他感觉胃里一阵翻腾。不过他没让孩子知道。他从来不让弗兰西知道这些。

"就这个呀，宝贝，这不算什么，这真不算什么。你可没看见我打疫苗的时候，当年我的胳膊肿得有你这个两倍大，而且和你这个又是发绿，又是冒黄水的不一样，当年我肿得连红带紫，有些地方还有点发白。可是现在你瞧我这胳膊多结实！"约翰尼这话说得很豪气，可惜却是撒谎，他从来没打过疫苗。

他在盆里倒上温水，又往里面滴了几滴石炭酸，用这水把肿得可怕的针眼儿擦了好几遍。弗兰西感觉有点刺痛，直往后缩，而约翰尼告诉她，觉得刺得慌就说明要好了。他一边洗，一边唱起一支傻乎乎的伤感情歌。

他从来不愿背井离乡，

他从来不愿四处流浪……

约翰尼打算找块干净点的布把纱布换掉，结果没有找到。于是他就脱掉外套，摘掉假前襟，最后脱下套头汗衫，从上面夸张地撕下一块布条。

"你这汗衫还好好的呢。"弗兰西有点抗拒。

"不至于，早就有好多窟窿啦。"

他把弗兰西的胳膊包扎好。那片布条暖烘烘的，带着约翰尼的气味，还有点雪茄烟的味道。不过这对弗兰西来说是个安慰，那气味似乎意味着保护与关爱。

"好啦！都给你收拾好了，首席歌后。你怎么会以为胳膊能掉下来呢？"

"妈妈说如果我挠针眼儿的话胳膊就会断掉。我不是故意要挠的，我猜可能是睡着了以后不小心挠了。"

"有可能，"约翰尼亲了亲孩子瘦削的脸颊，"现在睡觉去吧。"弗兰西回了卧室，整夜都睡得很安稳，第二天早上就不再觉得疼了。又过了几天，她的胳膊完全恢复了。

弗兰西上床以后，约翰尼又抽了一支雪茄。然后他脱下外衣，慢慢地爬上了凯蒂的床。凯蒂迷迷糊糊地感觉到是他，难得地流露出几分柔情来，伸手搭上他的胸膛。约翰尼轻轻地挪开凯蒂的手，尽可能地离她越远越好。他贴墙躺着，脑袋枕着交叠的双手，盯着无边的黑夜，一夜无眠。

19

弗兰西对学校的期望很高，打过疫苗以后，她立刻就能分清左右手了，所以她相信学校还能给她带来更多的奇迹。她甚至相信自己上学第一天就能学会读书写字。可是头一天过去，她带回家的只有一鼻子的血——她正打算用饮水器喝水，一个大孩子突然摁着她的脑袋往水池的石头边沿上撞，把她的鼻子撞出血了——而且饮水器龙头里喷出来的也根本不是苏打水。

课桌和座位明明是一个人用的，弗兰西却不得不和另一个小姑娘一起挤着用，这也让她很失望，因为她真的很想要一张属于自己的课桌。她早上刚骄傲地从班长手里接过发下来的铅笔，下午三点另一个班长来收，她又不情不愿地交了回去。

她才在学校待了半天，就知道自己不可能成为老师的宝贝疙瘩了。这项特权只属于那一小部分女孩，她们的鬈发永远干干净净，身上穿的罩裙也一尘不染，头上还老扎着崭新的绸子蝴蝶结——那都是附近店老板家的孩子，个个家境富裕。弗兰西发现，面对这些孩子的时候，老师布里格斯小姐总是笑容可掬的。她把这些"宝贝儿"的座位都安排在前排最好的位置上，也不让她们和别人共用桌椅。布里格斯小姐只对这几个幸运儿和颜悦色，对大多数灰头土脸的孩子就恶声恶气、连吼带嚷了。

弗兰西和同类孩子挤在一起。只是上学的第一天，弗兰西就学到了很多东西，多到连她自己都没意识到，那就是这个伟大的民主国家

144

竟也存在阶级制度。老师的态度让她既困惑又伤心。她很明显地讨厌弗兰西，也讨厌其他和弗兰西一样的孩子，而这唯一的理由就是他们的出身。看老师那个意思，这样的孩子似乎本来就没有上学的资格，然而她却不得不屈尊接受他们，就只好不怎么上心地将就着应付了事，吝啬地随手扔给他们一点零零碎碎的知识。她和卫生中心的医生一样，觉得这样的人根本就不配活着。

按理说这些不招待见的孩子就该团结起来一致对外，一起反抗处处针对他们的一切，然而现实却并非如此，老师讨厌他们，他们也互相讨厌，彼此之间说起话来也纷纷学着老师那恶声恶气的腔调。

老师每次都能单独拎出一个倒霉蛋来当替罪羊，对这孩子百般责骂，变着法儿地折腾，尽情发泄自己那老小姐的坏脾气。其他孩子一看出这次老师盯上谁了，就立刻有样学样，加倍地折磨针对那个孩子。而谁成了老师的心肝宝贝，他们就毫不意外地拍谁的马屁，可能是想着这么一来，自己好歹能跟着沾上点光。

学校的设施难看又简陋，本来只能容纳一千人，里面却硬塞了三千个学生。孩子们之中流传着很多下流的故事。其中一个故事的主角是菲佛尔小姐，这位老师一头漂染出来的金发，笑声高亢尖锐。据说每次她让班长在教室里盯着，说自己"得回办公室一趟"，其实都是溜到地下室找校工鬼混去了。另一个故事则是讲女校长的，那是个身材肥胖，性格残酷强硬的中年女人，爱穿带亮片装饰的裙子，身上总是带着一股劣质杜松子酒的气味。学生们都说她总是把调皮捣蛋的男孩叫进自己办公室，让他们脱下裤子，用藤条狠狠抽打他们的屁股（女孩她也打，但都是隔着衣服打），传这个故事的也都是受过害的小男孩。

当然，学校理论上说是禁止体罚的，但是外头又有谁能知道呢？谁会把这事说出去呢？反正挨过打的孩子们肯定不说。这一带的传统一向是如果孩子回家说自己在学校挨了打，那家里的大人肯定是要再打上一顿，作为他们上学不听话的惩罚。所以孩子们即便受了体罚，也会因为不想节外生枝而默默忍下来，不对任何人讲。

这些流言固然丑恶下流，但最恶心的一点是它们全都是真的。

在1908到1909年间，布鲁克林地区的公立学校只能用"粗暴"一词来形容。当年的威廉斯堡自然没有人知道儿童心理学为何物，当老师的要求也很简单，只需要高中毕业，再念两年师范学校。对于这份工作，几乎没几个老师有什么真正的使命感，她们教书只是因为女性能找到的工作只有那么几种；因为当老师比在工厂上班赚得多；因为学校有很长的暑假；因为退休以后能领一份养老金；也因为没人愿意娶她们。那年头已婚妇女不能教书，于是能当老师的女人往往因为渴望爱情，而欲望又难以满足，所以变得神经质起来。这些女性自己没法孕育后代，就依仗着一种扭曲的权威，把自己的满腔怒火发泄在其他女人的孩子身上。

和那些穷孩子的家庭出身最相近的老师偏偏最残酷，仿佛对待那些可怜的小家伙更严酷一点，她们自己身后那可怕的背景就能驱散几分。

当然，也不是所有老师都那么坏。偶尔也会有些和蔼可亲的老师，她们能体谅学生的苦处，努力去帮助他们。但是这样的老师却往往干不长，她们要么很快就结了婚，自己退出这一行；要么处处被同行排挤，最终丢掉差事。

雅称"暂离教室"的那件事也是挺可怕的。学校让孩子们早上出门之前先"解了手"，这之后再想"解手"就要等到中午回家吃饭的时候了。按理说孩子们可以利用课间休息的时间去上厕所，然而实际上没几个孩子真的能做到。一般情况下，厕所外头的人实在是太多太挤了，不少孩子根本就挤不过去。而就算他们运气够好，能挤到厕所门口（五百个孩子只有十个厕所位子用），也只会发现所有位子都被十个

146

最凶最坏的孩子霸占了。这十个孩子拦在厕所门口，谁过来都不让进。面前一大群急着上厕所的孩子苦苦哀求，可他们却不为所动。要上厕所得收一分钱的好处，然而没有几个孩子掏得起这个钱。这群小霸王就这么死死地看着厕所门，直到上课铃响起，课间休息结束。谁也搞不懂这种害人的游戏到底有什么乐趣。老师从来不惩罚这几个小霸王，因为她们反正也不用学生的厕所。孩子们也从来不把这件事说出去，不管年龄多小，他们都知道自己绝对不能打小报告，万一不小心多了嘴，被告发的那位回头绝对要把他们整个半死。所以这邪恶的"游戏"就这么永无止境地延续下去。

理论上讲，孩子们在课堂上举手申请也能"暂离教室"去上厕所。学校里还有一套遮羞用的暗号：举起一根手指代表孩子要去小便，很快就回来，举起两根手指则代表需要在厕所多待一会儿。不过冷酷无情的老师们却不胜其扰，觉得这就是孩子们为了从教室里溜出去耍的花招，又想着反正还有课间休息和午餐时间，孩子们有的是机会上厕所，于是就背地里一致决定，对课堂上举手的学生视而不见。

弗兰西发现，坐在前排的那些孩子——那些干净漂亮、衣着光鲜、深得老师宠爱的孩子——当然随时想出去就能出去。不过这似乎得另当别论。

至于其他的孩子呢，其中的一半学会了根据老师的安排调整自己的生理需求，另一半就只能长期尿裤子了。

最后是茜茜姨妈帮弗兰西搞定了这个"暂离教室"的问题。自从凯蒂和约翰尼不让她上门以后，她就再也没见过弗兰西姐弟俩了。她很想念这两个孩子，听说他们上了学，更是非得亲眼看看他们在学校过得怎么样不可。

那是十一月的事。厂子里活儿不多，所以茜茜没有排上班。她趁着放学的时候在学校门口那条街上来回闲逛，想着就算孩子们回家说自己遇见姨妈了，那也可以说是纯属偶然。她首先在人群中看见了尼利。一个块头大点儿的男孩一把掀掉了他的帽子，在上面狠狠踩了几脚，然后飞快地跑开了。尼利转向一个块头更小的男孩，抢过他的帽子如法炮制。茜茜抓住尼利的胳膊，而尼利粗野地吼了一声，一把甩开她的手，沿着大街跑了。这让茜茜心酸地意识到，尼利也一天天地长大了。

弗兰西在大街上看见茜茜，就立刻搂住她亲了起来。茜茜带她去了一家小糖果店，买了一分钱的巧克力冰激凌苏打请她喝。又叫弗兰西在椅子上坐好，把学校的事讲给自己听。弗兰西给姨妈看自己的识字课本，还有写作业用的练习本，里面粗粗地写着很多大写字母，看得茜茜很是佩服。茜茜盯着孩子瘦削的脸蛋看了好一会儿，发现她浑身颤抖个不停，对十一月的天气而言，弗兰西明显穿得太少了：一条磨得发白的棉布连衣裙，一件破破烂烂的小毛衣，还有一双薄薄的棉质长筒袜。于是她把孩子紧紧搂进怀里，用自己的体温来温暖她。

"弗兰西宝贝，你哆嗦得像片树叶似的。"

弗兰西从来没听人这么说过，她不由得陷入了沉思。弗兰西看向房子旁边水泥地里长出的小树，树枝上还挂着几片干枯的叶子，其中的一片恰好正沙沙地随风颤抖着。"哆嗦得像片树叶"，她把这句话在脑子里存了起来，"哆嗦得像……"

"你这是怎么啦？"茜茜问，"身上冰凉冰凉的。"

弗兰西一开始完全说不出口，茜茜连哄带劝，她才终于把羞得发烫的脸埋到茜茜肩头，凑在她耳边把事情讲了出来。

"老天啊，"茜茜说，"你怎么不跟老师说……"

"我们举手的时候老师从来都不看。"

"算啦，你也别太往心里去。谁都可能遇上这事。英国女王小时候还一样尿裤子呢。"

可是女王也会像她一样敏感，一样羞愧吗？弗兰西痛苦地低声啜泣起来，泪水中半是羞耻半是恐惧。她不敢回家，害怕妈妈再轻蔑地把自己羞辱一顿。

"你妈妈不会骂你的……哪个小姑娘没出过这种事呢？我不是跟你说了吗，你妈小时候也尿过裤子，连你姥姥小时候都一样。这根本不是什么稀奇的事，你也不是头一个。"

"可是我都长大了，只有小小孩才尿裤子呢。妈妈会当着尼利的面让我丢脸的。"

"那你就不等她发现，主动先跟妈妈说，然后跟她保证你以后一定不会再犯。那妈妈肯定就不会让你难堪了。"

"这个我保证不了呀，老师不让我们上厕所，我保不齐还会尿裤子的。"

"从今天开始，不管你什么时候想去厕所，你们老师肯定会让你去。你相信茜茜姨妈，对不对？"

"我信。可是你怎么知道老师能答应呢？"

"我会上教堂去点根蜡烛替你求这件事的。"

这个承诺让弗兰西很安心。回家以后，凯蒂例行公事地稍微数落了弗兰西几句，不过拜茜茜刚才跟她讲尿裤子的"家族渊源"所赐，弗兰西也没太在意。

第二天清晨，离学校开课还有十分钟，茜茜来到弗兰西的教室和老师对质。

"你班里有个叫弗兰西·诺兰的小姑娘吧？"茜茜开始发问了。

"是弗兰西丝·诺兰[1]。"布里格斯小姐纠正道。

"她聪明不聪明？"

"聪、聪明。"

"那她乖不乖？"

---

1 编者注：是弗兰西·诺兰，同一人名的不同称呼。

"她最好给我乖一点儿。"

茜茜把脸凑得离布里格斯小姐更近了，声音压低了些，也更柔和了一些，可是不知为什么，布里格斯小姐反倒一个劲儿地往后退了。

"我就是想问问，她在学校表现得好不好？"

"好，她表现得可好了。"老师慌张地答道。

"我恰好是这孩子的妈。"茜茜撒了个谎。

"不会吧！"

"当然会了！"

"诺兰太太，您是想了解孩子功课上的情况……"

"你知不知道，"茜茜又撒了个谎，"弗兰西的肾有毛病？"

"什么毛病？"

"医生说了，如果她想尿尿的时候人家不让去，那她就很可能因为肾脏负担过重而立刻暴毙。"

"您说得可太夸张了。"

"难道你想让她死在你这间教室里？"

"那怎么可能呢，可是……"

"难道你愿意被警车拉进局子里去，在医生和法官的面前说，就是因为你不让上厕所孩子才出事的？"

茜茜是不是在撒谎？布里格斯小姐完全搞不清楚了。这实在是怪得很。这女人说的话分明那么可怕，声音却那么柔和、那么平静。茜茜发现窗外恰好有个大块头警察悠闲地路过，于是就指着他说道：

"看见那个警察没？"

布里格斯小姐点点头。

"那是我老公。"

"弗兰西丝的父亲？"

"不然还能是谁？"茜茜一把推开窗户，对警察喊了起来，"嘿，约翰尼！"

警察吃了一惊，他抬头看向楼上，茜茜对他抛了个大大的飞吻。有那么一瞬间，警察以为那不过是个教书的老小姐被爱欲冲昏了头。然后他那男性的虚荣心很快就占了上风，让他以为可能是哪个年轻的女老师一直喜欢他，现在终于鼓足了勇气，激情洋溢地迈出了第一步。于是警察也投桃报李，冲着茜茜回了个飞吻，拿粗得像火腿的手指殷勤地点了点帽子，溜达着走远了，边走边用口哨吹着《在魔鬼的舞会上》。"我的女人缘可真不错，"他想着，"家里都有六个孩子了，还那么讨女人喜欢。"

　　布里格斯小姐惊得眼珠子都快蹦出来了——那警察既英俊又强壮。这时候刚好有个在老师面前得宠的小姑娘走进教室，她带了一盒扎着缎带的糖果送给老师。布里格斯小姐开心地咯咯笑着，亲了亲孩子粉缎子似的脸蛋儿。茜茜的脑子比新磨过的剃刀还快，不过一眨眼的工夫，她就立刻搞明白了这里吹的什么风，而且看出那"风向"明显对弗兰西这样的孩子不利。

　　"我说，"茜茜开口了，"我猜你是觉得我们家没什么钱吧。"

　　"我从来都没有……"

　　"我家不是爱显摆的人，不过说起来圣诞节也快到了。"她话里带出贿赂的意思来。

　　"可能是弗兰西举手的时候我没看见吧。"布里格斯小姐不情不愿地让步了。

　　"她坐在什么地方，你那么容易看不见？"

　　老师往阴暗的教室后排指了一个座位。

　　"那没准儿让她坐得靠前一点儿你就能看清楚了。"

　　"教室里的座位都是安排好的。"

　　"圣诞节快到了。"茜茜语气暧昧地提醒道。

　　"我看看我能做点儿什么吧。"

　　"那最好，好好看看你能做什么，也多留神看着点儿弗兰西，"茜茜向门口走去，又转过身来，"不光是因为圣诞节要到了。你要是不好好对待她，我那当警察的老公可是要来揍你的。"

这场"家长会"之后，弗兰西上厕所再也没遇到过麻烦。哪怕她只是刚开始怯生生地慢慢举手，布里格斯小姐都"恰好"能看见。她甚至让弗兰西坐了一阵第一排第一个。然而一到圣诞节，她没有收到贵重的礼物，弗兰西就又回到阴暗的教室后排去了。

弗兰西和凯蒂都对茜茜去学校的事一无所知。不过从那以后，就算布里格斯小姐对她态度不好，弗兰西也不再感觉羞耻了，因为至少老师没数落她。布里格斯小姐当然知道那天那女人说的话全是胡扯，可是冒风险又有什么好处呢？她虽然不喜欢孩子，却也不是什么恶魔，她可不想看着学生在自己眼皮子底下死掉。

几周之后，茜茜托同车间的一个姑娘代笔，给凯蒂写了一张明信片。在信中问妹妹能不能既往不咎，允许她到家里来串串门，或者至少让她隔三岔五见见孩子们。而凯蒂对这张明信片置之不理。

玛丽·罗姆利来为茜茜说情了。"你和你姐姐闹矛盾了？为的是什么呢？"玛丽问。

"这事我没法跟你说。"凯蒂答道。

"原谅是一份无比宝贵的礼物，"玛丽说，"而且一分钱都不用花。"

"我也有自己的想法。"凯蒂说。

"唉——"她母亲深深地叹了口气，不再说什么了。

凯蒂虽然不想承认，但是她其实很想念茜茜。她想念茜茜那鲁莽的直觉，还有她干脆利落、直来直去的处事方式。伊薇每次来看凯蒂都对茜茜只字不提。上次调解失败以后，玛丽·罗姆利也不再提茜茜的事了。

凯蒂通过她家的"专属记者"——保险业务员——来了解茜茜的

情况。罗姆利家姐妹几个都在同一家保险公司上保险，每周都是同一个业务员从三姐妹手里零零碎碎地收保费。这业务员为她们传递新闻和流言，更是一家人之间的信使。有一天，他带来了茜茜再次生下孩子的消息，可这次生下的孩子只活了两个小时，根本来不及上保险。凯蒂也终于后悔了，觉得自己不该对可怜的茜茜那么残酷。

"等下回你看见我姐姐，"她对业务员说，"你就跟她说，以后别太见外了。"业务员把这条表示谅解的消息捎了过去，茜茜就又开始进出诺兰家了。

20

孩子们一上学，凯蒂对抗疾病与害虫的战役就开始了。这场战斗激烈而简短，并且大获成功。

因为孩子们在学校里挤成一团，所以身上难免会滋生细菌和害虫，并且互相传染。虽然这完全不是孩子们的错，但他们却要因此经历一整套对小孩来说无比羞耻的处理流程。

学校的护士每周来一次，她背靠窗户站着，小姑娘们排成一队，一个个走到护士面前，转过身去，弯下腰拿起头上粗粗的辫子。护士用一根细长的棍子检查她们的头发，如果在谁头上发现了虱子或者虱子卵，她就会让这个小姑娘到一边去站着。检查结束之后，那几个不幸的小"贱民"会被叫到教室前头来，护士当着全班同学的面宣讲这几个孩子有多脏，让其他孩子躲她们远一点儿。然后护士就会把这几个"不能碰"的孩子从学校赶出去，打发她们去科尼普药房买"蓝药膏"，回家让妈妈给涂在脑袋上。回到学校以后，班里的其他同学还会把这几个孩子折腾一顿。放学回家的时候，每个被护士拎出来的小姑娘背后都会跟着一串孩子，嘴里唱着：

"脏兮兮啊，脏兮兮！老师说你脏兮兮！回家，回家，回家去，因为你身上脏兮兮！"

有的孩子这次检查发现了虱子，下回没准儿又查不出什么毛病。那她们就会跟着一起折磨这一次被逮住的孩子，把自己之前吃的苦头忘得一干二净。她们没能从自己的痛苦经历中学会同情，可以说是白受了一回罪。

凯蒂的日子已经够忙碌的了，实在是没有工夫再为了更多的麻烦事操心，她可不接受节外生枝。弗兰西第一天从学校回来，跟妈妈说坐她旁边的姑娘辫子上有虫子爬，凯蒂就立刻开始了行动。她拿出一大块粗糙又有劲儿的黄肥皂——那是清洁工专用的——把弗兰西的头发好好搓洗了一遍，直到洗得她头皮都有点儿发疼。第二天早晨，凯蒂倒了一碗煤油，拿梳子蘸着用力梳弗兰西的头发，再紧紧地编成辫子，紧得弗兰西太阳穴上都勒出了青筋。然后她嘱咐弗兰西躲着点儿点着的煤气灯喷口，就打发她出门上学去了。

整间教室里全是弗兰西脑袋上的煤油味，同桌尽量离她远远的。老师也写了个条子让她带回家，严令禁止凯蒂再往弗兰西头上涂煤油。凯蒂则表示这是个自由的国家，压根儿没去管老师的字条。她每周都用那种黄肥皂给弗兰西搓洗一回头发，每天早上还都要涂上煤油。

学校暴发了腮腺炎，凯蒂立刻采取了针对流行病的措施。她做了两个法兰绒的小口袋，在里面分别缝进一头大蒜，再用干净的胸衣带子串起来，叫两个孩子挂在脖子上，藏在衬衣下面。

弗兰西带着一身大蒜和煤油混杂的气味去上学。人人都躲着她。学校的院子里人挤人，可弗兰西身边总有一小块空地方。有轨电车车厢里也拥挤不堪，但乘客们也都挤在远离诺兰家姐弟俩的地方。

这一招还真的管用了！也说不清到底是因为大蒜成了什么女巫的魔法护身符，大蒜味杀死了病菌，还是染了病的孩子都躲着弗兰西，没让她传染上，又或者只是她和尼利天生抵抗力就很强，总之凯蒂的一双儿女上学期间从来没有生过病，连感冒也没得过，头上也从没生过虱子。

当然，拜身上那股气味所赐，弗兰西成了个人人都躲着她的边缘人。不过弗兰西早就习惯孤身一人了，她早已习惯了独来独往，习惯了在别人眼里有些"不一样"。所以也没觉得太难受。

21

即便学校里有那么多的恶意、残酷和不快，弗兰西还是很喜欢去上学。那么多孩子按照固定的规则待在同一个地方，做着同一件事情，这给了她一种安全感。她能够明确地感到自己有所归属，感到自己属于一个集体，一个为了某种具体的目标而聚集在某个领导者之下的集体。诺兰家的人都是个人主义者。除了在自身所处的环境中生存必不可少的要素之外，他们不遵从任何法则，只按照自己的标准生活，也不从属于任何固定的社会团体。这当然很适合造就个人主义者，但是小孩子又难免感到困惑。所以学校让弗兰西感觉安全又安定。即便学校的日常生活既残酷又丑恶，但它依然有自己的目标，有明确的发展方向。

何况学校里的日子也不都是那么坏，每个礼拜也会有半个小时的黄金时间，那就是莫顿先生到弗兰西班上教音乐课的时候。莫顿先生是个专职音乐教师，他轮流给这一带的小学教音乐课，每次他过来上课都像过节一样。莫顿先生总是穿着燕尾服，打着饱满的领结，他是那么有朝气，那么快活，洋溢着饱满的生命力，简直像个下凡的天神。他貌不惊人，却精力充沛，风度翩翩。他爱孩子，理解孩子，孩子们也爱他，连老师们也都喜欢他。每到他来上课的日子，教室里就充满了狂欢节一般的气息，老师们会换上自己最好的衣服，也不那么凶了，有时她们甚至还会卷卷头发，喷点儿香水。莫顿先生就是有这么大的魅力。

他会像旋风一般"飞"进教室，任教室门在面前轰然敞开，燕尾服的后摆在身后翩然飘舞。然后轻轻一跃，跳上讲台，微笑着环顾四周，用快活的声音说着"好啦，好啦"。孩子们乐开了花，一旁的班主任脸上的微笑也止不住。

他在黑板上画下一个个音符，在每个音符下面都画出一对小脚，就像是要从五线谱上逃跑一样。他会把降号画得像矮胖子汉普蒂·邓普蒂，又给升号画出个菜梗儿似的细细长长的鼻子来。他就像只鸟儿一样，嘴里时不时地迸发出一阵歌声。有时他的快乐似乎满得要溢出来了，就会跳上几个舞步来抒发一下。

莫顿先生润物细无声地把好的音乐教给这些孩子。他会给古典乐名作填上自己的歌词，再给它们起个简单好记的名字，比如《摇篮曲》《小夜曲》《街头歌》《晴天歌》等。孩子们用清脆又稚嫩的声音唱着亨德尔的《绿树成荫》，却只知道它名叫《赞美诗》。小男孩们边打弹子边用口哨吹着德沃夏克《自新大陆》交响曲的段落，可如果有人问起这曲子叫什么名字，他们会说："哦，这叫《回家》。"他们唱着《浮士德》里的《士兵合唱》玩踢房子，却只知道这首歌叫《荣光之歌》。

图画课老师伯恩斯通小姐也是每周来一次，她虽然不像莫顿先生那样人见人爱，可孩子们还是一样爱她。哎，她简直像是从另一个世界来的——一个有着美丽的暗绿色与石榴红裙装的世界。她的面庞甜美而温柔，和莫顿先生一样，她也疼爱孩子中那些脏兮兮又没人管的大多数，甚至远多于那些被精心打理过的幸运儿。老师们却很不喜欢她，没错，她们当着伯恩斯通小姐的面百般奉承，她一转过身去，她们就对着背影怒目而视。她们嫉妒她的魅力、她的甜美，还有她对男人极具吸引力的可爱外表。她温暖，热情，充满女性魅力。老师们深知伯恩斯通小姐可不会像她们一样夜里不得不独守空房。

她的声音柔和又清晰，像是唱歌一样。她的双手造型优美，用粉笔或者炭条画起画来十分利落。蜡笔到了她手里就像是有了魔力，腕子轻轻一转，一只苹果就跃然纸上，再快速转几下手腕，孩子托着苹果的小手又画出来了。遇上下雨天，她就不上图画课，而是拿着炭条在纸上给班里最穷最顽皮的孩子画素描。画好之后，纸上完全不见孩子的肮脏与顽劣，只有天真烂漫的光辉，还有小小的幼儿成长过快的辛酸。哎，伯恩斯通小姐可真的是太好了。

学校里的生活是一条泥泞污浊的大河，组成它的是一个个死气沉沉的日子，老师让学生们将双手背后坐在座位上，自己却偷偷读着摊在膝盖上的小说，而这两位每周到访一次的老师就是污水中被阳光照亮、如金似银的小小水花。要是所有老师都能像伯恩斯通小姐和莫顿先生那样，那学校在弗兰西眼里就简直和天堂一样了。不过现在这样也无妨。毕竟如果没有幽暗又浑浊的污水作为背景，也无从衬托出阳光那一闪而过的光辉。

22

孩子刚刚发现自己能读懂文字的那一刻是多么奇妙啊！

弗兰西学习拼写已经有一段时间了，她学着把它们念出来，学着把一个个音节拼在一起，组成一个单词。不过有那么一天，她在纸上看到"老鼠"这个词，突然明白了它的意思。她眼睛看着那些字母，脑子里浮现出灰灰的老鼠蹦蹦跳跳的景象。她连忙继续读了下去，看见"马"这个词，她仿佛听到了马蹄踏地的声响，看见马背油亮的皮毛上闪烁的阳光。"奔跑"一词突然映入眼帘，她也像在奔跑一样急促地喘息起来。原本每个字母都只有自己单独的发音，与完整的意思之间存在着一层无形的壁垒。而此刻这层壁垒消失了，只要飞快地扫一眼，就能明白纸上印的每一个黑字都有自己的意思。弗兰西快速地读了几页，激动得几乎要晕倒，她真想高声喊出来："我认识字了！可以读书了！"

从那一刻开始，她通过阅读拥有了全世界。她再也不会孤独，再也不会因为没有密友而孤单。书本成了她的朋友，而且不论心情如何，总会有一本适合的书等待着她。如果想要宁静，那么陪伴她的有诗歌；厌倦了安静就读冒险小说；到了青春期有爱情小说；若是想要体验和某个人十分亲近的感觉，那还可以去读传记。从发现自己可以读书的那一天起，弗兰西暗自发誓，有生之年每天都要读上一本书。

弗兰西喜欢数字和算术。她编了一种游戏，把每个数字都想象成大家庭里的一个成员，最后算出来的"得数"就是把这一家人聚在一起，背后还总有个故事。0是个还在怀抱里的小宝宝，不会给人家找麻烦，看见他出现了，只要"抱"他"进"一位就好。1是个漂亮的小女娃娃，刚学会走路，也很容易照看。2则是个既会走路，又刚开始学说话的小男娃娃，他在大家庭的生活里（也就是在加法的"和"和其他得数里）也几乎不添什么麻烦。3是个大一点儿的小男孩，他已经上幼儿园了，所以需要稍微留神盯着他一点儿。然后4则是和弗兰西差不多大的小姑娘，她就像2一样容易"照顾"。5是温柔又善良的妈妈，一遇到比较大的数字，"她"就会出手相助，让事情变得更加简单顺利，就像所有妈妈一样。6则是爸爸，比其他"家人"强硬，却也很公正。7的心眼儿就比较坏了，他是家里喜怒无常的老祖父，对自己搞出来的结果不管不顾。老祖母8也不好对付，但是比7容易理解多了。9是最难对付的，因为他只不过是家里的一个朋友，实在是很难把他"算"成家庭生活的一部分呀！

做加法的时候，弗兰西会给每个得数都编一个小故事。比如得数是924，她就想象这是家里其他人都出门了，所以得让9这个朋友来照看一下 2 和 4 两个孩子。如果得出的答案是 1024，那就是四个孩子都在院子里玩呢。62 是爸爸带着小男娃娃去散步。50 是妈妈用婴儿车推着宝宝去透透气。78 则是老爷爷和老奶奶在寒冷的冬夜坐在炉火旁取暖。每一组数字都是几位家人的组合，每组数字背后都有不同的故事。

开始学代数以后，弗兰西也继续玩着这个游戏。她想象着 X 是一个男孩的心上人，她的加入让家庭生活变得越来越复杂了。而 Y 则是那个惹是生非的男孩本人。于是算术在弗兰西眼中也变得既温暖又富有人情味，她就这样消磨了许多孤独的时光。

23

学校里的日子一天天过去，有些日子恶毒、残酷、令人心碎；却也有些日子明媚而美好——那就是伯恩斯通小姐和莫顿先生到访的日子——何况这些日子里也总有学习新东西的奇妙体验。

十月的一个星期六，外出散步的弗兰西偶然走进了一片陌生的街区。这里没有廉租公寓，也没有破烂嘈杂的店铺，房子看起来也都历史悠久，恐怕华盛顿调动部队穿过长岛那年头就有这些房子了，它们虽然既古老又破旧，却还拿尖桩的篱笆围着，篱笆上还装了门，看得弗兰西真想爬到上面晃一晃。前院里开着色彩鲜艳的秋花，道边栽着枫树，树叶一片明黄与绯红。在星期六的阳光下，这片居民区显得古老、安静又祥和。这个地方似乎有种沉思一般的气质，一种宁静、深邃、寒酸与永恒交织的平静。弗兰西开心极了，感觉自己仿佛进入了魔法王国，就像穿过魔镜的爱丽丝一样。

她继续朝前走着，路过了一所又小又旧的学校，老旧的墙砖在临近傍晚的斜阳下闪烁着暗红色的光芒。学校的院子没有篱笆，操场铺的也不是水泥地面，而是草皮。学校对面更是一片开阔的空场，一片生着一枝黄、紫菀和苜蓿的草地。

弗兰西激动得心翻了个个儿。就是这个！她想上的就是这样的学校！可是怎么才能到这里上学呢？法律上有严格的限制，孩子必须在自己居住的地区就近入学。想上这所学校的话，她的家得搬到这附近才行。弗兰西很清楚，妈妈可不会因为她想换个学校上就同意搬家的。她一边慢慢往家走，一边考虑着这件事。

当天晚上她一直没睡，等着爸爸下班回家。等着约翰尼拿口哨吹着《莫莉·马隆》一路跑上楼梯，等一家吃完他带回来的龙虾、鱼子酱和肝泥肠，等妈妈和尼利都上床睡觉去了，弗兰西陪着爸爸抽他这一天的最后一支雪茄，才凑在爸爸耳边小声跟他说了那所学校的事。爸爸看看她，点了点头："咱们明天看看怎么办。"

"你是说咱们可以搬到那个学校附近？"

"那肯定不行，不过总有别的法子。咱俩明天到那边去一趟，瞧瞧有没有别的什么办法。"

弗兰西实在是太激动了，一整晚都睡不着。她七点钟就从床上爬起来了，可是约翰尼还在呼呼大睡。她只好继续等着，急得浑身汗涔涔的。约翰尼每次在睡梦中发出点儿声音，她都要跑过去看爸爸是不是睡醒了。

他睡到中午才起床，一家人围坐在桌边吃午饭。弗兰西一口也吃不下，眼睛不住地往爸爸那边瞟，可是他也没做出什么表示。难道是他忘了？他不会真的忘了吧？不会，因为凯蒂倒咖啡的时候，约翰尼漫不经心地开口了：

"我打算晚些时候和咱家的首席歌后一起出去遛个弯儿。"

弗兰西的心狂跳起来。他没忘，他果然没忘！她等着妈妈回话，妈妈总得说点儿什么，她可能会反对，可能会问为什么，可能会说自己也一起去。不过妈妈只是说了声"好啊"。

弗兰西刷了碗，去糖果店买了礼拜天的日报，还跑了趟烟店给爸爸买五分钱的"花冠"牌雪茄。约翰尼非看报纸不可，而且还是每个版块都要看，连他本来根本不会感兴趣的社会版都不放过。更糟糕的是，他每看完一则新闻，就要向妈妈发表一番评论，说着"这年头报纸上登的事可真离谱，你听听这个……"弗兰西急得快哭了。

到了四点钟，约翰尼的雪茄早就抽完了，报纸也散乱地扔了一地，凯蒂听够了约翰尼的新闻分析，带着尼利去看玛丽·罗姆利了。

弗兰西和爸爸手牵着手出发了，爸爸穿上了自己唯一一套无尾礼服，戴着圆顶礼帽，看起来体面极了。那是十月里明媚的一天，温暖的阳光和阵阵清风把海洋的气息洒满了每一个角落。父女俩走过几个街区，又转过一个街角，就到了弗兰西去过的那个居民区。正是因为布鲁克林这么庞大且杂乱，不同街区之间才会产生这么尖锐的差异。这个街区的居民都是第五和第六代美国人，可是在诺兰家住的那个街区，如果你能证明你本人是在美国本土出生的，就简直跟说你是坐着"五月花"号过来的差不多了。

弗兰西就是班里唯一一个父母双方都在美国出生的孩子。新学期刚开始的时候，老师一边点名，一边叫被点到名的学生说出自己家族的背景。学生们的答案也都很典型。

"我是波兰裔美国人，我爸爸是在华沙出生的。"

"我是爱尔兰裔美国人，我爹娘都是科克郡[1]来的。"

老师点了诺兰这个名字，弗兰西骄傲地答道："我是美国人。"

"我当然知道你是美国人，"那个很容易发脾气的老师不耐烦地说，"你祖籍是哪里？"

"是美国呀！"弗兰西说得更骄傲了。

"你是好好告诉我你父母都是哪里来的，还是要我送你去见校长？"

---

1 爱尔兰最南部的一个郡。

"我父母都是美国人，他们都是在布鲁克林出生的。"

所有孩子都转过头来，惊讶地看着弗兰西，她的父母居然不是从以前的国家过来的！听见老师说："布鲁克林？哼，这么说的话，你的确是美国人。"弗兰西既骄傲又快活。布鲁克林多棒啊，她想着，只要出生在这里，就能自然而然地成为美国人！

爸爸对弗兰西讲了这个奇怪的街区的事，他说住在这里的人家在一百多年以前就已经是美国人了，他们大多数都有苏格兰、英格兰和威尔士血统；家里的男人很多都是做细木工或者家具工匠的，总是和金色、银色还有黄铜色的五金件打交道。

他向弗兰西保证，改天带她去看布鲁克林的西班牙人聚居区。那里的男人们都是卷雪茄的手艺人，而且他们每天都会拿出一点钱凑份子，干活的时候雇个人读书给他们听。这个人读的也都是些很高雅的文学作品。

星期日的街道上静悄悄的，父女俩沿街走着，弗兰西看见一片叶子从树上落下，连忙蹦蹦跳跳地跑过去接住。那片叶子红得通透，边缘镶着一圈金色。弗兰西盯着叶子看，想着不知自己以后还能不能遇见像这叶子一样美丽的东西了。一个女人从街角拐了出来，她涂着厚厚的脂粉，围着条羽毛围巾。她冲约翰尼一笑：

"要人陪吗，先生？"

约翰尼打量了她一小会儿，才轻柔地开口答道：

"不用了，姐们儿。"

"真的不用？"她撒着娇追问道。

"不用。"约翰尼平静地回答。

那女人走了，弗兰西一蹦一跳地回到爸爸身边，拉起他的手。

"那是个坏女人吗，爸爸？"她急切地问道。

"不是。"

"可是她看起来很坏呀。"

"世界上没几个真坏人，很多人都只是不走运而已。"

"可是看她那么涂脂抹粉的……"

"她也是那种以前有过好日子，现在却落魄了的人，"约翰尼自己也挺喜欢这种说法，"没错，她应该也过过好日子。"他陷入了沉思，弗兰西蹦蹦跳跳地走在前头，一路走一路捡着树叶。

那所学校到了，弗兰西骄傲地指给爸爸看。傍晚的阳光下，颜色柔和的砖墙显得格外温暖，窗户上嵌的小块玻璃也仿佛在斜阳的反光中舞蹈。约翰尼盯着校舍看了很久，才终于开了口：

"没错，就是这样的学校，就得是这样的学校。"

要是有什么东西让约翰尼大为感动，或者触动了他的情绪，他就必须得把这感情放在歌里唱出来。于是他摘下帽子按在心口，面向学校笔挺地站着，唱了起来：

> 校园时光，校园时光；
>
> 青葱校园，美好时光。
>
> 读书、写字、学算术……

在路过的陌生人看来，这一幕多半非常傻——约翰尼身穿绿色的无尾礼服和干净的衬衫，手上牵着个衣衫破烂的瘦削女孩，毫无顾忌地站在大街上唱着无趣的老歌。可是在弗兰西眼里，这一切都既恰当又美好。

父女俩过了马路，在当地人称为"空场"的草地上漫步。弗兰西采了一把一枝黄和紫菀准备带回家去。约翰尼告诉她，这里原本是印第安人的墓地，他自己小时候经常来这里找箭头。弗兰西提出不如现在就找找看，于是他们找了半个小时，却一个也没找到。这让约翰尼想起来，他自己小时候也从来没找到过箭头。弗兰西觉得这很可乐，就哈哈地笑了起来。爸爸说这里可能根本就不是什么印第安人的墓地，没准儿这个说法打一开始就是人家编的瞎话。这话约翰尼说得一点儿没错，因为那完全是他自己编出来的。

又过了一会儿，他们该回家了，眼泪开始在弗兰西眼眶里打转，因为爸爸还是没说起让她转进这所学校的事。约翰尼看到了她的眼泪，立刻想出了一个计划。

"宝贝，我跟你说说咱们该怎么办。咱们在这周围转转，选一所好房子，把门牌号记下来。回家我给你们校长写封信，就说你要搬到这个地址来，所以打算转到这边的学校。"

他们挑了一栋房子——那是一栋一层楼的白房子，斜屋顶，院子里种着晚开的菊花。约翰尼把地址仔细抄了下来。

"你知道我们做的事其实不对吧？"

"是这样吗，爸爸？"

"可是做这件错事也是为了做成更大的好事。"

"就像说个善意的谎一样？"

"就像扯个谎给别人帮忙一样。所以为了弥补咱们做的错事，你就得加倍地学好才行。你可不能在学校干坏事，也不能迟到或者逃课。千万别干那种让他们给家里写信通报的错事呀。"

"爸爸，能上这所学校的话，我一定会好好表现的。"

"好啦。现在我给你指一条穿过小公园去学校的近道，我知道有这么条路。没错，'长官'！我可知道有这么条路。"

约翰尼带弗兰西去了那个小公园，告诉她斜着穿过来就到学校了。

"这肯定合你的心意吧。你走这条路上学放学，还能顺路观赏四季的变化。你说好不好？"

弗兰西突然想起妈妈给自己从《圣经》上读过的一句话，就用这句话回答说:"我的福杯都要满溢啦。[1]"而她心中的快乐也的确满得要溢出来了。

凯蒂听父女俩说了他们的计划,她说:"随你们的便吧。反正我可不掺和这事。如果警察找上门,要因为地址造假抓人,那我肯定实话实说,告诉他们这里头没我的事。什么这个好点儿,那个差点儿的,学校不都差不多吗?真搞不懂她为什么想转学。上哪个学校不都是一样写作业?"

"那就这么定了,"约翰尼说,"弗兰西,拿着这一分钱,赶紧上糖果店买张信纸和信封来。"

弗兰西飞跑着下了楼,又很快就跑了回来。约翰尼写了一封信,在信中称弗兰西要搬到如下地址,与亲戚同住,因此希望转学。又补充说尼利还在原来的住址居住,所以不需要转校。最后他签上了自己的名字,还在签名下面郑重地画了条横线。

第二天一早,弗兰西哆里哆嗦地把信交给校长。校长女士看了信,哼了一声,就给她办了转学的许可,把成绩单交给她叫她赶紧走人——反正这学校本来就人满为患了。

弗兰西带着办好的材料去见新学校的校长。校长和她握手,说希望她能在新学校过得开心。有个班长带她去教室,正上着课的老师停了下来,向全班同学介绍弗兰西。弗兰西看了看下面那一排排小姑娘,她们虽然个个衣着破旧,但是绝大多数身上都很干净。老师给她安排了一个单独的座位,她快乐地投入了新学校的生活。

这里的老师和学生都不像原来那所学校的那么残酷。诚然,有些孩子还是很坏,不过那似乎只是孩子自然的顽劣,而不是故意使坏。老师脾气也都不太好,不是很有耐心,却不会没完没了地找碴儿折磨

---

1 原文为 My cup runneth over,选自《圣经·旧约》中"诗篇"23:5,"你用油膏了我的头,使我的福杯满溢"。

人。这所学校也不体罚学生，因为家长都是土生土长的地道"美国人"，非常清楚他们的宪法赋予的权利，遇到不公正的待遇决不肯逆来顺受。他们可不像移民或者二代美国人那么好欺负、好压榨。

弗兰西觉得，新学校那种不一样的感觉很大程度上来源于这里的管理员。他是个红脸膛的白发老人，连校长都得管他叫詹森先生。他不仅疼爱自己的诸多儿孙，也像父亲一样对待学校里的所有孩子们。赶上下雨的日子，要是有学生淋得像落汤鸡似的来到学校，詹森先生就一定要让他们先到锅炉房把身上烤干再说。他会让孩子们脱掉湿透的鞋袜，把长筒袜挂在绳子上晾着，一双双破旧的小鞋子就排成一溜儿放在锅炉前头。

锅炉房是个温馨怡人的地方，四面墙壁刷得雪白，庞大的锅炉上涂着红漆，看着让人安心，墙壁上的窗户也都很高。弗兰西喜欢待在这里，一边享受着炉火的温暖，一边看着炉膛里那足有一英尺[1]高的橙色与蓝色的火苗在煤块上舞蹈（如果有孩子在锅炉房烤衣服，詹森先生就会把炉门打开）。所以遇上下雨的时候，弗兰西就会特意早一点出门，在路上也走得慢一点，好让自己淋得浑身湿透，这样就能享受去锅炉房烤火的待遇了。

詹森先生让孩子们翘课在锅炉房烤衣服，这当然是违反校规的，可是大家都喜欢他，尊重他，也就没人反对他这么干了。弗兰西在学校里听过不少和詹森先生有关的事。有人说他上过大学，而且学问比校长还要好。还有人说他当年刚结婚生子，就认定做学校的技工比当老师教书赚钱还多。不论这些说法是真是假，詹森先生都备受喜爱和尊敬。有一次，弗兰西看见他坐在校长办公室里，身上穿着干干净净的条纹工装裤，跷着二郎腿和校长讨论政治。弗兰西还听说校长自己

1　1 英尺约等于 0.3048 米。——编者注

也经常跑到锅炉房去，詹森先生就一边抽烟斗，一边和他聊上一会儿。

要是有哪个男孩表现不好，老师不会把他送到校长室挨训，而是先送到詹森先生那里，让他跟孩子谈谈。詹森先生从来不会责骂调皮捣蛋的男孩，而是会和他们聊自己的小儿子——他在布鲁克林道奇队当投球手——还和他们谈民主，谈怎样才算是个好公民，还有如果每个人都能尽力为了公共利益做些好事，那么这个世界会变得多么美好。只要跟詹森先生聊过一次，爱惹事的男孩子就绝对不会再闯祸了。

毕业的时候，出于对校长这一职位的尊重，孩子们会让他在纪念签名册的第一页签字，但他们更重视的却是詹森先生的签名，总是把第二页留给他来签。校长总是签得匆匆忙忙，字迹又大又潦草。可詹森先生不但不会这样，还会搞得很有仪式感。他把签名本摊在自己那张带折叠盖的大写字台上，点上灯，在桌边坐下，小心翼翼地擦擦眼镜，选出一支钢笔来在墨水里蘸一蘸，眯起眼看看笔尖，再擦掉墨水重新蘸一次。然后他才用优美的铜版印刷体签下自己的名字，还会仔细地把浮墨吸干。他的签字永远是签名本里最美观的一个，如果敢开口问的话，甚至可以让他把签名本带回家，让他那个在道奇队打球的儿子也在上面签个名。这对男孩们来说是不可多得的好事，不过小姑娘们就没什么兴趣了。

实际上，因为詹森先生的字写得太好了，所以所有毕业证书都是请他写的。

莫顿先生和伯恩斯通小姐也给这所学校上课。赶上他们的课，詹森先生经常会走进教室，在后排找个座位挤着坐下一起听。如果天气冷，他就把莫顿先生或者伯恩斯通小姐请到锅炉房，让他们先喝杯热咖啡再去别的学校上课。他有个煤气炉，还在一张小桌子上放了一套煮咖啡用的器具，煮出来的黑咖啡又浓又烫，装在厚瓷杯里招待来访的老师，让他们对他的好心肠满怀感激。

弗兰西在新学校过得很开心，她小心翼翼地努力做个好学生。每天她都要路过自己谎报的地址，而她也总会满怀感激与喜爱地看看那栋房子。赶上大风天有废纸在房前乱飞，她一定会跑过去把垃圾都捡起来扔进门外的水沟。要是垃圾工早上收完垃圾，随手把垃圾袋往人行道上一扔，没给放回院子里，弗兰西就会把垃圾袋捡起来挂在院子的篱笆上。住在这所房子里的人觉得这孩子安安静静的，就是有点儿古怪的洁癖。

弗兰西热爱这所新学校，哪怕她每天往返都要走过四十八个街区，可是她连要走的这段路都很喜欢。她每天都起得比尼利早，到家却比尼利晚得多，不过她倒是不怎么介意这些，除了吃午饭有点儿不方便。中午她得走过十二个街区回家，再走过十二个街区回学校——而午休只有一个小时，所以她几乎没什么时间吃午饭。妈妈不让她带午饭去学校，她的理由是：

"照她这个样子长下去，很快就该不顾家里，跟家里人不来往了。可是既然她现在还是个孩子，就该像个孩子一样回家吃饭。她上学路远，难道我还有错了？这学校不是她自己挑的吗？"

"凯蒂，那可是个好学校啊。"约翰尼争辩说。

"既然学校好，那不好的地方她就一块儿忍了吧。"

于是午饭的事就没得商量了。弗兰西每天吃午饭的时间差不多只有五分钟，勉强够让她回家拿上个三明治，然后在回学校的路上边走边吃。她从没觉得自己受了什么亏待，因为她在新学校过得太快乐了，所以总觉得要为了这份喜悦付出点儿什么代价才安心。

能转进这所学校是件好事，这让弗兰西发现，原来在自己出生的世界之外还有不一样的其他世界，而那些新世界也并不是那么遥不可及。

　　弗兰西不用天或者月来计算一年的时间，而是用一个个来了又去的节日。她的一年始于 7 月 4 日，因为那是学校放假以后的第一个节日。早在正日子到来的一周之前，弗兰西就已经开始攒鞭炮了，她能搞到的每一分钱都换成了一包包的小鞭炮，都存在盒子里塞到床底下。她每天至少把箱子拿出来十回，来回摆弄里面的鞭炮，久久地盯着外面淡红色的纸皮、白纸搓成的捻子看，想着不知道它是怎么做出来的。她还会拿出粗粗的闷烧点火棒[1]闻闻气味——那是买鞭炮的时候免费送的——这东西是专门用来点鞭炮的，点燃以后可以闷烧上好几个小时。

　　可是真等到了国庆的大日子，弗兰西反而舍不得放这些鞭炮了。存着这些东西的感觉远比实际用它们好得多。有一年家里的日子特别紧，实在是连几分钱都省不出来了，弗兰西和尼利就攒了很多纸袋子，等到了日子就在里面装满水，把袋口拧紧，从屋顶往下面的马路上扔。水袋在地上会发出响亮的噼啪声，和鞭炮多少算是有点儿相似。差点儿被砸到的路人愤愤地抬头怒目而视，却也不会拿他们怎么样，毕竟穷孩子都是这么庆祝国庆节的。

　　下一个重要的节日是万圣节。尼利会拿煤灰把脸涂得漆黑，帽子反着戴，外套也翻过来穿。他拿了妈妈的一只黑色长袜，往里面装满煤灰，抡着这把自制的"闷棍"和伙伴们在街上游荡，边走边不时发出一阵阵刺耳的叫嚷。

　　弗兰西和其他小姑娘一起拿着粉笔头在街上游荡，在每个穿大衣的路人后背上飞快地画个大大的叉子。孩子们搞的这些"仪式"也没有特定的含义，那个符号虽然流传了下来，背后的缘由却早已没人记得了。也许它是从中世纪一直延续到今天的，也许当年人们会用它来

1　原文为 punk，既 firework punk，专门用来点鞭炮的一种细长的闷烧棍，和线香相似。

标记感染瘟疫的人家，也许那年头的闲散无赖会故意在没染病的人身上画同样的记号，用这种残酷的玩笑折腾他们，而这个行为本身代代相传，最终变成了个没头没脑的万圣节把戏。

在弗兰西看来，选举日是所有节日里最盛大的一个。和其他节日相比，选举日似乎是整个社区共同的节日。哪怕全国其他地方的人也投票选举，那也一定和布鲁克林的选举不一样，至少弗兰西是这么认为的。

约翰尼带弗兰西看过斯科尔斯街上的一家牡蛎馆。那家餐馆的建筑有一百多年的历史，据说甚至可以上溯到大酋长坦慕尼[1]带着他的勇士们到处打游击的时代以前。店里的炸牡蛎驰名全州，但是真正让这家馆子出名的却是其他东西——这里是市政厅那群政客的秘密会议地点。党内的"酋长"们会在这家店里找个隐秘的包间举办秘密"部落集会"，一边享用着多汁的牡蛎，一边议定该让谁当选，又该让谁下台。

弗兰西经常从那家餐馆门口走过，每次都会激动地看看它。店门上没写名字，窗口也是空空的，只摆了一盆蕨菜，黄铜的窗帘杆上挂着半扇褐色的亚麻窗帘。有一回弗兰西碰见餐馆打开门让某个人进去，她也顺势得以向里面一瞥，看见屋里房顶很低，台灯上罩着红色的灯罩，光线很暗，弥漫着厚厚的雪茄烟烟雾。

和这一带其他孩子一样，弗兰西也参与一些选举日的活动，不过他们也不知道这些活动是什么意思，背后又有什么缘故。选举日当夜，弗兰西和孩子们排成一队，手搭在前一个孩子的肩膀上，跳着舞在街上蜿蜒前行，嘴里唱着

---

1 即生活在特拉华河谷的原住民族莱纳佩人大酋长"友好者"坦慕内德（Tamanend the Affable，约1625—1701），又称坦慕尼（Tammany）或圣坦慕尼。因为与威廉·佩恩签订和平协议而知名，是18世纪广受喜爱的传奇人物，被视为美国的"主保圣人"之一。18世纪70年代起，以费城为源头兴起了一系列名为"坦慕尼会"的社会团体，它最初是全国性的爱国慈善团体，用于维护民主机构，反对联邦党的上流社会理论，后来纽约的坦慕尼会（成立于1789年）逐渐成为民主党的政治机器。本故事主要发生于20世纪初，那么与此时的"一百多年之前"在时间上更为接近的实际上是纽约"坦慕尼会"的建立，而不是酋长坦慕尼本人活跃的17世纪末，下文中提及坦慕尼的时候，涉及的也主要是活跃于地方选举中的"坦慕尼会"。

坦慕尼，坦慕尼，

大酋长坐在帐篷里，

勇士欢庆得胜利，

坦慕尼，坦慕尼……

弗兰西仔细地听着爸爸和妈妈辩论党派的优缺点。爸爸是民主党的拥趸，而妈妈却对它没什么好感。她会对这个党派批评一番，还说约翰尼这一票就和打水漂差不多。

"别这么说嘛，凯蒂，"约翰尼反驳道，"总的来说，民主党还是给老百姓做了不少好事的。"

"这些好事也只能凭空想想而已。"妈妈轻蔑地嘟囔一句。

"他们只不过是要求家里的男人给他们投一票而已，看看他们给了多少回报啊。"

"你倒是说说看，他们都给了什么回报？"

"比方说吧，你需要法律方面的建议，那你就不需要请律师，问州议员就可以了。"

"这不就是瞎子给瞎子领路吗？"

"这你还真别不信，他们虽然看着是挺蠢，但是对纽约市的法律法规可是倒背如流的。"

"你试着起诉纽约市一回，你就该知道坦慕尼会的人能给你帮多大忙了。"

"那就说公务员资格考试吧，"约翰尼打算换个角度，"他们知道警察、消防员或者邮递员的资格考试在什么时候，如果有选民感兴趣的话，他们总是会通知的。"

"拉维太太的老公三年前就参加了邮递员资格考试，现在不还在开卡车？"

"啊！因为他是共和党嘛！如果他选民主党，那他们肯定会把他的名字放在录用清单前排的。我听说有个老师想换学校，坦慕尼就给办妥了。"

"凭什么？除非她长得好看。"

"倒不是因为这个。他们这一步很精明。因为老师是教育未来的选民的。比如说这个老师吧，她以后就得抓住各种机会在学生面前说坦慕尼会的好话。毕竟你也知道，每个男孩长大以后都要投票的。"

"为什么？"

"因为这是他们的特权嘛。"

"特权，我呸！"凯蒂嘲笑道。

"就这么说吧，比如你有一条贵宾犬，然后这狗死了。你打算怎么办？"

"我养的哪门子贵宾犬啊？"

"咱们这不是聊天嘛，你就不能假装自己养了条贵宾犬？"

"行吧，我养的贵宾犬死了，然后呢？"

"你就可以带着死狗到他们的总部去，那里的人就会帮你处理了。再设想一下，比如弗兰西想办工作证，可是年龄又太小了。"

"那我猜他们能帮着办妥了。"

"那是自然。"

"你觉得办假证送这么小的孩子进工厂工作合适吗？"

"这个嘛，假如你生了个坏小子，每天逃学，在街上到处瞎逛，游手好闲的不学好，而法律又不允许他工作。那办个假证让他找个活儿干不是更好吗？"

"这么说的话的确是。"凯蒂不情愿地退了一步。

"瞧瞧他们给选民找了多少工作。"

"你知道他们怎么搞到这些工作的，对吧？他们到工厂去检查，又故意对这些厂子违法违规的行径视而不见，那场子的老板肯定得报答他们，但凡厂里缺人手，就跟他们知会一声。这么一来，找着工作的功劳就都归坦慕尼了。"

"我再说个例子吧，比如有个人的亲戚在以前的国家，可是因为手续上的条条框框太多了，没法到这边来。那么坦慕尼就能帮着办妥这件事。"

"那当然了，他们把外国人弄进来，给他们办手续，办到了要弄入籍手续这一步，再告诉这些人必须给民主党投票，不然就得哪儿来的回哪儿去。"

"随你怎么说吧，反正坦慕尼对穷人很好。比方说有个人生病了，付不起房租，你觉得坦慕尼会让房东把他扫地出门吗？当然不会了，如果这个人是民主党就肯定不会。"

"那我猜房东肯定都是民主党了。"凯蒂说。

"不是。这套系统两方面都能兼顾。假如哪个房东的租户是个无赖，还冲着他的鼻子来了一拳，那你猜怎么着？坦慕尼会帮房东把他赶走。"

"坦慕尼会给人民一点儿好处，然后索取双倍的报答。你就等着女人也能投票的那一天吧，"约翰尼的大笑打断了她的话，"你不相信我们女人能投票？那一天早晚会来的。你记着我这话。我们早晚会把这些狡诈的政客送进他们该去的地方——也就是大牢里。"

"等女人也能投票那一天真的来了，你会和我手挽着手一起去投票，我怎么投你就怎么投。"约翰尼搂过凯蒂，飞快地拥抱了一下。

凯蒂对他笑了笑，弗兰西留意到，妈妈的笑容坏坏的，有点儿像学校礼堂油画里那个女士的笑容——而人们管那画中人叫蒙娜·丽莎。

坦慕尼会能坐拥如此权势，主要是因为他们从娃娃抓起，用党派选民的方式教育孩子们。哪怕是最愚蠢的政客走狗都知道，不论时间到底能改变什么，反正随着时光的流逝，今天还在上学的男孩早晚会变成明日的选民。他们不仅争取男孩，也争取女孩。虽然那年头女性不能投票，但是政客们知道，布鲁克林的妇女对她们的男人有着巨大的影响力。要是小姑娘从小就被人教得心向民主党，那等她长大嫁了人也会让自己的男人给民主党投票。为了讨好这些孩子，马蒂·马霍尼的选团每年夏天都会为带孩子的家长组织远足。虽然凯蒂对这个组织满心鄙夷，却也觉得能好好玩一趟的机会不蹭白不蹭。弗兰西听说要出去玩简直激动得不得了，因为她虽然已经十岁了，却一次船都没有坐过。

约翰尼不愿意去，也不理解凯蒂为什么想去。

"我想去是因为我热爱生活。"凯蒂给了这么个奇怪的理由。

"如果这种闹哄哄的乱子也算是生活，那打折卖给我我都不要。"约翰尼说。

不过约翰尼到底还是跟着一起去了，想着这种活动或许多少有点儿教育意义，而既然能教育孩子，他就非得在场不可了。这一天又闷又热，游船的甲板上挤满了孩子，他们一个个兴奋得发狂，到处跑来跑去，有好几回都差点儿掉进哈德逊河里。弗兰西一直盯着流动的河水看，直到她平生第一回感觉到了头晕。约翰尼告诉自己的一双儿女，很久很久以前，亨利·哈德逊[1]本人也乘船在这条河上航行过。弗兰西不禁想到，不知道哈德逊先生会不会也像自己一样头晕恶心。妈妈坐在甲板上，头戴翡翠绿的草帽，身穿从伊薇姨妈那里借来的有圆点花样的黄洋纱裙子，看起来漂亮极了。她身边的人都笑呵呵的，妈妈活泼健谈，人家也爱听她聊天。

刚过了正午，游船就在纽约州北部一处树木茂密的峡谷靠了岸，民主党的选民们也纷纷下了船。孩子们忙着花自己手里的兑换票。出游的一星期前，每个孩子都收到了十张连成一条的票子，上面分别写着"热狗""苏打水""旋转木马"之类的字样。弗兰西和尼利分别也拿

1　亨利·哈德逊（Henry Hudson，约1565—1611），英国航海家与探险家，以在如今的加拿大和美国东北部地区进行探索而知名。哈德逊河就是以此人的名字命名的。

到了十张，可是有几个狡猾的男孩子骗弗兰西拿兑换票当赌注打弹子，说是万一赢了就能拿到五十张整条的票，这一天就能过得舒舒服服的了。弗兰西打弹子的水平不行，很快就把手上的票都输光了，而尼利运气倒是不错，在自己的十张之外又额外赢来了两个整条。弗兰西问妈妈，能不能让尼利分张票给她，而妈妈抓住这个机会，就赌博这件事给她上了一课。

"你本来也有票，可是你非要自作聪明，觉得能把本来就不属于你的东西赢过来，结果自己的也没有了。赌博的人只想着赢，从来就想不到输。可你要记住，只要赌就总有人会输，别人可能输，你也就一样可能输。如果输光了一整条兑换票能让你学到个教训，那这学费也不算贵了。"

妈妈说得很对，弗兰西知道她说得很对，可是这话也没法让她高兴起来。她想像其他孩子一样去坐旋转木马，想喝杯苏打水。她闷闷不乐地站在热狗摊子边上，看着别的孩子狼吞虎咽，有个男人开口和她搭话，他身穿警服，只不过上面的金星金线多一点。

"小姑娘，没票啦？"那个人问。

"我忘带了。"弗兰西扯了个谎。

"你说是就是，我小时候弹子打得也不怎么样，"他从口袋里摸出三张整条的票子，"我们每年都会给输光了的孩子额外预备一些，不过倒是不常看见女孩子把手里的票子都输光。她们哪怕手里有的东西再少，也知道是自己的就要抓住了不放。"弗兰西接过票子，道了谢，正准备转身离开，那人又开口问道："那边坐着的那个戴绿色草帽的是不是你妈妈？"

"是啊。"弗兰西等着那人继续问，可是他什么也没说。

最终弗兰西忍不住问道："怎么啦？"

"你最好每天晚上都念念'小花[1]'的祈祷文，让她保佑你长大以后能有你妈妈一半漂亮。最好马上就开始这么干。"

"我妈妈身边那个就是我爸爸。"弗兰西等着听他夸爸爸也很好看，可是那人只是盯着约翰尼看，没再说什么。弗兰西索性跑开了。

妈妈让弗兰西每过半个小时就回她这里报个到。弗兰西再回去休息的时候，约翰尼到酒桶边喝免费的啤酒去了，妈妈拿她开起了玩笑："你和你茜茜姨妈一样，就爱跟穿制服的男人说话。"

"他给了我几张兑换票。"

"我看见了，"凯蒂接下来的话听着挺随意，"他都问你什么了？"

"他问我你是不是我妈妈。"弗兰西没把那人说妈妈漂亮的部分告诉她。

"是了，我猜他也是要问这个。"凯蒂盯着自己的双手说道。这双手被洗涤剂泡得又红又粗，还到处都是裂开的小口子。她从包里拿出一双缝补过的棉布手套，虽然天气很热，她还是把手套戴在手上，叹了口气："我干活干得太辛苦了，有时候简直要忘了自己是个女人。"

弗兰西很震惊，她从来没听妈妈说过这种姑且能算是抱怨的话。她不明白妈妈为什么突然就因为自己的手害起臊来。她蹦蹦跳跳地跑远了，临走时听见妈妈问坐在边上的一位女士："那边那男的是谁来着——就是穿着制服，往咱们这边看的那个？"

"那是迈克尔·麦克舍恩警官。也是怪了，你居然不认识他，他可是分管你们那个片区的啊。"

快乐的一天还在继续。每张长桌末端都放着一桶啤酒，所有民主党的好选民都能免费喝。弗兰西兴奋极了，她也像其他孩子一样尖叫

1　德肋撒（Thérèse of Lisieux，1873—1897），天主教圣徒，生前为加尔默罗会修女，在英语世界经常被称为"耶稣的小花"或"小花"。

着到处乱窜，打打闹闹。啤酒就像暴雨过后布鲁克林排水沟里的雨水一样源源不绝。有支铜管乐队一直奏着乐，曲子有《凯里郡的舞者》《爱尔兰人眼含笑意》，还有《那正是我，哈里根》。它还演奏了《香农河》和纽约本地的民歌《纽约人行道》。

每套曲子开演之前，指挥都要报一回幕："马蒂·马霍尼乐队为您演奏——"每支曲子奏罢，乐队成员都要齐声喊一句"马蒂·马霍尼万岁！"服务员们每倒出一杯酒，都会说一句"这是马蒂·马霍尼请您的。"当天的每个活动都挂着马霍尼的名字，比如"马蒂·马霍尼竞走""马蒂·马霍尼滚花生仁大赛"之类的。这一天还没结束，弗兰西就已经深信马蒂·马霍尼的确是个非常了不起的大好人了。

傍晚时分，弗兰西突然想到应该去找找马霍尼先生，然后当面向他道谢，感谢他让自己度过了这么好的一段时光。她找了又找，问了又问，却只发现了一件怪事：谁也不认识马蒂·马霍尼，而且谁也没有见过他。看来他肯定没来野餐会的现场，他似乎无处不在，却又看不见摸不着。有个人告诉弗兰西，可能根本就没有马蒂·马霍尼这个人，而这名字也只不过是组织领导者的代号而已。

"我这四十年投的都是一样的票，"那人说，"他们的候选人好像一直是同一个马蒂·马霍尼，也有可能是人不一样，但是都用同一个名字。我也不知道他到底是谁，小丫头，反正我一直只投民主党。"

游船沿着月光下的哈德逊河航行，除了有不少男人打起架来以外，返程的旅途平淡无趣。孩子们晕船，身上又被太阳晒伤了，一个个焦躁不安。尼利枕在妈妈腿上睡着了，弗兰西坐在甲板上听爸爸妈妈聊天。

"你认不认识麦克舍恩警官？"凯蒂问。

"我知道他。人家都说他是个诚实正直的好警察。民主党也挺关注他，哪天他选上州议员也不奇怪。"

边上坐着的一个男的凑过来戳了戳约翰尼的胳膊："哥们儿，他选上警察专员还差不多。"

"那他的个人生活呢?"凯蒂又问道。

"就和阿尔杰[1]写的那种故事差不多吧。他是二十五年前从爱尔兰过来的,全部身家只有背上背的一个小箱子。他先是在码头打短工,晚上念夜校,后来又进了警队。然后他一路学习、考试,最终当上了警察。"约翰尼说。

"我猜他肯定娶了个受过良好教育的女人当贤内助吧。"

"实际上还真不是。他刚过来的时候,有户爱尔兰人家收留了他,照顾他,直到他自己站稳脚跟为止。那家人的女儿嫁了个混混,他蜜月刚过就跑了,后来又和人打架丧了命。可那姑娘要生孩子了,街坊却死活不相信她结过婚,眼看这家人就要丢人现眼,麦克舍恩娶了那姑娘,让生下来的孩子随他姓。这当然不算是恋爱结婚,不过我听说他对老婆很好。"

"那他们两口子又生孩子了吗?"

"我听说生过十四个。"

"十四个!"

"可是只养活了四个,而且这几个孩子好像也没长大成人就死了。他的孩子生下来就有痨病,这是从他们妈妈身上遗传来的,而她自己是以前被另外一个姑娘传染的。"

"他也着实吃了不少苦,"约翰尼若有所思地自言自语着,"他可是个好人啊。"

"我想他老婆还活着吧。"

"可是病得很厉害,人家都说她没多少日子了。"

"得了吧,这种人才能熬呢。"

"凯蒂!"妻子的话让约翰尼大为震惊。

---

1 小霍雷肖·阿尔杰(Horatio Alger Jr.,1832—1899),美国儿童小说作家。作品大多讲述穷孩子如何通过勤奋和诚实获得财富和社会上的成功。

"我不管那么多！嫁给流氓又生了他的孩子不能说她不对，她有这个权利。可是要我说，病得快死又不肯好好吃药就是她的错了。凭什么拿自己的毛病拖累那么个好男人？"

"可不能这么说话。"

"要我说她就该早点儿死了完事呢。"

"别说了，凯蒂。"

"我偏要说。她一死，她丈夫就能再娶一个了——娶个健康又漂亮的女人，给他生几个养得活的孩子。这是好男人应得的。"

约翰尼什么都没说，弗兰西听着自己母亲的话，心头涌起一阵无名的恐惧。于是她站起身来，走到爸爸身边拉住他的手，又用力地握了握。约翰尼的眼睛惊讶地瞪大了，他把孩子拉到身边，紧紧搂在怀里，可嘴上却只是说着：

"你瞧，月亮在水面上走呢。"

野餐会过后不久，组织者就开始为选举日做准备了。他们给附近的孩子散发了很多亮闪闪的白色徽章，上面印着马蒂的脸。弗兰西也拿到了一些，她久久地盯着那张面孔看。马蒂对她来说实在是太神秘了，简直像是圣灵一样——她觉得他存在，却又从来没亲眼见过。徽章上的人面无表情，梳着背头，蓄着八字胡，看起来和一般的三流政客没什么两样。弗兰西真想见见他——只要亲眼见他一次就行。

徽章让孩子们着实激动了一阵，他们用它换东西，拿它当游戏的赌注，这徽章成了那一带的通用货币。尼利以十枚徽章的价格把自己的陀螺卖给了另一个男孩，弗兰西花十五枚徽章从开糖果店的"瘸佬"那里买到了一分钱的糖（竞选组织的人和"瘸佬"有约在先，可以拿收到的徽章找他们换成钱）。弗兰西到处找马蒂，却发现他的脸无处不在：她看见男孩们拿他的徽章玩弹硬币游戏，看见他们把它放在电车轨道上轧得平平的，打算做成踢房子用的小铁块。它和其他零零碎碎一起被尼利揣进口袋里。往下水道里瞟一眼，也能看见徽章上的马蒂脸朝上漂在污水上。她透过路面的格栅看见他的脸埋在贫瘠的酸土里。去教堂的时候，她看见隔座的庞奇·珀金斯往收奉纳的盘子里扔的是两枚徽章，而不是他妈临出门交给他的两分钱；弥撒结束以后，她看见他径直去了糖果店，拿那两分钱买了四根"甜卡波拉"牌的香烟。到处都是马蒂的脸，而她从未亲眼见过马蒂本人。

选举日的前一周，弗兰西跟着尼利和其他男孩到处收集"选柴"——也就是选举日当晚点燃大篝火要用的木柴——帮他们把这些木柴都存在地下室里。

选举日当天她起了个大早，看见有个人来敲自己家的门。约翰尼去应门，那人问：

"诺兰家？"

"对。"约翰尼答道。

"十一点钟去投票站，"那人在清单上勾掉了约翰尼的名字，又递给他一支雪茄，"这是马蒂·马霍尼请您的。"然后他就去敲下一户民主党选民的门了。

"他们就算不来通知，你不也一样要去投票站吗？"弗兰西问。

"确实，不过他们会给每个人都安排个时段，好把大家去投票的时间错开……你懂的，别让所有人都挤到一起去。"

"为什么呢？"弗兰西刨根问底。

"这个嘛——"约翰尼吞吞吐吐。

"我告诉你为什么吧，"妈妈插嘴道，"他们要盯紧了都有谁去投票，又把票投给谁了。他们知道哪家的男人几点去投票，如果他没去，或者没投给马蒂，那他就只能自求多福了。"

"女人根本不懂政治。"约翰尼边说边点上了马蒂"请"的雪茄。

当天晚上，弗兰西帮着尼利把他们搜集的木柴拖了出来，他们这片的篝火最大，这里面也有姐弟俩的一份功劳。弗兰西和其他孩子一起排成一队，围着火堆跳起印第安舞，嘴里唱着"坦慕尼"的儿歌。等篝火烧得差不多了，男孩们就去犹太商贩的手推货车上搜刮一番，把偷来的土豆埋在灰堆里烤。他们管这么烤熟的土豆叫"烫耗子"。土豆不够分，弗兰西一个都没吃上。

她站在大街上，看着选举的结果陆陆续续出炉。街角的一栋房子几扇窗户之间挂着一张床单，马路对面有一盏"魔法灯"把数字投影在床单上。每有一个新结果出来，弗兰西就会和其他孩子一起嚷道：

"又有一个区出结果啦！"

马蒂的照片不时在投影里出现，人群欢呼得嗓子都哑了。那年选出了一个民主党的总统，纽约州的民主党州长也再次连任，不过弗兰西只知道马蒂·马霍尼又当选了。

选举一过，政客们就把自己的承诺忘在了脑后，心安理得地一直歇到过新年，然后又开始忙活下一年的选举。1月2号是民主党总部的女士招待日。唯独在这一天，这个只限男性入内的地方会允许妇女进入，还用雪莉酒和小蛋糕招待她们。一整天下来，到访的女士络绎不绝，马蒂的党羽殷勤地迎来送往，而马蒂本人从来不露面。离开之前，女士们都会在大堂桌上那只雕花玻璃盘里留下自己装饰精美的小小名片。

凯蒂看不起这些政客，可这也不妨碍她每年都去参加招待日。她换上洗净熨平的灰色套装——就是上面装饰了很多穗带的那一套——歪戴着翡翠绿的天鹅绒帽子，让它斜斜地扣在右眼上方。她甚至会拿出一毛钱，让临时在党部外面支起摊子的代笔人给自己做一张名片。代笔人在卡片上写了约翰·诺兰夫人，还给几个大写字母画上了天使和花朵的装饰。这一毛钱本该存起来，不过凯蒂觉得自己一年也能奢侈这么一回。

一家人等着凯蒂回来，想听她说说招待日的事。

"今年怎么样啊？"约翰尼问。

"还是老样子，还是原来那群人。不少女人穿的都是新衣裳，我敢说她们肯定都是临时买的。当然，穿得最好的肯定都是妓女，"凯蒂直率地说着，"和往年一样，妓女比良家妇女多一倍。"

25
—

约翰尼是个想法多、心思重的人，他总是觉得生活的重担难以承受，于是就借酒消愁，指望着通过酗酒来遗忘烦恼。弗兰西很清楚他喝高了之后是什么样子：在回家路上，他走得比平时更笔直，走得小心翼翼，就是身子略微有点儿歪。他醉了之后反而很安静，既不唱也不闹，不仅不会多愁善感，反而若有所思。在不认识他的人看来，他清醒的样子倒更像是醉了，因为清醒的时候他兴奋躁动，爱唱爱热闹。真醉了在陌生人眼里反倒寡言又深沉，一副不问他人闲事的模样。

他一个劲儿喝酒的时候总是让弗兰西很害怕——倒不是因为她觉得这不道德，而是因为这时候的爸爸好像完全变了个人，让她完全不认识了。他不跟弗兰西说话，也不和任何人说话。他看她的眼神像陌生人一样。如果妈妈和他说话，他就会把脸扭到一边去。

酗酒的劲头过去之后，他又会突发奇想，想到应该当个更称职的父亲，应该多教孩子们些东西。于是他会戒上一段时间的酒，一拍脑门儿决定努力工作，把所有空闲时间都用来陪弗兰西和尼利。他的教育理念和凯蒂的母亲玛丽·罗姆利的相似。他想把自己的毕生所学全都教给他们，这样等他们到了十四五岁，懂的就已经和他三十岁的时候一样多了——他觉着有这样的基础，孩子们就可以开始积累属于他们自己的知识了，按照约翰尼的算法，等一双儿女到了三十岁，他们肯定得比三十岁的自己聪明一倍。约翰尼觉得孩子们需要额外补补课的——或者说是他拍拍脑袋想到的——主要是地理学、公民学和社会学，于是就带他们去了布什维克大道。

布什维克大道是老布鲁克林一条颇为高档的林荫大道，宽阔的道路两侧排列着气派豪华的房子，这些房子都是用巨大的花岗岩砖块建成的，门口的石头台阶也很长。住在这条街的居民大多是炙手可热的政客、有钱的酿酒商家族，还有家境富裕的移民——他们坐着头等舱来到美国，还带来了家族的财富、雕像，以及色调阴郁的油画，最终又在布鲁克林落了脚。

那年头汽车已经开始使用了，但是这些人家还是喜欢驾马车。爸爸用手指着形形色色的马车对弗兰西讲解。弗兰西则满怀敬畏地看着车子从他们眼前驶过。

有的马车小巧精致，车厢上着亮漆，装着带穗子的缎面衬垫，还配一把有流苏的大遮阳伞，这种车是上流社会的高雅女士坐的。还有一种可爱的柳条小马车，只用一匹设特兰矮脚马就能拉动，车厢两端各有一张凳子给那些享福的小乘客坐。这样的孩子身边总有家庭女教师陪伴，弗兰西忍不住直盯着她们瞧，这些女子模样干练，看着简直像是另一个世界的人——她们身披斗篷，头戴上了浆的抽绳软帽，侧身坐在车座上赶着矮脚马。

弗兰西还看见了一种实用的黑色双座马车，用一匹高头大马拉着，驾车的也都是穿着时髦的小伙子。他们戴着小羊皮的手套，边缘向下翻着，活像是上下颠倒的衬衫袖口。

还有几匹马一起拉的车型古板保守的家庭马车，拉车的马队看起来稳重可靠。不过弗兰西对这种车倒是没什么兴趣，因为威廉斯堡每家殡仪馆都有一队这样的马车。

弗兰西最喜欢的还是车夫坐在车后的那种出租马车。这马车只有两个轮子，乘客一钻进去，车厢门就会自动关上，可真是太神奇了！（弗兰西天真地以为，这种自动门是给乘客遮挡飞溅的马粪用的。）假如我是个男人的话，弗兰西想，那我一定要干这一行，一定要去赶这种马车。啊，那样就能坐在马车高高的驾驶座上了，那根威风的鞭子就插在一边，伸手可及。对了，还能穿那种有大圆扣子和天鹅绒领子的气派大衣，戴凹顶子的圆顶高礼帽，帽子上还用缎带扎着花结！膝盖上还要盖那么一条一看就很贵的毯子！弗兰西压低了嗓子学马车夫们吆喝的口音：

"坐车不，先生？坐不坐马车？"

"人人都能坐这种马车，"约翰尼沉浸在自己对民主一厢情愿的幻想中，"只要他们出得起车钱就行。你瞧，咱们这是个自由的国家。"

"坐车不是得花钱吗？这哪里免费[1]了？"

"不是免费，这是一种自由：只要人有钱，那不管是个什么出身，都可以坐马车。而在之前的国家，有些人就算有钱也不能坐这样的马车。"

"可是如果人人都能免费坐马车，"弗兰西打破砂锅问到底，"那这个国家不是更自由吗？"

"不是。"

"为什么呢？"

"因为那就是社会主义了，"约翰尼得意扬扬地下了结论，"咱们这儿可不兴那个。"

"为什么？"

"因为咱们有民主嘛，民主就是这里最好的东西啦。"约翰尼笃定地结束了这段对话。

---

1 英语中"自由"和"免费"是同一个词。

小道消息说纽约的下一任市长就住在布什维克大道。这让约翰尼有些躁动："在这条街上来回看看，弗兰西，给我找找咱们未来的市长住哪一家。"

弗兰西看来看去，却只能垂头丧气地说："爸爸，我看不出来。"

"就是那个！"约翰尼突然像吹响胜利号角一样兴奋地喊道，"有朝一日，那栋房子的台阶两边也会竖起两根路灯杆。不管你走在这座伟大城市的哪一个角落——"他滔滔不绝地讲着，"只要你看见哪个房子门口有两根路灯杆，那就说明这房子里住的可是全世界最伟大的城市的市长。"

"他要这两根灯杆干吗用？"弗兰西是真的很想知道。

"因为这里是美国嘛，所以总会有这样的东西，"约翰尼的爱国热情很高，回答却含糊其词，"你要知道，这里的政府是'民享、民有、民治'的，而且不会像原来那些国家的政府一样垮台，然后从地球上消失。"他用低低的声音唱起歌来，很快就沉浸在自己越来越激动的情绪里，开始放声高歌，弗兰西也跟着他一起唱：

> 你是伟大的旗帜，
> 你是高扬的旗帜，
> 愿你永远在和平之中飞扬……

人们好奇地打量着约翰尼，有个好心的女士还给他扔下了一分钱。

弗兰西还有一段和布什维克大道有关的回忆，这段回忆始终萦绕着玫瑰的香气。那时候布什维克大道上到处都是玫瑰……玫瑰……无穷无尽的玫瑰。街上一辆车都没有，便道上挤满了人，警察维持着秩序。玫瑰的香气无处不在。然后马队沿着大道走过来了，前头是骑在马上的警察，后面是一辆大号敞篷汽车，里面坐着一个相貌和蔼可亲的男人，脖子上挂着玫瑰花环。不少看着他的人激动得喜极而泣。弗兰西紧紧攥着爸爸的手，听见周围的人议论纷纷：

"你想想，他可是从布鲁克林走出去的孩子！"

"走出去？说什么傻话，他现在也还在布鲁克林住着呢。"

"真的？"

"当然是真的，家就在这条布什维克大道上。"

"你瞧瞧他！好好看看！"一个女人高声喊道，"他明明做了那么了不起的大事，却还是这么平易近人，简直和我家老公差不多——就是比我老公帅多了。"

"那地方一定很冷。"有个男人说。

"不知道会不会把他的那玩意儿冻掉。"一个下流的男孩接着说道。

一个脸色惨白的男人拍了拍约翰尼的肩膀："哥们儿，你真的相信世界的什么极地戳着根杆子[1]吗？"

"那当然啦，"约翰尼答道，"他不就是爬到了顶，然后把美国国旗挂到那根杆子上了吗？"

这时突然有个小男孩高声嚷了起来："他过来啦！"

"哇——！"

敞篷车所到之处，路边的人群纷纷爆发出一阵阵敬仰的欢呼，让弗兰西激动不已，在兴奋之情的驱使下，她也尖声高喊着：

"库克医生[2]万岁！布鲁克林万岁！"

1　英语中的两极分别是 North Pole 和 South Pole，其中 Pole 字面意义上也有"杆子"的意思，所以这里的说话人和约翰尼都以为极地真的有实体的"极杆"存在。

2　弗雷德里克·库克（Frederick Cook, 1865—1940），美国外科医生及探险家，他声称自己在 1908 年到达了北极点。但是这一宣称立刻遭到了另一位美国探险家罗伯特·皮里（Robert Peary）的驳斥，后者声称自己于 1909 年抵达了北极点。这在二者之间引发了激烈的公开辩论。1911 年，哥本哈根大学的审查团对双方提供的证据进行调查后认定库克的宣称无效。此后库克的名誉一落千丈，二者的争端一直延续到第一次世界大战爆发，最终库克彻底丧失了公众的支持，而在整个 20 世纪，皮里都普遍被认为是第一个到达北极点的人。

26

对大多数成长于第一次世界大战之前的布鲁克林孩子而言，感恩节是一段温馨又特别的回忆。在这一天，孩子们会乔装打扮起来，戴上廉价面具，装成"小叫花子"[1]到处游荡，或者挨家挨户去"砸门"。

弗兰西精心挑选着自己的面具，最终买下了一个中国面具，上面还有几缕细绳子做的中式长须。尼利则挑了个煞白的死人脸面具，它龇着满嘴的黑牙，一脸阴险的怪笑。爸爸也踩着点儿在最后一分钟赶回家，给两个孩子各带了一只便宜的锡皮玩具喇叭，红的给弗兰西，绿的给尼利。

弗兰西可太喜欢给尼利打扮了！他身上穿了一条妈妈不要的裙子，为了能正常走路，裙子的前摆剪到了齐脚踝的长度，后摆没剪短，就那么脏兮兮地在地上拖着。他又拿报纸塞进领口，把胸脯垫得鼓鼓囊囊的，裙摆下露出他那双破破烂烂的铜头皮鞋。他怕穿少了挨冻，就在这身行头外面又套了件破毛衣。装扮好之后，他戴上那张死人脸面具，头上斜扣着爸爸不要的旧礼帽。只可惜帽子太大，在他脑袋上顶不住，还把耳朵都盖上了。

弗兰西穿着妈妈的黄色胸衣，鲜艳的蓝色裙子，还束着红色的腰带。她在头上围了一条红头巾，把面具固定住，头巾两端在下巴底下打了个结。外面天气很冷，所以妈妈叫她在头巾外面再戴一顶"疙瘩帽"（这个词是凯蒂自己编的，说的其实就是羊毛绒线帽）。弗兰西还拿出去年复活节用过的篮子，在里面放了两颗核桃做装饰。姐弟俩出发了。

大街上挤满了头戴面具、身穿奇装异服的孩子，他们人手一把锡

---

[1] 这是19世纪末到20世纪前半叶诞生于纽约的一种特色感恩节活动，广泛流行于爱尔兰移民社区。社区的儿童会在这一天乔装打扮，从早晨开始就去街头逐门乞讨，因此也被称为"小叫花子日"（Ragamuffin Day）。

皮喇叭，吹出的噪音震耳欲聋。有些孩子连便宜面具都买不起，就用烧煳了的软木塞把整张脸涂得漆黑。而家境富裕的孩子们穿的则是店里买来的服装：布料很差的印第安人装束、牛仔装，还有粗棉布做的荷兰女仆套装。还有那么几个孩子对这事没什么兴致，干脆只在身上披条脏床单，就姑且算是化装了。

孩子们挤成一团，弗兰西也被夹在中间，和他们一起走街串巷。有些商店直接锁上店门防着他们，不过大多数店主都给孩子准备了点儿东西。从几周之前开始，糖果店的老板就特意把碎糖渣都攒了起来，用小袋子分装了，这一天上门讨东西的孩子人人有份。他不得不这么干，因为他平时可是指着这些孩子手里的分币过活的，所以可不想惹得他们抵制自己。面包店烤了许多软乎乎的饼干分给孩子们。这一带的孩子们是到市场上采买的主力，而他们只愿意光顾对自己好的店家。面包店的老板们深知这一点。蔬果店也会拿出熟过头的香蕉和烂了一半的苹果。有些商店做不着孩子的生意，就要么锁上店门不让进，要么不仅什么都不给，还用难听的话臭骂一顿，说着乞讨多么多么不好。作为报复，孩子们就会没完没了地把他们的前门敲得震天响，"砸门"这个说法指的也是这回事。

到了中午，热闹就差不多全过去了。弗兰西早已穿够了那套松松垮垮的行头，面具也变得皱巴巴的（这面具本来就是在廉价纱布上重重地涂几层糨糊，再贴在模具上风干做成的）。有个男孩抢了她的锡皮喇叭，被撅成了两截搁在膝盖上。她还遇上了鼻子淌着血的尼利，他和另一个想抢他篮子的男孩打了一架。尼利没说谁输谁赢，可是他把那个男孩的篮子和自己的一起拿回来了。他们一起回了家，吃了一顿丰盛的感恩节午餐，有炖肉和家里自己做的面条。饭后，孩子们听着爸爸回忆他自己小时候过感恩节的故事，就这么打发掉了整个下午。

也是在这一年的感恩节期间，弗兰西说了她平生第一个精心编造的谎言。这个谎言被识破了，而她也由此下定决心要当个作家。

那是感恩节的前一天。弗兰西的班级在排练节目，四个被选中的小姑娘每人拿着这个节日的象征物朗诵感恩节的诗歌：一个拿着根风干的玉米棒，一个拿着一只火鸡爪子——这是用来代表整只火鸡的，第三个拿着一筐苹果，最后一个拿着一块卖五分钱的南瓜馅饼，差不多有个小碟子那么大。

排练结束之后，火鸡爪和玉米棒就进了垃圾桶，老师把苹果收到一边准备带回家，又问有没有学生愿意要那块小南瓜馅饼。三十张嘴巴同时咽着口水，三十只小手恨不得立刻举起来，但是没有一个人举手。有些孩子家里很穷，不少孩子这时候也饿了，可同时所有孩子自尊心都很强，谁也不想接受施舍来的食物。因为没有人说想要，老师就让大家把馅饼扔掉。

弗兰西忍不下去了，那个馅饼分明好好的，怎么能就这么扔掉？何况她还从来没尝过南瓜馅饼呢。在弗兰西看来，这种东西是坐大篷车的拓荒者和印第安勇士吃的，她可实在太想尝尝味道了。她灵机一动，瞬间想好了一个谎言，就把手举了起来。

"很高兴看见有人愿意要。"老师说。

"我不是自己要，"弗兰西用骄傲的语气说着谎话，"我认识一家人特别特别穷，我想把这馅饼送给他们。"

"很好啊，"老师说，"这才是真正的感恩节精神呢。"

下午放学以后，弗兰西在回家路上就把南瓜馅饼吃了。不知是因为良心不安，还是因为那陌生的口味吃不习惯，她一点儿没觉得这馅饼好吃，甚至感觉味同嚼蜡。节日过后的那个星期一，老师上课之前在大堂看到弗兰西，就问她那家穷人是不是喜欢之前的南瓜馅饼。

"他们可喜欢了，"弗兰西说，看老师似乎很感兴趣，她就接着添油加醋起来，"这家人有两个小姑娘，长着金色的鬈发，大大的蓝眼睛。"

“还有呢？”老师追问道。

“还有……嗯……她俩是双胞胎。”

“真有意思。”

弗兰西的灵感来了：“这姐俩一个叫帕梅拉，另一个叫卡米拉。”（这两个名字其实都是弗兰西给她那并不存在的洋娃娃起的。）

“而且她们家特别、特别、特别穷。”老师这么提了一句。

“啊对，特别特别穷。她们整整三天没吃东西，医生说，如果我没带馅饼来，那她们俩可能就要饿死了。”

“那个馅饼分明那么小，”老师柔声说着，“却能救下两条人命。”

弗兰西意识到自己编得太过火了。她恨自己居然就鬼使神差地扯了这么一个弥天大谎。老师弯下身子，搂住了弗兰西，弗兰西看见她眼里闪着泪花，潮水般的悔恨之情在心中翻涌，彻底击溃了她。

“这都是我扯的谎，”她对老师坦白了，“我自己把馅饼吃掉了。”

“我知道是你吃的。”

“请您千万别给我家写信，”弗兰西乞求道，因为入学登记的地址也不是真的，“我可以每天放学以后都留下来……”

“我是不会因为想象力惩罚你的。”

接下来，老师温柔地向她解释了“谎言”与“故事”的区别。人们说谎往往是出于恶意或者怯懦，而讲故事却只是把有可能实现的事情以编造的方式说出来——只不过说的并不是事情的本来面貌，而是人们希望它呈现出的模样。

听了老师的话，困扰着弗兰西的一个大问题终于解开了。最近这段时间，她说话总是会情不自禁地夸大其词，不肯只是把发生的事情如实讲出来，而是要添油加醋，额外加上不少刺激的东西和戏剧性的转折。这种表现让凯蒂很头疼，她经常警告弗兰西，说话要有一说一，别乱添什么有的没的。可是弗兰西就是没法把没滋没味的实情直接讲出来，她总觉得要加上点儿什么才好玩儿。

其实凯蒂自己在给叙述增添色彩这方面有着同样的天赋，而约翰尼的世界有一半都是他自己幻想出来的，可他们还是尽力压制着孩子身上的这种倾向。或许他们有好的理由。或许他们知道，正是因为他们那与生俱来的想象力为生活的贫困和残酷抹上了太多的玫瑰色，他们才能撑得下去。也许是凯蒂以为，假如没有这种能力，他们的头脑会更清晰，看事物也更能抓住本质，能够看清现状、痛恨现状，并找到更好的方法来改变现状。

弗兰西永远记得那位好心的老师告诉她的话："你知道吗，弗兰西，很多人都觉得你编的故事是讨厌的谎言，因为它和人们亲眼看到的事实不一样。以后再和别人说事情时，你一定要原原本本地讲实话，可是写的时候，你可以把这件事写成你想象中的样子。把事实讲出来，把故事写下来，这样你就再也不会搞混了。"

这是弗兰西有生以来得到的最棒的建议。在她的脑海中，事实和幻想一直是混在一起的 —— 哪个孤独的孩子不是这样的呢？ —— 她时常分不清到底哪个才是真的。可是经老师这么一说，这一切终于清晰起来了。从那天开始，她会把自己的见闻、感受或者经历写成小故事。随着时间的推移，她也终于学会了如实陈述事情的本来面貌，只是略带一些直觉使然的小小渲染而已。

那一年，十岁的弗兰西找到了写作这个突破口。她究竟写了些什么并不重要，重要的是写作本身为她划清了事实与虚构之间的界限。

如果没有写作这个出口的话，她长大以后可能就变成满嘴谎言的大骗子了。

27

圣诞节是布鲁克林的一段美妙时光。哪怕圣诞节还远远没有到来，节日的气氛就已经相当浓厚了。如果莫顿先生来学校上课的时候开始教圣诞颂歌，那就是节日将至最早的迹象了。不过要说真正圣诞节将到的标志，那还得是商店的橱窗。

只有小孩子才能明白，那装满了洋娃娃、雪橇，还有形形色色的其他玩具的商店橱窗有多美好。而且弗兰西不用花钱就能欣赏这样的美景，站在窗外一样能大饱眼福，那感觉一点儿也不比真的拥有这些玩具差。

弗兰西一转过街角，就能看到又一家店铺换上了全新的圣诞节装饰，那种激动之情可实在太棒了！橱窗擦得干干净净，底下铺着一层雪白的棉絮，上面撒着亮晶晶的闪粉。里面有亚麻色头发的洋娃娃，还有的洋娃娃发色就像加了许多奶油的上好咖啡，弗兰西更喜欢这后一种。洋娃娃脸上涂着恰到好处的红润颜色，身上穿的衣服也是弗兰西前所未见的样子。它们直挺挺地站在看起来不怎么结实的纸盒里，脖子和脚踝上都勒着胶带，把它们固定在纸盒背面。哎，那又长又密的睫毛下面，娃娃深蓝色的眼睛简直能看进小姑娘的心坎儿里，它们伸着完美的小手，那模样就像是在说："求你啦，你想不想做我的妈妈？"而弗兰西只拥有过一个五分钱买来的、只有两英寸高的小娃娃。

还有那些雪橇（也就是单人的木板雪橇，不过威廉斯堡的孩子们习惯管它叫"雪车"）！那简直是孩子们对天堂幻想成真的模样：雪橇是全新的，上面画着只有梦境中才有的美丽花朵——一朵深蓝色的大花，旁边衬着明艳的绿叶，橇底是一对漆黑的橇刃，线条流畅的转向杆是实木做的，还通体涂着亮闪闪的清漆！而且雪橇上都写着好听的名字："玫瑰花蕾！""木兰花！""冰雪之王！""飞行家！""如果我能得到这么一个雪橇，那我这辈子就再也不会向上帝祈求其他东西了。"弗兰西暗想。

橱窗里还放着一双旱冰鞋，闪亮的镀镍底板、上好的褐色皮带、银色的轮子看起来蓄势待发，似乎只要吹口气就能飞快旋转起来。两只旱冰鞋叠在一起搁在云团似的棉絮堆里，上面撒着云母做的假雪花。

橱窗里还有各种各样的好东西，弗兰西看得目不暇接。她一边大饱眼福，一边给每一件玩具编着故事，简直累得有些头晕目眩了。

圣诞节一周之前，卖云杉树的小贩开始陆陆续续到社区里来了。可能是出于方便运输的考虑，这些树木的枝条都拿绳子捆着，不让它华美的树冠彻底展开。小贩们在商店门口的马路边租了块地方，在两根路灯杆之间拉起一条绳子，把一棵棵云杉树斜着靠在上面，就像是只有一侧有树木的林荫大道。这些小贩整天都沿着这条芳香四溢的"大道"来回溜达，他们不时抬起戴着无指手套的双手，朝冻僵的手指呵上几口气，怀着渺茫的希望看向所有停下脚步的路人。偶尔有几个人会买一棵圣诞节用的树，还有些人会停下脚步问问价格，比画比画大小，细细地观察一番。不过其实绝大多数人只是过来摸摸树枝，偷偷在云杉树的针叶上狠狠捏一把，让它多释放些香味儿。空气寒冷而凝滞，弥漫着松木与柑橘的香气。唯独在圣诞节期间，这一带的商铺才有橘子卖，而那简陋又无情的街道也终于拥有了一小段真正美妙怡人的时光。

这一带有一个残忍的习惯。据说等到圣诞节前一天半夜，还有云杉树没卖出去，就不用再花钱买树了，人家会免费"出手"把树"抛"给你——而且真的是字面意思上的"抛"。

救主诞生日前夕的午夜时分，孩子们聚在还有树没卖掉的摊位前头，卖树的人从最大的开始，把云杉树一棵棵地往外扔。而孩子们会自愿站出来接他们抛出来的树，如果没直接被树砸倒，就可以把接住的树拿走。可是如果被树砸了个跟头，那可就没有接第二回的机会了。只有最顽强的男孩和半大小伙子才会站出来接最大的树。其他孩子精明地在一边等着，看见有自己接得动的树才肯出手。年纪最小的孩子只能等着接那种一尺来高的小树，要是能稳稳接住，他们就会兴奋地连声尖叫。

弗兰西十岁、尼利九岁那年的圣诞节，妈妈第一次允许他们去试着接云杉树。那天早些时候，弗兰西就看中想要的树了，她在那棵树边上站了一下午加一晚上，暗暗祈祷着千万别让人家买走。让她高兴的是，她看上的树直到半夜都没卖出去。因为那是这条街上最大的一棵树，价钱也很高，没人买得起。那棵树足有十英尺高，树枝用崭新的白色绳子扎着，尖尖的树冠形状干净利落。

卖树的小贩最先拿出来的就是这棵树，弗兰西还没开口，街坊中的一个小恶霸——那个人称庞奇·帕金斯的十八岁小子——就先朝前迈了一步，叫卖树的把那棵云杉树扔给自己。小贩看不惯庞奇那副志得意满的样子，于是他左右环视着开口问道：

"还有谁想试试吗？"

弗兰西连忙上前一步："先生，我。"

卖树的口中爆发出一阵嘲笑，其他孩子也交头接耳地窃笑起来，连在一边看热闹的几个大人都跟着哄笑。

"得了，一边儿去吧，你太小了。"卖树的说。

"我和我弟弟一起接，我俩加一起就不小了。"

弗兰西边说边把尼利拉了过来，卖树的仔细打量着他们：一个十岁左右的小姑娘，饿得双颊消瘦，但卜颌还有点儿婴儿肥。另外那个小男孩——尼利·诺兰——生着一头金发，一双圆圆的蓝眼睛，满脸都是纯真与信赖。

"两个一起上不公平。"庞奇嚷嚷着。

"闭上你的臭嘴，"卖树的骂道，毕竟这时候是他说了算，"这俩孩子有点儿胆子。你们几个靠边站，瞧瞧这俩孩子怎么接这棵树。"

人群让出一条弯弯曲曲的小道，弗兰西和尼利站在一头，卖树的大块头小贩站在另一头。两边的人墙像是个漏斗，弗兰西和弟弟就是漏斗小小的出口。小贩活动着一双强壮的胳膊，准备把云杉树抛出去。他突然发现，从小道的另一头看去，两个孩子的身影显得更小了。有那么一瞬间，他的内心突然激烈地挣扎起来。

"老天爷啊，"小贩痛苦地想着，"我干吗不直接把树送给他们，说声'圣诞快乐'就打发他们走人呢？这棵树算得了什么？反正今年没卖出去，也不能留到明年卖了。"他的内心天人交战，而孩子们就一脸严肃地盯着他看。

"可是话说回来，"他开始给自己找借口，"我要是这么干了，那其他人肯定也想让我把树直接送给他们。明年大概也就没人掏钱买树，干脆都等到白送的时候就完事了。我可没那么大方，能把这棵树白白送出去。不行，我可绝对没那么大方，干不出这种事来。我还是考虑考虑我自己，想想我自己家的孩子吧。"卖树的终于下定了决心，"啊，去他妈的！这俩孩子不也得在这个世道活着吗？那他们早晚都得适应，早晚都得学会付出，学会承受代价。指着天说句实在话，这个破世道哪里有什么付出，不过就是它没完没了地从你身上明抢罢了。"他用最大的力量把云杉树扔了出去，内心深处却哀叹着："这就是个不讲道理的王八蛋世道！"

弗兰西看见云杉树脱了手。在那个瞬间，时间和空间似乎都失去了意义，整个世界仿佛陷入了静止，只有一团漆黑的庞然大物从半空中朝自己飞来。她脑子里一片空白，什么事都想不到，也什么都想不起来了，只有那棵向着他们飞过来的云杉树——那团离自己越来越近的巨大黑影。云杉树砸在姐弟俩身上，弗兰西的身子猛地摇晃了一下，尼利差点儿跪倒在地，不过她趁弟弟跪下之前猛地拉了他一把。一阵响亮的沙沙声过后，云杉树停住不动了。眼前只有一片黑沉沉的墨绿色针叶。然后她才感觉到刚才被树干砸到的脑袋侧面泛起一阵尖锐的疼痛，发现身边的尼利也在颤抖。

几个大一点儿的男孩把云杉树拉开，发现弗兰西姐弟手拉着手，笔直地站在原地。尼利脸上刚被划破的伤口流着血，鲜血衬得他的皮肤更加白皙，蓝色的双眼神情迷茫，让他看起来更像个幼儿了。可是他们俩脸上都挂着微笑，他们是不是刚赢下了这条街上最大的一棵树？几个男孩喊起了"干得好"，几个大人鼓起了掌。卖树的以高声叫骂"称赞"道：

"快他妈拖着你们的树滚蛋吧！烦人的小兔崽子！"

弗兰西可以说是听着人家骂脏话长大的。在他们这样的人之中，脏话糙话基本没有什么具体的含义，只不过是这些肚里没什么墨水也不擅言辞的人们表达情绪的方式而已，几乎已经算是一种方言了。某句话说出来具体是什么意思，主要取决于说话人的表情和语调。所以眼下弗兰西虽然听着人家骂他们小兔崽子，却还是冲那个好心的小贩露出了腼腆的微笑，因为她知道那人真正想说的是："再见，上帝保佑你们。"

把云杉树拖回家可不轻松，只能一寸一寸地往前挪，还有个男孩在边上给他们添乱。他一边嚷嚷着："免费坐车啰！大家都上车！"一边跳到树上，让弗兰西他们连他一起拉着。不过他最终也还是玩腻了这种把戏，跳下来走了。

某种角度上说，把树拖回家用掉很长时间也是件好事，因为这大大延长了他们胜利的喜悦。有个路过的女士说："我从来没见过这么大的圣诞树！"让弗兰西听得心中乐开了花。还有个男的追着他们喊："你们两个小鬼抢银行啦？怎么买得起这么大一棵树！"街角的警察把他们拦了下来，自己看了看那棵树，严肃地表示自己愿意出一毛钱买下来——如果姐弟俩愿意把树拖回他家，那他可以出一毛五。弗兰西虽然知道他这是开玩笑，却还是快要抑制不住心中的骄傲了。她说就算给一块钱都不卖，警察摇摇头，说这样的好买卖都不接受可真是太傻了，还把价钱抬到了两毛五。不过弗兰西还是微笑着摇摇头，

"不卖。"

这感觉就像是出演圣诞戏剧一样，时间是寒冷的圣诞节前夜，场景是一处街角，剧中的角色则是一个和善的警察、她的弟弟，还有她自己。弗兰西知道这出戏里的所有对话。警察恰到好处地念出了他的台词，弗兰西就接着他的词往下演，而演出说明要求他们在说台词的间隙保持微笑。

姐弟俩得喊爸爸帮他们把树从狭窄的楼梯拖上去。爸爸跑着下了楼。他的步伐笔直，没有歪歪斜斜的，说明他没有喝醉，这让弗兰西松了口气。

爸爸看到这么大一棵树也是满脸惊奇，这让弗兰西非常开心。爸爸假装不信这棵树就是自己家的，而弗兰西则高高兴兴地一个劲儿劝他，让他相信这就是他们家的——虽然她打一开始就知道，这都是在装样子逗着玩。爸爸在前面拉，弗兰西和尼利在后面推，父子三人努力把那棵硕大的云杉树顺着窄窄的楼道拖上了三楼。约翰尼实在太激动了，他完全不顾夜已经很深了，放声唱起歌来。他唱的是《平安夜》，窄小的楼道回荡着他甜美清澈的歌声，让它停滞了片刻，再投射出双倍甜美的回音。一扇扇房门吱吱呀呀地打开，一户户人家出现在楼道上，因为生命中这一瞬间的小小意外而感到欣喜与惊奇。

弗兰西看见两位丁摩尔小姐一起站在门口，花白的头发上夹着卷发器，宽松的睡袍下面露出上过浆的荷叶边睡衣。她们也和着约翰尼的歌声一同唱了起来，声音细弱而伤感。弗洛西·加迪斯、她的妈妈，还有她那个害了肺痨活不久的弟弟亨尼都站在她家门口。亨尼在哭，约翰尼一看见他，唱歌的音调就低了下去，想着是不是歌声伤了亨尼的心。

弗洛西穿着化装礼服，等着舞伴来接她去参加午夜之后开始的化装舞会。她穿着那身克朗代克舞厅姑娘的行头，配着纯黑的真丝长筒袜和马蹄跟的鞋子，一边的膝盖下面扎着条红色的吊袜带，手上晃来晃去地拎着张黑面具。她微笑着看向约翰尼的眼睛，一只手撑在胯上，斜倚着门框，摆出一副——至少她自己觉得是——挑逗的姿态。约翰尼和她搭了句话，不过主要是想逗亨尼开心。

"弗洛西，我家圣诞树顶上缺个天使，要不然你受累来演一下？"

弗洛西本来准备说句荤话作为回应，说要是能飞得像天使一样高，她的内裤非得让风吹跑了不可，可她还是改变了主意。那棵树庞大又气派，这会儿又这么卑微地让人拖着走；两个孩子脸上都洋溢着笑容；街坊们都表达出了难得的善意；楼道里的灯光一点点地暗了下去，这一切似乎有种让她肃然起敬的东西，让她为了那句没说出口的荤话害臊起来。她最终只是说了一句：

"哟，约翰尼·诺兰，你可真会开玩笑呀。"

凯蒂双手相扣，站在最后一段台阶顶上，听着回荡在楼道中的歌声，看着丈夫和孩子们慢慢地拖云杉树上楼。她在沉思。

"他们觉得这样就已经很好了，"她想着，"他们觉得这样就已经很好了——那棵树是不要钱的，他们的爸爸哄着他们玩，和他们一起唱歌，街坊们也都高高兴兴的。他们觉得自己幸运得不行——他们还活着，而且现在又是圣诞节。他们看不见这房子有多脏，这条街有多脏，还有住在这里的人也都不是什么好玩意儿。约翰尼和孩子们都看不见，我们这些街坊住在这么一摊烂泥里，却还能找出些乐子来，这多可悲啊。我的孩子必须摆脱这些东西。他们必须比我强，比约翰尼强，比周围所有人都要强。可是这要怎么办呢？每天读一页书，往锡罐头里面存钱，这些可都不够啊。要的是钱！钱能让他们过得更好吗？那肯定的，有钱什么都好办。不对，光有钱还不够。街角那家酒吧的老板，那个麦克加里蒂，他家就很有钱。他老婆戴得起钻石耳环，可是他的孩子就不如我家孩子听话，更不如我家孩子聪明。那几个孩子又坏又贪，因为他们有钱，就有的是戏耍穷孩子的法子。有一回，我看见麦克加里蒂的一个闺女站在大街上，拿着一袋子糖在那儿吃，身边围着一圈饿肚子的孩子。他们眼睁睁地看着她吃，心里怕是一个个都流着眼泪。等她吃到再也吃不下了，就宁可把剩下的糖一股脑儿扔进臭水沟，也不肯分给其他孩子。不对，光是有钱肯定不行。麦克加里蒂家闺女脑袋上扎的蝴蝶结每天都不重样，那样的蝴蝶结卖五毛钱一个，这钱都够我们一家四口吃一天的了。可她的头发稀稀拉拉的，还有点发红。我家尼利的'疙瘩帽'上破了个大窟窿，整个帽子也早就抻变形了，但他那一脑袋金发可是又厚又密，还是自来卷。我家弗兰西从来不扎蝴蝶结，可她的头发多长、多亮啊！钱能买来这些吗？不能。所以说啊，肯定有什么东西比钱更管用。杰克逊小姐在社会服务所教书，她没什么钱，干这份差事也主要是做慈善。她住的是一间小阁楼房，只有一套像样的裙子，却总是洗得干干净净，熨得平平整整的。她跟人聊天的时候眼睛总是直直地平视。听她说话多舒坦呐，就算是有什么病，听见她说话的声感觉都能好了。她懂得很多，这个杰克逊小姐，不仅懂得多，还明白事理。她明明住在这么龌龊的社区里，却干净又清白，简直像是舞台上的女演员，虽然能远远看着，却文静得让人不好意思伸手摸。她和麦克加里蒂太太可真是一个天上，一个地下。麦克加里蒂太太那么有钱，却胖得难看，遇上给她老公送啤酒的那些卡车司机还不干不净，言行举止都怪下流的。所以她和没钱的杰克逊小姐之间的差别到底在哪里呢？"

一个答案突然在凯蒂脑海中闪过，就像是一阵一闪而过的头疼，而这个答案实际上非常简单：那就是教育！对啦！正是教育造就了二者之间的不同！教育一定能把孩子们拖出这污浊肮脏的泥潭。有依据吗？——杰克逊小姐受过教育，麦克加里蒂太太没有。对呀，这不就是她自己的母亲玛丽·罗姆利这么多年以来一直想告诉她的东西嘛。只不过母亲不能把自己想说的话浓缩成一个清晰明了的词而已，重要的是教育啊！

她看着一双儿女吃力地把树拖上楼梯，听着他们用稚嫩的嗓音唱歌，心里盘算着教育的事情。

"弗兰西很聪明，"凯蒂想，"她一定得念高中，没准儿还能走得更远。她有悟性，会学习，早晚能出人头地的。可是她受了教育，也就会离我越来越远了。肯定的，她现在就已经跟我有点儿远了。她不像她弟弟那么爱我，我能感觉到她在疏远我。她不理解我，她只知道我同样不理解她。没准儿随着她书念得越来越多，她早晚会以我为耻——比如觉得我说的话很丢人。可是她太有性格了，不会把这些挂在脸上的。她应该会反过来试着改变我，试着管我，试着让我用更好的方式生活。而我对她的态度不会太好，因为那说明我知道她已经比我强了。她长大以后肯定会很明事理，能看透很多事情的本来面目，可她看得越通透，过得就越不舒心。她早晚会发现，比起她来我更偏疼儿子。这事真的没办法，我管不了自己的心。可她也是绝对不会理解的。有时候我简直觉得她已经知道了。她已经开始离我越来越远，也许很快就要挣脱出去了。转到那所更远的学校就是她离开我的第一步。可尼利永远不会离开我，所以我最爱他。他会黏在我身边，他理解我。我想让他当医生——他一定得当医生。大概还得会拉小提琴。他是有音乐天赋的，这点随他爸。他的钢琴学得比我和弗兰西都要好。是，他的音乐天赋随他爸，可这天赋对约翰尼一点儿好处都没有，反而把他给毁了。他要是不会唱歌，那些人怎么会老拽着他，请他喝酒？如果不能让他自己过得更好，不能让我们一家人过得更好，歌唱得再好听又有什么用？可这孩子不一样，他得受教育。我一定得想想办法，约翰尼的日子绝对长不了。上帝啊，我以前那么爱他——现在我有时候也挺爱他的。可是他没出息啊，他太没用了。求上帝原谅我吧，因为我居然意识到这一点了。"

就这样，趁着父子三人还在爬楼梯的工夫，凯蒂就把什么都想通了。如果只看她这时候的模样，只看她那张光洁、美丽、充满生气的面庞，谁也想不到心中有过一番痛苦的挣扎与算计，想不到她早已狠下心来做了决定。

一家人在外屋铺了张单子，把云杉树放在上面，这样落下来的针叶就不会掉在那粉玫瑰花样的地毯上了。然后他们把云杉树插进一只大锡皮洗衣桶里，在四周填满了碎砖块固定。剪掉绳子之后，云杉树的枝条向四面展开，几乎填满了整个房间。钢琴拿布罩上了，屋里的几张椅子看着简直像摆在树冠里一样。他们没钱买装饰圣诞树的挂件和灯，但是有这么气派的一棵大树也就够了。外屋很冷，因为那年他们手头很紧，穷到没钱买煤烧外屋的暖炉。屋里的空气寒冷、干爽，充满怡人的清香。这棵树在屋里放了一周，而弗兰西每天都会穿好毛衣，戴好"疙瘩帽"，进屋到树底下坐一会儿，享受着云杉树深沉的绿色和芳香的气味。

这棵庞大的树木虽然做了廉租公寓的囚徒，被困在一只锡皮洗衣桶里，却依然蕴含着自然的神秘气息。

那年他们虽然穷，但圣诞节过得还是很愉快，孩子们也收到了很多礼物。妈妈送了姐弟俩一人一条活裆的羊毛长衬裤，还有一件长袖羊毛衬衣，里子有点儿扎人。伊薇姨妈的礼物是同时送给他们俩的，那是一盒多米诺骨牌。爸爸教孩子们玩法，可是尼利不喜欢，所以爸爸就陪着弗兰西一起玩。他每次输给弗兰西，都会故意装出一副懊恼得不行的模样。

玛丽·罗姆利外婆带来的礼物是自己做的好东西，她给两个孩子各带了一件肩衣¹。她裁了两块椭圆形的亮红色羊毛毡，在一块上用天蓝色的毛纱线绣了个十字架；另一块上绣了个戴棕色荆棘王冠的金心，

1　此处的肩衣应该是儿童用的"肩衣"，它并不是宗教仪式使用的法衣，在外形上近似用布料缝制的小护身符，多为长方形或椭圆形，配有挂绳，上面刺绣有各种宗教图案或格言。

心上插着一把黑色匕首，刀尖上还挂着两滴深红色的鲜血。十字架和金心用的针脚都又小又密。把这两块羊毛毡背对背缝起来，再装上一条穿束腰用的带子，肩衣就做好了。玛丽·罗姆利先把两个肩衣拿去让神父赐福，才带过来送给孩子们。她一边把肩衣挂在弗兰西脖子上，一边用德语说着"Heiliges Weihnachten"[1]，然后又用英语加了一句"愿你身边总有天使相伴"。

茜茜姨妈送给弗兰西的是一个小小的包裹。她打开一看，里面是一个小巧精致的火柴盒，上面蒙着一层带紫藤花图案的皱纹纸。弗兰西小心翼翼地推开盒盖，盒里有十个小圆片，每个都单独用粉色的纸巾裹着。原来那全都是金闪闪的一分钱硬币。茜茜解释说，她买了点儿绘画用的金粉颜料，往里面调上几滴香蕉油，用它给每个硬币"镀"了一层金。弗兰西最喜欢茜茜的这份礼物。收到还没有一个小时，她就反反复复地打开看了十来次。她每次都是慢慢地推开火柴盒的滑盖，心满意足地看着盒子纤薄的木片内壁和钻蓝色衬纸。金色的硬币用如梦幻似的纸巾裹着，看起来就像奇迹一样美妙，真是怎么看都看不腻。大家都说这些硬币这么漂亮，要是花掉就太可惜了。可是一天之内弗兰西就不知在什么地方搞丢了两枚。于是妈妈提议说，还是把硬币放进"银行"里安全，不过她也向弗兰西保证，万一要打开罐子用钱，那到时候一定把这些金色硬币挑出来还给她。弗兰西也觉得妈妈说得很对，放在"银行"里是最保险的，可是想到要把这金灿灿的硬币放进黑咕隆咚的罐子里，她心里还是很不好受。

爸爸也给弗兰西准备了一份特殊的礼物，那是一张印着教堂的明信片。教堂的屋顶上贴了一层亮闪闪的云母粉，比真正的白雪还要晶莹剔透。它的玻璃窗则是用一张张小小的橙色光面纸片拼出来的，把这明信片举起来，光线就会从纸片拼的窗户里漏过来，在亮晶晶的云

---

1 此处德语字面含义为"圣洁的圣诞节"。

母雪上洒下一片金色的投影，真是漂亮极了。妈妈说，既然这明信片上没有写字，那弗兰西明年还能把它寄给别人。

"哎，我才不这么干呢。"弗兰西用双手把卡片护在胸前。

妈妈笑了："你得学着开得起玩笑才行啊，弗兰西，不然日子可就不好过啦。"

"都过圣诞节了，就别教训人家了。"爸爸说。

"圣诞节不能教训别人，但是可以醉一场，是不是？"妈妈的火气上来了。

"我才喝了两杯，凯蒂，"约翰尼开始求饶，"因为过圣诞节，人家才请我喝的。"

弗兰西走进卧室，关上房门。她不忍心听妈妈数落爸爸。

吃晚饭之前，弗兰西也把自己给家人准备的礼物送了出去。送妈妈的是一个收纳帽针用的瓶子。这是她自己做的，主体是一根科尼普药房的廉价试管，外面用带褶边的蓝色缎带包裹起来做成护套，又在顶端缝了一根天蓝色的丝带。可以用这根丝带把瓶子挂在梳妆台边上，然后再把帽针都插在里面。

弗兰西送爸爸的是一根自己编的怀表带子。她在一个线轴上钉了四根钉子，用两根鞋带在钉子之间来回缠绕，编出了一根粗粗的绳编表带。约翰尼没有怀表，不过他拿了一个铁制的水龙头垫圈，把表带系在上面，塞进背心口袋里，就这么冒充怀表戴了一整天。弗兰西也给尼利准备了一份很棒的礼物：一颗价值五分钱的大弹珠，看起来像一颗硕大的蛋白石，和一般的弹珠完全不一样。尼利有一整盒"小子儿"，也就是那种斑斑驳驳的陶土小弹珠，有褐色和蓝色两种，一分钱能买上二十颗。可是他没有像样的大弹珠，所以也参加不了像样的弹珠游戏。弗兰西看着他弯起食指托住弹珠，后面拿大拇指抵着，比画着打弹珠的姿势，弹珠看起来大小合适，相当趁手。弗兰西挺庆幸自己没给他买最开始想到的玩具枪，而是改变主意买了弹珠。

尼利把弹珠塞进口袋，宣称自己也有礼物要送给大家。于是他跑进卧室，钻到自己的床底下，摸出一个黏糊糊的口袋，把它塞进妈妈手里，说着"你来分吧"，然后就站到角落里去了。妈妈打开袋子，里面有三根彩条拐棍糖。妈妈高兴得不得了，说这是她见过的最漂亮的礼物，还连着亲了尼利三口。弗兰西拼命压抑着自己的嫉妒之情，因为妈妈很明显把尼利的礼物更当回事。

也正是那年圣诞节的那一周，弗兰西又撒了一个弥天大谎。那天伊薇姨妈拿了两张门票来，是个新教团体发的，他们举办了一场圣诞节庆祝活动招待信教的穷人——不管信的是罗马天主教还是新教。舞台上有精心装饰过的圣诞树，有圣诞节神迹剧表演，有圣诞颂歌合唱，每个参加的孩子还能拿到一礼份物。凯蒂不怎么认可——她不觉得天主教徒的孩子该去参加新教徒的活动。不过伊薇劝她宽容点儿，妈妈最终也退了一步，让弗兰西和尼利去参加庆祝会了。

聚会的举办地是一个大礼堂，男孩坐一边，女孩坐另外一边。活动整体来说还可以，就是神迹剧宗教味道太浓了，看起来沉闷无聊。演出结束以后，教会的女士们沿着过道给每个孩子发礼物。给女孩们的是配棋盘的跳棋，给男孩们的则是乐透纸牌游戏。分完礼物，又唱了几首歌之后，一位女士走上舞台，宣布接下来还有一个特别的惊喜。

这惊喜就是个可爱的小姑娘，她穿着一身精美的衣裳，抱着个美丽的洋娃娃从侧面走上舞台。那洋娃娃差不多有一英尺高，一头金发都是用真头发做的，蓝色的眼睛能睁能闭，连睫毛用的都是真正的毛发。女士把小姑娘领到台前，开始对台下讲话。

"这位小姑娘叫作玛丽。"小玛丽微笑着鞠了个躬，观众席上的小姑娘们也对她报以微笑，有几个接近青春期的男孩甚至吹起了口哨，"玛丽的妈妈拿出了这个洋娃娃，还给它做了身衣服，和小玛丽身上穿的一模一样。"

小玛丽上前一步，把洋娃娃高高举起，又把它交给说话的女士，自己拎着裙摆行了个屈膝礼。那位女士说的一点儿没错，弗兰西亲眼看到，洋娃娃身上穿着带蕾丝花边的蓝丝绸裙子，头上扎着粉色的蝴蝶结，脚上穿着黑色光面漆皮鞋和白色丝袜，真的和漂亮的小玛丽一模一样。

"现在小玛丽想把这位和她自己同名的娃娃送出去，"主持的女士说，舞台上的小姑娘再次露出了和善的笑容，"她想把这个娃娃送给一个名字也叫玛丽的穷孩子。"

台下的小姑娘之中泛起一阵窃窃私语声，就像微风吹过茂密的玉米地。

"在座的有没有叫玛丽的穷孩子啊？"

会场里一片寂静。观众席上起码有不下一百个玛丽，但是"穷"这个字眼让她们说不出话来。不管她们心里有多么想要这个娃娃，却没有一个玛丽愿意站出来，成为观众席里所有"穷"孩子的代表。她们彼此交头接耳，说着自己家里其实不穷，家里还有比这更好的娃娃、更好的衣裳，只是她们不愿意穿出来而已。弗兰西呆呆地坐在那里，心里只有一个想法：她想要那个娃娃。

"怎么会这样？"那位女士问道，"一个叫玛丽的都没有吗？"她等了一会儿，又把方才的问题重复了一遍。台下还是没人响应。于是她遗憾地说道："真可惜，既然在场的各位没有叫玛丽的，那小玛丽就只能把娃娃拿回家了。"那个小姑娘笑了笑，又鞠了个躬，转身准备带着娃娃下台了。

弗兰西忍不住了，她再也忍不住了。这感觉就和之前看着老师要把南瓜馅饼扔进垃圾桶的时候一样。她站了起来，高高举起一只手。台上的女士看见她举手，连忙叫住了正要离开舞台的小玛丽。

"啊！咱们果然还是有一位玛丽的嘛，虽然是一位非常害羞的玛丽。快到舞台上来吧，玛丽。"

弗兰西羞得满脸发烧，却还是沿着长长的过道走上舞台。她在台阶上绊了一下，所有小姑娘都压低了声音偷笑，而男孩们就直接哄堂大笑起来了。

"你叫什么名字？"台上的女士问。

"玛丽·弗兰西丝·诺兰。"弗兰西小声说。

"大点儿声再说一遍，看着观众说。"

弗兰西只好可怜巴巴地转过身，对着台下大声说道："玛丽·弗兰西丝·诺兰。"观众席里的一张张面孔看着就像用粗绳子拴着飘在半空的气球。弗兰西心想，假如自己一直这么盯着看，没准儿这些气球一样的脸会越飘越高，一直飘到天花板上去。

台上的小姑娘走过来，把洋娃娃放进弗兰西怀里。弗兰西的双臂自然而然地搂住娃娃，就好像她这双胳膊都是为了抱这个娃娃才长的一样。漂亮的小玛丽伸出一只小手，等着弗兰西来握。弗兰西既难堪又困惑，却还是忍不住留意到，那只小手又白又细，看得见淡淡的青色血管，椭圆形的指甲闪着柔光，就像是精美的粉色贝壳。

那位女士陪着弗兰西走回座位，边走边说着："你们看，这就是真正的圣诞节精神。小玛丽家里非常有钱，她收到的圣诞节礼物里有很多漂亮的洋娃娃。可是她一点儿也不自私，她想为一个没有她自己那么幸运的穷玛丽带来欢乐。所以她要把娃娃送给这位名字也叫作玛丽的穷孩子。"

滚烫的眼泪刺痛着弗兰西的双眼。"为什么？"她痛苦地想着，"为什么他们就不能直接把娃娃送出去，不说什么我有多穷、她有多阔的话呢？为什么他们就不能只把娃娃送掉就好，不说那么多有的没的呢？"

而弗兰西的羞耻还远远不止于此。她走在过道上，路过的每一个小女孩都侧过身子，压低声音轻蔑地说着：

"要饭的，要饭的，臭要饭的。"

弗兰西在过道上走了一路，"臭要饭的，臭要饭的"的骂声也跟了她一路。这些小姑娘都觉得自己比弗兰西富有，虽然她们其实都是一样的穷，但是她们却有着弗兰西没有的东西，那就是自尊。弗兰西也知道这一点，虽然她当众撒了谎，用了假名字去要那个娃娃，她却并不觉得良心不安。因为她为这谎言和娃娃付出了相应的代价，那就是放弃了自己的自尊。

她想起老师说过的话：应该把谎言写下来，而不是说出来。也许她不应该上台去冒领娃娃，而是写个关于娃娃的故事才对。可是不行，绝对不行！得到娃娃的感觉可比写什么故事都强多了！活动结束的时候，大家一起站起来唱《星条旗之歌》。弗兰西偷偷低下头，把脸贴到洋娃娃脸上。鼻端传来彩绘陶瓷清冷而浅淡的气味，娃娃头发的味道令人难忘，娃娃全新的薄纱衣料摸着触感无比美妙，娃娃那真毛发做成的睫毛扫着她的脸颊，让她陶醉得浑身颤抖。其他孩子唱着：

在这自由的国度

在这勇士的故乡……

弗兰西紧紧地捏着娃娃的一只小手，她大拇指的神经抽了一下，而她差点儿以为是娃娃的手在动。她几乎要把这娃娃当成真人了。

她跟妈妈说洋娃娃是她赢来的奖品。她不敢说实话，因为妈妈厌恶一切带有施舍意味的东西，要是让她知道了真相，那她一定会把娃娃扔掉的。尼利也没打小报告。于是这个娃娃就正式归弗兰西所有了，可是她的心灵同时又背上了一重谎言的重担。当天下午，弗兰西写了个故事，讲的是有个小姑娘特别想要一个洋娃娃，为了得到它，小姑娘不惜放弃自己永恒的灵魂，让它下到炼狱里去受苦。这故事的感情色彩相当强烈，可是弗兰西自己读了一遍之后又忍不住想："故事里的小女孩算是有个结果了，可是我的感觉却一点儿也没变好呀。"

于是她开始考虑下周六做忏悔的时候怎么对神父坦白这件事。弗兰西下定决心，不管神父到时候让她做什么苦修赎罪，她都要主动以三倍的努力去完成。可她的感觉还是很糟糕。

然后她突然想到了一个办法！没准儿她可以把假的变成真的呢！她才想起来，天主教徒的孩子受坚信礼[1]的时候要再选一个圣徒的名字当中间名。这不就解决了吗？等到她受坚信礼的时候，只要选"玛丽"这个名字就好了。

那天晚上，读完《圣经》和莎士比亚之后，弗兰西问妈妈："妈妈，我受坚信礼的时候能不能用'玛丽'当中间名？"

"不行。"

"为什么？"弗兰西的心沉了下去。

"因为你受洗的时候用的是安迪未婚妻的名字，叫弗兰西。"

"这个我知道。"

"可是你其实也用了我妈妈的名字'玛丽'当受洗名，你真正的大名本来就是玛丽·弗兰西丝·诺兰。"

弗兰西带着娃娃一起上了床。她一动不动地躺着，就像是怕把娃娃惊醒一样。每次她在深夜中醒来，都会轻轻伸出一根手指，摸一摸娃娃那小小的鞋子，嘴里轻声念叨着"玛丽"。皮革光滑又柔软的触感让她浑身颤抖。

那是她的第一个洋娃娃，也会是最后一个。

---

1 一种基督教圣礼，象征人通过洗礼与上帝建立的关系获得巩固，执行过坚信礼的信徒才被认定完全加入了教会。孩子在婴儿时期接受洗礼，坚信礼通常在他们到达教会指定的年龄之后执行，该年龄一般在 12 岁以上，即进入青春期之后。

28

在凯蒂口中，未来永远近在眼前。她总是爱说："眼瞧着就又是圣诞节了。"或者学校分明刚刚放假，她却说"眼瞧着就要开学了"。春天来了，弗兰西开心地换下了长衬裤，一把丢到一边，妈妈会叫她好好捡起来，说着"你很快就得再把它穿上啦，眼瞧着冬天就要来了"。妈妈说的这叫什么话？春天才刚刚开始呢，冬天大概永远都不会再来吧。

年幼的孩子对未来基本没有概念。在他们眼里，"未来"最多也就只有下个星期那么远。而从一个圣诞节到下一个圣诞节的一整年，对他们而言就像永恒一样长。弗兰西对时间的认识也是这样的，直到她十一岁那年为止。

在她的十一岁和十二岁生日之间，一切都变了。未来的脚步好像越来越快，每一天的时间似乎越变越短，连每个星期的天数都好像是越来越少了。亨尼·加迪斯死了，这可能和那种什么都变快了的感觉有点儿关系。她早就听人家说过亨尼会死，这话听的次数太多，她也开始确信亨尼的确会死了，只是总觉得那会在很久很久之后。可现在这"很久很久之后"突然就近在眼前了，一段此前她眼中的"未来"就成了"现在"，而且很快还会成为"过去"。弗兰西忍不住想着，是不是非得赶上有人死掉，小孩子才能明白这一点？好像也不是，罗姆利外公死的时候她已经九岁了，他死在弗兰西领过第一次圣餐的一周之后，可是在当时的弗兰西眼里，圣诞节还是遥远得不能想象的未来呢。

可现在什么事都变得太快了，甚至让弗兰西有点儿糊涂。尼利明明比她小一岁，个子却突然长了起来，转眼就比她高了一头。莫迪·多诺万搬走了。三个月之后她回来看弗兰西，弗兰西也觉得她变了。才过了短短三个月，莫迪就已经变得有点儿女人味儿了。

弗兰西以前相信妈妈永远是对的，而现在她发现妈妈偶尔也会犯点儿错。她还发现，爸爸身上很多原本她自己无比热爱的东西，在别人眼里原来都是那么滑稽可笑。如今再去那家茶叶店，她再也不觉得那天平的托盘有多么闪亮耀眼了，她还看到了茶叶罐子上磕碰剥落的地方，只觉得它破破烂烂的。

星期六夜里，她也不再看从纽约鬼混完回家的托穆尼先生了。她突然觉得托穆尼可真傻，分明住在这么个地方，又偏要往纽约跑，去了纽约又还得恋恋不舍地回来。他有的是钱，又那么喜欢纽约，那干吗不干脆就搬到纽约去？

一切都在变。弗兰西不由得慌张起来，她原本的世界正在飞快地从脚下溜走，该拿什么来取代它呢？不过话说回来，变与不变又有什么不一样了吗？她还是每晚读一页《圣经》，一页莎士比亚全集；她还是每天练一小时钢琴；她还是把分币扔进那个锡罐头"银行"里。垃圾站还是那个垃圾站；商店还是那些商店。什么都没有变，变的是她自己。

她跟爸爸谈过这种感觉，爸爸叫她吐出舌头看看，又给她把了把脉，然后佯装悲哀地摇着头说："你这个病不好啊，很不好。"

"什么病呢？"

"成长病。"

成长是件扫兴的事。过去如果家里断粮了，他们就会玩个游戏来熬过去，可如今成长彻底打破了这种乐趣。以前如果家里的食物告急，而钱也不剩多少，那凯蒂就会带着孩子们假装自己是在北极探险的冒险家，他们遇到了暴风雪，被困在山洞里了，吃的东西也所剩无几，必须靠着这么一点点东西撑到救援队赶过来。然后妈妈就会把碗橱里仅剩的食物分成小份，管它叫"定量配给"。要是孩子们吃完饭还是觉得饿，妈妈就会说："拿出勇气来，伙计们，救援队很快就要来了。"等手头终于来了点儿钱，妈妈会买很多食物，也会买个小蛋糕来庆祝，还在蛋糕上插一面廉价的小旗子："成功了，伙计们，咱们到达北极了。"

直到有那么一天，在一次这样的"极地救援"之后，弗兰西问妈妈：

"探险家们虽然挨饿受罪，却也是有理由的，他们是为了办大事，最终发现了北极。那咱们挨饿为的是什么呢？"

那个瞬间凯蒂突然看起来无比疲惫，她说了句弗兰西当时还不能理解的话。

她说："你算是发现这里头的门道了。"

成长还让剧院变得扫兴了——具体点儿说，其实扫兴的倒不是剧院本身，而是剧院里的演出。她突然发现，舞台上那些一到关键时刻就有巧合发生的戏码越来越不能满足她了。弗兰西本来非常喜欢剧院，她以前想当风琴乐队的女鼓手，然后想过当老师，第一次领圣餐那年想出家做修女，而十一岁那年的她又想当演员。

要说威廉斯堡的孩子们最了解的是什么，那肯定要数当地的剧院了。那年头威廉斯堡一带有不少剧团扎着堆，比如布莱尼剧团、考斯·佩顿剧团，还有菲利普艺术戏院。艺术戏院就在街角，当地的居民最开始管它叫"戏园子"，时间长了就逐渐变成"园子"了。只要能东拼西凑出一毛钱，弗兰西每星期六都会跑到"园子"去（夏天艺术戏院休息期间除外）。她每次都买二层的楼座票，而且还经常提前排上一个小时的队，就为了能买到第一排的座位。

她迷上了"戏园子"的头牌男演员哈罗德·克拉伦斯。看过星期六的日场演出之后，弗兰西都会在后台门等着，然后偷偷跟着他，看他一路走回破旧褐砂石房子家，他的房间装饰简陋，平平无奇，一点儿戏剧性都没有。即便是走在大马路上，哈罗德也是一副老派演员的劲头，走起路来双腿直挺挺的。他的脸也是粉扑扑的，就好像还涂着在舞台上扮演青年人用的油彩。他用直挺挺的腿悠闲地走着，目不斜视，气派地吸着一支雪茄。走进家门之前，他就把雪茄扔掉了，因为房东太太居然不肯让这位大人物在她的出租屋里抽烟。弗兰西站在马路边，毕恭毕敬瞧着他扔掉的雪茄烟屁股，把上面那个带商标的纸圈儿拿下来，在手指头上戴了一个星期，假装是和他的订婚戒指。

又是一个星期六，哈罗德和他的班子要演《牧师的情人》。剧中英俊潇洒的乡村牧师爱上了洁瑞·莫尔豪斯饰演的女主角。这个女主角需要在杂货店找工作，而女反派也爱上了年轻帅气的牧师，所以就来找女主角的碴儿。她趾高气扬地走进商店，一身又是裘皮又是钻石的，看着和"乡村"没半点儿关系，她用女王一般的口吻要了一磅咖啡，然后说出了那句让所有观众不寒而栗的可怕台词："给我磨碎！"观众席中传来阵阵叹息。美丽的女主角当然转不动咖啡机沉重的手柄，而她能不能保住这份工作又当然取决于她是不是磨得动咖啡。她努力得跟什么似的，可咖啡机还是纹丝不动。于是她就开始央求女反派，说她有多么多么需要这份工作。可女反派却只重复了一句："给我磨！"眼看一切都完了，英俊的哈罗德刚好在这时候登场——粉扑扑的脸，一身牧师的装束。了解事情的经过之后，他就一把摘下牧师的大帽子扔到舞台另一端——那动作极其戏剧化，却也极其不得体——他迈开直挺挺的双腿，走到咖啡机旁边磨好了咖啡，挽救了女主角。新磨出的咖啡香气弥漫在剧院中，观众席上先是满怀敬畏地沉默了一阵，然后才骚动起来。用的居然是真咖啡！这就是戏剧中的现实主义！所有人看过不下一千次磨咖啡，但是在舞台上看可真是破天荒。女反派咬牙切齿地说："又搞砸了！"哈罗德将洁瑞拥入怀中，让她扬起脸朝向观众，大幕落了下来。

中场休息的时候，弗兰西没有跟其他孩子一起跑去朝买了三毛钱一张池座票的观众吐口水取乐。她还在琢磨着刚才落幕之前的那段情节。英雄及时登场，磨好了咖啡，于是皆大欢喜。可是如果他没有凑巧出现在那里的话，那又会是个什么情况呢？女主角应该会被解雇，没问题，那解雇之后呢？等她挨了饿，熬不住了，就还是得出去再找一份工作。她得像妈妈一样去给人家擦地板，或者像弗洛西·加迪斯那样，从男人身上蹭闲饭吃。那份杂货店工作之所以那么重要，完全只是因为剧本就是那么说的而已。

下个星期六看的戏也让她不太满意。戏里女主角久无音信的恋人终于回了家，刚好赶上给房子付按揭的期限。那如果有事耽搁住了，他没能及时到家，那又会怎么样呢？房东应该会让他们在三十天之内搬出去——至少在布鲁克林都是这么办的。这一个月之内也许还能有转机。如果实在没办法，他们就只能搬走，还得努力把日子过下去。美丽的女主角大概得去工厂拿计件工资，她那个生性敏感的弟弟得出门卖报纸，而他们的母亲白天就得当清洁工了。可是他们还是能活下去。他们肯定能活下去，弗兰西冷酷地想着，真要去死的话反而更麻烦呢。

弗兰西不明白，女主角为什么不干脆嫁给那个反派，那样做分明能解决房租的问题。何况就因为女主角不肯要他，反派就愿意东奔西走，瞎忙活那么老半天，足够说明他有多爱女主角，这样的男人可不能无视啊。至少男主角在外头像只没头苍蝇一样乱撞的时候，倒是这个反派一直陪在女主角身边。

她自己给这出戏写了第三幕，也就是她想象中的假设实现之后的故事。她是用对话的方式来写的，并且突然发现这么写很容易。如果要写故事，就还得解释人物的行为和表现，可写成对话就不需要了，因为说话的人自己就把这些讲清楚了。弗兰西写起对话来非常轻松，于是她又一次改变了未来的理想职业。她现在不想做演员了，她决定当个剧作家。

29

    同一年夏天，约翰尼又有了新想法。他突然意识到，自己的孩子们都长这么大了，却连布鲁克林的大海都没见过呢。于是他立刻觉得非得和孩子们坐船出趟海不可。想到了就要做，所以他决定带他们去卡纳西划船，顺便再来个海钓。他其实从来没钓过鱼，也没划过船，不过这都拦不住他有这种想法。

    其实约翰尼还有一个点子，而且出于某些只有他自己才知道的原因，这个点子诡异地和划船钓鱼这件事联系到了一起：他想把小蒂莉带上一起去。小蒂莉是附近某个邻居家的女儿，约翰尼不认识她，实际上他根本就没见过这孩子。可是想到蒂莉的哥哥格希，他就不由得有了得做点儿什么补偿她一下的想法。而这个点子又和去卡纳西看海的想法挂上了钩。

    六岁男孩格希是这一带臭名昭著的传奇人物。这孩子是个天性刁蛮的小坏蛋，下嘴唇厚得出奇。他刚生下来的时候倒是和一般的孩子一样，也是喝妈妈的奶长大的。可是他和所有其他孩子——不管是活的还是死的——之间的相似之处也仅限于此。九个月大的时候，他妈妈打算给他断奶，可格希死活不干。既然不让他喝妈妈的奶，那他就坚决不用奶瓶，一口东西不吃，一口水不喝，就是躺在婴儿床里抽抽搭搭地哭。妈妈怕他饿死，只好接着喂奶。他满足地吸着奶，还是其他什么东西都不肯吃，只靠吃妈妈的奶水活着，就这么吃到了两岁。因为那年他妈又怀孕了，奶水也就断了。他闷闷不乐地熬了九个月，其间，不管是鲜奶还是炼奶，不管什么包装，只要是牛奶他就不喝，反而喜欢上了黑咖啡。

    小蒂莉出生了，妈妈又有了奶水。格希第一眼看见小宝宝吃奶就开始撒泼。他往地上一躺，连哭带叫，还把脑袋往地上撞。他一连四天不吃东西，也不上厕所，整个人瘦了一大圈。这可把他妈吓坏了，想着不然就让他再吃一回奶吧，应该也没什么大不了的。结果她这一念之差却酿成了大错。格希就像憋了很久又重新吸上"药"的瘾君子一样，再也放不下了。

从那天开始，格希就霸占了妈妈的全部奶水，病歪歪的小蒂莉就只能吃奶瓶了。

格希那年已经三岁了，块头比同龄的孩子大不少。他和其他男孩一样穿及膝短裤和打了铜包头的笨重皮鞋，一看见妈妈解扣子就飞奔过去。他站着吃奶，一只胳膊肘撑在他妈的膝盖上，双脚神气活现地叉着，一双眼睛漫无目的地东瞧西看。能站着喝奶倒不是他自己的能耐，主要是他妈妈的乳房大得像座小山，解开衣裳以后当真能耷拉到膝盖上。格希喝奶的样子很可怕，像个大男人，一只脚踩着吧台下面的横杆，嘴上叼着一支极其粗大的白色"雪茄"。

邻居们听说了格希的情况，在背后偷偷议论着他这算是什么病。格希的父亲也受够了，他不肯和老婆睡觉，说她生养的都是怪物。这可怜的女人绞尽脑汁地想办法给格希断奶。他已经太大了，不该吃奶了，他妈妈终于下定了决心。毕竟格希都快四岁了，她担心这样下去他换新牙以后会长不齐。

于是有一天，她买来了刷煤炉用的黑涂料和刷子，关起卧室的房门来，把整个左边乳房涂得漆黑，又在乳头周围用口红画了一张丑陋的大嘴，嘴里还露着许多可怕的尖牙。然后她穿好衣服，走进厨房，坐在窗边她喂奶的摇椅上。格希一看见妈妈，就把手里正玩着的骰子往洗碗池下面一扔，急匆匆地跑过来要喝奶。他叉开脚站着，胳膊肘杵在妈妈膝盖上，等着她喂奶。

"格希是不是要喝奶？"妈妈故意哄着他问道。

"是呀！"

"行啊，那就给格希喝奶喽。"

她突然一把扯开前胸的衣服，把那边涂着可怕鬼脸的乳房凑到儿子眼前。格希吓得当场僵住了，他愣了一会儿，才尖叫着跑开钻到床底下，在下面躲了整整二十四个小时，才终于肯哆哆嗦嗦地爬出来。在那以后他又喝起了黑咖啡，一看见妈妈的胸脯就瑟瑟发抖。格希就这么断了奶。

格希的妈妈在街坊里逢人便说自己成功的经历。这种断奶法也很快就流行了起来，人们戏称"格希式断奶法"。

约翰尼也听过这个故事，而且他轻蔑地把格希从自己的思绪里排除了出去。但是他很关心格希的妹妹小蒂莉。他总觉得这孩子让人抢走了很重要的东西，日后难免要在挫败之下长大。而他又一拍脑门儿想到，带她去卡纳西的海滩坐坐船，没准儿就能抵消一点儿她那个有点儿毛病的哥哥对她的消极影响了。于是他打发弗兰西下楼去，问那家人能不能让蒂莉和他们一起出去玩。而那位疲惫不堪的母亲自然高兴地同意了。

接下来那个星期天，约翰尼带着三个孩子去了卡纳西。那年弗兰西十一岁，尼利十岁，小蒂莉则刚满三岁。约翰尼穿着无尾礼服，戴着圆顶礼帽，换上了全新的假前襟和纸领子。弗兰西和尼利穿的还是平常的衣服。而小蒂莉的妈妈为女儿精心打扮了一番，给她换上了一条廉价却很华丽的蕾丝裙子，上面装饰着深粉色的缎带镶边。

一行人坐在电车的头一排，约翰尼和司机交上了朋友，两人聊了一路政治。他们在终点站卡纳西下了车，去了一个小小的码头，说是码头，其实就是一个简陋的小棚屋，边上用破烂的绳子拴着几条进了水的手划船，在水里浮浮沉沉的。棚子上挂着个标牌：

"出租渔具和船只"。

下面还有一个更大一点儿的牌子，上面写着：

"出售鲜鱼，可带走"。

约翰尼和码头的人讲价钱，没说两句就聊成了朋友。那人请约翰尼到棚子里开开眼，说是有他睡前才舍得用的"盖了帽"的好东西。

于是约翰尼就进棚子里开眼界去了，而弗兰西和尼利在外头琢磨，睡帽[1]这玩意儿能有多稀罕呢？身穿蕾丝裙子的小蒂莉站在一边，一句话都不说。

约翰尼出来了，手里拿着根鱼竿，还有一只锈迹斑斑的锡皮罐头，里面装满了埋在泥巴里的蚯蚓。码头那人挑了条还不那么破的船，解开绳子交给约翰尼，说了句祝他好运，就又回他那棚子里去了。约翰尼把渔具放在船里，帮孩子们上了船，然后蹲在码头上，手里攥着绳子，对孩子们讲起坐船的方法来。

"上船的方法也有对有错，"除了之前马霍尼组织的游船远足之外一回船都没坐过的约翰尼如是说，"对的方法是先推上一把，然后趁着船还没漂远赶紧跳进去。就像这样——"

他站起身子，把船推了出去，起跳——然后直接掉进了海里。孩子们目瞪口呆地盯着他看：上一秒爸爸还笔直地站在码头上，下一秒就已经在水里了。海水一直没过了他的脖子，又没过了他上了蜡的小胡子，只有他的圆顶礼帽没被水淹到，还是端端正正地扣在他脑袋上。约翰尼自己也像孩子们一样震惊，他瞪着孩子们看了一会儿，才开口骂道：

"我瞧瞧你们几个死孩子谁敢笑！"

他爬进船里，差点儿把整条船弄翻。孩子们不敢笑出声来，不过弗兰西憋在肚子里笑了个半死，憋得肋骨都有点儿疼了。尼利不敢看他姐姐，因为他知道姐俩只要一对上眼神，那肯定会一起放声大笑。小蒂莉还是一声不吭。约翰尼的假前襟和纸领子让水浸透了，成了一团湿乎乎的废纸，他把这两件扯下来扔进水里，开始朝着深海的方向划船。他的动作多少有些迟疑，却在沉默中带着捍卫尊严的劲头。划

---

1 上文中码头的人所说的东西在原文中的描述是"Night Cap"，意为睡前酒，但这个表述的字面意义是睡帽的意思，所以两个孩子以为此人说的是睡帽。

到一个他觉得合适的地方，他就宣布要在这里"下锚"了。孩子们有点儿失望，因为"下锚"这个词听起来挺浪漫，结果居然只是把一个用绳子拴着的铁疙瘩扔到海里而已。

爸爸一惊一乍地把沾满泥土的蚯蚓穿在鱼钩上，孩子们看得心惊肉跳。这就算是开始钓鱼了。全过程主要就是给鱼钩上饵，用戏剧性的动作抛线，等上一会儿，拉着既没有饵也没有鱼的空钩子上来，然后再从头开始重复一遍。

太阳越来越毒，越来越热。约翰尼的淡绿色无尾礼服晒干了，却变得硬邦邦、皱巴巴的。孩子们晒伤得很厉害，过了似乎有好几个小时那么长的时间，爸爸才终于说该吃饭了，这让他们大大松了一口气。爸爸把渔具收拾起来放好，把锚从水里提出来，操起桨开始朝着码头划。可是船像是原地打转，反而越划离码头越远。多划了好几百码以后，他们终于回到了码头。约翰尼把船拴好，让孩子们在船上等着，自己上了岸，说是要请孩子们吃一顿丰盛的午餐。

过了一会儿，他步子歪歪斜斜地回来了，手上端着热狗、越橘馅饼和草莓汽水。船用根发霉的绳子拴在破烂的码头上，在烂泥一样的绿色海水中起起伏伏，海水里泛着死鱼发臭发烂的气味，他们就这么坐在船上吃了午餐。约翰尼刚才在岸上喝了几杯，酒一下肚，他就开始后悔刚才对孩子吼得那么凶了。于是他对孩子们说，如果他们现在想嘲笑他刚才掉到水里的话，那么可以尽情笑了。可他们却笑不出来，毕竟想笑的时机已经过了。爸爸的兴致很高啊，弗兰西想着。

"这才是生活，"他说，"远离让人心烦的喧闹人群。啊，还有比坐船出海更美的事吗？咱们把一切都抛在身后了。"最后这句他说得神秘兮兮的。

吃过这顿惊人的"美餐"之后，约翰尼再次试图划船出海。汗水顺着他的礼帽底下一个劲儿地往下淌。他胡子尖儿上打的蜡也熔化了，嘴上精心修饰的胡须变成了一团乱毛。不过约翰尼感觉还好，他一边划桨，一边激情洋溢地唱了起来：

远航，远航，越过无垠的海洋。

他拼命地划了半天，可船却总是在原地打转，没有一点儿要出海的意思。最终他的双手都磨起了水泡，实在是不想再划船了。于是他用戏剧性的腔调宣布船只即将靠岸。他转而往海岸的方向划，兜着越来越小的圈子，最后好歹是兜到了码头旁边。他根本没发现，三个孩子身上晒得像甜菜头一样红，而脸色却青成了豌豆绿。他早就该知道，热狗、越橘馅饼、草莓汽水，还有在鱼钩上扭动的蚯蚓之类的东西，没一样是对孩子们有好处的。

回到码头，他自己先跳了上去，孩子们也学他的样子，所有孩子也都跳了上去——除了小蒂莉，她掉到水里去了。约翰尼连忙往码头上一趴，伸出手去把她捞了上来。小蒂莉一声不吭地站在码头上，一身蕾丝裙子湿了个透，算是彻底毁了。虽然那天的天气酷热难耐，约翰尼还是脱下自己的外套，跪下来把它裹在孩子身上，两条袖子在沙地上耷拉着。然后约翰尼把小蒂莉抱起来，在码头上大踏步地来回走着，一边拍孩子的后背，一边给她唱摇篮曲。小蒂莉完全不明白这一天都发生了些什么，她不明白自己为啥要被放到船上，不明白自己为啥会掉到水里，更不明白这人为什么要大惊小怪地对自己这样折腾一番。她还是一句话都没说。

约翰尼感觉应该是哄好了，就把孩子放了下来，自己走进之前不知是开过眼界还是"盖过帽"的棚子，花两毛五分钱买了三条比目鱼。湿淋淋的鱼外面裹着张报纸，他拿着鱼出来，跟自己的两个孩子说，他跟妈妈保证过能带现钓的鱼回家。

"关键在于我确实带在卡纳西钓的鱼回家了，"爸爸说，"至于是谁钓上来的就没那么重要啦。重点是咱们去钓鱼了，而且确实拿着鱼回家了。"

他的两个孩子都明白，他这是想让妈妈以为这鱼都是他钓来的。爸爸也没让他们撒谎，只是叫他们别太咬着真相不放。这一点姐弟俩自然心领神会。

他们坐上了有轨电车，是车厢里有两排面对面的长椅的那种。四个人坐成一排的模样相当滑稽：约翰尼坐第一个，他腿上穿着被盐水泡得又皱又硬的绿色裤子，上身穿着破了很多大窟窿的汗衫，头戴圆顶礼帽，小胡子乱蓬蓬的。小蒂莉坐在他旁边，整个人埋在约翰尼的无尾礼服外套里，身上还滴滴答答地淌着海水，咸腥的海水在地上汇成了一摊。她身边坐着弗兰西和尼利，俩人的脸红得像砖头，努力挺直了身子坐着，拼命不让自己吐出来。

后来上车的乘客在这一行人对面坐下，好奇地直盯着他们看。约翰尼直挺挺地坐着，把鱼搁在膝盖上，努力不让自己去想汗衫上那些窟窿。他的视线越过对面乘客的头顶，假装在认真研读一则泻药广告。

上车的乘客越来越多了，车厢里越来越挤，但是没有人愿意坐在他们几个旁边。终于有一条鱼挤破了湿透的报纸，黏糊糊地滑落到尘土飞扬的地上。小蒂莉终于撑不住了，她盯着死鱼那呆滞的眼睛，一声不吭地呕吐起来，吐得约翰尼的外套上到处都是。弗兰西和尼利也跟着吐了起来，就像是一直在等这么个信号一样。约翰尼呆坐在那里，两条鱼光溜溜地还在他膝盖上，一条掉在他脚边，他的双眼死盯着广告。他实在不知道还能做些什么了。

这次可怕的海滨之旅终于画上了句号。约翰尼把小蒂莉送回家，他觉得自己有必要解释一下都发生了什么，可蒂莉的妈妈根本没给他解释的机会。一看见孩子浑身又脏又臭，还滴着水，气得当场尖叫起来。她扯掉孩子身上披的外套，把它甩到约翰尼脸上，骂他是开膛手杰克。约翰尼千方百计想对她解释，可蒂莉妈妈就是骂个不停。小蒂莉什么都不说。最后约翰尼好歹找了个插嘴的空当儿：

"太太，您家孩子好像说不出话来了。"

他这么一说，蒂莉妈妈闹得更起劲儿了："还不都是你害的！都是你害的！"她冲着约翰尼尖声吼着。

"您能不能让她说点儿什么？"

蒂莉妈妈抓住孩子的肩膀连摇带晃，"说话！"她嚷道，"赶紧说两句！"最后小蒂莉终于开了口，她露出开心的笑容，说了一声"谢谢"。

凯蒂臭骂了约翰尼一顿，骂他根本就不配有孩子。两个孩子晒伤太厉害了，正一会儿打着冷战，一会儿又一阵阵地泛起潮热。看见约翰尼唯一的礼服被毁掉时，凯蒂差点儿哭出来。要把这套衣服洗干净，再熨烫整齐，那起码得花上一美元，而且即便如此，它也不可能再恢复原状了。至于那几条鱼呢，凯蒂发现它们早就烂得根本没法要了，只能直接扔进垃圾桶。

孩子们上床了，他们一会儿发冷，一会儿发热，时不时还犯一阵恶心。姐弟俩拿被子蒙住脑袋，想着爸爸站在水里的倒霉模样，躲在被窝里闷着声偷笑，笑得床都跟着摇晃起来了。

约翰尼在厨房的窗户边上一直坐到深夜，他想不明白为什么一切都搞砸了，砸得这么彻底。他为许多人唱过歌，唱船只与乘船出海的歌曲，他在歌中唱过那么多水手的号子。他不明白为什么现实不能像歌里唱的一样。孩子们本该兴高采烈地回到家，心中充满了对大海深切又坚定的热爱；他自己本该带着各种亲手钓来的鲜鱼满载而归。为什么结果却和歌里唱的完全不一样？这都是为什么呢？为什么他的双手会磨起水泡？为什么他的礼服外套会被毁掉？为什么孩子们会晒伤、会恶心？为什么那几条鱼是烂的？为什么蒂莉的妈妈不能理解他的用心是好的，从而对他造成的后果睁一只眼闭一只眼呢？他不明白——他真的想不明白。

那些关于海洋的歌背叛了他。

30

"今天我变成女人了。"十三岁那年的一个夏日，弗兰西在日记中如此写道。她一边读着自己写下的句子，一边漫不经心地挠着腿上一个蚊子咬的肿包。她低下头，看了看自己又瘦又长、没什么曲线的腿，画掉那个句子重新写了起来："我很快就要成为女人了。"她又低头看了看自己搓衣板似的胸，把那一整页都撕了。新起了一页从头开始写。

"狭隘，"她用铅笔重重地写着，"会带来战争、屠杀、私刑，以及把人钉上十字架。狭隘让大人以残酷对待孩子，更以残酷对待彼此。世界上绝大多数恶意、暴力、恐怖、心碎以及精神上的崩溃都来源于不能宽容的狭隘。"

她把这段话念了一遍，感觉它就像罐头食品一样没滋没味，新鲜劲儿早就煮没了。她索性合上日记，把它放到一边。

夏日里的这个周六本该作为她一生中最快乐的一天被记录在日记里。那天她第一次看见自己的名字变成了铅字。每个学年结束以后，学校都会出一份校刊，在上面刊登各年级学生的优秀作文。弗兰西的作文《冬日时光》在七年级的评选中脱颖而出，成为入选校刊的优秀作文。校刊卖一毛钱一本，弗兰西得等到星期六才有钱买，可是学校星期五开始放暑假，弗兰西担心自己要买不到了。好在詹森先生说自己星期六来上班，可以帮弗兰西拿一本，到时候直接把钱带来给他就行。

眼下刚过中午，弗兰西站在自己家门口，手上拿着校刊，把它翻到有自己文章的那一页，盼着能有谁凑巧过来，那她就可以拿给人家看看了。

之前吃午饭的时候她给妈妈看过，可是妈妈急着回去工作，没时间细看。吃顿午饭的工夫，作文登在校刊上发表了这件事弗兰西提了不下五次。

最后妈妈也终于得说点什么了："好啦，好啦，我知道了。我早就想到能有这么一天。你以后还得有好多文章能发表，到时候你就习惯了。现在你也别太当回事了，这还有碗没洗呢。"

爸爸在工会总部等活，弗兰西得等到星期天才能给他看了，不过她知道爸爸肯定会很高兴的。所以她站在大街上，把这份殊荣放在胳膊底下夹着。她实在是舍不得放下这份校刊。从看见自己的名字印到校刊上的那一刻开始，她激动的心情就没平复过。

她看见一个名叫乔安娜的年轻姑娘从附近一栋楼里走了出来。乔安娜推着婴儿车，带自己的宝宝出门呼吸新鲜空气。几个出来买东西的家庭主妇原本聚在人行道上扯着闲话，一看见乔安娜出来，她们纷纷倒吸了一口冷气。事情是这样的，乔安娜并没有结婚，她之前惹了点儿"麻烦事"，那孩子也是私生子——也就是这一带人口中的"野种"——而这些良家妇女觉得乔安娜不配像个骄傲的母亲那样，在光天化日之下大大方方地带着孩子出来。在她们看来，她应该找个黑窟窿藏起来才对。

弗兰西对乔安娜和她的孩子很好奇。她听爸爸妈妈说过他们家的事情。婴儿车从她身边推过，弗兰西一直盯着里面的孩子看，这宝宝高高兴兴地坐在车里，长得非常漂亮。乔安娜可能确实是个坏姑娘，可是她的孩子被照顾得精致又可爱，比那些良家妇女上心多了。小宝宝戴着漂亮的花边软帽，穿着干净的白裙子，围着口水巾，婴儿车上罩的单子一尘不染，还装饰着许多精致的绣花，一针一线都流露着爱子之心。

乔安娜在工厂上班，她妈妈帮着带孩子。可乔安娜的妈妈不好意思把孩子带出门，所以乔安娜只有趁着周末不上班的时候，才有机会带孩子出来透口气。

没错，弗兰西确信地想着，这可真是个漂亮的宝宝，长得和乔安娜很像。弗兰西想起之前爸爸妈妈聊起乔安娜的时候爸爸说过的话：

"她的皮肤就像玉兰花花瓣似的。"（不过约翰尼从来没见过玉兰花。）"她的头发黑得像渡鸦的翅膀。"（他其实也没见过渡鸦这种鸟。）"她的眼睛幽暗深邃，像密林中的池塘。"（他连森林的边都没沾过，而他这辈子唯一见过的"池子"还是押棒球赛输赢的赌池：每个人都扔一毛钱进去赌道奇队的比分，猜对了就能把所有钱都拿走。）可他对乔安娜的描述又确实恰如其分，乔安娜真的有那么漂亮。

"就算是你说的这样吧，"凯蒂说，"可是长得这么好看又有什么用？她倒霉就倒霉在漂亮上了。我听说她妈也没结过婚，却还是生了两个孩子。眼下她儿子在辛辛监狱里头关着，女儿又生了这么个孩子。这家人八成是血里头天生带了点儿什么坏东西，你这么多愁善感的也不顶用。当然——"她近来的口气时常超脱得惊人，这时候她也用这样的态度加了一句，"这些也不关我的事。不论是好是坏，我都不会拿她怎么样。她做出了这种错事，可我反正既不会出门去啐她一口，也不会把她接到自己家里来养着。不管结没结婚，生孩子受的罪都是一样的。如果她内在还是个好姑娘，那她既受了罪，又丢了脸，就该长点儿记性，以后再也不干这种事了。可如果她天生就是个坏人，那人家怎么对待她，她都不会当回事。我要是你的话，约翰尼，我可不会那么同情她。"说到这里，凯蒂突然转向弗兰西："你也得从乔安娜的遭遇里吸取点儿教训才行。"

在那个星期六的下午，乔安娜推着孩子来回走着，弗兰西看着她，想着，怎么就能从她身上学到教训呢？乔安娜一副对孩子很自豪的模样，这里面有什么教训吗？她才十七岁，待人很友善，也希望人人能以友善的态度对待她。乔安娜对那些阴着脸的良家妇女微笑，可是看见人家个个皱起眉头，她的笑容也就慢慢消失了。她对大街上玩耍的孩子们微笑，有几个孩子也对她笑了笑。她对弗兰西露出微笑，弗兰西很想以微笑相对，可她却没笑出来。所谓的"教训"，会不会就是叫她不要善待像乔安娜这样的姑娘呢?

　　家庭主妇们怀里抱着购物袋,里面装满了蔬菜和裹在棕色纸包里的肉。她们那天下午似乎也没什么事情干,就还是站在路边三五成群地咬耳朵说闲话。乔安娜一走近,她们的低语声就戛然而止,而她才刚刚走过,窃窃私语就又重新开始了。

　　乔安娜每从她们身边走过一次,她的脸色似乎就更娇艳了一分,头颅似乎仰得更高了一点儿,身后摇摆的裙裾似乎也多了几分挑衅的意味——她似乎越走越漂亮,越走越骄傲了。她频频停下脚步,整一整孩子身上盖的小单子,摸摸宝宝的小脸蛋,露出温柔的笑容。这让主妇们看得怒火中烧。她好大的胆子!怎么敢这样?!主妇们想着,她有什么资格这样?!

　　这些良家妇女多半也有孩子,可她们的孩子都是在怒吼和巴掌下长大的。这些良家妇女多半都憎恨每晚睡在自己身边的丈夫,男女欢爱早已无法给她们带来什么乐趣,做爱的时候她们只不过是一边机械地熬着,一边祈祷这回千万别再搞个孩子出来了。她们苦涩的顺从反而让男人越发丑陋、越发残暴。对她们之中的很多人来说,做爱早就是对双方都很残酷的事情了,越早完事越好。她们怨恨眼前的姑娘,因为她们总是觉得,这姑娘和她孩子的父亲之间并不是这样。

　　乔安娜察觉到了她们的恨意,却毫不退缩。她才不肯就此让步,把孩子带回屋里去。可是也不能就这么僵下去。那些主妇首先发难了。因为她们实在忍无可忍,觉得非得做点什么不可了。乔安娜又一次推车走过,一个骨瘦如柴的女人开口喊道:

　　"你不觉得丢人吗?"

　　"有什么好丢人的?"乔安娜反问道。

　　那女人听了勃然大怒。"她还问有什么丢人的,"她对边上的其他主妇说着,"那我就告诉告诉你,到底有什么丢人的。因为你不要脸,你下贱。你不配推着个野种上街,还当着这么多清白孩子的面大摇大摆地溜达。"

"我想这是个自由的国家吧。"乔安娜说。

"你这种人要什么自由？给我从这条路上滚出去，赶紧滚出去。"

"你倒是试试让我滚！"

"还不快给我滚，你个婊子。"瘦女人骂道。

姑娘的声音有点儿抖了："说话注意点儿。"

"跟站街的说话有什么好注意的！"又有个主妇插了进来。

这时候刚好有个男人路过，他站住脚听了听来龙去脉，伸手拍拍乔安娜的胳膊："得了，妹子，你不如先进去，等这帮泼妇闹够了再说。你可吵不赢这些人。"

乔安娜猛地缩回胳膊："你少管闲事！"

"对不起啊，大妹子，我不是那个意思。"那男人走了。

"干吗不跟他一起走啊？"瘦女人奚落道，"没准儿他能让你好好快活快活，你还能赚上两毛五呢。"其他女人纷纷大笑起来。

"你们这都是嫉妒。"乔安娜镇定地说。

"她说咱们嫉妒，"跟她吵架的瘦女人对同伴们说，"我们有什么好嫉妒的？嫉妒你吗？"（她让重音落在"你"这个字上，仿佛这才是那姑娘的名字一样。）

"我告诉你们嫉妒什么。你们嫉妒男人都喜欢我。幸亏你早就结婚了，"她对瘦女人说，"不然你恐怕一辈子都找不到男人。我敢说你男人完事了都得啐你一口。我敢说他准得这么干。"

"贱人！你个婊子！"瘦女人歇斯底里地尖叫起来。然后她遵循着某种在基督的时代就已经十分强烈的本能，从阴沟里捡起块石头，冲着乔安娜扔了过去。

这仿佛给其他女人发了信号，她们也纷纷捡起石头扔了起来。有一个格外滑稽的还扔了团马粪。有几块石头砸中了乔安娜，可偏偏有一块尖石子没砸中，反而打到了孩子的脑门。一道细细的血流立刻从婴儿的脸上淌了下来，干干净净的口水巾染上了鲜血。孩子抽抽噎噎地哭了起来，伸出手想让妈妈抱。

有几个女人本来捡起了第二块想要接着扔，这会儿却全都默默把石头扔回了臭水沟里。她们的骚扰结束了，女人们突然觉得惭愧起来，她们只是想把乔安娜从街上赶出去，没想过要伤害孩子。于是她们默默地散开，各自回了家。边上看热闹的小孩也接着玩自己的去了。

乔安娜把孩子从婴儿车上抱了起来，她终于哭了。孩子也用很小的声音啜泣着，仿佛没有资格放声大哭一样。乔安娜把脸贴在孩子的脸上，泪水和着孩子的鲜血一起流着。那些女人赢了，乔安娜抱着孩子回了家，婴儿车还丢在人行道中间。

弗兰西看到了一切，听到了每一句话。她想起乔安娜刚才还对自己微笑，而她却转过头去，没能露出微笑回应。她为什么不对乔安娜笑一笑呢？她为什么就没对乔安娜笑一笑呢？所以现在轮到她弗兰西受罪了——在余生的每一天，只要想起自己没有用微笑回应乔安娜，她心中都会备受煎熬。

几个小男孩围着空空的婴儿车玩起了追人游戏，追逐间连拉带拽地把车推出去老远。弗兰西赶走这群孩子，把婴儿车推回乔安娜家门口，锁好车闸。这一带有条不成文的规矩，只要是放在物主家门口的东西，谁也不能乱动。

弗兰西手上还拿着那本登了她的作文的校刊。她站在婴儿车边上，低头又看了一眼校刊上印着的标题——《冬日时光》，作者弗兰西丝·诺兰。她想做点儿什么，想付出点儿什么东西作为没有对乔安娜微笑的补偿。于是她想到了自己的作文。她对这篇作文是那么自豪，她迫不及待地想拿给爸爸、伊薇姨妈和茜茜姨妈看；她想要永远留着这本校刊，好随时重温那种温暖又美妙的感受。如果把它送出去，那可能再也买不到第二本了。不过弗兰西还是把校刊翻到自己作文的那一页，塞到了婴儿车的枕头下面。

她看见那雪白的枕头上有几滴小小的血迹。宝宝的模样再一次浮现在她眼前，她又看到了小脸上那一道纤细的血流，看到了孩子伸着双手要妈妈抱的样子。一阵突如其来的疼痛骤然淹没了弗兰西，等这阵难受劲儿过去之后，她又觉得浑身虚弱无力。接下来那疼痛再次像潮水一样袭来，席卷全身，缓缓消退，如此周而复始。她摸索着走进自家公寓楼的地下室，缩进最阴暗的角落，坐在一堆麻袋上，等着那痛苦的浪潮反复冲刷过她的身体。一阵难受劲儿刚刚逐渐消退，全新的一阵又蓄势待发，夹在之间的弗兰西只能瑟瑟发抖。她只能紧张地坐在麻袋堆上，等着那痛苦的感觉停下来。如果这种感觉不消失的话，那她只能去死了——她肯定会死的。

过了一段时间，她的难受劲儿越来越弱，相隔的时间也越来越长了。弗兰西开始思考，她觉得自己知道从乔安娜的遭遇里学到的"教训"到底是什么了，不过这可能和妈妈想让她学的东西并不一样。

弗兰西回想着乔安娜的事。她晚上从图书馆回家总是会路过乔安娜家的房子，也经常看到她和一个男孩一起站在狭窄的门廊中，紧紧地拥抱在一起。她看到过那个男孩温柔地爱抚乔安娜美丽的头发，看到过乔安娜抬手抚摸男孩的面庞。路灯下乔安娜的面容梦幻又安详。这样的开端带来了宝宝，却也带来了那么多屈辱。为什么？为什么会这样？那个开端明明那么温柔，那么完美，为什么最后结果却是这样？

她记得扔石头的女人里有一个也是才结婚三个月就生了孩子。她结婚那会儿，弗兰西刚好和其他孩子一起站在马路边，看着新人一行前往教堂。她看到新娘登上雇来的马车，象征处子之身的纯白婚纱下面鼓着怀孕的大肚子。她看见新娘父亲的手紧紧攥着新郎的胳膊，新郎脸上挂着两个大黑眼圈，看起来惨兮兮的。

乔安娜没有父亲，也没有男性亲戚，所以没人能牢牢拽住她那个男孩的胳膊，把他一路拖到婚礼的祭坛前头。这就是乔安娜的罪过，弗兰西如是想着，她其实并不坏，只不过是不够聪明，没办法把男孩弄到教堂里结婚而已。

弗兰西也无从知道事情的全貌。实际上那个男孩是爱着乔安娜的，给她带来那件——姑且这么说吧——"麻烦事"之后也愿意娶她。可那男孩还有一大家子人：母亲，以及三个姐妹。他跟家里说自己想和乔安娜结婚，而她们连说带劝，让他打消了这个念头。

"可别傻了，"母亲和姐妹们说，"她不是什么好人，她们一家都不是什么好东西。再说了，你怎么知道孩子就是你的？万一她在你之外还有别人呢。哎，女人可狡猾了，我们最清楚是怎么回事，我们也是女人。你就是心眼儿太好，性子太柔和了，她说你是孩子的爹你就信了。她这是撒谎呢，儿子，你可不能上当。好兄弟，你可不能让她骗了。你要真是非结婚不可，那就找个好姑娘结婚，找个没让神父办个正经仪式就不和你睡觉的姑娘。要是你一定得娶这个女的，那我就没你这个儿子了——我们也没你这个兄弟了。你永远都说不准孩子到底是谁的，你出门上班以后老得惦记着这码事，想着你自己早上一走，不知道她会把谁带到你家床上。没错，我的好儿子，我们的好兄弟，女人就是这样。我们最清楚怎么回事，我们也是女人，我们最清楚女人都干得出什么事。"

于是那男孩也就听了劝。家里的女人们给了他点儿钱，他去新泽西租了处房子，找了份工作。女人们不肯告诉乔安娜男孩去了哪里，男孩再也没来见过乔安娜。乔安娜没能结婚，还把孩子生了下来。

潮涌般的阵阵痛苦终于要过去了，弗兰西突然惊恐地发现，自己身上好像有点儿不对劲儿。她用手按住心口，感觉皮肉下面仿佛有小锯子在割着。她听爸爸唱过那么多与"心"有关的歌曲，歌里的心会碎，会疼，会舞蹈，会因负担而沉重，会在喜悦中欢跳，会因苦痛而低沉，会感觉翻江倒海，会紧绷得仿佛停止了跳动。她相信人的心脏确实是这样的。弗兰西非常害怕，她觉得自己的心的确为了乔安娜的宝宝而碎掉了，而眼下从身体里涌出来的，正是因为心脏破碎而流出的血。

她跑上楼，回到自己家的公寓，对着镜子照了照。发现自己眼睛底下带着重重的黑眼圈，头也疼了起来。她在厨房里的旧皮沙发上躺了下来，等着妈妈回家。

她把自己在地下室里不舒服的事告诉了妈妈，但是没提到乔安娜。凯蒂叹了口气："这么早就来了？你才十三岁。我还以为你得过一年再说呢。我自己是十五岁才来的。"

"那……那么……这事其实没什么大不了的？"

"这事很正常，所有女人都会遇到的。"

"我不是女人呀。"

"这事来了，就说明你开始从女孩变成女人了。"

"那它会结束吗？"

"过几天就完了。不过一个月以后还会再来的。"

"要来多久啊？"

"那时间可就长了，等你过了四十岁——或者五十岁吧——之后应该就不来了，"她想了一小会儿，"我妈妈生我的时候都五十了。"

"哦，这事和生孩子有关系啊。"

"对。所以你可得乖乖的，做个好姑娘，因为你现在能生小孩了。"

乔安娜和她的宝宝在弗兰西的脑海中一闪而过。

"你可不能让男孩亲你。"妈妈说。

"被亲了就能生孩子吗？"

"不能。可是能让你生孩子的那些事，往往都是亲一下起的头，"她又补充了一句，"你就想想乔安娜吧。"

凯蒂根本不知道街上发生了什么事，她不过是偶然想到乔安娜而已。可是弗兰西却以为那是她洞察力惊人，读懂了她的心思，这让她对妈妈多了一分全新的崇敬之情。

想想乔安娜，记住乔安娜。弗兰西怎么可能忘记她呢？从那一刻开始，弗兰西一想起那些扔石头的主妇就恨女人。她畏惧她们的狭隘，她不信任她们的本能，她开始厌恶她们对彼此的残忍和不忠。扔石头的女人里没有一个人敢为那姑娘说句话，生怕自己也被看成和乔安娜一头的。唯独路过的那个男人说了两句好话。

绝大多数女人都有一个共同之处：她们都经历过生育的巨大痛苦。这原本应该成为一条纽带，让她们团结在一起，让她们在这个男人主导的世界里互相关爱，互相保护。可现实往往并非如此。似乎生育之苦反而限制了她们的心胸和灵魂，让它变得越发狭窄。她们只会因为一个目的团结在一起：去伤害其他女人——不管是直接扔石头，还是说些恶毒的闲话，她们似乎只有在这种时候才会对彼此忠诚。

男人倒不一样。男人大概也相互仇恨，可他们却会团结起来对付全世界，对付胆敢诱骗他们的女人。

弗兰西又翻开日记本，在探讨狭隘的那一段下面隔了一行写道：

"我这辈子永远不会和女人做朋友，我永远不会再相信任何女人，妈妈大概可以算是例外，有时候伊薇姨妈和茜茜姨妈也可以算。"

31

弗兰西十三岁那年发生了两件非常重要的事：欧洲爆发了战争；一匹马爱上了伊薇姨妈。

伊薇的丈夫和他那匹叫"鼓手"的马做了八年的死对头。他对马很坏，他总是连踢带打，嘴上骂骂咧咧，故意使老大的劲儿拽马嚼子。马对威利·佛利特曼姨夫也很坏，送奶的路线它早就走熟了，每走到一个递送点，它都会自动停下来，等威利回到车上才重新出发。可是最近这段时间，威利刚下车去送奶，马就一路小跑地冲出去，每每害得威利得跑个半条街才能追上。

到了中午，牛奶就差不多送完了。威利先回家吃午饭，然后才把马和马车送回马厩。他本该在马厩里刷洗马和马车，可"鼓手"有一手阴招，总是趁着威利给它刷肚子的时候尿他一身。其他送奶工还老是站在边上看着，专等着这匹马这么干，好瞧他的笑话。威利忍无可忍，于是索性在自己家门前洗马。夏天倒是没什么，冬天就有点儿麻烦了。赶上寒冷刺骨的日子，伊薇姨妈也经常下楼来，跟威利说这么冷的天，再用冷水洗马就太过分了。"鼓手"好像也知道伊薇和自己是一头的。她和丈夫争吵的时候，马就会一边哼哼唧唧地装着可怜，一边把脑袋靠到她肩膀上。

于是在又一个寒冷的日子，"鼓手"决定亲自动手——或者用伊薇姨妈的话来说，亲自动"蹄"——来解决他们俩的恩怨。弗兰西着迷地听着伊薇姨妈在诺兰家讲这个故事。伊薇讲故事的本事无人能及，她能生动有趣地把故事里的每个角色都演出来——包括那匹马——再给他们各自加上些当时心里偷偷想着的话。根据伊薇姨妈的讲述，事情的经过是这样的。

当时威利在楼下，用冷水和硬邦邦的黄肥皂洗马，洗得"鼓手"瑟瑟发抖。伊薇也站在窗户边上看着。威利弯下身子准备刷"鼓手"的肚皮，他发现马浑身紧绷了起来，就以为它又憋着要尿自己一身了。这个疲惫又没出息的小心眼儿男人实在是不堪其扰，于是他猛然向后一躲，又挥拳在马肚皮上捶了一记。"鼓手"抬起后腿，精准地踹中了他的脑袋。不省人事的佛利特曼摔倒在地，滚到了马身子底下。

伊薇连忙跑下楼。"鼓手"一看见她就高兴地嘶鸣起来，不过伊薇没搭理它。马回过头去，看见伊薇正准备把佛利特曼拖出来，就挪开了步子。也不知道它是想给伊薇帮个忙，把牛奶车拖到一边去，好离那个昏迷不醒的家伙远一点儿，还是打算干脆拖着车从他身上轧过去，来个一了百了。伊薇喊道："吁！好小子，打住！"而"鼓手"也恰到好处地停了下来。

有个小男孩叫来了警察，警察又叫来了救护车。救护车上的医生说不好佛利特曼到底是骨裂还是脑震荡，就把他拉到格林庞特医院去了。

可那匹马还拉着一整车空牛奶瓶呢，总得把车和马都送回马厩才行。伊薇虽然从来没赶过马车，却想着试试看也没什么大不了的。她穿上一件丈夫的旧外套，围上条头巾，爬上车座抓起马缰，喊了声："回家喽，鼓手！"马回头深情地看了她一眼，就兴高采烈地小跑起来。

幸亏"鼓手"认得路，伊薇根本不知道它的马厩在哪里。这匹马聪明得很，每走到一个十字路口，它都会停下脚步，让伊薇观察左右的路况。如果没有别的车和人，伊薇就说："走起来，好小子！"要是路口还有别的车过来，伊薇就说："等一会儿，好小子！"他们就这样稳稳当当地回到了马厩，"鼓手"神气活现地跑回自己的栏位。其他车夫正忙着洗马车，看见了个女车夫，惊讶地大呼小叫，惹得老板都跑了出来，伊薇就把刚发生的事情都告诉了他。

"我就知道早晚有这么一天，"老板说，"佛利特曼一直就不喜欢那匹马，马也不喜欢他。得了，我们再找个人替他的班吧。"

伊薇怕丈夫丢了工作，就问老板丈夫住院期间能不能让她来代班。她说反正送牛奶的时候天还没亮，换个人送也没人知道。老板听得哈哈大笑。于是她转而说起她家有多需要那每周二十二块五的工资，她恳求的态度那么真挚，模样又是那么娇小漂亮、生机勃勃，老板最终也让步了。他把客户名单交给伊薇，说其他小伙子可以先帮她把奶瓶装到车上，还说反正马认识路，想来应该也不会太难。还有个车夫建议她带上马厩的狗做伴，以防有贼偷车上的牛奶。这事老板也同意了，他让伊薇每天凌晨两点到马厩来报到，伊薇也就成了第一个跑这条路线的女送奶工。

她干得相当顺利，其他车夫都很喜欢她，说她比佛利特曼强多了。

伊薇虽然相当现实，却也既温柔又有女人味，她那低沉又带着气声的嗓音也很讨男人的喜欢。"鼓手"也非常开心，对伊薇要多配合有多配合。一走到送奶的客户家门口，它就自动停下脚步，等伊薇送完奶回来坐稳才重新出发。

伊薇和佛利特曼一样，吃午饭的时候也会把马带回自家楼下。天气实在是太冷，她就从床上撤下一床旧被子，拿去盖在马背上，这样马在楼下等着就不会着凉了。她还把喂马的燕麦拿到楼上，先放在烤箱里烤一会儿才给马吃，因为想着冷冰冰的燕麦吃起来肯定不怎么样。"鼓手"很喜欢热乎乎的燕麦，等马吃完之后，伊薇还会额外给它半个苹果或者一块糖当零嘴。

伊薇觉得在街上洗马太冷了，就还是把它带回马厩里刷洗。她还觉得那种黄色的肥皂洗起来太扎得慌，于是特意买了一块"甜心"牌的香皂来洗马，还拿了块用旧的大浴巾来给它擦身子。其他马车夫纷纷表示愿意替她洗马和马车，甚至有两个因为争着要刷她的马车打了一架。伊薇说他们俩不如一人一天轮着来，顺利摆平了这个问题。

伊薇绝对不用冷水给"鼓手"刷洗。她总是先用老板办公室的煤气炉把水烧热，再用热水和气味香甜的香皂洗马，洗完还用旧浴巾仔细地一点点擦干。伊薇给它刷洗的时候，"鼓手"从来不跟她较劲儿，反而一直快乐地打着响鼻，还不时高兴地嘶鸣几声。伊薇用毛巾给马擦干身子，它的肌肉舒服得直打战，擦到了前胸和脖子，马就把硕大的脑袋搭在伊薇瘦小的肩膀上。这匹马深深地爱上了伊薇，这一点简直毫无疑问。

佛利特曼康复之后回去上班，可只要是他坐在驾驶座上，"鼓手"就不肯把车拉出马厩。最终他们只好给佛利特曼换了匹马，重新安排了条路线。可"鼓手"也不肯给其他车夫拉车，老板本来想着不然就把这马卖掉算了，可他突然想起来，马车夫里有个小伙子有点儿女性化，说起话来又口齿不清，就把佛利特曼的车安排给了他。"鼓手"似平对这位阴柔的车夫挺满意，也就愿意和他一起出去送奶了。

于是"鼓手"就这样重新干起了自己的老本行。不过每天一到中午，它就会拐进伊薇家住的那条街，站在她家门口等着。如果伊薇不下楼来给它吃块苹果或者糖，再一边说着"好小子"一边摸摸它的鼻子，它就不肯回马厩去。

"这马可真有意思。"弗兰西听完故事之后说。

"它是挺有意思的，"伊薇姨妈说，"而且它还特别清楚自己想要什么。"

32

弗兰西十三岁生日当天，她开始写日记了。第一则日记是这么写的：

> 12 月 15 日：我今天就算是少年了。接下来的一年会发生什么事呢？我可真想知道。

只看日记本身的话，这一年似乎没发生什么。而且随着日子一天天过去，日记里的内容也越来越少。弗兰西开始写日记，主要是因为她看到小说里的女主人公都爱写日记，会在日记里写下各种辞藻华丽又多愁善感的文字。她以为自己的日记也能写成那样，然而除了对演员哈罗德·克拉伦斯写了一些浪漫的描述之外，她的日记全是平平淡淡的流水账。一年快要过去了，她随手翻开日记本，漫不经心地读着里面的内容。

> 1 月 8 日：玛丽·罗姆利外婆有个漂亮的木雕箱子，那是一百

年前她的曾祖父在奥地利做的。里面放着一条黑裙子，一件白衬裙，还有配套的鞋子和长筒袜之类的。这是她给自己准备的寿衣，因为她说自己不想包在那种裹尸布里面下葬。佛利特曼姨夫说他希望死了以后能火化，然后把骨灰从自由女神像顶上撒下来。他觉着自己下辈子应该会变成一只鸟，所以这么处理算是个好的开始。伊薇姨妈说他这辈子就是个傻鸟了，蠢得跟个布谷鸟似的。我没忍住笑，妈妈骂了我几句。火化是不是比土葬好一点儿啊？我还挺想知道的。

1月10日：爸爸今天"病"了。

3月21日：尼利从麦卡瑞恩公园偷了点儿银柳枝送给格雷欣·汉恩。妈妈说他现在就惦记姑娘也太早了，以后还有的是时间呢。

4月2日：爸爸三个星期没工作了。他的手不太对劲儿，哆嗦得厉害，什么都拿不住。

4月20日：茜茜姨妈说她要生孩子了。我不太相信，因为她的肚子很平。可我听见她跟妈妈说，她是"背地里"要上这个孩子的。我真想知道她这是什么意思。

5月8日：爸爸今天"病"了。

5月9日：爸爸今晚去上班了，可是一会儿又回来了，他说人家不用他了。

5月10日：爸爸"病"了，他大白天做噩梦，尖叫个不停。我还得去把茜茜姨妈找来。

5月12日：爸爸一个多月没工作了，尼利想办工作证件，不上学了，妈妈说不行。

5月15日：爸爸今晚有活儿干了。他说他从今天开始要负起责任来，还因为办工作证件的事骂了尼利一顿。

5月17日：爸爸"病"着回家了，有几个小孩一路追着他，拿他取笑。我讨厌小孩。

5月20日：尼利开始送报纸了，他不让我帮他一起送。

5月28日：卡尼今天没捏我的脸，捏的是别的地方。我想我可能已经太大了，不该卖破烂了。

5月30日：加德纳小姐说要把我写冬天的那篇作文登在校刊上。

6月2日：爸爸今天又"病"着回家了。我和尼利帮着妈妈把他扶上楼，爸爸哭了。

6月4日：我的作文得了个"A"，作文的题目是"我的理想"。只有一个词我用得不太对。我写了我想当写戏剧的作家，而加德纳小姐说，更合适的说法是"剧作家"。

6月7日：两个男的送爸爸回家，他"病"了。妈妈不在家，我就让爸爸躺在床上，给他喝了点儿黑咖啡。妈妈回家以后说我做得很对。

6月12日：丁摩尔小姐今天教我弹舒伯特的《小夜曲》。妈妈学得比我快，她已经学到《唐豪瑟》里的《晚星颂》了。尼利说他学得比我们俩还快，现在他不用看乐谱就能弹《亚历山大的爵士乐队》了。

6月20日：今天去看戏了。看的是《金色西部的姑娘》。这是我看过的最好的戏，甚至还看见血从天花板上滴下来了。

6月21日：爸爸一连两晚都没回家。我们也不知道他去哪里了。不过他是"病"着回家的。

6月22日：妈妈今天翻开我的床垫，找到了我的日记，还看了一遍。她让我把里面的每个"醉"字都划掉，换成了"病"字。幸亏我没写什么妈妈的坏话。如果我以后有了孩子，那我一定不看他们的日记，因为我相信孩子也是应该有点儿隐私的。如果妈妈再把我的日记翻出来，希望她看到这里能明白点儿什么。

6月23日：尼利说他有女朋友了，妈妈说他还太小。我也不知道是不是。

6月25日：今天晚上威利姨夫、伊薇姨妈、茜茜姨妈和她家"约翰"都过来了。威利姨夫喝了很多啤酒，哭了。他说他的新马"贝西"比原来的"鼓手"还坏，干的事比在他身上撒尿还糟糕。我没忍住笑，被妈妈骂了一顿。

6月27日：我们今天把《圣经》读完了，现在得从头开始。莎士比亚我们已经来回读了四遍了。

7月1日：狭隘……

弗兰西用手遮住这天的日记，遮住上面的文字。有那么一瞬间，她以为当时那种疼痛的浪潮会再次向她袭来，不过这感觉很快就过去了。她翻过这一页去读下一篇。

7月4日：今天是麦克舍恩警官把爸爸送回家的。我们还以为他被逮捕了呢，后来才发现不是，他只是"病"了。麦克舍恩给了我和尼利每人两毛五分钱。妈妈让我们把钱还给他了。

7月5日：爸爸还"病"着。他还能不能工作呢？我想不明白。

7月6日：今天我们开始玩北极探险的游戏了。

7月7日：北极。

7月8日：北极。

7月9日：北极，预期中的"救援"也没来。

7月10日：我们今天把罐头银行撬开了，里面有两块八毛钱。我那些金色的一分钱都变黑了。

7月20日：罐头里所有钱都花光了，妈妈开始替麦克加里蒂太太洗衣服，我帮她熨，可我把麦克加里蒂太太的衬裤上烫了个窟窿，妈妈就不让我熨了。

7月23日：我在亨德勒饭馆找了个暑假做的零活，是在店里最忙的午饭和晚饭时间去洗盘子。我得从大桶里挖成团的软肥皂出来用。每个星期一都有个人过来，收走三大桶废油，星期三再带着一大桶软肥皂回来。世上什么东西都能派上用场。我每星期能赚两块钱，还包两顿饭。这活儿不算累，但是我真的不喜欢那种肥皂。

7月24日：妈妈说我"眼瞧着就要变成女人了"，这我也不太明白。

7月28日：弗洛西·加迪斯和弗兰克要结婚了，弗兰克一加薪他们就结婚。弗兰克说，要是威尔逊总统继续这么搞，那眼瞧着我们也要卷进战争了。他还说自己想结婚，主要是为了有老婆孩子，这样到时候他就不用去打仗了。弗洛西说不是这么回事，他们是因为相爱才结婚的。我也不知道是怎么回事。不过我还记得，好几年以前弗兰克刷马的时候，一直是弗洛西在追他。

7月29日：爸爸今天没"病"。他要去找活儿干。他说妈妈不用再给麦克加里蒂太太洗衣服了，我也不要再去打工了。他说他会赚大钱，带我们一起到乡下去生活。不知道是不是真的。

8月10日：茜茜姨妈说她很快就要生了，我搞不懂，她的肚子平得像煎饼似的。

8月17日：爸爸这三个星期都有工作。我们也都有很棒的晚饭吃。

8月18日：爸爸"病"了。

8月19日：爸爸"病"了，因为他搞丢了工作。亨德勒先生也不让我回去刷碗了，他说我靠不住。

9月1日：伊薇姨妈和威利姨夫晚上过来了。威利唱了《弗兰奇和约翰尼》，就是在歌词里加了很多脏话。伊薇姨妈站在椅子上朝他鼻子来了一拳。我笑了，妈妈骂了我几句。

9月10日：我最后一个学年开始了。加德纳小姐说，要是我的作文能一直得"A"，她就让我来写毕业演出用的剧本。我已经有个很棒的点子了。戏里要有一个穿着白裙子、披着长头发的姑娘，她的名字叫"命运"。其他姑娘走上舞台，说出自己想从生活里得到什么，而"命运"会告诉她们实际上又能得到什么。最后一个穿蓝衣服的姑娘走上台，张开双臂问："活着值得吗？"舞台上所有人齐声回答："值得。"这出戏的台词都得押韵才行。我把这个点子和爸爸说了，可是他"病"得太厉害，完全没听进去。可怜的爸爸。

9月18日：我问妈妈我能不能剪个卡斯特尔[1]那样的短发，她说不行，因为长发是女人身上最美的部分。她是不是想说我很快就要变成女人了？我希望是这样，因为我想做自己的主，想剪什么发型就剪什么发型。

9月24日：今天晚上洗澡的时候，我发现自己越来越有女人的样子了。也差不多是时候了。

10月25日：这个日记本用完的时候我会很高兴的。我已经写烦了，本来也没有什么真正重要的事。

弗兰西读到了最后一篇日记，本子只剩下最后一页空白了。她巴不得快点儿把这一页写满，好早早结束这段非得写日记不可的日子，这样就再也不用惦记着这回事了。她舔湿了笔尖。

11月2日："性"这东西总会无可避免地进入每个人的生活。有人写文章反对它。牧师讲道也抨击它。甚至有法律来限制它。

1　伊琳娜·卡斯特尔（Irene Castle, 1893—1969），20世纪早期在纽约当红的职业社交舞者。她在1915年为了活动方便而剪的短发发式风靡一时。

可不管怎么说，性都还是一如既往地存在着。学校里的姑娘们说来说去都是同一个话题：性和男孩。她们非常好奇。那我对性是不是也很好奇呢？

弗兰西认真读了读最后一句，眉心挤出来的细纹皱得更深了一点儿。然后她把那句话划掉，重新写道："我对性也非常好奇。"

33

没错，威廉斯堡这些正值青春期的孩子对性非常好奇。他们也总是聊起这个话题。更小的孩子里颇有一些"小暴露狂"（"你要是给我看看，那我就也给你看看"），假正经一点儿的会把那种暧昧的游戏伪装成"过家家"或者"装医生看病"。有那么几个格外放纵不羁的孩子，就直接"耍耍脏把戏"了。

不过在整个社区中，"性"却是个说不得的话题。孩子们提出问题，做父母的却不知道怎么回答，因为他们不知道用什么词去解释才是对的。夜深人静的时候，每对夫妻在床上都有一套他们自己咬耳朵说的私房话。可是几乎没几个当妈的敢把这些话拿到大白天来说，更不要说讲给孩子们听了。而这些孩子长大以后也会再发明一套属于他们自己的悄悄话，而且一样没法拿出来跟他们的孩子说。

凯蒂·诺兰在行为和精神上都绝非软弱之辈。她总能娴熟地解决自己遇到的每一个问题。她虽然不主动跟孩子提性这个话题，可是弗兰西要是问起来，那她还是会力所能及地做出解答。弗兰西和尼利还小的时候，有一回姐弟俩约好了，要找妈妈问几个比较特别的问题。于是那天他们站在凯蒂面前，由弗兰西作代表问了出来："妈妈，我们是从哪里来的？"

"是上帝把你们赐给我的。"

天主教人家的孩子很愿意接受这样的答案，不过下一个问题就更麻烦了。

"那上帝是怎么把我们送给你的呢？"

"这个我就没法解释了，因为一解释这个，我就得用上好多大词，你们听不懂的。"

"你就把这些大词说出来，看看我们能不能听懂嘛。"

"你们要是听得懂，那我也就不用对你们解释这个问题了呀。"

"那你就用点儿别的词，跟我们说说宝宝是怎么来的吧。"

"不行，你们还太小。我要是现在就跟你们说了，你们准得出去跟别的孩子讲，然后别的孩子再告诉他们的妈妈，那人家就该跑到我这里来，骂我是个下流的女人，到时候就得吵起来了。"

"好吧，那你给我们讲讲男孩和女孩哪里不一样吧。"

妈妈想了一会儿才说："最主要的区别就是女孩坐着上厕所，男孩站着上厕所。"

"可是妈妈，"弗兰西说，"我上那个很黑的厕所害怕，就也站着尿尿啊。"

"我也是，"尼利也坦白了，"我也坐着拉……"

妈妈打断了他的话："这个嘛，每个男人身上都会有一点点女人的特征，每个女人的身上也都会有一点点男人的特征的。"

对话就此结束。因为这话在孩子们看来实在是令人费解，他们也就不想深究了。

如今就像她自己在日记里写的一样，弗兰西开始变成女人了。她又对性产生了好奇，就再次去问了妈妈。这一次凯蒂把自己知道的东西全部简单直白地告诉了她。讲解的时候免不了要用上些算是很"脏"的词，但凯蒂还是没有避讳，大胆地把这些词说了出来，因为她也不知道还有没有什么别的说法。凯蒂告诉女儿的话也不是从别人那里听

242

来的，没人跟她自己说过这些。那年头也没有合适的书本，可以教和凯蒂一样的女人如何正确地跟孩子谈论性这个话题。不过虽然她的用词粗糙又直接，却也没什么令人反感的地方。

弗兰西比这一带绝大多数孩子都幸运得多，她在合适的时机知道了所有应该知道的事。她不用再和其他姑娘一起偷偷溜到阴暗的过道里，带着负罪感交换彼此的小秘密。更不用通过扭曲的方式学到那一切。

如果说正常的性爱是社区中隐藏的巨大谜团，那么性犯罪就是暴露在光天化日之下的问题了。所有贫困又拥挤的城区都潜伏着性犯罪者，他们是家长心头萦绕不去的噩梦。似乎每个社区都有一个这样的人。弗兰西快到十四岁的那一年，威廉斯堡也出了这么一号人物。在相当长一段时间里，这一带总会发生小女孩被人猥亵的事件，警察也一直在追查此人，可他却从未被捕。原因之一在于受害孩子的父母总是倾向于保密，不想让别人知道有过这种事。不然大家都会对孩子另眼相看，孩子也就没法再和小伙伴一起过回正常的童年生活了。

有一天，弗兰西住的那条街上的一个小姑娘被人杀害了，这种事终于再也瞒不下去了。那个小姑娘才七岁，安安静静的，很乖，很听话。那天放学之后她没有回家，她妈妈本来还没太担心，想着孩子可能到什么地方玩去了。过了吃晚饭的时间，孩子还是没有回来，家里人就出去找了，他们问遍了她所有玩伴。可是放学之后就再也没人见过她。

恐惧的浪潮席卷了整个社区。家长纷纷把在街上玩耍的孩子叫回来，锁在家里。麦克舍恩带着六七个警察过来了，在屋顶和地下室展开了地毯式的搜查。

孩子最终被找到了，是被她那个粗笨的十七岁哥哥找到的。她小小的尸体横搁在一辆破烂的娃娃车上，扔在附近一座房子的地下室里，她的裙子和内衣都被撕烂，鞋子和红色的小袜子扔在一堆炉灰上。警察叫孩子的哥哥去问话，他情绪激动，回起话来结结巴巴的。于是他们就把他作为嫌疑人逮捕了。麦克舍恩倒不是傻，他这么干主要是为了让真凶放松警惕。他知道，如果真凶觉得安全了，就可能再次出动；而这一次警察就等着抓他了。

家长们也各自行动起来。他们纷纷把那个狂徒的存在和他干的坏事告诉了孩子们（这时候谁还管什么用词对不对啊）。父母尤其叮嘱小姑娘们，千万不能拿陌生人的糖果，更不能跟陌生男人说话。一到放学的时间，当妈的就都站在门廊里，等着自己的孩子回家。马路上空荡荡的，仿佛是花衣吹笛手把所有孩子都拐到山里去了。整个社区都笼罩在恐惧之中。约翰尼实在是太担心弗兰西了，他甚至去弄了把枪。

约翰尼有个叫伯特的朋友，他是附近银行的夜班看门人。这伯特四十岁了，却娶了个年纪只有自己一半大的姑娘。他为了这姑娘嫉妒到发狂，总是怀疑她趁自己上夜班的时候找情人幽会。他思来想去，最终觉得要是真能撞破了是这么个结果，那反而能让他松一口气。他宁愿要令人心碎的现实，也不想要这折磨灵魂的怀疑了。于是他就经常在深夜时分偷偷溜回家去，让朋友约翰尼替他在银行值班。他们俩有个约好的信号。如果伯特实在熬不过内心的煎熬，觉得非回家不可，他就叫值班的警察去按三下诺兰家的门铃。假如约翰尼在家，他就会像消防员一样从床上蹿下来，匆匆忙忙地穿好衣服，跑到银行去，急得就像这事和他的身家性命有什么关系似的。

守夜的伯特溜出去之后，约翰尼躺在他那张狭窄的行军床上，能感觉到薄薄的枕头下面压着硬邦邦的手枪。他简直有些希望能有人来抢银行，这样他就能保护这里存着的钱，被人家当成英雄了。可是他代为值班的夜晚一直风平浪静，什么事都没发生。甚至连伯特捉奸成功这种刺激事都没有。每次他偷偷溜回家，都只发现姑娘一个人在家睡得正香。

听说有孩子被奸杀的事件之后，约翰尼去银行找到好友伯特，问这位看门人还有没有备用的枪。

"当然有，问这个干吗？"

"那能借我用用吗，伯特？"

"约翰尼，你借这个干啥用？"

"我们那片儿有个坏人到处乱窜，他杀了个小姑娘。"

"那我希望他们能早点儿逮住他，约翰尼，但愿他们能早点儿逮住这个婊子养的。"

"我自己也是有闺女的人。"

"是，是，约翰尼，这个我知道。"

"所以我才想借你的枪用用。"

"这可是违反《沙利文法》的啊。"

"你每天晚上都从银行溜出去，把我丢在这儿给你顶班，这也得犯点儿什么法吧？你怎么知道我信得过？保不齐我其实是抢银行的。"

"得了，约翰尼，别瞎说。"

"我觉着既然咱俩已经犯法了，那再多犯一点儿应该也没什么。"

"行吧，行吧，那我就借给你好了。"他打开写字台的抽屉，拿出一把左轮手枪。"我告诉你怎么用。如果你想把谁干掉，就用这玩意儿指着他——"他举枪指着约翰尼，"——然后扣一下这里。"

"明白了，让我试试。"约翰尼拿过枪，瞄准了伯特。

"你来吧，"伯特说，"我自己也没拿这玩意儿开过火。"

"这是我头一回摸枪。"约翰尼解释说。

"那你小心点儿，"伯特低声说，"这枪可是上了膛的！"

约翰尼吓得一哆嗦，小心翼翼地把枪放了下来："好家伙，伯特，你不说我还真不知道。咱俩刚才差点儿把对方打死。"

"老天爷，你说的没错。"伯特也打了个哆嗦。

"动动手指头就能要人的命啊。"约翰尼若有所思地说道。

"约翰尼，你不会是想不开了打算自杀吧?"

"那倒不是，我还不如喝酒喝死呢。"约翰尼大笑起来，但笑声又很快戛然而止。他拿着枪准备离开，伯特说:

"你要是逮住了那个狗杂种，可得跟我说一声。"

"那肯定的。"约翰尼一口答应。

"行吧，那再见啦。"

"再见，伯特。"

约翰尼把家人都叫了过来，跟他们说了枪的事。他警告弗兰西和尼利千万不要碰。"这小转轮里装的东西，可是能要五个人的命啊。"他用夸张的语气讲着。

弗兰西觉得手枪的模样怪里怪气的，有点儿像是个拿食指指人的手势，只不过这根"手指"指出的却是疾驰而来的死亡。幸好爸爸把枪藏到了他枕头底下，弗兰西不用老看见它了。

手枪在约翰尼枕头底下一放就是一个月，没人动过。社区里后来没再出事，那个恶徒似乎是跑到别的地方去了。母亲们逐渐放松了下来，不过总还有几个当妈的——比如说凯蒂——会在孩子放学回家的时候到门口或者门廊上等着。毕竟凶手总是习惯躲藏在阴暗的楼道里伺机出动，凯蒂觉得小心点儿总没坏处。

等大多数人都被安全的假象蒙蔽，逐渐放松了警惕以后，那个变态再次出手了。

有一天下午，凯蒂正在和自己家隔几栋房子的公寓楼里打扫走廊。她听见大街上传来孩子的喧哗声，知道已经是放学的时间了。她想着还用不用先回去在楼道里等弗兰西。自从出了那件谋杀案以后，她一直是这么干的。弗兰西快要十四岁了，应该能照顾自己了。何况那个凶手好像只对六七岁的孩子下手，没准儿他已经在别的社区里被逮住了，现在正在蹲大牢呢。可是……凯蒂犹豫了一番，还是决定回家一趟。反正她现在手里这块肥皂也用不了一个小时了，得拿块新的，那回趟家也是一举两得。

她在街上来回看了看，没在孩子们之中看到弗兰西，心里有点儿不安。然后她突然想起来，弗兰西上学的路更远，所以回家总会晚一点儿。回家以后，凯蒂决定把咖啡热了喝上一杯，到时候弗兰西也该回来了，她的心也就放下了。她走进卧室，翻开枕头看看枪还在不在——它当然还在，这让凯蒂觉得自己有点儿傻。于是她喝光了咖啡，拿了块新的黄肥皂，准备回去接着干活了。

弗兰西按照平时的时间回家了。她打开楼门，上下扫视一下那又窄又长的楼道，没发现什么异常。于是她把那扇结实的木门关上，楼道里暗了下来，她穿过楼道，走向不远处的楼梯。刚踏上第一级台阶，她就看到了那个人。

那个人从楼梯底下通往地下室的小门里钻了出来。他的脚步很轻，却带着猛扑过来的紧迫势头。他的身材相当瘦小，穿着破破烂烂的黑西装，里面的衬衫上既没装领子也没打领带。他的头发浓密蓬乱，从额头上垂下来，几乎完全盖住了他的眉毛。他长着个鹰钩鼻，嘴唇极薄，整张嘴抿成一条扭曲的细线。楼道里和一团漆黑差不多，弗兰西却还是能感受到他湿漉漉的视线。她又上了一级台阶，来人也看得更清楚了，可是一看清那副光景，她的双腿就像灌满了水泥一样，一步都抬不起来，一级台阶也迈不上去了！她的双手摸向了楼梯扶手，死死地抓住了两根栏杆。她这样动弹不得，是因为那个向她走来的男人裤子是解开的。弗兰西盯着那人身上裸露的部分，吓得全身僵硬。那玩意儿白得像蛆虫，和他面孔与双手那病态丑陋的暗色形成了鲜明的对比。她觉得恶心。之前有一回，她看见死耗子上团着一堆又肥又白的蛆，而现在她感觉到的恶心就和那时候一模一样。她想尖叫着喊"妈妈"，可嗓子却仿佛被封住了，只有出气的份儿。这就像是深陷噩梦，虽然想要喊叫，却完全发不出声音。她动不了！她完全动不了！她的手攥栏杆都攥疼了，甚至让她不合时宜地想到这栏杆怎么没被她攥成两段。眼下那个人离她越来越近了，可她却跑不动！她居然跑不动！上帝啊，她祈祷着，赶紧让哪个房客下楼来吧。

凯蒂这时候正迈着安静的步子往楼下走，手上拿着那块黄肥皂。刚走近最后一段楼梯，她就一眼看到有个男人朝着弗兰西步步逼近，而弗兰西死抓着楼梯扶手动弹不得。凯蒂一声没吭，楼下的两个人也没看见她。她静悄悄地转过身，跑回三楼的家，从门垫下摸出钥匙打开房门——这期间她的双手一直很稳。时间宝贵，她下意识地把肥皂搁在洗衣盆盖子上放好，从枕头底下翻出手枪，比画着瞄了瞄准，然后维持着瞄准的姿势把手藏到围裙底下。现在她的手终于开始抖了，于是她把另一只手也缩到围裙下面，两只手一起稳住手枪。就这么端着枪跑下楼梯。

那个杀人犯走到楼梯边上，绕过转角，跳上两级台阶，然后抡起一只胳膊箍住弗兰西的脖子，手掌捂住她的嘴，不让她喊叫，动作快得像只猫一样。他另外一只手搂住弗兰西的腰，开始把她从楼梯上往下拽。他脚下滑了一下，身上裸露的部分碰到了弗兰西光着的腿。她的腿猛然一缩，就像被火烫了一样。现在弗兰西的腿终于能动了，她开始踢腾着挣扎。而那个变态就用自己的身体把她紧紧压在楼梯扶手上，开始掰她紧抓着栏杆的手，一根根地掰开她的手指。他松开弗兰西的一只手，拧到她自己身后，用身体压住，紧接着又开始掰另外一只。

楼道里突然有了动静。弗兰西抬头看去，发现妈妈正顺着最后一段楼梯往下跑。凯蒂奔跑的姿势很别扭，因为她的两只手都藏在围裙底下。那个男人看到了她的人，却看不见她手里的枪。他不情不愿地松开弗兰西，退着下了两级台阶，湿漉漉的视线转向凯蒂。弗兰西还站在原地，一只手还紧抓着栏杆，她这只手完全松不开了。那男人走下台阶，后背贴着墙，开始往地下室门的方向蹭。凯蒂停下脚步，蹲在台阶上，把围裙蒙着的家伙从栏杆缝隙里伸出去，盯着那人露在外面的玩意儿扣动了扳机。

一声爆裂般的巨响过去，凯蒂的围裙上多了一个还在烧的窟窿，散发着布料烧焦的煳味。变态咧着嘴，露出一口肮脏的蓝牙，双手捂着肚子倒了下去，落地的时候又把手松开了，那蛆一样白的地方现在沾满了血。狭窄的楼道里烟雾弥漫。

四面响起了女人的尖叫声，一扇扇门被打开，楼道里回荡着奔跑的脚步声，街上的人也涌了进来。眨眼之间门廊就挤满了人，出不去也进不来了。

凯蒂抓住弗兰西的手，想把她拉上楼去，可这孩子的手却像冻在栏杆上了一样，手指头死活张不开了。无奈之下，凯蒂用枪托砸了弗兰西的手腕一下，她那早已攥麻了的手指才终于放松下来。凯蒂拉着她走上楼梯，穿过楼道，一路上全是从各个公寓里出来的女人。

"怎么啦？怎么回事？"她们尖叫着问道。

"没事了，现在都没事了。"凯蒂说。

弗兰西走得跌跌撞撞，双腿发软，走不了几步就跪倒在地。走最后一段楼道的时候，凯蒂基本是把跪在地上的她拖回去的。她就这么把弗兰西拖回家，让她躺到厨房的沙发上，然后仔细地把门链插好。她小心翼翼地把枪放在那块黄肥皂边上，无意间碰了下枪口，却惊恐地发现它还是热的。凯蒂对枪一无所知，之前更从来没打过枪。所以她这会儿以为枪管这么热，放着不管恐怕该炸开了。于是她打开洗衣盆的盖子，把手枪扔进泡着脏衣服的水里。因为那块黄肥皂和这件事似乎也脱不开干系，她就把肥皂也跟着扔了进去。然后她来到弗兰西身边。

"他伤到你没有，弗兰西？"

"没有，妈妈，"她呻吟着答道，"不过他……他的……怎么说呢，他的那个……碰到我的腿了。"

"碰着哪儿了？"

弗兰西指了指她蓝色袜子边缘靠上一点儿的地方。那片皮肤干干净净，没有一点儿损伤。弗兰西难以置信地看着，她总觉得那个地方该被烧出一个窟窿才对。

"你这里什么事都没有。"妈妈说。

"可那玩意儿碰过的地方感觉就是不对劲儿，"弗兰西的呜咽转为发疯一般的哭喊，"我想把这条腿剁了。"

有人在外头砸门，问着发生什么事了，凯蒂闩死了房门置之不理。她给弗兰西喝了一杯滚烫的黑咖啡，然后在房间里踱开了步，她现在也浑身发抖，不知道接下来该怎么办了。

枪声响起的时候，尼利本来正在街上闲逛。他看见人们蜂拥进他住的房子，自己也就跟着挤了进去，跑上了楼梯，隔着扶手往下看。那个变态缩成一团倒在地上，一群女人扯掉了他的裤子，离得近的拿鞋跟转着圈地往他的肉里踩，离得远的就一边踹他，一边吐口水，所有人嘴里都尖声骂着脏话。尼利听到了他姐姐的名字。

"弗兰西·诺兰？"

"对，是弗兰西·诺兰。"

"你确定？弗兰西·诺兰？"

"是我亲眼看见的。"

"她妈妈下了楼，然后……"

"弗兰西·诺兰！"

他听见了救护车的声音，以为是弗兰西被人杀了。于是他抽泣着跑上楼梯，尖叫着捶起自己家的房门："妈妈！让我进去！让我进去！"

凯蒂把他放了进来。尼利看见弗兰西躺在沙发上，哭得更响了，弗兰西也跟着哭嚷起来。"闭嘴！别哭了！"凯蒂嚷道，她抓住尼利狠命摇晃，一直摇到他收住了哭声。

"赶紧去把你爸找回来，跑着去，给我一直找，直到你找着他为止。"

尼利在麦克加里蒂的酒吧里找到了爸爸。约翰尼本打算慢悠悠地喝点儿酒，悠闲地打发掉这个下午。尼利把事情一说，他连忙扔掉酒杯，和尼利一起跑了出去。楼门还是挤不进去，救护车已经停在门口了，四个警察推搡着人群给救护车上的医生开路。

约翰尼和尼利从隔壁楼的地下室进了院子，互相帮着翻过木篱笆进了自己家的后院，再顺着防火梯往上爬。凯蒂看见约翰尼的圆顶礼帽从窗户露出来，吓得惊声尖叫，慌乱地到处找枪。好在她想不起来把枪丢到哪儿去了，约翰尼才有幸躲过一劫。

约翰尼跑到弗兰西身边，虽然她已经大了，他却还是像抱婴儿一样把她抱了起来，在怀里摇晃着，哄她睡觉。可弗兰西还是一个劲儿说要把腿剁掉。

"那人伤着她没有？"约翰尼问。

"没有，不过我伤着那人了。"凯蒂冷酷地说。

"你拿枪打的？"

"不然还能用什么？"她指了指围裙上的窟窿。

"打准了没有？"

"我能瞄多准就打了多准。不过弗兰西老是念叨她那条腿，那人的……"她的视线转向尼利，"……你懂的，就是那个，碰到她腿上了。"她指了指那个地方，约翰尼随着看了过去，却什么都没看到。

"弗兰西摊上这事可太糟糕了，"凯蒂说，"她记性那么好，以后老想着这回事，怕是永远结不了婚了。"

"咱们能把这条腿治好。"爸爸对她保证道。

他把弗兰西放回沙发上，拿出石炭酸来，直接蘸着没兑水的酸液在那块地方来回擦着。弗兰西欣然接受了石炭酸带来的灼痛，她觉得被那人碰到而沾染的邪恶也跟着被烧掉了。有人捶门，一家人默不作声，也没去开门，他们不想让外人在这个时候到家里来。门外响起一个操着爱尔兰腔的有力声音：

"赶紧开门，我是警察。"

凯蒂打开房门，一个警察走了进来，后面跟了个背着包的急救实习生。警察指了指弗兰西。

"那人要害的就是这孩子？"

"是。"

"这位医生得给她检查一下。"

"我可不允许。"凯蒂抗议道。

"这是法律规定的。"警察平静地说着。

于是凯蒂只好让实习生带着弗兰西走进卧室，让惊魂未定的孩子接受伤自尊的检查。那位活泼的实习生迅速却认真地检查了一遍，然后站起身子，把仪器一件件收进包里。

"她没事，那人根本没碰着她。"实习生托起弗兰西那只肿胀的手腕，"可这是怎么弄的？"

"因为她死抓着栏杆不松手，我就只能拿枪托砸开了。"凯蒂解释道。

实习生又留意到弗兰西膝盖上的擦伤。

"那这个呢？"

"我是把她从楼道里拖回家的。"

他紧接着又看见了她脚踝上那块新鲜的烫伤痕迹："老天爷，这又是怎么搞的？"

"她爸用石炭酸给她擦洗了一下，那人碰到这个地方了。"

"我的老天！"实习生爆发了，"你们俩想让她三度烧伤？"他又打开了医疗包，给烫伤的地方涂上降温的药膏，又整齐地包扎起来。"我的老天！"他又说了一遍，"你们两口子让她受的这些伤，简直比罪犯弄出来的还厉害。"他抚平弗兰西的裙子，拍拍她的脸颊："小姑娘，你会没事的。现在我再给你点儿药，让你好好睡一觉。等你醒过来以后，当今天这些事都是一场噩梦就好了。就是这么回事，你就当这是一场梦，听明白没有？”

"明白了，先生。"弗兰西感激地答道。一支注射器映入眼帘，让她想起了很久以前的一件事，不由得担心起来。她的胳膊干净吗？医生会不会说……

"真是个勇敢的姑娘。"他边说边把针扎了进去。

"咦，这人和我是一头的。"弗兰西迷迷糊糊地想着。打完针之后她就立刻睡着了。

凯蒂和医生一起回到厨房。约翰尼和警察正在桌边坐着，警察的大手里捏着一小截铅笔，吃力地在一个小本子上拿小字做着记录。

"孩子没事吧？"警察问。

"没什么事，"实习生说，"她就是吓坏了，还闹了点'父母瞎折腾病'。"他冲警察挤了挤眼睛。

"等孩子睡醒以后，"他又对凯蒂说，"记得跟她说这都是一场噩梦，就别再用别的说法了。"

"该付您多少钱，医生？"约翰尼问。

"不用付钱，哥们儿，这钱归市政府出。"

"谢谢。"约翰尼低声说。

实习生看见约翰尼的双手在发抖，就从裤子后袋里拿出个一品脱装的酒瓶递了过去："来吧！"约翰尼抬头看了他一眼。"来一口吧，哥们儿。"实习生说得很坚持。约翰尼满怀感激地喝了一大口，实习生又把瓶子递给凯蒂："你也来一口吧，太太，你看起来也得喝点儿。"凯蒂也深深喝了一大口。这时候警察也开了腔：

"你当我是什么？没人要的孤儿吗？"

警察把酒瓶还给实习生以后，里面的酒只剩下差不多一英寸高了。

实习生叹了口气，喝光了瓶里的酒。警察也跟着叹了口气，转向约翰尼："好啦，你的枪平时都藏在哪儿？"

"我枕头底下。"

"拿过来吧，我得把它带回警局。"

凯蒂这会儿完全忘记自己刚才已经把枪"处理"掉了，还跑到卧室里去翻枕头。她一脸焦急地回来了。

"怎么回事？枪没在枕头底下！"

警察笑了："可不是嘛，你刚才拿它去打那个混蛋来着。"

凯蒂花了好长时间，才终于想起自己之前把枪扔进洗衣盆里去了。她把枪捞了出来。警察擦干枪上的水，取出子弹，问了约翰尼一个问题——

"哥们儿，你有持枪证没有？"

"没有。"

"那就不好办了。"

"可这枪不是我的。"

"那是谁给你的？"

"不是——没人——"约翰尼不想给看门人惹麻烦。

"那你是哪儿弄来的？"

"捡的。没错，我在臭水沟里捡的。"

"能捡着这么个上过油还装满了弹的？"

"我没说瞎话。"

"你打算就这么解释？"

"就这么解释。"

"我听着没毛病，哥们儿，你记住了这个说法，别来回改就行。"

楼道里传来救护车司机的喊声，说他送犯人去医院回来了，问医生现在能不能走。

"送医院？"凯蒂问，"这么说我没把他打死。"

"差一点儿，"实习生说，"所以我们得先把他治好，让他能自己走到电椅上去。"

"抱歉啦，"凯蒂说，"我本来是想把他打死的。"

"他晕过去之前跟我都招了，"警察说，"隔几栋楼的那个小姑娘也是他杀的。这之外他还做过另外两个案子。我拿了他的口供，还有认证，都签过字的，"他拍了拍口袋，"警长听了没准儿会给我升官呢。"

"但愿吧，"凯蒂阴沉沉地说，"但愿好歹有人能从这码事里得到点儿好结果。"

第二天早晨，弗兰西睡醒了，爸爸在她身边，告诉她那一切只不过是一个噩梦。随着时间的推移，弗兰西开始觉得那或许真的只是一场梦而已。它没给她留下什么丑恶的回忆。身体上遭遇的恐怖反而冲淡了情绪上的感受。楼梯上那段可怕的经历时间并不长——实际上只有差不多三分钟——而恐惧在她身上发挥了麻醉剂一般的作用。何况拜那针她不适应的镇静剂所赐，接下来发生的事在她的脑海中都非常模糊了。甚至接下来她去了法庭听证会陈述自己的遭遇，感觉都还像是不真实的戏剧，而且她的台词还非常简短。

他们的确去法庭做证了，不过人家提前跟凯蒂说，这主要只是走个程序而已。弗兰西也没记住什么，只记得自己和凯蒂分别讲了自己的经历，都不需要说太多话。

"我从学校回到家，"弗兰西做证说，"我一进楼道，这个男人就跑了出来抓住我，我都来不及喊。他正要把我从楼梯上拖下来，我母亲就下楼来了。"

凯蒂说："我走下楼，看见这个人正在拖我女儿，我就立刻跑上楼去拿枪（没花太长时间），然后又跑了下去。那个人想躲进地下室，我开枪打中了他。"

弗兰西忍不住想，妈妈会不会因为开枪打人被逮捕呢？不过妈妈

255

最终也没事，法官还和妈妈握了手，也和弗兰西握了握手。

这件事上了报纸，不过他们运气不错。一个喝醉酒的记者夜里例行公事地打电话到警察局，打听有没有什么可以报道的，然后就听说了这件事。不过他把诺兰家的姓和出警的警察搞混了。于是布鲁克林一份小报上出现了这么一篇"豆腐块"，说威廉斯堡的欧莱瑞夫人在自家楼道里开枪打了一个小偷。转过天来，纽约的另外两份报纸又各自用了两英寸大的版面，报道说威廉斯堡的欧莱瑞太太在自家楼道被小偷开枪打中。

这件事最终渐渐淡化。凯蒂一度被附近的人看成英雄，可是随着时间慢慢过去，大家忘了那个杀人犯的事，就只记得凯蒂·诺兰开枪打过人。一提起她来，人家都只会说这个女人可招惹不得。不瞒说，她可真是开枪打人不眨眼的。

石炭酸在弗兰西腿上留下了永久的伤疤，不过它逐渐缩小到了一毛钱硬币的大小。随着年龄的增长，弗兰西也习惯了它的存在，基本不会去留意它了。

至于约翰尼呢，他因为违反《沙利文法》—— 也就是无证持枪 ——被罚了五美元。对了，顺便一提，看门人年轻的老婆最终还是跟个年纪和她差不多大的意大利人跑了。

过了几天，麦克舍恩警官来找凯蒂。他看见凯蒂正把一大桶垃圾往马路边上拖，不禁心生怜惜，过去帮她把垃圾桶搬了出来。凯蒂道了谢，扬起头看着他。她之前见过麦克舍恩两次，一次是马蒂·马霍尼组织的远足旅行，当时他问弗兰西凯蒂是不是她的妈妈。另一次是因为约翰尼喝了个烂醉，自己实在回不了家，最终是麦克舍恩把他送回来的。凯蒂听说麦克舍恩太太如今进了专收晚期肺结核病人的疗养院，没多少日子可活了。"——那到时候，他会不会再娶一个？"凯蒂心想，"他当然会再娶一个了。"她立刻回答了自己的问题。"他模样好，为人正直，工作也体面，肯定会有女人出手拿下的。"

开口对凯蒂说话之前，麦克舍恩把帽子摘了下来。

"诺兰太太，您帮我们逮住了那个杀人犯，局里的兄弟们和我都可感激您了。"

"您不用这么客气。"凯蒂客套着答道。

"哥儿几个也没什么好表示的，这点儿心意您可得收下。"他递过来一个信封。

"这是钱？"凯蒂问。

"是啊。"

"那可使不得！"

"怎么使不得呢，您家男人工作不太固定，孩子们用钱的地方又多。"

"可这些和您没关系，麦克舍恩警官。您瞧，我也能卖力干活儿，我们家不白拿人家的东西。"

"那便听您的吧。"

他把信封重新揣进口袋，眼睛一直盯着凯蒂打量。"瞧瞧这个小女子，"他暗暗想着，"瞧她身条儿多顺溜，脸蛋儿多白净，多漂亮，头发还又黑又卷的。可她那个胆子和气性，六个女人加一起都比不上。我都四十五岁了，是半个老头子了，"他的思绪源源不绝，"可她还是个小丫头呢（凯蒂已经三十一岁了，只是看上去要小很多）。我们俩在结婚这码事上都不怎么走运。对，我们俩可着实都不怎么走运。"麦克舍恩对约翰尼的情况相当清楚，他知道要是照现在这样子下去，约翰尼肯定活不长了。他对约翰尼充满了同情，他对自己的妻子莫莉也一样充满了同情，他不愿意去伤害这两个人。不管是在身体上还是精神上，他从来就没想过要做对不起患病妻子的事情。"可是心里头有个念想，又会不会伤到他们俩呢？"他不禁问自己，"当然啦，我肯定得等等。就是不知道要等上多久。两年？五年？得了，我以前的日子连点儿幸福的盼头都没有，不也一样熬过来了。再多个几年我也等得起。"

他再次道了谢，并颇为正式地与凯蒂道别。与她握手那个瞬间，他想着："总有那么一天，我得娶她做老婆，只要上帝允许，她自己也乐意的话。"

凯蒂可不知道他都想了些什么，大概是吧——又或者其实她知道？因为她像突然想起什么事情一样开口叫住了他。

"我希望您有朝一日能过上您应得的好日子，麦克舍恩警官。"

34

茜茜姨妈对妈妈说自己快要抱上孩子了，弗兰西听了忍不住想到，为什么茜茜姨妈不像一般女人一样说要"生"孩子呢？后来她才发现，茜茜说"抱孩子"而不说"生孩子"是有原因的。

茜茜有过三任丈夫，柏树山上的圣约翰公墓里，还有十个小小的墓碑属于她的孩子们。每块墓碑上的出生日期和死亡日期都是相同的。眼下茜茜已经三十五岁了，想要孩子想得快要发疯。凯蒂和约翰尼总是聊起这件事，凯蒂甚至担心茜茜早晚会绑架个孩子回家。

茜茜想领养个孩子，可是她家的"约翰"死活不干。

"我可不养别的男人生的野种，明白吗？"这是他对这件事的态度。

"宝贝，你不喜欢孩子吗？"茜茜甜蜜蜜地哄着他问道。

"我当然喜欢，可是我只喜欢自己生的，其他混蛋生的可不行。"他如此回答，一不小心把自己也骂进去了。

在绝大多数事情上，"约翰"就像团生面一样任由茜茜拿捏，可唯独这件事他不会由着茜茜做主。他坚持说，如果真要有孩子的话，那一定得是他自己的孩子，不要别的男人生的。茜茜知道他这么说可是很认真的，甚至还对这种态度产生了某种敬意。可她非得要个活生生的宝宝不可。

机缘巧合之下，茜茜发现马斯佩斯有个漂亮的十六岁姑娘惹上了麻烦：她怀上了一个已婚男子的孩子。这姑娘的父母是西西里人，刚来美国不久。他们把女儿关进小黑屋，不想让邻居们看着她那耻辱的肚子越变越大。姑娘的父亲只给她面包和水，他想着这么一来，女儿的身体会越来越弱，生产的时候母子两个都活不了。以防善心的老婆趁着自己不在给女儿送饭，这位父亲每天早晨出去上班都不给家里留一点儿钱，晚上下班回家才带回一大袋食物。他死死地盯着，不让家里人偷偷给女儿留东西，等全家人都吃过饭了，他才把姑娘每天的口粮——半块面包，一罐子水——给她送过去。

这姑娘忍饥挨饿的残酷遭遇让茜茜大为震惊，于是她有了个计划，想着如果孩子一生下来就能送走，那这家人也未必不愿意，实际上她这个念头也刚好和那户人家的心思不谋而合。茜茜打算亲自去看看这家人，如果他们看起来健康又正常，那她就自己把孩子要走。

姑娘的母亲不让茜茜进门，于是第二天茜茜在外套上别了个徽章再来。她敲响房门，屋里人打开了一条门缝，茜茜指着徽章，严肃地要求入室检查。姑娘的母亲吓坏了，以为来的是移民局的人，就立刻把茜茜放了进来。幸亏这位母亲不识字，不然她准会发现那徽章上的字其实是"家禽检查员"。

茜茜开始"执法"。那位年轻的准妈妈虽然吓坏了却也十分倔强，饿得骨瘦如柴。茜茜威胁姑娘的母亲说，要是不能好好对待女儿就逮捕她。母亲泪流满面，用磕磕巴巴的英语讲了姑娘做的丑事，还有姑娘父亲想把女儿和没出生的婴儿一起饿死的打算。茜茜跟这位母亲——还有她那个名叫露西亚的女儿——聊了一整天。说是聊天，其实主要是三个人对着连笔画带猜。最后茜茜还是让那母女俩搞明白了自己的意思：孩子一生下来，她就可以过来直接抱走。终于听懂以后，那位母亲抓起茜茜的手，感激地吻了个遍。茜茜就这样成了这家人既敬爱又信赖的好友。

每天早上，她家那位"约翰"出门上班以后，茜茜先收拾好屋子，再给露西亚做上一大锅好吃的，端到那家去。她换着样地做德国菜和爱尔兰菜给露西亚吃。按她自己的理论，要是让孩子在娘胎里多吸收点儿这样的食物，以后生下来身上的意大利特征也就不会太强了。

茜茜把露西亚照料得很好。如果天气好，她就带姑娘去公园，让她晒太阳。在这段不同寻常的交往中，茜茜一直是个忠诚的朋友，更是个讨人喜爱的伙伴，露西亚对茜茜喜欢得不行，到这个新大陆以后，茜茜是唯一一个对她好的人。全家人（除了一直被蒙在鼓里的父亲）也都喜欢茜茜，母亲和其他几个孩子都乐得帮她们隐瞒这件事。听见父亲上楼的脚步声，他们才把露西亚送回小黑屋里锁起来。

这家人不怎么会说英语，茜茜也不懂意大利语。可是随着时间一个月一个月地过去，他们跟着茜茜学会了不少英语，茜茜也从他们那里学到了一点儿意大利语，他们终于可以有来有往地交谈了。茜茜从没说过自己的名字，这家人就管她叫"自由女神"——到达美国的时候，他们看到的第一个东西就是那高举着火炬的女神像。

姑娘露西亚、她未出生的孩子，还有她们全家人都听从茜茜的调遣。全都安排妥当以后，茜茜就和亲朋好友宣布，自己又开始准备要孩子了。谁也没把她的话当回事，茜茜什么时候没准备要孩子呢？

茜茜找了个平时无人问津的接生婆，提前把接生的钱付给她了。她给了接生婆一张纸条，上面让凯蒂提前写了茜茜自己的名字、她家"约翰"的名字和茜茜的娘家姓，让接生婆等孩子一生下来就拿着去卫生局登记。这个没文化的女人不会说意大利语（茜茜雇她的时候再三确认过），只以为纸上写的就是孩子父母的名字。茜茜一定要把出生证办得万无一失。

开始装怀孕的头几个星期，茜茜力求逼真，还把害喜的反应也装出来了。露西亚说感觉肚子里胎儿动了，茜茜就也跟丈夫说，她自己感觉肚里孩子动了。

　　露西亚开始阵痛那天下午，茜茜一回家就上床躺着，等她那位"约翰"下班回来，她就说自己快生了。"约翰"看了看她，她苗条得像个芭蕾舞演员。他们争吵起来，可茜茜坚持让他去把她妈妈找来。玛丽·罗姆利只看了一眼，就断言茜茜绝对不可能是要生孩子。而茜茜发出了一声撕心裂肺的惨叫作为回应，说自己疼得简直受不了。玛丽看着她陷入了沉思，她不知道茜茜有什么打算，可是她很清楚跟茜茜争辩是没用的。如果茜茜说她要生孩子了，那她就是要生孩子了，就是这样。可那位"约翰"还在表达着反对。

　　"可你瞧她那么瘦。这肚子里头根本没有孩子。你也瞧见了吧？"

　　"没准儿孩子能从她脑袋里爬出来呢，你瞧她那脑袋，不是也够大吗？"玛丽·罗姆利说。

　　"得了吧，别说这种胡话。"那位"约翰"说。

　　"你凭什么这么说呢？"茜茜斩钉截铁地说，"圣母玛利亚不是连男人都没有就生了孩子吗？如果她能生，那我肯定也能生，何况我还结婚了，有男人，没准儿还能比她生得更容易呢。"

　　"这谁说得准呢？"玛丽说。她转向那个烦躁不堪的丈夫，轻柔地开口说道："世上好多东西是你们男人搞不明白的。"然后她劝这个一头雾水的男人索性忘了这件事，让她来做顿好饭给他吃，再上床去好好睡一觉。

　　那完全摸不着头脑的男人在老婆身边躺了一宿，他怎么可能睡得了好觉呢？他时不时就拿胳膊肘支起身子，瞪大眼睛看看旁边的茜茜，伸手摸摸她平坦的肚皮。茜茜整晚都睡得很香。

　　第二天早上，"约翰"准备出门上班，茜茜宣布等他下班回家就当上爸爸了。

"行吧，我认输了。"这位饱经折磨的丈夫如此喊道，就跑到廉价杂志社上班去了。

茜茜连忙赶到露西亚家。姑娘的父亲刚离家一个小时，她就把孩子生了下来。是个健康又漂亮的女婴。茜茜高兴极了，她说露西亚应该先喂上十天奶，给孩子打个好基础，然后她就能把孩子抱回家了。她出门买了只烤鸡，还有块面包房烤的馅饼。露西亚的母亲用意大利做法把烤鸡加工一番，茜茜又去附近的意大利食品店赊了瓶基安蒂红酒，大家一起吃了顿丰盛的美餐，就像过节一样热闹。每个人都很高兴。露西亚的肚皮基本恢复了平坦，再也不是她耻辱的象征了。现在一切都能回到以前了……或者说，等茜茜把孩子抱走以后，一切就能回到以前的样子了。

茜茜每个小时都要给宝宝洗一回澡。她一天之中给宝宝换了三回衬衫和头上扎的缎带。每过五分钟，她就要换一回尿布，也不管到底有没有必要。她还给露西亚也洗了个澡，把她洗得干干净净，身上还香喷喷的，又把她的头发梳了又梳，直梳得像缎子一样亮。茜茜觉得怎么对露西亚和宝宝好都不够。直到姑娘的父亲要回家了，她才依依不舍地跟她们分开。

那父亲回到家，走进小黑屋，把每天那少得可怜的一点儿食物拿给女儿。他打开煤气灯，发现露西亚面色红润，光彩照人，身边睡着个健康的胖宝宝。他不由得惊呆了——只吃面包和水还能这样！于是他害怕起来。这是个奇迹啊！肯定是圣母玛利亚暗中帮助了他的女儿。她在意大利就有那么多灵验的神迹，那么他自己大概也快要因为对亲生骨肉如此残忍而遭受惩罚了。父亲幡然悔悟，给女儿端了满满当当的一盘意大利面来。可露西亚不肯吃，说自己已经习惯吃面包喝水了。母亲也站在露西亚这边，说是正因为只吃面包喝水，才生出了这么个完美的宝宝来。父亲越来越相信这就是神迹显灵了，他手忙脚乱地想对露西亚好，可全家人联起手来惩罚他，不让他对女儿表示任何好意。

当天傍晚，"约翰"回来了，看见茜茜安稳地在床上躺着，就打着趣地问道：

"你今天把孩子生下来没有？"

"生了。"茜茜有气无力地回答。

"得了，你就编吧。"

"你出门一个小时之后生的。"

"就没这回事！"

"我敢跟你发誓，绝对有！"

他在房间里四处看了看："那孩子现在在哪儿呢？"

"在科尼岛的恒温箱里呢。"

"在什么里头？"

"这孩子七个月就生了，你懂的吧，生下来才三磅重。所以我才不显怀。"

"你这都是撒谎，是不是？"

"等我有力气了，我就带你去科尼岛，让你隔着玻璃箱子亲眼看看。"

"你到底想干吗？想逼我发疯不成？"

"我过个十天就把孩子抱回家。那时候孩子就该长指甲了。"这后半句是茜茜心血来潮地加上的。

"你到底是怎么了，茜茜？你他妈分明比谁都清楚，你今天早晨根本就没生孩子。"

"我生了，孩子生下来才三磅重，所以才得放进恒温箱里，不然活不了。我十天以后就把孩子抱回来。"

"我认输！我不管了！"她的"约翰"嚷道，出门去喝了个烂醉。

十天后，茜茜把孩子抱回来了。这宝宝长得很大，有差不多十一磅重。她家"约翰"最后一次坚持表达了自己的看法。

"这孩子块头这么大，可不像是才十天的样子。"

"你自己也是个大块头啊，宝贝。"她低语道，看见丈夫脸上露出一丝喜色，她伸出双臂搂住了他。"我现在已经完事了，"她凑在他耳边说着，"如果你还想和我睡觉的话，那现在可以了。"

"还真别说，"事后"约翰"说，"孩子是有点儿像我。"

"尤其是耳朵周围那儿。"茜茜迷迷糊糊地念叨着。

几个月之后，那户人家回意大利去了。他们巴不得能离开这里，因为这片新大陆除了痛苦、贫穷和耻辱之外，什么都没带给他们。茜茜后来再也没有他们的消息了。

人人都知道孩子不是茜茜的——那绝对不可能是茜茜自己生的。可是她咬定了自己的说辞不松口，何况也没有别的说法可以解释，大家也就逐渐接受了。毕竟这世上什么怪事都有。茜茜给孩子起名叫莎拉，但是没过多久，所有人就都开始管她叫"小茜茜"了。

茜茜只把孩子的来历告诉了凯蒂。让凯蒂写办出生证用的姓名的时候，茜茜对她坦白了真相。不过弗兰西其实也知道。夜里弗兰西经常被妈妈和茜茜的谈话声吵醒，她们在厨房里聊的正是宝宝的事。弗兰西暗自发誓，要为茜茜保守这个秘密。

除了那家意大利人之外，约翰尼是唯一知道这件事的外人。是凯蒂告诉他的。他们提起这件事的时候还以为弗兰西睡熟了。爸爸的话完全站在茜茜丈夫的立场上。

"这种肮脏的把戏对男人来说很过分，太过分了。得有人告诉他真相才行。我得去跟他说说。"

"不行！"凯蒂厉声说道，"他很幸福，就别管他了。"

"幸福？养着别的男人的孩子还幸福？我搞不懂。"

"他爱茜茜爱得发疯，老是怕茜茜不要他，要是茜茜离开他了，那他肯定活不下去。茜茜这人你知道，她一个接一个地换男人，一个接一个地换老公，不管怎么换，她都是想要个孩子。如果不是得了这孩子的话，她本来也快要离开现在这个男人了。从今以后，茜茜会变成一个完全不一样的女人。你就记住我这话，以后看吧。她一定会安顿下来，做个好妻子，好得这男人都不配。话说回来，谁又知道这'约翰'到底算哪一号啊?"她略微顿了顿，"她会做个好母亲的，孩子就是她生活的全部，她再也不用找别的男人了。所以你就别跟着添乱了，约翰尼。"

"你们罗姆利家的女人城府太深，我们男人完全搞不懂。"约翰尼断言道。一个想法突然在他的脑海中闪过:"等等! 你有没有对我来过这一套? 有没有?"

对这个问题的回答，凯蒂把孩子们从床上叫了起来，让身穿白色长睡袍的他们站在约翰尼面前。"你看看他们。"她用命令的口气说道。约翰尼看了看儿子，看到的是缩小了几号却一模一样的自己，就像魔术镜里的倒影。他又看向弗兰西，那脸庞和凯蒂别无二致，只是神情更严肃一些，唯独一双眼睛跟凯蒂不一样——那是约翰尼的眼睛。弗兰西一时兴起，学着约翰尼唱歌时拿帽子的手势，拿起一只盘子放在心口，唱起了一支他常唱的歌:

人人都叫她"轻佻的萨尔"，

她是个与众不同的女孩儿。

她的表情和手势都与约翰尼一模一样。

"我明白了，我明白了。"爸爸低语道。他亲吻了自己的一双儿女，拍了拍他们的后背，叫他们回去睡觉。孩子们走后，凯蒂把约翰尼的脑袋拉到身边，凑在他耳朵上说了点儿什么。

“不会吧！”他的声音充满了震惊。

“是真的，约翰尼。”凯蒂平静地说。约翰尼戴上了帽子。

“你要去哪儿，约翰尼？”

“出去一趟。”

“约翰尼，你回来的时候可千万别——”她看向卧室的房门。

“不会的，凯蒂。”他承诺道，他温柔地吻了凯蒂一下，出门去了。

午夜时分，弗兰西突然醒了过来，想不通是什么让她睡不安稳。对了！是爸爸还没有回家，就是因为这个。只要想着爸爸还没回家，她就睡不踏实。她一醒过来，脑子里就开始想着各种事情。她想到了茜茜的孩子，想到了出生，又想到了每一个新生命最终注定的结局：死亡。她不愿意想死亡的事，可是人人生来都必有一死。她正努力对抗着种种与死亡有关的念头，就听到楼梯上传来了爸爸轻轻的脚步声。听到爸爸唱着《莫莉·马隆》的最后一段，弗兰西全身颤抖了起来。他从来没唱过这一段，从来没唱过！为什么？

> 她死于一场高烧，
>
> 没有人能救她，
>
> 我就这样失去了，
>
> 可爱的莫莉·马隆……

弗兰西一动不动。每次爸爸晚回家，都是妈妈去开门，这是约好了的，她不想让孩子们睡不好。爸爸的歌要唱完了，妈妈似乎没有听见——她没有起身去开门。弗兰西从床上跳了起来，她刚走到门前，歌声就已经停下来了。她打开房门，爸爸静静地站在门口，手上拿着帽子，他的视线越过弗兰西的头顶，直勾勾地盯着眼前的什么地方。

“你赢了，爸爸。”她说。

"是吗?"他没有看她,径直走进屋里。

"你把歌唱完了。"

"是啊,我唱完了,应该是吧。"他在窗边的椅子上坐了下来。

"爸爸……"

"把灯关了,回去睡觉吧。"他到家之前,家里的灯一直给他点着,只是灯火调得很小。弗兰西把灯关掉了。

"爸爸,你是不是……'病'了?"

"没有,我没醉。"黑暗中传来他清晰的声音,弗兰西知道这是真话。

她回到床上,把脸埋进枕头里。虽然不知道为什么,但是她哭了。

35

又到了圣诞节前的那一周。弗兰西刚刚过了十四岁生日。至于尼利,用他自己的话说就是"啥时候变成十三岁都可以"。这年圣诞节看起来可能要过不好了。约翰尼的状态不对劲儿。他现在不喝酒了。当然,他以前也有过不喝酒的时候,但是那时候他还在工作。而现在他既不喝酒也不工作,此外最不对劲儿的地方是,他虽然没喝酒,可行为举止却像喝醉了一样。

他大概两个星期没和家里人说过话了。弗兰西还记得,那天晚上爸爸没有喝酒,唱着《莫莉·马隆》的最后一段回到家,那就是爸爸最后一次和自己讲话。这么一想,那一晚之后他就再也没唱过歌。他出来进去都是闷声不响的,每天在外面待到很晚,回家的时候倒也没喝过酒,谁也不知道他都去哪里了。他的手抖得很厉害,吃饭的时候几乎拿不住叉子。他似乎在眨眼之间就变得异常苍老了。

昨天他是在一家人吃晚饭的时候回来的。他看了看大家,似乎想说点儿什么，可终究还是没说出口。他闭了一会儿眼睛，径直回卧室去了。他的作息全乱套了，不管是白天还是黑夜，他随时都可能出门去。回家以后就闭眼在床上躺着，连衣服都不脱。

凯蒂苍白而安静。她身上隐藏着某种不祥的预兆，仿佛体内孕育着悲剧一般。她的脸日渐消瘦，连面颊都凹陷了下去，可身体却越发丰满了。

圣诞节前这个星期，她又额外多打了一份工。她起得比平常更早，在自己负责的公寓楼里也打扫得更快，这样她刚到下午就差不多能完工。然后她连忙赶到格兰德街波兰人聚居区的格尔灵百货店，在那里从四点干到七点，负责给女售货员们送咖啡和三明治——圣诞期间是销售旺季，生意繁忙，店里不让这些姑娘出去吃晚饭。打这份工只能额外多赚七毛五，但这对她们全家来说却是不可或缺的。

快到七点了，尼利送完报纸回到家，弗兰西也从图书馆回来了。家里没有生火，他们得等妈妈回家才有钱买捆木柴。屋里很冷，孩子们还穿着外套，戴着"疙瘩帽"。弗兰西看到晾衣绳上还有妈妈挂的衣服，就想把它收回来，可是衣服早就冻硬了，个个奇形怪状的，没法从窗户拉进来。

"来，还是让我来吧。"尼利对着一套冻硬了的长袖内衣说道。那衬裤的两条裤腿大叉着冻住了，尼利怎么拽都不太起作用。

"看我把这混账玩意儿的腿打断。"弗兰西说。她狠命拍打着那条长衬裤，支棱着的裤腿发出碎裂的声音，终于垮了下来。她恶狠狠地把衣服拽进窗口，那一瞬间的模样非常像凯蒂。

"弗兰西？"

"咋了？"

"你……你刚才骂脏话了。"

"我知道。"

"上帝听见啦。"

"啊，糟啦！"

"是啊，他什么都听得见，什么都看得见。"

"尼利，你真的相信他这会儿正盯着咱们这个小破房子看？"

"那肯定的。"

"你还真信啊，尼利。他老人家那么忙，又得照顾小麻雀别从天上掉下来，又得操心小花骨朵能不能开花，哪里有时间管我们？"

"弗兰西，可别这么说话。"

"我偏要这么说。假如他真跟你说的一样，会挨家挨户地从窗户往里看。那他就该看到咱们过的是什么日子；就该看到咱家既生不起火，也没有吃的；他就该知道以妈妈现在的身体根本不该干那么多活儿；他就该看得到爸爸现在是个什么样子，该为他做点儿什么。没错，他要是真看得见，就该做点儿什么！"

"弗兰西……"少年不安地环视四周，弗兰西能看出来他是真的感觉不太舒服了。

"我现在太大了，不能再这么逗他了。"她想着。于是她大声说道："算啦，尼利。"然后他们聊起了其他事情，一直聊到凯蒂回家。

凯蒂是急匆匆赶回来的，她带回了一捆两分钱买来的木柴、一罐炼乳，还有三根香蕉。她把纸和木柴塞进炉子里，不一会儿就生好了火。

"好了，孩子们，咱们今天晚上吃燕麦粥。"

"又是燕麦粥？"弗兰西咕哝了一声。

"不会太难吃的，"妈妈说，"今天有炼乳，我还买了香蕉，可以切成片放在上头。"

"妈妈，"尼利开始提要求了，"我那份粥里的炼乳不用搅和，直接倒在顶上就好了。"

"干脆把香蕉切了，放在粥里一起煮吧。"弗兰西提议说。

"可我更愿意吃整根的香蕉。"尼利表示反对。

妈妈为争论画上了句号："给你们俩一人一根香蕉，想怎么吃就怎么吃吧。"

燕麦粥煮好了，凯蒂盛出两大盘，端到桌子上，在炼乳罐头上扎了两个洞，又在两个盘子边上各放了一根香蕉。

"妈妈，你不吃吗？"尼利问。

"我等会儿再吃。现在还不饿。"凯蒂叹了口气。

弗兰西说："妈妈，你现在要是吃不下，那你去弹弹钢琴怎么样？这样感觉就像在饭馆里吃饭一样了。"

"外屋太冷了。"

"那就把油炉子点上。"孩子们异口同声地说道。

"好吧，"妈妈从碗橱里拿出个便携式的油炉，"不过你们也知道，我弹得不怎么样。"

"你弹得好极了，妈妈。"弗兰西诚恳地说。

凯蒂挺高兴，她跪下来把油炉点上，"你们想听我弹什么曲子？"

"弹《来吧，小叶子》。"弗兰西说。

"弹《欢迎你，美好的春光》！"尼利喊道。

"那我先弹'小叶子'吧，"妈妈决定了，"因为弗兰西过生日我没送她礼物。"她走进冷冰冰的客厅。

"我打算把香蕉切了，放在燕麦粥上。我把它切得特别薄，那感觉就和香蕉很多一样了。"弗兰西说。

"我就整根直接吃了，"尼利说，"我慢慢吃，这样就能吃很久。"

妈妈弹起了弗兰西点的歌。这是莫顿先生在学校里教过的。弗兰西跟着唱了起来：

来吧，小叶子，风儿说，

来和我一起去草地玩耍，

换上你红色与金色的衣裳……

"得了吧，这歌是小孩子唱的。"尼利打断了她。弗兰西不唱了。凯蒂弹完了弗兰西点的歌，又开始弹鲁宾斯坦的F大调旋律。这首曲子莫顿先生也教过，他给配的歌名叫《欢迎你，美好的春光》。尼利也开始唱了起来：

欢迎你，美好的春日时光，我们用歌声欢迎你。

唱到"歌声"这个词的时候，尼利的音调从高音猛然掉到了低音。弗兰西咯咯地笑了起来，尼利也开始跟着傻笑，笑得唱不下去了。

"要是妈妈在这屋坐着的话，你猜她会说点儿啥？"弗兰西问。

"啥呢？"

"她肯定得说：春天眼瞧着就要来了。"姐弟俩一起哈哈大笑。

"圣诞节倒是快到了。"尼利说。

"你还记不记得咱俩小时候那会儿，"弗兰西说，虽然她自己也刚满十四岁，"闻闻味道就知道圣诞要来了。"

"看看现在咱们还能不能闻出来，"尼利激动地说着，他把窗户拉开一条小缝儿，拿鼻子凑了过去，"还能闻见。"

"你闻见什么味儿了？"

"雪的气味。你还记得吧，咱们小时候老是仰着头冲天上喊：'毛小孩，毛小孩，撒点毛毛下地来。'"

"那时候咱们还以为下雪就是天上有个长满羽毛的'毛小孩'往下撒呢。让我也闻闻，"她突然一边这么说着，一边把自己的鼻子也凑近窗户缝，"没错，我也能闻出来，圣诞节快到了，闻着像是橘子皮和圣诞树混在一起的味道。"他们把窗户关上了。

"那一回你撒谎，说自己名字叫玛丽，要了那个洋娃娃回来。我也没把你捅出去。"

"确实没有，"弗兰西感激地说，"我也没给你打过小报告啊。那回

271

你拿咖啡渣卷烟抽，烟纸点着以后火星子掉到你衬衫上，烧出一个大窟窿来，我还帮你把衬衫藏起来了呢。"

"你猜怎么着，"尼利若有所思地说，"后来妈妈把那件衬衫找出来了，在窟窿上打了个补丁，也没问我这是怎么弄的。"

"妈妈真有意思。"弗兰西说。姐弟俩认真地聊了一阵妈妈身上他们搞不懂的地方。炉子里的火快要灭了，不过厨房里还是很暖和。尼利在炉子上不算那么烫的地方坐着。妈妈警告过他，说人坐在热炉子上会长痔疮，可是尼利不在乎，他就是喜欢屁股底下暖烘烘的。

孩子们的感觉简直称得上是幸福了。厨房里很暖和，他们也吃饱了，妈妈的琴声让他们觉得安心又舒服。姐弟俩一起回忆着过去的圣诞节，或者用弗兰西的话说，他们在"聊往事"。

他们正聊着，突然听见有人砸门。"是爸爸。"弗兰西说。

"不是，爸爸总是一路唱着歌上楼，让我们知道他回来了。"

"尼利，那天晚上之后，爸爸回家就再也不唱歌了……"

"让我进来！"约翰尼的吼声在门外响起，他用力捶着门，仿佛要把门砸倒一样。妈妈从外屋跑了出来，苍白的脸色衬得她的黑眼睛越发幽深。她打开房门，约翰尼冲了进来。一家人直盯着他看。他们从来没见过约翰尼这副模样，他平时总把自己收拾得整整齐齐，可现在他的一身无尾礼服脏得像在臭水沟里打了滚一样，圆顶礼帽也整个瘪了下去。他没有大衣和手套，颤抖的双手冻得通红。约翰尼直扑到桌子边上。

"没有，我没喝醉。"他说。

"也没人说你——"凯蒂开口了。

"我现在终于戒掉酒了。我讨厌酒，我恨它，我恨它！"约翰尼捶着桌子。一家人都知道他说的是实话。"那天晚上之后，我一滴酒都没喝过……"他突然爆发了，"可是没人再相信我了，没有人——"

"好啦，约翰尼。"妈妈安抚着他。

"爸爸，你怎么了？"弗兰西问。

"嘘！别烦你爸爸了。"妈妈说。然后她又对着约翰尼说道："还有今天早上煮的咖啡呢，约翰尼。煮得很不错，还是热乎的，我们今天晚上还买了炼乳。我正等着你回来呢，咱俩好一起吃晚饭。"她给他倒了杯咖啡。

"我们已经吃过了。"尼利说。

"嘘！"妈妈叫他别说话。她往咖啡里倒了点儿炼乳，在约翰尼对面坐下，"喝了吧，约翰尼，趁热喝。"

约翰尼死死盯着咖啡杯，突然他猛地把它从自己面前推开，杯子"咔嚓"一声摔到地上，凯蒂倒吸了一口冷气。约翰尼双手抱住脑袋，浑身颤抖着抽泣起来。凯蒂走到他身边。

"怎么了，约翰尼，到底怎么了？"她用宽慰的语气问道。他最终抽抽搭搭地开了口。

"他们今天把我从侍者工会里踢出去了。他们说我是个无赖酒鬼，说我这辈子都别想从他们那边接活儿了，"他短暂地止住了抽泣，声音里充满了恐惧，"这辈子都别想了！"他又痛哭起来，"他们还让我把公会的徽章交回去。"他用手按住翻领上那枚绿白相间的小徽章。弗兰西感觉喉头都缩紧了，她还记得爸爸总是说，这徽章就像是装饰品一样，戴着它就好比是戴着朵玫瑰花。他是那么为自己公会成员的身份而自豪。"可我才不会把它交上去。"他抽泣着说。

"这都不算什么，约翰尼。你只要好好休息一段时间，重新振作起来，他们肯定愿意让你回去的。你是个很好的侍者，更是他们最棒的歌手。"

"我现在已经不行了，凯蒂，我再也唱不了歌了。我一唱歌他们就笑话我。我最后那几个差事，他们都是为了瞧我的笑话才雇我去的。到了现在这个地步，我已经彻底完蛋了。"他放声大哭起来，哭得像永远停不下来一样。

弗兰西想逃回卧室，把脑袋埋在枕头下面。她贴着边慢慢溜向房门，妈妈看到了她的动作。

"待在这儿别动！"她厉声叫住弗兰西。然后她又对着丈夫说："好啦，约翰尼。你休息一会儿，准能感觉好多了。油炉子还烧着呢，我把它端到卧室去，屋里很快就暖和起来了。我就坐在你边上陪你，等你睡着了再走。"她伸手搂住他，而他轻轻把她的双臂推开，一个人走进卧室，他还在抽泣，只不过声音低多了。凯蒂对孩子们说："我去陪爸爸待一会儿，你们接着聊吧。或者你们俩刚才在干啥来着，现在接着干就是了。"孩子们呆呆地盯着她看。

"你们俩干吗这么看着我？"她的话里带着破音，"没什么大不了的。"孩子们移开了视线，她去外屋端油炉。

弗兰西和尼利很久没有对视。最后尼利终于开口说："你还想聊聊'往事'吗？"

"不想。"弗兰西说。

36

三天之后，约翰尼死了。

那天晚上他上了床，凯蒂就一直坐在他身边陪着，直到他入睡为止。然后她为了不吵着他，就去和弗兰西一起睡了。夜里不知什么时候，约翰尼爬了起来，静静地穿好衣服出了门。第二天晚上，他没有回来。到了第三天，家里人开始到处找他，他们找遍了每一个约翰尼常去的地方，可人家都说他起码一个星期没来过了。

隔天晚上，麦克舍恩带凯蒂去了附近的一家天主教会医院。路上他用尽可能温和的方式和她讲了约翰尼的状况。约翰尼是当天凌晨被人发现的，当时他蜷缩在一户人家的门廊里，警察赶来的时候他已经神志不清了。他的无尾礼服所有扣子都扣上了，里面却只穿着衬衣。警察看见他脖子上挂着圣安东尼像挂坠，就叫了天主教会医院的救护车。他身上没有任何能证明身份的东西，后来警察回到派出所，在报告里对那个昏迷的人做出了描述。麦克舍恩例行对报告进行检查，读到这份描述的时候，第六感让他想到了这个人可能是谁。于是他跑到医院一看，发现那果然是约翰尼·诺兰。

凯蒂赶到医院的时候约翰尼还活着。他得了肺炎——医生告诉凯蒂——基本没有救治的机会，也就剩下几个小时可活，现在已经进入昏迷状态了。他们把凯蒂带到他身边，约翰尼所在的病房像走廊一样狭长，里面放了五十来张病床。凯蒂谢过麦克舍恩警官，又和他道了别。麦克舍恩知道她想和约翰尼独处一会儿，也就识趣地走了。

约翰尼的病床四周围着屏风，这意味着病床上躺的是将死之人。医院的人给凯蒂搬了张椅子，凯蒂坐了下来，就那么看着约翰尼坐了一整天。约翰尼的呼吸声沉重刺耳，脸上带着干涸的泪痕。凯蒂一直在他身边陪着，直到他断气，约翰尼始终没有睁开眼睛，也没有对妻子说过一个字。

凯蒂回家的时候已经是夜里了。她决定第二天早上再告诉孩子们，"至少今晚让他们睡个好觉吧，"她想，"让他们再无忧无虑地睡上一宿。"她只告诉孩子们父亲病得很厉害，现在住院了，除此以外什么都没说。孩子们看她的模样有点儿不对劲儿，就也没敢多问。

天刚蒙蒙亮，弗兰西就醒了过来。她看向狭窄卧室的另一端，发现妈妈正坐在尼利床边，双眼凝视着他的脸。妈妈眼睛底下挂着深深的黑眼圈，看起来她似乎就这么在床边坐了一夜。看见弗兰西醒了，妈妈就让她立刻起床穿衣服，又轻轻地把尼利摇醒，让他也赶紧起来。然后她走出卧室，到厨房去了。

卧室里又冷又暗，弗兰西穿衣服的时候冻得直打哆嗦。她等着尼利一起出去，因为她不想一个人去面对妈妈。凯蒂在厨房的窗户边上坐着，姐弟俩走到她面前，等着她开口。

"你们的父亲死了。"她告诉孩子们。

弗兰西呆呆地站在原地，她既不觉得惊愕，也不觉得悲痛，她一时间什么感觉都没有了。妈妈的话也仿佛没有任何含义。

"你们用不着哭他，"妈妈用命令的口气说着，她接下来的话也叫人完全听不懂，"他现在算是解脱了，没准儿跟我们比起来他还算走运的呢。"

医院有个被殡葬承办人收买的勤杂工，只要医院里一死人，他就马上去向承办人通报。这位精明的承办人也就有了同行没有的优势：人家都是等着生意来找，而他可以主动出去找生意。当天一大早，这个很有事业心的家伙就找上了凯蒂。

"诺兰太太，"承办人边说边偷偷瞟了一眼勤杂工给的条子，那上面写着凯蒂的姓名和住址，"我对您痛失至亲的遭遇深表同情。或许这么想一想能让您略感宽慰：您想想，我们所有人以后都难免遭遇您所面对的不幸。"

"你想要做什么？"凯蒂不客气地问道。

"我想做您的朋友，"承办人趁她还没来得及产生误解，急匆匆地继续说了下去，"我想跟您讨论一些事关……呃，遗体，我是说——"他又飞快地扫了一眼纸条，"——诺兰先生——的细节。我恳求您把我当成……怎么讲，一位能为您提供些许慰藉的朋友，让我来……我直说吧，请您把一切事宜交给我来办理。"

凯蒂听明白了："一切从简要多少钱？"

"费用的事您不用担心，"承办人顾左右而言他，"我会为先生操办一场体面的葬礼的。我一向十分尊敬诺兰先生（虽然他根本就不认识这位'诺兰先生'），他的事就像我自己的事一样，一切事项我都给他安排最好的。费用上您就不用操心了。"

"我是不操心，反正我们也没钱。"

承办人舔了舔嘴唇："您说的没钱自然是不包括保险金的了。"他这话并不是陈述，而是提问。

"保险倒是有，可是只有一点点。"

"啊！"承办人高兴地搓了搓手，"那我就有办法为您服务了。保险理赔的过程条条框框太多，您要等上很久才能拿到钱。所以您不如全都交给我包办——请放心，我不会额外收您的钱——只要在这里签个字就好，"他利索地从口袋里摸出张文件，"您把保险理赔的事交给我，葬礼的花销我先垫上，等保险金下来了再从里面扣。"

所有殡葬承办人都会这么"服务"。这实际上是他们耍的把戏，为的是搞清楚保险到底能赔多少钱。知道确切金额之后，他们只会从里面拿出百分之八十来操办葬礼。这之外他们多少得留出一点儿钱来给家属买丧服，好让家属挑不出毛病来。

凯蒂拿出保单放在桌子上，经验丰富的承办人只扫了一眼，就看清了保单上的金额：两百美元。不过他装出一副没去看保单的样子，凯蒂在文件上签了字，他又东拉西扯地说了许多其他事情，最后才佯装下定决心的样子说道：

"我跟您讲讲我的安排吧，诺兰太太。我准备给逝者安排四驾马车，还有镀镍把手的棺材，这些都是第一流的，费用只收您一百七十五美元。这样的服务我平时都要开价二百五十美元的，我一分钱都不多赚您的。"

"既然不赚钱，那你还做这个生意干什么？"凯蒂问。

承办人不为所动："因为我很喜欢诺兰先生。他是个多好的人啊，一直勤勤恳恳的。"他留意到凯蒂脸上露出了震惊的表情。

"我想不好，"她犹豫着说，"一百七十五……"

"这里头还包括弥撒的费用。"他赶紧补充了一句。

"那就这样吧。"凯蒂无精打采地说，她已经没力气继续谈这件事了。

承办人拿起保单，假装是第一次看到上面的金额："您瞧！这上面

277

的赔偿金有两百块呢！"他用故作惊讶的口气说着，"也就是说，扣除办葬礼用的费用，您还能剩下二十五块。"他伸开双腿，把手探进裤子口袋，"我吧，总是觉得赶上这种时候手里还是有点儿现钱好……真要我说的话，不论什么时候，手上有现钱都要方便得多，"他故作理解地轻笑了一声，"所以我先自己掏腰包，给您预支上这剩下的二十五块。"他掏出二十五美元的新钞票放在桌上。

凯蒂道了谢。这人也不算是刻意耍她，就算是，她也没精力去较劲。她知道想办点儿事本来就得这样，这人也只不过是做他自己的生意而已。承办人让凯蒂去找负责的医生开死亡证明。

"请您转告他们，到时候我会去处理遗……呃我是说逝……这么说吧，到时候我会去接诺兰先生的。"

凯蒂回到医院，人家直接带她去了医生办公室，教区的神父也在，他正绞尽脑汁地回忆着填死亡证明需要的信息。看见凯蒂进来，他庆幸地在胸前画了个十字，然后过去和她握手。

"具体的信息您还是得问诺兰太太。"神父说。

医生问了她填表要用的信息：全名、出生地、出生日期等。最后凯蒂反过来问了医生一个问题："那一栏你填的是什么？就是写他因为什么死的那一栏。"

"急性酒精中毒和肺炎。"

"人家说他是因为肺炎死的呀。"

"这是最直接的死因。不过造成这个现象的决定性因素还是急性酒精中毒，实际上这才是导致他去世的主要原因——如果您真的想听实话的话。"

"我是希望您别这样写，"凯蒂缓慢却坚定地说，"我希望您别写他是喝酒喝死的。您就只写他死于肺炎吧。"

"太太，我得记录真实情况啊。"

"他人都死了，对你们来说，他到底是怎么死的又有什么意义呢？"

"这是法律规定……"

"是这样的，"凯蒂说，"我家里有两个很好的孩子。他们长大以后肯定会有出息的。虽然有这样一个……因为您说的那个原因而丧命的父亲，可这也不是他们的错。如果您能让我跟孩子们说，他们的父亲只是因为肺炎去世的，那您就真是帮了我一个大忙了。"

神父也插了一句："您完全可以这么写，医生，"他说，"这么写既对您没什么损害，还对别人有利。这个可怜的家伙人都死了，您也就别再和他较真儿了。只写'肺炎'一项也不算是撒谎，何况这位太太日后肯定一直念着您的好处，祈祷的时候也会想着您的，"他最后又相当现实地补充了一句，"何况这事也不用您担什么风险。"

医生突然之间想起了两件事：一是神父是医院董事会的成员；二是他想做这家医院的主治医生。

"好吧，"医生让步了，"我就这么写吧，不过可千万别把这事说出去，我是看您的面子才这么写的，神父。"他在"死因"一栏上写下了"肺炎"。

于是没有任何书面记录证明约翰·诺兰死时是个醉鬼。

凯蒂用那二十五美元买了丧服。她给尼利买了一套配长裤的全新黑西装。骄傲、快乐和痛苦在尼利心中激烈地交锋，因为这是他第一套配长裤的正式西装。凯蒂给自己买了顶新的黑帽子，还根据布鲁克林的风俗配了三英尺长的寡妇面纱。她给弗兰西买了新鞋，因为她本来也早就该换新鞋了。他们决定不给弗兰西买黑外套了，因为她长得太快，今年买的冬衣明年就该穿不了了。妈妈说可以把自己旧的绿大衣给弗兰西穿，袖子上扎一圈黑纱就可以。弗兰西有些庆幸，因为她讨厌黑色，所以本来就有点儿担心妈妈会让她穿一身全黑的重丧服。买完衣服之后，剩下的一点儿钱就放进罐头"银行"里去了。

殡葬承办人又来了，他说约翰尼在他的殡仪馆，已经全部收拾停当，晚上就可以送回家。凯蒂厉声制止了他进一步讲述更多的细节。

然后又一记重击落了下来。

"诺兰太太，您得把土地的地契交给我。"

"什么地？"

"墓地的地契啊，我得拿着地契才能开挖墓穴。"

"我还以为这也包在那一百七十五美元里面了呢。"

"这可不行！我已经尽量给您打折了，光是棺材就花了我……"

"我不喜欢你这个人，"凯蒂用她那典型的直率态度说着，"我也不喜欢你这一行，可是话说回来——"她接着用那种异常超然的口气补充道，"有人死了就得有人埋。墓地要多少钱？"

"二十美元。"

"我上哪儿去弄这——"她的话戛然而止，"弗兰西，拿螺丝刀去。"

一家人撬开了罐头"银行"，里面总共有十八美元零六十二美分。

"不够啊，"承办人说，"剩下的一点儿我出吧。"他伸手作势要收钱。

"我会把钱凑出来的，"凯蒂说，"可是不拿到地契，我就不交钱。"

那人大惊小怪地争了半天，最终还是答应了先拿地契，出门去了。妈妈打发弗兰西去茜茜家借了两美元。殡葬人把地契拿回来了，凯蒂想起母亲十四年前说过的事，就把地契慢慢地仔细读了一遍，还让弗兰西和尼利也拿去认真看过。承办人站在一边，把重心从一只脚移向另一只脚。等诺兰家的三口人都看完，确定地契没有问题，凯蒂才把钱递了出去。

"您说我骗您干吗呢，诺兰太太？"承办人一边仔细地把钱收起来，一边故作哀怨地问道。

"这世上谁真的有理由去骗别人呢？"凯蒂答道，"可他们该骗人还是一样骗。"

锡罐头"银行"戳在桌子中间，这个罐头用了十四年，上面的金属条都破破烂烂的了。

"妈妈，我把它钉回原来的地方好吗？"弗兰西问。

"不用了，"妈妈慢吞吞地说道，"咱们用不上这个了。你瞧，咱们现在有块地皮了。"她一边说，一边把折起来的地契搁在造型笨拙的锡罐头上。

棺材运进外屋以后，弗兰西和尼利就一直在厨房里待着，甚至连睡觉都在厨房里。他们不想看见父亲躺在棺材里的样子，凯蒂似乎能理解这一点，她也不强迫孩子们进屋去看看他们的父亲。

家里到处都是鲜花。虽然约翰尼死前一个星期刚被侍者工会扫地出门，但如今工会送了个巨大的白色康乃馨花圈来，上面斜搭着一条紫色的缎带，用烫金字样写着"致我们的兄弟"。辖区的警察念及诺兰家逮捕谋杀犯的事迹，也送来了一个十字架形的红玫瑰花束。麦克舍恩警官送了一束百合花。约翰尼的母亲、罗姆利家的其他成员和邻居们也都送了花。还有十来个约翰尼的朋友送了鲜花来，而凯蒂根本没听说过这些人。酒吧老板麦克加里蒂也送了个人造月桂树枝编的花圈。

伊薇看了看花圈上的卡片，愤怒地说道："我要把这玩意儿扔进垃圾桶。"

"不用，"凯蒂柔声说，"我也怨不着麦克加里蒂先生。毕竟也没人逼着约翰尼去他店里。"

（约翰尼死前还欠着麦克加里蒂三十八美元，可是不知为什么，酒吧老板对凯蒂只字未提，还自己悄悄把这笔账消了。）

屋里玫瑰、百合和康乃馨的香味交织在一起，浓得让人闻着直恶心。弗兰西讨厌这些花，可凯蒂由此发现还有很多人那么惦记着约翰尼，又觉得很欣慰。

合上棺盖之前，凯蒂走进厨房，来到孩子们身边。她把手搭在弗兰西的肩膀上，用低低的声音说：

"我听见有些邻居说闲话。他们说你们觉得他不是个好父亲，所以不肯去看他最后一眼。"

"他就是好父亲！"弗兰西愤怒地说道。

"是，他确实是。"凯蒂说。然后她等着孩子们自己做出决定。

"来吧，尼利。"弗兰西招呼着。姐弟俩手拉着手，进屋去看父亲了。尼利只是飞快地看了一眼，就从屋里跑了出去，他害怕自己会哭出来。弗兰西站在原地，眼睛死盯着地面，她不敢抬头看。不过最后她还是抬起眼睛看了一眼——她简直不敢相信爸爸已经不在了！他身上穿的还是那身无尾礼服，不过洗得很干净，熨得很平整，里面衬着崭新的假前襟和纸领子，还精心打上了领结。他外套的翻领上插了枝康乃馨，靠上些的地方别着他的工会徽章。他的一头鬈发依然金黄而闪亮，一绺头发散了下来，斜着微微垂在他的额头上。他闭着眼，仿佛刚刚入睡一样。他看上去年轻又英俊，而且被人家打理得很好。弗兰西第一次留意到他的眉弓曲线有多么优美。他的小胡子也精心修剪过，还是像以前一样雅致迷人。他脸上再也没有了痛苦、哀伤和焦虑，整张脸看着既柔和又孩子气。约翰尼享年三十四岁，可眼下他躺在棺材里的样子却显得更年轻，简直像刚过二十岁的小伙子。弗兰西看向他的手，那双手随意地交叉在一起，按在一个银色的受难十字架上。他一只手的无名指上有一圈皮肤格外苍白，那里原本戴着结婚那年凯蒂送他的图章戒指（凯蒂把戒指摘下来了，打算等尼利长大以后送给他）。想起爸爸的手一直抖个不停的样子，现在这双手这么安静看着反而有些奇怪。弗兰西发现，在修长手指的衬托下，爸爸的手看起来细长又灵活。她直盯着那双手看，总觉得自己看到它们动了起来。她的心中突然泛起一阵恐慌，让她想逃出去，可是屋里到处都是人，而且所有人都在看着她。如果她跑了，那他们就该说那一定是因为……不，他就是个好父亲！他就是！她伸出手，把他那一绺散开的头发拨回原位。茜茜姨妈走了过来，伸手搂住弗兰西，低声说了句"时候到了"。弗兰西退到妈妈身边，人们把棺材盖子合上了。

做弥撒的时候，弗兰西和尼利一左一右跪在妈妈身边。弗兰西垂着眼死盯地面，这样她就不用抬头去看棺材了——那棺材放在祭坛前的架子上，上面铺满了鲜花。她偷偷看了妈妈一眼，跪着的凯蒂双眼直视前方，寡妇面纱之下的面庞苍白而沉静。

神父走下祭坛，绕着棺材在四角洒上圣水。走廊对面的一个女人放声大哭起来。即便是刚死了丈夫，凯蒂的嫉妒心和占有欲依然异常旺盛，她猛然扭过头去，想看看是哪个女人胆敢这么哭约翰尼。她看清了那女人，就把头转了回去，思绪乱得像被风卷起的纸屑。

"希尔娣·奥戴尔看着可真显老啊，"她想着，"她那黄头发白了那么多，简直像撒了白粉似的。可她没比我大多少啊……也就三十二三岁。我十七那年她十八。'咱俩各走各的路吧''你其实是想说，你要和她走一条路吧'。希尔娣，希尔娣……'凯蒂·罗姆利，这是我的男人！'……希尔娣，希尔娣……'可她是我最好的朋友啊'……'希尔娣，我不是什么好人，我不应该耽误你那么久的'……'咱俩各走各的……'希尔娣，希尔娣。让她哭，让她哭去吧，"凯蒂想着，"爱约翰尼的人应该为他哭一场，我现在哭不出来，那就让她哭吧。"

凯蒂、约翰尼的母亲、弗兰西和尼利坐上紧跟灵车的第一辆马车，动身前往公墓。孩子们背对车夫坐着，弗兰西很庆幸自己不用全程盯着送葬队伍最前方的灵车看。她看见后面那辆马车上坐着茜茜姨妈和伊薇姨妈，她们的丈夫都在上班，所以无法出席，而玛丽·罗姆利外婆留在家里照看茜茜新得的宝宝。弗兰西真希望能坐在姨妈那辆车上，鲁茜·诺兰哭嚎了一路，而凯蒂则像石头一样沉默。他们这辆车的车厢是封闭的，里面充满了潮湿的干草味，还有腐烂的马粪味。车厢的臭气与封闭、乘车人之间的紧张情绪，还有倒坐在车上的感觉，这些加在一起，让弗兰西感到一阵前所未有的恶心。

公墓里已经挖好了深坑，坑边放着个看起来很朴素的木头箱子。送葬的人们把那盖着罩布、带着闪亮把手的棺材放进箱子。他们把箱子里的棺材放进墓穴，弗兰西移开了视线。

这天的天色灰蒙蒙的，刮着刺骨的寒风。冰冷的尘土不时被卷起，在弗兰西脚边打着转。不远处有个一周前才下葬的新坟，几个男人正从堆在坟前的花圈上拆着早已凋谢的花朵。他们干得有条不紊，枯萎的花朵整整齐齐地堆着，花圈的架子也仔细地摆成一摞。这是份合法的正经差事，是花钱从墓地的管理方手里买到的经营权。他们把拆下来的架子卖给花店重新利用。没人觉得他们这么干有什么不对，因为这些人也挺有原则，都是等花朵彻底枯萎以后才来拆的。

有人往弗兰西手里塞了把又冷又潮的泥土。她看见妈妈和尼利站在墓穴边，把手里的泥土撒了下去。弗兰西也走到墓穴边，闭上眼睛，慢慢张开握着泥土的手。几秒钟之后，她耳边传来一声掉落的闷响，那种恶心的感觉又来了。

葬礼之后，马车分别驶向不同的方向，把每个来送葬的人送回自己的家。鲁茜·诺兰和其他几个住得近的悼客一起走了，她甚至没有说一声再见。整个葬礼期间，她始终不肯跟凯蒂和孩子们说一句话。茜茜与伊薇两位姨妈跟凯蒂、弗兰西和尼利上了同一辆车。车厢里坐不下五个人，弗兰西只好坐在伊薇腿上。回家路上大家都默不作声，伊薇姨妈想逗他们开心，就讲起了威利姨夫和他的新马的趣事。可是没有人露出微笑，因为谁也没有听进去。

马车走到家附近街角的理发店，妈妈让车夫把车停了下来。

"你进去一趟，"妈妈对弗兰西说，"把你爸爸的杯子拿回来。"

弗兰西没听明白："什么杯子？"

"你直接说要拿他的杯子就行了。"

弗兰西走了进去，店里只有两个理发师，一个客人都没有。靠墙放着一排椅子，一个理发师坐在上面，跷着二郎腿，怀里抱着把曼陀铃，弹着《我的太阳》。弗兰西知道这首歌，莫顿先生在学校里教过，他给这首歌取的新名字叫《阳光曲》。另一个理发师坐在理发椅上，对着长长的镜子看着自己。看见小姑娘进店，他从椅子上站了起来。

"有什么事吗？"理发师问。

"我要拿我父亲的杯子。"

"叫什么名字？"

"约翰·诺兰。"

"啊，是了。真是太不幸了。"他叹了口气，从架子上的一排杯子里拿下一个。那是个厚厚的白色杯子，上头用花哨的金色大写印刷体写着"约翰·诺兰"。杯里放着块用得差不多了的白肥皂，还有一把很旧的刷子。理发师抠出肥皂，和刷子一起放进一个没写字的大杯子，开始刷洗起约翰尼的杯子来。

弗兰西一面等着，一面四处张望。她从来没进过这样的理发店。店堂里弥漫着肥皂、干净毛巾和月桂油的气味，烧得很旺的煤气炉子嘶嘶作响，听着让人觉得很温馨。理发师弹完了那首歌，又从头开始弹第二遍。温暖的店堂中，曼陀铃纤细的琴声清脆而伤感。弗兰西在心里默默唱着莫顿先生给这首歌新填的词：

> 啊，亲爱的，
> 这阳光灿烂的日子，
> 美好无比。
> 暴风雨终于过去，
> 天空碧蓝如洗……

每个人都有只属于自己的秘密生活，弗兰西暗想。爸爸从来没说过这理发店的事，可是他每个星期都要来这里刮三次脸。约翰尼挑剔地学着富人的做法，带了个自己的杯子来。他不肯用普通杯子里打出的肥皂泡刮胡子，不行，约翰尼可不这么干。只要手头有钱，他每星期都要来上三次，坐在那种理发椅上，照着那面长镜子，跟理发师聊着天，他们聊的可能是布鲁克林队这一年的表现，又或者是民主党今年是不是照样能选上。也许理发师弹起曼陀铃的时候，他也会跟着轻声唱起来，没错，弗兰西敢肯定，他一定会随着琴声唱起来。唱歌对约翰尼来说比呼吸还自然。她不禁想到，爸爸坐在长凳上等候的时候，会不会也拿起上面搁着的《警察公报》翻看呢？

理发师把洗好的杯子擦干了递给弗兰西，"约翰尼·诺兰是个好小伙，"他说，"你回去跟你妈妈说，这是他的理发师说的。"

"谢谢。"弗兰西满怀感激地低语道。她走出理发店，在哀伤的曼陀铃琴声中关上店门。

弗兰西回到马车上，把杯子拿给凯蒂。"这个你留着，"妈妈说，"爸爸的印章戒指给尼利。"

弗兰西看着杯子上用金字写下的名字，又感激地低声说着"谢谢"，虽然才过了五分钟，这已经是她第二次真心道谢了。

约翰尼在世上活了三十四年，不到一周前，他还在这一带的街上走着。可如今除了这只杯子、那枚戒指，还有家里的两条没熨过的围裙，再也没有其他东西能证明他在这世界上存在过。因为他下葬的时候穿的就是自己的所有衣服，还戴上了珍珠袖扣和14K金的领扣，所以没能留下别的遗物。

一行人回到家里，发现邻居们来过一趟，把屋子全都收拾整齐了。客厅的家具已经恢复原位，凋谢的花朵和叶子被清理得干干净净，还打开了窗户透气。邻居们还带了煤，把厨房的炉子烧得很旺，还给餐桌上铺了白色的桌布。丁摩尔姐妹带来了自己烤的蛋糕，切好了放在盘子里。弗洛西·加迪斯和她妈妈拿来了许多切片的博洛尼亚香肠，足足堆了两大盘子。旁边还有一篮现切出来的黑麦面包，咖啡杯也在桌上摆好了。灶上搁着满满一壶新煮的咖啡，还有人在桌子中间放了一大罐真正的奶油。邻居们趁着诺兰家没人做好了这一切，离开时还锁好了门，把钥匙放回门垫底下。

茜茜姨妈、伊薇姨妈、凯蒂、弗兰西和尼利都在桌边坐下。伊薇姨妈给每个人倒了咖啡。凯蒂盯着自己的杯子看了很久，想起了约翰尼最后一次坐在这张桌子旁边的光景。然后她像约翰尼一样伸手推开咖啡杯，趴在桌子上，以刺耳的声音号啕痛哭起来。茜茜张开双臂搂着她，用那轻柔而令人安心的声音说着：

"凯蒂，凯蒂，可别这么哭。你要是这么哭下去，等你肚里的孩子生下来，怕也得是个老伤心掉泪的可怜孩子了。"

37

葬礼过后的第二天，凯蒂整天都躺在床上，弗兰西和尼利不知所措，愣愣地在屋子里转悠了一整天。快到傍晚的时候，凯蒂下了床，给他们做了点儿晚饭。孩子们吃过之后，她打发他们出去走一走，说他们该透口气了。

弗兰西和尼利沿着格雷厄姆大道走向百老汇。这天晚上寒冷而宁静，但是没有下雪。大街上空荡荡的，圣诞节已经过去三天了，别人家的孩子都留在家里，玩着他们的新玩具。路灯的灯光惨白明亮，一阵冰冷的小风从海面上吹来，贴着地面低低吹着，卷起不少碎纸头在臭水沟边上打转。

在过去的几天里，姐弟俩的童年结束了。圣诞节也不再是圣诞节，它在不经意间悄悄溜走了，因为他们的父亲就是在圣诞节当天死的。尼利的生日也是那几天，而它也被他们丢在了脑后。

他们路过一家外立面灯光灿烂的歌舞剧院。两个孩子都识字，有阅读的习惯，而且还是看到什么都会读一读的类型。于是他们停下脚步，读起了这一周的演出节目单。第六个节目底下有一行大字写的公告：

"情歌王子昌西·奥斯本下周将在本剧院倾情献演！切勿错过！"

情歌王子……情歌王子……

父亲死后，弗兰西连一滴眼泪都没掉过，尼利也没掉过眼泪。可现在弗兰西觉得所有她没能流出来的眼泪都在喉咙里冻住了，冻成了个硬邦邦的疙瘩，而且还越来越大，越来越大……她感觉如果不能让这块坚冰赶快融化，让它变回眼泪流出来的话，那她自己很快也要死掉了。她看了一眼尼利，发现他的眼里淌着泪。然后弗兰西的眼泪也跟着掉下来了。

他们拐进了一条阴暗的小巷，在马路牙子上坐下，双脚垂在水沟里。尼利虽然哭着，却还是没忘了先把手绢铺在地上再坐——他不想弄脏身上那条新买的长裤。两个孩子又冷又孤独，紧紧地依偎在一起，就这么坐在寒冷的街上静静地哭了很久。最终他们再也哭不动了，就彼此说起话来。

"尼利，为什么爸爸非死不可呢？"

"我想可能是上帝想让他死吧。"

"为什么呢？"

"可能是惩罚他吧。"

"惩罚他什么呢？"

"我也不知道。"尼利可怜兮兮地说。

"你相信是上帝让爸爸来到这个世界上的吗？"

"信啊。"

"那上帝应该也会想让他活下去吧，是不是？"

"我觉得应该是吧。"

"所以他老人家又为什么让爸爸死得这么早呢？"

"可能是惩罚他吧。"尼利又重复了一遍，因为他也不知道还能怎么回答。

"如果真的是这样，那又有什么好处呢？爸爸这个人都死了，他也不知道这是对他的惩罚。是上帝把爸爸造成了这个样子，然后又对自己说：我倒要瞧你敢不敢改变他！我敢打赌，他一定是这么干的！"

"你可能不该这么说上帝吧？"尼利担心地说道。

"人家都说上帝有多么多么伟大，"弗兰西轻蔑地说，"人家都说他无所不知，无所不能。可是他要是真有这么伟大，那为什么他不去帮助爸爸，而要像你说的那样，去惩罚他呢？"

"我说的也只是'可能'而已啊。"

"如果真是上帝掌管着全世界，"弗兰西说，"如果太阳和月亮、飞禽走兽、花草树木，还有全人类都归他管，你难道不觉得他太忙了，太高高在上了，才不会抽时间来抓着一个人来惩罚吗？——抓着一个像爸爸这样的人。"

"我觉得你不该这么说上帝，"尼利不安地说，"他没准儿会打个雷把你劈死。"

"那就让他劈吧，"弗兰西愤怒地喊道，"我就坐在这臭水沟边上等着，让他一个雷把我劈死算了！"

他们战战兢兢地等了一会儿。什么都没有发生。再次开口说话的时候，弗兰西的语气平静了许多：

"我相信救主耶稣和他的母亲圣母玛利亚。耶稣过去也是个活蹦乱跳的宝宝。一到夏天，他也像我们一样打着赤脚走路。我看过有张画像把他画成个没穿鞋的小男孩。等他长大成人了，他也会去钓鱼，就像爸爸之前也去钓过一次鱼。而且凡人虽然无法伤害上帝，却可以伤害耶稣。可耶稣不会到处惩罚凡人，因为他最了解凡人了。我会永远相信耶稣基督的。"

提起耶稣的名字，姐弟俩按照天主教徒的习惯画了个十字。然后弗兰西把手按在尼利的膝盖上，用很低很低的声音说：

"尼利，这话我只和你一个人说，我再也不相信上帝了。"

"我想回家。"浑身颤抖的尼利答道。

凯蒂开门放孩子们进来，看他们的面容虽然疲惫，却也十分平静，"好啦，看来他们终于痛快哭出来了。"她想。

弗兰西看了一眼妈妈，然后飞快地移开了视线。"她一定是趁我们不在家的时候大哭了一场，哭到再也哭不动为止。"她想。母子三人谁也没开口提到哭泣的事。

"我想着你们回家的时候身上肯定很冷，"妈妈说，"所以我给你们准备了个热乎乎的惊喜。"

"是什么呢？"尼利问。

"你马上就知道啦。"

这份惊喜原来是"热巧克力"，是先拿可可粉和炼乳搅拌成糊，再把开水冲进去做成的。凯蒂把黏稠浓郁的饮料倒进杯子。"而且这还不算完呢。"她补充了一句，又从围裙口袋里拿出个纸袋，从里面倒出三块棉花糖，往每个杯子里各放了一块。

"妈妈！"孩子们异口同声地欢呼起来。"热巧克力"在家里可是格外好的东西，一般来说只有过生日才能喝到。

"妈妈可真了不起。"弗兰西一边暗自想着，一边用勺子把棉花糖按了下去，看着它在黑乎乎的热巧克力上融化出一道道蜿蜒的白线。"她知道我们刚才哭过，可是她什么都没问。妈妈从来都不……"她突然想出了一个特别贴切的词，"妈妈从来都不会磨磨叽叽的。"

没错，凯蒂办事从来不"磨叽"。她的手形状美丽，皮肤粗糙，可她用这双手做事却是稳稳当当的，不论是把断枝的花朵随手扔进水杯，还是拧干她擦地板用的抹布 —— 她拧抹布的时候双手并用，右手朝里拧，左手朝外拧 —— 她的动作都是那么精准、那么坚决。说起话来她也是真诚又直接，说的也都是直击要点的大白话。她的思路也永远是一条明确且毫不妥协的直线。

妈妈正说着："尼利已经大了，不该再跟姐姐睡一间屋子了，所以我把……"她略微顿了顿，"……之前我和你爸用的那间屋子收拾了一下，以后就当是尼利的卧室了。"

尼利的视线蹦跳着撞上了妈妈的眼睛。属于他自己的房间！这可真是梦想成真——不，是好事成双——他既有了长裤，又有了自己的房间……可他的眼神又立刻悲伤起来，因为他马上想起了这些东西是怎么来的。

"那我就去你那屋里住了，弗兰西。"出于直觉的圆滑让凯蒂说得委婉了些，没有直接说"你就来我那屋一起住吧"。

"我也想要自己的房间，"弗兰西心头燃起一阵嫉妒，"可也应该给尼利，大概是，毕竟只有两间卧室，尼利总不能和妈妈睡一个屋吧。"

凯蒂猜出了弗兰西的心思："等天气暖和了，弗兰西就可以在外屋睡了。咱们把她那张床搬过去，白天再在床上铺个好看的床罩，就像是她的私人起居室一样。可以吗，弗兰西？"

"没问题，妈妈。"

过了一会儿，妈妈又开口了："咱们前几天都忘记读书了，现在咱们重新开始吧。"

"看来一切还要和以前一样啊。"弗兰西有些吃惊地想着，把壁炉架上搁着的《圣经》拿了下来。

"既然今年咱们没过圣诞节，"妈妈说，"那就跳过本来该在那两天读的几章，直接从圣婴耶稣诞生那段开始好了。咱们轮流念，你先来吧，弗兰西。"

弗兰西读了起来：

　　……他们在那里的时候，玛丽亚的产期到了。就生了头胎的儿子，再用布包起来，放在马槽里，因为客店里没有地方。

凯蒂突然急促叹了口气，弗兰西停了下来，向她投去询问的眼神。"没什么事，"妈妈说，"你接着念吧。"

"对，没什么事，"凯蒂想着，"也差不多到能感觉到胎动的时候啦。"未出生的孩子又在她肚子里微微动了一下。"他会不会是因为知道有了这个孩子，"她静静地思量着，"才终于下定决心把酒戒掉的呢？"那天她凑在他耳朵边上说的就是她又怀上孩子了。是不是正因为知道了这件事，他才试着做出些改变？如果是这样的话，他是不是本来想试着做个更好的男人，却还没来得及改变就死了？"约翰尼……约翰尼……"她又叹了口气。

母子三人就这么轮流读着《圣经》，读着耶稣降生的故事，每个人都想着约翰尼的死，但是每个人都把想法憋在心里，没有说出来。

孩子们上床睡觉之前，凯蒂做了件相当不寻常的事。说这件事不寻常，主要是因为她一向不是个感情外露的人。可这天晚上，她把孩子们紧紧搂在自己怀里，亲吻他们，对他们道晚安。

"从现在开始，"她说，"我既是你们的母亲，也是你们的父亲。"

38

圣诞假期结束之前，弗兰西告诉妈妈，她不打算回去上学了。

"你不是喜欢上学吗？"

"我确实是喜欢，可是我都十四岁了，工作证也好办了。"

"你怎么想起去工作了？"

"我想给家里帮帮忙。"

"不用了，弗兰西。我还是希望你回去念书，至少得上到毕业为止。反正也只剩最后几个月，眼瞧着就过去了。你明年夏天再办工作证也行啊，到时候没准儿尼利也能办下来。可是秋天开学的时候，你们俩都得接着上高中。所以现在就别想工作证的事了，回去上你的学吧。"

"可是妈妈，咱们这样怎么能撑到夏天呢？"

"总会有办法的。"

凯蒂说得很有信心，可实际上心里没什么底气。她对约翰尼的思念无以复加。约翰尼活着的时候工作从未稳定过，不过偶尔也能在周末晚上找到临时工作，多挣个两三美元。万一日子实在是太难挨，那约翰尼好歹也能稍微振作一点儿，帮家人渡过难关。可现在约翰尼也没了。

凯蒂算了一笔账。只要她还能继续在这三栋廉租公寓楼里当清洁工，那房租就还有着落。尼利送报纸每周能赚一块五，可以拿这钱买煤——如果他们只在晚上才烧炉子的话。等等！每星期还得从这笔钱里拿出两毛钱来交保险费（凯蒂每周的保费是一毛钱，两个孩子每人五分钱）。要是早点儿上床，少烧点儿煤，大概能省出这点儿钱来。新衣服？干脆别想了，好在给弗兰西买过新鞋，尼利也买了套新西装。那最大的问题就只剩下食物了。没准儿麦克加里蒂太太还会让她帮忙洗衣服，那一星期还能多赚一美元，然后她再去外头多找些打扫的工作就行。没错，他们总会有办法挺过去的。

一家人就这样挺到了三月底。那时候凯蒂的身子已经非常笨重了（肚里孩子的预产期是五月份）。看见她挺着个大肚子站在厨房里熨衣服，或者用那种很别扭的姿势趴在地上刷地板，雇她打扫的女士们感觉很不是滋味，一个个都不敢正眼去看。她们在同情心的驱使下不得不帮她点儿忙，却又很快意识到虽然花钱雇了清洁工，可大部分活儿居然还是她们自己干的。于是雇主们一个接一个地告诉凯蒂她不用再来了。

终于有一天，保险业务员上门的时候，凯蒂付不出那两毛钱的保费了。这业务员是罗姆利一家的老朋友，对凯蒂的现状也非常清楚。

"诺兰太太，您这份保险要是中断了就实在太可惜了，毕竟都交了这么多年了。"

"你不会因为我保费交得稍微晚了一点儿，就把保险给我停了吧？"

"我自己肯定不会，可是公司就说不好了。不过还有个办法！咱们提前把孩子们的保单给兑现了，怎么样？"

"我都不知道还能这么干。"

"本来也没多少人知道。一般人停缴保费以后，保险公司也啥都不说，随着时间慢慢过去，之前交过的钱就都算是公司的了。要是上头知道我把这话跟你说了，那我保不齐要丢饭碗。不过这件事我是这么看的：你父母的保险就是我给办的，你们姐妹三个，还有你们老公和孩子们的保险也都是经我的手办的。而且虽然我也不知道为什么，但是我在你们几个之间来来回回传了那么多话，你们家人有什么生老病死的事我都知道，我都快觉得自己算是你们家的一员了。"

"我们没了你也不行呀。"凯蒂说。

"诺兰太太，您就这么办。您把孩子们的保单给兑现了，自己那份继续交着。您容我说句不好听的话，万一您哪个孩子有什么三长两短，那您至少还有办法安葬他们。再恕我说句更不吉利的话，假如您自己出了点儿什么事，而您没有保险，那孩子们也没钱让您入土为安了，您说是不是？"

"说得是，他们肯定没办法。我的保险必须接着交下去。我可不想死了以后像个要饭的一样被埋进公共墓地里去。要真出了这种事，他们这辈子都抬不起头来了，以后的子子孙孙也都抬不起头来。就照你说的来，我的保费接着交，孩子们的保险就兑现了。你告诉我该怎么办就行了。"

两个孩子的保险兑了二十五美元，他们靠着这笔钱熬到了四月底。再过五个星期，凯蒂肚子里的孩子就要出生了。再过八个星期，弗兰西和尼利就要毕业了。只有这八个星期，无论如何都得想法子撑过去。

罗姆利三姐妹围坐在凯蒂家厨房的桌子边上开起了会。

"我要是有余力的话，肯定会帮你一把的，"伊薇说，"可你们也知道，威利被马踢过以后就一直不大对劲儿。他和老板混不熟，跟同事的关系也不好，所以现在都没有派给他马，人家只能打发他干马厩的活儿，扫扫马粪、扔扔碎瓶子之类的，工资也减到了每星期十八块。我家也有三个孩子，这点儿钱不够花的。我自己也在找打扫卫生的杂活儿做呢。"

"要是我能想出什么办法来——"茜茜开口了。

"不用，"凯蒂坚定地说，"你也很不容易，妈妈跟你们一起过呢。"

"可不是嘛，"伊薇说，"她过去在那间小屋子里一个人过，还时不时跑出去搞卫生，几分几分地挣点儿小钱，我和凯蒂都担心得不行。"

"妈妈花不了多少钱，也添不了多少麻烦，"茜茜说，"我家'约翰'也不介意让她跟着我们过。当然，他一个星期也就赚二十块，现在又有了宝宝。我想回厂子里上班，可是妈妈年纪太大，不能再让她带孩子，做家里这些活儿了，她都八十三岁了。我要是能去上班，那我肯定能帮上你的忙，凯蒂。"

"这也是没办法的事，茜茜，确实是没办法的事。"凯蒂说。

"那现在就只有一个选择了，"伊薇说，"让弗兰西辍学，让她办了工作证上班去。"

"可我想让她正式毕业。到时候我的孩子就是整个诺兰家第一拨能拿初中毕业证的人了。"

"毕业证又不能当饭吃。"伊薇说。

"你就没个能帮帮忙的男性朋友吗？"茜茜问，"你可是个大美女，这你也是知道的。"

"或者说等她身材恢复了，那她就又成了大美女了。"伊薇插了句嘴。

有那么一瞬间，凯蒂想到了麦克舍恩警官。"没有，"她说，"我没什么男性朋友，我只有约翰尼一个，没别人了。"

"那可能就只有伊薇说的那一条路可走了，"茜茜也最终下了断言，"我真的不愿意这么说，可你也只能让弗兰西退学去上班了。"

"可如果她初中没毕业的话，以后就没法上高中了。"凯蒂表示反对。

"这个嘛，"伊薇说，"反正还有天主教会的慈善机构呢。"

"要是真走到那一步，"凯蒂平静地说，"要是我们真的非拿慈善机构的救济不可，那我就把家里所有窗户都关得严严实实的，等孩子们都睡熟了，就把煤气阀门全打开。"

"你可别瞎说，"伊薇严厉地说道，"你还是想活下去的，不是吗？"

"我是，可是我更觉得活着就得图点儿什么。我可不希望我活着只是为了去慈善机构领救济，勉强吃饱了肚子，有了点儿力气，好再回去接着拿救济粮。"

"那这不就又说回来了，"伊薇说，"弗兰西就必须退学，然后开始上班。而且只能让弗兰西去，因为尼利才十三岁，人家不给办工作证。"

茜茜把手搭在凯蒂胳膊上："这也没那么糟糕，弗兰西很聪明，又爱看书，这孩子怎么着都能让自己接着受教育的。"

伊薇站了起来："好啦！我们得回去了。"她在桌上留下个五毛钱的硬币，她估计凯蒂不会收下，就又颇为强硬地加了一句："别以为这是白送的啊，早晚得还给我。"

凯蒂笑了："用不着嚷嚷，亲姐妹拿钱给我，难道我还要介意吗？"

茜茜直接走了个捷径，凑过来吻别的时候，她直接把一张一美元的票子塞进凯蒂围裙的口袋。"你要是需要我帮忙，"她说，"让孩子来找我就行，哪怕是三更半夜我都能赶过来。不过你最好还是叫尼利来，煤场子那边那几条街小姑娘一个人走不安全。"

夜深了，凯蒂一直孤零零地在厨房桌边坐着。"我只需要两个月……只要两个月而已，"她想着，"亲爱的上帝啊，给我两个月的时间吧，这时间一点都不长。那时候我肚里的孩子就出生了，我自己的身子也能缓过来，那两个大孩子也该从公立学校毕业了。只要我的脑子和身体能重新归我自己做主，那我也就不用再向您求什么了。可现在我做不了这身子的主啊，只能求着您帮帮忙了。只要两个月……两个月就好……"她期待着能看到一阵温暖的光亮，因为那说明她的话传到上帝耳边了。可是那光亮没有出现，于是她又试了一次。

"圣洁的玛利亚，耶稣的母亲，您肯定知道这有多难熬。您自己也有过孩子，圣洁的玛利亚……"她等待着，可什么都没有出现。

她掏出茜茜给的那张票子，和伊薇给的硬币一起放在桌上。"有了这些还能多撑个三天，"她盘算着，"可是然后呢？"她不知不觉地低声念叨起来："约翰尼，不管你现在在哪儿，你就再振作最后一次，帮个忙吧，只要一次就好，一次就好了。"她继续等待着，而这一次那道光亮出现了。

说来也的确算是约翰尼帮了他们一把。

酒吧老板麦克加里蒂对约翰尼念念不忘，这倒不是他良心发现，不，他的良心本来就没什么过不去的。又不是他逼着客人非来他家酒吧不可。他最多就是给大门的合页勤上点儿油，让它开关起来更顺畅而已，除此之外，他也没比其他酒吧老板多用什么手段吸引客人。他的酒吧提供免费小吃，但是也不比别的店家强多少，除了酒客自发找乐子之外，酒馆里也没什么吸引人的娱乐手段。没错，他良心上没什么过不去的。

他只是想念约翰尼。就是因为这个。这事和钱没关系，因为总是约翰尼欠他钱。他就是喜欢约翰尼在他店里待着，因为只要有约翰尼在，这地方的档次就会稍微高那么一点儿。酒吧里到处都是卡车司机和挖沟工人，在这群人之间站着这么个纤细又斯文的小伙子，那感觉确实很不一样。"当然，"麦克加里蒂也不得不承认，"约翰尼·诺兰喝得太多了，对他自己半点儿好处也没有。可是就算他不来我家喝，也会跑到别的地方喝。不过他不是那种讨人厌的酒鬼，不会没喝几杯就开始骂街，或者大哭大闹地撒酒疯。没错——"麦克加里蒂有了结论，"——约翰尼还挺不错的。"

麦克加里蒂最怀念的主要是听约翰尼聊天。"这哥们儿可真能聊啊，"他想着，"他跟你讲南方的棉花地、阿拉伯的海岸，还有阳光灿烂的法国，说得都跟他真去过似的，然而那些东西都是他从歌里头知道的。可我还真挺爱听他扯这些地方的事的，"麦克加里蒂想，"不过要说我最爱听的，那还要数他聊自己家人的事了。"

关于家庭麦克加里蒂也有过自己的梦想。他梦中的理想家庭应该住得离酒吧很远，远到他凌晨锁上酒吧大门以后得坐电车回去。梦中温柔贤淑的妻子早早起床在等他，给他做了美味的早餐，还有热乎乎的咖啡，一进家门就能吃上。吃过早餐，夫妻俩就开始聊天……聊的都是酒吧之外的东西。他梦中也有孩子——干净、漂亮、聪明的孩子，在成长过程中对父亲开酒吧这件事觉得有些丢人。而他会为孩子们的不屑深感自豪，因为这说明即便是他，也能生出很有教养的孩子来。

话说回来，这都只不过是他的白日梦而已。后来他就娶了梅，她是个曲线丰满的性感姑娘，长着暗红色的头发和宽宽的大嘴。可婚后没多久，她就变得又胖又邋遢，成了个所谓的布鲁克林"酒吧风格"的女人。婚姻生活的头一两年还算不错，可是忽然有那么一天清晨，麦克加里蒂一觉醒来，突然觉得这一切都不是那么回事了。梅不可能变成他梦想中的妻子，她很喜欢酒吧，坚持要租酒吧二楼的房子住。

她既不想在法拉盛置办房子，也不愿意做家务，她就喜欢成天坐在酒吧的店堂里跟客人一起喝酒说笑。梅给他生的孩子也整天像小流氓一样在街上乱窜，到处吹嘘自己的父亲是开酒吧的。而让麦克加里蒂最痛苦也最失望的是，孩子们居然以此为傲。

他知道梅出轨了，但是他不在乎，只要不闹到别的男人在背后笑话他的程度就行。早在好几年以前，他对梅就没什么性欲了，自然也不会再吃她的醋。也不光是对她，麦克加里蒂逐渐也没有心思和女人睡觉了。也不知怎么的，他逐渐把好的性关系和能够好好交谈挂上了钩。他想要个能够听他聊天的女人，他想要对着这样的女人倾吐自己的一切想法，更希望这女人也能跟他说说话，温存、睿智并且亲热地跟他说说话。他总以为，只有遇到这么一个女人，他那失落的"男子气概"才能回来。麦克加里蒂就这么用他那蠢笨糊涂的脑袋，在肉体交合之外追求着心灵和精神的交融。随着时间的推移，和关系亲密的女人说说体己话的念头居然成了他的执念。

他做生意的时候也观察人性，也能得出些结论来。这些结论既没新意也毫无智慧，实际上它们无聊透顶，惹人厌烦。但这样的结论对麦克加里蒂而言却很重要，因为那都是他自己想出来的。刚结婚那几年，他也试过把这些结论讲给梅听，可她听了却只会说上一句"我想应该是吧"。她有时候也变变说法，改成"应该是吧，我想"。因为没法跟妻子有什么内心上的交流，他最终没了做丈夫的能力，而她也就开始出轨了。

麦克加里蒂一直有个心病：他讨厌自己的孩子。他的女儿艾琳和弗兰西一样大。艾琳的眼睛老是害红眼病，泛着粉红色，而她的一头红发颜色又太淡，看着似乎也算是粉红色的。她是个又坏又蠢的孩子，在学校蹲了好几年班，都十四岁了还在念六年级。他的儿子吉姆今年十岁，各方面都平平无奇，除了屁股太肥总是撑破短裤之外没有任何出众的地方。

麦克加里蒂还做着这样的梦：他幻想着梅有朝一日会来向他坦白，说两个孩子都不是他的。这个白日梦让他很满足，因为他觉得如果孩子们是别的男人的种，那他反而能疼爱他们，反而能更客观地面对他们的坏和蠢，反而能去同情并且帮助他们。而只要这两个孩子确实是他亲生的，他就不由得讨厌他们，因为他在孩子们身上看到了梅和他自己的全部缺点。

　　约翰尼在麦克加里蒂的酒吧当了八年的常客，每天都对着麦克加里蒂吹嘘凯蒂和孩子们。而这八年以来，麦克加里蒂一直偷偷在心里玩着个小游戏，假装自己就是约翰尼，而约翰尼夸自己老婆孩子的时候，他也在心里假装那是他在夸着梅和自家孩子。

　　有一回，约翰尼自豪地说："我给你看个东西。"他从口袋里摸出一张纸，"我家闺女写的作文在学校得了'A'，她才十岁就这么有出息了！我念给你听听！"

　　约翰尼读着作文，麦克加里蒂幻想着那是他自己的闺女写的。

　　又有一天，约翰尼拿了一对手艺极其粗糙的书档放在吧台上炫耀。

　　"给你看个东西，"他自豪地说，"这是我家小子尼利在学校做的。"

　　"这是我家小子吉姆在学校做的。"麦克加里蒂盯着那对书档，在心里自豪地跟自己说。

　　又有那么一回，麦克加里蒂想主动扯开个话头，就问他说："约翰尼，你觉得咱们国家会不会参战啊？"

　　"这不是巧了嘛，"约翰尼答道，"昨天我和凯蒂聊了一整夜，一直聊到快天亮，说的刚好就是这码事。最终我好歹是说服了她，说威尔逊肯定不会让咱们也掺和进去的。"

　　麦克加里蒂不禁想到，要是他自己和梅聊这件事聊一夜会是个什么光景呢？听见梅最终跟他说"你说得对，吉姆"又会是种什么感觉呢？反正他是不知道那会是个什么滋味，因为他很清楚这种事永远不会在他身上发生。

约翰尼死了，麦克加里蒂的白日梦也随之告吹了。他试过自己跟自己玩这个游戏，可是不太管用。他还是需要一个像约翰尼这样的人来给他起个头才行。

就在罗姆利家三姐妹凑在凯蒂家厨房里商量的那天，麦克加里蒂也有了个点子。反正他的钱多到不知道怎么花，而且他除了钱可以说一无所有，那也许他能从约翰尼的孩子身上买回当初那些白日梦。他估计凯蒂的日子肯定过得很紧，所以他大概可以给孩子们安排点儿轻松的活计，让他们放学之后来做。他能帮助他们渡过难关……反正他完全出得起这个钱，没准儿还能从这里面得到点儿回报呢。没准儿这两个孩子也能和他说说话——用他们以前和自己父亲聊天的方式来跟他说说话。

他跟梅说自己打算去找凯蒂，给她的孩子们找点儿活儿干。梅这回倒是高高兴兴地告诉他，他绝对会被毫不客气地赶出门去。麦克加里蒂却不觉得自己会被赶走。他刮着胡子，为出门做着准备，脑袋里回想着凯蒂上门感谢他送花圈的事。

约翰尼的葬礼过后，凯蒂挨家挨户去对送过花的人表示感谢。她没绕圈子，无视了写着"女士入口"的侧门，径直从正门走进麦克加里蒂的酒吧。店堂里的男人们直盯着她看，她却视若无睹地直接走向吧台。麦克加里蒂看见她进来，就拎起围裙的一角塞进腰带里，表示他这会儿暂时不当班，连忙从吧台后面绕出来迎接她。

"我是来感谢您送的花圈的。"凯蒂说。

"啊，是那回事。"他如释重负地答道，因为他还以为凯蒂是来大闹一场的。

"那时候让您费心了。"

"我挺喜欢约翰尼的。"

"我知道。"凯蒂伸出一只手，麦克加里蒂傻乎乎地盯着看了一会儿，才反应过来那是要和他握手。他一边用力地和她握手一边问："您不记恨我吧？"

"我为什么要记恨您呢？"凯蒂答道，"约翰尼是自由人，还是白人，也早就超过二十一岁了。酒吧还不是他自己想来就能来的。"她说完就转身走出了酒吧。

不会的，麦克加里蒂在心中下了个结论，只要他带着好意去，那这个女人肯定不会把他赶出去的。

麦克加里蒂局促地坐在凯蒂家的厨房里跟她说着话。孩子们这会儿本来在写作业，可弗兰西虽然低着头假装看课本，却竖起耳朵听着麦克加里蒂想说什么。

"我跟我家太太谈过了，"麦克加里蒂像说梦话似的说着，"她和我都觉得可以雇您家闺女去帮帮忙。也没什么重活儿，就是铺铺床、刷刷碗而已。楼下酒吧也用得上您家儿子，请他帮忙剥剥鸡蛋壳，再把奶酪切成小块儿之类的，您也知道，这都是晚上给客人的免费小吃要用的。我们就让他在后厨帮忙，保证绝对不让他靠近吧台那边。让他们姐弟俩每天放学以后来一个小时，礼拜六再来上半天就行。每星期我给这俩孩子一人开两块钱。"

凯蒂的心激动地狂跳起来。"一星期四块钱，"她暗自盘算着，"再加上送报纸挣的一块五。不但能供他们俩继续上学，吃饭的钱也足够。这么一来，我们就能把这段日子熬过去了。"

"您觉得怎么样呢，诺兰太太？"麦克加里蒂问。

"这得问孩子们的意见。"凯蒂答道。

"怎么样？"他转向孩子们，"你们俩觉得行吗？"

弗兰西装出一直在认真看书，听见问话才抬起头的样子："您刚才说什么？"

"你愿不愿意去帮麦克加里蒂太太做点儿家务呢？"

"行啊，先生。"弗兰西说。

"那你呢?"他又转向尼利。

"可以啊,先生。"尼利也附和道。

"那就这么定了,"他转过脸重新面向凯蒂,"当然,这也都是临时的,我们早晚还得请个固定的人手来负责家务和厨房里的活儿。"

"我本来也觉得临时的更好。"凯蒂说。

"您的手头可能有些紧吧,"他把手探进裤子口袋,"我先预支他们第一周的工资好了。"

"用不着,麦克加里蒂先生。既然这是他们挣的钱,那就让他们享受一下干了一周之后亲手拿到工资带回家的感觉吧。"

"那好吧。"他虽然这么说着,手却还插在裤兜里,捏着里面那厚厚一卷钞票。他想着:"我有这么多钱,却什么也买不来,而他们却什么都没有。"他突然有了个主意:

"诺兰太太,您也知道,约翰尼和我原来有个交易,我给他赊账,他拿到小费就都给我。然后呢,到他去世的时候,他留在我这儿的钱还剩了点儿。"他把那卷钞票摸了出来。看见这么多钱,弗兰西的眼珠子都要蹦出来了。麦克加里蒂本来打算说约翰尼剩下了十二美元,然后数出这么多来给她。他摘下扎着钞票的橡皮筋,眼睛打量着凯蒂,看见她眯起眼睛,麦克加里蒂的想法变了——他知道要是说剩了十二美元的话,那她无论如何都不会相信。"当然,其实也没剩下多少,"他故意用漫不经心的口气说,"只有两块,不过我觉得还是该还给你。"他抽出两张纸币递给凯蒂。

凯蒂摇摇头:"我知道您不欠我们钱。您说的要真是实话,那您肯定得说是约翰尼欠您的。"麦克加里蒂的心思被看破了,他讪讪地把钱放回口袋,那卷钞票顶着他的大腿,让他感觉很不舒服。"不过我还是很感激您的好意,麦克加里蒂先生。"

她最后这句话让麦克加里蒂打开了话匣子,他滔滔不绝地说了起来。说到了自己在爱尔兰度过的童年;说到了他的父母和那一大群兄弟姐妹；更说到了自己梦想中的婚姻。他把藏在自己心里的所有想法全都告诉了凯蒂，可他没有说起自己的老婆孩子——他把这些家人完全排除在自己的讲述之外。他还讲起了约翰尼的事，回忆起约翰尼怎么每天和他聊自己的妻子儿女的。

"比如说这窗帘吧，"麦克加里蒂边说边用肥厚的手朝窗帘指了指，那是一条有红玫瑰花样的黄棉布窗帘，"约翰尼都跟我说了，那是你拿自己的一条旧裙子改的。他说有了这窗帘，整个厨房都漂亮多了，就像坐在吉卜赛马车里似的。"

弗兰西早就不再假装写作业了，她恰好留意到麦克加里蒂说的最后几个字。"就像坐在吉卜赛马车里似的，"她琢磨着，这话让那窗帘在她眼里也不太一样了，"原来爸爸还说过这样的话。我还以为他当时根本没注意到这新窗帘呢，反正他什么也没说。现在看来他不但发现了，还跟这个人夸过那么好听的话呢。"听见人家这么说约翰尼的事，弗兰西都怀疑他还活着。"原来爸爸会跟这个人聊这些事啊。"她怀着全新的兴趣打量起麦克加里蒂来。他身材矮胖，双手粗大，肤色泛红的脖子又短又肥，头上也开始谢顶了。"要是只看这人的模样，"弗兰西暗想，"谁能想到他的内在那么不一样呢？"

麦克加里蒂一口气聊了两个钟头。凯蒂认真地听着，不过她倒不是在听麦克加里蒂聊天，她听的是麦克加里蒂聊约翰尼的事。如果他稍作停顿，那她也会说上几句承上启下的话作为回应，比如"是吗？""然后呢？"之类的。如果他一时找不到合适的词，那她就会给他提个醒，而他就会满怀感激地顺着她提的词说下去。

麦克加里蒂就这么聊着，一件惊人的事发生了——他感觉自己早已失去的"男子气概"正在全身涌动。这倒不是因为他和凯蒂共处一室，凯蒂这时候的肚子已经很大，体形早就走样了，他看着心里都有点儿发怵。改变他的并不是女人，而是和她交谈这件事本身。

厨房里的光线越来越暗，麦克加里蒂终于停了下来。他说累了，嗓子也哑了。可这种疲惫对他来说却是个全新的体验。他不情不愿地想到自己该回去了。酒吧里这时候应该已经人满为患了，不少男人下班路上会顺便进去喝杯餐前酒。他不喜欢让梅在挤满男人的店里照应吧台。于是他缓缓站了起来。

"诺兰太太，"他边说边用手摸索着拿起自己的褐色礼帽，"我能不能隔三岔五来和您聊聊天呢？"凯蒂慢慢地摇了摇头。

"就是聊聊天而已，可以吗？"他带着恳求的口气又问了一遍。

"不行，麦克加里蒂先生。"她尽可能用最温柔的语气答道。

他叹了口气，走了。

弗兰西忙了起来，但她很庆幸自己能这么忙，因为忙起来就不会太想念爸爸了。她和尼利每天早晨六点钟起床，先帮妈妈做两个小时清洁工的活儿再去上学。现在的妈妈做不了重活儿，每天弗兰西都会把三栋楼门廊里的黄铜门铃底座擦干净，再用上过油的布擦亮每一根栏杆。尼利负责打扫地下室和铺着地毯的楼梯，然后姐弟俩再一起把装满的垃圾桶拖到路边。这活儿相当麻烦，因为垃圾桶太沉了，他们两个一起动手也拖不动。弗兰西想了个办法：他们先推倒垃圾桶，把里面的垃圾倒在地下室地上，然后把空桶抬到马路边，再回去用煤桶把垃圾运出来装回桶里。虽然要来来回回在地下室跑好几趟，但这个办法还是好用的。这些活儿干完之后，妈妈就只要刷洗铺了油布的楼道就好了。还有三家租户表示他们可以自己扫自家门前的楼道，直到凯蒂生完孩子为止，这也是帮了他们很大的忙。

放学之后，姐弟俩得先去教会上课，因为这年春天他们就要行坚信礼了。上完课就去酒吧帮忙，麦克加里蒂说到做到，给他们安排的工作相当轻松。弗兰西只需要铺好四张乱糟糟的床，刷几个早餐留下的碗碟，再把各个房间打扫一下，全干完也用不了一个小时。

尼利的时间安排和弗兰西的一样，只是多了一项送报纸的工作，有时他晚上八点钟才能回家吃晚饭。他在麦克加里蒂酒吧的后厨打杂，主要是给四打煮好的鸡蛋剥壳，把硬奶酪切成一寸见方的小块，在每一块上插一根牙签，再把大根的酸黄瓜竖着切成条。

麦克加里蒂等了几天，让孩子们适应他家的工作。觉得是时候让他们陪自己聊聊天了，就像约翰尼以前和他聊天一样。他走进厨房，坐下来看尼利干活。"这孩子和约翰尼简直一模一样。"麦克加里蒂想。他等了好一阵，让少年适应自己的存在，然后清了清嗓子。

"最近有没有做木头书档啊?"他开口问道。

"没……没有啊，先生。"尼利结结巴巴地回答，这个怪问题吓了他一跳。

麦克加里蒂等待着。这孩子怎么就不接着说了呢? 尼利剥鸡蛋剥得更快了。麦克加里蒂又试了一次:"你觉得威尔逊会让咱们国家参战吗?"

"不知道。"尼利说。

麦克加里蒂又等了很久。尼利以为他是来检查工作的，巴不得能讨他的欢心，手上越做越快，时间还没到就完工了。他把最后一个剥好的鸡蛋放进玻璃碗里，抬头看了看。"啊! 现在他终于要跟我聊天了!"麦克加里蒂想着。

"您今天还有别的活儿没有?"尼利问。

"没了，就这些。"麦克加里蒂期待着。

"那要不然我就先回家了?"尼利顺势问道。

"走吧，小子。"麦克加里蒂叹了口气。他盯着少年走出后门的背影。"他要是能回头跟我聊点儿什么该多好啊……能跟我说些亲近点儿的话。"可尼利没有回头。

第二天，麦克加里蒂又去找弗兰西碰运气。他回到酒吧二楼的家里，坐了下来，什么都没说。弗兰西有点儿害怕，开始一边扫地一边往门边蹭。"他要是过来动手动脚的，"她想着，"我就直接跑出去。"

麦克加里蒂静静地坐了很久，以为这样可以让弗兰西习惯他的存在。他完全不知道自己把她吓坏了。

"最近有没有写什么能拿到个'A'，在全班排第一名的好作文啊？"他问。

"没有，先生。"

他等了一会儿。

"你觉得咱们国家会参战吗？"

"我……我不知道。"她一点点蹭到门边。

麦克加里蒂想："我吓着她了。她恐怕以为我和楼道里那个流氓一样呢。"于是他大声说道："别怕，我这就走，等我出去以后，你想锁门的话就锁上吧。"

"好的，先生。"弗兰西说。麦克加里蒂走后，她暗自想着："我猜他可能只是想聊聊天吧。可是我和他又没话说。"

梅·麦克加里蒂也上来过一次。那时候弗兰西正跪在地上，想把洗碗池水管子底下的灰尘擦出来，梅让她起来，别管水池底下了。

"天可怜见的，孩子，"她说，"用不着这么往死里忙。有朝一日咱们这样的人都死光了，这屋子不也该怎么样还怎么样嘛。"

她从冰箱里端出一大块玫瑰色的果冻，对半一切，分了一份放在另一只盘子里。然后在上面堆了许多打发奶油，往桌上放了两只勺子，自己先坐了下来，又招呼着让弗兰西也坐。

"我不饿。"弗兰西扯了个谎。

"那你也吃点儿，别这么认生嘛。"

那是弗兰西第一次吃果冻和打发奶油。那味道实在是太好了，她得拼命克制自己，才勉强忍住没有狼吞虎咽，露出难看的吃相。她边吃边想着："哎，麦克加里蒂太太这不是挺好的吗？麦克加里蒂先生也还行。只不过他们两个相处得好像不怎么样啊。"

梅·麦克加里蒂和吉姆·麦克加里蒂坐在酒吧后面一张小小的圆

桌边，就像平常一样，夫妻俩默不作声，匆匆地吃着晚饭。梅突然出其不意地把手搭在吉姆胳膊上，这个意料之外的动作让他打了个冷战。他转动又小又亮的双眼，对上梅桃花木色的大眼睛，并且从里面看到了怜悯的意味。

"这样子行不通的，吉姆。"她温柔地说。他的心里激动地翻腾起来："她是明白的！"他想着，"怎么会……原来……她都是明白的！"

"有句老话说得好，"梅接着说道，"有钱也不是什么都买得来的。"

"我知道，"他说，"那我还是打发他们走吧。"

"再等几个星期，等她生了孩子再说吧，样子还是要做到家的。"她站起身来，走进酒吧的店堂。

麦克加里蒂坐在原地，心里各种感觉五味杂陈："我们居然有了段真正的对话，"他惊奇地想着，"虽然没提到具体的人名，也没具体挑明了什么事，可是她明白我在想什么，我也知道她想的是什么。"他连忙追着妻子走进酒吧店堂，想让这种心灵相通的感觉延续下去。然而他看见梅站在吧台末端，一个卡车司机搂着她的腰，贴在她耳边低声说着什么，她用手遮着嘴巴哈哈大笑。麦克加里蒂一走进来，卡车司机就怯懦地放开了他搂着梅的手，溜进男人堆里去了。麦克加里蒂转进吧台后面，望向妻子的双眼，她的眼睛里毫无表情，更是没有半点儿心意相通的迹象。麦克加里蒂的脸拉下来，挤出往日那悲伤又失望的皱纹，开始忙活晚上的生意了。

玛丽·罗姆利的年纪越来越大，没法自己在布鲁克林到处走动了。她很想在凯蒂临产之前再看看女儿，就让保险业务员替她捎了个口信。

"女人生孩子的时候，"她对业务员说，"就相当于是死神在边上握着她的手，有时候它握住就不撒手了。你就跟我最小的那个闺女说，我想在她'那时候'到来之前再见她一次。"

保险业务员把话带过去了。于是接下来那个星期天，凯蒂就带着弗兰西去看她妈妈了。尼利好说歹说地请了个假，说跟滕·艾克家的孩子们约好在空场上打棒球，都说定了让他去当投球手了。

茜茜的厨房很宽敞，被明亮的阳光晒得暖融融的，而且收拾得一尘不染。玛丽·罗姆利外婆坐在炉灶边一张低矮的摇椅上，这是她唯一一件从奥地利带来的家具，这椅子在她老家的小屋火炉边放了一百多年。

茜茜的丈夫坐在窗户边上，怀里抱着孩子，正用奶瓶给她喂着奶。跟玛丽和茜茜打过招呼以后，凯蒂和弗兰西也过来跟他打招呼。

"你好啊，约翰。"凯蒂说。

"你好，凯蒂。"他答道。

"你好，约翰姨夫。"

"你好啊，弗兰西。"

这之后他就再也没说过一个字。弗兰西盯着他看，漫无边际地想着他的事。罗姆利家的人们都觉得他应该也只是茜茜临时找的伴儿，就和她之前那几任丈夫和情人一样。而弗兰西想着，他本人会不会也知道自己是临时的呢？他的真名叫史蒂夫，可茜茜总是管他叫"我家约翰"，而家里人提到他的时候，说的也都是"那个约翰"或者"茜茜家约翰"。弗兰西不禁想到，出版社的同事会不会也管他叫"约翰"啊？他有没有反对过这种叫法？他有没有说过："哎，茜茜，我的名字是史蒂夫，不是约翰。你也跟你家人说说，以后还是叫我史蒂夫好了。"

"茜茜，你好像胖了点儿。"妈妈说。

"女人生过孩子之后长胖是正常的，"茜茜一本正经地说道，然后她又笑容满面地问弗兰西："你要不要抱抱这宝宝呀，弗兰西？"

"啊，当然要啦！"

茜茜的丈夫一言不发地站起来，把孩子和奶瓶交给弗兰西，然后一声不吭地走出了房间。屋里的其他人也什么都没说。

弗兰西坐在他空出来的椅子上，她以前从来没这么抱过孩子。她学着之前见乔安娜的样子，用手指摸了摸宝宝柔嫩的圆脸蛋。一阵激动的震颤从指尖弥漫开来，沿着胳膊一路向上，爬遍了她的全身。"等我长大了，"她下定了决心，"我得让家里永远有个这么大的小宝宝。"

　　弗兰西抱着孩子，边听妈妈和外婆聊天，边看茜茜做足够一个月吃的面条。茜茜拿出一大块硬邦邦的黄色面团，用擀面杖擀平，然后卷成一个长条，像果酱蛋糕卷似的。接下来她又用快刀把卷起来的面团切成薄得像纸的细条，把切好的面条抖开，挂在炉灶前一个用细木棍做的架子上。这一步主要是为了让面条风干。

　　弗兰西觉得茜茜有点儿不一样了，不再是以前那个茜茜姨妈了。这倒不是因为她的身材没有以前那么苗条了，而是什么外貌之外的东西变了。弗兰西想不太明白。

　　玛丽·罗姆利想把凯蒂家的近况问个一清二楚，凯蒂也事无巨细地全都讲给她听，从最近发生的事开始一点点往回说。她先说了孩子们正在麦克加里蒂那边打杂，说现在就是靠他们挣的钱维持着生活。然后她又讲起了麦克加里蒂上门那天的事，讲他怎么坐在她家厨房里和她聊约翰尼。她最后说："我跟你说，母亲，要不是这个麦克加里蒂突然冒了出来，我还真不知道我们家会怎么样。我当时过得实在太难了，就在那事的几天之前，夜里我还对约翰尼祈祷求他帮我一把呢。我知道，这可真是太傻了。"

　　"这不傻，"玛丽说，"那是他听见你的话了，所以来帮你了。"

　　"母亲，鬼魂可谁都帮不了啊。"茜茜说。

　　"鬼魂又不只是那种会从关死的门里穿过来的东西，"玛丽·罗姆利答道，"凯蒂刚才说了，她丈夫以前经常跟这个酒吧老板聊天。那么聊了这么多年，她家'扬'尼也就把自己的点点滴滴留在那老板身上了。那么，如果凯蒂祈求她男人帮忙，留在那老板身上的点滴就会汇聚起来做出回应。是酒吧老板灵魂里残留的'扬'尼听到了凯蒂的祈祷，所以来帮她的忙了。"

弗兰西在脑子里翻来覆去地思考着这一席话。"如果真的是这样，"她想着，"那么麦克加里蒂先生就是在那天的长谈中把那些属于爸爸的点点滴滴还给了我们。现在他的灵魂里没有爸爸了。可能正是因为这个，他才想让我们跟他聊他想聊的，而我们又实在说不出他想听的话来。"

凯蒂母女准备动身回家，茜茜用鞋盒装了满满一盒面条让他们带走。弗兰西跟外婆吻别，玛丽·罗姆利把她紧紧搂进怀里，凑在她耳边用自己的母语低语道：

"在接下来的这个月，你得格外听你母亲的话，格外尊重她。这时候的她最需要的就是爱和理解。"

外婆的话弗兰西一个字也没听懂，但她还是说了句："好的，外婆。"

母女俩坐有轨电车回家，弗兰西把鞋盒搁在自己大腿上抱着，因为妈妈现在肚子太大，腿上没法放东西了。弗兰西在车上想了一路："如果玛丽·罗姆利外婆说的都是真的，那实际上就等于没有人会真的死去。爸爸不在了，可他还可以用很多其他的方式活着。他活在尼利身上，因为尼利和他长得一模一样。他也活在妈妈心里，因为妈妈和他相处了那么长时间。他还活在他自己的母亲身上，因为那位给了他生命的母亲现在也还健在。没准儿有朝一日我也会生个儿子，长得和爸爸一模一样，有爸爸所有优点，却不像他一样老喝酒。这儿子以后也会再有他自己的儿子，就这样不断延续下去。可能真正的死亡并不存在吧。"她的思绪飘到麦克加里蒂身上，"谁能相信他这样的人身上也能有爸爸的影子呢。"她又想到了麦克加里蒂太太，想到她对自己那么随和，请自己坐下来吃果冻。弗兰西脑子里突然灵光一闪，她突然想明白茜茜身上到底是哪里不一样了！她开口问妈妈："茜茜姨妈好像不再用那种特别浓的香水了，是不是，妈妈？"

"是不用了。而且她再也用不着那个了。"

"为什么呢?"

"她现在有孩子了,还有个男人照顾她和孩子。"

弗兰西还想接着问,可妈妈却闭上眼睛,把头靠在椅背上,看起来苍老又疲惫,弗兰西决定还是别打扰她了。她得自己把这个问题想明白。

"肯定是这样吧,"她想着,"女人用那种很浓的香水,多多少少是因为她们想要孩子,想找个能和她生孩子的男人——找个能好好照顾她和孩子的男人。"她像淘金一样,把这一点点见闻收藏起来,和她此前一直积攒着的点滴见闻归到一起。

弗兰西开始觉得头疼了,她不知道那是因为刚才抱孩子抱得太激动,因为现在坐着的电车太颠簸,因为想着爸爸的事,还是因为刚才一直思考着那些由茜茜的香水引出的新发现。或许是因为她最近每天都起得太早,而且每天过得都很忙而已。或许那只是因为她这个月的月经要来了,她每次来都会觉得头疼。

"我知道了,"弗兰西下了定论,"我猜让我头疼的应该是生活本身——对,只能是这个。"

"别傻了,"妈妈静静地说,她还是闭着眼,脑袋靠在椅背上,"你茜茜姨妈家厨房太热了,我的头也疼着呢。"

弗兰西蹦了起来,难道妈妈闭着眼都能看穿她的心思?然后她才想起来,刚才她忘记自己是在默默想事情,把最后一句关于生活的感叹说出来了。她笑了,那是爸爸死后她第一次笑出声来,妈妈也睁开眼睛,对着她露出笑容。

39

弗兰西和尼利五月份行了坚信礼。那时弗兰西差不多十四岁半,尼利则只比她小一岁。她穿着样式简朴的白棉布长裙，那是手艺堪比专业裁缝的茜茜给她做的，凯蒂也挤出了点儿钱来，给她买了双白色小羊皮鞋和白色的丝绸长筒袜。这也是弗兰西的第一双丝绸长袜。尼利那天穿的则是为父亲的葬礼买的那套黑西服。

这一带流传着一个传说：在坚信礼当天许下的三个愿望一定能够实现。这三个愿望里一个是要不可能实现的，一个是要自己努力就能实现的，第三个则是关于长大以后的。弗兰西的"不可能实现的愿望"是想让自己褐色的直发变成尼利那种卷曲的金发。她第二个愿望是想要自己说话的声音更好听，就像妈妈、伊薇和茜茜那样。第三个愿望是长大以后去环游世界。尼利也许了三个愿望：一、发大财；二、让成绩单上的分数更好；三、长大以后不像爸爸一样酗酒。

布鲁克林还有一条铁打不动的规矩：孩子们行坚信礼当天必须找个正规的摄影师拍照留念。凯蒂没钱送孩子们去拍照，就只能让恰好有台箱式照相机的弗洛西·加迪斯拍张快照凑合一下了。弗洛西让孩子们站在人行道边上，然后按下了快门，却没注意到刚好有辆有轨电车在曝光的瞬间缓缓驶过。后来她把这张快照放大、装框，当成坚信日礼物送给了弗兰西。

照片送来的时候恰好茜茜也在。凯蒂拿着照片，大家都凑到她背后一起看。弗兰西以前从来没照过相，这是她第一次看见自己在别人眼里的样子：照片上的她直愣愣地站在马路边上，背后就是臭水沟，裙摆被风吹得偏向了一边。尼利紧挨着她站着，比她高一头，穿着熨烫服帖的黑西装，看着既阔气又英俊。阳光斜照着周围的屋顶投下影子，尼利站的地方有太阳，他的脸拍得清晰又明亮，弗兰西则站在阴影里，拍出来的样子又暗又扎眼。两人背后就是路过的那辆电车，拍得模模糊糊的。

茜茜说："我敢说全世界只有这么一张带有轨电车的坚信日留影。"

"这是张好照片，"凯蒂说，"他们这么站在大街上拍，看着比找摄影师站在纸壳子教堂布景前头拍自然多了。"她边说边把照片挂在壁炉顶上。

"尼利，你选的什么教名啊？"茜茜问。

"爸爸的名字。现在我的全名是科尼利厄斯·约翰·诺兰。"

"外科医生用这个名字倒是很合适。"凯蒂说。

"我用了妈妈的名字，"弗兰西煞有介事地说，"所以我的全名就是玛丽·弗兰西丝·凯瑟琳·诺兰了。"弗兰西等着妈妈评论，可妈妈却没说这名字很适合作家。

"凯蒂，你有没有约翰尼的照片？"茜茜问。

"没有，只有我们结婚那天的合影，你问这个干吗？"

"没啥事，就是想说时间过得可真快，不是吗？"

"是啊，"凯蒂叹了口气，"咱们也就只有这种事还能说得准了。"

行过坚信礼，弗兰西不用再去教会上课，她就把每天多出来的一小时自由时间都拿来写小说了。因为她想要向新来的英语老师佳恩达小姐证明自己的确知道美是什么。

父亲死后，弗兰西就不再写那种描绘鸟儿、树木或者以"我的……印象"为题的作文了。她思念父亲，就写起了关于他的小故事，想要证明虽然有诸多缺点，他却还是个好父亲，也是个善良的好人。她写了三篇这样的故事，可是都没有像以前一样得"A"，反而全都得了"C"。第四篇作文发回来之后，上面写了一行留言，叫她放学以后留一下。

其他孩子都回家了，教室里只有佳恩达小姐和弗兰西，还有那本巨大的字典。佳恩达小姐的桌子上摊着弗兰西最近的四篇作文。

"弗兰西丝，你的作文是怎么了？"佳恩达小姐问。

"我不知道。"

"你是我最好的学生之一，你的文章一向很漂亮，我也总是很喜欢看你的作文，可是最近这几篇……"她轻蔑地翻了翻。

"我检查过拼写的，而且也努力把字写得很工整了，而且——"

"我是说你写的题材怎么了。"

"您说过题材可以自己选的。"

"那也不该选贫困、饥饿和酗酒这些丑恶的题材。我们当然承认这样的事情存在，但是不应该拿它当写作的主题。"

"那应该拿什么当主题呢？"弗兰西下意识地顺着老师的话追问道。

"应该展开想象，在想象中寻找美。作家就像画家一样，必须一直以美作为自己的毕生追求。"

"那什么是美呢？"

"我觉得济慈的话说得最恰当不过了——美就是真，真就是美。"

弗兰西鼓起勇气说道："我写的故事都是真的。"

"说什么胡话！"佳恩达小姐突然发了火，然后她又换上了柔和些的语气继续说道，"这里说的'真'，指的是比如星星永远挂在天上，太阳每天都会升起，人的真正高贵之处，慈母之爱或者对国家的热爱之类的东西。"她越说越含糊地下了结论。

"我明白了。"弗兰西答道。

佳恩达小姐继续说着，而弗兰西却在心里满怀怨愤地回敬着她的每一句话。

"酗酒既不是'真'，也不是美，酗酒是一种恶习。酒鬼应该被送进监狱，而不是写进故事里。贫穷也是，贫穷是没有借口可以开脱的。只要愿意去找，那人人都能有工作。人穷是因为他们懒，懒惰又有什么美可言呢。"

（难道妈妈那样也算是懒?!）

"饥饿也不美，而且人也没必要挨饿。我们有组织有序的慈善机构，谁也用不着挨饿。"

弗兰西暗暗咬着牙。她妈妈最恨的一个词就是"慈善施舍"，她的孩子们也对这个词相当厌恶。

"我可不是势利眼啊，"佳恩达小姐表示，"我也不是什么有钱人家出来的。我父亲是牧师，工资很少的。"

（可那也是有固定工资拿啊，佳恩达小姐。）

"给我妈妈帮忙的女仆也都是没受过什么训练的，主要都是些乡下姑娘。"

（明白了，佳恩达小姐，您是穷，是用得起女仆的那种"穷"。）

"很多时候我们家也没有女仆可用，我妈妈还得自己去做家务。"

（佳恩达小姐，我妈妈不但包办了自己家的全部家务，还得当清洁工，干的活儿比做家务重十倍。）

"我想上州立大学，可是家里负担不起学费。于是爸爸就只能送我去上了个教会的大学。"

（可您不得不承认，您还是不用费什么劲儿就有大学上的啊！）

"相信我，这种大学就是穷人上的。我也知道挨饿是什么滋味。我爸爸的工资总是发得很迟，我们家也有没钱买东西吃的时候。有一次我们一连三天都只能喝茶、吃面包片。"

（所以您也知道挨饿是什么感觉啊。）

"可是如果我只写这些挨饿受穷的事，别的什么都不写，那该多沉闷、多没意思啊，是不是？"弗兰西没有回答。"是不是？"佳恩达小姐又加重语气重复了一遍。

"是的，老师。"

"现在咱们再说说毕业戏剧的事，"她从桌子抽屉里拿出薄薄的一册手稿，"有些部分写得非常好，可是有些地方就很有问题了。比如这段——"她翻开手稿，"这一段里'命运'说：'年少之人，汝所怀之抱负为何物？'那男孩回答说：'我要做一个治疗者，我要修补世人那破碎的躯体。'这段写得非常美，弗兰西丝，可是你接下来就给写坏了。这里'命运'说：'彼为汝之所欲——且看！此为汝之所得。'——灯光打到一个给垃圾桶焊桶底的老人身上。老人说：'哎，以前我想要修

316

补世人，可如今我修补的却是……'"佳恩达小姐突然抬起头来，"这段你应该不是当成玩笑来写的，是吧，弗兰西丝？"

"啊，当然不是，老师。"

"那刚才咱们聊过之后，你应该能明白，为什么咱们的毕业戏剧不能用你的剧本了吧？"

"我明白的。"弗兰西的心碎了。

"碧翠丝·威廉姆斯有个很可爱的点子。她想的是让一个仙女挥舞魔杖，然后同学们一个个走上舞台，身上穿着象征一年中各个节日的服装，每人朗诵一首和节日有关的小诗。这个主意非常棒，然而遗憾的是碧翠丝不会写诗。所以你愿不愿意用她的点子重新写个有诗歌的剧本呢？碧翠丝不会介意的，到时候节目单上除了署你的名字之外，再写一个灵感来自碧翠丝就好了。这么一来就公平了，是不是？"

"是的，老师，可是我不想用她的点子，我想用我自己的。"

"当然，你这么想也值得表扬。那我也就不强逼着你写了。"佳恩达小姐站了起来，"我花了这么多时间和你聊，就是因为我真心相信你很有潜力。现在咱们把话都说透了，我相信你肯定不会再写那种龌龊（sordid）的故事了。"

"龌龊"，弗兰西来回咀嚼着这个字眼，这是个她不认识的词。"'龌龊'——请问这是什么意思？"

"我之前怎么跟大家说的来着？遇到不认识的词，就去翻什么来着？"佳恩达小姐故意拉长声音，像唱歌一样说着，那模样有点儿滑稽。

"啊对！我给忘了。"弗兰西跑到大字典跟前，开始查那个单词。龌龊（sordid）：十分肮脏的（filthy）。肮脏？她想到爸爸这辈子每天都要换上全新的假前襟和纸领子，一双旧皮鞋一天至少擦两次。脏的（dirty）。爸爸可是在理发店都要用自己专属的杯子的。卑鄙的（base）。弗兰西直接把这一条解释跳了过去，也没看那是什么意思。臃肿的（gross）。怎么可能！爸爸的舞跳得那么好，身材苗条又灵活，他的身体

317

才不臃肿呢。亦有卑贱、低下之意。她想起了父亲那数不胜数的小小柔情，想起了他那些细心体贴的举动，想起了身边那么多人对他的喜爱。她的脸烧了起来，再也看不下去了，字典的纸页在她眼里似乎都变得通红。她转向佳恩达小姐，面孔因为暴怒而扭曲着：

"你怎么敢用这个词来说我们?!"

"我们?"佳恩达小姐茫然地反问道，"咱们从始至终说的都是你的作文呀! 你这是怎么了，弗兰西丝?"她的声音充满了震惊，"我可真是没想到啊! 你一直是那么乖的好学生! 要是你妈妈知道你对老师这么没礼貌，她会怎么说呢?"

弗兰西害怕了，在布鲁克林，冒犯老师几乎算是能进少管所的重罪了。"请您原谅，请您原谅我，"她连忙惨兮兮地迭声说道，"我真不是故意的。"

"我明白的，"佳恩达小姐柔声说，她伸手搂住弗兰西，领着她往门口走去，"看来咱们刚才聊的那些已经起作用了。'龌龊'是个丑恶的词，你这么反感我说这个词，我反而很高兴，因为这说明你也完全理解这一点了。可能现在你会因为这些话而不喜欢我，可是你一定要相信，我说这些都是为了你好。等以后哪天你突然想起我的这些话来，那你肯定还会感谢我呢。"

弗兰西真希望大人别老是跟她说这样的话。她身上已经背了好多"有朝一日你得感谢我"的重负了。她简直觉得，自己成人以后最好的那几年时光怕不是都得忙着把这些人找出来，再一个一个告诉他们说他们当年是对的，还得对他们道谢。

佳恩达小姐把那几篇"龌龊"的作文和剧本还给弗兰西："你回家以后就把这些放在炉子里烧掉吧。你要亲手划着了火柴扔在上面，看见火苗升起来了，你就来回说：'我把丑恶都烧掉啦，我把丑恶都烧掉啦。'"

弗兰西走在回家路上，思索着刚才发生的事。她知道佳恩达小姐不坏。她说那些话也是为了自己好，可弗兰西却不觉得这对她有什么好处。她开始意识到，自己的生活在一些"受过良好教育"的人眼里可能相当不堪。这让她不由得思考起来：等她自己也"受了教育"，那么她是不是也会以自己的出身为耻？她是不是也会以自己的亲人为耻？她会不会以爸爸为耻？即便爸爸是那么英俊、快活、善良又体贴。她会不会以妈妈为耻？即便妈妈既勇敢又直爽，而且深深地为自己的母亲而骄傲，哪怕外婆一个字也不认识。她会不会以尼利为耻？即便尼利一直是个诚实善良的好孩子。不会！绝对不会！如果"受了教育"就要为自己的出身和本质感到羞耻，那她宁肯不要这个教育。"可我偏要让佳恩达小姐看看，"她暗暗发誓，"我偏要让她看看我多有想象力。我一定要让她看到。"

从那天开始，弗兰西写起了自己的小说。小说的主人公叫雪莉·诺拉，一个一出娘胎就过着锦衣玉食的奢侈生活的千金小姐。弗兰给小说起名叫《这就是我》，可故事里写的却完全是她虚构出来的生活。

如今弗兰西已经写了二十页了。不过到目前为止，她却还是在事无巨细地写着雪莉家奢华的陈设，用各种溢美之词描绘着雪莉精美的服装，或者不厌其烦地记录着这位女主角享用的每一道佳肴。

等这小说写完了，弗兰西打算请茜茜家"约翰"拿到单位去帮她"出版"一下。她一直做着把书拿给佳恩达小姐看的美梦，甚至在脑子里设计好了那一幕的情景，只剩下编对话了：

弗兰西

（把书递给佳恩达小姐）

我相信您在这本小说里一定看不见一丁点"龌龊"。请把它当成我的学期作业吧，不过这是印刷出版的，希望您不要介意。

（佳恩达小姐的嘴巴惊讶地张大了。弗兰西没有理睬）

印成铅字读起来就方便多了，您说是不是？

（佳恩达小姐读着小说，弗兰西漠然地盯着窗户外面看）

佳恩达小姐

（读完小说之后）

天啊，弗兰西丝，这写得可太好了！

弗兰西

您说什么？

（她开始回忆起来）

哦，您是说这小说啊。我是平常抽出零碎的时间随手写的。写这种自己完全不知道的东西用不了多长时间。可写具体的事情就麻烦多了，因为得先经历过一遍才行。

弗兰西把这句话从脑子里划掉了，她不想让佳恩达小姐猜到她之前感情上受到了伤害。她重新"写"道：

弗兰西

您说什么？

（她反应过来了）

哦！您是说这小说啊。我很高兴您喜欢它。

佳恩达小姐

（羞怯地）

弗兰西丝，我能不能……请你给我签个名呢？

弗兰西

我当然很乐意了。

（佳恩达小姐取下自来水笔的盖子，笔尖朝向自己递给弗兰西。弗兰西在书上签下："M. 弗兰西丝·K. 诺兰敬赠"。）

佳恩达小姐
（仔细看着签字）

这签名可真是独特啊！

弗兰西

这只是我的全名而已。

佳恩达小姐
（羞怯地）

弗兰西丝？

弗兰西

请您不要拘束，还像以前那样和我说话就好。

佳恩达小姐

能不能麻烦你在签名上面再写一句"吾友穆丽尔·佳恩达惠存"呢？

弗兰西
（略做停顿）

这又有何不可呢？
（露出狡黠的微笑）

毕竟一直都是您怎么要求我就怎么写的。

（写下赠言）

佳恩达小姐

（耳语般的低音）

谢谢你！

弗兰西

佳恩达小姐……虽然也不算什么重要的事……可是看在过去的情分上……能不能请您给这部作品打个分呢？

（佳恩达小姐拿出红铅笔，在书上写了个大大的"A+"）

这个白日梦实在是太美妙了，弗兰西激情洋溢地写起了下一章。她拼命地写个不停，想赶紧把小说写完，这样美梦就能变成现实了。她写道：

"帕克，"雪莉·诺拉对自己的贴身女佣问道，"今天晚餐厨房都准备了什么？"

"雪莉小姐，今天晚上有玻璃罩闷野鸡胸[1]佐温室芦笋和进口蘑菇，还有菠萝慕斯。"

"这听起来可着实是沉闷无趣呀。"雪莉评论道。

"您说得是，雪莉小姐。"女佣毕恭毕敬地说。

"你知道吗，帕克，我呀，想要任性地异想天开一下。"

"不论您有什么奇想，我们都会尽力为您实现的。"

"我希望眼前能摆上很多简简单单的甜点，然后从里面随便挑

---

1 这是一道在 20 世纪初作为高档美食风靡一时的菜肴。主料为煎烤的野鸡胸肉，上菜前浇上各种蘑菇制成的酱汁，放上松露薄片，然后迅速用玻璃罩子罩住餐盘，让香气和热气留在罩中。

上几样当晚餐。你就给我安排一打俄罗斯奶冻蛋糕、几个草莓黄油松饼、一夸脱的冰激凌——要巧克力口味的，还有一打手指饼干，这之外再来一盒法国巧克力就可以了。"

"好的，雪莉小姐。"

一滴水落在稿纸上，弗兰西抬头看了看。不，不是屋顶漏水了，那是她自己的口水。她觉得很饿，饿到受不了。她起身走到炉边，揭开锅盖看了看，里面只有一根没多少肉的骨头泡在水里。放面包的盒子里倒是有些面包，虽然有点儿干硬，但是总比什么都没有强。她切了片面包，又倒了杯咖啡，用面包蘸着咖啡泡软了吃。她边吃边读着刚写好的文章，却突然有了个意想不到的惊人发现。

"瞧啊，弗兰西·诺兰，"她对自己说着，"你瞧，你往这个故事里写的东西，和你在佳恩达小姐不喜欢的作文里写的那些东西，其实完全就是一回事。你在这里写的还是你肚子很饿，只不过是换了个弯弯绕绕的蠢写法，兜了个大圈子才写出来的而已。"

她突然对这篇小说感到异常愤怒，便把那个抄写本撕得粉碎，塞进炉膛里。火焰开始舔舐碎纸片，弗兰西的怒火也越烧越旺，她跑进卧室，把床底下装作文的盒子掏出来，小心地挑出写爸爸的四篇作文放到一边，剩下的一股脑儿塞进了炉子，她要把所有得了"A"的漂亮文章都烧掉。纸页上一段段文句被火焰瞬间映照得无比清晰，然后便立刻成了卷曲破碎的黑炭："一株硕大的白杨树高耸入云，沉静祥和地挺立在蓝天之下。"又有一句被火焰照亮："那是一个完美的十月天，柔和的蓝天宛如笼罩大地的穹顶。"还有一个句子的结尾是这样写的："如果说蜀葵就像凝结的落日，那么飞燕草则是浓缩过的天空。"

"我从来没见过白杨树，天空像穹顶什么的我也是不知从哪儿看来的，我甚至连这些花都没有亲眼见过，只是看过种子图录上的描述而已。我能得这么多'A'，完全是因为我是个擅长撒谎的大骗子。"她拨

323

弄着炉膛里的纸，让它烧得更快了一些。她一边盯着那些作文化为灰烬，一边念叨着："我把丑恶都烧掉了，我把丑恶都烧掉了。"最后一点火苗熄灭，她对着热水炉颇为戏剧性地宣布："我的写作生涯就这么结束啦。"

弗兰西突然感觉既害怕又孤独。她要找爸爸，她要找爸爸。他怎么可能死了呢？绝对不可能的。再过一小会儿，爸爸就要唱着《莫莉·马隆》跑上楼梯了，那她就去开门，爸爸说"你好啊，首席歌后"，她就说"爸爸，我刚才做了个吓人的噩梦，我梦见你死了"。然后她要把佳恩达小姐说的那些话全告诉爸爸，而爸爸总能找出合适的话来劝她，让她相信一切都还好。她等待着，听着楼道里的动静，也许这一切真的是一场噩梦。然而不可能，没有梦境能延续这么长的时间，那些事全都是真的，爸爸永远不会回来了。

她低头趴在桌子上哭了起来。"妈妈不像爱尼利那样爱我，"她哭着自言自语，"我拼命努力想让她爱我，我总是挨着她坐，她去哪儿我就去哪儿，她让我干什么我就干什么。可我就是没法让她像她爸爸一样爱我。"

电车上妈妈的样子浮现在她眼前，妈妈闭着眼睛，头靠在座椅靠背上。她想起妈妈当时看起来是多么苍老，多么疲惫。妈妈是爱她的，妈妈当然是爱她的，只是妈妈不能像爸爸一样把爱意表达出来而已。她真的是个好妈妈，眼下她随时都有可能生孩子，却还是挺着大肚子在外面干活儿。要是妈妈生孩子的时候死了可怎么办？这个念头让弗兰西的血都凉了，要是没有妈妈，她和尼利该怎么办？他们还能去哪里？伊薇和茜茜也都很穷，没办法收留他们。他们可能连住的地方都没有。妈妈是他们在这个世界上唯一的依靠。

"亲爱的上帝啊，"弗兰西祷告着，"您可千万别让妈妈死掉啊。我知道，我跟尼利说过我不相信您了。可是其实我还是信的！我真的信！那时候我只是嘴上说说而已。请您千万别惩罚妈妈，她什么坏事都没做过，千万别因为我说过不信您就把妈妈带走啊。如果您能让我妈妈好好活下去，那我就把我写作的能力献给您，只要您让她活下去，那我保证这辈子再也不写什么故事了。圣洁的玛利亚，请您让您儿子耶稣去找上帝求求情，保佑我妈妈别在生孩子的时候死掉吧。"

可她感觉自己的祈祷肯定没有用。上帝肯定记得自己说过不再相信他的话，作为惩罚，他肯定会把妈妈带走的，就像他带走爸爸一样。她害怕得要发疯，疑神疑鬼起来，简直以为妈妈真的已经死了。弗兰西冲出屋门去找妈妈，可凯蒂没在她家那栋公寓楼里打扫。她连忙跑进另一栋楼，连上了三段台阶，边跑边喊着："妈妈！"可妈妈也没在这栋楼里。弗兰西冲进第三栋公寓楼——妈妈没在一楼——妈妈也没在二楼——只剩下最后一层楼了，如果妈妈也没在那里，那她就一定是死了。弗兰西尖声叫着：

"妈妈！妈妈！"

"我在楼上呢，"凯蒂平静的声音从三楼传来，"别这么嚷嚷嘛。"

弗兰西如释重负，差点儿整个人瘫倒在地上。她不想让妈妈知道自己哭过，在身上到处翻找着手帕，却怎么也找不到，就掀起衬裙擦干眼泪，慢慢地走上最后一段楼梯。

"你好啊，妈妈。"

"是不是尼利出了什么事？"

"没有，妈妈。"（她总是先想到尼利。）

"这样啊，那你也好好的。"凯蒂微笑着说道。她猜想可能是学校里出了什么让弗兰西难过的事情，如果她是想跟自己说……

"你喜欢我吗，妈妈？"

"我要是连自己亲生的孩子都不喜欢，那我不就成怪人了吗？"

"你是不是觉得我没有尼利好看？"她焦急地等待着妈妈的回答，因为她知道妈妈从来不撒谎。妈妈隔了很久才开口回答。

"你的手很漂亮，而且还有一头好头发，又长又厚的。"

"可是你觉得我像尼利一样好看吗？"弗兰西不依不饶地追问道，

她真希望妈妈能对她撒个谎。

"弗兰西，我明白你兜这么大的圈子是有话想对我说，可我现在太累了，实在是没精力把它想明白。你再耐心多等等吧，等孩子出生了咱们再说。我既喜欢你，也喜欢尼利，我觉得你们姐弟俩都是漂亮孩子。好啦，现在你就别让我再操心了。"

弗兰西顿时后悔极了，她看着妈妈挺着随时都可能生产的大肚子，以一种很别扭的姿势趴着刷地板，心里翻江倒海，全是疼惜。她跪在妈妈身边：

"起来吧，妈妈，这段楼道我帮你擦了。我有这个时间。"她把手插进一边的水桶里。

"不用！"凯蒂厉声喊道，飞快地把弗兰西的手从桶里拎出来，拿自己的围裙擦干。"可别把手伸到那桶水里，那里加了苏打和碱水。你瞧瞧我的手都烧成啥样了。"她举起自己那双形状优美却布满伤痕的手，"我可不想让你的手也变成这样，我希望你的手能一直那么漂亮。再说我也快干完了。"

"如果我帮不上忙的话，那我坐在楼梯上看着行吗？"

"你要是没事干的话就看呗。"

弗兰西坐在楼梯上看着妈妈。妈妈还活着，妈妈就在自己身边，这感觉真是太好了，她打扫楼道的声音听着都那么悦耳，那么令人安心：刷子划过发出沙沙沙的声音；抹布在地上拖出稀里呼噜的声响；只听见扑通、扑通的两声，那是妈妈把刷子和抹布扔进了水里；妈妈要推着水桶去擦下一片地方了，水桶嘎吱嘎吱地响了一路。

"弗兰西，你就没有个女友能陪你聊聊天吗？"

"没有，我讨厌女人。"

"这多不正常呀，跟同龄的小姑娘说说话也对你有好处。"

"妈妈，那你有女友吗？"

"没有，我讨厌女人。"凯蒂说。

"瞧瞧，你这还不是和我一样嘛。"

"可是我以前也有过个女友，我还是通过她才认识你爸爸的。所以你瞧，有时候有个女友也挺方便的。"她嘴上虽然开着玩笑，手上的刷子却似乎不听使唤了，一副"那咱俩各走各的路吧"的架势。她努力把眼泪忍了回去，继续开口说道，"没错，你得交点儿朋友。除了尼利和我，你都不跟别人聊天，光是看你那些书，写你那些故事。"

"我以后再也不写了。"

凯蒂意识到，虽然不知道弗兰西现在在纠结什么，不过肯定和她的作文有点儿关系。

"是不是你今天的作文成绩不好？"

"不是。"弗兰西撒了个谎，心里却暗暗赞叹妈妈居然猜得这么准。她站了起来："我好像该去麦克加里蒂家了。"

"等一下！"凯蒂把刷子和抹布扔进桶里，"我今天也完工了。"她伸出双手："帮个忙拉我一把。"

弗兰西紧紧抓住妈妈的手，凯蒂用力拽着，笨拙地站起身来。"陪我一起走回家吧，弗兰西。"

弗兰西拎起水桶，凯蒂一手扶着栏杆，一手搭在弗兰西的肩膀上，整个身子重重地依靠在女儿身上，慢慢地沿着楼梯往下走。弗兰西也走得很慢，尽量配合着妈妈蹒跚的脚步。

"弗兰西，我现在随时都有可能生孩子，我要是知道你离得不远，心里就觉得好受很多。所以你这几天还是离我近点儿，我上班的时候，你最好也时不时过来瞧瞧。我现在就全靠你了，尼利是指不上的，因为这种时候男孩完全派不上用场。我现在特别需要你，知道你就在我身边，我就觉得踏实多了。所以最近这一阵儿你就离我近点儿吧。"

弗兰西心中顿时涌起对母亲的无限柔情。"我永远不会离开你的，妈妈。"她说。

"真是我的乖女儿。"妈妈搂了搂她的肩膀。

"就算妈妈不像爱尼利一样爱我，"弗兰西想着，"可她现在更需要的是我，而不是尼利。我想被人需要其实就像被人爱一样好，没准儿还要更好一点儿呢。"

40

两天后，弗兰西回家吃午饭，下午就没再去上学。妈妈躺在床上，她打发尼利回学校去。弗兰西想去把茜茜或者伊薇找来，可妈妈却说还不到时候。

家务活就由弗兰西全权负责，这让她感觉相当骄傲。她把屋里打扫干净，检查了食物的存量，还计划好了晚餐准备做的菜。每过十分钟，她都会进去帮妈妈垫垫枕头，问她要不要喝点儿水。

刚过下午三点，尼利就气喘吁吁地冲进来，把课本往墙角一扔，问着是不是该跑出去找人了。妈妈瞧着他那急不可耐的模样，不禁露出微笑，告诉他现在还用不着去找茜茜和伊薇，她们俩也都有自己的事情要忙。妈妈嘱咐尼利问问麦克加里蒂，能不能让他把弗兰西的活儿也一起干了，因为弗兰西得留在家里陪着妈妈，就让他去酒吧上班了。麦克加里蒂不仅同意了，还动手帮尼利一起准备免费小吃，好让他能早点儿下班，结果四点半就完事了。这天他们早早吃了晚饭。尼利越早出门送报纸，晚上回家也就越早。妈妈说她不想吃东西，只想喝杯热茶。

弗兰西煮好茶，妈妈却又不想喝了。弗兰西很担心，因为妈妈什么东西都没吃。尼利出门送报纸去了，弗兰西给妈妈端了一碗炖菜，劝着想让她吃一点儿。凯蒂对她发了脾气，让弗兰西别来烦她，说如果她想吃东西的话会跟她要的。弗兰西强忍着眼泪，把炖菜倒回锅里。她只不过是想帮忙而已。妈妈又叫了她一声，这次听起来已经不生气了。

"现在几点啦？"凯蒂问。

"差五分钟到六点。"

"你确定咱家的表没有慢吗？"

"没有啊，妈妈。"

"那它没准儿就是走快了。"凯蒂看起来忧心忡忡的，弗兰西就从外屋的窗户里看了看沃罗诺夫珠宝店竖在路边的大号钟表。

"咱家的表是准的。"弗兰西对她报告说。

"外头天黑了吗？"即便是在阳光明媚的正午，通风井的窗户里也只能透出一点灰蒙蒙的暗淡光线，凯蒂无从知道外面的天色如何。

"没有，外头还亮着呢。"

"可这屋里已经黑啦。"凯蒂焦躁地说。

"那我把蜡烛点上吧。"

墙上钉着一个小小的架子，上面放着一尊身穿蓝袍的玛利亚石膏像，它像祈求一般伸着双手。石膏像脚下有一个厚厚的红色玻璃盅，里面装着黄色的蜡油和蜡烛芯。蜡烛旁边有个花瓶，瓶里插着纸做的红玫瑰。弗兰西划了根火柴点燃蜡烛，透过厚厚的玻璃壁，幽暗的烛光闪烁着红宝石般的光亮。

"现在几点了？"过了一会儿，凯蒂又开口问道。

"六点十分。"

"你确定咱家的表不快也不慢吗？"

"咱家的表可准了。"

凯蒂似乎满意了。可是才过了五分钟，她就又开始问时间了，那感觉就像是她有个重要的约会，所以非常害怕迟到一样。

到了六点半，弗兰西又跟她说了时间。还说尼利应该还有不到一个小时就回来了。"他一进家门，你就马上叫他去找伊薇姨妈。跟他说没时间走着去了，找出五分钱来给他坐车。还有一定得好好嘱咐他是找伊薇，因为伊薇住得比茜茜近。"

"妈妈，要是孩子突然生下来，我又不知道该做些什么，那要怎么办呀？"

"我可没有这个运气能'突然'就生下个孩子来。现在几点了？"

"差二十五分到七点。"

"确定吗？"

"确定的。妈妈，虽说尼利是男孩，可是换成他来陪你应该比我更好吧。"

"为什么？"

"因为他总是能给你带来那么大的安慰，"她这话完全不带一点儿恶意或者嫉妒，只是单纯地陈述事实，"而我……我都不知道这会儿该说些什么才能让你感觉好受点儿。"

"现在几点了？"

"差二十四分到七点。"

凯蒂沉默良久。再次开口的时候，她的语气非常平静，就像是自言自语一样："不，这种时候不该有男人在场。可好多女人非得强迫她们的男人在边上看着，每一声惨叫、每一处皮肉撕裂的声音都非得让他听见不可，流下的每一滴血都非得让他看见不可。拉着男人和自己一起受苦，这里头有什么变态的乐子可找？她们这么干好像是什么报复，因为上帝让她们当了女人——现在几点了？"没等弗兰西回答，她就继续说了起来，"结婚之前，她们要是让男人看见自己头上还顶着卷发器，或者身上只穿着内衣，那一个个巴不得死了才好。可是现在要生孩子了，她们却非要让自家男人看女人最难看的那一面。我是不明白为什么，我真不明白为什么。男人一想到两人在一块儿之后女人要受这么大的罪，就对夫妻俩的那回事没了兴致，所以很多男人有了孩子之后就不老实了……"凯蒂甚至没意识到自己都说了些什么，她只是在思念约翰尼，她实在太想他了，所以才会绞尽脑汁地为他的缺席开脱，想要让自己相信不在身边是合情合理的，"再说了，你要是真的爱一个人，那吃苦受罪的事你就一个人扛着，别把人家也扯进来。等你到了这个时候，你最好也把男人从家里轰出去。"

"好的，妈妈。现在已经七点五分了。"

"看看尼利回来没有。"

弗兰西去看了看，回来却只说还没看见尼利。凯蒂的思绪飘回了弗兰西刚才的话，想起她说尼利才能给自己带来莫大的安慰。

"不，弗兰西，眼下能让我宽慰的只有你一个，"她叹了口气，"如果生的是男孩，那咱们就给他起名叫约翰尼。"

"那可太好了，妈妈，那咱们就又是一家四口了。"

"是啊，那时候就好了。"这之后凯蒂很久没有说话。等她下一次开口问时间，弗兰西告诉她现在是七点十五分，尼利很快就该回家了。凯蒂叫她把尼利的睡衣、牙刷、干净毛巾和一小块肥皂用报纸裹好，让尼利报完信就留在伊薇家过夜。

弗兰西夹着这包东西，去街上来回看了两趟才看见尼利。尼利是一路跑回来的，弗兰西也迎着他跑了过去，把车费和那个小包裹交给他，又把妈妈的嘱咐对他说了一遍，叫他赶紧出发。

"妈妈怎么样了？"他问。

"挺好的。"

"你确定吗？"

"确定。我听见有电车来了，你赶紧跑吧。"

尼利跑了。

弗兰西回家以后，发现妈妈满脸是汗，下嘴唇都让她咬出了血。

"哎呀，妈妈！妈妈！"她摇晃着妈妈的手，把它贴在自己脸上。

"去拿块布蘸点儿冷水，拧干了给我擦擦脸。"妈妈轻声说，弗兰西给她擦完脸，凯蒂的思绪回到之前没说完的话上，"当然，你对我来说是个莫大的安慰。"这时她又突然想到了一个看似无关痛痒的话题，虽然实际上当然并非如此。"我一直想读一读你那些得'A'的作文，可我也总

331

是挤不出时间来。现在我终于有点儿时间了，你能给我念一篇吗？"

"我读不了，那些作文我都给烧了。"

"你都是认真构思之后才写的，交上去拿了好成绩，然后你又经过一番考虑决定把它们全烧了。可我在这期间一篇都没有看过。"

"没关系的，妈妈，反正写得也不好。"

"可我心里过意不去啊。"

"是真的写得不好，妈妈，而且我知道你真的很忙，没有时间。"

"可儿子不论做了什么我都有时间去看啊，"凯蒂暗自想着，"我总能为他硬挤出点儿时间来。"接下来的念头就被她直接说了出来，"可是话说回来，尼利需要更多的鼓励。你自己内心的那股子劲头能领着你往前走，让你坚持下去，就和我一样，可尼利就需要外面有人推着他走了。"

"没关系的，妈妈。"弗兰西重复着。

"我也真的是没有别的办法了，"凯蒂说，"可我良心上也真的是过意不去啊。现在几点了？"

"快七点半了。"

"再给我擦把脸，弗兰西，"凯蒂的思绪似乎在拼命寻找能转移注意力的东西，"真的一篇能念的都没有了吗？"

弗兰西想起那四篇写父亲的作文，还有佳恩达小姐对它们的评价，就回答说"没有了"。

"那你就从莎士比亚那本书里给我念点儿什么吧。"弗兰西把书拿了过来，"你就念'在这样一个夜里'那段吧。把孩子生下来之前，我希望自己脑子里想着的好歹是些漂亮的东西。"

书上的铅字很小，弗兰西得点亮煤气灯才能看清。灯光亮起，她看清了床上母亲的脸——那张脸面色灰白，因痛苦而扭曲不堪。妈妈看起来不再像是妈妈了，更像是痛苦之中的玛丽·罗姆利外婆。凯蒂畏缩地躲避着灯光，弗兰西马上把煤气灯关了。

"妈妈，这本书里的戏我们看过那么多遍，我都能背下来了。我用不着点灯，连书都不用看。妈妈，你听！"她开始背诵起来：

> 好皎洁的月色！微风轻轻地吻着树枝，不发出一点儿声响；
> 我想正是在这样一个夜里，特洛伊罗斯……

"几点了？"
"七点四十。"

> ……登上了特洛亚的城墙，遥望着克瑞西达所寄身的希腊人的营幕，发出他内心的悲叹。[1]

"后来你搞清楚这个特洛伊罗斯是谁了吗，弗兰西？还有这个克瑞西达？"
"搞清楚了，妈妈。"
"那以后等我有时间了，你可得好好给我讲讲。"
"肯定的，妈妈。"
凯蒂呻吟起来，弗兰西帮她擦去脸上的汗水。凯蒂向她伸出双手，就像那天在楼道里一样。弗兰西抓住她的手，双脚努力站稳，凯蒂死命拽住了弗兰西的胳膊，让弗兰西觉得肩膀都要脱臼了。然后妈妈放松下来，松开了她的手。
一个小时就这么过去了，弗兰西背诵着那些早已烂熟于心的段落——鲍西亚的法庭陈词，马克·安东尼在恺撒葬礼上的演说，"明天，明天，再一个明天"[2]——那些莎士比亚剧作中人们耳熟能详的段

---

1 节选自《威尼斯商人》，朱生豪译。
2 出自《麦克白》。

落。有时凯蒂会问一两个问题，有时她只是用手捂着脸呻吟。她还是不断地问着时间，虽然她既顾不上在意结果，也根本没意识到自己问了。弗兰西不时地给她擦擦脸上的汗，在这短短的一个小时里，凯蒂又向弗兰西伸了三四次手，用力拽着她的胳膊。

到了八点半，伊薇来了，弗兰西紧绷着的心顿时放松了不少。"你茜茜姨妈半个小时之内也该来了。"伊薇边说边走进卧室。她看了看凯蒂，从弗兰西床上拿了张床单，一头系在凯蒂的床柱上，另一头塞进凯蒂的手里。"你改成拽这个试试看呢？"她提议说。

凯蒂用大得可怕的力度猛拽床单，脸上又渗出一层汗珠。"现在几点了？"她用微弱的声音问道。

"你问这个干吗？"伊薇故意快活地答道，"反正你哪儿都去不了。"凯蒂本想报以微笑，可又一阵剧痛瞬间抹去了她脸上的笑容。"咱们还是把灯光弄亮一点儿好。"伊薇说。

"可妈妈觉得煤气灯太刺眼了。"弗兰西解释说。

伊薇把客厅灯架上的球形灯罩拿了下来，在上面抹了一层肥皂，把它安到卧室的煤气灯上，她又点亮了煤气灯，灯光柔和地从灯罩下透了出来，再也不刺眼了。虽然这时候是五月，夜里也很温暖，伊薇却还是在炉子里生了火。她利索地指挥着弗兰西跑来跑去：把壶里装满水放在火上；把搪瓷洗衣盆刷干净，在里面倒上一瓶橄榄油，搁到炉子后面温着；把洗衣篮里的脏衣服都倒出来，往里面放一条干净的旧毯子，再搬两张椅子放在炉子旁边，把洗衣篮搁在上头。伊薇找出家里所有的大号盘子，放在烤炉里加热，叫弗兰西把热好的盘子放在篮子里，一变凉就拿出来换成热乎的。

"你们有孩子穿的衣服没有？"

"你把我们当成什么人啦？连孩子的衣服都不预备？"弗兰西的语气里略带轻蔑。她边说边拿出整套的婴儿服装来，这衣服虽然样式简朴，但是十分齐全：有四件手工做的法兰绒小睡衣、四条头饰带、一打手工镶边的尿布，还有四件磨得有些薄的小衬衫——那是她和尼利小时候轮着穿过的。"除了这几件衬衫，其他衣服都是我做的。"弗兰西自豪地说道。

"嗯，看来你妈妈想要男孩啊，"伊薇边说边翻看着睡衣上蓝色的羽毛刺绣，"不过这个咱们还是等着瞧吧。"

茜茜也来了，姐妹俩一起走进卧室，叫弗兰西在外面等着。弗兰西听着她们的对话。

"该叫接生婆过来了，"茜茜说，"弗兰西知道她住哪儿吗？"

"我没约接生婆，"凯蒂说，"雇接生婆要五块钱，家里实在拿不出来。"

"这钱我和茜茜应该能凑出来，"伊薇说，"如果你……"

"等等，"茜茜说，"我自己生过十个——不对——是十一个孩子，你自己生过三个，凯蒂也生过两个。咱们姐妹仨加起来都生过十六个孩子了，咱们应该够清楚生孩子是怎么回事了吧。"

"也对，那就咱们自己接生。"

然后她们就把卧室门关上了。现在弗兰西虽然还能听见说话的声音，却听不清她们在说什么了。两个姨妈就这么把她关在门外，这让弗兰西很生气，她们俩赶过来之前，家里的事可都是她一手包办的。她把变凉的盘子从洗衣篮里拿出来，放进烤炉里热着，又拿出两个热盘子换上。她感觉仿佛偌大的世界只剩下自己一个人，孤零零的。弗兰西真希望尼利也在家，这样他们俩还能一起"聊聊往事"。

弗兰西浑身一惊，猛地睁开眼睛。我刚才不会是睡过去了吧——她想着——不可能，我不可能是睡着了。她摸了摸洗衣篮里的盘子——是凉的，她连忙换成了热盘子。这篮子必须一直是暖和的，到时候好把宝宝放进去。她听着卧室里的动静，刚才她困得直点头那会儿，里面的声音似乎就已经变了。屋里的人不再慢悠悠地来回溜达，

335

或者用平静的声音聊天，两个姨妈似乎在里面迈着急切的步伐跑来跑去，说话的声音也变得又短又急促。弗兰西看了看表：九点半了。伊薇走出卧室，顺手带上了身后的房门。

"拿着这五毛钱，弗兰西，去买四分之一磅淡黄油、一盒苏打饼干，还有两个脐橙。你跟人家说一定要脐橙，就说是给个生病的女士买的。"

"可是现在所有商店都关门了。"

"到犹太城去，他们那儿的店老开着。"

"我明天一早就去。"

"听话，叫你去就去。"伊薇厉声说。

弗兰西不情不愿地出门了。她正走在最后一段楼梯上，突然听见楼上传来一声从喉咙深处迸发出的沙哑尖叫。她停下脚步，不知道该跑回楼上还是继续往外走，可她想起伊薇语气严厉的命令，就还是接着下起了楼梯。她刚走到门口，楼上又传来一声痛苦不堪的惨叫，接着又是一声，惨叫声连绵不断，倒让弗兰西有点儿庆幸自己能出去了。

在这几栋楼的另一间公寓里，那个活像头大猩猩的卡车司机全然不顾妻子有多不情愿，强令她准备上床。听见凯蒂的第一声惨叫，他脱口而出地喊了句"老天爷！"。第二声惨叫传来，他说："但愿她别嚎得我整宿都睡不了。"他那孩子似的新媳妇边哭边解着衣裙的扣子。

弗洛西·加迪斯和她母亲在厨房里坐着。弗洛西手上还在做着礼服，一套白缎子的礼服，那是她和弗兰克的婚礼上要穿的，可这婚事却一拖再拖。加迪斯太太正给亨尼织着一只灰袜子，当然，亨尼早就死了，可母亲给他织了一辈子袜子，这个习惯再也改不过来了。凯蒂的第一声惨叫传来，加迪斯太太漏织了一针。

弗洛西说："乐子都是男人的，女人就只能受苦。"身边的母亲什么都没说。听着凯蒂又一次发出惨叫，她的身体也打了个冷战。"这感觉可真别扭啊，"弗洛西说，"居然要给这衣裳缝上两条袖子。"

"是啊。"

母女俩默不作声地做着手上的活儿，后来弗洛西开口打破了沉默："我就想这事到底值得吗？就是生孩子这事。"

加迪斯太太想着死去的儿子和女儿那条烧伤的胳膊，什么也没说，只是埋头织着手上的袜子。她回到刚才漏针的地方，一门心思地想把它修补起来。

丁摩尔家的两个老小姐躺在冷硬的床上，在黑暗中摸索着握住对方的手。"你听见了吗，姐姐？"玛姬小姐问。

"是她的日子到了。"莉琪小姐答道。

"就是因为这个，当年我才没嫁给哈维——就是因为这个，他当年向我求婚我才没同意。我害怕这事啊，我太害怕了。"

"这事我也说不好，"莉琪小姐说，"有时候我倒是觉得，去过一过那种不顺心的日子，去为了生活斗一斗，扯着脖子喊一喊，甚至去受上一回那种要人命的活罪，可能都要比……这么安安稳稳的强一些。"她等着下一阵惨叫过去，才继续开口说道，"至少这会儿她知道自己活着。"

玛姬小姐没有回答。

诺兰家对面的那间公寓没人住，楼里最后一户人家是个在码头打短工的波兰人，带着老婆和四个孩子。凯蒂的惨叫声传来的时候，他正往玻璃杯里倒着啤酒。

"这些女人！"他轻蔑地咕哝着。

"你给我闭嘴！"他老婆厉声骂道。

凯蒂每发出一阵惨叫，楼里的女人们都会跟着紧张一阵，她们和凯蒂一起受着罪。这是所有女人之间唯一的共同点——她们都确凿无疑地深知生育的苦痛。

弗兰西沿着曼哈顿大道走了很久，才找到了一家开着门的犹太人奶品店。她又跑了家别的商店才买到饼干，还得去找有脐橙卖的水果摊。回家路上，她瞟了一眼克尼普药店门口的大钟，发现已经快十点半了。她自己倒是不怎么在意具体的时间，只是这对妈妈好像很重要。

她一走进厨房，就感觉气氛好像有点儿不一样了，屋里多了一种全新的宁静之感，还有一种说不清是什么的气味，一股子从没闻过的淡淡香气。茜茜正背对那只篮子站着。

"你猜怎么着？"她说，"你多了个小妹妹啦。"

"妈妈呢？"

"你妈妈没事。"

"你们就是因为这个才打发我出去买东西的吧。"

"你都十四了，我们觉得好多东西你应该能明白了。"伊薇边说边从卧室里走出来。

"我就想知道一件事，"弗兰西愤怒地问道，"是不是妈妈让我出去的？"

"是啊，弗兰西，是她让你去的，"茜茜柔声说，"她还说不想让自己深爱的人一起受罪什么的。"

"那好吧。"弗兰西的怒火瞬间平息了。

"你不想看看宝宝吗？"

茜茜站到一旁，弗兰西把盖在宝宝头上的毯子掀开。宝宝长得很漂亮，皮肤白白净净的，一头柔软的黑色鬈发，脑门上还和妈妈一样有个美人尖。她稍微睁了睁眼，弗兰西发现宝宝的眼睛是一种有点儿发白的蓝色。茜茜说孩子刚生下来眼睛都是蓝的，没准儿等宝宝再大一点儿，她的眼睛就该变成咖啡豆那样的深棕色了。

"宝宝长得像妈妈。"弗兰西肯定地说。

"我们也这么觉得。"茜茜说。

"宝宝一切都好吧？"

"好着呢。"伊薇说。

"身上也没有什么长弯了的地方？"

"当然没有，你哪儿来的这些怪念头？"

弗兰西其实一直害怕宝宝生下来会有什么畸形，因为直到临产之前，妈妈都手脚并用地趴在地上干活。不过她没把这个顾虑告诉伊薇。

"我能不能进去看看妈妈？"她谦卑地问道，虽然是在自己家里，她却感觉自己像个外人一样。

"你就把这盘东西端进去给她吧。"弗兰西接过盘子，把两块涂了黄油的饼干端到母亲面前。

"你好啊，妈妈。"

"你好，弗兰西。"

妈妈看起来又像是妈妈了，只不过她疲惫不堪，连头都抬不起来。弗兰西得用手拿着饼干喂给她吃。饼干吃完了，弗兰西拿着空盘子呆站在那里，而妈妈什么都没有说。弗兰西觉得自己和妈妈又变得生分了。母女俩前两天的亲密似乎荡然无存。

"妈妈，你之前想的全都是男孩的名字。"

"是啊，可是我也喜欢女孩，真的。"

"宝宝很漂亮。"

"宝宝长的是黑色的鬈发，尼利是金色的鬈发，只有咱们可怜的弗兰西长了棕色的直头发。"

"我就喜欢棕色的直头发。"弗兰西不客气地回了一句。她可太想知道宝宝的名字了，可妈妈现在感觉太陌生了，她不想直接开口问。"我要不要现在就把交卫生局的出生信息写下来？"

"不用，给孩子洗礼以后，神父就把信息报上去了。"

"这样啊。"

凯蒂听出弗兰西的语气里带着失望："把笔和'那本书'拿过来，你把孩子的名字记在上头吧。"

弗兰西从壁炉架上拿下茜茜十五年前顺来的基甸会《圣经》，她翻开扉页，看着上面的四行文字。前三行是约翰尼用漂亮又工整的字体写上的：

> 1901 年 1 月 1 日，凯瑟琳·罗姆利与约翰·诺兰结婚。
> 1901 年 12 月 15 日，弗兰西丝·诺兰出生。
> 1902 年 12 月 23 日，科尼利厄斯·诺兰出生。

第四行字迹是凯蒂用反手写的，字体倾斜，笔迹坚定有力。

> 1915 年 12 月 25 日，约翰·诺兰去世，时年 34 岁。

茜茜和伊薇跟着弗兰西一起走进卧室，她们也想知道凯蒂给孩子起了什么名字。莎拉？伊娃？露丝？还是伊丽莎白？

"你这么写，"凯蒂说，"1916 年 5 月 28 日——"弗兰西用笔蘸了蘸墨水，"——安妮·劳瑞·诺兰出生。"

"安妮啊！这名字也太普通了。"茜茜咕哝着。

"怎么了，凯蒂？怎么起了这么个名字？"伊薇耐心地问道。

"约翰尼以前唱过一首歌就叫这名字。"凯蒂解释说。

写下名字那一刻，弗兰西脑海里又响起了爸爸在钢琴上按下的一个个和弦，听到了爸爸的歌声："那儿住过安妮·劳瑞，对我情深意长……"

……爸爸……爸爸……

"……他说这首歌属于一个更好的世界，"凯蒂继续说着，"能用他喜欢的歌当孩子的名字，他应该也会喜欢的。"

"'劳瑞'这名字很好听。"弗兰西说。

于是他们就管宝宝叫"劳瑞"了。

41

劳瑞是个乖宝宝。她绝大多数时候都是在心满意足地睡大觉。睡醒了也是静静躺着，努力用她那黑溜溜的眼睛盯着自己的小拳头看。

凯蒂让孩子吃母乳，这一方面是本能，另一方面其实也是因为没钱买鲜奶。不能把宝宝一个人放在家里，所以她每天凌晨五点钟就起来干活儿，先去打扫另外两栋公寓楼，忙到差不多九点，弗兰西和尼利该去上学了，她再回来打扫自己住的那栋。她敞着自家房门干活儿，这样万一劳瑞哭了，她在楼里也能听见。晚上刚吃完饭，凯蒂就马上去睡觉。弗兰西一天到头都见不了她几回，感觉简直像妈妈不在家一样。

虽然凯蒂的孩子出生了，麦克加里蒂却没有按照原计划炒掉弗兰西和尼利。因为就在1916年那个春天，他酒吧的生意突然就火了起来，实在是离不开这两个帮手。酒吧里总是挤满了人，这个国家正在经历着各种巨变，而他的酒客们也像所有美国人一样，总得找个地方一起讨论这些问题。这种街角的酒吧就成了他们唯一的去处，堪称穷人的俱乐部。

弗兰西在酒吧二楼的公寓里干活儿，酒吧里响亮的谈话声穿透薄薄的楼板传到她耳畔。她时常停下手里的活计，认真听着楼下的动静。没错，世事风云变幻，而且这一次她非常确定变得是世界，而不是她自己。她从酒客们的谈笑声中聆听着世界的变化。

这是真的，再过几年他们就不让酿酒了，到时候全国都没酒喝。

咱们这么辛苦，总该有权喝口啤酒吧。

这话你有本事就跟总统说去。

这不是人民的国家吗？如果咱们不愿意，那就不该不让喝酒啊。

确实说是人民的国家，不过他们还不是说禁就禁，才不管你受不受得了。

老天爷，那我就自己酿点儿酒好了。我老爹以前在老家都是自己酿葡萄酒的。先预备一蒲式耳的葡萄……

得了吧，他们才不会让女人去投票呢！

这可就难说喽。

要真到了那一步，那我投谁，我媳妇就得跟着投谁，不然我就拧断她的脖子。

我才不让我家老婆子去投票站跟那群酒鬼混混瞎掺和呢。

……女人当上总统，也不是不可能啊。

他们可不会让女人在政府里管事。

现在管事的不就是个娘们儿吗？

还真是！

要是威尔逊太太不点头，威尔逊连上茅房都不敢去。

威尔逊自己就跟个老太婆似的。

他可没让咱们参战啊。

他就是个大学教授！

白宫里就该有个正经政客，而不是这种教书先生。

……汽车啊。过不了多久，马车也该变成老古董了。底特律那哥们儿造的车那么便宜，过一阵怕不是只要有工作就买得起了。

劳工都开得起汽车啦！这日子还有点儿盼头啊！

飞机？也就热这么一阵子，长久不了的。

电影这个新玩意儿看起来活得挺好啊，布鲁克林那些戏院一个个地都关门了。就说我吧，我也是更爱瞧查理·卓别林搞的那些东西，比我媳妇迷的什么"束腰派顿（Corset Payton）[1]"有意思多了。

……无线电。真是有史以来最伟大的发明。人家说的话能从天上传过来，而且你猜怎么着，还不用电线呢。只要用一种什么机器把它收下来，再戴上耳机子听……

他们管这玩意叫什么"半麻醉[2]"，说是用上这个法子，女人生孩子就一点儿感觉都没有了。当时有个朋友跟我媳妇说了这件事，我媳妇说早就该发明这种东西了。

你瞎说什么呢！煤气灯已经过时了，现在最便宜的房子里头也都通上电、装上电灯了。

真不知道现在的小年轻怎么回事，一个个的都跟疯了似的，只知道跳舞，跳舞，还是跳舞……

所以我把姓从"舒尔茨"改成了"斯科特"。法官当时就说了，"你要干吗去？改姓做什么？"你知道为啥吗？这法官自己也是德国人。然后我就说了，"你听好了，哥们儿，"我就是这么跟他说的，才不管什么法官不法官的，"我要跟原来那个国家断了，"我说了，"就冲着他们在比利时对孩子们做的那些个事，我就不想再当什么德国人了，"我说，"我现在是美国人了，所以我要改个美国姓。"我就这么跟他说的。

---

1 此处为说话人的口误，所指的应该是演员科尔斯·派顿（Corse Payton, 1886—1934），活跃于布鲁克林的舞台剧演员，于1900—1915年之间在威廉斯堡地区经营着一家自己的剧院。
2 原文为twilight sleep，一种20世纪初诞生于德国的无痛分娩法，主要是通过给产妇注射严格控制用量的吗啡和莨菪碱，来实现在不完全失去意识的前提下无痛分娩的目的。1914年纽约的一家刊物报道了这种分娩法，此法也立刻在纽约引发了热潮。然而因为绝大多数在美国提供这种分娩法的医护缺乏相关经验和训练，无法精确掌控药量，且纽约市的医院也缺少相对安静私密的产科病房，各种因素导致医疗事故频发，所以这股热潮在1916年就开始逐渐消退了。

咱们这是直奔着打仗去呢，哥们儿，要我说早晚得打起来的。

今年秋天咱们再把威尔逊选上去就行了，他不会让咱们打仗去的。

你可别拿他们竞选时的许诺当回事，选民主党总统就等于选战时总统。

林肯可是共和党。

可当时南边的总统是共和党啊，内战是他们挑起来的。

那你们倒是说说，咱们还得忍多久啊？这帮混账又打沉了咱们的一艘船。也不知道咱们这边还得再沉上几艘船，才能拿出点儿勇气来，去好好收拾收拾这群混蛋。

咱们不能掺和，咱们国家这样就挺好的，他们打仗就打吧，别把咱们也拽进去。

我们可不想打仗。

要是宣战了，那我第二天就当兵去。

你也就是嘴上说说，你都五十多了，人家也不要你啊。

我宁愿坐牢也不去打仗。

可人就该为自己相信的东西去拼一拼才对，反正要我去的话我乐意去。

我反正是不操心，我有疝气。

打就打吧。打起来他们就需要咱们这些工人造枪炮、修轮船了。打起来就需要农民去种粮食了。到时候他们还得来吸咱们的血，那咱们工人就算是掐住他们资本家老爷的脖子了。再不是我们听他们的了，得让他们听咱们的。我对天发誓，我们非得给他们点儿颜色瞧瞧不可。我反正盼着打仗，越早打越好。

就跟我刚才和你说的似的，现在什么都是机器了。我前两天听了个笑话，说一个哥们儿和他老婆一块儿出门，结果吃的饭买的衣裳都是机器里头出来的，然后他们走着走着，遇上一个造孩子的机器。这哥们儿扔了点儿钱进去，机器就造了个宝宝出来。然后这哥们儿就说了，那有没有能把以前的好日子变回来的机器啊。

以前的好日子！可不是吗，要我说这好日子是回不来喽。

吉姆，给我满上。

弗兰西扫着地，时不时停下来听听，吃力地把他们说的话拼到一起，吃力地想搞明白这个纷乱又混沌的世界都出了什么事。在弗兰西看来，从劳瑞出生到自己毕业的这段时间，世界似乎发生了翻天覆地的变化。

42

弗兰西还没和劳瑞相处习惯，她的毕业典礼就来了。凯蒂实在是没法两场毕业典礼都去，所以最终决定去尼利的。这安排倒也没什么问题，总不能因为弗兰西当初非要换学校，这时候就丢下尼利不管吧。弗兰西也能理解，但她心里还是有点儿难过。要是爸爸还活着，那他一定会来参加她的毕业典礼的。大家说定了让茜茜去弗兰西的毕业典礼，伊薇留在家里照看劳瑞。

1916 年 6 月的最后一个夜晚，弗兰西最后一次走向她深爱的学校，茜茜有了孩子之后性格变了很多，她不怎么爱说话了，只是默默地走在弗兰西身边，两个消防员从她们身边走过，茜茜根本没注意到，而以前她可是对穿制服的男人完全没有抵抗力的。弗兰西真希望茜茜还是原来的样子，因为这变化让她觉得很孤独。她摸索着去牵茜茜的手，茜茜用力地回握了一下，这给了弗兰西莫大的慰藉。说到底茜茜骨子里还是那个茜茜。

毕业生坐在礼堂的前几排，其他宾客都坐在后面。校长对学生们发表了一篇真诚的演说，他说同学们即将走入一个纷繁复杂的世界，说战争势必会让美国也牵扯其中，而学生们肩负的正是在战争之后建设新世界的重任。他敦促学生们继续求学，为投身这个新世界做好准备。这番话让弗兰西深受触动，她在心中暗暗发誓，一定要如校长所说的那般把火种传递下去。

演讲之后就是毕业戏剧演出了。流不出的热泪灼得弗兰西双眼生疼，既无趣又无力的台词在耳边响个没完，弗兰西暗想："我的剧本可比这个好多了。其实可以把垃圾桶那段删掉的，要是老师还能让我写这个剧本的话，那她让我写什么我就写什么。"

毕业戏剧演完了，学生们排着队走上台领毕业证书，就此正式从学校毕业。典礼的最后一个环节是对着国旗宣誓，齐唱《星条旗之歌》。

然后对弗兰西而言最难熬的时刻来了。

按照学校的惯例，女生毕业的时候都会收到鲜花。但礼堂里不能带鲜花进去，所以花束都会直接送到教室，由老师把花放在毕业生的课桌上。

弗兰西得回教室拿成绩单，还有放在座位上的铅笔盒跟纪念册。她站在门外，踌躇着鼓起勇气，准备面对教室里的窘况。因为她料定了唯独自己的课桌上不会出现鲜花—— 因为她早就知道家里没有买花束的闲钱，就没把学校的惯例告诉妈妈。

她最终还是决定赶快取完东西，于是她硬着头皮走进教室，径直走向老师的讲台，根本不敢转眼看自己的课桌。空气中弥漫着浓郁的花香，弗兰西听着其他姑娘的欢声笑语，她们因为鲜花而雀跃不已，还带着自豪的口气互相称赞着对方收到的花束。

她拿到了成绩单，上面有四个"A"和一个"C-"，其中那个"C-"是她的英文课成绩。她以前可是全校作文最好的学生，可现在英文课的毕业成绩却只是勉强过关。弗兰西突然就恨上了这个学校，她恨这里的所有老师，尤其是佳恩达小姐。这会儿她也不在意什么鲜花不鲜花的了，她才无所谓呢，反正这个惯例本来也挺傻的。"我去把课桌里我的东西都收拾好，"她下定了决心，"要是有人跟我搭话，我就叫她闭嘴，然后我就头也不回地离开学校，再也不回来了，也不去跟任何人道别。"她抬眼看去，"没放着花的就是我的桌子了。"可是居然没有一张课桌是空的！每张桌子上都放着鲜花！

弗兰西回到自己的课桌边，想着大概是哪个同学把自己的花束暂时搁在她桌上了。她打算把花捡起来，然后一边冷冷地说着"你自己保管好不好？我得从桌子里拿东西"，一边把它还给原来的主人。

她捡起那捧花束——那是两打暗红色的玫瑰，外面扎着一圈蕨叶。弗兰西学着其他同学的样子，把花搂在臂弯里，姑且暂时假装那就是她自己的。她看着附在花束上的卡片，想看看原主是谁，然而上面写的居然是她的名字——是她自己的名字！卡片上写着：

送给弗兰西，恭喜你毕业。爱你的爸爸。

爸爸！

那分明就是他那工整又认真的字迹，用的也是自家碗橱里那瓶黑墨水。所以发生的一切果然都是个噩梦啊，一个漫长的让人晕头转向的梦。劳瑞的出生是梦，在麦克加里蒂那儿打杂也是梦，毕业戏剧是梦，成绩单上糟糕的英文成绩也是梦。可她现在醒过来了，一切都会好的，爸爸一定在外面的大厅里等着她。

可大厅里只有茜茜。

"所以爸爸真的死了。"她说。

"是啊，"茜茜说，"都过去六个月了。"

"这怎么可能啊？茜茜姨妈，他还给我送花了呢。"

"弗兰西，这卡片他是差不多一年之前给我的，当时就全写好了，他还给了我两块钱。他说'等弗兰西毕业的时候，你替我给她买束花——我怕我到时候忘了'。"

弗兰西哭了。这不仅因为现在她终于确信所有的一切都不是梦；更因为这些日子的过度辛劳，因为她对妈妈的担忧，因为她没写成毕业戏剧，因为她英文课的毕业成绩那么糟糕，因为她早就为根本收不到花束而做了太多的心理准备。

茜茜把她拽进女厕所，推进一个隔间里。"要哭就好好哭，大声哭出来，"她命令道，"而且还得快着点儿，不然你妈该问咱们为什么这么磨蹭了。"

弗兰西站在隔间里，紧抱着那束玫瑰痛哭起来。每次有女生叽叽喳喳地谈笑着走进厕所，她就冲一下马桶，用水声盖住自己的哭声。她很快就把这股伤心劲儿都哭了出去。弗兰西走出厕所，茜茜递给她一块浸透冷水的手帕。她擦着眼睛，茜茜问她感觉好点儿没有，弗兰西点了点头，求姨妈再多等一会儿，她要去和老师同学道别。

她走进校长办公室，和他握手告别。"可别忘了母校啊，弗兰西丝，有空多回来看看。"校长说。

"我肯定会的。"弗兰西答道。然后她又回教室和班主任道别。

"我们会想念你的，弗兰西丝。"班主任老师说。

弗兰西从课桌里拿了铅笔盒与纪念册，又开始和班里的女同学告别。同学们围到她身边，一个伸手搂住她的腰，另外两个亲了亲她的脸颊，每个人都大声说着道别的话。

"你有空就上我家来找我玩吧，弗兰西丝。"

"以后别忘了给我写信啊，弗兰西丝，跟我讲讲你过得怎么样。"

"弗兰西丝，我家装电话了。有时间你给我打打电话吧，明天就打吧！"

"在我的纪念册上写点儿啥吧，好不好，弗兰西丝？以后等你出了大名，我这纪念册就值钱了。"

"我要去夏令营，我把那儿的地址给你，你一定得给我写信啊。听见没，弗兰西丝？一定得写。"

"我九月就上女子高中了，你也来上女子高中吧，弗兰西丝。"

"别呀，跟我一起去上东区高中嘛。"

"上女子高中！"

"上东区高中！"

"伊拉斯谟厅高中才是最好的。你也来这儿上学吧，弗兰西丝，咱们高中接着做同学。咱俩要是上一个高中，那我就不和别人好，只跟你一个做朋友。"

"弗兰西丝，你还没让我给你的纪念册写留言呢。"

"我也没写呢。"

"给我，我也要写！"

同学们纷纷在弗兰西空荡荡的纪念册上写起了赠言。"她们原来都这么好啊，"弗兰西暗想，"我其实可以和她们交上朋友的，可我却以为她们不想跟我做朋友呢。看来这肯定是我不对。"

姑娘们在纪念册上写着，有些人的字又小又挤，有些人的字松松垮垮，每个人的笔迹都带着浓浓的孩子气。她们一边写，弗兰西一边跟着念：

祝你幸福，祝你快乐！
祝你先生个胖小子！
等儿子长出卷头发，
祝你再生个胖丫头。

佛罗伦丝·菲茨杰拉德

你要是结了婚，

找的丈夫爱发脾气，

就先拿火钳揍他一顿，

再拖他去离婚。

简妮·雷

当黑夜如幕般降临，

群星如图钉点点洒满天空。

不论你在天涯海角，

请把我这朋友记在心中。

诺琳·奥莱瑞

碧翠丝·威廉姆斯故意翻到最后一页写下：

这是最远的一页，是谁也看不见的角落，

我翻到最后签下自己的名字，就当是解解气。

她署名写的是"你的文友，碧翠丝·威廉姆斯"。"她还说'文友'什么的呢!"弗兰西想着，因为毕业戏剧的事情，她心里还是酸溜溜的。

弗兰西终于从同学堆儿里脱身回到大厅。她对茜茜说："我还得去找最后一个人说声再见。"

"就你毕业花的时间最长。"茜茜半开玩笑地抱怨道。

佳恩达小姐坐在办公桌旁，她的办公室灯光通明，但是除了她之外一个人都没有。佳恩达小姐不怎么受欢迎，所以始终没有学生来跟她道别。弗兰西走了进来，她眼神热切地抬起了头。

"你来跟你的英文课老师告别啦?"她开心地问道。

"是的，老师。"

佳恩达小姐可不想草草了事，她得拿出点儿老师的派头来才行。"说到你的成绩，是这样的，你这学期一直没交作业。我本来应该给你个不及格的，可是到了最后，我还是决定让你过关，这样你就能和其他同学一起毕业了。"她等着对方的回应，可弗兰西什么都没说。

"怎么？你就不对我说声谢谢吗？"

"谢谢您，佳恩达小姐。"

"你还记着那天咱们聊过的事？"

"记着呢，老师。"

"那你后来怎么就那么倔，连作业都不交了？"

弗兰西什么都不想说，这后面的缘由跟佳恩达小姐解释不清楚。于是她伸出一只手："再见，佳恩达小姐。"

佳恩达小姐大吃一惊。"行吧——那就再见了。"她说。她们握了手。"日后你早晚会明白我是对的，弗兰西丝。"弗兰西一言不发。"你会明白我是对的，是不是？"佳恩达小姐厉声追问。

"是的，老师。"

弗兰西走出办公室，她再也不恨佳恩达小姐了。她依然不喜欢这位老师，却也觉得她可怜，因为除了坚信自己一定是对的之外，佳恩达小姐一无所有。

詹森先生站在台阶上，他双手握住每一位学生伸来的手，说着"再见，愿上帝保佑你"。他还特意多对弗兰西说了一句："做个乖孩子，好好学习，以后为咱们学校争光。"弗兰西保证说她一定会的。

走在回家路上，茜茜开口说道："我说，送花这事咱们就不跟你妈说实话了吧，省得再把她的心思勾起来。生完劳瑞以后，她的身子这会儿才缓过来一点儿。"她们约好了只说花是茜茜买的，弗兰西把卡片摘下来，藏进铅笔盒里。

她们把这套谎话告诉妈妈。虽然妈妈说着"茜茜，你不用这么破费"，可弗兰西能看出她非常高兴。

大家一起欣赏着那两张毕业证书，都说弗兰西那张更漂亮，而这都要归功于詹森先生的字写得好。

"这可是诺兰家头一回有人拿初中毕业证啊。"凯蒂说。

"可千万别是最后一回。"茜茜接了半句。

"我一定得让我那几个孩子人人都拿上三张毕业证，"伊薇说，"初中的、高中的，还有大学的。"

"再过个二十五年，"茜茜说，"咱家的毕业证堆起来就得有这么高啦！"她踮起脚尖，比画了一个差不多六英尺的高度。

妈妈最后又看了看成绩单。尼利品德课和体育课两门得了"B"，其他的都是"C"。妈妈说了句"挺不错的，儿子"，就又去看弗兰西的，没怎么留意那些"A"，视线唯独落在了那个"C-"上。

"弗兰西！我可真是没想到，这是怎么回事？"

"妈妈，我不想聊这个。"

"这可是英文课啊，是你最擅长的科目。"

"妈妈，我不想聊这个！"弗兰西的声音拔高了不少。

"她的作文一直是全学校最好的。"凯蒂对两个姐姐说。

"妈妈！"她这一声几乎算是尖叫了。

"凯蒂！别这样！"茜茜厉声喝止道。

"那好吧。"凯蒂让步了，她突然意识到自己又开始数落人了，感觉有点儿羞愧。

伊薇插进来转了个话题："咱们还要开个庆祝会呢，是不是？"

"咱们这就出发，我把帽子戴上。"凯蒂说。

茜茜留下来照看劳瑞，伊薇和妈妈带着两个毕业生去了舍佛莱冰激凌店。店里挤满了来庆祝毕业的人家，孩子们拿着毕业证书，小姑娘们还带着自己收到的花束，每张桌边都有爸爸或者妈妈陪着——有的甚至两个人都在。诺兰一家在店堂角落里找了张空桌子。

店里到处都是大呼小叫的孩子，父母们各个笑容满面，服务员们脚步匆忙地在客席间跑来跑去。有些孩子才十三岁，也有几个都十五岁了，不过绝大多数还是和弗兰西一样大，也就是十四岁。男孩差不多全是尼利的同学，尼利兴高采烈地扯着脖子跟他们一个个打招呼。弗兰西基本不认识店里的姑娘们，却还是开开心心地对她们招手，大声打着招呼，就像是多年的好朋友一样。

弗兰西为妈妈深感自豪。别家的妈妈有的头发都花白了，而且大部分身材都走了样，胖得屁股上的赘肉都从椅子边上流下来了。可她的妈妈却是那么苗条，一点儿都不像是快三十三岁了，她的皮肤依然光洁白净，一头鬈发也依然黑漆漆的，和过去一模一样。"要是让妈妈也换上白裙子，"弗兰西想着，"再抱上一捧玫瑰花，那她看着简直和十四岁的毕业生一个样呀——只不过自从爸爸死了以后，她眉毛之间的皱纹就越来越深了。"

一家人各自点了冰激凌苏打。弗兰西早就在脑子里给冰激凌苏打的所有口味拉了个清单，按着这单子一种一种地吃过去，想着以后就能跟人家说全世界所有冰激凌苏打她都尝过了。这次轮到了菠萝味，于是她就点了这种，尼利还是照着老样子点了巧克力冰激凌苏打。凯蒂和伊薇则要了最普通的香草味的。

伊薇给店里的其他客人编着小故事，逗得弗兰西和尼利笑个不停。弗兰西不时瞧瞧妈妈，发现虽然伊薇讲着笑话，妈妈脸上却连个笑纹都没有。她只是慢慢吃着冰激凌苏打，眉头的皱纹显得更深了一些，弗兰西知道，她这个样子是在想事情呢。

"我这两个孩子虽然才十三四岁，"凯蒂想着，"他们懂的就已经比三十二岁的我多得多了，可是这还不够啊。想想我像他们这么大的时候可是什么都不懂。没错，后来我结了婚，孩子都有了，可我还信什么巫婆下咒那一套呢——接生婆跟我说鱼市上那老太太是巫婆，我居然就真信了。这俩孩子的起点比我高太多了，他们可再也不会这么愚昧啦。

353

"我把他们拉扯到了初中毕业，接下来的事我就帮不了他们了。我那些计划……让尼利当医生，让弗兰西上大学……现在都未必行得通了。毕竟有了这个宝宝……他们学到的东西够不够？他们能不能靠自己继续往前走？我是真的不知道。他们读的莎士比亚……还有《圣经》。他们会弹钢琴，可现在也不练了。我教他们要干净、要诚实、不要接受人家的施舍，可是这样就够了吗？

"要不了多久，他们就得去应付老板，还得跟刚认识的同事相处。他们要走自己的路了。这到底算好事还是坏事？他们白天要是去上班，晚上肯定不会待在家里跟我在一起。尼利多半要和朋友出去玩，那弗兰西呢？读书……去图书馆……去看戏、去听免费的讲座或者音乐会。当然，我身边还有宝宝。宝宝啊……她的起点还要更高一点儿。等她初中毕业了，没准儿那两个大的都能供她去念高中。我一定要让劳瑞过上更好的日子，比她的哥哥姐姐都要好。那两个大的小时候老是吃不饱、穿不暖。我真的已经尽全力了，可是那还不够。现在他俩虽然才那么小，就已经要出去上班赚钱了。哎，我要是能供他们俩今年接着上高中就好了！求您了，上帝，我宁愿您拿走我二十年的寿命，我宁愿不分白天黑夜都出去干活——可是话说回来，晚上我可不能出去啊，我出夫了宝宝谁来看？"

一阵响彻整个店堂的歌声短暂地打断了她的思绪。有人唱起了一支正流行的反战歌曲，其他人也跟着唱了起米：

> 我养儿子不是为了当兵打仗，
> 他是我的欢乐、骄傲和希望……

凯蒂接着思索自己的事："没人能帮我们，没有人。"她突然想到了麦克舍恩警官。劳瑞出生的时候他送了个巨大的果篮。她知道麦克舍恩警官九月就要从警队退休了，然后他准备回老家皇后区参加下一届议员竞选。人人都说他肯定能选上，而且她听说麦克舍恩太太病得很重，恐怕活不到丈夫当选的时候了。

"他肯定要再娶一个的，"凯蒂想，"这是当然的。他肯定要娶个懂得怎么应酬的女人……给他当贤内助……政客的老婆都得是那样的。"她盯着自己饱经沧桑的双手看了很久，然后悄悄把它藏在桌子底下，就像是为这双手感到羞耻一样。

弗兰西留意到了她的举动。"她在想麦克舍恩警官呢。"她猜想着。她想起很久以前，在那次远足会上，麦克舍恩朝妈妈这边看，她就戴上了棉布手套。"他喜欢妈妈，"弗兰西暗想，"不知道妈妈发现没有。她肯定是知道的吧。妈妈似乎什么都知道。如果妈妈愿意的话，我觉得她应该是能和麦克舍恩结婚的。不过他可别指望我叫他爸爸。我的爸爸已经死了，不管妈妈跟谁结婚，我都只能管那个人叫什么什么先生。"

人们的歌也快唱完了：

要是所有妈妈都把话这样讲，

我生儿子不是为了送他上战场，

那世上哪里还会打什么仗？

"……尼利，"凯蒂想道，"他才十三。就算真的打起仗来，那估计等到打完了他都不到入伍的年纪，真是谢天谢地。"

现在是伊薇姨妈对孩子们轻声唱着歌，还把刚才的歌词戏谑地改了一番：

谁敢把那胡子让他肩上扛[1]？

---

[1] 原歌词为"谁敢把那火枪让他肩上扛？"（Who dares to put a musket on his shoulder?）其中"火枪（musket）"与"胡子（mustache）"发音近似。

"伊薇姨妈，你这词改得太烂啦。"弗兰西说，她和尼利尖声狂笑起来。凯蒂猛然从沉思中回过神，脸上也露出了微笑。服务员把账单放在桌上，一家人全都静了下来，沉默地看着凯蒂。

"她可千万别犯傻给小费。"伊薇想。

"妈妈知道要给五分钱的小费吗？"尼利想，"但愿她知道。"

"不管妈妈给不给，"弗兰西想，"都不能说她不对。"

平时在冰激凌店吃东西不用给小费，可是遇到喜事专门来这里庆祝，那就该留五分钱当小费了。凯蒂看见账单上写的是三毛钱，而她的旧钱包里刚好有个五毛钱的硬币。她把这硬币放在账单上，服务员收好钱，又放下四枚五分钱的硬币，在桌上排成一溜。然后他就在附近晃悠着，等着凯蒂从里面捡回三个。凯蒂盯着那四枚硬币看了看，"这就是四块面包啊。"她想着。四双眼睛盯着凯蒂的手，而她毫不犹豫地伸手按住硬币，干净利索地把四枚五分钱都推到服务员面前。

"不用找了。"她豪气地说。

弗兰西拼命控制着自己，才没有站在椅子上为妈妈喝彩。"妈妈可真是个了不得的人物啊！"她来回这么自言自语着。服务员开心地抓起桌上的钱，匆匆忙忙地走开了。

"两份冰激凌苏打的钱没啦。"尼利哼唧着。

"凯蒂，凯蒂！这可太傻了，"伊薇很不愿意，"我想你应该只剩那么点儿钱了吧。"

"确实是，可这也没准儿就是我们最后一次庆祝孩子毕业呀。"

"麦克加里蒂明天还给我们发四块钱工资呢。"弗兰西站在妈妈这边。

"然后他也就把咱俩给炒了。"尼利补充了一句。

"那除了这四块钱，他俩找着工作之前你们家就没钱进账了。"

"无所谓了，"凯蒂说，"哪怕就这一次，我也想让咱们体验一把当

356

百万富翁的感觉。如果才花上两毛钱，就能感受一回富有的滋味，那这个开销可不算高。"

伊薇想起凯蒂由着弗兰西把咖啡倒进洗碗池的情形，就也不说什么了。这个妹妹身上很多地方她自己也搞不明白。

庆祝的人群逐渐散去。长着瘦长双腿的艾尔比·赛德摩尔——他是有钱的杂货店老板家的儿子——走到了弗兰西她们桌边。

"明天跟我一起去看个电影怎么样啊弗兰西？"他一口气把整句话全说了出来。"算我请客。"他说完又急匆匆地加了半句。

（有家电影院面向毕业生提供五分钱的周六下午场双人票，只要出示毕业证作为凭据即可。）

弗兰西看向妈妈，妈妈点头表示同意。

"当然好啊，艾尔比。"弗兰西答应了。

"那回见。明天，下午两点。"艾尔比迈着大步跑远了。

"这可是你的第一次约会，"伊薇说，"来许个愿吧。"她伸出小拇指，弗兰西也伸出自己的小指跟姨妈拉钩。

"我希望自己能永远这样身穿白裙，怀抱红玫瑰；我希望我们总能和今天晚上一样挥金如土。"弗兰西许下了愿望。

第四卷

43

"看明白了吧，"女工头对弗兰西说，"过不了多久，搓花枝这个活儿你就做熟了。"工头走了，弗兰西只能靠自己，这是她的第一份工作，是她第一天工作中的第一个小时。

弗兰西按照工头的说明，左手拿起一段一尺来长的金属丝，右手同时捏起裁成窄条的墨绿色皱纹纸，把纸条一头在一块湿海绵上蘸一蘸，然后双手的拇指、食指和中指一起用力一搓，用皱纹纸把金属丝从头到尾缠裹起来，裹好之后再往旁边一搁。一根"花枝"就做好了。

每隔一段时间，满脸雀斑的杂工马克就会把做好的"花枝"运到"装花瓣的"那边，让这些女工用铁丝把纸做的玫瑰花瓣拧在"花枝"上。下一个女工给纸玫瑰装上小杯子似的花萼，再交到"装叶的"手里。这批女工守着一大堆亮闪闪的墨绿色假叶子，以三片为一组，先把叶子扎在一根短茎上，再把这簇扎好的"枝叶"拧到"花枝"上。最后假玫瑰会传到"收尾的"手里，她们拿纹理更深的绿皱纹纸从花萼开始沿着"花枝"再缠一圈，这样花枝、花萼、花朵和花叶就显得浑然一体，就像是自然长成的一样。

弗兰西的后背疼了起来，肩膀上也一阵一阵地抽着疼。我大概搓了好几千根"花枝"了吧——她盘算着——肯定该到吃午饭的时间了。她扭头看看墙上的钟，却发现才只干了一个小时！

"老看表，盼着下班呢。"一个女工嘲弄地说了一句，弗兰西吓了一跳，她抬头看了看，却什么都没说。

弗兰西逐渐找到了节奏，手上的活计也似乎容易了一点儿。第一拍，把裹好的金属丝放到一边。一拍半，拿起下一根金属丝。第二拍，蘸湿皱纹纸。三、四、五、六、七、八、九、十，从头到尾裹好整根金属丝。这段节奏很快变得无比自然，她就既不用数拍子，也用不着那么全神贯注了。弗兰西的后背放松下来，肩膀也不觉得疼了。脑子一有了闲工夫，她就开始思考起各种事情来。

"没准儿一辈子就这么过去了，"她想着，"每天干满八个小时，除了裹这个铁丝之外啥也不干，赚钱来吃饭租房，供自己多活一天，多裹上一天的铁丝。有些人似乎生来就是干这个的，活着也只是为了干这个。当然，有些姑娘会结婚，嫁的却也都是过着这种生活的男人。她们又能从这里头得到什么呢？可能也只是从下班到睡觉那短短几个小时里有个人能聊聊天吧。"不过弗兰西知道就算是这一点点好处也不能长久，她见过太多这种工人家庭了，一旦有了孩子，开销越来越大，夫妻俩的交流就会越来越少，还老是免不了大闹一场。"他们都让这日子困住了，"弗兰西想着，"所以为什么呢？因为——（她想起了外祖母总是笃信不疑重复的那番话）——他们受的教育不够。"她心头顿时涌起一阵惊慌。也许她再也没机会去上高中了；也许她所受的教育就到此为止；也许她这后半辈子就只能在这里裹铁丝……裹铁丝……第一拍……一拍半……第二拍……三、四、五、六、七、八、九、十……无名的恐惧笼罩了她全身，就像十一岁那年在罗舍尔面包房看见那老人恶心的脚趾一样。她惊慌失措，不由得加快了干活的速度，好把全部精力都集中在手里的活计上，顾不上胡思乱想。

"新来的很积极嘛。"一个"收尾的"用嘲讽的口气说着。

"想要讨好老板喽。"另一个"装花瓣的"接了茬。

没过多久，她加过速的新节奏也变得机械了，弗兰西的脑子又空了出来。于是她开始偷偷打量同一张长桌边的其他工友。这一桌差不多有十来个女工，主要是波兰人和意大利人，最小的看起来才十六岁，最大的也不过三十岁左右，个个皮肤黝黑。也不知道为什么，工友们人人都穿着黑裙子，很明显没意识到黑裙子和她们黝黑的肤色完全不相称。弗兰西是唯一一个穿格纹棉布裙子的，这让她感觉自己像个傻乎乎的小孩。眼光敏锐的女工们发现弗兰西在偷偷瞟自己，就耍起了她们特有的鬼把戏来捉弄她。坐在这一桌最前端的姑娘起了个头。

"这一桌有个人脸上可真脏——"她高声说道。"反正不是我。"桌边的女工们一个接一个地说了起来。轮到弗兰西的时候，所有工友都停下手上的活儿等着，可弗兰西不知道该怎么办，就什么都没有说。"新来的没接茬啊，"打头的姑娘说，"那就是她脸上脏喽。"弗兰西脸上直发烫，可她手上却干得更快了，盼着大家赶紧把这一阵闹过去。

"这桌上有人脖子可真脏——"又开始了。"反正不是我。"大家又一个接一个地答道。这一次轮到弗兰西的时候，她就也说了句"反正不是我"。可她这么一说不但没能糊弄过去，反而给了大家更多的话头。

"新来的说她脖子可不脏。"

"她可真敢说！"

"她怎么知道脖子不脏？难不成她瞧得见自己的脖颈子？"

"就算她脖子真的脏，人家也不肯承认不是？"

"她们肯定是想刺激我干点儿什么，"弗兰西困惑地想着，"可是到底是干点儿啥呢？难不成她们想让我生气，冲她们骂脏话？还是想让我辞工不干？或者她们其实是想看我哭鼻子，就像当年那个小姑娘冲着我的脸拍粉笔擦一样？反正不管是想让我干什么，我都绝对不会顺着她们来的！"她低下头一个劲儿地裹着金属丝，手指搓得越来越快了。

这个烦人的游戏玩了整整一个上午。只有杂工马克进来的时候，弗兰西才能稍微缓口气，因为女工们会暂时放过弗兰西，转过头来一起折腾马克。

"新来的，你对马克可得多留点儿神，"她们煞有介事地警告着，"他进过三回局子呢，两回因为强奸，一回因为拐卖妇女。"

这些控诉明显是瞎编来拿他寻开心的，因为马克其实相当女性化。每次被她们这么取笑，这倒霉的小伙子的脸都红得像块砖，看得弗兰西对他深感同情。

上午的时光慢慢过去，恼人的玩笑似乎没完没了，好在午休的铃声终于响了。女工们停下手里的活计，从桌下拽出装着午餐的纸袋。她们直接把袋子撕开，铺在桌上权当桌布，拿出点缀着洋葱的三明治吃了起来。弗兰西觉得手上又热又黏，想在吃饭前先洗洗手，就问邻座的女工洗手间在哪里。

"咱不废嗦英文（No spik Eng-leash）。"那姑娘装出一口夸张的初学者口音。

"听不懂（Nix verstandt）。"另一个姑娘拿德语说着，而她分明用地道的英语逗了弗兰西一上午。

"洗手间是啥？"一个胖乎乎的姑娘问。

"造'洗手机'的车间呗。"另一个爱抖机灵的姑娘答道。

马克正在屋里收盒子，他站在过道上，两手抱满了纸盒。他咽了咽口水，喉结跟着上下动了两回，弗兰西才第一次听见他开口说话。

"就是为了给你们这种造孽的人赎罪，耶稣才会被人钉死在十字架上！"他激动地说着，"可你们连给新来的指指茅房在哪儿都不肯！"

弗兰西震惊地盯着他，然后她终于忍不住了——他这话听着不知为什么格外好笑——于是她终于放声大笑起来。马克又咽了咽口水，背过身去，迅速消失在走廊尽头。然后一切突然就变了，桌边响起了一阵窃窃私语的动静。

"她笑啦！"

"哎！新来的乐啦！"

"笑出来啦!"

一个年轻的意大利姑娘挽起弗兰西的胳膊:"来吧,新来的,我告诉你茅房在哪儿。"

她们去了洗手间,意大利姑娘替她打开水龙头,又冲着旁边装液体肥皂的玻璃罐捶了一把,让罐子斜过来好倒肥皂液。弗兰西洗着手,她就热切地站在一旁看着。弗兰西正准备用边上的滚筒式毛巾擦擦手——那毛巾雪白雪白的,看起来明显没什么人用——这位"向导"突然一把抓住了她。

"新来的,可千万别用那毛巾。"

"为什么?看着还挺干净的。"

"可危险了,有个在这里上班的姑娘害了淋病。你要是用了这毛巾就也得被传染上。"

"那怎么办?"弗兰西挥了挥湿淋淋的双手。

"你就跟我们一样拿衬裙擦擦吧。"

弗兰西在衬裙上擦干双手,眼睛却还惊魂未定地盯着那条要人命的毛巾。

她们回到车间,弗兰西发现工友们早已把她带饭的纸袋在桌上铺好,妈妈给她做的两个博洛尼亚香肠三明治也被拿了出来。她发现有人在她的纸袋上放了个漂亮的西红柿,其他姑娘见她回来也是笑脸相迎。上午带头笑她的那个女工拿着个威士忌酒瓶灌了一大口,又把瓶子传给弗兰西。

"喝点儿吧,新来的,"她用强势的语气说着,"这三明治干巴巴的,单吃多噎得慌啊。"弗兰西直往后缩,嘴上一个劲儿地拒绝。"你放心喝!这里头装的是凉茶。"弗兰西想起洗手间的毛巾,还是用力地摇了摇头。"啊!我明白啦!"那个姑娘喊道,"我知道你为啥不愿意跟我用一个瓶子喝水了。刚才安娜斯塔西娅在茅房里吓唬你来着。新来的,你可别信她的鬼话。淋病什么的闲话都是老板传出来的,他就是不想让咱们用毛巾，这样每周能省下几个送洗衣店的钱。"

"是吗？"安娜斯塔西娅问，"可我也没看你们用过毛巾。"

"得了吧，咱午休只有半个小时，吃饭还不够呢，谁有工夫洗手？喝吧，新来的。"

弗兰西接过瓶子喝了一大口，凉凉的茶水又浓又提神。她对那位工友道了谢，又想找出刚才给西红柿的人也说声谢谢。可所有姑娘都不肯承认是自己给的。

"你说啥呢？"

"什么西红柿？"

"没看见西红柿啊？"

"新来的明明是自己带的西红柿，这会儿倒想不起来了。"

她们就这样继续拿她寻着开心，可这调侃中却包含着某种温暖的善意。弗兰西度过了一段愉快的午餐时光，她终于知道工友们想让她干什么了——她们想让她笑出来。这多简单啊，可她却费了好大的劲儿才弄明白。

接下来的半天也过得挺不错。工友们劝弗兰西用不着玩命干，因为这活儿也就是忙这一季，把秋天的订单做完之后，她们就都没活儿干了。所以这批单子完成得越早，她们就越早被炒鱿鱼。这些年纪更大、经验也更丰富的工友已然把弗兰西当成了自己人，这让她非常高兴，手上也顺势慢了下来。工友们讲了一下午的笑话，不管段子是好笑还是下流，弗兰西都跟着哈哈大笑。后来她甚至和其他姑娘一起折腾起马克来，而她的良心也没觉得有多不安。马克跟个殉道者似的苦苦熬着，实际上只要他稍微笑那么一下，那车间里就再也不会有谁找他的麻烦了，可他偏偏不知道这一点。

又到了星期六，正午才过几分钟。弗兰西在百老汇高架电车的法拉盛大街站旁边等尼利。她拿着一个信封，里面装着五美元——那是

363

她第一周的工资。尼利也赚了五美元，姐弟俩约好了一起回家，再风风光光地一起把这笔钱正式交给妈妈。

尼利在纽约市中心的一家证券交易所当勤杂工。这活儿是茜茜家"约翰"给他找的，他有个朋友在那里工作。弗兰西有点儿嫉妒尼利。他每天都要走过那宏伟的布鲁克林大桥，进入对面那个陌生的大都市，而弗兰西却只能走着去布鲁克林北边上班。而且尼利中午还会去餐馆吃饭。其实他第一天也是和弗兰西一样自己带饭去的，可其他勤杂工都笑话他，说他是布鲁克林来的乡巴佬。此后妈妈每天都给他一毛五吃午饭的钱。尼利告诉弗兰西，他吃午饭的地方叫"自动贩卖式餐馆"。只要往机器的投币口里扔五分钱，咖啡和加在里头的奶就会一起流出来，而且不多不少，刚好是一杯的量。弗兰西真希望自己也能到大桥的另一头去上班，中午也能去"自动贩卖式餐馆"吃饭，而不是每天都从家里带三明治。

尼利顺着车站的楼梯跑了下来，胳膊底下夹着个扁平的包裹。弗兰西发现，他每下一步都是整只脚全踩在台阶上，而不是只拿脚后跟着地，跑起来非常稳当，爸爸以前也总是这么下楼梯。尼利不肯告诉弗兰西包裹里是什么，他说讲出来就不算是惊喜了。姐弟俩赶在附近的银行关门之前去了一趟，请柜员把他们手里的旧钞票换成新钱。

"你们要新票子干吗用？"柜员问。

"这是我们领的第一笔工资，所以我们想拿新票回家。"弗兰西解释道。

"第一回拿工资，是吧？"出纳说，"可真叫人怀念啊，这么一说，我还真想起点儿往事来。我还记着自己第一回拿工资的时候呢，当年我也还是个小孩儿，在长岛曼赫斯特的一家农场上干活儿。没错，先生……"他絮絮叨叨地聊起自己的生平来，柜台前排队的人个个等得焦躁不安。出纳员最后说："……然后我把第一笔工资交给我妈，她的眼泪在眼圈里直打转。没错，先生，眼泪在她眼圈里直打转。"

他拆开一捆新钞票，把弗兰西他们的旧票子换了，又说了声"我还有份礼物给你们"。然后他从提款机抽屉里拿出两枚一分硬币送给姐弟俩，这两枚铜币都是新铸的，看起来金光灿烂。"这是1916年新发行的，"出纳说，"你俩拿的是咱们这儿的第一批。先别花，留着做个纪念吧。"他从自己兜里掏出两枚旧硬币放回收银机抽屉，弗兰西道了谢。离开柜台的时候，弗兰西看见排在后面那个人一面拿胳膊肘撑在柜台上，一面说着：

"我也想起第一回拿工资给我老妈的事了。"

姐弟俩走出银行，弗兰西不由得暗暗猜想，那些排队的人会不会都跟柜员聊聊第一回拿工资的往事呢？"所有上班的人都有一个共同点，"弗兰西说，"大家都会回忆第一次带工资回家的经历呢。"

"是啊。"尼利表示同意。

他们走过一个街角，弗兰西若有所思地自言自语道："他说'眼泪在她眼圈里直打转'。"她以前从来没听过这样的说法，这次听了觉得还挺喜欢。

"这话怎么说的，"尼利不解地念叨着，"眼泪又没长腿，怎么能'打转'呢？"

"我觉得他不是那个意思。他那个说法就和人家说'我这一天光绕着床打转了'差不多。"

"可是'打转'这个词不能这么用吧。"

"要我说是这样，"弗兰西答道，"在布鲁克林这边，说'在哪儿打转'其实就是'在哪儿待着没动'的意思。"

"大概吧，"尼利也认可了，"咱们别走格拉汉姆大道了，走曼哈顿大道好啦。"

"尼利，我有个主意。咱俩再做个储蓄罐吧，就钉在你的衣柜里，不跟妈妈说。今天就把这两个全新的一分钱放进去，以后妈妈要是给咱们零花钱，咱们就每星期往罐里存上一毛。等到圣诞节的时候再打

365

开，拿攒下的钱给妈妈和劳瑞买礼物。"

"也得给咱们自己买。"尼利提议说。

"对，你给我买个礼物，我也给你买个礼物。到时候我告诉你我想要什么。"

姐弟俩就这么约好了。

他们走得很快，超过了卖完破烂晃晃悠悠地在街上溜达的孩子们。两人穿过斯科尔斯街，先往卡尼的垃圾站里看了看，又瞧了瞧店外人头攒动的"查理便宜店"。

"这群小屁孩。"尼利轻蔑地说着，把口袋里的几个硬币摇得叮当响。

"尼利，还记得咱俩以前卖破烂的事吗？"

"那都是好久以前了啊。"

"可不是嘛。"弗兰西说。可是实际上，这会儿距离他们最后一次去卡尼那儿卖破烂才过了两个星期。

尼利把那个扁平的包裹递给妈妈："这是给你和弗兰西的。"妈妈打开袋子，里面是一盒一磅装的洛夫特牌花生脆糖。"而且这还不是我拿工资买的。"尼利神神秘秘地说道。姐弟俩让妈妈先去厕所里待一会儿，把十张全新的一美元钞票摆在桌上，再喊妈妈出来。

"给你的，妈妈。"弗兰西神气地冲着钞票一挥手。

"哎哟！天呐！"妈妈说，"我都不敢相信自己的眼睛了。"

"这还没完呢。"尼利说，他又从兜里掏出八毛钱放在桌上。"人家瞧我做事利索，又额外给了小费，"他解释道，"我攒了一个星期，其实本来比这个还要多点儿，不过我拿来买糖了。"

妈妈把那一小堆零钱推给桌子对面的尼利："小费你就自己留着当零花钱吧。"

（和爸爸一样呢，弗兰西想。）

"太好啦！那我分两毛五给弗兰西。"

"不用，"妈妈从那只裂了口的杯子里拿出个五毛钱硬币递给弗兰西，"弗兰西也有自己的零花钱，每礼拜五毛。"弗兰西高兴极了，她没想到自己也能拿到这么多零花钱。孩子们对妈妈一个劲儿地说着谢谢。

凯蒂看看糖果，看看钞票，又看了看自己的一双儿女。她咬住下嘴唇，猛然转过身冲进卧室，把门关上了。

"她是不是因为什么事生气了？"尼利压低了声音问道。

"不是，"弗兰西说，"她没生气，她就是不想让咱俩看见她掉眼泪。"

"你怎么知道妈妈要哭了？"

"因为，刚才她看钱的时候，我看见眼泪在她眼眶里打转呢。"

44

弗兰西才干了两个星期，厂子就停工了。听老板宣布只是暂时停工几天，女工们彼此交换着了然的眼神。

"说是'几天'，实际上得停上六个月。"安娜斯塔西娅对毫不知情的弗兰西解释说。

工友们打算去格林庞特的另一家工厂，那边正缺人手做冬季的大订单——圣诞节用的人造一品红和冬青花环。等那个厂子也没活儿干了，她们就再找一家工厂，如此周而复始。这就是布鲁克林的流动工人，她们像候鸟一样，在这个区里随着季节的变化而换着不同的地方，打着不同的短工。

姑娘们也叫着弗兰西一起去，可是弗兰西想干点儿别的。她盘算着反正无论如何都要工作，那就不如多换几种行当试试看，只要有机会换工作，就尽量找个和上一份工作不太一样的。这么一来，她有朝一日就能说自己什么工作都尝试过了，就像她换着样儿品尝冰激凌苏打一样。

凯蒂在《世界报》上看见一则招归档员的广告，可考虑新手，年龄十六岁以上，需要说明宗教背景。弗兰西花一毛钱买了信封和信纸，认真地写了封求职信，照着广告说的地址寄了过去。虽然她才十四，不过妈妈和弗兰西自己都觉得说她年满十六也看不出破绽来，于是她就在求职信上说自己满十六岁了。

两天后，弗兰西收到了回信，用的是带信头的信纸，看着像模像样的，信头上画着一把大剪刀，搁在折起来的报纸上，边上还有一罐糨糊。来信的地址是纽约市运河街的模范剪报社，信上说请诺兰小姐过去面试。

茜茜带弗兰西去买东西，帮她挑了一套大人风格的裙子，还有弗兰西生平第一双高跟鞋。她把这套新行头换上，妈妈和茜茜都信誓旦旦地说看着绝对像十六岁，就是头发差点儿意思，她那两条麻花辫看着太孩子气了。

"妈妈，你就让我去剪个短头发吧。"弗兰西恳求道。

"你这头发留了十四年才长这么长，"妈妈说，"我可不让你剪了它。"

"得了，妈妈，你太过时啦。"

"为什么非剪短不可呢？跟个男孩子似的。"

"短头发多好打理。"

"打理头发可是女人的乐趣啊。"

"不过嘛，凯蒂，"茜茜也插了一句，"如今的小姑娘都时兴剪短头发了。"

"那就是她们傻。长头发可是女人的秘密武器。白天虽然在头顶上盘着，可是一到了夜里，到了和男人独处的时候，就把盘头发的簪子一拔，让头发那么披散下来，像条亮闪闪的披肩似的。这在男人眼里可既特别又神秘。"

"关了灯还不是都一样。"茜茜坏坏地说道。

"你少说两句吧。"凯蒂尖锐刻薄地回了一句。

"我要是把头发剪短了，肯定像伊琳娜·卡斯特尔一样好看。"弗兰西还是不愿放弃。

"犹太女人结了婚，人家就把她的头发剪掉，这样别的男人就不看她了。修女出家的时候也要把头发剪短，表明自己这辈子都不找男人了。小姑娘家家的，没事剪什么头发？"

弗兰西正要开口，就听见妈妈说："别争了，这事没商量。"

"行吧，"弗兰西说，"可是等我到了十八岁，能做自己的主了，我绝对得剪个短头发给你瞧瞧。"

"等你到了十八岁，你剃个秃瓢我都不管。不过现在嘛……"妈妈把弗兰西的两根麻花辫绕着脑袋盘了一圈，又从自己的头发上拔下一根骨头做的发针固定。"弄好啦！"她往后退了一步，上下打量着女儿，"这头发就像闪闪发光的皇冠一样！"她夸张地大声说道。

"还真别说，这么一弄她看着起码像十八岁。"茜茜也不情不愿地让了一步。

弗兰西照了照镜子，发现妈妈帮她把头发这么一盘，自己果然显大了很多。她虽然蛮高兴，却也不肯服软。

"我这辈子老是顶着这么多的头发，压得我头都疼了。"弗兰西抱怨着。

"要是你这辈子头疼的事只有头发的话，那你可真是太走运了。"妈妈说。

第二天一早，尼利就陪姐姐一起进了纽约城。电车驶离马西大街站，上了布鲁克林大桥。弗兰西发现车上不少坐着的人都不约而同地站了起来，片刻之后又纷纷坐了回去。

"尼利，他们这是干吗呢？"

"刚才上桥那段儿能看见一家银行，它楼上有个大钟。所以大家都会站起来看看时间，瞧瞧自己上班会不会迟到。我打赌每天得有差不多一百万人看过那个大钟。"尼利答道。

弗兰西早就想到自己越过布鲁克林大桥的时候会激动一阵，不过这趟车程却远远没有第一次穿大人衣服那样让人心情振奋。

面试时间不长，她当场就被录用了。上午九点上班，下午五点半下班，午餐时间半个小时，试用期工资每周七美元起。老板先带她在剪报社的办公室里参观了一圈。

十名阅报员坐在一张斜桌面的长桌前，报纸送到之后都会先分给她们。每一天、每一个小时，来自美国各州各个城市的报纸都会像雪片一样涌进剪报社。这些姑娘把报上需要的文章框出来，做上标记，最后再在报纸的第一页最上方写上文章的总数和自己的工号。

做好标记的报纸就汇总起来送给印刷员。印刷员手上有个可以调节数字的日期章和成排的铅活字。她调好日期，用活字排出报刊名、报刊出版的城市，以及城市所属的州，一张张地印在纸条上，有多少页报纸要剪，就要印多少张纸条。

接下来报纸和印好的纸条就传到了剪报员手里。剪报员面前也是一张斜面的大桌子，他们用锋利的弧形裁纸刀把带标记的文章裁下来（其实除了信纸的信头之外，整个地方没有一把剪刀）。剪报员一边裁报纸，一边顺手把剩下的部分往地上一扔。废报纸越堆越高，差不多每过十五分钟，报纸堆的"水位"就能升到剪报员的腰间。专门有个工人负责收集废报纸，把它运出去打成捆。

剪下来的文章最后再和纸条一起交给拼贴员，她负责把剪报和对应的纸条粘在一起，然后就可以分类归档、装进信封邮寄出去了。

弗兰西很快就熟悉了这套归档系统。才干了两个星期，她就记住了档案柜上那两千来个单位或者个人的名字。然后老板又安排她做实习阅报员，在接下来的两个星期，她唯一的工作就是研究剪报社客户的名片，上面的信息比档案柜标签写的要更详细些。然后她参加了一次不太正式的小测验，证明她已经记住了所有客户，上头就把俄克拉荷马州的报纸交给她来读了。最开始她阅读的报纸送去剪报之前得先让老板检查一遍，给她指出标错的地方。等她做熟了，不再需要检查了，老板又把宾夕法尼亚州的报纸也分派给她。没过多久，纽约州的报纸也归她了，弗兰西开始一个人负责读三个州的报纸。到了八月底，她的工作量已远远超过了剪报社里所有阅报员。她初来乍到，急着证明自己以留个好印象，视力又好（她是唯一一个不戴眼镜的阅报员），很快就练出了一眼就能看准的功夫。不论是什么文章，她只要扫上一眼就能看出用不用标出来。她每天能读一百八十到二百份报纸，而能力仅次于她的阅报员只能读一百到一百一十份。

没错，弗兰西是整个剪报社里读得最快的，薪水却也是最低的。转为阅报员之后，她每星期的工资已经涨到了十美元，可是仅次于她的那个阅报员每星期拿二十五美元，其他阅报员的周薪也有二十美元。因为弗兰西和其他同事处得不怎么熟，她们也没拿她当自己人看，所以她也就一直不知道自己的工资待遇到底有多低。

虽然弗兰西喜欢看报纸，每周能赚十美元也让她很自豪，可她却不觉得快乐。本来在纽约上班让她相当期待，毕竟连图书馆那个褐色陶罐里插了什么花这样的小事都能让她兴奋不已，那么纽约这样伟大的城市必然能给她带来上百倍的激动和震撼吧？然而现实却并非如此。

第一个让她失望的就是布鲁克林大桥。以前从自家房顶看过去，她总以为过桥的感觉一定轻盈又迅速，简直像长出仙子的翅膀一样。可实际上坐车过桥的体验却和在布鲁克林坐电车没半点儿区别。大桥上面和百老汇的街道一样也铺着砖，分出车道和人行道，电车轨道也还是同样的电车轨道。电车从大桥上开过，却一点儿特别的感觉都没有。纽约城也让她很失望。除了建筑更高、人流更密之外，纽约看着和布鲁克林也没有太多不同。这让弗兰西忍不住想到，从此以后，她是不是会发现所有新鲜事物都挺让人失望的？

她以前经常研究美国地图，在想象中走过高山与平原，河流与沙漠。这种幻想曾经十分美好，可现在她却不禁怀疑这些风景会不会也一样令她失望。假如她要步行穿越这个国家，那么她大概要早上七点起床出发，然后开始往西边走——应该是西边吧——一步一步地丈量自己走过的距离。那她这一路上大概只会忙着数自己的步子，一门心思想着自己绵延至此的足迹是从布鲁克林开始的，完全顾不上留意路过的高山和大河、平原和沙漠了。她应该只会发现有些事情和布鲁克林很像，所以很奇怪；而有些东西和布鲁克林一点儿都不像，所以也很奇怪。"我想世界上可能没有真正的新鲜事吧，"弗兰西郁闷地认定了，"如果有什么东西是新的，或者不一样的，那这种东西布鲁克林肯定多多少少也有一点儿，而我肯定是早就习惯了，所以就算在布鲁克林遇到了也注意不到吧。"弗兰西悲哀地想着，自己恐怕就像亚历山大大帝一样，要开始哀叹没有新世界可征服了。

她努力习惯着纽约人争分夺秒的工作节奏。上班这事既紧张又折磨人，哪怕只提前了一分钟赶到，她都算个自由人。而就算只迟到了一分钟，她也会忧心忡忡，害怕老板万一心情不好，那她就要理所当然地当出气筒了。于是她学会了节约路上的每一秒。电车离她要下车的那一站还很远，她就开始往车门边上挤，这样车门一开，她就能第一个钻出去。她一下电车就拔腿飞跑，像小鹿一样在人群里绕来绕去，好第一个冲上通往街道的楼梯。她快步走向办公室，一路紧贴着房子走，这样转弯的时候能少走两步。过马路她也是走对角线，这样能少迈两次马路牙子。走进大楼以后，就算电梯工喊着"满啦！"她也要挤进电梯里去。她费心劳力地这么折腾，都只不过是为了能早到单位一分钟，而不是九点钟以后才进办公室！

有一次她特意提前了十分钟出门，想着这样时间上能宽裕一点儿。可是虽然没必要像以前一样那么赶，她却还是一如既往地往电车门边挤，一如既往地狂奔着冲上楼梯，走着对角线过马路，挤上早已满员的电梯，最终早到了十五分钟。偌大的办公室里空荡荡的，说句话都有回声，让她觉得失落又孤独。其他同事都在九点钟左右踩着时间赶了进来，弗兰西觉得自己简直成了叛徒。第二天早上，她就干脆还是多睡了十分钟，继续按照原来的时间去上班了。

弗兰西是剪报社里唯一一个来自布鲁克林的员工，其他同事有的来自曼哈顿，有的生活在霍博肯或者布朗克斯，还有一个住在新泽西，每天都是从贝永[1]赶过来上班的。年纪最大的两个阅报员是一对俄亥俄州出身的亲姐妹。弗兰西第一天上班的时候，两姐妹中的一个对她说："你说话有布鲁克林口音。"她这话听着似乎相当震惊，还带着些谴责的意味，所以弗兰西开始在意起自己的咬字发音，说话也都是小心翼翼的，唯恐把 girl 念成 goil，把 appointment 念成 appemtment。

她只有跟剪报社里的两个人说话没有太多顾虑。一个是剪报社的老板，他是哈佛大学毕业的，可除了总是下意识地把"a"的音拉得很长之外，他说起话来倒是简单直白，也不会像阅报员一样爱用复杂又造作的词汇——其实阅报员们基本上都是高中毕业，但是因为读报多年，所以积累了极其庞大的词汇量。而另一个弗兰西相处起来可以随意些的人是阿姆斯特朗小姐，她是除老板之外唯一的一个大学毕业生。

阿姆斯特朗小姐是市属报刊的专属阅报员。她的工位远离其他同事，位于办公室最好的一个角落，东边和北边都有窗户，读起报来光线极好。她只负责读芝加哥、波士顿、费城和纽约市的报纸。纽约市本地的报纸刚印刷好，就会有专门的投递员给她送到剪报社来。读完

1　美国新泽西州东北部城市，位于纽约港和纽瓦克港之间向南突出的半岛上。

自己负责的报纸之后，阿姆斯特朗小姐不用像其他阅报员一样帮进度落后的同事分担工作，而是一边打毛线或者修指甲，一边等着下一份报纸送来。她的工资也是所有员工里最高的，每周有三十美元。阿姆斯特朗小姐待人和善，也有心帮助弗兰西，有机会就和她搭上几句话，让她不至于觉得太孤独。

有一天，弗兰西在洗手间听见同事的议论，说阿姆斯特朗小姐是老板的"情人"。弗兰西虽然听说过"情人"这个词，却从来没见过真人是怎么回事。一听说阿姆斯特朗小姐是老板的"情人"，弗兰西就对她格外关注了起来。她发现阿姆斯特朗小姐并不算漂亮，嘴巴很宽，鼻孔也又粗又大，一张脸长得有点儿像猴子，身材也只是勉强说得过去而已。弗兰西又看了看她的双腿，发现她的两条腿倒是纤细修长，轮廓优美。她穿着极其精致的丝绸长筒袜，足蹬昂贵的高跟鞋，脚背高高弓起的线条也十分美丽。"看来做'情人'的诀窍在于要有一双美腿啊。"弗兰西得出了结论，又看了看自己麻秆一样瘦长的腿，"那我看来是没戏了。"她叹了口气，听天由命地继续过着一清二白的日常生活。

剪报社里也把人分成三六九等，这套标准是剪报员、印刷员、拼贴员、打包员和送报的小工搞出来的。这些工人虽然没有什么文化，头脑却相当精明，他们管自己这个群体叫"俱乐部"，并且认为教育程度更高的阅报员看不起他们。作为报复，他们往往绞尽脑汁地在阅报员之间挑拨生事。

弗兰西的立场有些割裂。要是论出身和教育背景，那她属于"俱乐部"这个阶层。可是要论才智和能力，那她又和阅报员们是一类的。"俱乐部"的成员们敏锐地发现了她身上的矛盾点，就打算拿弗兰西当个中间人，他们把各种挑拨离间的流言蜚语告诉她，希望她能把这些话再传给其他阅报员，在办公室里搞点儿乱子出来。可弗兰西和阅报员们并没那么熟络，关系根本没好到能一起说闲话的程度，于是这些流言传到她这里就没有下文了。

有一天，剪报员告诉弗兰西，阿姆斯特朗小姐九月份就不干了，老板要提拔她弗兰西当专属阅报员。弗兰西认为这一定是捕风捉影的闲话，目的是让别的阅报员嫉妒她。毕竟要是阿姆斯特朗小姐不干了，那人人都巴不得接她的班。而她自己不过是个十四岁的小姑娘，只有初中毕业的文凭，老板怎么可能考虑让她接三十岁的大学毕业生阿姆斯特朗小姐的班呢？弗兰西觉得这简直太荒唐了。

八月快要过去了，弗兰西开始担心起来，因为妈妈始终没提起让她上高中的事情。她可太想回去上学了。这么多年以来，母亲、外祖母和姨妈们一直说着受教育有多么多么好，这不仅让她一直渴求着能接受更高等级的教育，还让她心里始终为自己没受太多教育的现状而深感自卑。

她带着全新的喜爱之情怀念起在毕业纪念册上签名的同学来。她真想重新加入他们。同学们和她本来就过着一样的生活，大家都站在同一个起跑线上。她本来就应该和他们一起走进校园，而不是和年龄更大的妇女们在工作中竞争。

弗兰西一点儿都不喜欢在纽约上班。身边挨挨挤挤的人群总是让她浑身发抖。她总感觉自己完全没有做好准备，就被迫走进了这种她应付不来的生活。而通勤中她最害怕的就是挤高架电车。

有一回她在车上，手上拽着车上的吊带，车厢里实在是太挤了，她那只胳膊连放都放不下来，这时候她突然感觉到有只男人的手爬到了她身上。不管她怎么扭动挣扎都摆脱不了。电车来了个急转弯，弗兰西和车上的人群一起剧烈摇晃，那只手也抓得更紧了。她挤得没法回头去看那手的主人是谁，只能忍气吞声地戳在那里，无助地忍耐着这种羞辱。其实她也可以大声喊叫起来，可她实在是不好意思，不敢

375

把全车人的注意力都吸引到自己被非礼这件事上来。过了老长的一段时间，车上的人一点点少了，她才终于能逃到车厢的其他地方。从那天以后，每次挤电车对她而言都是一种折磨。

一个星期天，妈妈和她带着劳瑞去看外婆。弗兰西对茜茜讲了电车上的事，她本以为姨妈会安慰她。不想在茜茜看来这似乎只是个笑话。

"你说电车上有男人摸你是吧，"茜茜说，"要是换了我的话，我肯定不会为了这事而烦心。这说明你的身材越来越好了啊。有的男人看见身材好的女人就是把持不住。唉，看来我是老了啊！好几年没有男人在电车上捏我了。过去我要是挤电车，哪一回下来身上不让人捏得青一块紫一块的。"茜茜自豪地回忆着。

"这是能拿来吹嘘的事吗?"凯蒂问。

茜茜没理她。"等你到了四十五岁，弗兰西，"茜茜说，"等你的身材也变得像个拦腰打了个结的燕麦口袋。你就该怀念有男人在电车上对你动手动脚的日子了。"

"她要是真怀念这个，"凯蒂说，"那也都是因为你教的，而不是因为这事真有什么值得怀念的地方，"她转向弗兰西，"你呀，以后坐车练练不拉吊带站着吧。你得把手始终放在身边，兜里装根又长又尖的针，要是哪个男的敢摸你，你就拿针好好给他来上一下。"

弗兰西照着妈妈的话小，学会了不拉吊带也能在电车上站稳，双手老是垂在身边，外套口袋里也永远放着根锐利的长针。她反倒有点儿希望再有人来捏她，好让她能用针狠狠扎上一次。"身材好讨男人喜欢什么的，茜茜说的倒是好听，不过我可不愿意让人家捏我的屁股。再说等我真到了四十五岁，那我倒是更愿意怀念点儿别的东西，怀念点儿更好的东西，而不是在电车上有不认识的男人对我动手动脚。茜茜真应该知道差耻才对……

"可是我这又是怎么了? 茜茜对我那么好，我却在这儿批评她。我还找着了这么一个有意思的工作，每天上班看看报纸就有工资拿——我又本来就喜欢看这些东西——我本来应该感觉很走运才对，可我却老觉得不满意。人人都说纽约是全天下最棒的城市，可我也完全喜欢不起来。我好像成了全世界最不满意的人了。唉，我可真希望还能像小的时候一样，那时候我看什么都觉得特别美好!"

劳动节 [1] 之前，老板把弗兰西叫进自己的办公室，告诉她阿姆斯特朗小姐准备辞职结婚去了。他又清了清嗓子，补充说要和阿姆斯特朗小姐结婚的正是他本人。

弗兰西对"情人"的概念瞬间碎了一地，她以前总以为男人不可能和自己的"情人"结婚，"情人"对他们而言就像旧手套一样，不喜欢就抛到一边了。看来阿姆斯特朗小姐不但不是旧手套，反而要堂堂正正地当人家的妻子呢，可真是有意思！

"所以我们得找个新的专属阅报员来顶替她，"老板说，"然后阿姆斯特朗小姐自己推荐说……让你来试试看，诺兰小姐。"

弗兰西的心狂跳起来。让她做纽约市专属阅报员！坐这个剪报社里人人羡慕的位子！看来"俱乐部"那群人传的闲话里有些也是真的啊。她的一个成见又被打破了，以前她总以为所有闲话和流言肯定都是假的。

老板打算每周给她十五美元，他的如意算盘是既能留下一个水平和未婚妻差不多的阅报员，又只用开一半的薪水。这姑娘肯定也得乐开了花，像她那么小的孩子，每周就能拿十五块了。她说自己满十六岁，可是看着倒像是才十三岁。当然，只要这姑娘工作称职，那不论她到底多大都不关他的事。反正只要说是她自己隐瞒了真实年龄，法律也就没法追究他雇佣童工的责任。

1　这是美国的全国性节日，时间是每年九月的第一个星期一。

"等你以后做长了，这工资还能往上涨涨。"他故意亲切地说道。弗兰西露出开心的微笑，老板反而担心起来。"我是不是给自己挖了个坑?"他想着，"没准儿她本来没想过要涨工资呢。"他匆匆忙忙地掩饰着自己方才的失误："……不过能不能涨工资还是要看你的表现。"

"我还没想好……"弗兰西犹犹豫豫地开了口。

"她绝对满十六岁了，"老板认定了，"她这是想让我给她多涨点呢。"为了先发制人，他抢先说道："每星期十五块，你就从……"他犹豫了一下，想着表现得太好心眼应该也没啥用，"……从十月一号开始正式接手吧。"他往椅子上一靠，感觉自己简直像上帝一样慷慨。

"我其实是想说，我还没想好要不要接着干。"

"她这是跟我要高价呢。"老板想着。他提高了声音问道："为什么不干了?"

"过了劳动节我就要回去上学了——至少我是这么打算的。我本来是想等都安排好了之后再跟您说的。"

"上大学?"

"上高中。"

"那就只能让平斯基接手了，"老板盘算着，"平斯基都快二十五岁了，要是聘她的话，她肯定开口要三十块，那不就和原来一样了吗? 这个姓诺兰的可比平斯基强多了。可恶的伊尔玛! 谁跟她说女人结了婚就不该工作的? 她要是能接着干该多好……她那笔工资就肥水不流外人田了……还能攒着买房子呢。"

"是这样啊! 那可真是太遗憾了。我倒不是觉得不该接着上学，可我觉得当阅报员也是一等一的好教育嘛。这可是活生生的长期教育，而且还很与时俱进呢。学校里只能教书本上那些东西，就是读死书而已。"老板轻蔑地说。

"我……我得跟我母亲商量一下。"

"那肯定的。你就把我刚才说起教育的那番话跟她也讲讲，就说是你老板说的，然后你还得跟她说——"他闭上眼，决定放手赌一把，"——我每周给你开二十美元的工资，从十一月一号开始。"他又往后延了一个月。

"这真的是很大的一笔钱了。"弗兰西老实地说。

"我们的宗旨一向是用高薪挽留员工。对了……呃……诺兰小姐，你可千万别把以后这个工资待遇给说出去，因为这可比其他人的收入高多了，"他撒了个谎，"要是让其他人知道了……"他摊开双手，做了个表示无奈的动作，"你懂的吧？别在洗手间传这个闲话。"

弗兰西跟老板保证自己绝对不会乱说话，看老板一副放心的样子，她自己也感觉挺满足。老板开始给他那些文件签字，以此表示这次面谈已经结束了。

"那就这样吧，诺兰小姐。劳动节之后那天你一定得给我答复。"

"好的，先生。"

每星期二十块！弗兰西震惊极了。短短两个月之前，每星期能挣个五块钱她还高兴得不得了呢。威利姨夫都四十岁了，每星期也只能赚十八块。茜茜家"约翰"非常聪明，可是每星期也只能拿二十二块五。她家附近的男人们都没几个一星期能挣二十块的，何况他们还得养着一家子人。

"能赚这么多钱，我们就不用再过苦日子了，"弗兰西想着，"我们租得起有三间卧室的公寓，妈妈不用再出去工作，也就不用老把劳瑞一个人留在家里了。要是真能搞定这么多事，那估计我在家里就成了举足轻重的人物了。"

"可是我想回学校念书啊！"

她想起家人们多年以来一直挂在嘴边的那些话，想起她们念叨着受教育有多重要：

外婆："……这样咱们才能从最底层爬起来，在这世上站稳脚跟。"

伊薇："我那三个孩子人人都得拿上三张毕业文凭。"

茜茜："等妈妈走了——上帝保佑她长命百岁！——孩子也能上幼儿园了，我就再出去上班，把赚的钱都存起来。等小茜茜长大了，我就供她上最好的大学。"

妈妈："我可不希望我的孩子以后也像我一样，过这种吃苦受累的日子。念了书、受了教育，他们的日子就能好过一些。"

"可是这份工作也真不错啊，"弗兰西又想，"至少现在感觉还是很不错的。就是干久了我的眼睛肯定会坏掉。那些年纪大点儿的阅报员都戴着眼镜呢。阿姆斯特朗小姐说过，对阅报员来说最重要的就是眼睛，眼睛坏了就完蛋了。其他阅报员刚开始干的时候也能读得很快，和我一样，可是现在她们的眼睛……我可得把这双好眼睛保护好，下班以后就不能再看别的书了。

"要是让妈妈知道我一星期能赚二十块，她可能就不会送我回去上高中了，而且这事我还不能怪她。我们家穷了太久了。妈妈做事一直都很公道，但是这么多钱就很有可能改变她对很多事情的看法，不过这也不是她的错。我就先不跟她说涨工资的事了，等她把上学的事定下来了再说。"

弗兰西跟妈妈说了上学的事，妈妈说好的，是该讨论一下这件事了。大家吃过晚饭就一起商量一下。于是喝完晚餐的咖啡之后，凯蒂多此一举地对孩子们宣布下周就要开学了（毕竟她不说大家也都知道）。"我希望你们两个都能上高中，可是今年咱们家的情况只够送一个去的。你们俩的工资我能攒的都尽量攒着，这样明年你们两个就都能上高中了。"她等着孩子们的答复，等了很长时间，可姐弟俩谁也没说话。

"怎么了？你们不想上高中吗？"

弗兰西开口的时候感觉嘴唇都僵了，上学这件事完全取决于妈妈，所以她希望给妈妈留个好印象："想啊，妈妈，我可实在是太想回去上学了。"

"我不想上学，"尼利说，"妈妈，别让我回去念高中了。我想接着上班，转过年来我的工资还能涨两块钱呢。"

"你不想当医生吗？"

"不想。我想当证券经纪人，然后大把大把地赚钱，就和我那些老板一样。我以后也要去炒股票，没准儿啥时候能赚上一百万呢。"

"我儿子肯定能当个好医生。"

"这谁知道呢？没准儿等我当上了医生，反倒是跟茂吉尔街的胡埃勒大夫似的，衬衫总是脏兮兮的，只能在地下室里开诊所。反正我早就想好了，我不回去上学。"

"尼利不想回去上学。"凯蒂说。然后她转向弗兰西，口气几乎算是央求了："你知道这意味着什么，弗兰西。"弗兰西咬住嘴唇，这时候哭是没有用的，她必须保持冷静，必须让思路保持清晰。"这就意味着——"妈妈说，"尼利必须回去上学。"

"我不去！"尼利喊了起来，"不管你怎么说我都不去！我都上班了，还能挣钱，我想接着干下去。在单位那群小伙子里我还算是个人物，要是让我回去上学，那我就又变回啥都不是的小屁孩了。再说了，妈妈，你也需要我在外头挣钱啊。咱们谁都不想再过穷日子了。"

"你要回去上学，"凯蒂平静地宣布，"弗兰西挣的钱就够了。"

"他明明不想上学，为什么你还让他上，"弗兰西叫道，"而我那么想去念书，你却不让我去呢？"

"就是啊。"尼利也给她帮腔。

"因为我要是不逼着他，他就永远不肯再上学了，"妈妈说，"可是弗兰西你不一样，你肯定会继续争取，肯定能想办法回去念书的。"

"这你怎么说得准？"弗兰西反驳道，"再拖上一年，我的年纪就太大了，没法回去了。可尼利才十三，明年再上高中也不算大。"

"胡说。到明年秋天你也才十五。"

"十七了，"弗兰西纠正说，"而且快十八了。这个年纪没法从头开始上高中了。"

"说什么傻话？"

"这可不是傻话。我在单位就是十六岁，我得处处都拿出十六岁的样子来，看着要像十六岁，说话做事也要像十六岁，可不能再当自己才十四了。明年我确实是十五岁，可是按照我过的这种日子算，就等于我长了两岁，也就没法再回去当上学的孩子了。"

"尼利下星期开始上高中，"凯蒂固执地说道，"弗兰西明年再接着上。"

"我恨死你们两个了！"尼利嚷了起来，"你要是真逼我回去上学，我就离家出走！没错！我说走就走！"他说完就跑了出去，还"砰"的一声狠狠地摔上了房门。

凯蒂的脸上愁云遍布，弗兰西有点儿替她感到难过："别担心，妈妈，他才不会真离家出走呢，就是嘴上说说。"看着妈妈的神情顿时宽慰了不少，弗兰西心头再次泛起了怒火："可我要是想走，就绝对不跟你耍什么嘴皮子了，我才是真的说走就走。等你用不着我赚钱了，那我肯定是要走的。"

"我这两个孩子以前都那么乖，现在都是怎么了？"凯蒂辛酸地问着。

"是我们提前长大了。"凯蒂听得满脸困惑，于是弗兰西解释说，"我们本来就没办过工作证。"

"可是这证件太难办了。找神父办受洗证明的话每人要收一块钱，然后我还得跟你们两个一起去市政厅。可那时候我每过两个小时就得给劳瑞喂一次奶，实在是走不开。所以咱们才商量着让你俩就说自己十六岁，省得再去应付那么多麻烦事了。"

"这些都没问题。可是我们既然说自己十六岁了，就得把自己当十六岁看，可你还拿我们当十三岁的孩子。"

"要是你爸还在就好了。你的好多心思我是搞不懂，可他都能明白。"弗兰西心头一阵刺痛。等这劲儿过去了，她才告诉妈妈，自己的工资要从十一月一日开始翻一倍。

"二十块！"凯蒂震惊地张大了嘴巴，"我的老天！"——她感觉惊讶的时候总是会这么说——"你什么时候知道的？"

"星期六。"

"可你现在才跟我说？"

"对。"

"你是不是觉得，要是我知道了你能赚这么多，就肯定要逼着你继续上班了？"

"是啊。"

"可我也不记得自己说过让尼利回去上学才是对的啊。你刚才也看见了，我只是做了我觉得该做的事，而且也完全没把赚钱多少的事考虑进来，你难道看不出来吗？"她带着恳求的意味问道。

"我看不出来。我只知道你更偏心尼利。你把什么都给他安排好了，却只跟我说我自己肯定有办法。早晚有一天我会把你耍得团团转的，妈妈，到时候我只做我觉得对自己有好处的事，哪怕它在你看来是不对的。"

"这个我倒是不担心，因为我的女儿我信得过，"凯蒂的话里带着质朴而直接的尊严，让弗兰西为自己的话感觉羞耻起来，"我也信得过我家儿子。虽然他现在正闹着脾气，因为我非要让他干他不想干的事。可是他早晚能想通，在学校也能好好表现的。尼利是个好孩子。"

"是，他确实是个好孩子，"弗兰西不情愿地附和道，"可是他就算不好，你也根本不会发现的。但是一说到我……"她哽咽起来，说不下去了。

凯蒂发出一声响亮却短促的叹息，但她什么也没有说，只是站起身来清理桌上的餐具。她伸手去够一只杯子，那是弗兰西平生第一次看见母亲用手笨拙摸索的模样——妈妈的手在发抖，似乎怎么也抓不住那只杯子。弗兰西把杯子递到妈妈手里，她突然留意到，这杯子上不知何时裂了一个大缝。

"我们家以前也像这个杯子，"弗兰西想着，"既完整又结实，什么都能好好地装在里头。爸爸死了，杯子上也就裂开了第一条口子。今天晚上我们吵架，就又裂开了一条口子。用不了多久，这个杯子上就该到处都是裂口了。到时候整个杯子都会碎掉，我们家也就散了，再也聚不起来了。我真的不希望这样，可这又是我自己存心砸开的口子。"她也响亮却短促地叹了口气，和凯蒂一模一样。

虽然一家人吵得那么激烈，洗衣篮里的宝宝却睡得依旧安稳。妈妈走向洗衣篮，弗兰西看着她抱起熟睡的孩子，双手的动作还是那么笨拙。凯蒂在窗边的摇椅上坐下，紧搂着宝宝摇了起来。

怜惜之情几乎蒙蔽了弗兰西的双眼。"我不应该对她那么凶的，"她想，"她这辈子除了吃苦受累之外还有什么？可她现在只能从宝宝身上找点儿安慰了。没准儿她自己也在想着，虽然她这么爱劳瑞，劳瑞眼下又那么依赖她，可是等劳瑞长大了大概也会跟她对着干的，就像现在的我一样。"

她局促地伸手抚上了妈妈的脸颊："没事了，妈妈。我不是那个意思。你说的没错，我会照你说的办的。尼利必须回去上学，咱俩一起劝他，他就该想通了。"

凯蒂也伸手握住了弗兰西的手："真是我的乖女儿。"

"妈妈，你别因为我跟你吵架就生我的气。因为这是你教给我的，是你教给我，如果觉得自己有理就要为了它争一争的，而且我……我觉得我没错。"

"我知道，你能为了自己应得的东西跟我争，我反而觉得高兴。而且不管怎么样，你最终总是能给自己争出个好结果的。你这点特别像我。"

"问题就出在这里，"弗兰西暗想，"问题就是我们俩太像了，也就不可能彼此理解了，因为我们甚至都不太理解我们自己。我和爸爸完全是两种人，所以我们反而能理解对方。尼利和妈妈也不一样，所以妈妈才能理解他。我真希望我也能像尼利一样，能像他那样和妈妈完全不同。"

"所以现在是不是都过去了，咱俩就算和好啦？"凯蒂微笑着问道。

"当然喽。"弗兰西也报以微笑，亲了亲妈妈的脸颊。

然而在最隐秘的内心深处，母女俩都明白，有些事情不但没有"过去"，并且永远都不可能"过去"。

45

圣诞节又到了。今年他们有钱买礼物，冰箱里也放着不少吃的，屋子里还始终烧得暖融融的。每次弗兰西从寒风凛冽的大街上回来，都会觉得家里那扑面而来的暖意就像是恋人的臂膀，把她一下子搂进屋里。不过她偶尔也会想到，不知道被所谓"恋人的臂膀"搂着到底是个什么感觉。

虽然没能回去上学让弗兰西很难过，但是想着有了自己赚的钱，家里的日子才好过多了，她又觉得宽慰了不少。妈妈也依然很公道。弗兰西的工资正式涨到二十美元以后，妈妈每星期都会拿出五美元给她，让她拿着坐车、吃午饭、买新衣服。此外凯蒂还以弗兰西的名字在威廉斯堡储蓄银行开了个账户，每周存进去五美元——妈妈说这是给她上大学用的。这么一来弗兰西的工资还剩下十美元，尼利每周也还能赚上一美元，凯蒂拿来过日子的钱很宽裕。这笔钱虽然不算多，可是 1916 年的物价也低，诺兰家过得算是挺不错。

尼利发现他的很多好哥们儿也上了东区高中，就高高兴兴地回去上学了。放学以后他照旧去麦克加里蒂店里打杂，每星期还是赚两美元，妈妈让他留一美元自己用。于是他在高中里也成了个人物，一来是因为他的零花钱比其他同学都多，二来是因为他能把莎士比亚的《裘力斯·恺撒》倒背如流。

姐弟俩撬开他们的新储蓄罐，里面总共有差不多四美元。尼利添了一美元，弗兰西也添了五美元，这么一来，他们就有十美元可以买礼物了。圣诞节前一天下午，一家四口一道出门去买东西。

首先他们要去给妈妈买一顶新帽子。他们去了帽子店，妈妈在椅子上坐着，怀里抱着宝宝，一顶顶地试着帽子，姐弟俩就站在椅子后面出主意。弗兰西觉得妈妈该买一顶翡翠绿的天鹅绒帽子，可威廉斯堡的帽子店里没有这个颜色的。而妈妈觉得她还是应该买顶黑帽子。

"是我们给你买帽子，不是你自己给自己选，"弗兰西对妈妈说，"而且我们俩都觉得，你不该再戴服丧的黑帽子了。"

"试试这个红色的吧，妈妈。"尼利提议说。

"不了。我还是试试橱窗里那个墨绿色的好了。"

"这个颜色可是新款，"帽子店的女老板边说边把帽子拿了过来，"我们管它叫'苔绿'。"她把帽子端正地戴在凯蒂头上，帽檐平平地扣在眉毛上方。凯蒂不耐烦地伸手往下一按，让帽子斜着罩住一只眼睛。

"这才对嘛！"尼利喊道。

"妈妈，你看着漂亮极了。"弗兰西下了定论。

"这帽子我喜欢。"妈妈选好了。"多少钱？"她问那个女老板。

女老板深深地吸了口气，诺兰家的三口人也摩拳擦掌，做好了讨价还价的准备。

"是这样的……"女老板开始了。

"多少钱？"凯蒂干脆又执着地重复了一遍。

"要是在纽约的话，这样的帽子肯定得卖您十块钱，可是嘛……"

"我要是想花十块钱买帽子，那我就去纽约买了。"

"您这叫什么话？就这款帽子，跟这顶一模一样的，在沃纳梅克百货店得卖七块五，"一阵意味深长的停顿，"可是在我这儿您五块钱就能买走。"

"我本来只打算花两块钱买帽子。"

"你们从我店里出去！"女老板夸张地嚷道。

"行啊。"凯蒂抱着孩子就站了起来。

"您这么急干什么？"女老板连忙按着她再坐下，把帽子用纸袋装好，"四块五卖给您了。我这话您可得信，就算是我婆婆来买，我都不能给她这个价！"

"这话我信，"凯蒂暗自想着，"要是你婆婆跟我婆婆一个样，那我就更信了。"不过她开口说的却是："这帽子确实不错，可我只出得起两块钱。卖帽子的店那么多，我还是换一家买顶两块钱的好了，虽然不如这顶好，可是也一样能挡风。"

"您听我说呀，"女老板故作诚恳地压低了声音，"人家都说犹太人只认钱，可我就不一样了。要是能给漂亮的帽子找着漂亮的主人，我这里头呀——"她用手按着心口，"——就有股子说不出来的劲儿，我简直觉得……赚不赚钱都不要紧了，白送我都乐意。"她把装帽子的纸袋塞进凯蒂手里，"您四块钱拿走吧，我本来就是这个价钱进的。"女老板叹了口气。"您信我，我这人就不适合做生意，我更应该去当个画家之类的。"

她们就这样还着价。砍到两块五以后，凯蒂知道女老板应该不能再让价了，她假装要走，发现老板这次也不再拦着了。弗兰西就冲尼利点了点头，尼利掏出两美元五十分交给老板。

"我给您的价钱这么低，您可千万不能告诉别人啊。"女老板说。

"我们肯定不说，"弗兰西答道，"把它用盒子装起来吧。"

"盒子要另收一毛钱——这也是进货价了。"

"用袋子装就可以了。"凯蒂表示反对。

"这可是给你的圣诞礼物啊,"弗兰西说,"非用盒子装不可。"

尼利又掏出一毛钱。女老板用薄纸包好帽子,放进纸盒里。"这么便宜我都卖给您了,那您下回再买帽子肯定还得照顾我家的生意。不过下回我可就不给您这么大的优惠了啊。"凯蒂笑了。一家人走出店门,女老板还说了句"祝您健康"。

"多谢啦。"

门刚关上,女老板就恶毒地低声骂了句"外邦狗",还冲着他们的背影啐了一口。

一家人走在街上,尼利感叹道:"难怪妈妈五年才买一回新帽子,这可太麻烦了。"

"麻烦吗?"弗兰西说,"哪儿麻烦了?多好玩啊!"

然后他们去了塞格勒的布料店,打算给劳瑞买一套圣诞节穿的毛线衣。塞格勒一看见弗兰西,就絮絮叨叨地抱怨起来。

"哟!你可算到我的店里来了!是不是别人家的店里没好货,你才想起到我这儿碰碰运气?是不是别人家的假前襟虽然便宜,可是买到家才发现是坏的?"他又转向凯蒂,"这么多年以来,这孩子一直在我家给她爸爸买假前襟和纸领子。可现在她都整整一年没来过了。"

"她父亲去年死了。"凯蒂解释说。

塞格勒先生拿手掌狠狠地拍了拍脑门儿,"哎呦!瞧我这管不住的大嘴巴,一不留神就说错话。"他连忙向他们道歉。

"没关系的。"凯蒂宽慰道。

"我这里就是这样,出了什么事谁也不跟我说,我都是事情到了眼前才知道。"

"可不是嘛。"凯蒂说。

"好啦,"他立马言归正传,"您想看点儿什么?"

"我想买一套七个月大的孩子穿的毛线衣。"

"那我这儿刚好有尺寸合适的。"

他从箱子里拿出一套蓝色的毛线衣，可是往劳瑞身上一比画，发现上衣才到孩子的肚脐，裤子也就将将过膝盖。他又拿了好几套不同尺码的比了半天，最终找出一套两岁孩子穿的，尺寸大小都刚好合身。塞格勒先生高兴得不得了："我干这行干了二十五年了 —— 在格兰德街上干了十年，换到格拉汉姆街道又干了五年。可这是我这辈子头一回瞧见七个月的宝宝能长这么大。"诺兰家的几个人也听得满脸得意。

这一回他们没有砍价，因为塞格勒家卖东西都是一口价。尼利拿出三美元，他们当场就把衣服给宝宝换上了。宝宝头上戴着顶一直拉到耳朵上边的"疙瘩帽"，看着可爱极了，鲜艳的蓝色毛衣更是衬得她娇嫩的皮肤白里透红。宝宝开心极了，看见谁都笑，露着嘴里的两颗小牙，就好像她自己也知道似的。

"Ach du Liebschen（瞧你这个小宝贝），"塞格勒先生满含温情地柔声说着，他像祈祷一样交握着双手，"但愿她以后也健健康康的。"他没有像上一个老板似的，在他们背后啐上一口，把祝福的话抵消掉。

妈妈带着宝宝和新帽子回家了。尼利和弗兰西接着采购圣诞礼物。他们给佛利特曼家的几个表亲买了些小礼物，又给茜茜家的宝宝也买了点儿东西。最后就轮到姐弟俩给对方买礼物了。

"我跟你说我想要什么，你给我买就好了。"尼利说。

"行啊，买什么？"

"鞋罩[1]。"

"鞋罩?!"弗兰西的调门都高了。

"要珍珠灰的。"尼利坚定地说。

1　一种男士穿在脚踝上保护鞋袜不沾染泥土、雨水等污渍的单品。主要流行于 19 世纪末到 20 世纪 20 年代，且更多是作为精致讲究的着装搭配的一部分。

"如果你真的想要这个……"弗兰西疑惑地说着。

"买中号就行。"

"你怎么知道该买什么尺码?"

"我昨天来试过。"

他给了弗兰西一块五,她买下一副鞋罩,让店员用礼品盒包起来。她回到大街上,把礼盒递给尼利,姐弟俩都庄重地皱着眉头。

"这是我送给你的礼物,圣诞快乐!"弗兰西说。

"非常感谢,"尼利正经地答道,"那你想要什么?"

"黑色蕾丝的'舞女套装',工会大街边上那家店的橱窗里就有。"

"这是不是什么女士专用的东西?"尼利有点儿不自在。

"对呀。二十四号的腰,三十二号的胸。两块钱。"

"你自己去买吧,我不想跟人家说这个。"

弗兰西买下了她垂涎已久的"舞女套装"——那是用很少的几片黑色蕾丝布料做成的胸衣和内裤,只靠几根窄窄的黑色缎带来固定。尼利不太赞成她买这个,弗兰西对他道谢,他也只是含糊地说了句"不用谢"。

姐弟俩走过路边卖圣诞树的摊子。"那回的事你还记得吗?"尼利说,"那回咱俩让卖树的把最大的那棵往咱们身上扔。"

"我能不记得吗?现在我每回头疼,都是被树砸的那地方疼。"

"然后爸爸一边唱歌,一边帮我们把树顺着楼梯搬了上去。"尼利回忆道。

这天他们提到爸爸好几次,还会时不时地想起他来。每次提起爸爸,弗兰西心里再也没有以往那种刀扎似的刺痛了,取而代之的只有一阵阵柔情。"我是不是也开始遗忘他了?"弗兰西想着,"是不是早晚有一天,我也会把他所有的事全都忘掉?可能这就是外婆说过的'时间会带走一切'吧。第一年是很难过,因为我们会说'他最后一次去选举的时候''他跟我们吃的最后一次感恩节晚餐'之类的。可是过了一年，就变成'他两年以前如何如何'了。时间一年一年过去，这日子越来越难算，能记得的事情也就越来越少了。"

"你看！"尼利突然抓住她的胳膊，用手指着一只木盆，里面种着一棵两尺来高的小冷杉树。

"在长呢！"弗兰西喊道。

"不然呢？最开始肯定都是要成长的啊。"

"我知道。可是咱们看见的都是砍下来的样子啊，就跟它天生就该是砍好的模样似的。咱们把这个买下来吧，尼利。"

"可这树也太小了。"

"再小也有根啊。"

他们把树买回家，凯蒂仔细看了看，眉间的皱纹更深了一些，一副若有所思的样子。"行吧，"她说，"等圣诞节过了，咱们就把它放到外面的防火梯上，让它晒晒太阳，淋淋雨水，然后一个月给它施一回马粪。"

"别呀，妈妈，"弗兰西连忙表示反对，"你可别让我们出去捡马粪啊。"

哪怕在孩子们还小的时候，捡马粪也是他们最害怕的苦差事。玛丽·罗姆利外婆在窗台上养着一排鲜红色的天竺葵，这花长得既鲜艳又壮实，就是因为弗兰西和尼利每个月都要去捡一回马粪，捡来的粪球装在雪茄盒子里，整整齐齐地摆成两排。他们把马粪带给外婆，外婆就给他们两分钱。

捡马粪的差事一直让弗兰西很害臊，有一回她对外婆说自己不愿意，而外婆答道：

"唉，咱家这传统才第三代就这么淡了。以前在奥地利的时候，我那几个好兄弟每回都能装满满两大车的马粪，他们可都是又壮又体面的大男人呢。"

"做这些事，"弗兰西暗想，"真是又'壮'又'体面'。"

凯蒂说："现在咱们家有棵树了，就得好好养着，好好照顾它。你俩要是不好意思，就等天黑了再去捡马粪呗。"

"现在已经没多少马了，街上都是汽车，就算是想捡也不好捡啊。"尼利说。

"那你们就找条开不了汽车的石子路，要是路上没有马粪，就等着马车过来，跟着它走一阵，等有了马粪再说。"

"老天爷，"尼利不愿意了，"买这棵树可真是给自己找罪受。"

"咱们这是怎么啦，"弗兰西说，"现在可和以前不一样了，咱家现在有钱了。到街上随便找几个孩子，给他们五分钱，让他们去捡马粪不就行了？"

"对呀！"尼利松了口气。

"可是要我说的话，"妈妈说，"既然这树是你们自己的，你们就还是应该自己动手来侍弄它。"

"这就是有钱和没钱的区别了，"弗兰西说，"穷人什么事都得自己动手，而富人就什么事都花钱雇人干。咱们现在没那么穷了，也可以花钱雇人干点儿事了。"

"那我倒是宁愿接着受穷，"凯蒂说，"因为我就喜欢自己动手。"

每次母亲和姐姐的谈话一变得针锋相对，尼利都会觉得有点儿无聊。为了转换话题，他插嘴说："我估计劳瑞应该和这树差不多高。"一家人从篮子里抱起宝宝，立到树边上比个儿。

"这高矮正合适。"弗兰西学着塞格勒先生的德语口音说道。

"也不知道他俩谁长得更快。"尼利说。

"尼利，咱们从来没养过小猫小狗之类的，不如就把这树当个宠物养吧。"

"得了吧，树算什么宠物。"

"怎么不算了？它成长，它呼吸，对不对？咱们得给它起个名字。

安妮！就管这树叫安妮好了，然后宝宝叫劳瑞，这俩凑在一起不就是那首歌了吗？"

"你说你这人吧……"尼利说。

"怎么了？"

"你这不就是发神经嘛，还能怎么着？"

"我知道，可是这样不好吗？我今天不想当什么十七岁的'诺兰小姐'，什么模范剪报社的首席阅报员。现在就跟咱们以前卖破烂那会儿一样，我感觉自己还像个小孩子。"

"你就是小孩子嘛，"凯蒂说，"就是个刚满十五岁的孩子。"

"是吗？等你看了尼利给我买的圣诞礼物，那你肯定就不把我当小孩子看了。"

"那是你叫我买的。"尼利立刻纠正了她的话。

"就你聪明，那你给妈妈看看你又叫我给你买了什么呗，赶紧给她看看。"弗兰西催促道。

妈妈看了尼利的礼物，她的声音也像弗兰西一样高了好几个调门："鞋罩？！"

"穿着脚踝暖和。"尼利解释说。

弗兰西也让妈妈看了她那个"舞女套装"，妈妈惊讶地说了句"我的老天！"。

"你不觉得这是外头那种风流女人才穿的吗？"弗兰西期待地问道。

"她们要是真穿这个，那非得肺炎不可。好啦，咱们还是想想晚上吃点儿什么吧。"

"你不反对我穿吗？"妈妈居然完全没有大惊小怪，弗兰西有点儿失望。

"不反对，哪个女人都有一段特别想穿黑色蕾丝内衣的时候。只不过是你的这股劲头来得早一点儿而已，而且它很快就会过去了。这样吧，咱们晚上把汤热热喝，还有炖汤的肉和土豆。"

"妈妈觉得自己什么都懂。"弗兰西愤愤地想着。

圣诞节那天上午，全家一起去做弥撒。凯蒂请神父在今天的祈祷中加上了祈求约翰尼灵魂安息的祷告。

她戴着新买的帽子，看着漂亮极了。换上新衣服的宝宝也非常可爱。尼利穿着新买的鞋罩，颇具男子气概地坚持由他来抱孩子。他们走过斯塔格街，一群在糖果店门口晃悠的男孩对着尼利直起哄。尼利的脸涨得通红。弗兰西知道他们是在取笑弟弟的鞋罩，为了让他不那么难堪，她提出让自己来抱劳瑞，好让他以为那群小子是笑他怀里抱着个宝宝。尼利拒绝了，他很清楚人家笑的是他的鞋罩，威廉斯堡的这种狭隘让他憋了一肚子气。他打算一回家就把鞋罩收起来，再也不穿了，等他们搬到更上档次的地方再说。

弗兰西里头穿着那身蕾丝内衣，冷得快要冻僵了。刺骨的寒风掀开她的大衣，吹透了薄薄的裙子，那感觉就像是根本没穿内衣一样。"哎呀，要是我里头穿着法兰绒灯笼裤就好了，"她后悔了，"妈妈说得没错，穿这个真能冻出肺炎来。不过我才不跟妈妈说呢，我才不让她知道她说对了。可这内衣也只能先收起来，回头等夏天再穿了。"

走进教堂以后，一家人把劳瑞横着放在长凳上，占住了整个第一排座位。几个晚来的人以为宝宝躺着的地方是空位，就弯着腰摸到那一排，正准备钻进去，却看见四仰八叉的宝宝自己占着两个座位。他们对凯蒂怒目而视，而凯蒂一动不动地坐着，用加倍锐利的眼神予以回敬。

弗兰西觉得这是全布鲁克林最漂亮的教堂。它是用古老的灰色岩石建成的，两个造型简洁的尖塔直刺天空，比最高的公寓楼还要高。教堂里则有高高的穹顶天花板，狭窄的彩绘玻璃窗深深嵌在墙里，再配上精雕细琢的祭坛，看起来就像真正的大教堂一样，只不过规模要小得多。弗兰西一直为中间的主祭坛深感自豪，因为祭坛的左翼是罗姆利外公五十多年前亲手刻的。那时候他还是个刚从奥地利过来的小伙子，因为天性吝啬，所以就靠给教堂做工代替什一税。

这个节俭的家伙把边角料收拾起来带回家，靠着一股子倔劲儿把那些碎木片拿胶拼成一整块，用这赐过福的木料雕了三个受难像十字架。女儿们结婚的时候，玛丽在婚礼上把这十字架分别送给她们，还嘱咐她们要把它传给自己的长女，就这样一代一代地传下去。

凯蒂的那个十字架高高地挂在家里壁炉上方的墙上。等弗兰西结婚以后，这十字架就会传给她。想到它是用做祭坛的木头刻的，弗兰西就觉得骄傲极了。

今天的祭坛上满当当地装饰着鲜艳的一品红和冷杉树枝，一根根细长的白蜡烛上烛火闪烁，在那些枝叶间点缀着点点金光。祭坛的栏杆里放着茅草屋顶的马棚布景，里面摆着小小的手工木刻人像：玛利亚、约瑟夫、三博士和牧羊人都围绕在马槽里的圣婴身旁。弗兰西知道，那摆放方式一定还和一百年前刚从故国带过来时的一模一样。

神父走了进来，后面跟着几个辅祭侍童。神父在法衣外面披着一件白缎子的十字褡，前后都绣着金色的十字架。弗兰西知道，十字褡这种法衣象征的是耶稣身上的无缝袍。据说这件衣服是圣母玛利亚亲手织成的，把耶稣钉上十字架之前，人们把这衣服从他身上剥了下来。据说耶稣在骷髅地死去的时候，那些士兵因为不想把这衣服撕碎，就掷骰子来决定该把它分给谁。

弗兰西沉浸在自己的思绪中，没顾上听弥撒最开始的部分。现在才醒过神来跟上，认真听着那从拉丁语翻译而来的她早已耳熟能详的经文。

神啊，我的神，我要弹琴称赞你。我的心哪，你为何忧闷？为何在我里面烦躁？ 神父用他那低沉浑厚的嗓音吟诵着。

应当仰望神。因我还要称赞他。 辅祭侍童接着念道。

愿荣耀归于圣父、圣子与圣灵。

起初如此，当下如此，未来亦如此，永无穷尽，阿门。辅祭侍童们应道。

我就走向神的祭坛。神父吟诵着。

神啊，我年少时是你赐我喜乐。侍童们应和。

我们得帮助，是在乎倚靠造天地之耶和华的名。

神父鞠躬行礼，又吟诵起《悔罪经》来。

弗兰西全心全意地相信，此时的祭坛就是骷髅地，而耶稣再一次作为牺牲品被奉献。她听着祝圣的祷文——"这是他的身体，这是他的血"——觉得神父的话语就像是一把神秘的宝剑，将耶稣的圣体与宝血分开。她清楚地知道，那一刻耶稣就降临在那里，耶稣的圣体、宝血、灵魂与神性与那金杯中的葡萄酒和金盘上的无酵饼同在，虽然她自己也说不清这该如何解释。

"这宗教多美啊，"弗兰西沉思着，"我真希望我能多理解一些——不，可我也不想完全理解。它美就美在这种神秘感上了，就像上帝本身也是那么神秘一样。有时候我会说我不信上帝了，可那都是我说的气话而已……因为我还是信！我真的信！我相信上帝，相信耶稣，相信圣母玛利亚！我不是个好天主教徒，因为我时不时就漏掉一两回弥撒，要是我在忏悔的时候因为不经意间做下的事领了重罚，我还特别爱抱怨。可是不管好坏，我说到底都还是天主教徒，不可能是别的什么了。

"当然，我也不是自己想要一生下来就变成天主教徒的，就像也不是我自己想要出生在美国一样。可这两个结果都让我很高兴。"

神父沿着弧形的台阶走上讲坛，用庄严又洪亮的声音说道："请大家为一个灵魂的安息而祈祷，把各位的祷告献给约翰尼·诺兰。"

"诺兰……诺兰……"他话语的回音在穹顶中回荡。

人群中传出一阵故作沉痛的低语，差不多一千人跪了下来，为这个男人的灵魂做了短暂的祷告，其实只有十来个人认识约翰尼。弗兰西也开始为炼狱中的灵魂祷告起来。

好耶稣啊，您慈悲的心中总是装着他人的苦难，求您垂怜我们在炼狱中的亲人吧。人之子啊，您向来爱着世人，请您倾听我的恳求……

46

"再过十分钟，"弗兰西宣布，"就是 1917 年了。"

姐弟俩并排坐在厨房里，把穿着长袜的脚伸进烤箱的炉膛。妈妈已经上床休息了，不过她睡前叮嘱他们务必提前五分钟叫她起来。

"我有种感觉，"弗兰西继续说着，"我觉得 1917 年应该比过去的哪一年都重要。"

"你好像每年都这么说，"尼利断言道，"你以前说过 1915 年是最重要的，1916 年也说过，现在又说 1917 年了。"

"明年确实重要嘛。别的不说，我 1917 年就十六岁了，是真的十六岁，不是为了上班冒充的。还有一件重要的事，不过它其实已经开始了，房东在装电线呢，再过几个星期，咱们就不用煤气，改成用电了。"

"挺好。"

"然后他还打算把炉子都拆了，改成暖气。"

"哎，那我肯定会怀念这套老炉子的。你记不记得，老早以前（其实才过了两年！）我总在热炉子上坐着？"

"以前我老是怕你屁股着火。"

"我现在又有点儿想坐了。"

"那你就坐呗。"尼利在离炉膛最远的地方坐了下去，这里既是热乎的又不会让人觉得烫。"还记得吗？"弗兰西接着回忆道，"咱俩以前

397

还在这块炉底石上算数学题呢，后来爸爸给我们弄了一个真正的黑板擦，感觉就和学校的黑板一样——只不过是平躺着的。"

"是啊，可真是好久以前的事了。话说回来，也没法说1917年是最重要的一年吧。虽然咱们楼也要通电、通暖气了，可是别的楼都换了好几年了，这也没什么大不了的。"

"明年最重要的事情是咱们国家要参战了。"

"什么时候？"

"很快了，就下星期——下个月。"

"你怎么知道的？"

"我每天都得看报纸啊，弟弟——我每天都得看两百份报纸呢。"

"我的天！希望打到我能入伍当海军的时候。"

"谁要当海军？"姐弟俩吓了一跳，他们左右看了看，原来是妈妈站在卧室门口。

"我们俩就是瞎聊，妈妈。"弗兰西说。

"你们忘了叫我起来了，"妈妈带着点儿责备的口气，"我好像听见有人吹哨了，新年肯定已经到了吧。"

弗兰西一把推开窗户。那是一个寒冷无风的冬夜，四下里静悄悄的。院子对面的几栋楼看起来阴沉沉的，仿佛陷入了沉思。一家人站在窗口，突然听见教堂传来一阵欢快又洪亮的钟声。这第一阵钟声还没散去，就有一阵又一阵的钟鸣接着响了起来。门哨声此起彼伏，有人拉响了汽笛，漆黑的窗子一扇接一扇地打开。锡皮喇叭刺耳的声音也加入了种种噪音的合奏中去。不知是谁放了一声空枪。大呼小叫的喝彩声不绝于耳：

"1917年来啦！"

喧闹声渐渐散去，空气中充满期待的气息。有人唱起了歌：

怎能忘记旧日朋友，

心中能不怀想。

诺兰家的三个人也跟着唱了起来，邻居们也一个接一个地加入了合唱。可唱着唱着，一些令人不安的声音突然插了进来。原来是一群德国人唱起了一支轮唱的小曲[1]。德语歌词突兀地混进了《友谊地久天长》的歌声中。

> 对，这是一座小花房，
>
> 小花房，
>
> 小花房，
>
> 真是个漂亮的小花房。
>
> 真漂亮，
>
> 真漂亮，
>
> 真是个漂亮的小花房。

有人喊了声："闭嘴！讨厌的德国鬼子！"可那群德国人唱得更响亮了，歌声彻底盖过了《友谊地久天长》。

作为报复，爱尔兰人改掉了他们的歌词，高声唱了起来，滑稽的歌词从阴暗的院子里飘过。

> 哎，这破歌真讨人嫌，
>
> 真讨人嫌，

---

[1] 下文中这群说德语的人唱的应该是在美国德裔移民群体中很具有代表性的诙谐轮唱歌曲《Schnitzelbank（锯木台）》。这首歌的歌词十分简单，基本上就是"这是不是锯木台？对，这是一个锯木台。真是个漂亮的锯木台"这样的段落格式进行循环，每一段更换一个能与上文押韵歌唱的对象，比如换成"它是不是短又长""它是不是来又往""这是不是一把枪""她是不是个胖大娘"之类，前13段唱词比较固定，之后的部分有很大的灵活性，有各种添加新歌词的版本。不过在目前通行的各个歌词版本中，似乎都不包括本书中的这个"小花房"。

真讨人嫌。

德国鬼子可真讨厌，

真讨厌，

真讨厌，

德国鬼子可真讨厌。

意大利人和犹太人纷纷关上窗户"撤退"，由着爱尔兰人继续跟德国人斗气。德国人越唱越来劲，越唱人越多，爱尔兰人模仿他们的歌声也跟《友谊地久天长》一样被掐灭了。德国人大获全胜，他们得意扬扬地吼完了那首似乎无穷无尽的轮唱。

弗兰西打了个哆嗦。"我不喜欢德国人，"她说，"他们太……执着了，想要什么东西就非得弄到手不可，而且还一定要压别人一头。"

夜晚再一次静了下来。弗兰西拉起妈妈和尼利的手，"准备好，咱们一起来。"她发了个口令，三个人一起探出窗外喊道：

"祝大家新年快乐！"

片刻的沉寂之后，黑暗中传来一个粗哑的爱尔兰口音："诺兰家的，你们也新年快乐！"

"那是谁来着？"凯蒂有点儿纳闷。

"新年快乐啦，你这个臭爱尔兰佬！"尼利尖声嚷道。

妈妈一把捂住他的嘴，把他从窗边拖了进来，弗兰西飞快地拉下窗板。一家人大笑起来。

"瞧你干的好事！"弗兰西喘着粗气，她的眼泪都笑出来了。

"他可知道咱们是谁，到时候他该来找咱们干——干——干仗了，"凯蒂还在咯咯笑着，笑得浑身没了力气，得扶着桌子才站得住，"那——那是——谁来着？"

"奥布莱恩老头儿。上星期他刚把我从他家院子里骂出去。这个臭爱尔兰——"

"别说啦!"妈妈嘘了一声,"你没听说过吗,新年你一开始干了什么,接下来这一整年都得干什么。"

"你也不愿意像破唱片一样,一整年都卡在'臭爱尔兰佬'这个词上吧?"弗兰西说,"再说了,你自己也是爱尔兰佬嘛。"

"你也一样。"尼利反击道。

"咱家都是爱尔兰人啊,除了妈妈。"

"我嫁了个爱尔兰人,所以也算。"妈妈说。

"那既然是新年夜,咱们三个爱尔兰人是不是得干一杯?是不是?"弗兰西热切地要求道。

"那当然,"妈妈说,"我去调点儿喝的。"

麦克加里蒂送了诺兰家一瓶上好的陈年白兰地当圣诞礼物。凯蒂用小量杯量出三份,分别倒进三只高脚玻璃杯里,又在杯里注满打散的蛋液和牛奶,加上一点点糖,最后磨了些肉蔻粉撒在顶上。

她的手很稳,但她心里很清楚,今晚要喝的这杯酒十分关键。她时常担心孩子们继承了诺兰家爱喝酒的毛病,也希望家里对喝酒有一个健康良好的观念。她认为如果自己总是念叨着反对,那么这两个孩子——这两个难以捉摸的小个人主义者——反而会觉得既然妈妈严令禁止喝酒,那这事就更有吸引力了。可是反过来说,如果她的表态太淡化,那孩子们也可能会觉得喝醉酒也没什么大不了。于是她决定既不刻意无视,也不刻意强调,而是尽量让孩子们觉得喝酒只不过是逢年过节可以小小放纵一下的事情。而过新年当然算是可以享受一番的场合。她递给姐弟俩一人一杯酒,接下来就看他们俩的反应了。

"咱们这一杯敬什么呢?"弗兰西问。

"敬一个愿望吧,"凯蒂说,"希望咱们一家人能永远像今晚一样聚在一起。"

"等等!"弗兰西叫道,"得把劳瑞抱过来,她也得和咱们在一起啊。"

凯蒂把睡得香甜的宝宝从摇篮里抱了出来，带着她走进温暖的厨房。劳瑞睁开眼睛，扬起脑袋，迷迷糊糊地笑了笑，露出嘴里的两颗小牙。就又把脑袋埋在凯蒂肩头睡着了。

"来吧！"弗兰西举起酒杯，"为永远在一起干杯！"一家人碰了杯，各自喝起了杯中酒。

尼利尝了一口，皱起眉头，说他宁愿直接喝牛奶。然后他把酒倒进洗碗池，换了一杯什么都没加的冷牛奶。弗兰西却一饮而尽，凯蒂在一旁忧心忡忡地看着她。

"不错，"弗兰西说，"还挺好喝的。可是比起香草冰激凌苏打来还是差远了。"

"我瞎操什么心呢？"凯蒂心里都要唱起歌了，"他们当然是诺兰家的，可说到底也是我们罗姆利家的孩子嘛。我们罗姆利家的人都不喝酒。"

"尼利，咱俩到屋顶上去吧，"弗兰西激动地说，"去看看这个世界在新的一年里是个什么样子。"

"好啊。"尼利答道。

"先把鞋穿上，"妈妈命令说，"还有外套。"

姐弟俩顺着晃晃悠悠的木头梯子爬了上去，尼利推开天窗，两人一起上了屋顶。

冷冽的深夜令人沉醉，空气寒冷而沉寂，一丝风也没有。明亮的群星低垂着挂在天幕上，漫天星辰衬托出夜幕深沉的钻蓝色。虽然看不见月亮，可星光远比月光明亮得多。

弗兰西踮起脚尖，大大地张开双臂："啊，我真想把这一切都搂进怀里！"她喊着，"我想拥抱这寒冷又无风的黑夜，还有这些看着那么亮又那么近的星星，我想紧紧地搂住它们，能搂多紧搂多紧，直到它们嚷着'放开我！快放开我！'才放手。"

"别离屋檐那么近，"尼利不安地说，"万一你掉下去呢。"

"我真希望身边有个人，"弗兰西满怀渴望地想着，"我真的需要身边能有个人。我想要和别人亲近，而不仅仅是现在这种亲近而已——我想要的是能理解我此时此刻感受的人，我想要的亲近也必须包括这种理解。

"我爱妈妈，也爱尼利和劳瑞。可是我也想要去爱其他人，用与爱他们完全不同的方式去爱另外一个人。

"我要是跟妈妈聊这个，她只会说'是吗？既然你都有这种心思了，就别跟男孩一起在黑漆漆的楼道里待着'。然后她还会很担心，担心我变成茜茜以前那样。可是我这感觉和茜茜姨妈不是一回事。因为比起亲密和拥抱，我更需要的是理解。如果我跟伊薇或者茜茜说了，她们的说法肯定也和妈妈一样。虽然茜茜十四岁就结婚了，伊薇是十六岁，妈妈结婚的时候也还是个小姑娘，可他们好像都把当年的感觉忘了……只会说我还小，不该想这些事情。我可能的确还小吧，毕竟我才十五岁。可我在有些方面又比实际年龄要老成。但是没有人能理解我，也没有人能让我拥抱，也许总有一天……总有一天……"

"尼利，反正人早晚都得死，那现在岂不是最好的时候——趁着你觉得一切都是那么完美，都像今晚的夜色一样完美无瑕，在这种时候死掉岂不是最合适的？"

"你知道你为什么会这样吗？"尼利问。

"不知道，怎么了？"

"你喝那杯蛋奶酒喝醉了，就这么回事。"

她攥紧拳头走近弟弟："你敢这么说我?！不许你这么说我！"

尼利被她的怒气吓得够呛，往后退了几步："这也没……没……没什么大不了的啊，"他结结巴巴地说着，"我自己也喝醉过，醉过一次。"

好奇心浇灭了弗兰西的怒火："真的吗，尼利？你说实话？"

"是实话，有一回我有个哥们儿拿了几瓶啤酒来，我们就在地下室喝了。我喝了两瓶，然后就醉了。"

"那是什么感觉？"

"这个嘛，一开始感觉整个世界都翻了个个儿。然后眼前就像——你还记得那种一毛钱买的万花筒吗，你一边转大的那头，一边从小的那头往里看，就能看见彩色的碎纸片落下来组成各种形状，每次出来的样子都不一样。当时眼前看见的就和万花筒差不多，不过我主要还是头晕，后来还吐了一场。"

"是这种感觉的话，那我也醉过。"弗兰西说。

"你也是喝啤酒喝的？"

"不是。那是去年春天的事，在麦卡瑞恩公园。我这辈子头一次看见真正的郁金香。"

"你见都没见过，怎么就知道那是郁金香了？"

"我之前看过图片呀。当时我看着那朵花，看着它就那么长在那里，看着它的叶子，看见它的花心是黄的，花瓣却是那么红。然后我觉得天旋地转，真和你说的一样，眼前的东西都像是万花筒里的碎纸片了。我脑袋晕得厉害，到长凳上坐了一阵才好。"

"那你也吐了吗？"

"没有，"弗兰西答道，"今天晚上我爬到房顶上以后也有这种感觉，所以我知道这跟喝蛋奶酒没关系。"

"好家伙！"

她突然想起了什么："妈妈让我们喝蛋奶酒，也是在试探我们呢。我就知道。"

"可怜的妈妈，"尼利说，"不过她用不着替我操心。我讨厌呕吐，所以再也不会喝醉酒了。"

"她也不用担心我的，我不喝酒都会醉呢。像是那朵郁金香，或者今晚的夜色，光是这种东西就够让我醉倒的了。"

"我得说今天晚上是不赖。"尼利也表示同意。

"它这么宁静，这么明亮……甚至有点儿……圣洁。"

然后她等待着，如果爸爸在她身边的话——

尼利唱了起来：

> 平安夜，圣善夜！
>
> 万暗中，光华射。

"他简直和爸爸一样。"弗兰西开心地想着。

她俯瞰着布鲁克林。星光半隐半现，她看着那些高低错落的平顶房子，其中偶尔冒出一两个斜屋顶，那是遗留着旧日风貌的老屋。她看向屋顶上那一根根烟囱，有些烟囱上还耸着些成团的影子——那是鸽子笼，时不时还能隐约听见鸽子困倦的咕咕声。她看见了教堂的两个尖顶，它沉郁的身影远远地伫立在一片阴暗的廉租公寓之中。他们住的这条街末端就是宏伟的布鲁克林大桥，它像一声长长的叹息从东河上划过，在河流彼岸一点点消失。桥下是幽深的东河水，远处是纽约城灰蒙蒙的天际线，那城市看着倒像用纸板剪出来的。

"没有哪个地方能和这里一样了。"弗兰西说。

"和什么一样？"

"布鲁克林，这是个魔术般的城市，几乎不是真的。"

"这里和别的地方也没什么不同啊。"

"是不一样的！我每天都往纽约跑，纽约就和这边不一样。我还去贝永看过生病的同事，贝永也和这里不一样。布鲁克林有股神秘劲儿，它就像……对了……就像是一个梦。房子和街道看着都不太像真的，人也不太像真的。"

"他们够'真'的啦——你看他们打架和骂街的模样，看看他们有多穷,有多脏,这还不够真吗?"

"可这些也只像是做了个受穷或者打架的梦。他们也不是真的感受到了什么,这一切都好像还是发生在梦里。"

"布鲁克林跟其他地方没什么区别的,"尼利坚定地说,"只是你的幻想让它感觉不太一样而已。不过这也没什么,"他大度地补充道,"反正你高兴就好。"

尼利!他那么像妈妈,又那么像爸爸,他俩的长处都在他一个人身上了。弗兰西爱自己的弟弟,她真想搂住他亲一口。可弟弟跟妈妈一样,最讨厌别人的感情过于外露。她要是过去亲吻他,尼利一定会生气地把她推开的。于是弗兰西伸出一只手:

"新年快乐,尼利。"

"也祝你新年快乐。"

姐弟俩郑重地握了个手。

47

在短暂的圣诞节假期里,诺兰一家过得其乐融融,简直有点儿过去那种好时光的意思了。可是新年一过,大家就回到了自己的轨道,过回了约翰尼死后才开始的新生活。

第一个变化是他们停掉了钢琴课。弗兰西好几个月没练过了。尼利晚上经常到附近的冰激凌店去弹钢琴。他弹得一手好《拉格泰姆舞曲》,最近还越来越擅长弹爵士。尼利相当受欢迎,人家都说他能让钢琴开口说话。他靠着弹钢琴换免费的冰激凌苏打。每到星期六,舍佛莱就偶尔会给他一美元,雇他去弹一晚上。弗兰西不太喜欢这样,还去找妈妈谈了谈。

"我觉得不该让他这样下去,妈妈。"弗兰西说。

"这样有什么不好吗？"

"你应该也不会希望他养成这样的习惯吧，让他习惯靠弹钢琴换喝的，就像……"她迟疑了一下。凯蒂接着她的话说下去。

"就像你爸一样？不会的，他可不会像你爸一样的。你爸以前从来没机会唱自己喜欢的歌，比如《安妮·劳瑞》，或者《夏日的最后一朵玫瑰》之类的。都是人家叫他唱什么他才唱什么，他唱的都是《甜蜜的阿德琳》，或者《老磨坊溪水边》这样的歌。可尼利不是这样，他只弹自己喜欢的曲子，才不管人家爱不爱听。"

"所以你是想说，爸爸只不过是给人找乐子的，而尼利是个艺术家？"

"这个嘛……算是吧。"凯蒂颇具挑衅意味地承认了。

"我觉得你这是宠他宠过头了。"

凯蒂皱起眉头，弗兰西也搁下这个话题不谈了。

尼利上了高中以后，他们也不读《圣经》和莎士比亚了。尼利说他们学校里正教着《裘力斯·恺撒》，然后校长每次开会都要念一段《圣经》，这对尼利来说就够了。弗兰西也求妈妈把晚上读书的惯例免了，因为她白天要读一整天的报纸，眼睛累得受不了。凯蒂也没坚持，她觉得孩子们都大了，读不读的随他们自己好了。

弗兰西的傍晚总是很孤单。一家人只有吃晚饭的时候才能聚在一起，连劳瑞都坐在婴儿椅上在桌边作陪。尼利吃过晚饭就出门，要么去找他那群哥们儿，要么去冰激凌店弹钢琴。妈妈先看一会儿报纸，一到八点就带着劳瑞上床睡觉（凯蒂依然每天早上五点起床，趁着弗兰西和尼利在家的时候出去干活）。

弗兰西很少看电影，因为画面跳得太快，伤她的眼睛。也没有多少能看的演出，因为大多数的老剧团都倒闭了。再加上她还在百老汇看过一回巴里摩尔演高尔斯华绥的《法网》，口味一下子被养刁了，看不上那些小剧团的演出了。前一年秋天她看了部很中意的电影，是纳兹莫娃演的《战争新娘》。她一直希望再看一遍，可她在报纸上读到，因为战争迫在眼前，这部电影被禁了。弗兰西还有过一段美妙的回忆，那天她走进布鲁克林一片陌生的地区，去基斯歌舞杂耍剧院看伟大的莎拉·伯恩哈特出演的独幕剧。这位了不起的女演员当时已经七十多岁了，可是在舞台上看着好像只有三四十。弗兰西听不懂法语，不过她大概明白这出戏主要是围绕着演员被截肢的腿展开的。伯恩哈特饰演一位在战争中失去了一条腿的士兵，弗兰西不时能听出戏里频频出现的"Boche[1]"这个词。她永远都忘不了伯恩哈特那火焰般的红发，还有那黄金一样的嗓音。这场演出的节目单一直被弗兰西珍重地收藏在剪贴簿里。

不过在这三段美好的经历之外，是经年累月的一个个孤单难熬的傍晚。

那年的春天来得很早，甜美和煦的春夜让她躁动不安。她漫无目的地散着步，走过街道和公园。不论她走到哪里，都能看见成双成对的姑娘和小伙子，看见他们手挽着手一道走着，在长椅上搂搂抱抱，在门廊中默默无语地黏在一起。就好像全世界每个人都有个恋人或者朋友，唯独她弗兰西除外，她似乎成了布鲁克林唯一一个孤单的人。

1917年3月，街坊们人人都觉得战争已经躲不掉了，大家聊的也都是这件事。附近廉租公寓里住着个寡妇，家里只有一个独生儿子。她害怕儿子被迫入伍，然后死在战场上。于是她买了把小军号让儿子学，想着这样一来，儿子就算入伍也是进军乐队，也就是在行进和检阅的时候吹吹号，用不着上前线了。这小子成天练习，同一栋楼里的邻居们被他那不成调子的号声折磨的痛不欲生。有个人实在不堪其扰，

1　法语中对德国人（尤其是德国士兵）的蔑称，相当于"德国鬼子"。

无奈之下编了个巧妙的瞎话，对那母亲说自己知道内幕消息，军乐团要在前线带领着其他的士兵冲锋，所以第一批送死的肯定是他们。寡妇吓得立刻把军号送进了当铺，一拿到当票就撕了个粉碎。那折磨人的军号练习戛然而止。

每天吃晚饭的时候，凯蒂都会问弗兰西："打起来了吗？"

"还没呢，不过就是这几天的事，随时都可能打起来。"

"那我觉得还不如早点儿开打呢。"

"难道你希望打仗？"

"那当然不是。不过如果非打不可的话，那越早开打越好。毕竟早点儿开始就能早点儿结束。"

然后茜茜突然搞出个大热闹来，相比之下连打仗的事都要暂时退居二线了。

茜茜那段放荡不羁的岁月早已过去，按理说她本应该静心安顿下来，平稳地走进中年时代。然而她却突然疯狂地爱上了现在这个"约翰"——这个跟她结婚足有五年的男人——又把全家人扯进了一场风波。而且除此之外，她一气呵成地做完了丧夫、离婚、结婚、怀孕这一连串的大事——还都是在短短十天之内。

有一天下午，弗兰西快要下班了，送报的像往常一样把威廉斯堡当地最受欢迎的《标准联合报》送到她办公桌上，而她也像往常一样把这份报纸拿回家，好让凯蒂吃过晚饭以后看。隔天早上，弗兰西还会像往常一样把它带回单位，读过之后做好标记。弗兰西下班以后从不看报，所以也不知道那一期报纸上都登了什么。

吃过晚饭，凯蒂坐在窗边看起了报纸。她刚翻到第三版，就突然无比震惊地喊了一声"我的老天！"。弗兰西和尼利跑到她身后，凯蒂指了指报上一条标题：

英雄消防员在沃勒伯特市场大火中丧生

下面还有一条小标题："其人原计划于下月正式退休"。

弗兰西读了读那篇报道，发现这位英雄消防员原来就是茜茜的第一任丈夫。报上还登着一张茜茜的照片，是二十年前拍的——当年的茜茜才十六岁，头上梳着高耸的蓬巴杜发髻，身上穿着带大羊腿袖的衣裳。照片下面配着一行文字：英雄消防员之遗孀。

"我的老天！"凯蒂又念叨了一句，"看来他之后没再结婚。他肯定一直留着茜茜的照片。现在他人没了，人家一整理他留下的东西，就把茜茜给找出来了！"

"我得赶紧过去，"凯蒂脱下围裙，起身去拿帽子，边走边解释着，"茜茜家'约翰'也看这份报纸。茜茜跟她说的是自己离婚了，可现在瞒不住了，他知道实情之后非宰了茜茜不可。最不济也得把她从家里赶出去，"她又加了一句，"茜茜带着老母亲和宝宝，根本没地方可去啊。"

"感觉他是个好人啊，"弗兰西说，"我觉得他不会这么干的。"

"谁也不知道他会做什么，不会做什么。因为咱们根本就不了解他，他在咱家一直是个陌生人。但愿我能及时赶到他们家。"

弗兰西坚持要一起去，尼利同意留在家里看孩子，条件是让她俩把前前后后发生的事全都讲给他听。

母女俩赶到茜茜家，发现她激动得面颊绯红。玛丽·罗姆利外婆带着宝宝躲在外屋，她默默坐在一团漆黑的屋里，祈祷着事情最终能有个好结果。

茜茜家"约翰"站在自己的视角上讲起了事情的经过。

"我当时正在单位上班呢，然后就有人跑到我家里来，跟茜茜说：'知道吗？你丈夫死啦！'然后茜茜就以为是我死了——"他突然转向茜茜，"——那时候你哭了没有？"

410

"哭得隔两条街都听得见。"茜茜信誓旦旦地答道。"约翰"听了似乎也挺满意。

"人家就问茜茜死尸该怎么办,茜茜就问有保险没有,知道吧?然后发现确实有保险——保金有五百块呢,十年前买的,而且用的还是茜茜的名字。然后茜茜可有的忙活了!她跟人家说,把遗体送到斯派西特殡仪馆去,知道吧?她安排了一场足足五百块钱的葬礼。"

"我不张罗这个不行啊,"茜茜抱歉地解释道,"他还活着的亲属就剩我一个了。"

"这还没完呢,""约翰"说,"现在人家还要把他那份退休金给茜茜。这个我可不能答应!"他突然嚷了一句。"我娶她那时候,"他接下来的口气又平静了不少,"她跟我说自己离婚了,结果我现在才发现根本没离。"

"可是天主教不让离婚啊。"茜茜坚持地说。

"你又不是在天主教堂结的婚。"

"我知道啊,所以我从来没觉得自己真正结过婚。那我想着既然都没结婚,也就用不着办离婚了。"

"约翰"高高举起双手,痛苦地说了句"我认输啦!",就和之前茜茜一口咬定孩子就是自己生的那时候一模一样。"我可是真心实意和她结婚的,知道吧?可瞧瞧她又干了些什么?"他自问自答地说着,"她反倒把我俩弄成通奸的了。"

"别这么说!"茜茜厉声说道,"咱俩这不算通奸,应该叫重婚。"

"所以现在必须给我打住,知道吧?反正你第一个老公已经死了,你得先跟第二个离了婚,然后跟我再结一回婚,知道吧?"

"好的,约翰。"她温顺地答道。

"我不叫'约翰'!"他咆哮起来,"我的名字是史蒂夫!史蒂夫!史蒂夫!"他每重复一遍,就用拳头狠狠捶一下桌子,震得蓝色玻璃的糖罐和边上挂的勺子稀里哗啦地上下摇晃。他还伸手直指向弗兰西的脸：

"还有你！从现在开始，管我叫史蒂夫姨夫，知道了吧？"

弗兰西一时说不出话，惊奇地直盯着眼前这个彻底改头换面的男人看。

"怎么？你该说点儿什么？"他嚷道。

"你……你好，史蒂夫姨夫。"

"这还差不多。"他平静多了，起身从门口的钉子上摘下帽子，扣在自己脑袋上。

"你要去哪儿啊，约翰——不对，史蒂夫？"凯蒂忧心忡忡地问了一句。

"你听好了！我还小的时候，只要家里来客人，我们家老爷子就要买点儿冰激凌来招待。这儿可是我的家，知道吧？现在既然是我家来客人了，那我就得去弄一夸脱草莓冰激凌来，知道吧？"他出门了。

"他多棒啊，是不是？"茜茜叹了口气，"哪个女人能不爱这样的人呢？"

"看来罗姆利家终于有个真正的男人了。"凯蒂干巴巴地说道。

弗兰西走进黑沉沉的外屋，借着外面路灯的光亮，她看见外婆坐在床边，怀里抱着茜茜熟睡的宝宝，颤抖的手指间挂着琥珀做的玫瑰念珠。

"您不用祷告了，外婆，"弗兰西说，"现在没事了，他都买冰激凌去了，知道吧？"

"荣耀归于天父、圣子与圣灵。"玛丽·罗姆利念叨着。

史蒂夫以茜茜的名义给她的第二任丈夫写了封信，寄到这人相对最新的一个已知地址，还在信封上写了"烦请转递"。茜茜要求第二任丈夫离婚，好让她可以改嫁。一星期之后，她收到了一个从威斯康星寄来的厚信封。茜茜的第二任丈夫在信里说自己好得很，七年前就在威斯康星州办好了离婚,很快就再次娶妻,在当地找了个好工作,还生了三个孩子,彻底安顿下来了。"我现在非常幸福。"他如此写道,又挑衅地表示自己希望能一直这样过下去,还气势汹汹地给这几句话加上了下划线。他随信寄来了一份旧剪报,以此证明他之前的离婚声明登过报,等于在法理上早就通知过茜茜了。信封里还有离婚证的影印件(离婚理由:遗弃)和一张快照,上面是三个看起来很壮实的小孩。

这么快就能搞定离婚的事让茜茜很高兴,她寄了个镀银的泡菜碟子过去,就当是迟到的结婚贺礼。她还觉得自己应该写封信过去祝贺,史蒂夫不肯给她代笔,于是茜茜就找弗兰西来写。

"你就写我祝他婚姻幸福。"茜茜开始口述了。

"茜茜姨妈,他都结婚七年了,不管幸福不幸福,都已经安顿下来了。"

"既然是刚听说人家结婚,那给人道个喜是礼貌。你就这么写吧。"

"行吧,"弗兰西把她的话写了下来,"还有呢?"

"写点儿夸他家孩子的话,夸夸他们有多可爱之类的,比如说……"她的话说了一半突然咽了回去。因为她明白前夫寄这照片来,就是为了证明茜茜那些孩子活不了不是他的错。这刺痛了茜茜的心。"你就写我也当妈了,也有个健康又漂亮的闺女,然后在'健康'这个词儿下面画条线。"

"可史蒂夫那封信里说你正准备结婚。你这么写了,人家没准儿会觉得你这就有孩子了很奇怪啊。"

"让你写什么你就写什么,"茜茜说,"然后你就说,我肚里还怀着个孩子,下礼拜就生了。"

"茜茜!你不是说真的吧?!"

"当然不是了,不过你这么写就完了。"弗兰西把这句话写了下来,"还有别的吗?"

"你就写谢谢他把离婚那些文件寄给我。然后写我其实早就办好离婚了，比他还早一年，只是我自己给忘了。"茜茜勉勉强强地收了个尾。

"可这是谎话啊。"

"确实是我先跟他离婚的，我在脑子里早就离了。"

"行吧，行吧。"弗兰西投降了。

"写上我现在很幸福，而且我也打算就一直这样过下去。你也学他的样儿，在这话下头画个线强调一下。"

"天啊，茜茜，你非得在嘴上压人一头不可吗？"

"是呀。你妈不也这样吗？伊薇和你自己也是。"

弗兰西不再反驳了。

史蒂夫拿到了结婚证，跟茜茜重新办了次婚礼。仪式是个卫理公会牧师主持的。茜茜头一回在教堂结婚，这次她终于相信自己真正结婚了，并且坚信这段婚姻会一直延续下去，"直到死亡将他们分开"。史蒂夫幸福极了。他很爱茜茜，一直害怕失去她。茜茜跟之前那些丈夫分手都是说吹就吹，一点儿都不带后悔的。所以史蒂夫怕茜茜也会这样甩掉他，还要把宝宝也带走——他早就非常疼爱这个孩子了。他知道茜茜对教堂很信服，不管是天主教还是新教，但凡是个教堂就行。只要是在教堂结了婚，茜茜就必定不会轻易放弃了。相处这么多年以来，这是史蒂夫第一次感觉这么幸福，这么安定，还成了一家之主。而茜茜也发现自己无法自拔地爱上了他。

一天晚上，凯蒂本来都上床了，茜茜突然过来找她。她告诉凯蒂不用起来，就这样在卧室里坐着聊聊天就好。当时弗兰西正坐在厨房的桌边，往旧笔记本上粘着剪下来的诗歌。她在办公室放了个剃刀刀片，在报纸上看到喜欢的诗歌或者故事就裁下来，回头整理到剪贴簿里。她有好几本这样的剪贴簿，一本命名为《诺兰古典诗歌选集》，另一本叫《诺兰当代诗歌选集》，第三本则是《安妮·劳瑞之书》。这最后一本里收录的主要是儿歌和动物故事，弗兰西打算等劳瑞再大一点儿就读给她听。

黑暗的卧室中传来两人说话的声音，带着令人安心的韵律。弗兰西一边做拼贴，一边偷偷听着她们的谈话。茜茜说：

"……史蒂夫可太好了，真是个体面人。终于意识到这一点以后，我都要恨死自己以前找过那么多男人了——我说的是在那些个前夫之外的人。"

"你没跟他说过还有过那么多其他人吧？"凯蒂担忧地问道。

"我有那么傻吗？不过我现在真心希望他既是第一个，又是最后一个。"

"女人要是说出这种话来，"凯蒂说，"就说明她的生活要发生变化了。"

"你怎么知道？"

"女人要是从来没谈过恋爱，又遇上了这种变化，那她就会责备自己，想着自己本来可以享受到的乐子都没享受到，而且以后也再没有机会了。而要是她有过很多情人，她又会怀疑自己，拼命让自己相信以前做的都是错的，而她现在应该为了那些错事后悔，可她还会照老样子下去，因为她心里清楚，过不了多久，她作为女人的一面也会一点点消失……再也回不来了。可要是她打一开始就认定了跟男人在一起没什么好，那这种变化她反倒更能接受。"

"我可不想让现在的生活再发生什么变化呀，"茜茜愤愤地说着，"首先我还年轻着呢；再说了，真要变我也忍不了啊。"

"咱们早晚都会遭遇那种变化的。"凯蒂叹了口气。

茜茜的声音里带着点儿恐惧："不能再生孩子……整个人半男不女的……身子发胖……连下巴颏儿都开始长毛……那我还不如死了算

415

了！"茜茜激动地喊道，"不过话说回来——"她得意扬扬地加了一句，"这变化离我还远远着呢，因为我又有啦。"

黑暗的卧室里传来沙沙的响动，弗兰西几乎能看到妈妈用胳膊肘撑起身子的模样。

"不行！茜茜！不行！你不能再生了。你都生过十回了，十个孩子生下来都是死胎。而且你快三十七了，这次只可能比以前还难。"

"这岁数生孩子还不算大。"

"确实不算，可是再来一回那种打击，你就未必受得了啊。"

"不用担心，凯蒂。这孩子肯定能活。"

"你每回都这么说。"

"可这一次我肯定说得准，因为我感觉上帝也站在我这边。"她平静而自信地说道。过了一小会儿，茜茜又说："我把小茜茜的来历跟史蒂夫说了。"

"那他怎么说了？"

"他其实一直知道小茜茜不是我自己生的，可是我一口咬定了就是，他也被搞糊涂了。他说只要这孩子不是我跟其他男人生的就行，再说这孩子一出生就抱来了，他感觉和亲生的也没什么区别。说起来也有意思，这宝宝长得还真挺像他的。他们俩都是黑眼睛，圆下巴。耳朵也是一样小小的，紧贴在脑袋上。"

"宝宝的黑眼睛随的是露西亚，而且全世界大概有一百万人都是圆下巴，小耳朵的。可要是史蒂夫觉得宝宝长得像自己，而且他因为这个觉得很满意，那也挺好的。"

一段漫长的沉默之后，凯蒂终于开了口："茜茜，你有没有跟那家意大利人打听过宝宝的亲爹到底是谁？"

"没有。"茜茜也等了很久，才继续说了下去，"你知道那姑娘的事是谁跟我说的吗？她惹上了什么麻烦，她家住在哪里之类的，你猜都是谁跟我说的？"

"谁?"

"史蒂夫。"

"我的老天!"

姐妹俩沉默良久,最后凯蒂说:"当然,这肯定只是凑巧罢了。"

"那是,"茜茜也很认同,"他说是单位有个同事说的,那哥们儿和露西亚住在一条街上。"

"当然了,"凯蒂重复着,"你也知道,布鲁克林这地方净出些莫名其妙的事。比如我有时候在路上走着,脑子里想着个差不多五年没见过的人,结果拐了个弯就看见那人走过来了。"

"我知道,"茜茜答道,"有时候我干的本来是平生头一回干的事,却突然觉得这事我以前肯定做过——没准儿是上辈子做的吧。"她的声音渐渐弱了下去。

又过了一会儿,她才说:"史蒂夫老说他不要别人的孩子。"

"男人都这么说。生活它就是这么奇怪,"凯蒂说,"本来就是两件事刚巧碰到了一起,能有什么结果全看个人。你听说那姑娘的事完全是赶巧了而已,那家伙可能在单位跟十来个人提过这事,史蒂夫也是刚好随口跟你一说。然后你凑巧跟那家人处得不错,然后刚好这宝宝偏偏长了个圆下巴,而不是方下巴。这都不能说只是凑巧了,这叫……"凯蒂停了下来,想找个合适的词。

弗兰西在厨房里听得正起劲儿,把自己不该偷听的事都忘了。妈妈正拼命想着词,她却想都没想就说了出来。

"你是想说'缘分'吧,妈妈?"她叫道。

卧室里骤然静了下来,那寂静中还透着惊愕。然后姐妹俩继续聊着——但这次是耳语声。

48

弗兰西办公桌上搁着一张报纸。一张直接从印刷厂送来的"号外",标题的油墨还没干。这报纸已经在她桌上搁了五分钟,可她却迟迟没有提起笔来做标记,只是盯着上面的日期看。

1917 年 4 月 6 日。

标题只有一个词,战争(WAR),字体足足有六英寸大,未干的油墨让字母的边缘看起来毛乎乎的,三个偌大的字母仿佛正在颤抖。

弗兰西眼前浮现出未来的光景:五十年之后,她会告诉自己的孙辈,那一天她和平常一样来到办公室,在办公桌边坐下,按部就班地开始工作,然后突然看见了开战的消息。弗兰西总是听外婆唠叨,所以她知道人老了以后总爱回忆年轻时的旧事。

可是她不想回忆,她更想生活——要是无法选择新生活,她想再重新体验一遍那段经历,也总比只有回忆强。

她决定把生命中的这一刻牢牢记下来。或许这样她就能守着它,把它当成活生生存在的事物,而不是让它只变成一段回忆而已。

弗兰西的视线移向办公桌面,仔细地观察着那木板的质地。她的手指摸索着探进桌上放铅笔的凹槽,努力把那触感牢牢印在脑中。她拿起刀片,在纸卷的铅笔上按刻度切下一段,又拆下裹着铅芯的纸皮。她把那段盘成一团的纸皮搁在手心上,用食指轻轻摸了摸,用心记忆着它盘卷的模样。然后她又把它扔进金属废纸篓,数着它下落所用的秒数。她认真聆听着,甚至不愿错过纸皮落在桶底那几乎听不见的细小声响。她把手指紧紧按在报纸油墨未干的标题上,认真看了看指尖的油墨,然后在一张白纸上按下指印。

虽然第一版和第二版上可能会出现客户的名字,弗兰西却毫不在乎地把第一版裁了下来,小心翼翼地折成长方形。用拇指压出折痕来,把报纸塞进单位用来寄剪报的蕉麻纸信封里。

弗兰西打开抽屉拿出自己的皮包，她突然留意到了抽屉开合的响动，仿佛是她头一次听见一样。她还认真听着皮包暗扣打开的咔嗒声，抚摸着外层的皮子，嗅着它的气味，端详着皮包黑色的丝绸衬里上印的水波纹。她读着零钱包里硬币上的日期，发现有一枚1917年铸造的新币，就也拿出来放进信封里。她打开口红盖子，用口红在纸上的指印下面画了条线。口红的质感、香气和明艳的红色都让她心情愉快。然后她又逐一翻检起皮包里的其他东西：粉盒里的香粉、指甲锉上的纹路、不能折叠的梳子，还有手帕上的线头。她包里一直装着张破旧的剪报，一首从俄克拉荷马州的报纸上剪下来的诗歌。诗人在布鲁克林生活过，念过布鲁克林的公立学校，年轻的时候还在《布鲁克林飞鹰报》当过编辑。她又读了一遍这首诗，认真咂摸着每一个词，哪怕她之前早就读过不下二十遍了。

> 我既年轻又年老，既聪明又同样愚蠢；
>
> 我不关心别人，而又永远在关心别人；
>
> 是慈母也是严父，是一个幼儿也是一个成人；
>
> 充满了粗糙的东西，也同样充满了精致的东西[1]。

弗兰西也把这片破烂的诗歌剪报装进信封里。她对着粉盒的小镜子照了照，看着自己编成辫子的长发盘在头顶，突然发现自己又黑又直的睫毛其实长短不一。然后她认真打量着自己的鞋子，伸手摸摸腿上的长筒丝袜，第一次意识到它摸起来不怎么光滑，反而有点儿毛糙。裙子布料上一道道布纹就像是细线编的绳索，她把裙边翻过来，发现衬裙上那道窄窄的蕾丝绳边带着菱格纹样。

"如果我能把这一切全都照着原样记住，那我也就能把这个瞬间永

---

1 选自瓦尔特·惠特曼（Walt Whitman，1819—1892）的《自己之歌》，李野光译。

远留下来了。"弗兰西想着。

她用刀片割下一绺头发，用那张带指印和口红记号的纸包起来，折好塞进信封。然后给信封封了口。她在信封表面写道：

1917 年 4 月 6 日，弗兰西丝·诺兰留，时年 15 岁零 4 个月。

她想着："等我五十年之后再打开这个信封，那时候的我就能再次经历现在这个瞬间，就像是我从来没有变老一样。可五十年真的是很长很长的时间……得有好几百万个小时呢。不过从我坐下到现在也已经过了一个小时了……少了一个小时可活……一辈子的时间里又少了一个小时。"

"亲爱的上帝啊，"她开始祷告，"请让我生命中的每一个小时、每一分钟都不会在空虚中度过吧。不论是让我欢喜还是悲伤，让我感觉寒冷还是温暖，让我忍饥挨饿还是……完全不愁吃喝。让我衣衫褴褛也好，打扮光鲜也好；让我真诚也好，狡诈也好；让我诚实也好，撒谎成性也好；让我光荣可敬也好，罪孽深重也好……无论如何，请让我在蒙您恩赐的每一分钟里都能体验些什么吧。哪怕是我睡着了，也请让我睡眠的每一分钟都做着梦，让我不会浪费生命中的每一分钟。"

送报小工跑了过来，又往她桌上扔了份报纸。它的大字标题只有四个字：

宣布参战！

地板似乎在她眼前旋转起来，花花绿绿的颜色在她眼前闪过，弗兰西低下头，用脑袋抵着那油墨尚未干透的报纸，低声哭了起来。一个年龄大点儿的阅报员从洗手间回来，在弗兰西桌边停下了脚步。她看见了报纸的头条，又发现眼前的姑娘在哭，就觉得自己理解了眼前的情况。

"啊，是打仗的事！"她叹了口气，"容我冒昧地猜测一下，你是有个恋人或者兄弟吗？"她用阅报员特有的刻板言辞问道。

"是的，我有个兄弟。"弗兰西的回答也确实算是实话。

"我对此深表同情，诺兰小姐。"阅报员回自己的工位了。

"我又醉了，"弗兰西想，"这次醉的是报纸标题。而且这回感觉不太妙，我好像哭起来没完了。"

战争那裹着铁甲的手指也触及了模范剪报社，让它的生意日渐衰败。首先，宣战之后的第二天，剪报社最大的客户来了——这人每年都要花上好几千美元订阅和巴拿马运河有关的剪报——他说自己的邮寄地址近期不太固定，所以每天都会亲自上门来取做好的报摘。

又过了几天，两个脚步沉重、行动缓慢的男子上门找老板。其中一个把手摊开杵到老板鼻子底下，老板一看他手上的东西，脸色瞬间变得煞白。他从那位大客户的档案柜里拿出厚厚一叠剪报，那两个壮汉翻看了一遍，又把剪报还给老板，老板把它用信封装好收进办公桌里。那两个人走进了老板专用的洗手间，半开着房门，在里面等了一整天。到了中午，他们打发跑腿的小工去买了些咖啡和三明治，就在洗手间里解决了午饭。

下午四点钟，定巴拿马运河剪报的客户来了。老板像慢动作一样，拿出那个厚厚的信封交给他。客户刚把信封插进自己的外套内袋，那两个壮汉就从洗手间里走了出来。一个拍了拍客户的肩膀，客户叹了口气，掏出信封交给壮汉。第二个也在客户肩膀上拍了一下，客户并拢脚跟，僵硬地鞠了个躬，被这两位壮汉夹在中间带走了。老板说自己突然闹起了严重的胃疼，也早早回家了。

当天晚上，弗兰西告诉妈妈和尼利，人家在她单位逮住了一个德国间谍。

第二天，有个看着精干利落的家伙拎着手提箱来了。老板回答了很多问题，来人把答案一条条填在表格里。然后就到了让人肉疼的环节：老板得开出一张将近四百美元的支票，这是客户被迫撤销订阅后，老板欠下的余款。精干男子一走，老板立刻冲出去到处借钱，不想让支票跳票。

这件事过后，剪报社的业务一蹶不振。老板不敢再接新客户，不管客户的背景看着多清白都不肯接。剧院的演出季逐渐过去，演员客户的数量大大减少。往年赶上春季图书出版的高峰期，剪报社也会迎来几百个作家客户——他们会临时花五美元订上一个月的相关剪报——和十几家一百美元订阅费的出版商客户。可眼下出版浪潮只是涓涓细流。出版商纷纷搁置了手上的重要项目，打算等局势稳定些再说。很多研究人员担心自己临时应征入伍，也取消了剪报的订阅。而且即便业务量还像以前一样，剪报社也应付不来，因为员工开始流失了。

政府预计男性劳动力会出现短缺，于是就开展了面向女性的公职人员招聘考试，为三十四街的邮局招募女员工。许多阅报员都去参加了考试，并且顺利通过，马上就去上岗。剪报社里的体力劳动者——所谓"俱乐部"的成员们——几乎同时离职，跳槽去了战时军工厂上班。不仅工资翻了三倍，人们还交口称赞他们大公无私的爱国精神。老板的太太重操旧业，干回了阅报员。除了弗兰西之外，老板把其他还剩下的阅报员都裁掉了。

偌大的办公室里只剩下三个人，显得空荡荡的。他们拼命处理所有业务，弗兰西和老板太太负责读报、归档，还有其他文案工作。老板则有气无力地裁着报纸，马马虎虎地印着纸条，再把剪报歪七扭八地贴在上面。

六月中旬，老板终于放弃了。他卖掉了办公室里的家具和设备，房租直接违约，而至于本该退给客户的订阅款，他只是简单说了句"那就让他们告我好了"。

弗兰西还知道纽约的另一家剪报社，她打电话问他们要不要招阅报员。对方表示他们从不需要招聘新的阅报员，"我们一向善待本单位的阅报员，"电话里的声音带着些抬杠的劲头，"所以永远用不着换人。"弗兰西觉得这样很好，也把这话说了出来，然后就挂掉了电话。

在办公室的最后一个上午，弗兰西一直在看招聘启事。她直接略过办公室文员的工作不看，因为她知道就算能聘上，也得从档案管理员干起，如果不能一开始就做速记员或者打字员，那基本上就没什么前途了。其实她更愿意进工厂做事，她喜欢厂子里的工友，也喜欢手上忙着、脑子能空出来想些事情的感觉。不过妈妈肯定不想让她再回工厂打工了。

她突然发现了一份似乎完美结合了工厂和办公室的工作，既能坐办公室，又能操作机器——有家通信公司招募实习女工，训练她们使用电传打字机，培训期工资每星期十二块五，工作时间是下午五点到凌晨一点。那她晚上至少有点儿事干了——如果她能顺利得到这份工作的话。

她去找老板道别，老板说最后一个星期的工资只能先欠着了，不过他有弗兰西家的地址，到时候会给她寄过去的。弗兰西就这样告别了老板、老板太太，还有自己最后一个星期的薪水。

那家通信公司的办公室在摩天大楼里，可以俯瞰纽约的市中心和从中穿过的东河。弗兰西递交了前老板开出的热情洋溢的推荐信，和另外十来个姑娘一起填了份申请表，又参加了一项入职能力测试，回答了些相当蠢的问题，比如一磅铅和一磅羽毛哪个重之类的。这测试她当然是通过了，公司给她发了工号和储物柜钥匙（还收了弗兰西两毛五的押金），让她明天下午五点过来报到。

还不到四点钟，弗兰西就到家了。凯蒂正在自家公寓楼里打扫，看到弗兰西走了上来，她顿时露出十分担忧的神情。

"别担心，妈妈，我没有生病。"

"那就好，"凯蒂松了口气，"我还以为你把工作丢了呢。"

"是丢了。"

"我的老天！"

"最后一星期的工资也没了。不过我又找了个工作……明天就上班……每礼拜十二块五。我估计做久了还能涨点儿，但愿吧。"凯蒂开始问这问那了。"妈妈，我太累了，妈妈，我现在不想聊天。咱们明天再说吧，晚饭我也不想吃了，我只想上床睡觉。"

她上楼去了。

凯蒂坐在楼梯上发起愁来。开战以后食品之类的物价涨得飞快，上个月凯蒂甚至没法给弗兰西的银行账户里存钱，因为每星期十美元完全不够花。劳瑞现在每天要喝一夸脱鲜奶，奶粉又实在太贵了，喝奶之外还得加些橙子汁。现在每星期只有十二块五了……给完弗兰西的零花钱，剩下的比以前还少。好在快要放假了，尼利暑假也能去打工，可是秋天开学了怎么办呢？尼利还得接着上高中，今年秋天弗兰西也得去上学了。该怎么办？钱从哪儿来？她就那么坐在楼梯上发着愁。

弗兰西简单看了一眼熟睡的宝宝，脱掉衣服爬上自己的床。她枕着交叠的双手，双眼盯着墙上一块灰蒙蒙的地方，那是通风井的窗口。

"瞧我现在这副样子，"她想着，"都十五岁了，还是飘忽不定的。我工作了不到一年，就换了三份工作了。以前我还觉得时不时换换工作挺有意思，可现在我害怕了。前两份工作我都没犯什么错，可还是让人家给炒了。我干什么工作都想好好表现，都是能出多少力就出多少力。眼下我又得换个新单位从头开始，可这一回我害怕了。这一回老板要是说'你跳一下'，那我绝对得跳两下，因为我可不想丢掉这份工作。我不害怕不行啊，家里就靠我这份工资了。我上班之前我们家到底是怎么撑过来的？也是，那会儿倒是没有劳瑞，我和尼利也还小，花的钱也少些，当然，爸爸当时好歹也能搭把手。

"好吧……看来我得跟大学说再见了。大学上不成，其他事也都拜拜了。"她转过脸去，不再看那光线灰暗的通风窗，闭上了眼睛。

一个大房间里，弗兰西坐在电传打字机面前，打字机顶上扣着个铁皮罩子，遮住了弗兰西眼前的键盘。房间前面的墙上挂着张巨大的键盘示意图。弗兰西眼睛盯着图表，手指摩挲着键盘上对应的字母。到了第二天下班，她已经记住了打字机上每个字母的位置，不用再查图表了。一星期过去，公司去掉了打字机上的罩子，不过现在有没有罩子都无所谓了，弗兰西早已学会了盲打。

有个讲师过来讲了讲电传打字机的原理。弗兰西练了一天收发模拟电报，就被分配到纽约—克利夫兰的线路上值班了。

在弗兰西看来，自己坐在这边的打字机前头敲敲键盘，打出来的字就能传到千里之外，在俄亥俄州克利夫兰一台打字机的纸卷上印出来，这简直是相当了不得的奇迹。而且同样神奇的是，要是克利夫兰那边的女工开始打字，弗兰西机器上的撞针也会跟着动，一下一下把文字敲出来。

这份工作挺轻松。弗兰西收一个小时，发一个小时，换班间隙有两次十五分钟的休息，晚上九点还有半个小时的"午餐"时间。她分到线路值班以后，工资也涨到了一星期十五块。总而言之，这工作还不坏。

家人们也适应了弗兰西全新的作息时间。她下午四点多一点儿出门，凌晨两点左右到家。走进楼道之前，她先按三下门铃把妈妈叫醒。妈妈会保持警惕，确保弗兰西不被躲在楼道里的坏人偷袭。弗兰西上午睡到十一点，妈妈也不用起得那么早了，因为家里有弗兰西和劳瑞在一起。她每天先打扫自己住的公寓楼，等她出发去扫另外两栋楼，弗兰西也就起床照顾劳瑞了。弗兰西星期天晚上也得上班，但是星期三可以休息一天。

弗兰西挺喜欢现在的新安排。这样既能打发晚上的寂寞时光，也给妈妈帮了不少忙。而且弗兰西每天还有几个小时的空闲时间，可以带劳瑞去公园坐坐，晒晒太阳，这对姐妹俩都有好处。

凯蒂脑海里有个计划逐渐成形，她就去找弗兰西提了出来。

"人家会不会一直安排你上晚班？"

"会不会？他们巴不得呢！姑娘们都不愿意上晚班。所以他们才把晚班都排给新来的。"

"我是想啊，等秋天到了，你是不是可以晚上接着上班，然后白天去高中上学？我知道这样很辛苦，不过应该还应付得过来。"

"妈妈，随便你怎么说，反正我是不上高中了。"

"可去年你还跟我争着非上不可呢。"

"那是去年，现在太晚了，时机早就过了。"

"一点儿都不晚，你别这么倔。"

"我现在上高中还能学点儿什么呢？不是我骄傲啊，我之前可是每天都要看八个小时的文章，看了将近一年，我从这里头学了不少东西。不管是对历史、地理、政治还是诗歌写作之类的，我都已经有自己的想法了。我看过太多讲人的文章——讲他们怎么工作、怎么生活的文章。我看过的报道里既有犯罪事件也有英雄事迹，妈妈，我在报上什么都看过了。现在的我已经没法再跟一群小屁孩一起坐在教室里，听个老处女胡乱讲些有的没的了，我肯定老得跳起来纠正她。要是不这样，要是我硬着头皮装乖，把这堆东西都咽进肚子里，那我又该怨自己……怎么说呢……放着好面包不吃专吃烂泥了。所以我不想上高中了。不过有朝一日，我肯定还是要上大学的。"

"可是你得先念完高中，人家才能让你上大学啊。"

"高中得念四年……不对，五年。因为保不齐就要冒出点儿什么事来耽搁一阵。念完高中还有四年大学。到时候我书还没念完，年纪就过了二十五了，该变成干瘪瘪的老姑娘了。"

426

"不管你愿意不愿意，不管你想干什么，人早晚都有到二十五岁的一天。你还不如在那之前多受点儿教育呢。"

"妈妈，我最后再说一遍，我不想上高中了。"

"咱们走着瞧。"凯蒂咬着后槽牙说，下颌的线条都绷直了。

弗兰西什么也没说，可她紧咬着牙的模样和母亲一模一样。

然而这一番对话倒让弗兰西想到了个点子。如果妈妈觉得她可以晚上上班，白天念高中，那她自己怎么就不能这样念大学呢？她认真读着报纸上的一则广告：布鲁克林最古老也最知名的大学打广告宣传暑期课程，此课程面对的主要是想要提高成绩或者补修课程的大学生，还有想提前修点大学学分的高中生，弗兰西觉得自己应该算是后一类，虽然她并不算是高中生，可她完全符合高中生的条件，于是她写信要了一本课程目录。

她挑了三门下午上的课，这样她就能先睡到十一点，然后去上课，下了课直接去上班。她选的是《法语入门》《基础化学》，还有一门叫《王政复辟时代 [1] 的戏剧》的课。她算了算学费，加上实验器材的费用，大概是六十美元多一点，而她银行账户里已经攒了一百零五美元了。她去找凯蒂。

"妈妈，我能不能从你给我存的上大学的钱里拿六十块？"

"干吗用？"

"当然是上大学啊。"为了显得更戏剧化，她故意说得轻描淡写。不出所料，妈妈接下来说话的声音果然拔高了一个八度。

"上大学?!"

"是大学的暑期课。"

"可……可……可是……"凯蒂说不出整话来。

"我知道，我没上高中。可是我可以跟他们说，我不需要证书，也

---

1 约 1660—1688 年，英国国王查理二世复辟之后的一段时期。

不要成绩，就是跟着上课，那人家应该也会让我上。"

凯蒂立刻从壁橱的架子上摘下她那顶绿色的帽子。"你要去哪儿啊，妈妈？"

"上银行取钱去。"

妈妈那热切的样子惹得弗兰西哈哈大笑。"现在都下班了，银行也关门了呀。再说你也不用这么急，一个星期之后才注册呢。"

大学位于布鲁克林高地，偌大的布鲁克林，这里也是弗兰西尚未探索过的陌生地带。弗兰西填着申请表，她的笔在"教育背景"这一栏上停住了。这一栏下面有三个带空行的小标题："小学""高中""大学"。她想了想，把这三行文字划掉，在上面的空白处写下了："接受过私人教育"。

"其实想想这也不算扯谎。"她自我安慰着。

接下来的事让她既惊喜又大大松了口气，交表以后没人为难她。出纳收了钱，给了她学费的收据，她又顺利拿到了注册号、图书馆借阅证、课程表，还有所需教科书的书单。

她跟着人群去了相隔一个街区的大学书店。弗兰西对着手上的书单，要了《法语入门》和《基础化学》。

"要新书还是二手的？"售货员问。

"哎，这我也不知道，应该买哪个才对？"

"买新的。"售货员说。

有人拍了拍弗兰西的肩膀，她转头看去，那是个相貌英俊、衣着得体的男孩。男孩说："买二手的吧。用起来都一样，二手的便宜一半。"

"谢谢你。"弗兰西又转向售货员。"要二手的。"她坚决地说道。然后她开口要戏剧课的两本教材，肩膀上又被人轻轻拍了一下。

"用不着，"刚才那个男孩劝阻道，"这书你课前课后去图书馆看就够了。"

"又得再谢你一次啦。"弗兰西说。

"这不算什么。"男孩答道,他悠闲地走开了。

弗兰西目送着他离开书店。"哎哟,他可真是又高又帅,"她暗想,"大学可真是个好地方。"

她坐高架电车去上班,一路上都紧紧搂着那两本教科书。电车车轮在轨道上有节奏地擦出声响,那动静听着都像是在说"大学——大学——大学"。弗兰西觉得头晕恶心,晕得哪怕知道上班要迟到,也不得不在下一站匆匆下了车。她靠在一个投币式体重秤上,困惑地想着自己这是怎么了,应该不是因为吃坏了肚子,因为她连午饭都忘记吃了。然后一个念头像惊雷一样在她脑中响起。

"我祖父母那一辈都不识字,他们之前的祖先也不识字,连我妈妈的大姐都不识字。我父母只是小学毕业,我自己连高中都没上。可是我,我 M. 弗兰西丝·K. 诺兰,现在上大学了。你听见了吗?弗兰西?你在上大学呢!我的老天,我真觉得晕头转向的。"

49

上完第一节化学课,弗兰西容光焕发地走出教室。在那短短的一个小时里,她发现原来世间万物都是由不断运动的原子组成的。而且她理解了世界上的一切都不会真正消失或者毁灭。某个东西即便是烧光了或者烂掉了,也不会从地球上消失,而是会变成别的东西,比如气体、液体或者粉末。总之上完第一次化学课之后,弗兰西认定化学的世界里不仅充满蓬勃的生机,而且死亡也根本不存在。她甚至有些纳闷儿,为什么有学问的人没把化学当成个宗教来信呢?

《王政复辟时代的戏剧》也还算容易——毕竟她以前在家读过那

么多遍莎士比亚——只是需要在课外花上很多时间来读材料。这门课和化学课她都不怎么担心，但《法语入门》她就完全学不明白了。因为这门课并不是真正的"入门"，上课的讲师想着学生要么是考试不及格的来补修，要么是高中学过法语的，所以压根没讲开头的基础语法，直接从翻译开始教了。弗兰西连英语的语法、拼写和断句都学得没那么牢靠，更不要说突然学法语了。这样下去这门课绝对考不过，她能做的也只有每天背单词，硬着头皮坚持学下去。

她在坐电车上下班的路上学习，在歇班的时候学习，吃饭的时候也把书架在面前的桌子上看，她在通信公司培训室的打字机上打要交的作业。她从不迟到，也从不缺课，只希望选的三门课里至少有两门能过关。

她在书店认识的那个男孩成了她的守护天使，他的名字叫本·布莱克，是个了不起的小伙子。他在马斯佩斯一所高中念高三，还是校刊的编辑、班长、学校橄榄球队的中卫，以及荣誉学生。过去的三个暑假里他一直在修大学的课程。这样等到他高中毕业的时候，也把大学里一年多的课都学完了。

学业之外，本下午还在律师事务所打工。负责写摘要、处理传票、检查合同和卷宗，还研究判例。他很熟悉本州的法律，去庭上辩护都完全没问题。他不但学习成绩好，每周还能赚二十五美元。他打工的律师事务所希望他高中毕业就直接来全职上班，跟着他们边工作边学法律，最终考个律师执业资格。可是本看不起没上过大学的律师。他自己早就相中了一所中西部的学校，打算先拿个文学学士，然后再去学法律。

本虽然才十九岁，却早已把之后的人生规划成了一条不容动摇的直线。考下律师执业资格之后，他打算去找个乡下的律师事务所执业。因为他相信在小地方执业的年轻律师以后从政的机会更多。他甚至连执业的地方都选好了——他要去继承一个远房亲戚的业务，那是个上了年纪的乡下律师，手里还有个业务早已成熟的律师事务所。本和那位亲戚保持着密切的联系，人家每周都会写一封长信来指导他。

本计划着先接手这个事务所，然后等时机合适了再做郡里的公诉人（那个小地方的执业律师会轮流担任公诉人），以此为起点步入政界。他会努力工作，增加自己的知名度，赢得人们的信赖，好被选进州众议院做议员。当选以后他还要更加尽心尽力，忠于职守，赢得连任，向着当州长努力。这就是本的计划。

而最神奇的一点是，所有认识本·布莱克的人都相信，他计划的一切肯定都会实现。

然而在1917年的那个夏天，他梦想中的那个目标，中西部地区那片广袤的土地，还在大草原的烈日下静静地做着梦。它沉睡在辽阔的麦田中，沉睡在无边无际的苹果园之中——果园里种的都是晚熟红苹果、鲍德温苹果，还有"北方间谍"苹果——它沉睡在安稳的梦乡中，浑然不知日后那个打算以最年轻的州长身份入住州府的男人，此时只不过是一个在布鲁克林生活的小伙子。

这就是本·布莱克——衣冠楚楚、生性活泼、相貌英俊、头脑聪敏、充满自信，男孩们都喜欢他，姑娘们发狂似的迷恋他。而弗兰西·诺兰则怯生生地爱上了他。

他们每天都见面。本的自来水笔在弗兰西的法语作业上圈圈点点。他还给她检查化学作业，为她解释王政复辟时代戏剧那些难懂的地方。他替她为下个暑假的课程做好了计划，甚至还亲切地打算帮弗兰西规划好她的后半辈子。

暑假接近尾声，有两件事让弗兰西很难过。其一是她很快就不能每天都看到本了；其二是她的法语课大概要不及格了。这后一件事她鼓起勇气告诉了本。

"别犯傻，"本俏皮地说道，"上课的钱你也花了，这一整个夏天的课你也都上了，你又不是傻子，所以肯定能过。Q·E·D[1]。"

"不可能啦，"她笑了，"我这科准要挂掉，P·D·Q[2]。"

"那期末考试之前咱们得突击一下。应该得花上一整天。去哪儿复习好呢？"

"去我家怎么样？"弗兰西羞怯地提议。

"不行，家里总会有人，"他想了一会儿才说，"我知道有个好地方。星期六早晨九点，就在盖茨街和百老汇大街交叉的那个路口见面吧。"

弗兰西走下电车，发现本已经在那里等她了。她搞不懂本为什么非要带她到这个社区来。本领着她走向一家剧院的后台门，很多戏剧在百老汇的第一轮首演都会选这家剧院。后台门敞着，边上有个白发老人斜着椅子靠在墙边晒太阳，本只是简单说了句"早上好，老爹"，就走进了那扇奇妙的大门。然后弗兰西才知道，这个了不起的小伙子每周六都在这家剧院当夜场引座员。

弗兰西从没进过剧院的后台，激动得浑身发烫，简直像发了高烧一样。从后台看去，那舞台是那么宽阔，天花板是那么高，高得就像是会在视线里逐渐消失一样。她走上舞台，步子换成了记忆中哈罗德·克拉伦斯那直挺挺的缓步。本说了些什么，她故意拿出一股戏剧化的紧张劲儿，慢慢地转过身去，挤着嗓子高声说道："你——（停顿，然后意味深长地）说什么？"

"要不要看个东西？"本问。

他拉开大幕，弗兰西看着那巨大的石棉布缓缓卷起，就像是巨人家用的百叶窗。然后本又打开舞台的脚灯，弗兰西走到舞台的边缘，

1　数学证明用语，为拉丁文 Quod Erat Demonstrandum（以上尚待证明）的缩写。用于数学证明末尾表示证明结束。

2　Pretty Damn Quick 的缩写，直译作"可他妈快了"。

低头看向台下幽暗的观众席，看向那上千个整齐排列的座位。她仰起头，放声朝着楼座的最后一排喊叫起来："喂！你好！"

她的声音在空虚的黑暗中回荡，似乎被放大了好几百倍。

"我说，"本和气地问道，"你到底是对什么更感兴趣？剧院，还是你的法语课？"

"当然是剧院了，不然呢？"

这确实是实话，就在那一刻，她放下了自己的一切包袱，回归了自己最初的热爱，那就是舞台。

本大笑着关掉了脚灯，又放下幕布，搬来两把椅子面对面放着。不知他用什么办法搞来了过去五年的法语考卷，又从里面挑出了最常考和最不常考的问题，重新编成一份试卷。他花了多半天时间，帮弗兰西把这些题目和答案搞明白。然后他又让她把莫里哀《伪君子》里的一段连带英语译文一起背下来。本解释说：

"明天考试里要是有一题你一点儿都看不懂。你也不要硬答，就这么办：你先老实承认你不会答这道题，所以选另一种答题方法作为替代，那就是默写一段莫里哀的作品，再附上英语翻译。然后你就把刚才背的那段写下来，这样肯定能过关的。"

"万一别的题目里考到了这段文章呢？"

"不会的，我选的这段没多少人知道。"

她果然顺利过关，通过了法语考试。当然，她的分数是全班最低的，不过她安慰自己说反正过了就是过了。而化学和戏剧那两门课她考得都挺好。

一星期之后，她按照本的嘱咐回学校拿成绩单，又根据之前的约定跟他见了面。本请她去哈伊勒喝巧克力冰激凌苏打。

"你多大了，弗兰西？"本喝着汽水问道。

弗兰西的脑子转得飞快。她在家是十五岁，在单位要装成十七岁。本已经十九岁了，要是知道她才十五岁，可能就不愿意再搭理她了。

本看出她的犹豫，就对她开起了玩笑：

"你所说的一切都可能成为呈堂证供哦。"

弗兰西鼓起勇气，用颤抖的声音说了实话："我今年……十五岁。"然后她羞愧地低下了头。

"嗯，我喜欢你，弗兰西。"

"我爱你。"弗兰西想着。

"我接触过不少女孩，可我对你的喜爱不亚于她们任何一个。可是，我没什么时间陪女孩。"

"你连一个钟头都抽不出来？哪怕是星期天都不行？"她大起胆子追问道。

"我空下来的那几个小时还得陪我母亲，我是她的一切。"

弗兰西之前从来没听说过这位布莱克太太，可是她已经恨上了这个人，恨她占据了本的全部闲暇时间。要是本能拿出个把小时来给弗兰西，那她该有多快乐啊。

"可是我会想你的，"本接着说，"我要是有时间就给你写信。（他住的地方离弗兰西家其实只有半个小时的路程）不过如果你有需要我帮忙的地方——当然，特别鸡毛蒜皮的小事不算——你就给我个信儿，我肯定会想办法过来找你的。"他给了弗兰西一张事务所的名片，角落里印着他的全名：本杰明·富兰克林·布莱克。

他们在哈伊勒店门口热情地握手道别。"明年暑假再见！"他边走边回头喊道。

弗兰西站在原地，目送着他的背影转过街角。明年暑假！现在才九月份呢。下一个暑假感觉简直像是一百万年以后的事情。

弗兰西上暑期课程尝到了甜头，她本想秋天就注册同一所大学，可她实在是凑不出三百多美元的学费。有一天上午，她正在四十二街的纽约市图书馆研究大学课程目录，突然发现有一所女子大学可以让纽约市居民免费入学。

她带着暑期课的成绩单跑去注册，可对方告诉她，没有高中学历不能报名。可是暑期班就允许她上课了呀，弗兰西解释着。啊！那不是一回事，暑期课程只给学分，不涉及学位。弗兰西又问那么只上课不要学位行不行？不行，除非她过了二十五岁，那她就可以作为不要学位的特殊学生来上课了。弗兰西遗憾地表示自己还不到二十五岁。不过还有一个替代方案——如果她能通过大学的入学考试，或者高中毕业会考，那么即使她没有高中学历也能报名。

弗兰西参加了这两类考试，可是除了化学之外全都不及格。

"哎，得了！我早就该想到的，"她对妈妈说，"要是上大学那么容易，那还念高中干吗呢？不过你也别担心，妈妈。我现在知道这入学考试是怎么回事了，回头我把教科书都找来，好好复习，明年一定能考过。你就等着看好了。"

何况即便她能上大学，时间上安排不过来，因为公司现在安排她值白班了。如今弗兰西做得又快又熟，白天的业务是最繁忙的，正需要她这样熟练的打字员。不过单位也对她许诺说，如果她愿意的话，明年夏天可以再给她排晚班。她的工资也涨了，现在她每周能赚十七块五。

她又要独自面对孤单的夜晚了。宜人的秋夜，弗兰西一个人在布鲁克林的街道上闲逛，心里想着本。

（"如果你有需要我帮忙的地方，你就给我个信儿，我肯定会想办法过来找你的。"）

没错，她现在很需要他。可是如果她在信上写的是"我很孤独，请过来陪我一起散步，一起聊天吧"之类的话，那本一定不会来的。在他那精心规划的人生时刻表中没有给"孤独"的位置。

附近的社区看起来没什么变化，但是有些感觉还是不一样了。有些出租屋的窗户带上了金星标志[1]。男孩们还是三五成群地扎着堆儿，在街角或者廉价糖果店门口打发傍晚的时间，可现在经常看见其中几个孩子穿着卡其布的衣裳。

男孩们聚在一起唱歌，唱着《贫民窟的破棚子》《如果你戴着郁金香》《亲爱的姑娘》《我不该让你哭泣》之类的歌曲。有时候穿卡其布的小士兵还会领着他们唱几支军队里的歌，比如《在那里》《凯蒂之歌》，还有《无人区的玫瑰》。不过不管他们唱什么，最后收尾的都会是一首布鲁克林本地的民歌，《麦克瑞妈妈》《爱尔兰人眼含笑意》《让我叫你一声"宝贝"》或者《乐队继续奏乐》。

弗兰西从他们身边走过，不知道因为什么，这些歌曲听起来居然那么伤感凄凉。

50

茜茜的预产期在十一月底。凯蒂和伊薇想尽了办法不跟茜茜聊这个话题，因为她俩都认定了这个孩子也活不了，所以跟茜茜聊得越少，日后茜茜就越不至于老记着这回事。可茜茜又干了件惊天动地的事，搞得一家人想不谈都不行了——她宣布这次要上医院生孩子，让大夫来给自己接生。

母亲和妹妹们惊呆了。罗姆利家的女人生孩子从来没找过大夫，从来没有。这事她们怎么看都不太对劲儿。生孩子要么找接生婆，要么找街坊家的女人，要么找自己的母亲，总之都得是关起门来偷偷生，不能让男人在场。生孩子是女人的事。至于医院呢，人人都说只有要

1　代表阵亡士兵的家庭。

死的人才进医院。

茜茜说她们太落伍，接生婆也是老皇历了。而且她还骄傲地告诉她们，这不是她自己拿的主意。她家史蒂夫坚持要让她进医院，找医生，而且这还不算完——

给茜茜接生的大夫是个犹太人！

"为什么，茜茜？为什么要这么干？"妹妹们震惊地问道。

"因为在这种事上，犹太大夫比基督徒大夫招人喜欢多了。"

"我对犹太人没什么看法，"凯蒂说，"可是……"

"这个嘛，虽然艾伦斯坦医生祈祷的时候对着大卫星，咱们这些人对着十字架，可这跟他算不算是好大夫完全没关系啊。"

"可我还是觉得应该找跟你有同样信仰的大夫，毕竟这可是跟生——（凯蒂本来差点儿就要说出'死'来了，好在她及时改了口）——孩子有关的大事啊。"

"少说两句吧，宝贝！"茜茜轻蔑地说。

"不都说物以类聚嘛，你看犹太人就不找基督徒大夫啊。"伊薇觉得自己说到点子上了。

"他们找基督徒大夫干吗？"茜茜针锋相对，"谁不知道犹太大夫更聪明？"

茜茜生孩子的过程其实和以前一样，她生得很顺利，这次因为有医生帮忙，甚至比以往更轻松了一些。孩子生了下来，茜茜紧紧地闭着眼睛。她不敢看。她一直坚信这个孩子一定能活，可现在孩子真落了地，她又觉得多半活不成了。最终她还是睁眼看了看，孩子躺在旁边的一张桌子上，一动不动，浑身发青。茜茜把脸别开了。

"又来了，"她想着，"这种事一次又一次地来个没完，这都第十一回了。上帝啊，你怎么就不能让我养活一个？这十一个孩子里头，你怎么就不给我留一个活口？过不了几年，我就再也生不了孩子了。女人活了一辈子，却一个活的孩子都没生过，这算什么……唉，上帝，你为什么偏偏要这么诅咒我？”

然后她突然听到了一个词，一个她之前从来没听过的词——"氧气"。

"快！氧气！"她听见医生这么说着。

她看着医生围着孩子忙来忙去，亲眼看着奇迹降临——那远比母亲讲过的圣徒神迹伟大得多——她看见孩子身上的青色变回了充满生机的白皙，看见似乎了无生机的孩子大大吸了一口气，她平生第一次听见自己生下的孩子发出响亮的哭声。

"孩子……是……是不是……活了？"她甚至不太敢相信。

"那不然呢？"医生夸张地耸耸肩，"你这儿子健康得很，跟我之前接生的孩子没啥两样。"

"您确定他能活？"

"怎么不能？"医生又耸耸肩，"除非您让他从三层楼的窗户掉下去。"

茜茜拉起医生的手吻了个遍。如果医生不是犹太人，那这种情感外露的举动可能会让他很难为情，好在艾伦·艾伦斯坦医生完全不会觉得不好意思。

茜茜给儿子起名叫"史蒂芬·艾伦"。

"这种事每回都是这样，"凯蒂说，"没孩子的女人领养个孩子，然后过不了一两年，她自己准能生下个孩子来！就跟上帝终于看见她的善心似的。挺好，茜茜一次带两个孩子，总比只带一个好些。"

"小茜茜跟小史蒂芬只差了两岁，"弗兰西说，"跟我和尼利一样。"

"是啊，他们俩还能互相做个伴儿。"

茜茜产下活婴一直被全家人当成了不起的大事挂在嘴边，直到威利·佛利特曼姨夫给大家提供了全新的话题。威利想参军，却被人家拒绝了，然后他干脆丢下牛奶公司的工作，径直回到家，宣布自己是个废物，然后上了床。他躺了整整一天，第三天早上还不肯起来。他说自己打算就这么在床上躺到死。他说自己这辈子就活成了个废物，到死都是个窝囊废，那还不如早点儿死了的好。

伊薇找来了姐妹们帮忙。

伊薇、茜茜、凯蒂和弗兰西围在这位"废物"藏身的黄铜大床边上。威利看了一眼身边这一圈意志坚强的罗姆利家的女人，哭着说了声"我是个废物"，就扯起毯子把头蒙上了。

伊薇把丈夫交给茜茜处理，弗兰西则看着茜茜要怎么办。茜茜张开双臂，把这个没出息的小男人搂在胸前，劝他说不是所有勇敢的好男人都要上战场——很多在军工厂上班的人也是为国效力的英雄，他们每天也要冒生命危险。她就这么说啊说啊，说得威利热血沸腾，满脑子都是他也能为战事出把力。于是他一跃从床上蹦起来，叫伊薇给他找鞋子和裤子，忙得伊薇团团乱转。

史蒂夫目前在摩根大街的一家军工厂当工头。他在厂子里给威利找了个差事，工资不错，加班还能多发一半。

罗姆利家的传统是让男人自己留着赚来的小费或者加班费。拿到第一笔加班费之后，威利给自己买了一对铙钹和一面黄铜鼓。只要晚上不加班，他就坐在自家客厅里练习敲锣打鼓，一练就是一晚上。那年圣诞节，弗兰西送威利一把口琴。他就把这口琴装在一根棍子上，棍子另一头绑在自己腰上，这样他不用手拿也能吹口琴，就像骑自行车不扶把手一样。威利试图同时弹吉他、吹口琴，外加敲打锣鼓——他想练出单人乐队的本事来。

威利就这么在客厅里练习着，嘴上吹着口琴，手上弹着吉他，把大鼓和铙钹打得乒乒作响。他一边练习，一边自怨自艾，想着自己是个废物。

51

天气冷了，不适合出门散步了。弗兰西就在社会服务所报了两个晚间课程，学习裁缝和跳舞。

她学会了认纸样和踩缝纫机，希望学到最后能给自己做身衣服。

弗兰西还学了所谓的"舞厅交谊舞"，只不过她和舞伴们从来没想过能去什么"舞厅"。跟她搭伴儿的有时是街坊家满脑袋发油的时髦小伙，跳起舞来脚步利索，搞得她小心翼翼的。可有时候又只是个十四岁的半大小子，身上还穿着及膝的短裤，这时就轮到这孩子紧张兮兮地留意自己的舞步了。弗兰西很喜欢跳舞，可以说是一学就迷上了。

那一年就这么渐渐走向了尾声。

"你看什么书呢，弗兰西？"

"这是尼利的几何书。"

"几何是什么？"

"是考大学要考的科目，妈妈。"

"好的，你也别熬得太晚。"

"我母亲和姐姐那边有什么新消息吗？"凯蒂问保险业务员。

"这个嘛，我刚给您姐姐家的莎拉和史蒂芬办了保险。"

"他们不是刚出生就上保险了吗？上的一礼拜五分钱的那种。"

"这次上的不一样，上的是升学储蓄保险。"

"这是什么意思？"

"这是说不用等他们死了才赔钱，只要到了十八岁，就能拿到一千美元的保费，给他们上大学用。"

"我的老天！先是上医院找大夫接生，然后又有上大学的保险。谁知道以后还有什么新鲜事！"

"妈妈，有没有我的信？"每天下班回家，弗兰西都要问上这么一句。

"没有，只有伊薇寄来的明信片。"

"她说什么了？"

"没啥新鲜的，就说因为威利老是打鼓，所以他们又搬家了。"

"这次搬到哪儿去了？"

"伊薇在柏树山那边找了个独门独户的房子，这地方还算是布鲁克林吗？"

"那儿算是东纽约了——是布鲁克林和皇后区交界的地方，离新月街不远，那是高架电车百老汇线的终点站。啊，以前是终点站，现在这条线延到牙买加路了。"

玛丽·罗姆利躺在雪白的窄床上，头顶的墙上挂了一个受难像十字架。三个女儿和最大的外孙女弗兰西站在床边。

"哎，我今年都八十五岁了，这一病我觉得也就差不多了。我这辈子积攒了足够的勇气，可以安心等待死亡降临了。我不会跟你们说假惺惺的话，说什么'我死后不要为我感到悲伤'。我一直爱我的孩子，也尽了最大的努力做个好母亲，孩子们为我悲伤是应该的。不过你们也别太过伤心，更别难受太久，顺其自然就是了。你们要知道，我肯定会很幸福的，我终于能亲眼看见我爱了一辈子的那些圣人了。"

弗兰西在娱乐室给一群工友看照片。

"这是安妮·劳瑞，我家的小妹妹。她才十八个月，就能满地乱跑了。而且她说起话来可好玩了，真希望能让你们也听听。"

"她真可爱！"

"这张是我弟弟科尼利厄斯，他以后要当医生呢。"

"他也很可爱嘛。"

"这是我妈妈。"

"她真可爱，而且看着多年轻呀。"

"这张是我，坐在屋顶上拍的。"

"屋顶真可爱。"

"可爱的是我吧。"弗兰西假装生气地说道。

"咱们都可爱，"姑娘们笑了，"连咱们的主管都可爱——那个老妖婆！但愿她一口气憋死。"

大家笑个不停。

"咱们这是笑啥呢？"弗兰西问。

"谁知道。"姑娘们笑得更欢了。

"叫弗兰西去。我上回去说要买德国酸菜（Sauerkraut），结果人家把我赶出去了。"尼利发着牢骚。

"笨蛋，你说要买'自由菜'就没事了。"弗兰西说。

"别骂人。"凯蒂漫不经心地批评了一句。

"你知道吗？他们把洪堡大街改名叫威尔逊大街了。"弗兰西问。

"一打仗人就爱做怪事。"凯蒂叹了口气。

"你会跟妈妈说吗？"尼利担忧地问道。

"不会。可是你还太小了，找这样的姑娘不合适，人家都说她是个野丫头呢。"弗兰西说。

"乖乖女有啥意思啊。"

"那我不管，只不过你根本就不懂这个……呃……性这个玩意儿。"

"我懂的比你多多了，"他拿手撑着屁股，故意捏起嗓子，口齿不清地尖声叫唤起来，"哎哟！妈妈！要是男人亲了我一下，我会不会有孩子啊？会不会啊，妈妈？会不会？"

"尼利！那天我们俩说话你居然偷听！"

"我当然听了！我就在外头楼道里呢，每个字都听得可清楚了。"

"人可不能这么卑鄙……"

"你不也一样爱听贼话吗？有时候妈妈跟茜茜姨妈或者伊薇姨妈说话，以为你已经睡觉了，可我就撞见你在偷听，我撞见过好几次了。"

"那不一样，我得知道出了什么事。"

"这可是你自己说的！"

"弗兰西！弗兰西！七点了！该起床了！"

"起床干什么？"

"你不是八点半上班吗？"

"跟我说点儿新鲜的吧，妈妈。"

"你今天满十六岁了。"

"说点儿更新鲜的，我这连续两年可都是十六岁。"

"那你干脆明年也是十六岁算了。"

"没准儿我这辈子每年都是十六岁呢。"

"你要真那样我也不意外。"

"我真没偷偷翻你东西，"凯蒂愤慨地说，"我刚好缺五分钱交煤气费，想着从你那儿拿了你也不会在意。你不也经常翻我的皮夹找零钱吗？"

"那可不一样。"弗兰西说。

凯蒂手里拿着个小小的紫罗兰色的盒子，里面装着加了香味的金色过滤嘴卷烟。烟盒里少了一支。

"好啦，现在最糟糕的事也让你发现啦，"弗兰西说，"我抽了一根米洛牌的烟。"

"这烟还挺好闻。"

"来吧，妈妈。你尽管训我一顿，咱们赶紧让这码事过去吧。"

"法国那边死了那么多当兵的都没怎么样，你偶尔抽根烟，这世界也不至于就完蛋了吧。"

"妈妈，你老是这么扫兴——去年我穿黑蕾丝内衣你也不反对。得了，把烟扔了吧。"

"我才不扔呢！我要把这烟撒到五斗橱抽屉里，让我的睡衣也沾沾香味儿。"

"我是这么想的，"凯蒂说，"今年圣诞节咱们就别互相买礼物了。大家把钱往一起凑凑，去买上一只烤鸡，再去面包房买个大蛋糕，然后再来一磅好咖啡，还有……"

"咱们买吃喝的钱还是够的，"弗兰西反对道，"用不着花过圣诞节的钱去买这些。"

"我是想把这些送给两位丁摩尔小姐。现在没人跟她们上音乐课了……大家都说这姐妹俩已经落伍了。她们没多少东西吃，莉琪小姐对咱家多好啊。"

"这样也行。"弗兰西同意了，虽然语气不怎么热情。

"呦!"尼利狠狠地踢了一下桌子腿。

"别担心，尼利，"弗兰西笑着说，"少不了你的礼物，我今年给你买双淡棕色的鞋罩。"

"呸，赶紧闭嘴吧!"

"别说什么'闭嘴'之类的话。"凯蒂漫不经心地批评了一句。

"妈妈，我想让你给我支支招。我上暑期班的时候认识了个男孩，他说可能会给我写信，可是从来没写过。所以我想问问，你觉得我要是给他寄个贺卡会不会有点儿过了？"

"过了？说什么傻话！你想寄贺卡就寄。我就讨厌女人故意耍什么扭扭捏捏的把戏。一辈子就那么短。你要是找着了喜欢的男人，别浪费时间低头傻笑什么的，直接过去跟他说：'我爱你，咱俩结婚怎么样？'就这么简单。"她担忧地看了一眼女儿，又连忙加上了一句，"当然，那得等你年纪够大了，也知道自己想要什么了才行。"

"那我就寄张贺卡吧。"弗兰西下定了决心。

"妈妈，我们决定了，我和尼利今年不打算喝蛋奶酒，来点咖啡就行了。"

"行啊。"凯蒂把白兰地瓶子放回橱柜。

"把咖啡煮得又浓又烫的，然后杯子里先倒上半杯热咖啡，再加上半杯热牛奶，咱们就用 café au lait.（牛奶咖啡）举杯迎接 1918 年。"

"S'il vous plâit（请）。"尼利说。

"Wee-wee-wee，"[1] 妈妈说，"我也会说几个法语词的。"

凯蒂一手拎着咖啡壶，一手端着装满热牛奶的小锅，两手一起往咖啡杯里倒。"我还记得，"她说，"过去家里要是没有牛奶了，你爸就往自己的咖啡里放块黄油——如果家里还有黄油的话。他说黄油本来就是拿牛奶做的，所以搁咖啡里味道也差不多。"

爸爸……

52

那是一个阳光明媚的春日，下午五点钟，十六岁的弗兰西走出办公室，看见跟她坐同一排的姑娘安妮塔正在大楼的门厅里站着，身边还有两个士兵。一个矮小粗壮，笑容满面，像是要宣示主权一样紧抓着安妮塔的胳膊。另一个又高又瘦，戳在那里的模样看着有点儿尴尬。

---

1 指法语"oui"，意思为"是"。——编者注

安妮塔从士兵身边挣脱开来，把弗兰西拉到一边。

"弗兰西，你一定得帮我个忙呀。这是乔伊最后一次休假，然后他所在的连队就要派到国外去了，本来我们俩都订婚了。"

"你们俩都订婚了，那还要别人帮什么忙呢？不是都搞定了嘛。"弗兰西半开玩笑地问道。

"我是说帮我对付另外那个家伙，乔伊非得带他一起来，真是讨厌！他俩好像是哥们儿，去哪儿都要黏在一块儿。那小子是宾夕法尼亚什么小地方出来的土老帽，在纽约半个人都不认识，我就知道他得黏着乔伊，搞得我们俩一点儿单独相处的时间都没有。你一定得帮我这个忙，弗兰西，已经有三个姑娘拒绝我啦。"

弗兰西好奇地看了一眼离她十步开外的那个宾州小伙，他看着的确不怎么起眼，也难怪之前那三个姑娘不愿意帮安妮塔的忙。可是他转过来，视线与弗兰西相接，慢慢露出羞涩的笑容。他虽然长得算不上好看，可是也不知怎的，他这一笑还挺顺眼。这个羞涩的微笑让弗兰西下定了决心。

"这么着吧，"她对安妮塔说，"我要是能在我弟弟上班的地方找着他，那我就让他给我妈捎个信儿。他要是已经走了，我就得先回家一趟，不然我妈看见我没回家吃饭该担心了。"

"那你给他打个电话得了，还能快点儿，"安妮塔催促着，伸手在自己的皮夹里摸索着，"打电话的五分钱我替你出。"

弗兰西在街角的香烟店打了个电话，尼利刚巧还在麦克加里蒂的酒吧里，她就让尼利捎个口信回家。打完电话回来，她发现安妮塔和乔伊早就走了，门厅里只剩下那个笑容羞涩的士兵一个人。

"安妮塔哪儿去了？"弗兰西问。

"她刚才和乔伊一起走了，我还以为她去找你了呢。"

弗兰西有点儿担心，她原本以为是大家凑成两对儿一起出去呢。现在她又该怎么对付这个高个子的陌生人呢？

"我也不怪他们，"那人说，"他们想单独在一起嘛。我自己也订婚了，知道是怎么回事。毕竟是最后一次休假，肯定想和喜欢的姑娘在一起。"

"订婚了？"弗兰西想，"那他至少不会跟我搞什么浪漫的了。"

"你也不是非得一直跟我在一起不可，"他继续说着，"你告诉我怎么坐地铁去四十三街——我对这个城市完全不熟——那我就直接回旅馆了。要是不知道该干什么，那写写信总是可以的。"他再次露出那羞涩又孤独的微笑。

"我刚才给家里打电话说不回去吃饭了，所以如果你愿意的话……"

"愿意？老天爷，我今天可太走运了！当然好啊，哎，多谢多谢，您贵姓……"

"诺兰，弗兰西丝·诺兰。"

"我叫李·莱诺。我大名其实是利奥，不过大家都管我叫'李'。认识你可真是太高兴了，诺兰小姐。"他伸出一只手。

"我也很高兴认识你，莱诺下士。"

"啊，你看见这些杠杠了，"他开心地笑了，"你上班累了一天，这会儿肯定饿了吧，你有什么想去的地方吗？我请你吃个晚饭——我是说，用晚餐。"

"说晚饭就行啦。我没什么特别想去的地方，你呢？"

"我想尝尝这里的炒杂碎，我之前只听人家说过。"

"四十二街有一家很不错，店里还有音乐呢。"

"那咱们走吧！"

往地铁站走着，他又开口问道："诺兰小姐，你介意我叫你弗兰西丝吗？"

"没问题，不过大家都叫我弗兰西。"

"弗兰西！"他跟着重复了一遍，"对了，还有一件事求你，弗兰西，你愿意冒充我的女朋友吗？就今天一个晚上。"

"哼，"弗兰西想着，"动作够快的嘛。"

他好像看透了她的心思："我知道，你肯定觉得我动作太快了。不过事情是这样的：我有差不多一年没跟姑娘约会了。过不了几天，我就得坐船去法国，也不知道以后会怎么样。所以就装这么几个小时——如果你不介意的话——就真的帮了我的大忙了。"

"我不介意的。"

"谢啦，"他示意让弗兰西挽住他的胳膊，"来吧，女朋友。"他们正要走上地铁，他突然又停了下来。"叫我一声'李'。"他命令道。

"李。"弗兰西说。

"你说'你好啊，李，亲爱的，见到你可真好'。"

"你好啊，李，见到你可真好……"弗兰西害羞地说着，他的胳膊夹得更紧了一些。

露比餐厅的服务员给他们上了两碗炒杂碎，还有一大壶茶。

"你给我倒茶吧，这样感觉更像是在家里。"李说。

"加多少糖？"

"我喝茶不加糖。"

"我也不加。"

"哟，咱俩的口味一样呢，是不是？"他说。

他们两个都很饿，于是谁也没再说话，埋头吃起那滑溜溜的炒菜来。弗兰西每次抬头看李，他都会报以微笑。而李每次低下头来看她，弗兰西也会咧开嘴开心地笑笑。等到炒杂碎、米饭和茶都一扫而光以后，李往椅背上一靠，掏出一盒香烟来。

"抽吗？"

弗兰西摇摇头："我抽过一次，不太喜欢。"

"挺好，我不喜欢小姑娘抽烟。"

然后李打开了话匣子，把自己这一生能想起来的事都说了出来。

448

他对她说起了自己在宾夕法尼亚一个小镇里度过的童年（弗兰西在剪报社上班的时候读过这个小镇的周报，现在对这个名字还有印象）；说起了自己的父母和兄弟姐妹；还说到了自己的学生时代——他参加过什么派对，又在哪里打过什么工。他说自己今年二十二岁，还说到了自己二十一岁那年怎么参的军。他对弗兰西讲了自己的军营生活，讲了自己怎么当上的下士。他把自己生活中的大事小事都对弗兰西讲了，唯独没提在老家跟他订婚的姑娘。

弗兰西也和他说起了自己的生活，不过她只拣高兴的事情说。比如，爸爸以前多么英俊；妈妈多么富有智慧；尼利是最棒的弟弟；小妹妹也是那么可爱。她说起了图书馆柜台上那只褐色的陶罐，说起了自己新年夜在屋顶上和尼利的对话。唯独没有提到本·布莱克，因为这时候她根本就没想起他来。她说完之后，李开口说道：

"我这辈子一直过得很孤独。哪怕派对上人挤人，我也会觉得孤独。哪怕正和姑娘接着吻，我还是感觉孤独。明明和几百个战友一起住在军营里，可我还是会觉得孤独。不过现在我再也不孤独了。"那独特的羞怯的笑容慢慢在他脸上绽开。

"我也是一样的，"弗兰西坦诚道，"唯一的区别就是我还没跟男孩接过吻。但此刻是我平生第一次不觉得孤独。"

他们杯子里的水几乎是满的，但服务员还是过来添了一点儿。弗兰西明白，这是在暗示他们坐得太久了，还有别的客人在等位呢。她向李打听现在的时间——居然快十点钟了！他们聊了整整四个小时！

"我得回家了。"她遗憾地说。

"那我送你回去。你是不是住在布鲁克林大桥附近？"

"不是。我住威廉斯堡。"

"要是在布鲁克林大桥边上就好了。我之前还在想，要是我有朝一日到纽约来，就一定得从布鲁克林大桥上走一次。"

"那干吗不今天就走？"弗兰西提议说，"我可以过了桥以后在布鲁克林那头坐格拉汉姆线电车，这趟车正好开到我住的地方。"

他们坐区际快速地铁到了布鲁克林大桥，下了地铁，开始向桥上走去。走到一半，他们停下脚步俯瞰桥下的东河。李拉着弗兰西的手，他们紧紧靠在一起，他抬起头，遥望着曼哈顿那一边的天际线。

"纽约！我一直想来亲眼看看，现在终于如愿了。人家说的果然没错，这真是全世界最棒的城市了。"

"还是布鲁克林更好。"

"可是那边没有纽约这样的摩天大楼吧，有吗？"

"没有。布鲁克林就是有种特别的感觉——我也说不清那感觉到底是什么，只有在布鲁克林生活才能体会到。"

"我们总有一天会到布鲁克林生活的。"他静静地说着，她的心跳仿佛猝然漏了一拍。

她看见一个在桥上巡逻的警察朝他们走了过来。

"咱们还是赶紧走吧，"她不安地说，"那边就是布鲁克林海军船坞，停着的那艘带迷彩的船就是运兵的。所以警察总会在这附近盯着以防间谍。"

警察走到他们身边，李说："我们不是来搞爆破的，就是看看东河。"

"那是，那是，"警察说，"这五月天多美呀，我又不是不知道。谁没年轻过呢？我自己也一样，你们可别把我想得太老了啊。"

警察露出笑容，李也报以微笑，弗兰西同时冲着他们俩咧开嘴笑了笑。警察往李的袖口瞟了一眼。

"那再见啦，'将军'，"警察说，"到那边可得好好收拾收拾那群混蛋。"

"肯定的。"李信誓旦旦地答道。

警察接着巡逻去了。

"这人不错啊。"李说。

"大家都很和气。"弗兰西高兴地应道。

他们走到布鲁克林大桥的那一头，弗兰西说余下的路就不用李送了。说她以前上夜班，夜里经常一个人回家。她又解释说，要是从她住的地方回纽约的话，那李肯定会迷路。布鲁克林的路难记得很，得在这里住上一段时间才能走明白。

实际上，她是不愿意让李看见自己生活的地方。她喜欢自己住的街区，从不以它为耻。但是她又觉得，在不像她自己一样知根知底的外人看来，这地方大概既脏乱又破败。

她先给他指了从哪里坐高架电车回纽约。然后他们一起往弗兰西要去的电车站走去。两人路过一家只有一扇橱窗的小文身店，店里坐着个年轻的水手，他高高挽着袖子。文身师坐在他面前的一张高凳上，身边放着装了各色墨汁的托盘，他正往这水手的胳膊上刺着一箭穿心的图案。弗兰西和李停下脚步，盯着橱窗里看了起来。水手抬起另一只胳膊挥手致意，他们也反过来挥了挥手。文身师抬起头来，比画着欢迎他们进来，弗兰西皱起眉毛，摇了摇头："不了。"

他们从文身店前走开了，李语气惊讶地说："好家伙！那哥们儿是真的在文身呢！"

"可千万别让我逮到你去文身。"弗兰西假装严厉地说道。

"不会的，母亲大人。"李故作温顺地回答，两个人放声大笑起来。

他们在街角等电车，一阵尴尬的沉默降临在两人之间。他们隔开一段距离站着，李一支接一支地点着香烟，抽到一半又扔掉。直到电车终于映入他俩的视线。

"我的车来了。"弗兰西边说边伸出右手，"晚安了，李。"

他扔掉刚点燃的香烟，张开双臂："弗兰西？"

她投入他的怀抱，他吻了她。

第二天早晨，弗兰西穿上全新的海军蓝罗缎套装，里面配着白乔

451

其纱衬衫，还穿上了平时只有星期天才拿出来穿的漆皮高跟鞋。她和李没有约会——他们根本就没约好什么时候再见面。可是她知道，她五点钟一下班，李一定会来等她。弗兰西正准备出门，尼利刚好起床了，于是她就让尼利告诉妈妈，她晚上不回来吃饭了。

"弗兰西有相好的了！弗兰西终于有男朋友了！"尼利像唱歌似的连声喊道。他跑到劳瑞身边，宝宝坐在窗边的高脚椅上，面前的托盘里放着一碗燕麦粥，她正忙着把粥一勺勺地舀出来往地上倒。尼利刮了刮她的下巴颏儿。

"嘿，小傻瓜，弗兰西有相好的啦！"

两岁的宝宝努力想搞明白这是什么意思，右边的眉毛内侧挤出一道淡淡的细纹来（凯蒂管这个叫罗姆利纹）。

"弗兰——妮？"她困惑地说。

"听好了，尼利。我把她从床上弄起来，还做好了燕麦粥，现在该轮到你负责喂她了。还有，别管她叫小傻瓜。"

她出了楼道，刚走到外面的马路，就听见有人喊自己的名字。抬头一看，穿着睡衣的尼利从窗户里探出脑袋，扯着嗓子唱了起来：

　　瞧她蹑手蹑脚，

　　走到大街上，

　　身上穿的是，

　　她最好的衣裳。

"尼利！你可太不像话了！太不像话了！"她冲着楼上的窗户喊道，而他装出一副听不清楚的样子。

"你是不是说那个他太不像话了？是不是说他留着大胡子，长了个秃脑壳？"

"赶紧喂宝宝吃饭去！"弗兰西吼了回去。

"你是说你也要生宝宝吗，弗兰西？你是说你快生宝宝了吗？"

一个路过的男人冲弗兰西挤了挤眼睛，两个手挽手走的姑娘咯咯地笑得停不下来。

"你个该死的小混蛋！"弗兰西气得要疯，却又拿他没办法，只能冲着楼上尖声嚷着。

"你骂人啦！我跟妈妈说去！我跟妈妈说去！我得告诉妈妈你说脏话了。"尼利又像唱歌似的念开了。

这时候她刚好听见电车开来的声音，只好跑着赶电车去了。

弗兰西下班了，李果然在等她，他挂着那独特的微笑迎了上来。

"你好啊，我的女朋友。"他挽起弗兰西的胳膊。

"你好，李，能再见到你真好。"

"……是'亲爱的'。"他提醒道。

"亲爱的。"她补了半句。

他们去"自动贩卖式餐馆"吃了晚饭，这也是李想亲眼看看的地方。店里不准抽烟，而李不抽烟就待不住，所以他们喝完咖啡吃完甜点之后就没留下来接着聊。两人决定去跳舞，在百老汇找到了一家舞厅，票价是一毛钱一场，军人买票还能半价。李出了一美元，买了二十张的一整联舞票。他们开始跳舞了。

第一曲才跳了一半，弗兰西就发现，他之前那种尴尬又笨拙的感觉实在是太有欺骗性了：他舞步流畅，舞技也很高明。两人就这么紧拥着彼此跳着舞，根本不需要再多说什么。

乐队演奏着《星期天清晨》，那是弗兰西最喜欢的歌曲之一。

在那个星期天的清晨，

天气是多么晴朗。

弗兰西随着歌手一起哼唱着副歌。

　　　　虽然只穿棉布衣裳，
　　　　我却是最美的新娘。

她感觉李的胳膊搂得更紧了些。

　　　　我知道我闺中的女友，
　　　　必定要对我艳美无比。

　　弗兰西太幸福了。他们又跳了一轮，歌手也把副歌的部分又唱了
一遍，这一次他对歌词稍做修改，作为对在场士兵们的致敬。

　　　　穿上卡其色的军装，
　　　　你就是最好的新郎。

　　弗兰西用双臂紧紧攀住李的肩膀，把脸贴在他的衣服上。这一刻
的她脑海中的念头正和十七年前与约翰尼共舞的凯蒂一模一样：只要
能得到这个男人，永远和他在一起，那吃多少苦受多少罪她都愿意。
而且就像凯蒂一样，此刻的弗兰西也根本想不到未来会有孩子跟着自
己一起吃苦受罪。

　　一群士兵准备离开舞厅。按照当时的习惯，乐队暂停了正在演奏
的曲子，奏起了《直到我们再次相逢》。每个人都停下舞步，为士兵们
唱起送别的歌曲。弗兰西和李也手拉着手唱着，虽然他们俩都不太记
得清歌词。

　　　　……当那乌云从空中散去，

> 我就会回到你身边，
>
> 那时的天空会更加蔚蓝……

人们纷纷喊着："再见了，战士们！""祝你们好运！战士们！""后会有期了，战士们！"于是那些正要出门的士兵也停下脚步站成一队，和大家一起唱着这首歌。李牵着弗兰西走向大门。

"咱们趁这时候赶紧走，"他说，"这样这一刻就会变为完美的回忆留下来了。"

两人沿着楼梯慢慢向下走着，歌声在他们背后如影随形。走到街上以后，他们又等了一阵，等着那歌声渐渐淡去。

> ……请每夜为我祈祷，
>
> 直到我们再次相逢。

"就让它成为只属于我俩的歌吧，"他耳语道，"希望你只要听到这首歌就会想起我。"

他们正走着，天上突然下起了雨，于是他们只好跑进一家空置商店的门廊里躲雨。两人站在安静又幽暗的门廊里，手拉手看着下落的雨水。

"人们总以为幸福是遥不可及的，"弗兰西想着，"觉得幸福很复杂，觉得得到幸福很困难。可让人觉得幸福的偏偏就是那些小事。比如下雨的时候刚好有地方躲雨，比如心情不好的时候喝上一杯浓浓的热咖啡。对男人来说，抽支烟过过瘾是幸福。一个人待着的时候，有本好书看也是幸福。而和自己心爱的人在一起……这一切都能让人感到幸福。"

"我明天一早就要走了。"

"不是去法国吧？"弗兰西猛然从自己的幸福之中惊醒。

"不是，是回老家。我妈想让我抽出一两天来，趁着还没……"

"这样啊！"

"我爱你，弗兰西。"

"可是你已经订婚了。你跟我说的第一件事就是这个。"

"订婚了，"他愤愤地说着，"人人都有婚约的，在那么个小地方，所有人都要么订了婚，要么已经结婚了，不然就是惹上了什么麻烦。那种小地方的人也没别的事情可干。

"你只要去上学，然后放学老跟同一个姑娘一起走——只因为你们俩住的地方刚好顺路——等你们长大了，她就会约你去她们家办的派对，然后你再去别的派对时，人家就要叫你带上她一起去了，完事你还得送她回家。要不了多久，就没人再约这姑娘了，因为人人都觉得她是你的女朋友，然后怎么说呢……你要是不跟她好，心里就总觉得自己当了坏人。再然后你们就结婚了，因为反正也没别的事情可干。如果这姑娘很规矩（一般来说这样的姑娘都规矩），你自己也还算是个过得去的正派男人，那日子就也过得去。虽然不再激情似火，却也有种带着些感情的满足。等孩子出生了，你们俩就会把在对方身上不怎么找得着的那种爱全用在孩子身上。到最后只有孩子能得到爱。没错，我确实是订婚了。可我对她和对你是不一样的。"

"不过你还是会娶她的吧？"

他等了很久才开口回答：

"不会。"

弗兰西又觉得幸福了。

"说吧，弗兰西，"他低声说道，"说出来吧。"

她说："我爱你，李。"

"弗兰西……"他的声音里带出些急迫来，"我这一走可能就再也回不来了，所以我害怕……我怕……自己会死，怕自己还从来没……有过那个什么就……弗兰西，咱们能不能在一起呢？"

"咱们不就在一起吗?"弗兰西天真地答道。

"我是说找个房间……就咱们俩……就到明早我动身之前就好。"

"我……不行。"

"你不想吗?"

"想啊。"她诚实地回答道。

"那为什么……"

"我才十六岁,"她勇敢地说了实话,"我从来没跟人……在一起过。我也不知道怎么弄。"

"这没有关系。"

"我也从来没有过夜不归宿,我妈妈会担心的。"

"你可以跟她说要在女友家过夜呀。"

"她知道我没有女友。"

"你也可以……明天再编个借口出来。"

"我不用找什么借口,我会跟她说实话的。"

"你要怎么着?"他震惊地问道。

"我爱你。如果我真跟你在一起了……那完事以后我也不会觉得丢人,我只会觉得骄傲又幸福,所以我不会在这种事上说谎话的。"

"我可没想到,我可真没想到……"他仿佛自言自语一样低声念叨着。

"你也不想把它搞得……偷偷摸摸的,是吧?"

"原谅我吧,弗兰西,我不该问的。我是真的没想到。"

"没想到什么?"弗兰西困惑极了。

他伸出双臂紧紧搂住她,弗兰西发现他在哭。

"弗兰西,我害怕……我怕我这一走就会失去你……就再也见不着你了。你要是叫我别回家,那我就留下来不走了。咱们明天和后天都能在一起,咱们可以一起吃饭、一起散步、一起去公园、一起坐双层公共汽车,咱们只要聊天就好,只要就这么一起待着就好。你就叫我别回去吧。"

"可我觉得你还是得回去，我觉得你还是应该回去看看你母亲，趁着还没……我也不知道，但是我觉得这样才是对的。"

"弗兰西，等战争结束了，你愿意嫁给我吗？——如果我能活着回来的话。"

"等你回来了，我就嫁给你。"

"你愿意吗，弗兰西？……求你了，你愿意吗？"

"愿意啊。"

"那你再说一次。"

"李，等你回来了，我就嫁给你。"

"到那时候，弗兰西，咱们就一起在布鲁克林生活。"

"你想去哪里生活，咱们就去哪里。"

"那咱们就住在布鲁克林好了。"

"只要那是你自己愿意的，李。"

"你会给我写信吗，每天都写？"

"每天都写。"她保证说。

"那你今天晚上回家就写，好不好？在信里写上你有多爱我。这么一来，我一回到老家，这封信就在家里等我了。"弗兰西也应了下来。"你能不能保证不让别的男人吻你，不跟别的男人约会？你能不能保证等着我……不管多久都等着我？就算我回不来，你能不能保证再也不动心思嫁给其他人？"

她答应了。

他就像是问能不能去约个会一样，简简单单地要她定下自己的一生。而她也就像握手问候或者道别一样，简简单单把自己的一生许诺了出去。

雨又下了一会儿就停了，星星也出来了。

53

弗兰西当天晚上就履行诺言写了信,她写了一封长长的信,在信里尽情倾吐着自己的爱意,还把自己做出的承诺又写了一遍。

隔天她比平时提前一点儿出了门,好在上班之前先去三十四街的邮局寄信。邮政窗口的职员说这信当天下午准能寄到。那天是个星期三。

她巴不得星期四晚上就能收到回信,却也努力让自己别抱太大期望。因为相隔的时间太短了——除非李也像她一样,两人分手以后马上就开始动手写信。当然,李还得收拾行李,早起赶火车(弗兰西甚至没想起来,她自己也是想方设法挤了点儿时间来写信的)。所以星期四晚上没有来信。

星期五公司因为闹流感人手不足,弗兰西连着上了十六个小时的班,凌晨两点才回到家。一封信靠在厨房桌上的糖罐边上,她迫不及待地拿起来拆开。

"亲爱的诺兰小姐。"

她的幸福感瞬间消失了。这信肯定不是李写的,不然抬头他肯定会写"亲爱的弗兰西"。她翻过页来看了看最后的签名:"伊丽莎白·雷诺(夫人)"。"啊,原来是他妈妈,或者是嫂子什么的。"他可能是病了,自己写不了信。或者部队里有什么规矩,不让即将派到海外出征的战士写信,所以他只能找个人替他写。没错,就是这么回事。她读了起来。

> 李把您的情况全部跟我说了。他在纽约期间受到您诸多亲切的照顾,我想在此表示感谢。他本周三下午到家,但次日晚上就要回军营了,加起来也只在家待了一天半。我们的婚礼十分简单,到场的只有双方的家人和几个朋友……

弗兰西放下手里的信。"我连着上了十六个小时的班，"她想着，"我一定是太累了。我这一天看了上千条电报，现在看什么都觉得看不进去。再加上我在剪报社上班那会儿还养出了坏毛病，看东西老是一目十行的，一篇文章恨不得只看几个字。我得先洗把脸，让自己精神精神，弄点儿咖啡喝，然后再好好看一遍。这回就能看明白了。"

她趁咖啡还在火上热着，捧起些冷水洒在脸上，想着这一次再读"婚礼"那一段，上面写的会是"李当了伴郎，因为您知道，我跟他的哥哥结婚了"。

凯蒂清醒地躺在床上，听着弗兰西在厨房里弄出的动静。她紧张地等待着，虽然连她自己都不知道是在等什么。

弗兰西又读了一遍来信。

……我们的婚礼十分简单，到场的只有双方的家人和几个朋友。李让我写信代为解释他为什么没给您回信。再次感谢您在纽约对他的热情招待。

敬启！

伊丽莎白·莱诺（夫人）

这之后还有一段附言：

又及：我看了您写给李的信。他假装和您相爱，实在是太恶劣了，我也用同样的话斥责了他，他让我转告您，他对此感到万分抱歉。——E.R

弗兰西的身体剧烈地颤抖起来，紧咬的牙齿挤出咯咯的声响。"妈妈，"她呜咽着，"妈妈！"

凯蒂听她讲了事情的来龙去脉。"到底还是来了，"她想着，"这种时候终于来了，自己再也没法保护孩子们了，把所有麻烦都替他们扛下来了。要只是家里没吃的，那还能假装自己不饿，让孩子多吃点儿。冬天夜里冷，你还能起来把自己的毯子给孩子盖，不让他们冻着。谁要是想伤害他们，你还能去跟人家拼命——比如当年我是真的想打死楼道里那个家伙的。可是早晚会有那么一天，本来还阳光灿烂的，他们走出门去，痛苦却迎头找了上来，还是那种你宁愿拿自己的命去换，也不希望他们去面对的痛苦。"

弗兰西把信交给凯蒂，她慢慢地读着，觉得自己已经全都弄明白了。这男的二十二岁，用茜茜的话来说，很明显是"吃过见过"的。弗兰西才十六岁，比他小了整整六岁，别看她涂着大红色的唇膏，穿着大人的衣裳，脑袋里装了不少东拼西凑的知识，却还是单纯得可怕。这么个小丫头虽然亲眼见识过一些世间险恶，也面对过不少生活的困难，却也出奇地没怎么被世俗影响。没错，凯蒂能明白为什么那人会盯上自己这个女儿。

可她又能说什么呢？说那男的不是什么好玩意儿？说他只是个见一个爱一个的软蛋？不行，这么说太残忍了，何况这孩子也不会相信的。

"说点儿什么呀。"弗兰西要求道，"你怎么什么都不说了？"

"我还能说什么呢？"

"说我还年轻——说我这股劲儿早晚会过去。赶紧说吧，赶紧把这些谎话都说出来。"

"我知道人家都会这么说，说早晚都会过去什么的，换了别人我也这么说。可我也知道这话不是真的，别担心，你以后肯定还是能找到幸福的。我是说你不可能忘记这件事了。以后你再爱上别的男人，多半都是因为他们让你想起那个他。"

"母亲……"

461

母亲！凯蒂忽然想起来，直到决定要嫁给约翰尼之前，她也是管自己的母亲叫"妈妈"的。那天她说"母亲，我要嫁人了……"之后就再也没喊过一声"妈妈"。人一旦不再管自己的母亲叫"妈妈"，就是真正长大成人了，而现在弗兰西……

　　"母亲，他叫我陪他过夜来着，你觉得我应该去吗？"

　　凯蒂的脑子转得飞快，想着自己能说点儿什么。

　　"别用瞎话诳我了，母亲，实话实说吧。"

　　凯蒂实在想不出该怎么说好。

　　"我跟你保证，我以后肯定得先结了婚，再跟男人'在一起'——如果我会结婚的话。要是我觉得自己非去不可——还没结婚就想得不行——那我也会先跟你说的。我在这里对你正式做出保证，这样你就能跟我说实话，用不着担心我知道了以后走歪路了。"

　　"实话也有两种说法，"凯蒂终于开口了，"作为母亲，我会说跟个认识了不到四十八小时的陌生男人上床简直太糟糕了。这么干可能会给你惹来很多麻烦，你这辈子没准儿就毁了。这是我作为母亲跟你说的实话。可是作为女人……"她犹豫了一下，"我现在也只作为女人跟你说句实话，那也可能是一段非常美妙的经历，因为你这辈子也可能只爱那么一次。"

　　弗兰西想着："那当时我还是应该跟他去才对。以后我再也不会像爱他一样爱别人了。我本来就是想去的，却没有去，然后现在我也不那么想要他了，因为他已经属于别人了。我想要的时候没有要，现在已经太晚了。"她把头抵在桌子上，哭了起来。

　　又过了一会儿，凯蒂开口说道："我也收到一封信。"

　　这封信来了几天了，不过她一直想等有合适的时机再说。而她觉得现在这个时机正合适。

　　"我也收到一封信。"她重复了一遍。

　　"谁……谁寄的？"弗兰西抽抽噎噎地问道。

"麦克舍恩先生。"

弗兰西哭得更响了。

"你没兴趣听听吗？"

弗兰西想止住哭声，却停不下来。"行吧，他说什么了？"她无精打采地问道。

"没什么特别的，就说他下星期要来咱家做客。"凯蒂等了一会儿，看弗兰西好像没表现出什么兴致来，"你觉得让麦克舍恩先生做你们的父亲怎么样？"

弗兰西猛地抬起头："母亲！只是有个男人写信说要来做客，你就马上想到这一步了。你凭什么老是觉得自己什么都知道啊？"

"我不知道，我其实真的什么也不知道，我只是会有些感觉。如果这感觉特别强烈，那我就说我知道，可实际上我还是不知道的。话说回来，你觉得让他来当你们的父亲怎么样？"

"我刚把自己的生活搞得一团糟，"弗兰西愤懑地说道，凯蒂的脸上也没有笑容，"你让我提建议可是找错人了。"

"我没让你提什么建议。我就是想听听孩子们对他有什么看法，这样才好考虑下一步该怎么办。"

弗兰西怀疑母亲这时候提起麦克舍恩是为了分散她的注意力，这让她有点儿恼火，因为这个把戏差一点儿就成功了。

"我也不知道，母亲，我什么都不知道。我现在什么都不想说了。你先回去吧，让我一个人待一会儿。"

凯蒂回去睡觉了。

不过人也总不会老是哭个没完，哭得差不多了总还得做点儿别的。已经凌晨五点了，弗兰西不打算上床了，因为她七点钟还得爬起来。她突然感觉很饿，从头天中午到现在，她只在白班换晚班的间隙吃了个三明治，除此之外什么也没吃。她重新煮了一壶咖啡，烤了几片面包，又炒了几个鸡蛋。她吃着东西，惊讶地发现那味道好极了，可眼睛一扫到那封信上，她的眼泪就又掉了下来。于是她把信放进洗碗池，划了根火柴扔了上去。接着打开水龙头，看着黑色的纸灰顺着水流进了下水道。然后她继续吃着自己的早饭。

吃过东西，她从碗橱里拿出一盒信纸，坐下来开始写信。她写道：

"亲爱的本：你说过如果我需要你，就可以给你写信。所以我现在动笔给你写……"

她把信纸撕成两半。

"不对！我不想'需要'什么人了。我想要别人需要我……对，我要让别人需要我。"

她又哭了，不过这次哭得不算厉害。

54

这是弗兰西第一次看见麦克舍恩不穿制服的样子。他穿着双排扣灰西装，一看就是花了不少钱定做的，弗兰西觉得那模样相当精神。当然，没有爸爸那么帅气。但他个子更高，块头更大，哪怕他头发都花白了，弗兰西还是觉得他有种别样的英俊。可是吧，跟母亲一比，他实在太老了一点儿。没错，母亲也不能说特别年轻，她眼看就要三十五岁了，可是跟五十岁一比，那还是年轻太多啦。但不管怎么说，嫁给麦克舍恩这样的男人绝对不丢人。虽然他是个精明的政客，外表上也处处透着精干，可说起话来声音却很柔和。

他们一起喝着咖啡，吃着蛋糕。弗兰西发现麦克舍恩坐在父亲以前常坐的位置上，心里一阵绞痛。凯蒂刚跟他讲完约翰尼死后家里的情况，听见他们有了这么大的进步，麦克舍恩似乎很惊喜。他看着弗兰西说道：

"所以这小丫头去年夏天去上大学啦!"

"今年夏天她还去呢。"凯蒂骄傲地宣布。

"这可真是太好了。"

"她还上着班呢,一星期能拿二十块。"

"除了这些,你的身体都还好吧?"他问话的语气中带出些真诚的惊奇来。

"儿子高中也上了一半了。"

"不会吧!"

"他下午和晚上还出去干点零活儿,就放学以后这点儿时间,弄好了一星期也能挣个五块钱。"

"真是个好小子,一顶一的好小子。瞧他这身子骨多结实,真了不得。"

弗兰西搞不懂他为啥老夸他们身体好,姐弟俩都觉得身体好是理所应当的。然后她才突然想起来,麦克舍恩亲生的孩子大多生下来就有病,而且全都没活到成人。也难怪他把孩子身体结实当成很了不得的事了。

"宝宝呢?"他追问道。

"弗兰西,把孩子抱来吧。"

宝宝在外屋的婴儿床里睡着。这本来是弗兰西的房间,不过大家都觉得应该让宝宝睡在通风好的地方。弗兰西抱起熟睡的宝宝,孩子睁开眼睛,立刻换上了一副什么都想干的精神模样。

"'粗'门玩去,弗兰'妮'?上公园?公园?"宝宝连声问着。

"不是,宝贝,我带你认识个人。"

"人?"劳瑞困惑地说。

"对,人,个子很高的人。"

"大个儿!"孩子高兴地跟着念叨。

弗兰西把孩子抱进厨房里。宝宝那模样简直漂亮极了:她穿了身嫩粉色的法兰绒睡袍，那颜色娇艳欲滴。一头漆黑的鬈发又软又密，一双亮晶晶的黑眼睛间距挺宽，脸蛋上还染着一层朦胧的玫瑰色。

"啊，宝宝来了，瞧这宝宝，"麦克舍恩像唱歌一样柔声说着，"她可真是朵鲜花，像野玫瑰一样可爱。"

"要是爸爸在这里，"弗兰西想着，"他就该唱起歌来了，唱着《我的爱尔兰野玫瑰》。"她听见母亲也叹了口气，不知道她是不是也正这么想着呢……

麦克舍恩把宝宝接了过去，孩子坐在他膝盖上，后背挺直，不往他怀里靠，仰着脸困惑地盯着他看。凯蒂暗暗希望她可别哭出来。

"劳瑞！"凯蒂说，"这是麦克舍恩先生，你叫一声'麦克舍恩先生'。"

宝宝低下脑袋，眼神却还透过长睫毛往上看着，她露出好像明白了点儿什么的笑容，摇了摇头："不嘛。"

"就不嘛，"她再度表明自己的态度，"大个儿！"她得意扬扬地喊道，"大高个儿！"她笑呵呵地看向麦克舍恩，用甜甜的声音继续说着："带劳瑞'粗'门玩去？公园？上公园？"然后她把脸贴在麦克舍恩的外套上，闭上了眼睛。

"噢，噢，乖……"麦克舍恩唱歌似的哄着。

宝宝在他怀里睡着了。

"诺兰太太，您可能也纳闷儿我今天跑过来想干什么吧。那我就跟您直说了吧，我是想跟您提一个'个人问题'，"弗兰西和尼利起身准备回避，"不用，孩子们，你们也留下来听听。这个问题不仅关系到你们的妈妈，也关系到你们两个。"姐弟俩坐了下来，麦克舍恩清了清嗓子："诺兰太太，您丈夫去世——愿上帝让他安息——已经有一段时间了。"

"是啊，都两年半了。愿上帝让他安息。"

"愿上帝让他安息。"弗兰西和尼利也跟着念道。

"我的妻子也……走了一年了，愿上帝让她安息。"

"愿上帝让她安息。"诺兰家的人又随着念了一遍。

"这话我在肚子里憋了好多年，现在终于等到了合适的时候，说出来也不算是不尊重死者了。凯瑟琳·诺兰，我想跟您共度余生。您不反对的话，咱们秋天就办婚礼。"

凯蒂飞快地扫了一眼弗兰西，皱起了眉头。母亲这是怎么了？弗兰西可根本没想着笑话她啊。

"我完全有能力照顾您和三个孩子。我有养老金，有工资，在伍德黑文和里士满希尔还有些地产，全加起来每年差不多能拿个一万美元呢。人身保险我也有。我会供两个孩子上大学。我之前一直是个忠诚的丈夫，而且我跟您保证，以后我对您肯定也是一样的。"

"您真的好好考虑过这件事吗，麦克舍恩先生？"

"我用不着考虑。五年之前，我第一次在马霍尼他们组织的郊游上看见您，那时候我就已经想好了。当时我还问您家姑娘您是不是她妈妈来着。"

"我就是个擦地板的，也没怎么受过教育。"凯蒂的口气中没有半点儿惭愧，只是有一说一的陈述。

"受教育！这算什么，您猜我读书写字是跟谁学的？还不是全靠我自己。"

"可像您这样的男人——像您这样的公众人物——更需要个懂得迎来送往的贤内助，好帮着您招待有生意往来的贵客。我可不是那种女人。"

"我只在办公室里招待工作上的客人，家里是过日子的地方。我这可不是说您配不上我啊——倒不如说是我配不上您呢。可我要的也不是在工作上帮衬我的女人，那些我自己就应付得来，多谢您关心。更不用说我还爱上您了……"他犹豫了一下，开始直呼其名，"……我爱

467

你，凯瑟琳。你愿意再考虑一下吗？”

"不，不用考虑了。我愿意嫁给你，麦克舍恩先生。

"我不是图你的钱，虽然我也确实是在乎这一点的。一年一万块真的是很大一笔收入了。不过对我们这样的人家来说，一万块和一千块都是大数，感觉上也就没什么区别，毕竟我们从来就没什么钱，穷日子早就过惯了。我也不是图你能送孩子们上大学。虽然有了你帮忙会轻松很多，可是就算没人帮我们，我们一家人也总能想出办法来的。我更不是图你那个气派的公职，不过话说回来，有个值得骄傲的丈夫也不错。

"我嫁给你就是图你是个好人，我也想要个你这样的丈夫。"

这都是实话。凯蒂早就下定决心要嫁给他了——如果他来求婚的话——因为她觉得没有个男人爱她，那她的人生就算不得完整。这跟对约翰尼的感情也没有关系，她会一直爱着约翰尼，而她对麦克舍恩的好感则平静得多。她喜欢他，尊敬他，并且知道自己愿意做他的好妻子。

"谢谢你，凯瑟琳。我可真是有福气，既娶了个年轻漂亮的老婆，又有了三个健康的孩子。"他真挚而谦恭地说道。

麦克舍恩转向弗兰西："你是家里最大的孩子，你同意吗？"

弗兰西看了看自己的母亲，发现母亲也在等着她开口。她又看向弟弟，尼利点了点头。

"我想我弟弟和我都同意你来当……"她想到了自己的父亲，眼中涌上了泪水，实在是说不出接下来的那个词。

"没事，没事，"麦克舍恩柔声安慰道，"我不会叫你为难的。"他转向凯蒂：

"我不会让两个大孩子管我叫'父亲'的，他们有自己的父亲。他可真是个好小伙——上帝给了他一副唱歌的好嗓子呢。"

弗兰西感觉自己的喉咙缩紧了。

"我也不用他们跟着我改姓，诺兰这个姓就很好了。

"可我怀抱着的这个小的——这孩子从没见过自己的亲生父亲，所以能不能让她管我叫父亲，让我在法律上收养她，然后让她跟着咱们两口子的姓呢？"

凯蒂看向弗兰西和尼利。他们能接受吗——他们愿意让自己小妹的姓从诺兰变成麦克舍恩吗？弗兰西点头同意，尼利也点头同意。

"我们愿意让她做你的孩子。"凯蒂说。

"虽然我们不能叫你'父亲'，"尼利突然开口了，"不过我们还能喊你'老爹'什么的。"

"那还真是多谢你了。"麦克舍恩平淡地答道。他放松了下来，对一家人笑了笑，"现在还有一件事，我能不能拿出烟斗来抽一袋啊？"

"这是怎么了？你想抽随时都能抽啊，用不着问的。"凯蒂惊奇地问道。

"我还不想提前享受这种'特权'嘛。"他如此解释。

弗兰西把熟睡的宝宝从麦克舍恩怀里抱走，好让他抽烟。

"尼利，帮我把她抱回床上去。"

"叫我干吗？"尼利待得很开心，一点都不想走。

"你得给她铺床啊，我抱着孩子呢，腾不开手。"尼利难道真的什么都不明白？他难道真的不知道母亲可能想和麦克舍恩先生独处一会儿，哪怕只是一小会儿也好？

外屋黑漆漆的，弗兰西和弟弟咬着耳朵："你觉得这事怎么样？"

"这对妈妈来说真的是个好机会。虽然他不是爸爸……"

"是啊，谁也不能……代替爸爸。不过抛开这一点不提，他倒真是个好人。"

"劳瑞的日子可好过啦。"

"安妮·劳瑞·麦克舍恩！她再也不会像咱们小时候那样吃苦了，对不对？"

"肯定的。不过咱俩当年那些快乐的事她也体会不到了。"

"可不是嘛！咱们以前可开心了，是不是，尼利？"

"就是啊！"

"劳瑞真可怜。"弗兰西同情地说道。

第五卷

55

有人拍了拍弗兰西的肩膀，弗兰西吓得差点儿蹦起来。不过她很快就又露出了放松的微笑。对嘛，现在是凌晨一点，她该下班了，换班的"救星"也来接手她那台打字机了。

"让我再发一条吧。"弗兰西恳求说。

"瞧瞧，某人多敬业呀！"她的"救星"笑道。

弗兰西满怀爱意地慢慢打完了最后一条电报。那是一条宣布出生的喜讯，而不是通告死亡的讣闻，这让弗兰西挺高兴的。因为这是她对这份工作的告别。她没跟任何人说自己要走了，因为她害怕自己要是跟工友们挨个儿告别，会忍不住崩溃大哭的。她和母亲一样，不敢太多地表露自己的情绪。

她没有直接去储物柜拿东西，而是先去了趟康乐室。有几个姑娘正在里面玩，充分利用这短短十五分钟的休息时间。她们围着个弹钢琴的姑娘，一起唱着《喂，总部，让我去攻打无人区》。

弗兰西走了进来，弹钢琴的姑娘看见她身穿崭新的灰色秋装，脚蹬灰色的小羊皮高跟鞋，突然来了灵感，换了另外一支曲子，姑娘们唱起了《贵格会镇子里的贵格会姑娘》[1]。一个姑娘搂住弗兰西的肩膀，

---

[1] 这可能是因为贵格会成员常穿简朴的灰色或黑色服装，这首歌曲问世于1916年，当时的歌谱封面上也有一个典型的灰衣贵格会信徒少女的形象。

把她拉到钢琴边，弗兰西也和她们一起唱起来：

可我知道在她内心深处，可不是不懂风情的妙处……

"弗兰西，你怎么想起穿这么一身灰的？"

"啊，没什么特别的，我小时候看过一个女演员这么穿。名字我都
忘了，就记得那部戏叫《牧师的情人》。"

"很可爱嘛！"

她那眼神在对我言讲，

叫我晚些再来她身旁，

我那贵格会镇子里的贵格会姑娘，

镇子里——的——姑——娘——

工友们很有气势地齐声唱完了这最后一句。

然后她们又唱起了《老迪克西兰在法国》。弗兰西走到康乐室的
大窗户前头，望向楼下的东河。这是她最后一次从这扇窗户看东河了。
所有的"最后一次"都带着些死亡本身的尖锐与忧伤。以后再也不能
站在现在的视角上看眼前这番光景了，弗兰西想着，唉，最后一次看
的话，反而觉得一切都看得那么清楚，就像是突然被光线照亮了似的，
看什么都像被放大了一样鲜明。所以人才会觉得很难过，因为之前天
天都能看到这风景的时候并不珍惜。

玛丽·罗姆利外婆是怎么说的来着？"要是你不论看什么东西，都
当这是第一次或者最后一次看它，那你活在人世间的日子就会充满
荣光。"

玛丽·罗姆利外婆！

最后一次病倒之后她又熬了几个月，不过有一天天还没亮，史蒂

夫就登门报告了她去世的消息。

"我会怀念她的，"史蒂夫说，"她真是一位伟大的女士。"

"你是想说'伟大的女人'吧。"凯蒂说。

弗兰西到现在都想不通，威利姨夫为什么偏偏挑了那段时间离家出走。她看着河里一艘船从桥下划过，然后又回到自己的思绪当中。是不是因为终于少了个姓罗姆利的女人，少了个要由他负责的女人，让他感觉自己终于自由一点儿了？是不是外婆的死让他突然想到原来还有"解脱"这回事存在？还是因为他本来就是个坏种（这是伊薇的说法），所以趁着大家因为办丧事乱成一团的时候溜走了？不管到底是因为什么，反正威利是跑了。

威利·佛利特曼！

他拼命练习，终于学会了同时演奏所有乐器。他去参加电影院的业余单人乐队比赛，结果得了一等奖，赢了十美元奖金。

他没有回家，当场就拿着奖金和乐器走了，此后一家人再也没见过他。

不过他们偶尔还能听到他的消息。他好像作为单人乐队在布鲁克林的街头游荡，靠着卖艺挣些零钱过活。伊薇说等下雪了他自然会回来，不过家人们——比如弗兰西——对此表示怀疑。

伊薇在他以前上班的厂子里找了个工作，每周挣三十美元，日子过得相当不错。只不过就像所有罗姆利家族的女人一样，夜里没有男人让她觉得很难熬。

弗兰西站在窗边，俯瞰着东河，回忆着威利姨夫，想着他身上似乎总有着什么像梦一样的东西。不过话说回来，有太多东西在她眼里都像是做梦一样了。比如当年楼道里那个男人——那肯定是做梦吧！麦克舍恩等了妈妈这么多年也是一场梦。在很长的一段时间里，爸爸的死也是一场梦，可现在却感觉爸爸是那么遥远，就像从来没有存在过一样。劳瑞——这个父亲死后五个月才出生的孩子——仿佛是直接从梦里来的。整个布鲁克林都是一场梦，这里发生过的一切都绝对不可能真实发生，都只能是梦里才有的东西。又或者实际上那一切都是真真切切的，而只有她自己，只有她弗兰西，才是个梦里的人？

反正她很快就要去密歇根了。这些事情到了那边再想吧。如果密歇根还有梦一般的感觉，那弗兰西就能确定做梦的只有她自己了。

安娜堡！

密歇根大学就在那里。短短两天以后，她就该坐在去安娜堡的火车上了。这年的暑期课结束了，她选了四门课，考试也全过了。在本的帮助下，她临时拼命死记硬背，终于通过了大学的入学考试。这就意味着十六岁半的她现在可以上大学了，而且还提前修完了大学一年级一半的课程。

她本想申请纽约的哥伦比亚大学，或者布鲁克林的阿德尔菲大学。可是本说适应新环境也是教育的一部分。她的母亲和麦克舍恩也同意。连尼利都说还是去更远的地方上大学好——她没准儿还能把布鲁克林口音改掉呢。可弗兰西倒是不想改，就像她也不想改名字一样。口音证明了她有所归属。她终究是个布鲁克林姑娘，有个布鲁克林风格的名字，说话带着布鲁克林口音，她不想把这些改得七零八碎的。

密歇根大学是本给她选的，他说这是个自由派的州立大学，英语系很不错，学费也很便宜。这让弗兰西有些纳闷儿：这大学既然这么好，那本自己为什么不去申请，反而还要去中西部上大学呢？本解释说他最终要在那个州执业，然后从政，所以他没准儿能和未来的重要人物先做同学。

本已经二十岁了，加入了大学的预备役军官训练团，穿军装的模样非常帅气。

本！

她看向自己左手中指上的戒指，那是本的高中纪念戒指，戒圈里刻着"M.H.S.[1] 1918，B.B 赠予 F.N."本告诉弗兰西，他明白他自己的心，可弗兰西年龄还小，就未必拿得准她自己的想法了。送她这枚戒指主要是为了证明两人之间建立了他所谓的"默契"。当然，他也说自己在未来的五年之内都不可能结婚。等五年的时间过去，弗兰西也能自己拿主意了，能够了解自己的想法了。那么如果他们的"默契"依然存在，他就会请求她接受另外一种戒指。毕竟还有五年的时间可以考虑，"要不要嫁给本"这件大事也没给弗兰西带来太大的负担。

　　本真是了不起！

　　他 1918 年 1 月从高中毕业，然后马上就进了大学，选的课程多到吓人，夏天还回到布鲁克林继续上暑期课，这既是为了多提升点儿成绩，也是为了有更多的时间能和弗兰西相处——这是暑期课快要结束的时候他自己坦白的。眼下是 1918 年 9 月，他开学回去就要直接念大三了！

　　本这个老好人！

　　他正派、体面、聪明。他脑子很清楚。他才不会头天跟姑娘求婚，第二天就跑去娶了另一个姑娘。他才不会叫她写信说自己有多么多么爱他，然后转头就把信拿给别人看。本才不会这么干……绝对不会。没错，本棒极了。弗兰西为自己有这样的朋友深感骄傲，可她还是会想到李。

　　李！

　　李现在在哪儿呢？

　　他坐船去法国了。弗兰西眼前又有一艘运兵船从码头驶出，李坐的船一定也和这艘一样——那是一艘涂满迷彩的长船，甲板上有上千

1　马斯佩斯高中的缩写。

张沉默而苍白的面孔，从她所在的高处看去，像是个难看的长条针垫，上面插满了白色的大头针。

（"弗兰西，我害怕……我怕我这一走就会失去你……就再也见不着你了。你就叫我别回去吧。"）

（"可我觉得你还是得回去，我觉得你还是应该回去看看你母亲，趁着还没……我也不知道，但是我觉得这样才是对的。"）

他隶属于彩虹师，这个师团如今还在阿尔贡森林里挺进。他会不会早就死在法国了？早就埋在那种光秃秃的白色十字架底下了？就算他真的死了，又有谁来告诉她呢？宾夕法尼亚州的那个女人肯定是不会的。

【"伊丽莎白·莱诺（夫人）"】

安妮塔几个月以前就跳槽了，她没留下地址。弗兰西连个能打听的人都没有了……更没人告诉她了。

她突然恶狠狠地希望李已经死了，这样宾夕法尼亚的女人就再也不能得到他，可是下一刻她就马上祈祷起来："上帝啊，你可千万别让他死掉啊，不管是谁得到他，我都不会再抱怨了，只要别让他死掉就行。求你了！求你了！"

时间啊……时间，快点儿过去吧，快让我忘掉吧！

（"别担心，你以后肯定还是能找到幸福的。我是说你不可能忘记这件事了。"）

母亲说的不对，她说的一定不对。弗兰西是真的很想忘记。从他们两个相识到现在，已经过去四个月了，可弗兰西还是忘不了这件事。（"找到幸福……不可能忘记这件事了。"）要是她不能忘记的话，又要怎么重新找到幸福呢？

时间啊，治愈一切的良药，请你快些过去，让我遗忘吧。

（"以后你再爱上别的男人，多半都是因为他们让你想起那个他。"）

本也会那样慢慢地露出微笑。不过她总觉得自己早在去年暑假就爱上本了——那时候她跟李还不认识呢。所以那句话也没应验。

李！李！

之前的工友们的休息时间结束了，又换了一群新的姑娘进来。她们也围在钢琴旁边，唱起了一连串歌词里带"微笑"的歌曲。弗兰西料到接下来会是什么了。

跑啊，快跑，你这个傻子，趁着那一阵阵伤痛的冲击还没有开始。

可她却动弹不得。

姑娘们唱了泰德·路易斯的《我的宝贝向我微笑吗》，而这首歌之后，必然要接上一首《总有些微笑让你幸福》。

然后那首歌来了：

> 请你用微笑，
>
> 迎接你我吻别的伤感时刻……[1]

（"……希望你只要听到这首歌就会想起我。想起我……"）

她冲出康乐室，从储物柜里匆匆摸出自己的灰色帽子、手套，还有全新的灰色皮包，向着电梯奔去。

她在峡谷一样的大街上来回张望，四下里荒凉而幽暗。旁边一栋高楼的门廊里站着个穿军装的高个子男人。他从黑暗中向她走来，露出羞怯而孤独的微笑。

弗兰西闭上了眼睛。外婆说过，罗姆利家的女人都能看见自己所爱之人死后的鬼魂。弗兰西从来不相信这个，因为她从来没看见过爸爸。可是现在……现在……

"你好啊，弗兰西。"

---

1 这是之前的章节中提及的《直到我们再次相逢》的歌词。

她睁开双眼，不，那当然不是鬼魂。

"我想着这是你最后一天上班，可能会有点儿伤感，所以我来接你回家。是不是吓了一跳？"

"没有，我就知道你会来的。"她说。

"饿不饿？"

"都快饿死啦！"

"那你想去哪儿？去自动贩卖餐馆喝杯咖啡怎么样？或者你想不想吃点儿炒杂碎？"

"不啦！不要！"

"那去奇尔德餐厅？"

"好呀，去奇尔德餐厅好了，吃点儿黄油蛋糕，喝点儿咖啡。"

他拉起她的手，让她挽着自己的胳膊。

"弗兰西，你今天晚上有点儿怪。你不是生我的气了吧？"

"没有。"

"我来了你高兴吗？"

"高兴啊，"她平静地说，"见到你可真好，本。"

56

又到了星期六！这也是在老房子里的最后一个星期六。明天就是凯蒂的婚礼了，在教堂办完仪式之后，一家人要直接回新家，搬家工人星期一再过来搬东西。大多数家具他们都留给要搬进来的下一任清洁工，只把自己的个人物品和外屋的家具带走。弗兰西要带上那块有大朵粉玫瑰花图案的绿地毯、奶油色的蕾丝窗帘，还有那架可爱的小钢琴。这些东西都会摆进弗兰西的房间里，新家，弗兰西有属于自己的房间。

最后一个星期六上午，凯蒂还是坚持出去工作了。她拎起扫帚和水桶准备出门，全家人都哈哈大笑起来。麦克舍恩给她开了一个支票账户，里面存了一千美元，这是送给她的结婚礼物。根据诺兰家的标准，凯蒂如今算是富人了，哪里还用自己干活？然而她一定要工作到最后一天。弗兰西觉得，她应该是对自己负责的这几栋公寓楼有感情了，想在离开之前好好打扫一回。

弗兰西厚着脸皮从妈妈的钱包里翻出支票本，认真读着那漂亮的纸夹子里唯一一张存根。

序号：1

出票日期：1918 年 9 月 20 日

收款人：伊娃·佛利特曼

用途：因为她是我姐姐

总额：1000.00

本次支取：200.00

余额：800.00

弗兰西有点困惑，为什么非要是这个数儿不可？不是五十块，也不是五百块，偏偏是二百块？然后她突然想明白了：两百块是威利姨夫保险的赔付额，也就是威利姨夫死后伊薇姨妈能拿到的数目。看来凯蒂是当威利死了。

凯蒂没开支票买婚纱。她解释说，跟送她钱的人结婚之前，她不想把这笔钱花在自己身上。买婚纱的钱她是从给弗兰西开的账户里借的，但是保证婚礼一过就还上。

最后这个星期六上午，弗兰西把劳瑞放在双轮童车里，系好安全带，推着她上街散步。她在街角站了很久，看着孩子们拖着捡来的破烂儿，沿着曼哈顿大道走向卡尼的垃圾站。她也推着车向同一个方向走去，来到查理的糖果店门口，趁着人还不多走了进去。她掏出个五毛的硬币放在柜台上，说要把所有抽奖票都买下来。

"嚯，这不是弗兰西嘛，好家伙，可真是了不得了。""查理"说。

"我不想一张张开了，你就把那上头挂的奖品全给我吧。"

"哎哟，你听听！"

"盒里那些奖票上根本就没有能中奖的号码吧，是不是，'查理'？"

"老天，弗兰西，我不得混口饭吃嘛，干我这一行钱来得又慢，都是一分一分地挣出来的。"

"我老早就觉得这抽奖是假的。你也不觉得丢人——耍这种把戏骗那些小小孩。"

"可别这么说。我给他们的糖也值一分钱了，加个抽奖的彩头更有意思而已。"

"所以他们才老到你这儿来啊——总有个能中奖的盼头。"

"他们要是不上我家店里来，就该到对面的'瘸佬'那儿去了，是不是？那他们还是上我家来好一点儿，毕竟我是成了家的人，"他这话说得相当正派，"我可不会把人家小姑娘往小黑屋里带，知道吧？"

"这样啊，那你说的也有点儿道理。对了！你有没有那种五毛钱一个的洋娃娃？"

"查理"从柜台底下摸出一个面目丑陋的洋娃娃："我只有这么一个六毛九的，不过五毛钱卖给你了。"

"你要是把它挂在那个板子上，让别的孩子正经赢回去，我就出钱买下它。"

"这事是这样的，弗兰西，但凡有一个孩子赢到了板子上的大奖，其他孩子也都该觉得有机会了，你明白的吧？这可是开了个坏头。"

"哎，看在耶稣基督的面子上，"她的口气不像是说俏皮话，反而带着几分虔诚，"你就让谁赢上一回吧！"

"好啦！好啦！别生这么大的气嘛。"

"我就是想让个小孩把它白拿回去。"

"我这就把它挂上去，你走以后也不把这个号从抽奖的盒子里拿出去，满意了吧？"

"多谢啦，'查理'。"

"等谁抽到了，我就跟人家说这娃娃叫弗兰西，怎么样？"

"可别！千万别！我可不想把名字用在这么难看的娃娃身上。"

"跟你说句话，弗兰西？"

"怎么了？"

"你都长成大姑娘啦，今年几岁了？"

"过几个月就十七了。"

"还记着你小时候可瘦了，两条腿又细又长的。我早就觉得你有朝一日能长成个不错的女人，虽然不是什么大美女，可也真是有模有样的。"

"你这说了跟没说一样，不过还是多谢啦。"她大笑着答道。

"你家小妹妹？""查理"对着劳瑞点了点头。

"是啊。"

"要不了多久，她就该去卖废品了，然后攥着零钱来买糖啦。咱们这儿的孩子长得快，昨天还拿婴儿车推着呢，明天就在我店里抽奖了。"

"她可不会卖破烂儿，也不会再到你店里来了。"

"对啦，听说你们要搬家了。"

"没错，我家是要搬走了。"

"那祝你好运，弗兰西。"

弗兰西带着劳瑞去了公园，把她从童车里抱出来，让她在草坪上尽情乱跑。有个卖碱水面包圈的男孩走了过来，弗兰西花一分钱买了一个，把面包揉成碎块，撒在草坪里，一群满身煤灰的麻雀不知从哪里飞了过来，争争抢抢地吃着面包渣。劳瑞跌跌撞撞地跑着逮麻雀，那些麻雀大概也是闲得无聊，等孩子快到眼前了才张开翅膀飞走，惹得劳瑞开心地又叫又笑。

弗兰西用童车推着劳瑞，最后再看一眼自己的母校。这公园她每天都来，学校跟公园只隔着几条街，可是她毕业以后却再也没有回去看过。

她惊奇地发现学校现在看起来是那么小。她想学校应该还是原来的样子，只是如今她的眼睛看惯更大的东西了。

"弗兰西以前就是来这里上学的。"她告诉劳瑞。

"弗兰—妮上学。"劳瑞跟着她说道。

"有一天是爸爸跟我一起来的，他还唱了首歌。"

"爸爸？"劳瑞困惑地问。

"我忘了，你从来没见过爸爸。"

"劳瑞见过爸爸。大个儿，大高个儿。"劳瑞以为弗兰西说的是麦克舍恩。

"你这话也没错。"弗兰西说。

在离开学校的这两年里，弗兰西已经从孩子变成女人了。

她走过那栋冒用过地址的房子，这房子现在看着又小又破，不过她还是很喜欢。

她走过麦克加里蒂的酒吧，现在的老板已经不是麦克加里蒂了。今年刚入夏不久他就搬了出去。他私下里偷偷跟尼利说过，他麦克加里蒂耳目灵通，所以早就听说了禁酒令一定要来，甚至已经开始提前做准备了。他在长岛的亨普斯特德收费公路边上盘了一个大店面，眼下正争分夺秒地把各种酒类按照计划囤进地窖。等禁酒令一生效[1]，他就用那店面开个所谓的"俱乐部"，连名字都想好了，就叫"梅-玛丽

1　美国禁酒令是于 1920 年 1 月 16 日第十八《宪法修正案》生效日开始执行的。麦克加里蒂此处做的是日后钻法令空子的准备。

俱乐部",让他老婆穿上晚礼服当俱乐部的东道主,"她刚好擅长干这个。"麦克加里蒂如是说。弗兰西相信麦克加里蒂太太一定很乐意做这个俱乐部的女主人,也希望麦克加里蒂有朝一日能找到属于他的幸福。

吃过午饭,弗兰西最后一次去图书馆还书。图书管理员在她的借书证上盖了章,顺着桌面推过来。她还是像往常一样连头都不抬。

"您能推荐一本适合女孩看的好书吗?"

"多大的女孩?"

"十一岁。"

图书管理员从办公桌下面摸出一本书,弗兰西看清了它的标题:《如果我是国王》。

"我不想借这本,"弗兰西说,"而且我也早就不是十一岁了。"

图书管理员第一次抬起头来看向弗兰西。

"我从很小的时候就来这里看书,"弗兰西说,"可是您从来都没有抬头看过我。"

"来看书的孩子太多了,"管理员焦躁地说道,"我也顾不上每个都看吧,还有别的事吗?"

"我就是想跟您聊聊那个陶罐……它对我来说一直非常重要,还有里面总插的花。"

图书管理员也看了看陶罐,今天里面插了一束粉色的野紫菀花。弗兰西感觉她好像也是第一次正眼看那个罐子。

"哦,你说这个啊!应该是清洁工还是什么人放的花,还有别的事吗?"她不耐烦了。

"我想把借书证退掉。"弗兰西把借书证顺着桌子推过去,皱巴巴的借书证早就卷了边,上面盖满了日期章。管理员捡起这张卡纸,正要撕成两半,弗兰西连忙从她手里拿了回来。

"我还是自己留着好了。"她说。

弗兰西走出那又小又破的图书馆，最后回头长长地看了它一眼。她知道自己再也不会看到它了。见过新事物之后，人的眼光也会随之改变。即便她日后还会回到这里，可在她那全新的眼光下，一切看起来必然要与今日所见的不同。所以她只想记住图书馆现在的样子。

不，她永远不会回到自己生活过的这个地方了。

何况再过上几年，这整个社区也都不存在了。战争结束之后，市政府会拆掉这些廉租公寓，拆掉女校长鞭挞小男孩的丑陋学校，在原地建立起所谓的"模范化"住宅区。在这样的住宅区里，被束缚在室内的一点点阳光和空气仿佛先经过精准的衡量，再平均分发放给每一个居民。

凯蒂把扫帚和水桶砰一声扔进角落，这是她最后一次用这种方式宣告收工。然后她又把扫帚和水桶捡了起来，轻轻地重新放好。

她换了衣服准备出门，去最后一次试穿自己选的翡翠绿天鹅绒结婚礼服。虽然已经是 9 月底了，天气却还是很暖和，凯蒂不由得焦躁起来，她觉得这天气穿天鹅绒礼服太热了。这一年的秋天来得格外晚，这让她相当恼火，甚至还跟弗兰西吵了一架，因为弗兰西坚持说秋天就是来了。

弗兰西就是知道秋天肯定来了。哪怕吹来的风依然热乎乎的，哪怕每一天都沉浸在热浪之中，秋天的脚步还是毋庸置疑地走进了布鲁克林。弗兰西坚信已经入秋了，是因为每当天色转暗，路灯亮起，街角都会出现卖烤栗子的小摊。炭火上支着烤架，加了盖的平底锅里烤着栗子，摆摊的那人拿着一把钝刀，在一颗颗没进锅的生栗子上划开小小的十字形口子。

没错，不管天气有多热，只要卖栗子的摊子出现，那就说明秋天一定是来了。

弗兰西把劳瑞放进婴儿床，让她睡午觉。自己开始收拾最后几样东西，用一个菲尔斯-纳普塔牌肥皂的箱子装起来。她先从壁炉上摘下十字架，还有她和尼利受坚信礼那天拍的合影，用初领圣餐那天戴的头纱包起来放进箱子。又把父亲留下的两条侍者围裙也叠好放了进去。然后她又把那只印着烫金的"约翰·诺兰"字样的剃须杯用衬衫裹起来放好。那是一件白色的乔其纱衬衫，凯蒂把它扔进了要送人的旧衣堆里，因为胸口的蕾丝边洗脱了线。可在那个下雨的夜晚，跟李一起在门廊里避雨的弗兰西穿的就是这件衬衫。接下来收进箱子的是名叫玛丽的洋娃娃，还有装过十个金色分币的漂亮小纸盒。她那寥寥几本藏书也进了盒子：基甸会《圣经》《威·莎士比亚作品全集》、破破烂烂的《草叶集》，还有三本剪贴簿：《诺兰古典诗歌选集》《诺兰当代诗歌选集》和《安妮·劳瑞之书》。

弗兰西走进卧室，翻开床垫，从下面拿出个笔记本——里面是她十三岁那年断断续续写的日记——还有个方方正正的蕉麻纸信封。她在肥皂箱旁边跪下，打开日记，随手翻到三年前9月24日写的那篇：

9月24日：今天晚上洗澡的时候，我发现自己越来越有女人的样子了。也差不多是时候了。

她咧嘴笑了笑，把日记本收进箱子。又看了看信封上写的字：

内含：
密封好的信封1份，1967年启封
毕业证书1份
作文4篇

四篇作文。就是佳恩达小姐叫她烧掉的那四篇作文。啊，说起这

485

回事，弗兰西确实记得自己当年对上帝保证过，只要他不让母亲死掉，那她就愿意这辈子再也不写作。她一直遵守着自己的诺言，可她现在对上帝的了解更深了一点儿，她确信自己就算重新开始写东西，他老人家也不会在意的。没准儿有朝一日她的确会再写点儿什么呢。她把借书证塞进信封，在内容列表上加了一条，把信封也放进箱子。这样就算正式收拾完了。除了衣服之外，这箱子里装的就是弗兰西拥有的一切。

尼利用口哨吹着《在黑人区的街头舞会》跑上楼来，进门就直奔厨房，边走边把外套脱了下来。

"弗兰西，我赶时间，有干净衬衫吗？"

"有一件干净的，但是还没熨呢。我这就给你熨。"

她在两把椅子之间架起熨衣板，给熨斗加上热，又把衬衫拿出来洒上水。尼利从衣柜里拿出他擦鞋的那套家伙，给本来就擦得锃亮的皮鞋又上了层鞋油。

"要出门啊？"弗兰西问。

"对啊。正好有时间去看场演出。今天有范和舍恩克，乖乖，舍恩克可真会唱啊！他就这么在钢琴前头坐着——"尼利比画着在厨房的桌子边上坐下，"就这么斜过来坐着，跷着二郎腿，眼睛看着观众。然后他把左边的胳膊肘往乐谱架上一放，一边唱歌，一边只用右手弹钢琴。"尼利学着他这位偶像的模样，唱起《离乡千万里》来。

"没错，他可真是太棒了。他的唱法跟爸爸一样……至少有点儿像。"

爸爸！

弗兰西找到尼利衬衫上的工会标签，从那里开始熨了起来。

（"这种标签就像是装饰品一样……就好比你戴了朵玫瑰花。"）

诺兰家买什么东西都挑带工会标签的买，这是他们对约翰尼的纪念。

尼利照着洗碗池上挂的镜子。

"你看我用不用刮刮脸?"他问。

"过个五年再说吧。"

"呸,闭嘴!"

"别说什么'闭嘴'之类的话。"弗兰西学着母亲的口气。

尼利笑了笑,开始搓洗自己的脸、脖子、胳膊和双手。一边洗一边唱着歌:

> 你如梦似幻的眼神中有着埃及的神秘,
>
> 你的一举一动都带着开罗的气息……

弗兰西心满意足地熨着衣服。

尼利终于打扮妥当了。他穿着深蓝色的双排扣西装,里面衬着刚熨好的白衬衫,装着向下翻的软领子,系着条带波点的领结。一头波浪般的金发闪闪发光,之前的一番梳洗让他闻起来清爽宜人。

"我看起来怎么样,首席歌后?"

他穿上外套,扬扬自得地系好扣子。弗兰西发现他戴着父亲的图章戒指。

那是真的——外婆说的果然是真的。罗姆利家的女人的确能看到所爱之人的鬼魂,弗兰西看到父亲了。

"尼利,你还记得《莫莉·马隆》吗?"

他把一只手插进口袋,转过身去,背对着弗兰西唱道:

> 在那美丽的都柏林,
>
> 姑娘们个个美丽动人,
>
> 我第一次遇见了——

爸爸！爸爸！

尼利像爸爸一样，歌声清澈而真挚。而且他多么英俊啊，简直帅得不可思议！虽然他才十六岁，可是只要他在街上走过，女人们都会纷纷转过头来看他，看得忍不住连声叹息，因为他实在是太俊美、太帅气了，弗兰西总觉得自己在他身边像个灰头土脸的邋遢鬼。

"尼利，你觉着我好看吗？"

"这个嘛，你干脆直接对着德肋撒修女[1]连着祈祷九天呗，万一出了什么奇迹，你没准儿就有救了。"

"少来这套，我说正经的呢。"

"那你为啥不跟其他姑娘一样剪个短头发，再烫上几个卷？非得扎这么粗一条大辫子盘在脑袋上。"

"母亲说我得等到十八岁才能剪。说真的，你觉得我好看吗？"

"等你多长点儿肉再说吧。"

"你就说呗，拜托了。"

尼利认真地对她打量了一番："你还说得过去。"然后他就不再说别的，她不满意也得满意了。

他本来说自己赶时间，然而现在却磨磨蹭蹭的，似乎不急着走了。

"弗兰西！麦克舍恩——我是说'老爹'，晚上过来吃饭。我吃过饭以后得去上班。明天就是婚礼了，晚上还在新家开新婚晚会，下星期一我又要上学。等不到我放学，你就该坐上去密歇根的火车了。实在是没机会跟你单独道别，所以想着现在就跟你先说声再见。"

"我还回家过圣诞节呢，尼利。"

"那不一样。"

"我知道。"

他等待着。弗兰西伸出右手，尼利把她的手拨开，张开双臂搂住

1　本书第 24 章中提到过的"小花"。

488

她，亲了亲她的脸颊。弗兰西依偎在弟弟怀里，哭了起来，尼利连忙把她推开了。

"得了，你们小姑娘真恶心，"他说，"老这么腻腻歪歪的。"可他的声音也有点儿抖，好像他自己也快哭了。他转身跑出屋门，弗兰西跟着他出了楼道，目送着他一路跑下楼。楼梯底端像一口幽暗的深井，他在那里停下脚步，仰起脸来又看了看弗兰西。虽然四下里那么黑，他站的地方却仿佛是明亮的。

太像爸爸了……他太像爸爸了，弗兰西心想。可他的面容比爸爸更有力量。尼利最后对她挥了挥手，然后就跑出去了。

下午四点了。

弗兰西决定先换好衣服再准备晚饭，这样等本过来接她的时候，她就不用再打扮了。本买好了票，他们要去看亨利·赫尔演的《浪子归来》。这是他俩圣诞节之前最后一次约会，因为本明天就要回去上大学了。她喜欢本，真的非常非常喜欢，她真希望自己能爱上他。如果本不总是这么自信过头就好了；如果本也能偶尔出点儿差错就好了——只要一次就行；如果是本需要她就好了。不过也没关系，她还有五年时间考虑呢。

她对着镜子，身上只穿了件白色无袖内衣，抬起胳膊擦洗自己，手臂自然弯过头顶。她突然想起自己小时候的事来，想起那时候她坐在防火梯上，看着对面楼的姑娘们梳洗打扮，准备出门约会。现在会不会也有人看着她呢？就像是当年的自己一样。

于是她向窗外望去：没错，隔了两个院子的公寓楼里，也有一个小姑娘坐在防火梯上，膝头摊着一本书，手上端着一碗糖果。那孩子正透过栅栏看着弗兰西。弗兰西认识她，这个瘦瘦的小家伙今年十岁，名叫弗洛瑞·温迪。

弗兰西把长发梳理整齐，扎成辫子，绕着脑袋盘成一圈。她换了一双干净的长筒袜，穿上白色高跟鞋。又拿出一块方形的棉垫，在上面撒了些紫罗兰香粉，塞进胸罩底下，最后才套上一条崭新的粉色亚麻布裙子。

她觉得自己好像听见了佛莱博尔的马车开进来的声音，不由得把头探出窗外。没错，是有车来了，只不过不是马车，而是一辆红褐色的小汽车，车身两侧用烫金的大字写着牙医的名字。洗车的也不是弗兰克，不是那个面色红润的棒小伙了，而是个能免兵役的罗圈腿。

她的视线越过院子，发现弗洛瑞还在盯着自己看。弗兰西挥着手喊道：

"你好啊，弗兰西！"

"我不叫弗兰西！"小姑娘嚷道，"我叫弗洛瑞，你不是知道吗？"

"我是知道啊。"弗兰西说。

她看着楼下的院子。那棵树的叶子，过去像一把把小绿伞，弯弯曲曲地围绕着她家窗外的防火梯，可是主妇们抱怨说晾衣绳上的衣服总是被树枝挂住，房东就派了两个人过来，把树砍了。

可是那棵树没有死……它还活着。

它的树桩上又长出了新苗。那新生的树干一路贴着地面生长，一直长到没有晾衣绳的地方，然后继续伸向天空。

诺兰一家虽然一直精心照顾那棵名叫"安妮"的冷杉树，给它浇水施肥，可它早就病恹恹地枯死了。而院子里的这棵树呢，人家砍倒了它的树干，还点了一把篝火想把树桩也烧死，可这棵树活下来了，这棵树还活着！

它还活着！什么都不能摧毁它。

弗兰西再一次望向坐在防火梯上读书的弗洛瑞·温迪。

"再见了，弗兰西。"她低声说。

她把窗户关上了。

[全书完]

新
流
xinliu

布鲁克林有棵树

产品经理 泮 泮　　装帧设计 付诗意

　　　　　　于志远　　责任印制 赵 明

特约编辑 李 睿　　　　　　　　赵 聪

营销编辑 肖 瑶　　出版监制 吴高林

图书在版编目（CIP）数据

布鲁克林有棵树 /（美）贝蒂·史密斯
(Betty Smith) 著；夏高娃译 . -- 南京：江苏凤凰文
艺出版社 , 2023.7
　　ISBN 978-7-5594-7666-1

　　Ⅰ . ①布… Ⅱ . ①贝… ②夏… Ⅲ . ①长篇小说 – 美
国 – 现代 Ⅳ . ① I712.45

中国国家版本馆 CIP 数据核字 (2023) 第 080144 号

布鲁克林有棵树

[美] 贝蒂·史密斯 著　　夏高娃 译

责任编辑　　白　涵
特约编辑　　李　睿
装帧设计　　付诗意
责任印制　　赵　明　赵　聪
出版发行　　江苏凤凰文艺出版社
　　　　　　南京市中央路 165 号，邮编：210009
网　　址　　http://www.jswenyi.com
印　　刷　　万卷书坊印刷（天津）有限公司
开　　本　　880 毫米 ×1230 毫米　1/32
印　　张　　15.5
字　　数　　401 千字
版　　次　　2023 年 7 月第 1 版
印　　次　　2023 年 7 月第 1 次印刷
书　　号　　ISBN 978-7-5594-7666-1
定　　价　　68.00 元